三代の過客

大村泰
OMURA YUTAKA

幻冬舎MC

三代の過《か》客《きゃく》

はじめに

この本を手にしてくださった方に厚く感謝申し上げます。

小学生のころ、小説家になるのが夢でした。六年生のとき「わが生いたちの記」という作文で、四百字詰めの原稿用紙二百枚も書いて、先生をどぎまぎさせたこともあります。スポーツに明け暮れた学生時代。就職先を探してみると「作家」という職種はありません。人と会って話すこと、文章を書くことが好きだったので、新聞記者になりました。それから幾星霜。新聞社を退職したのを機に、小学生からの夢に挑むことにしました。

「三代の過客《かきゃく》」――松尾芭蕉が著した「おくのほそ道」の冒頭は「月日は百代の過客にして、行き交ふ年もまた旅人なり」です。李白《りはく》は「光陰は百代の過客なり」とうたっています。先人の名文句にあやかって、祖父、親、子が織りなす三世代の人生の道行き、生き様を描こうと思いました。

戦前と戦後の激動期を乗り越え、企業戦士として国づくりに一所懸命だった祖父の世代。高度経済成長期に育ち、新聞記者として挫折を繰り返しながら一世一代の特ダネに挑む親の世代。失われた二十五年にどっぷり浸かりながらも、未来への希望を胸に抱く子の世代。三代の触れ合いと伝承、成長と蹉跌、軋轢を縦糸にしました。

緯糸には世相の移り変わり、さまざまな事件や事故が待ち構えています。戦後の混乱や高度成長、石油危機、バブル経済とその崩壊、先行きが見えず逼塞感漂う低成長時代。荒波に翻弄されるこの三代の過客たちは、一陽来復を夢見て、決してくじけません。実際の旅路をともにする祖父の同期三人組は矜持を持って啓蒙し合い切磋琢磨していきます。親と子の旅では、若い世代に気づきを与え、「後世への最大遺物」を継承しようとします。バトンリレーのように。

この三世代の行跡は、この国の縮図の断片です。伝承すべき美しい遺伝子もあれば、時世とともに変えていく、あるいは必然的に変わっていくべき資質も少なくありません。なんのために生まれ、生きているのか。より良く生きるための道しるべを見つけて、たくましく生き抜く、そんな世の中になってほしいという願いを込めたつもりです。

楽屋裏を白状します。冒頭の「最後の早慶戦」は史実ですが、甲子園での高校の早慶戦は実現していません。ただし、二〇二三年夏にこんなできごとが現実に起きました。この本に登場する慶大付のモデルである慶応義塾高校が一〇七年ぶりに優勝したのです。物語の主な舞台に設定した二〇〇五年頃に生まれた球児が三世代前と同じ覇業を成し遂げました。

祖父世代がトップに上り詰める一瀉千里の働きぶり、親世代が挑む企業の統廃合、合併・買収、新薬の開発といったテーマは、実際のできごとを参考にしています。

本文に関係性の薄い記述は脚注にしました。ところどころ、各章の末尾に置いた文章は、ミニコラムのつもりです。本文中、斜体で、唐突にしゃしゃり出てくる天使と妖精も含めて、読みにくいかもしれませんが、あわせてお読みいただければありがたいです。

何か一つでも皆さんの気づきにつながってくれれば、ものごとを考え判断するためのヒントになってくれれば、これに勝る喜びはありません。

最後までページを繰っていただければ幸いです。

三代の過客　目次

登場人物／現在　※年齢は二〇〇五年夏時点

草壁俊英《くさかべとしひで》（八一）大山胖の岳父、大山諭の祖父。国際総合医療センターで療養中。早稲田大学土木科卒

佐多松子（七九）大山胖の伯母。三田病院で療養中。大正十五年九月、三田四国町で生まれ育つ。野球部の「ヒデちゃん」に恋心を抱いていた

式守啓介《しきもりけいすけ》（五五）「ビジネス新報」編集長、編集部内の「行司役」

大山　胖《ゆたか》（四八）「ビジネス新報」編集主任。新聞大手「東京政経新聞」出身。日刊商業ジャーナルと東京工業日報合併にあたり鷲尾からの誘いで「ビジネス新報」へ

加藤周作（五五）ベテランの敏腕記者。企業買収や天然ガス田開発プロジェクトで大山胖と共同取材した大山の心の師匠。京大出身

大山　諭《さとる》（一八）大山胖の長男。慶大付野球部三年生。尊《たけし》・聖《まさし》の兄

鷲尾瑛士《わしおえいじ》（三六）　メディア・ジャパン・ホールディングス（ＭＪＨ）のＣＥＯ、「ビジネス新報」オーナー。通称：大将・総帥

辻慎太郎　ＭＪＨ財務・経理担当。通称リスクヘッジモンスター

椎名百合　鷲尾の秘書。通称バルちゃん、自称セシリア

天童弘樹　「ビジネス新報」記者。鉄砲玉のように飛んでいく。天狗顔負けの神出鬼没さが持ち味

花井恵梨香　「ビジネス新報」記者。元気印の若手。天童と二人で「元気玉コンビ」

登場人物／戦前・戦後

伊集院隼人《いじゅういんはやと》　草壁俊英の陸軍士官学校の同期生、東京大学通信学科を専攻。大正十四年早生まれの丑年

高田喜朗《よしろう》　草壁・伊集院の同期生。慶応の工学部で機械工学を専攻。大正十三年生まれの子年

序章

「二つの早慶戦」

〈二〇〇五年夏〉草壁俊英と佐多松子

真夏の太陽が容赦なくグラウンドを炙《あぶ》る。にわかに沸き立つ入道雲が脱帽した若者たちを見おろす。三万人の観客は水を打ったように静まり返っている。

ウ〜〜〜〜〜〜。鳴り響くサイレンの音。ここ兵庫県西宮市の阪神甲子園球場では夏の大会二回戦第二試合の真っ最中だった。守備につくグレーのユニフォームは神奈川県代表の慶大付属高校。対する攻撃側は純白の東京都代表・早大付属高校。宿命のライバル対決とあって、応援席はいやおうなく興奮の坩堝《るつぼ》と化していた。

「戦後六十年の記念すべき大会は、奇《く》しくも早慶戦となりました。思い起こせば、昭和十八年（一九四三年）十月十六日、最後の早慶戦が当時の戸塚球場、後の安部球場で開催されてから六十年あまりたちます。二世代あとの球児たちがその伝統を受け継いでいます」。テレビのアナウンサーの声。甲子園から五百キロ離れた東京都港区にある二つの病院では、その昭和十八年に思いを寄せる高齢の男と女が実況に耳をすます。それぞれに闘い抜いてきた六十年の星霜《せいそう》を思い起こしながら。

（サイレンの音——あら、いやだ。また空襲かしら。早く防空壕《ぼうくうごう》に行かないと。でも、足が動かない。母さんはどこ？　妹は？）都立三田病院八〇一号室。佐多松子《さだまつこ》（七九）の混濁《こんだく》した意識の奥底で警報だけが虚しく鳴り響く。朦朧《もうろう》とした起きぬけのまなざしの先に、抜けるような青空、東京タワーの赤と白。蝉時雨がかまびすしい。紺碧《こんぺき》の空のもと、風に鳴る校旗。

「六十回目の終戦の日を迎えました。このあと、正午の時報を合図に一分間の黙祷を捧げます」。テレビからアナウンサーが呼びかけている。「場内の皆さまは脱帽のうえ、ご起立をお願いします。選手、審判員はその場で黙祷してください」と、場内アナウンス。センター奥のバックスクリーンには「戦争で亡くなられた方々のご冥福をお祈りして黙祷をいたします」

（終戦の日？　よかった。空襲じゃなかったんだわ。六十年もたったの？　誰だったかしら、甲子園に行くと言っていたのは……妹の美智子《みちこ》の孫……そうそう、諭《さとる》だったわ。えっ、きょうが早慶戦？　六十年前、戦時中にあたしが観にいった「最後の早慶戦」。颯爽《さっそう》とグラウンドに立っていた神田さんのヒデちゃん……わたしの愛しい光る君のユニフォーム姿。まぶしかった）松子の思いは錯綜《さくそう》しながら時空間を超える。

南麻布にある国際総合医療センター最上階の特別室で瞑目《めいもく》している草壁俊英《くさかべとしひで》（八一）は、サイレンにも、鼓膜を破らんとするかのような蝉の大合唱にも覚醒しない。意識は深い闇の奥底に沈殿《ちんでん》したままだ。すると、ウワー、球場に谺《こだま》する三万人の大歓声。固く閉じた俊英の瞼《まぶた》が心なしか開いたようにみえる。

（ん？　ワセダ？　ケイオウ？　早慶戦？）混沌《こんとん》とした意識が一瞬のうちに深い眠りのなかに再び沈んでいく。頭の中に真綿が詰まったようなこの感覚は遠い過去にもあった。六十年前の満州、いまの中国東北部。激しい砲撃戦の末に、意識を失う。戦友の顔が次々と浮かんでは消えてゆく。

最後の早慶戦の応援席にいるのだろうか。満州の戦地は夢か現《うつつ》か。夢のなかで胡蝶《こちょう》になった荘子《そうし》のように、夢が現実か、現実が夢か、夢が覚めてもその区別がつかない。ふと「眠っているのか。おかしな夢を見たんだな。取るに足らない、つまらぬ話、夢のように、たわいもない」と誰かがささやく。その正体は、シェイクスピアの「夏の夜の夢」に登場する妖精パックだった。

「真我《しんが》は万古《ばんこ》に死せず（※1）」。三十年前に旧陸軍士官学校の同期生と旅行したおりに読みふけった、江戸時代の儒学者・佐藤一斎《さとういっさい》の「言志四録《げんししろく》」の一節が脳裏を飛び交う。

夢寐《むび》のままに、起臥《きが》の二界をさまよい、半醒半睡《はんせいはんすい》の境地を旅する老境の二人。

二〇〇五年八月十五日は、忘れられない長い一日となる。

二つのちの世代の若者たちが艱難辛苦《かんなんしんく》を乗り越え、すぐりし精鋭が集う甲子園球場。遮《さえぎ》る雲もない。烈日の意気高らかに、理想の王座に挑む両軍の選手たち。六十年前のこの日と同じ顔をした日輪が大地を灼《や》いていた。

第1章

一《いち》念《ねん》発《ほっ》起《き》

〈二〇〇五年夏〉大山胖、編集主任に

式守啓介《しきもりけいすけ》編集長（五五）「あすの新聞が楽しみだな。こんどの戦後六十年連載特集は劇的な幕切れにしてくれよ。三世代の早慶戦っていうタイトルだろ。君お得意の歴史蘊蓄《うんちく》が読みたいね。まさか、源平の戦いや関ヶ原は出てこないと思うが（何やらごそごそ調べていたようだ。お手並み拝見といこうか）」

大山胖《おおやまゆたか》編集主任（四八）「まだ、試合は五回の表ですよ。もっとも、プランAとプランB、二通り想定しています（取材の途中でプランBに軌道修正している。あとは、描いた竜に眼睛《がんせい》を入れさえすれば、描いた竜が天に飛びたつ。画竜点睛《がりょうてんせい》といくはずだ）」

式守「裏面から見る経済事件簿の方はどうだ。バブル三悪党伝は突破口が見つかったのか？（手あかのついた焼き直しはまっぴらごめんだ。読者が知らない新鮮なネタがないと辛い）」

胖「正直いって、難航しています。古い話とはいえ、関係者の口は堅い。昔の取材先に探りを入れているところです（三悪党の看板は掛け替えざるをえない。しかし黒幕三人は炙《あぶ》りだせた)」

式守「異説・経営論は斬新な切り口で読者に驚くようなエピソードを発掘してくれ。くれぐれも、ひとりよがりにならないようにな(できによって読者の反応が大きく違う。部数や収益にも響く。このところ、迫力不足は否めない)」

胖「編集チームの総力を挙げて候補企業を見直しているところです。若い連中も張り切っていますから(異説にこだわりすぎているかもしれない。昔の取材メモ帳をもういっぺん、ひっくり返してみるか)」

式守「ところで、先週の御前会議は無難に切り抜けたのか? 大将も勘だけは滅法いいからな」。大将というのは、彼らの「ビジネス新報」オーナーである鷲尾瑛士《わしおえいじ》(三六)を指す。

胖「想像にお任せします。大将の狙いは明白でしたが、言質《げんち》は取られていません(すこぶる勘が鋭いことは認める。気になるのは情報が漏れているかもしれないことだ。孫子の兵法でいう間者《かんじゃ》の五類型じゃないけれど、どうも「内間《ないかん》」がもぐり込んでいるような気がしてならない)」

この一見かみ合わない、腹の探り合いじみたやり取りを、口さがない連中は、こっそり陰謀会議と呼んでいる。ところは千代田区神田鍛冶町《かじちょう》の雑居ビル四階にあるビジネス新報社の一部屋。編集長と編集主任が三つのテーマに沿って新聞紙面の作戦会議というわけだ。

先週、大山胖は育ての親である伯母の佐多松子を病院に見舞ったあと、ほど近い高層ビル、通称「六本木御殿」にいた。ここには新興企業や成り上がり事業家が群れをなす。オフィスと住居を兼ね備える瀟洒《しょうしゃ》な殿堂の二十二階で胖はオーナーの鷲尾と対峙《たいじ》していた。

メディア・ジャパン・ホールディングス、略称MJH。大将こと鷲尾瑛士は、東京新興市場に株式を公開するIT（情報技術）企業のCEO（最高経営責任者）である。鷲尾はインターネット関連事業や新聞、出版、放送、投資ファンドを傘下に収める複合企業を十五年で作り上げた。「大将」とか「総帥」と呼ばれる裏に揶揄《やゆ》する気持ちがたぶんに入り交じっていることを、本人はみじんも気にかけていない。自尊心と自己顕示欲がしゃれたブランドものの衣裳にくるまれているような若き統帥である。突然、胖を呼びつけた御前会議も、相手の都合など一ミリたりとも斟酌《しんしゃく》しない。

細身のスーツに身を包み、銀行家然としてつつましやかに臨席しているのは財務・経理担当の辻慎太郎《つじしんたろう》だ。辻はコンピューターを内蔵しているかのように頭の回転が速い。ひそかに「経理の鬼」とか「リスクヘッジモンスター」と、畏怖と畏敬半々に評される。敵に回したくはない御仁だ。

大将お気に入りの秘書、椎名百合《しいなゆり》はもっと怖い。何度も覗きに来るのが気になる。きょうも、タイトなスカートに襟ぐりの開放的なブラウスに身を包む。胸元を垣間見た若手社員がいつしか「谷間の百合」と名付けた。フランスの作家・バルザックの同名小説にちなんで「バルザック」が、いつしか略して「バルちゃん」という二つ名を奉《たてまつ》る。「百合の谷間」を想像して、はからずもにやつく胖。「どこを見て何を妄想しているんだ」。嘲弄《ちょうろう》交じりの叱責が飛ぶ。「いや、面白い編集企画を考えていたところです」とごまかす。口舌《こうぜつ》とは裏腹に心中では雑念がなおも渦巻くのを止められない。

小柄な若き統師は、長身細身でぼさぼさの髪、ふてぶてしさと皮肉っぽさが同居した顔つきの編集主任を背の低い椅子に座らせると、上から目線で委細構わず居丈高《いたけだか》に切り込んでくる。

鷲尾「チームM&A（企業の買収・合併）の特ダネはまだか？」

胖「ええ、若い連中は精力的に動いています。もちろん、具体的な内容は言えません。オーナーとはいえ、事前に内部情報を漏らしたら、当節流行《はやり》のインサイダー取引の典型になりかねませんからね」。事実、この人の放った間者＝スパイが暗躍する気配がしてならない。目がキョトキョトしている、あの男が怪しい。服部クンといったっけ？　ゆくゆく、この男が微妙な立ち回りをすることになろうとは、不覚にも胖はこの時点では気づかなかった。

鷲尾「なにやら、大きな獲物を追っているようだが？　書けそうなネタは？」

胖「例のテレビ局絡みの一件は続報でつなげそうです。ハゲタカと獲物……いや、投資ファンドや買収先の企業を回っています。M＆Aの潮流の変遷を読みもの風にまとめるつもりです」。あとで思い起こせば、この大将、テレビ局をめぐる買収合戦に話が及ぶと、アドレナリンが横溢《おういつ》したのか顔の色がリトマス試験紙のようにサッと変わった。素知らぬ態《てい》を装ってはいたが、不自然な瞬《まばた》きをしていたような気がする。

鷲尾「チーム医療は機能しているのか？　高いスカウト料を払って専門家を引き抜いた割に成果が上がっているとは言い難いな。夢の新薬開発とか、度肝を抜くようなニュースはないのか?」」。相変わらず、直感力で生きているだけのことはある、と舌を巻きながらも巧みに焦点をぼかす。

胖「有能な人材をスカウトしてもらって、陣容は強化できました。ただ、他紙に比べると総合力で劣るのは否定できません。癌とか脳梗塞とか焦点を絞って体制を組み替えたところです」

鷲尾「大山の伯母さん……佐多……松子さんだったな。すぐそこの都立三田病院に入院中だろう? 具合はどうだ?」

胖「言っていることは理解して、受け答えもしっかりしています。ときおり意識が混濁《こんだく》することもありますが、ご心配には及びません」

鷲尾「一時、血栓を溶かす効果がある、といって話題になったことがあったな。脳梗塞や脳血栓の夢の治療薬と騒がれた。実用化目前じゃないのか?」

胖「tPAとか言いましたかね。でも、副作用が大きいと医学界は否定的です(むむ、ここでも勘所《かんどころ》を外していない)」。いまさらながら油断のならない統帥の嗅覚の鋭さに胖は瞠目《どうもく》した。この創薬をめぐっては海外を巻き込んだ特許紛争や企業買収合戦の噂が絶えない。

「誰から、そんな話を聞いたんですか？」との問いは飲み込む。答えたくない問いには逆質問ではぐらかすのが、この人の常套《じょうとう》手段だ。質問を逆手にとって相手を怒らせ、必要以上の情報を自白させる手練手管《てれんてくだ》が真骨頂と言わねばならない。

もう、君に費やす時間はない、といわんばかりに鷲尾はパソコンをいじり始める。席を立つと、背中に追い打ちの矢が突き刺さる。「俺のモットーは分かっているな？　スピード第一だ」「肝に銘じます」と振り返ると、肢体《したい》からは想像だにできないバルちゃんの冷たい視線がチラッと頬を打つ。

「ちょっと、いいかい？　別室で」と経理の鬼が口を開く。側近である辻のオフィスはCEOがふんぞり返るVIPルームに隣接する通称「番犬小屋」だ。「新聞メディア部門の収益が芳しくない」と、いきなり強烈なジャブ。「部数が伸びないなら、経費を切り詰めろ。事業収支が赤字に陥りかねんぞ」。グラフやデータを駆使して追い込んでくる。出張費や交通費、交際費、果ては鉛筆など文房具代に至るまで、項目別に細かな数字が並ぶ。

うんざりしながらも、なんだ、そっちか。人件費じゃなくてよかった。「極力、不要不急の出費はそぎ落とす。このあとの打ち合わせで徹底します」とおためごかしに返した。

もちろん、そんな気はない。若手二人を甲子園へ出張させている件は伏せておく。やや打算的だったかなと思い直し、「今回の戦後六十年特集は新聞だけでなく、インターネットや映像を使った二の矢、三の矢の収益も生むはずです」とフォローしておく。これは必ずしもその場しのぎの方便ではない。

十五年前のことである。「ミレニアム＝千年紀」と世間が浮足立っていた二〇〇〇年、二十世紀と二十一世紀のはざま。大山胖は新聞大手「東京政経新聞」の記者だった。当時の上司とそりが合わず、悶々としていた。いきなり、鷲尾から誘いの声がかかる。短躯《たんく》ながらスポーツジムで鍛えたとおぼしき筋骨。ぎょろ目に鷲鼻の顔貌は威圧感がある。皇居の堀が垣間見えるホテルの喫茶室でこんなやり取りをした——。

「来年（二〇〇一年）、日刊商業ジャーナルと東京工業日報を合併させる。記者として来ないか？」

「スカウトですか、この花形記者に向かって？」と軽く、いなす。

「今の古い体制のメディアにいても、うだつが上がらないだろう。合併して新しくつくるビジネス新報は、紙の新聞を中核に、さまざまな新しいメディアの複合体にする。二十一世紀型の新媒体だ。君には枢要なポストを用意する」

「今の会社でも枢要な位置にいるつもりです」。まんざら嘘ではない。とはいえ、胸を張って自慢できる存在でもない。

「消息筋によると、上司としょっちゅう、衝突しているそうじゃないか。そんな環境では十分に実力を発揮できないだろう」

ムッ。どこで聞き込んできたんだ。安酒場で上司に箸袋を投げつけた一件でも探知されたのか？ 虚を突かれながらも「新聞社って魑魅魍魎《ちみもうりょう》の世界です。所詮、衝突と葛藤《かっとう》の修羅場ですから。対人関係の軋轢《あつれき》なんて山ほどありますよ」とかなんとか挽回を試みる。

「きょうとは言わない。新媒体の事業計画だ（書類をテーブルに放り出す）。君の労働契約書の案もつけておいた。肩書は編集主任だ。読んでみて来週、返事をくれ」

冊子を受け取り「ずいぶん、手回しがいいですね。拝見します」。胖が言い終わらないうちに、相手は伝票をつかんで席を立っていった。驕慢《きょうまん》で不遜《ふそん》なヤツ。甘ったるいコロンの残り香《が》さえ鼻につく。

しばし、喫茶室で沈思黙考《ちんしもっこう》する。ふーっと、ため息をつく。天井を仰ぐ。なかなか書契《しょけい》に目を通す気にはなれない。上司との衝突は今に始まったことではない。そもそも最初の赴任地では、ゴルフと宴会だけにやけに熱心な支局長とほとんど口もきかなかった。東京に戻っても、取材とか記事や読者の反響には一切、目もくれず、己の立場でしか発言しない管理職に歯向かった。夜討ち朝駆けの最中にポケットベルを鳴らしまくる。何ごとかと電話すると、あとでもいい細かい確認だったりする。

もちろん、尊敬できる先輩も少なくない。原稿を書き終わって一服していると、「さぁ、繰り出すぞ」とベテランの敏腕記者加藤周作《かとうしゅうさく》（五五）のお誘いだ。古今東西の古典や歴史に通暁《つうぎょう》するその博識ぶりに舌を巻く。大酔すると、京大時代の「闘士」の姿に豹変《ひょうへん》する闘う新聞記者の典型だ。十数年前から企業買収や国際的な天然ガス田開発プロジェクトの共同取材で薫陶《くんとう》を受けた「心の師匠」。ＪＲ神田駅のガード下で焼鳥を肴に「暁《あかつき》の反省会」が始まった。

「つまらないことで、上司とやりあうな。男を下げるぞ」

「つまらないことだとは思いません。言ってやらないと、彼も気づきません」

「矜持《きょうじ》、自負心、自尊心、反骨精神はブンヤにとって大事な資質だ。君の出身大学が金科玉条にしている独立自尊と、天上天下唯我独尊《ゆいがどくそん》とは違うんだ。お釈迦様でもあるまいし」。釈迦は生まれた直後に七歩歩いて右手で天を指し、左手で地を指して「天上天下唯我独尊」と言ったそうだ。ベテラン記者は「彼らは」と言って、右手を上に向ける。「天」ではなく「上」、すなわち上司のことを指すのは暗黙の了解だ。「彼らは、反骨を反抗、自尊心を偏屈に自動翻訳して閻魔帳《えんまちょう》に書いている。聞く耳を持たない、鼻持ちならないヤツってわけだ、お前は」。いや、いや、と口を挟もうとすると「まあ、聞け。お釈迦さまはこうも言っている。恨みが怨みによって鎮まるということは絶対にあり得ない。恨みは、怨みを捨てることによって鎮まる。これは永遠の真理である」

はっきり言うなぁ。批判、教導、訓戒、子どもが使うBB弾《ビービーだん》のように次々に飛び出す。ブンヤは新聞記者、閻魔帳は人事考課表を指す。「彼らに」と仕草をまねて、「どう厳しく評価されても、やるべきことをやるだけです」と無駄に反論を試みた。

「おまえ、飛び加藤って知っているか?」「なんですか、藪から棒に? 加藤さんの親戚とか?」「ばかだな、戦国時代の伊賀忍者だよ。司馬遼太郎の小説に出てくる」と言って講談が始まった(※2)。

「へー、飛び加藤のとっくりから人形が転がり落ちて踊り始める？」と、酒器を傾けようとする胖に、「ばかだな（とこの日何度目だろう）、おまえ一人の力でいったい何ができる？　でかいヤマを当てようと思ったら、ちっとは人間関係を大事にしろ。こざかしい術技を振り回すな」と肩を叩く。後年、この先輩の「おこごと」が得難い叱咤激励《しったげきれい》だったと思い知る。何度も思い返し、かみしめることになる。圭角《けいかく》が次第に丸みを帯び、尖《とが》った部分が練れていく。これは成長なのか、妥協なのか、それとも堕落なのか。人生行路の交差点で二人が再び出会うことになるのは、その数年のちのことだ。

ようやく大将の残臭《ざんしゅう》が消えうせた喫茶室で、十年以上さかのぼる「暁の反省会」のやり取りを反芻《はんすう》してみる。なぜか、幼いころ父・立志《たつし》の決め台詞を心のなかで咀嚼《そしゃく》していた。

一つは論語の「子路篇《しろへん》」に出てくる孔子の教えだ。松本清張の小説を読んで以来愛用している黒革の手帳に「子曰、君子和而不同、小人同而不和＝子曰く、君子は和して同ぜず。小人は同じて和せず。(※3)」の文字がある。付和雷同《ふわらいどう》するなと、父は自らを戒《いまし》めてだろう。何度繰り返したかしれない。もう一つが「右顧左眄《うこさべん》せず」という戒めだった。

これらの文言が胖の行動様式に反映してきたのは確かだ。自分なりの解釈が行き過ぎを生んで自縄自縛《じじょうじばく》に陥っているのだろうか。コーヒーのお代わりを注文して、タバコに火をつける。さてと、せっかくだから事業計画と労働契約書に目を通すか。

想定以上にまともな計画だった。労働条件も妥当だ。ただ、気になる点がいくつかある。来週、大将に逆提案してみよう。偏屈者の面目躍如といこうか。

真剣に読み直す。最大の懸念材料は鷲尾というトップが信頼できるのかどうかという点だ。持ち合わせている情報は、いかんせん乏しい。

山口県出身◇地元の高校を優秀な成績で卒業◇東大法学部に入学◇在学中に仲間とともにインターネット関連の学内ベンチャー立ち上げ◇国家公務員試験に合格、産業経済省に入省◇入省三年で退職、ＭＪＨの前身となるベンチャー企業創設。とおりいっぺんの無機質な活字が並ぶ。これは周辺を洗い直す必要がある。新聞を単なる金もうけの手段と考えているとしたら願い下げだ。編集権の独立は絶対に譲れない。ここは一札《いっさつ》取っておく。新機軸の内容がいかんせん薄い。編集方針も全面的に書き直そう。あれっ？　結構、前のめりになっていやしないか？　自問自答する。新しいメディアに挑戦する鷲尾の姿勢に魅かれた感は否めない。編集、取材体制や人事を含めた大幅な権限委譲、完全な実力主義も気に入った。冷静に考えると、鏡が左右あべこべに見えるように、今の立ち位置に満足していない己の情けない風姿が、鏡の向こうから自分自身を見つめている。

しきりと、父の口癖を思い起こす。

曰く――「寧ろ燕雀《えんじゃく》と翔《か》けるも、黄鵠《こうこく》に随《したが》って飛ばず」。大きな羽を広げて天空にはばたく白鳥より、燕や雀と一緒に飛んでみるか。

曰く――「寧《むし》ろ鶏口《けいこう》と為《な》るとも牛後《ぎゅうご》と為る無《なか》れ（※4）」。今の新聞社で老いぼれた牛のしっぽにしがみついていても、時代の流れという遠心力で吹き飛ばされるのがおちだ。小さな組織でも挑戦できる「主任」の方がいくぶんかましか。

「秦」に呑み込まれた「籠の鳥」でいいのか、燕や雀と一緒に「貧者の一灯」を手に、清《きよ》水《みず》の舞台《ぶたい》から飛び降りてみるか――。

付和雷同、右顧左眄、鶏口牛後……。古人の成句《せいく》を胸に一念発起《いちねんほっき》して、華麗なる転身にはばたく好機かもしれない。おりしも古巣では、編集から経営企画部門への異動を露骨に打診されていた。この会社では打診イコール内々示だ。編集にいたいと駄々をこねても、「出世コースに乗るんだから、もって瞑《めい》すべしだろ」と一蹴《いっしゅう》する上司。少し考えさせてほしいと言うと、「俺の言うことがきけないか。内々示の拒否ということでいいんだな」とすごむ。しまいには執行猶予一週間という期限つきの最後通牒《さいごつうちょう》をつきつけてきた。

人生の切所《せっしょ》で舞い込んできたスカウト話。運命論者ではなくても、世紀の変わり目が「天の時」をもたらすのかもしれない、と心が動く。鷲尾総帥とその幕僚たちは今はやりのインターネットの申し子だ。データ解析や画像処理にも詳しい。「地の利」は感じる。あとは、やっかいそうな総帥との「人の和」。これはすこぶる高いハードル、厚い壁として残った。

記者仲間から漏れ伝わる周辺情報は「ネガティブ」。きわめて後ろ向きだった。黒革の手帳に殴り書きされた風説・風聞・流説・風評・流言、果ては醜聞の数々——。

風説一：小学校、中学時代は「山口の神童」。生徒会長に立候補するも、偏狭《へんきょう》な性格からか、あえなく落選。いじめにあっていたという傍証もある。

風聞一：高校時代は登山にのめりこむ。「山なんかに登っていないで東大に入れ」と繰り返す父。念願がかなったと思いきや、「山口の神童」は「ただの人」になった。全国から集う同級生はおしなべて「天才」に見えた。勝てない。山登りを禁じられた「お山の大将」は、いたく落ち込む。

流説一：「大蔵省の主計局に入れ」と強く勧める父親は、地方自治体の幹部。毎年末、予算取りの陳情に霞が関を訪れるたびに、きまって機嫌が悪くなる。一人息子は嘱望《しょくぼう》の重圧にあえぐ。難関の中央省庁に入ったのに、父からは残酷な一言《ひとこと》。「MOF《モフ》でなくて失望したよ」。MOFは律令時代から千三百年続いた大蔵省のこと。二〇〇一年の省庁再編で財務省と金融庁に分かれた。

風評一：役所ではIT関連の先進技術育成を目指す部署で頭角を現す。三年で辞めたのは、なんらかのスキャンダルに巻き込まれたのではないかとの憶測しきり。

流言一：立ち上げたベンチャー企業はダボハゼのように、傾きかけた会社を合併・買収してきた。冷酷、悪辣などの悪評に耳も傾けない。苗字をもじって「腐肉あさりのイーグル将軍」。私淑するのはジュリアス・シーザーと斎藤道三、織田信長。座右におくのは孫子の兵法やマキアヴェリの「君主論」。手法を選ばない彼の覇権主義は「権力と金力のヒト」とみなされがちだ。「法すれすれ」、もっといえば「塀すれすれ」の男との異名を持つ。

醜聞一：秘書の椎名百合とはきわめて親密らしい。きっと、できてるぜ。もちろん、外野から眺めた、やっかみ半分の妄想交じりだけに、全幅の信頼はおけない。

「バルちゃん」との昵懇《じっこん》の仲はさておくとしても、父親との軋轢《あつれき》、ある種の劣等感、権力志向が彼の行跡から読み取れる。最悪シナリオは「法すれすれを侵し、塀の内側に転落する」ことかもしれない。

さらに周辺を探ってみた。「ルビコン川を渡る」が十八番《おはこ》らしい。「紀元前の古代ローマの国章はおれと同じ鷲だ。この鳥は正義の統治の象徴を意味する。シーザーがルビコン川を渡ってから鷲の飛翔のように素早く帝国の礎を築く。十世紀ごろにできた神聖ローマ帝国の紋章だって双頭の鷲だ」とうそぶく。はたして本当に正義の統治者なのか。そういえば、敬愛する先輩記者がシーザーに敵対した武将の話をしていたっけ。思いは千々に乱れるばかり。事情通の証言を総合すると、最悪シナリオは「杞憂《きゆう》」といえそうだ。天が崩れ落ちてくるという心配はない、今のところは。内野から窺えば、違った景色も見えてくるに違いない。

最後に背中を押してくれたのは、入社以来十数年にわたって訓導してくれている「暁の反省会」のベテラン記者加藤周作だった。「もう、決めたんだろう？　顔にそう書いてあるぞ」。思わず顔を撫でまわしてしまう。いったん決断したのなら迷わず突き進め、と発破をかける。もっとも、鷲尾への寸評は微妙なニュアンスだった。「毀誉褒貶《きよほうへん》さまざまだ。異端児だが、切れ者だし、発想が面白い。裏で操る参謀はちょっと手ごわそうだ。彼らとの距離感、間合いの取り方が難しいかもしれん」。参謀って誰ですかと聞くと、「辣腕の弁護士が戦略立案の指南役らしい」。どうやら、厚い壁は二重になっているようだ。

翌日、師匠から「五か条の御誓文」と題する文書が届いた。

その一：天下の広居に居り、天下の正位に立ち、天下の大道を行く（孟子）

その二：正々堂々（孫子）・雄気堂堂（岳飛）

その三：天上天下唯我独尊（釈迦）

その四：蔵鋒《ぞうほう》を貴ぶ（書道の極意）・話すことの二倍、人から聞くべきである（デモステネス）

その五：木鶏《ぼっけい》に似たり（荘子）

泥酔しながらも深夜、書斎に籠って万年筆で便せんに書きなぐっている姿が脳裏に浮かぶ。面と向かって説教するのは面映ゆかったのだろう。本棚の奥から分厚い「中国古典名言集」を引っ張り出す。足りない分はネット上の百科事典が補ってくれる。

のっけから、論鋒《ろんぽう》鋭い孟子のおでましか。仁・礼・義が「大丈夫」の生き方だと説く。二番目の孫子は「正を以て国を治む」、つまり天下を治めようと思うならば、正々堂々の道を歩めと言っている。「雄気堂堂斗牛《とぎゅう》を貫く」はずいぶん勇ましい。北斗星、牽牛《けんぎゅう》星を貫くほどにすさまじい南宋の武将岳飛《がくひ》たれということだろう。明治の実業家渋沢栄一を描いた城山三郎の小説の題名は『雄気堂々』だった。三番目は「暁《あかつき》の反省会」でさんざん聞いた。第四条は書道の極意と古代ギリシアの政治家の金言。木に竹を接《つ》いだかのようだ。前段は筆先の鋭さを蔵《かく》して現わさない、あたかも泥や沙《すな》の中に描くようにしろ、後段は「話すことの二倍、人から聞くべきである。なんとなれば、神は舌を一つ、耳を二つ与えたのだから」という箴言《しんげん》だ。第五条、木で作ったように微動だにしない鶏は相手に全く敵意すらうかがわせない。「無心で他に対することが、万事を処理し困難に打ち勝つ最上の方法」と解説してあった。

蛇ののたくったような御誓文、必携する黒革の手帳に貼っておくことにしよう。この五か条は人生の要所要所で羅針盤となり、生き続けていく。五年後に、これが心の師匠の「遺言」となってしまうとは……。

金言を何度も読み返すうちに、神の啓示のように二冊の文学作品が脳裏に去来した。小学校六年生のとき、母美智子の姉佐多松子に与えられた山本有三の小説『真実一路《しんじついちろ》』と、高村光太郎の詩『道程《どうてい》』だ。

小学生以来、習慣となっていた読書感想文にはこう記していた。「真実一路の旅なれど真実、鈴振り、思い出す」。北原白秋のことばが冒頭に出ていた。「真実一路の旅をしたのは、あまり、できのよくない義夫くんと、きびしい父、不幸な母だったと思う」「母の死を知らない義夫くんは、落第しても、運動会で選手になり、けんめいに走っている。ジーンときた」。疾走している義夫のまなざしに、姉のしず子はきらっと母のおも影を見た。彼の前には一筋の白い路があるだけだった。猛烈なラスト・スパートを出した――読んだ当時、同年代の主人公は父と母を亡くす。父の遺書には姉弟を想う情愛がにじみ出る。母のそれには「母おやであることはなかなかできることではありません」と真情を吐露《とろ》していた。呻吟《しんぎん》しようが傷つこうが「真実一路」の人生を歩みたいと夢見た青雲の志を呼び覚ます。

あの時分に漫画やテレビで観た『巨人の星』のワンシーンを二重写しに感じたものだ。「僕の前に道はない　僕の後ろに道はできる」という光太郎の詩に学生時代、深く感銘を受けた。いま、このときに己の前に新しい道が見えてきた気がする。義夫くんのように。「道程」の一節に「常に父の氣魄《きはく》を僕に充たせよ」とある。胖の父立志《たつし》も四十代で転身したのだった。父の決まり文句が聞こえてきそうだ。「右顧左眄《うこさべん》するな」。期限の一週間を待たず、対案をひっさげ大将に突き付けた。

紆余曲折《うよきょくせつ》の末、一心発起、胖が転身したのは、二十一世紀の幕を開けた二〇〇一年四月。父と同じように四十代の半ばの転進となる。鷲尾が電撃的に資本参加した「日刊商業ジャーナル」と「東京工業新報」が合併し、「ビジネス新報」として新たな看板を掲げたのは、その年の一月一日。胖は編集の現場を取り仕切る主任の役柄で迎え入れられる。

閑話休題。胖の一念発起は、妻や子ども三人のみならず、その次の世代にも影響を及ぼす。何十年かのちにこの地球上に登場してくるであろう孫世代だったら、将来、祖父になるはずの胖の転機を天上からどう鳥瞰《ちょうかん》するだろう。耳を傾けてみると――**天使**「よっぽど、へんてこでおっちょこちょいの人だったんだね。渡りに船に臆《おく》することなく乗っかって川を渡るなんて。いったいどこへ漕ぎ出すのかな。せめて、たゆまず挑戦し続けないとね」**妖精**「乗り換えた船の船長は、フック船長より残忍で私より悪魔っぽいよ。いけすかない」。彼らは胖の心のなかでこう語り合っていた。

新天地の新聞の目玉は、企業の合併や買収をなりふり構わず追いかける「チームM&A」と、戦後六十年連載特集チームの存在だ。前者はこれまでの取材や人脈がモノを言いそうだ。後者は以前の新聞社で戦後五十年の特集記事をものした経験が役立つだろう。

「甲子園まであと一勝」。長男諭《さとる》の弾むような報告を聞いたのは七月二十八日。早稲田の付属高校はすでに甲子園出場を決めている。勝てば慶応と早稲田の付属高校がそろい踏みだ。大学の「最後の早慶戦」は昭和十八年（一九四三年）。あれから六十二年の歳月が流れている。

コラム　第1章

バルザックの小説『谷間の百合』：若手社員が想像したのはこの小説の主人公・フェリックス君がヒロイン・モルソフ伯爵夫人に舞踏会で邂逅《かいこう》した場面。主人公は、白い肩の先の胸元を見ようとしてすっかりどぎまぎしてしまう。薄いヴェールでつつましやかに蔽《おお》われている「丸みを帯びた球体が、ふうわりと波打つレースに包まれている胸に完全に魅了」され、たちまち恋に陥る。

バルちゃんと名付けられた椎名百合だが、本人はチョーサー『カンタベリー物語』に出てくる「天の百合」を意味する二世紀の聖人セシリアを自称している。「セシリアは純潔の白さとやさしい心、かぐわしさ、慈愛に燃える良き賢き行いの模範……わたしにぴったりでしょ」と豪語してはばからない。たおやかなモルソフ夫人とは全く異質の存在であることに本人は気づいていない。

『巨人の星』：梶原一騎原作・川崎のぼる作画。胖は星飛雄馬《ほしひゅうま》と姉の明子のシーンを思い起こしている。

天使と妖精：この物語に唐突に天界から登場する天使と妖精は、草壁俊英の曾孫、大山胖の孫、諭の子。つまり次世代の子どもたちの視点で、親、祖父、曾祖父という「三代の過客」の心のなかで語り合う。「千夜一夜物語」なら十四夜にさし昇るとか、ちょうど夜の闇を燦然と照らしている天空に浮かぶ満月のようなと描きそうな二人。あるいは宮沢賢治の『双子の星』に登場する、天の川の西の岸にかかる「すぎなの胞子ほどの小さな二つの星」かもしれない。その後、祖先たちと人生の旅にくっついて小生意気に顔を出すことになる。

第2章

一苦一楽《いっくいちらく》

〈二〇〇五年夏〉大山諭、影の主役

慶大付野球部三年生の大山諭《さとる》はベンチ入りがかなわず、八月十五日、甲子園球場の応援席にいた。チームの仲間とともにユニフォーム姿でメガホンを打ちふるう後ろ姿に背番号はない。

六月二十八日、地方予選抽選日の前日。監督がベンチ入りメンバーを発表した。二十人のなかに彼の名前はなかった。その日、立つ瀬が同じ仲間と思う存分に泣いた。翌日から与えられたミッションは対戦校の偵察。克明にメモを取りビデオを回す。活躍の場は縁の下でも、晴れ舞台への道程に、いくばくか貢献していると己に言い聞かせるほかない。

「ベンチ入りできなかった。残念です。子どものころバットやグローブを買ってもらった。何度もキャッチボールしたり、ノックしてくれたのに……期待に沿えなくてごめんなさい」。翌日、諭は国際総合医療センターで療養中の祖父草壁俊英《くさかべとしひで》に頭を下げた。

「悔しかっただろう。『一苦一楽《いっくいちらく》』という言葉を知っているか？　中国の明《みん》代の洪自誠《こうじせい》という人が『菜根譚《さいこんたん》』のなかに書いている。苦しみと楽しみが互いに磨き合い、練り合うその極において人生の幸せは来る、こういう意味だ」と励ます。

「楽あれば苦あり、の逆っていうことかな。お祖父《じい》ちゃんがよくテレビで観ていた『水戸黄門』の主題歌でも歌っているじゃない？」

「人生、楽ありゃ、苦もあるさ、か……まあ、それに近い。司馬遷の『史記』にある『禍《か》福《ふく》は糾《あざな》える縄の如し』も同じだ。縄を綯《な》うように、幸せと不幸は代わる代わる来るんだ。ベンチ入りは逃しても、チームのために戦えることは、いろいろある。人生の勝負は野球だけじゃない。次の戦いに頭を切り替えろ。アメリカへの留学で何をつかむか、よく準備しておきなさい」。苦悩の末に、本物の楽しみ、生きがいを味わう。強い意思を感じさせる祖父の一言ひとことを胸に刻む。この日は、いつもに変わらず頭脳明晰な俊英節を披露していたのだが。

その一か月後の七月二十九日。慶大付属は、県大会の決勝戦で優勝候補筆頭の強豪校を延長十二回に及ぶ激闘の末制した。四十二年ぶりに甲子園の切符をつかむ。組み合わせが決まった翌日、祖父を見舞う。

「おじいさまは、ここ数日、眠っている時間が多かったけれど、決勝戦の日だけはテレビにかじりついていましたよ」。さんざん、看護師に孫自慢をしていたらしい。「子に厳、孫に慈。こんな儒学者の言葉を教えてくれてご機嫌だったわよ。子どもには厳しく接しても、孫は慈《いつく》しむ。祖父から子、子から孫へと、厳格さと慈愛が縄のように糾われて、太い絆《きずな》を生むんだそうよ。孫は娘（のぞみ）が厳しくしつけるから、俺はやさしくしてやるんだ、ですって」。その慈顔《じがん》を覗きこむとぐっすり熟睡中だ。心なしか顔色が暗い。明るい気分になってもらおうと向日葵《ひまわり》を花瓶に活け、対戦校の情報を整理していると……。

「おお、諭か。おめでとう。いよいよ甲子園だな」

「初戦は長野県代表の信濃高校に決まったよ。勝つと次は早大付属と当たるんだ」

「そうか。早慶戦が実現するといいな」

再び、目を閉じる祖父の瞼から一筋の涙。（物心ついてからこれまで、人前で涙ぐむことなどなかったのに）感激の涙だけではなく、感傷と追憶の涙だと分かったのは、数日たってからである。

諭が父胖《ゆたか》の知人を通じて信濃高校や早大付のビデオを集めていること、それを分析するチーフに選ばれて克明な対戦プランを練っていることを報告する。うん、うんと聞いていた祖父が、六十年前の話を始めた。第二次世界大戦中の、いわゆる「最後の早慶戦」の応援席に祖父はいたという。初耳だった。自らも野球少年だった祖父は陸軍士官学校出身で、早稲田大学入学は戦争が終わって復員後だったはず。

しばらく、うとうととしていた祖父が懸命に記憶を呼び覚まそうとしている。昭和十八年（一九四三年）十月十六日正午、戸塚球場。慶応大学野球部で活躍している旧制駿河中学のチームメイトの応援に駆け付けた。黒一色の学生服が球場を埋め尽くす。ちらほらと、ハンカチを握りしめる女子学生の姿もある。野球が「敵性スポーツ」だとして、文部省が六大学野球連盟を解散して公式戦が開けないなか、部員の熱意と両校関係者の尽力でようやく実現した非公式試合だった。しかも学徒出陣は目前に迫っている。「これがその友人にとって最後の早慶戦だった。それだけじゃない。最後の試合でもあったんだ。その親友の名前がどうしても思い出せない」。歯がゆさからか、苦悩と疲労の色がにじむ。昔から記憶力抜群だったのにと、訝《いぶか》しみながら「どっちが勝ったの？」と聞こうとした諭は、祖父が深い眠りに入ったことが分かった。

その足で歩いて十五分ほどの三田病院に向かった諭は、父方の大伯母佐多松子《さだまつこ》を見舞う。「あんた、忙しいのによく来てくれたわね。甲子園おめでとう。調子はどう?」。下町言葉まるだしで機関銃のようによくしゃべる。一回戦に勝てば、早稲田と当たるかもしれないと告げると、「あらまあ、実現するといいわね。私も若い時分によく早慶戦に行ったのよ。あんた、知らないでしょうけど、最後の早慶戦は一生、忘れられないわよ」。小柄で顔黒《ガングロ》、白髪痩身ながら七十九歳とは思えない若やいだ表情が浮かんだ。

「戦争中、昭和十八年の早慶戦でしょ? さっき、ちょうど俊英じいさんとその話をしてきたところなんだ。おじいさんも親友が出場していたから応援に駆け付けたらしいよ」。二人とも戸塚球場の同じスタンドにいたのか。これは奇遇だ。「お目当ての選手がいたんじゃない?」

松子は「へへ、ちょっとね……」はにかむように、それでも上機嫌に告白し始めた。

大正十五年九月、三田四国町、現在の港区芝に生まれ育つ。「あんた、お由良さん、知ってんでしょ? お由良騒動で有名な。彼女も在所《ここ》の出身なのよ。大工の娘だっていうじゃない」。薩摩藩の島津斉彬《なりあきら》と久光の父斉興《なりおき》の側妾《そばめ》をまるで幼馴染のように言いながら「あたしは床屋の娘だけどね」と舌を出す。爾来《じらい》、和裁の腕一本で生計を立ててきた。慶応のおひざ元とあって学生の下宿が多い。「はす向かいの八百屋さんに下宿している野球部の人がしょっちゅう、うちに髪を切りにきていたわけ。格好よくてね。あたし、光る君って呼んでいたのよ。紫式部の源氏物語って知ってるわよね？　主人公の貴公子・光源氏になぞらえてね」

「（なるほど、その人を想って若やいだ気分になっていたのか）光る君って誰？」と口を挟むと、「父がヒデちゃん、ヒデちゃん、って可愛がっていてね。よくご飯を食べさせていたのよ、二階に呼んで。おさんどん役があたしってわけ。よーく、富士山や太平洋の大海原の自慢話をしていたわよ」。そのヒデちゃんが、「最後だから」と言って手渡してくれたのが早慶戦の切符だった。

「いとしの君にね、戦争に行く前にお守りを渡したの。ほんとはね、古銭を縫い付けた肌襦袢を持たせたかった。幕末の剣客伊庭八郎が、いいヒトにもらったんだってよ。この守り襦袢を着て長州と戦って死にますかって笑ったんだってさ。でもヒデちゃんに死なれちゃいやだし、なんせ、うちは貧乏でしょ。だから愛宕《あたご》神社に行ったの、東京タワーの近くにあるでしょ。エッチラ、オッチラ、出世の石段とかいう急な階段を上ってね。武運長久に御利益《ごりやく》があるって聞いたから、必死だったわよ。ヒデちゃんは故郷の英雄だと言って、徳川家康をことのほか尊崇していたしね。お守りを渡したら、神君伊賀越えと勝軍地《しょうぐんじ》蔵《ぞう》の逸話を教えてくれた」

愛宕神社にまつわる、こんな縁起《えんぎ》だった。本能寺の変で織田信長が明智光秀に討たれる。そのとき家康は、わずかな供を従えただけで遊山の最中。この絶体絶命のピンチを救ったのが伊賀の服部半蔵《はっとりはんぞう》と甲賀の多羅尾《たらお》家《け》だった。半蔵は伊賀と甲賀の忍者を糾合《きゅうごう》して伊賀を越え、伊勢から海路で岡崎に逃げ込む。そのおりに多羅尾家から寄贈されたのが、くだんの勝軍地蔵だった。慶長八年（一六〇三年）、家康は勝軍地蔵菩薩を勧請《かんじょう》し、防火の総鎮守として江戸愛宕神社を創建する。「もう一つ、奇想天外、奇妙奇天烈《きみょうきてれつ》な伝説が残っているの」。ヒデちゃん伝承の奇策とは、一体の石仏が身代わりとなって家康を救った話だ。主役は滋賀県甲賀市信楽町《しがらきちょう》多羅尾にある浄顕寺《じょうけんじ》の「十王石仏《じゅうおうせきぶつ》」。十王なのに九体しか現存していない。「一体の石仏は家康の伊賀越えのときに、家康の代わりに籠《かご》に乗せたんだってよ」

明智光秀は本能寺に向かうにあたり京都の愛宕神社に参籠《さんろう》している。光秀は大戦《おおいくさ》を前に、本尊だった「勝軍地蔵菩薩」に必勝を祈願したのかもしれない。京都の勝軍地蔵菩薩と、多羅尾家から家康に託された勝軍地蔵の目に、その後の歴史絵巻はどう映っていたのかな、と諭が考えていると……。

「愛宕神社は、徳川時代に江戸の町を火事から守る防火防災の守護神を祀《まつ》っているの。きっと、戦火から守ってくれているはず。でもね。光秀が京都の愛宕神社で三回も、おみくじを引いたって言われているでしょう？　それで戦《いくさ》に負けたんじゃないかって」「あ、その話、お父さんと九州旅行に行ったときに、聞いたことがある。おみくじは一回でいいんだって」「でしょう？　だからあたしは、おみくじは引かない。そんで、お守りを渡したの、ヒデちゃんに」。

松子はお守り袋に李白の「烏夜啼《うやてい》」の詩をひそかにしのばせた。夕方ねぐらに帰る烏が鳴くときに、遠征した夫を悲しそうに思い出しては、孤独な部屋のなかで雨のように涙を流す、恋人を思う女性の情を歌った七言古詩。ある故事をふまえて作った詩だそうだ。役人となって遠い場所に赴き帰ってこない夫に妻は錦《にしき》を織って送った。その中に詩が織り込まれている。

「回文詩っていうの。縦から読んでも横から読んでも意味が通じる文章なんだって」

「たけやぶやけた、みたいなものだね？　あっ！　防火の守護神だから、焼けちゃったら困るね」

「そう。あんた、うまいことを言うわね。当時、夫には別の女《ヒト》がいたんだって。それが、妻の回文詩に誠意を感じて、妻のもとへ戻ってきたというじゃないの。いい話でしょ？」

と聞いておきながら、間髪《かんはつ》を入れず続ける。「なんだか、あたし、古代ギリシアの王妃ペネロペイアみたいよ。彼女はね、トロイア戦争に行ったきり帰らないオデュッセウスを二十年も待ちわびるの。夫の帰還を信じて機織《はたおり》に精を出す。これもあたしと似ているでしょ？　機織りや工芸の女神、ローマ神話でいうとミネルヴァ、ギリシャ神話だとアテネともお仲間よ」。紀元前八世紀ごろに活躍したギリシアの吟遊詩人《ぎんゆうしじん》ホメロスの『オデュッセイア』の話だそうだ。「あんたの父さん（胖《ゆたか》）が小学生のころ、誕生日に少年少女世界文学全集を贈ったのよ」「あ、それでか。小学校五年生のときお父さんと一緒に九州旅行に行ったら、そんな話をしていた」。機織りつながりですっかり王妃に自らを擬するかのような大伯母に、よもや求婚者が押し寄せたと想像するのは絶望的に難しい。そこで、諭は「ヒデちゃんも戦争から帰ってきたのかな」と訊いてみる。

「さっぱり消息が分からないの。彦星にはなかなか逢えないものなのね」。和裁をなりわいにしている彼女は、今度はすっかり織姫になったつもりでいる。愛宕神社と李白と織姫とペネロペイアの神通力は彦星に届くのだろうか。

その夜。手芸の手をやすめて、もの思いにふける松子。「あれ、おととい、お見舞いに来てくれたの、誰だったかしら、お礼状を書かないと」。最近起きたことが思い出せない。そのくせ、なぜか、半世紀も前の記憶が呼び覚まされる。

その数分後。夢か現《うつつ》か。織姫はいつの間にか「お通《つう》」になっていた。彼女が戦前に傾倒《けいとう》した吉川英治の『宮本武蔵』のヒロインお通は武蔵を恋い慕う。ところがすれ違いの連続だ。巌流島《がんりゅうじま》の決闘に向かう飾磨《しかま》の浦。お通が慕っても、すがっても、めぐり合えない。学生時代、すっかりお通に感情移入していた松子は切歯扼腕《せっしやくわん》していた。あたかも、自らをお通に、ヒデちゃんを武蔵になぞらえるように。

最後のシーンで思う存分、溜飲《りゅういん》を下げた。台詞まで諳《そら》んじられる。「ただ一言、おっしゃってくださいませ。……妻じゃと一言」「武蔵の女房は、出陣に女々《めめ》しゅうするものでない。笑って送ってくれい」。その一言はお通の、そして松子の心を打つ。だからこそ、お通は涙を見せず「お心措《お》きなく……。行ってらっしゃいませ」と送り出せたのだろう。武蔵と同じように、光る君たちも、そんな思念を胸に戦場に駆り出されていったのだろうか。ヒデちゃんを送り出して六十余年の光陰が過ぎる。いまだ松子は巌流島にたどり着けない。

再び閑話休題。次世代の子孫が先祖の胸の裡で「一苦一楽」に関心を寄せている。**妖精**「松子さんは織姫やお通、ペネロペイアの役どころになりきっているわね。図々しい気もするけど、光る君に逢えるのかなぁ。何年たっても難しい予感がする」**天使**が「一苦一楽かぁ。苦しいばかりじゃやりきれないし、楽しいだけでも緩んじゃう。苦労は買ってでもしろって言うよ。苦しいことのあとには、楽しいことがきっとあるはず。人生、楽ありゃ、苦もあるさ～」

織姫からお通に変身した大伯母の感傷の起伏を想像する由《よし》もなく、諭は帰宅後、さっそく父・胖に報告した。「宇佐神宮に行ったときに、ホメロスのオデュッセイアの話をしたな。俺も子どものときは、魑魅魍魎《ちみもうりょう》が跋扈《ばっこ》するオデュッセウスの冒険譚に夢中だった。ちょっと待て、日本の神話にもあるぞ」と胖は記紀の本を渡す。

諭は須佐之男命《すさのをのみこと》が八俣大蛇《やまたのをろち》を退治して草薙剣を手に入れる場面や、大国主神《おおくにぬしのみこと》が因幡《いなば》の白《しろ》兎《うさぎ》を助ける古事を興味津々に読みふけっている。

「大国主神ってオデュッセウスと同じような冒険物語があるね。対戦ゲームができそう。悪の巣窟に立ち向かう正義のヒーローみたい。そういえば、お父さん、宇佐神宮でオデュッセイアと幸若舞《こうわかまい》に筋が似ているって言っていたよね」「そうそう、百合若大臣《ゆりわかだいじん》だね。夫を待つ妻が宇佐神宮に祈願するとそれが叶って、悪漢を退治する筋立てだったな。たしかにオデュッセウスと大国主神の快刀乱麻《かいとうらんま》を断《た》つ活躍ぶりも通底《つうてい》している」「きれいなお姫さまが出てくるところもね」「古代ローマ建国の英雄アエネーアースが冥界に旅すると、半獣半馬のケンタウルスや、七つの頭を持つ水蛇ヒュードラなんかに出くわすんだ」「ヤマタノオロチみたいだ」。ひとしきり、旅行の思い出話に花が咲く。

岳父《ちち》の俊英と育ての親である伯母の松子が最後の早慶戦を観戦していた偶然に驚きながらも、同じ慶大付属高校の野球部OBで新聞社に勤める胖は、この試合を知悉《ちしつ》していた。

「早稲田の大勝だったはずだ。詳しく調べてみよう。新聞の記事になるストーリーが書けるかもしれない。ところで、ヒデちゃんって誰だい？」

「あ、苗字は聞かなかった」

松子がほのかな思いを寄せる「ヒデちゃん」と俊英の親友がそろって、最後の早慶戦に出ていたようだ。待てよ、岳父は旧制駿河中学の出身、ヒデちゃんのお国自慢は富士山と太平洋。ひょっとして駿河？　同じ人なのか。

料理を運んできた妻ののぞみに「お岳父《とう》さんの駿河中学の野球部時代の親友って誰か知ってる？」と聞くと、「さあ？　どうかしら。父に聞いてみる」。俊英の一人娘のぞみは先月の入院以来ほぼ毎日、病床を見舞う。

「気になるのは、お岳父《とう》さんの容態だな」。諭が二時間ほど病室にいるあいだ、ほとんど眠っていたらしい。

「前に話していたよね、もしかしたら、あの病気に効きそうな薬が見つかるかもしれないって」と諭。近いうちに先生に聞いてみようと返した胖は、黒革の手帳を取り出して何やらメモを取り始めた。思いついたことを覚書にしておく父立志《たつし》の習慣がいつのまにか身についている。

覚書はこんな内容だった。

①東宝医科薬科大学の野崎教授。新薬「TPX」開発の進捗
②最後の早慶戦、駿河中出身者名とその後、慶大のヒデちゃん
③信濃高校と早大付高校の資料依頼

このうち①と③は電子メールで連絡した。あくる朝、向かったのが早稲田大学である。資料センターの司書に最後の早慶戦の記録を探している旨を伝えると、何冊かの図書を渡してくれた。ざっと目を通してみたが、出身中学を記した文言にはめぐり合えない。

すると、司書が事務局長を連れてきてくれた。「事務局長の渡辺です。私たちも最後の早慶戦の史料を蒐《あつ》めている最中です。何かお役に立てますか？」

「実は、新聞で最後の早慶戦にまつわるエピソードをまとめています。そのなかで、当時の野球部員に駿河中学の出身者がいるはずなんです。その人の名前と、戦後どうしていらっしゃるかお分かりになりますか？」

「ちょっとお待ちください。お役に立てるかもしれません」。事務局長は資料倉庫に戻ってから、一枚のメンバー表を持ってきてくれた。早稲田の全選手の打順、守備位置が記してある。林、坂東、遠藤……田中……指でなぞっていく。早稲田側に「ヒデちゃん」らし

き名前はない。

「ありがとうございました。助かります。渡辺さんの史料蒐集は進んでいますか？」と水を向けると、最後の早慶戦に出場した選手や関係者の証言を聞いて回っているそうだ。「早稲田から何人も戦死や戦病死された方がいます。戦後、かなり鬼籍《きせき》に入られていて。ただ、後世に伝えるためには今、やるしかないと思っています」。念のためメンバー表と渡辺さんが集めている史料のコピーをもらっておく。これが後々、おおいに役立つことになる。

早稲田界隈の喫茶店に落ち着く。借りてきた図書と、証言集や備忘録に目を通す。随所に「一球入魂」の四文字が躍る。「野球は試合の勝敗のためではなく、野球道を極めるためにやるのだ。征《い》けばまず命はない。戦地へ赴く前のはなむけとして、伝統と歴史に輝く花形の早慶戦で送り出してもらえる。最後の野球道に精進せん」「復員後、彼の戦死を知らされた。神風特攻隊として沖縄に出撃し、短かすぎる生涯を終えた。最後の早慶戦で放った彼の二塁打。あの誇らかな笑顔は忘れられない。俺は彼の分も生きるのだ。負けてはいられない」。赤裸々な述懐が心に刺さる。

港区三田にある慶応大学の資料センターも充実していた。「空の特攻隊のパイロットは一器械にすぎぬ。しいて考えれば自殺者と同じだ。これは精神の国、日本においてのみ見られることだ。明日は自由主義者が一人、この世から去っていきます」こんな手記が胸を打つ。特攻出撃直前の大正から昭和初期とおぼしき「下駄スケート」の実物やら、明治三十六年に第一回早慶戦を開こうという早稲田からの挑戦状や選手の写真、「野球部で頑張った二人は今度は大空で頑張ろうよ」という寄せ書き。「於早大戸塚球場昭和18年10月16日　早稲田大学VS慶應義塾大学」と記されたスコアブック。選手の名を追っていく。堀川、西田、奥山、吉野……「ビンゴ！」。遊撃手の欄に「神田秀樹《かんだひでき》、駿河中学」の名。野球部史を借りて探すと、駿河中学の神田は右投げ右打ち。中軸を打っていたようだ。ところが、戦後の行方が知れない。これは調べなおさないと。他に同じ中学の出身選手はいない。念のため、チームメートで連絡がつきそうな選手をメモしておく。

きょうも病院にいるはずの妻のぞみに「親友は神田秀樹。おとうさんに伝えて。記憶が戻ればいいが」とメールした。ほどなく、「神田秀樹さんの名前を聞くと、うなずいていているようにみえた、気のせいかもしれないけど。詳しいことは思い出せないみたい」と返信が来る。俊英と松子、最後の早慶戦を観戦した男女は、六十年前に同じグラウンドで同じ選手を応援していたのは確実だ。

他の資料をあさる。「9回表、最後の打者が併殺にたおれてゲームセット、10対1で早稲田勝利」「応援席でエール交換。慶應が『都の西北』、早稲田が『若き血』を合唱。グラウンドで『海ゆかば』を大合唱。慰労会」。こんな記述が並ぶ。

六十年前の野球部員はどんな思いだっただろうか。最後の早慶戦は敵も味方もない。両校が勝者だった。「戦場で会おうぜ」それぞれ仲間同士が讃《たた》え合う光景が目に浮かぶ。学徒出陣で戦場に赴いた選手で早稲田の戦争犠牲者は四、五人と記録されているのに対し、慶応側はいなかったと分かった。「よし、神田秀樹は戦死してはいない」。この日、センター長の中野はあいにく出張で不在だったのでアポイントを入れておく。

翌日、胖が訪ねた中野はヒデちゃんに関係のありそうな資料をそろえてくれていた。膨大な卒業生の消息を綴ったメモを通覧《つうらん》する。神田秀樹は満州でソ連軍に捕らえられシベリアに抑留。長く、辛い日々を送る。別の記録には、収容所で野球の早慶戦を開催したという記事を見つけた。復員は昭和二十五年（一九五〇年）。船で舞鶴港に着いたことまでは分かった。その後、郷里の駿河に戻ったようだが、杳《よう》として行方は知れない。一縷《いちる》の望みにすがって、当時の連絡先に電話をかけてみる。「この電話は現在、使われていません」。つれないテープの声。六十年前だから無理もない。

会社に戻って発掘した事実を整理する。何気なく早大付属のメンバー表に目をやると、気になる名前が出てきた。「田中胤文《たねふみ》」。早大資料センターの渡辺にもらった史料に「田中胤敦《たねあつ》」の名前があったはずだ。田中は比較的多い苗字だが、「胤」はそうそう目にする名前ではない。親類縁者かもしれない。「早大付の田中胤文は最後の早慶戦の田中胤敦と縁戚か調べたし」と記者の天童弘樹《てんどうひろき》にメールする。なおも情報を洗う。渡辺の備忘録にあったいくつかの文章を照らし合わせてみる。「神風特攻隊として沖縄に出撃し、短かすぎる生涯を終えた。最後の早慶戦で放った彼の二塁打」の本人が、田中胤敦だったことが判明する。戦死したとすると胤文選手の祖父ではない。

ほどなく携帯電話が鳴る。発信者は天童だ。「分かりました。田中胤文の祖父である胤《たね》盛《もり》の兄胤敦が早大野球部で最後の早慶戦に出場後、戦死しています」

「ちょっと待て。ややこしいな」と言って、メモを取りながら「胤文投手の祖父が胤盛、その兄が胤敦、つまり大伯父という関係だな」「そうです。連絡先リストにあった野球部関係者に聞いたので間違いありません」。よし、点と点が線につながった。「よくやった。記事のストーリーは三代記ではなく、六十年をつなぐ早慶戦にする手もあるな。そっちを軸にBプランを走らせよう」。一苦一楽、一喜一憂の末、二つの世代をつなぐように糾われた縄は太くなっていく。

天童にはなお、周辺情報を取材するよう指示する。彼は「天狗」と綽名されるほど、神出鬼没で鉄砲玉のようにすっ飛んでいく。嗅覚が鋭く、狙った獲物は逃さない。振り出しは青森の地方紙記者。地元知事の汚職事件を追っていた彼は、ネタ元を追って上京。銀座の高級クラブに出没する。それも薄汚れた合羽と長靴姿で。彼が書いた記事よりも、銀座のママさんの間では、その風姿が評判を呼んだという武勇伝を持つ。胖がこの会社に来るとき、燕や雀と一緒に飛んでみるつもりだったのに、鷲や鷹のような猛禽類も生息しているのは心強い。経営トップ鷲尾の爪牙《そうが》は願い下げだが。

ともあれ、早慶ともに一回戦を勝ち抜いてくれないと、絵に描いた餅になりかねない。下馬評では早大付は優勝候補の一角。慶大付も前評価は高い。期待が持てる。

コラム　第２章

烏啼夜：「独り空房《くうぼう》に宿りて涙雨の如し」。李白の詩の意味を、元・文学少女の松子が高校球児に解説する。「機織《はたお》りに使う道具を動かすことをやめて、ぼんやりと遠くにいる夫のことを想っているの。部屋には誰もいない。わびしさに雨のように涙を流す」

ペネロペイア：オデュッセウスが地中海のあちこちで漂泊、放浪しているあいだに、美しい王妃ペネロペイアに求婚者たちが百人以上も群がる。彼女は彼らに「義父ラエステルの棺衣《かんい》を織るまでは結婚を待ってほしい」と申し出る。これは起死回生の秘策だった。三年間、昼間は機を織りながら、夜にはそれを解いてしまい、周囲をまんまと欺《あざむ》く。ところが四年目に発覚してしまう。さて、絶体絶命。ところが、夫は物乞いに身をやつした姿で故郷に帰っていたのだ。巧みな策略で悪辣《あくらつ》非道《ひどう》な求婚者たちを成敗し、二十年ぶりに夫婦は再会を果たす。

海ゆかば‥活字で読むと、どうしても、戦前の戦意発揚の軍国主義を思い浮かべてしまう。奈良時代の万葉歌人大友家持《おおとものやかもち》が皇室に忠誠を誓った歌だ。当時、政治的な混乱や疫病の蔓延《まんえん》があったにしても、よもや千年後、三十世代の幾《いく》星霜《せいそう》を経て前途有為な若人が肩を抱き合って合唱するとは、さしもの万葉人も想定の範囲外だろう。富山県高岡市にある勝興寺という古刹《こさつ》に「海ゆかば」の記念碑がある。家持が奈良時代の越中国庁の国守として五年間赴任したおりに詠んだ。

第3章

一葉《いちょう》の写真

〈一九四三―一九四八年〉俊英の終戦と戦後

セピア色に変色した白黒写真。中央に、まばゆいばかりの陸軍の制服に身を固めた長身痩躯の男性。草壁俊英《くさかべとしひで》、十八歳の凛々しい姿が写っている。六十数年たった孫の大山諭《さとる》と同じ年齢である。靖国神社の鳥居。周りの男女は親きょうだい、親戚が一堂に会した。写真の裏に鉛筆で「昭和十八年十月十五日、靖国神社にて　兄　出征　武運長久を祈る」と書かれている。「最後の早慶戦」の前日、出征の前々日だった。

戊辰戦争の戦没者を祀る東京招魂社を前身とするこの神社には、長州藩出身の医師であり兵法家の大村益次郎の銅像が街を睥睨している。彰義隊攻撃の総司令官として、江戸の市中に戦火が及ばぬよう緻密な作戦を立てた益次郎。その意味では江戸の街を救ったといえなくもない。「陸軍の父」の銅像を背景に写真に納まりながら、その表情はふるさとと人々を救う使命をかみしめているかのようだ。

「拝啓　父上様　母上様、御親戚の皆様方においては、ますます、御壮健のこととお慶び申し上げます。春の日差しが暖かく、そして優しくなってきました。桜が咲き誇り、我等の門出を祝ってくれているようです」。こんな書き出しで両親に宛てた葉書を送ったのは、出征半年前の四月初旬のことだった。戦況には一切触れず、郷里の駿河と家族を気遣う文言の数々が散りばまれている。

「正月に一同がうちそろって、富士山を背景に記念写真を撮りましたね。是非、一枚送ってください」と記し、「武人の覚悟を忘れず、皇国のために尽くします。くれぐれも、ご自愛ください。敬具」と結んでいる。何日かたって届いた一葉の写真を胸に戦地に赴く。

負傷し、内地に帰ってきたのは、終戦の年となる昭和二十年（一九四五年）の早春だった。千葉の九十九里浜で砲台を掘っているとき終戦の日を迎える。「堪え難きを堪え、忍び難きを忍び……」。ラジオから流れる天皇陛下の玉音放送はよく聞き取れない。その日、出征の日から着古し、色あせた軍服にサーベルを差して皇居に向かった。「負けたんだ」「戦争は終わった」。行く道すがら、絶望感に身をさいなまれる。習志野で仮眠し、皇居前の広場にたどり着いたのは翌十六日の早朝だった。深々と宮城に向かって首を垂れる。どのくらいの時間、正座していただろう。

「おいっ。草壁！」。背中を叩く、というより、どやす者がいる。振り向くと顔がいかつい。陸軍士官学校の同期生伊集院隼人《いじゅういんはやと》だった。

「おうっ。おまえか。生きていたか」。余計な言葉はいらない。感慨無量で抱き合う二人。

「このサーベルで腹を斬る」と言い張る俊英に隼人はこう諭す。「俺もそのつもりだった。だが、ここに半日、座っていて考えを改めた。着の身着のまま皇居に集まった人たちをこのままにして、この国の行く末はどうなるのか」。二人は二重橋から千鳥ヶ淵、そして期せずして靖国神社に向かっている。

「貴様、まだ、ハラを斬るつもりか?」。言いたいことは分かった。ここに眠る幾多の戦友に申し訳が立たない。次なる闘いは戦争ではなく、戦後日本の復興にあるのだ。伊集院の目は先を見据えていた。二人は語り合う。日は暮れてゆく。日はまた昇るだろう。「俺は国土建設の仕事に就く」「俺は飛行機乗りの経験を生かして電算機や通信の道を目指す」。いつしか、互いに次の闘いに邁進することを約束し合って、この日は別れた。この盟約は、この時代人特有の専売特許となって、有言実行の誓いとなる。

天の声なのか。三世代後に生まれてくる俊英のひ孫が天空から曾祖父の心に語りかける。**天使**「あー、曽祖父ちゃんが自決を思いとどまってくれてほっとした。もしも、伊集院さんに出会っていなかったら、わたしたちはこの世に生を受ける余地がなくなるところだった」**妖精**「戦争を経験した世代にとって、生きること、死ぬことってなんだろう？一度、死地をくぐりぬけたならば、そのあとの生きるっていうことの意味合いが変わってくるでしょうね」

自裁を思いとどまった俊英は、土佐の坂本龍馬の銅像を髣髴とさせる白皙の偉丈夫だった。旧制駿河中学から陸軍士官学校で軍人の道を歩む。当時、駿河から陸士に入るのは稀だ。「名は体を表す。草壁トシヒデ、俊英《シュンエイ》はわが校の誇り、誉れだ」。いささか、上っ調子な校長の紹介を朝礼台上で聞く。ときならずして起きる歓呼の渦。こそばゆい気がしたのは「陸士を選んだのは家が貧しく、すぐカネになる」という理由だったからだ。予科を二年、半年の実戦訓練を経て、本科へと進む。戦況が厳しくなり、本来二年の本科を一年半で終えた。そして親族と靖国神社に参拝した翌々日、満州、現在の中国東北部へと送られる。野戦重砲兵の指揮を執っているさなか、敵の砲弾が至近距離で炸裂。瓦礫に直撃され、一時、意識を失う。このあとのことは霧の中だ。野戦病院で手当てを受け、船で祖国の舞鶴港に戻りついたらしい。気づいてみると、陸軍病院の一室だった。快復も早く、退院後は九十九里の砲台の設営、塹壕掘りに明け暮れていたのだった。

終戦の翌日に皇居で出会った二人はそれぞれ別の大学へと進むが、迷うことなく、靖国で誓い合った進路を選択する。草壁は早稲田大学の土木科。東京大学の通信学科に進んだ伊集院は、短躯ながら背中に竹刀でも入っているような姿勢に眼光鋭い凛々しい表情は、身の丈以上の威圧感を与える。中国の道教系の神で五月人形にも登場する鍾馗《しょうき》とか金太郎で有名な坂田金時を思わせる風貌だ。一別以来、書簡をやり取りしながら、近況を交換し合う。

「同期の高田喜朗《よしろう》の消息が分かった。慶応に進み、機械工学を専攻している。来週、三人で集まらないか？　八月十五日はどうだ？」。こんな封書が届いたのは終戦から三年たった昭和二十三年（一九四八年）だった。夏季休暇を利用して、高田馬場の安酒場で落ち合い、久闊を叙し合う三人。三年の空白は一瞬のうちに消え去る。縄のれんをくぐってきた高田は相変わらず、ひょうひょうとした柔和な面立ち。恰幅のいい鷹揚とした大人風《たいじんふう》。その太っ腹な風采は、さしずめ七福神の布袋《ほてい》か。さっそく、ビールで喉を潤す。

「あれから、ちょうど三年か。貴様……高田、どうしていた？」

「どうにかやっているよ。慶応で機械いじり、油まみれの毎日だ。おまえは？」

「俺は通信とか電子計算機とか、アメリカさんの新しい技術を学んでいる。彼我の差は思っていたより大きいぞ。今年六月だったか、アメリカでトランジスタが初めて公開されただろう。『電子工学の革命』と評判になった。電算機が小型になるし、エレクトロニクスの世界は一変する。今、文献をあさっている最中だ。草壁は土木だって？」

「ああ。破壊された橋や道路、ダムとか土台となるものを造り直すのが国づくりの第一歩だと思ってな。道路や橋はおいそれと輸入するってわけにもいかんから、アメリカやヨーロッパの進んだ工法を見に行くのが夢だ」

「草壁が座右の銘にしている『一所懸命』だな。お前らしいや。ものごとを命がけでやる。（看板に目をやって）この店は『安兵衛』かぁ。吉良邸討ち入りに命をかけた赤穂浪士、堀部安兵衛にゆかりがありそうだな」。禿頭に鉢巻を小粋につけた店のおやじがうなずく。

「近くに石碑がある。あとで行ってみるか？」

「おう。三人そろった鼎談は、俺たちにとって失われた青春の仇討ちってわけだ。さ、高田、もっと呑め」

杯を干しながら「俺、堀部安兵衛(※5)と同郷の越後(=新潟、エチゴがイチゴに聞こえる)なんだ。中学のころ、新発田城の城址公園の安兵衛の銅像や、長徳寺の安兵衛手植えの松を見にいった」と懐かしむ。

コップ酒を片手に話し込んでいると、「安兵衛」の店主が突然、嘴《くちばし》を容《い》れてきた。「あたしゃあ、赤穂義士に縁もゆかりもありゃしませんがね。四十七義士(「義士」をやけに明瞭に発音する)、とくに安兵衛びいきでがす。そりゃあもう、大佛次郎先生の『赤穂浪士』は紙が擦り切れるほど読みやしたよ」。歴史の先生のおでまし。ありがたい容喙《ようかい》だ。

「へい、お待ち」と焼き鳥の串を差し出しながら、二つの仇討ちの主人公堀部安兵衛の活躍譚をひとくさりする(※6)。「安兵衛がふらっと、一杯、ひっかけに来るような店にしたいやね」。亭主の長談義と焼き鳥をともに賞翫する至福のとき。

「安兵衛は播州赤穂の出身じゃなかったのか。越後だと高田にとっては郷土の英雄だな」と草壁。「いや、いや。越後の誇りは何といっても不識庵《ふしきあん》上杉謙信公さ」。高田は「公」の尊称を忘れない。

一六六四年に米沢藩は当主が急死して後継者問題で危地に陥る。そのお家断絶の窮地を救ったのが、縁戚関係にある上野介だ。歌舞伎では敵役の吉良が、米沢藩や上杉家の視点では「救世主」という役柄に変わる。その仇討ちを主張してやまない急先鋒が郷土の堀部安兵衛。皮肉なめぐりあわせだ。

「吉良家は源氏や足利につらなる三河の名門だった。尾崎士郎の『人生劇場』を読むと、作者も主人公の青成瓢吉も、吉良の本拠の出身なんだ。そこでは歌舞伎の『忠臣蔵』は明治まで禁制だったらしい」と駿州出身の草壁。「そりゃあ、天下の敵役だからな。地元にとっては名君でも、そんな芝居は見るにしのびないだろう」とうなずく伊集院に、草壁はこう説明した。吉良上野介の出る場面だけをカットしろ、浅野内匠頭をわるものにしろ、と地元では、侃々諤々《かんかんがくがく》の議論が澎湃《ほうはい》と起こった。すったもんだの挙句、吉良を誹謗する言葉をご法度として、刃傷の場面を省き、幕開け早々に内匠頭が切腹してしまうという筋立てに替えた。

「そんな忠臣蔵だと、この店では興行できんな」と言いさして、高田は「上杉家は謙信公以来、養子、養子で何度も危機を脱してきた。吉良からの養子もそうだ」と話を戻す。彼の真骨頂、不識庵の系譜はなおも続く。生涯不犯《ふぼん》の誓いを立てた謙信に子はない。姉の子である景勝を養子に迎える。景勝を補佐した家老の直江兼続もまた養子だった。直江兼続は木曾義仲の四天王のひとり、樋口兼光の子孫といわれている。兼光は、同じ四天王である今井兼平の弟だ。

木曽義仲は「火牛の計」によって倶利伽羅《くりから》峠で平家に打ち勝つ。いったんは「朝日将軍」の称号を賜った覇者の泡沫《うたかた》の夢は、倶利伽羅峠から追い落とされる平家並みに早く消えていく。宇治川の戦いで源義経らの軍勢に敗れて北陸に落ちようとする。琵琶湖のほとり、近江国粟津で、義仲はついに矢で射落とされる。本拠の木曽から都へ、都落ちから宇治川、琵琶湖をへて、北陸へ。樋口兼光の末裔である直江兼続は対照的に木曽から春日山、米沢へと駒を進めるたびに、その各地で名声を残す。

直江兼続には後世に伝わる二つの勲章がある。一つは「直江状」。天下を手中に収めんとする徳川家康の詰問に対する堂々たる論駁だ。讒言の正邪を糾弾する前に上洛するとは上杉家の家風とは違う、当方に不義の汚名を着せようというのであれば、是非にはおよばず、もはや誓詞も約束も必要なし。宣戦布告した。

二つめは兜の「愛」の一文字。謙信の金科玉条である、裏切らず、謀略を使わず、非道をしないという「義」の遺伝子は兼続が受け継ぐ。兼続はけっして主君を裏切らない。義を重んじながら、民を愛する「愛民」として謙信の精神を彼なりに昇華させた。種を蒔き続けた兼続の遺伝子もまた、次代を救う。

兼続の二百年のち九代藩主上杉鷹山《ようざん》は米沢藩の「中興の祖」とされる。心の師と仰ぎ、政策の手本としたのが直江兼続だった。窮乏する財政を立て直し、米沢織などの産業を興す。謙信や兼続と同じように「養子」という系譜を継ぐ鷹山は引退し、家督を譲る。そのさい残したのが「伝国の辞」。米沢藩は先祖から子孫に伝えるべきで私物視してはならない、人民は藩に属している、君主は藩や人民のためにある、という「民主主義」の考え方だ。「伝国の辞」のDNAは幕末まで続く。

「国造りや経済と義を両立させる遺伝子は謙信―景勝・兼続主従―鷹山。この三代の養子が米沢藩と上杉家を継ぐ柱石となったわけだ」。高田は、したり顔で結論付ける。

「郷土の英雄は当然、西郷さんか？」。今度は薩摩隼人にお鉢が回ってきた。「せごどんは郷里はもちろん、全国区でも偉大な人物だろう。徳川幕府おひざもとの草壁には悪いがね」と満を持したように長広舌をふるい出す。「家康は方広寺の鐘銘に書かれた『国家安康』や『君臣豊楽』という文句に難癖をつけたり、大坂ノ陣で偽って城の堀を埋めちまったり、陰謀と謀略ばかりだろう。源氏の後を継いだ執権北条もそうだが、東国は簒奪《さんだつ》の歴史だよ。もし、太閤さんと島津の殿様が手を組んで天下を取っていたら……」。

「秀吉や西国の自由奔放、天衣無縫で屈託ないDNAが伝承されていれば、よほど日本や日本人の体質も変わっていただろう」と高田は思慮深げにバトンを継いだ。「三百年間、幕府も社会も藩祖家康の個性や家風をひきずってしまった。しかし、信長・秀吉・家康という三英傑……戦国三代の過客《かきゃく》が応仁の乱以来の混沌、百家争鳴の乱世を天下統一したのはまぎれもない功績だよ。薩長が天下を取った明治維新や先の戦争からあと、社会風土の体質転換は成功しているのだろうか」

「幕末、維新は我々の生まれた六十年前にすぎない。わずか二世代前、幕府と薩長は激しく敵対していたんだな。俺たちの曾祖父《ひいじい》さんあたりが戦場で相まみえていても不思議ではない」と伊集院はしみじみする。草壁は思いついたように「幕末も殿様には養子が多いな。徳川慶喜がそうだし、会津の松平容保《かたもり》、桑名の松平定敬《さだあき》の兄弟。四賢侯でも越前の松平春嶽、土佐の山内容堂、宇和島の伊達宗城《むねなり》」と指を折る。ことのほか養子にご執心だ。「戦国も幕末も養子の名君たちが、時代を創っていったんだな。江戸城の無血開城は維新後のわが国にとって重要な決断だった。西郷さんと勝海舟のおかげで、こんにちの東京があるわけだし、我々がある。将来の俺たちの子孫もな。さあ、春日山出身の高田に敬意を表して、高田馬場の決闘の史跡めぐりと行くか」。伊集院の音頭で「居酒屋安兵衛」を後にする。酔眼朦朧となりながら歩いて五分、西早稲田にある水稲荷神社に着く。早大のすぐ近くだ。安兵衛の武功を記念した石碑「堀部武庸加功績跡碑」が立つ。説明書きを見ると、「助太刀をした堀部安兵衛は、ただ1人生き残って名を挙げ、さらに7年後には赤穂浪士の仇討ちにも参加して、伝説的な豪傑となりました」とある。

「関ヶ原の一六〇〇年って、シェイクスピアがハムレットを書いた年なんだ。高田馬場の決闘は一六四九年だから、一、二世代たってからのできごとだ」と酔った文学青年高田は突拍子もない高調子。聞いていた伊集院は「洋の東西を問わず、殺戮と復讐の時代だったのかもしれんな。俺たちの時代もこのままだと戦争と悲劇の時代になりかねん」と考え込む。

「さて、飲みなおすとしよう。俺の下宿はこの神社から十分だ。酒と肴を調達していくぞ。兵站を確保するには、まず兵糧だ」と俊英。高田が新潟の地酒、伊集院が薩摩焼酎を選ぶ。俊英はなじみの魚屋で駿河湾の刺身や鯵の開きなどを奮発した。この世代のお国自慢とか郷土愛は辟易するほど無邪気だ。下宿に戻る道すがら、「だいたい、三代目が家をつぶすのが定番だろう。それが、十五代、二百六十年も一つの家が支配していたのは後継者選びがそれなりに機能していたからだ。徳川家は十五代慶喜まで世襲だった。御三家御三卿のなかから有能な跡継ぎを選んできたからこそ長もちしたんだ」。駿河の出身者はどこまでも徳川の肩を持つ。薩摩隼人は「世襲だの、お家やおクニに縛り付けられる、ぬるま湯に浸りすぎていたから、近代化に後れを取った。まるで、ゆでガエルだな。明治維新の革命なかりせば、こんにちの文明国はありえん」と、丁々発止の論戦が続く。春日山の大人は「安兵衛やハムレットの復讐は封印することだな。槍や刀ではなく、経済力と幸福度で世界に挑む国づくりが俺たちの使命じゃないのか」と、しごくまっとうな意見を吐く。微醺《びくん》を帯びた「三銃士」の千鳥足が巷をうろつく。

コラム　第3章

不識庵の系譜：高田は郷土の誇り、不識庵上杉謙信への傾倒、敬慕の念を隠そうともしない。吉良家は上杉家の親戚筋。謙信の養子景勝の時代に新潟から山形の米沢藩に移された。そのあと、藩主に吉良家から養子を迎える。討ち入りのとき、出羽米沢藩主は吉良上野介の長男綱憲《つなのり》だった。初代上杉景勝の三代あとだ。祖先が謙信公に仕えた千坂兵部《ちさかひょうぶ》が綱憲に諫言する場面が小説や芝居に出てくる。

高田は、さらに謙信―兼続―鷹山の直列に上杉景勝をつなぐ。兼続は白河の革籠原《かわごはら》で待ち伏せ、家康を待ち構える。ところが、西へ転進を決意する家康。兼続は撤退する家康の背後を襲うよう景勝に献策した。景勝は「退却する敵に背後から追い打ちをかけることを不識庵が望むと思うか。上杉家の義ではない。利しか眼中にない卑しい野心家がすることだ」と献言を退ける。天下取りの偉業は、信長・秀吉・家康の三代記ではある。世の中を治める思想に着眼するならば、上杉の「養子三代記」が出色かもしれない。

第4章

一期一会《いちごいちえ》

〈一九四八年〉俊英、早大生の本懐

早稲田にある本屋の二階に三人が入っていく。草壁俊英《くさかべとしひで》の下宿である。郷里から送ってきた干魚をごそごそと取りだす。匂いを嗅ぎ「うん、大丈夫だ。食える」。店で調達した戦利品の酒とつまみをちゃぶ台にのせ、酒盛りは深更《しんこう》に及ぶ。自然と話柄《わへい》は同期生のその後、に移ってゆく。

一期一会《いちごいちえ》。たとえ短い日々ではあっても青春時代に同じ釜の飯を食い、難儀な舞台で苦楽をともにした面々は忘れがたい。それは、おそらく平時の交わりよりぐっと濃度が凝縮されている。若干、むさ苦しげな下宿を、むりやり江戸時代の茶室に見立ててみると、一期一会の味わいが増す。茶道から生まれたこの言葉は、一生に一度の出会いであるとわきまえて、亭主役も客も誠意を尽くす心構えを指す。草壁は井伊直弼《いいなおすけ》の「茶湯一会集」に出てくる「一期一会」の心得を注釈してみせる。

茶の湯ならぬ、熱燗をさしつさされつ、誰言うとなく「一期一会を大切にしよう」「三人で年に二回は集まろう」「それとは別に、一度、同期会を開きたいもんだな」。話題がすぐに切り替わるのも、この世代の特権かもしれない。

「そうだ。同じ研究室に東大の学徒動員から内地で通信科にいた近藤という男がいる。一期下だ。戦時中から戦後にも戦友の情報収集を続けていると言っていた。彼に聞いてみよう」。伊集院によると、近藤は昭和十九年九月に繰り上げ卒業した。海軍の兵科予備学生から海軍省の東京通信隊の特信班に入り、通信諜報、平たく言えばスパイ活動が任務だったらしい。同胞たちは生きて帰ったら可能な範囲で彼に消息を伝える申し合わせができていた。横浜の日吉の地下塹壕《ざんごう》にある通信基地にこもったまま終戦を迎えた。暇をみつけては資料の整理に勤《いそ》しんでいるようだ。

「駿河中の『ご主人さま』はどうした？　草壁が捕手で女房役だったな。名前は……」

「神田秀樹。いまだに消息不明だ。シベリアに抑留されているんじゃないか、っていう風聞を聞いたことがある」

「最後の早慶戦に出ていたという駿河の怪童だろう？」

「中学ではエースで四番。漫画の主人公みたいなやつだった。卒業して慶応の野球部に入った。すらっとした男前、典型的な慶応ボーイだな。女子学生からの恋文がわんさか来ていたらしい。羨ましい限りだ」

神田秀樹は昭和十八年の「最後の早慶戦」には七番、遊撃手で出場している。「ちょうど俺も出征間際の休暇だったんで、戸塚球場で応援した。二塁打を放ったあと、日焼けした顔からこぼれた白い歯が美しかった。もう一度、あの剛速球を受けてみたい」。俊英と神田とのエピソードが、将来義理の息子になる大山胖《ゆたか》とその長男諭《さとる》の人生に深くかかわってくることになる。

天空から後の世代が駿河の怪童の安否を気遣っている。**天使**「駿河中学のバッテリーは再会できるのかな?」**妖精**「最後の早慶戦に出場した神田秀樹さんは、六十年後にもし高校の早慶戦が実現したら、どこかで観られるかな?」**天使**「よしんばシベリアから日本に帰ってきたとしても、あの混乱を極めたどさくさのなか、神田さん探しは、砂漠に落とした針を探すようなもんだ。同期三人組みたいに一期一会を実現するのは容易ではなさそう」

音を低く絞ったラジオから「きょう、大韓民国の独立式典が首都ソウルで盛大に催されました」と定時のニュースが流れてきた。

伊集院「北緯三十八度線で南北が分断か。残酷だな。国家とは一体なんなんだろう。同じ民族を分ける権利は誰にもないはずじゃないか」
高田「ドイツも同じだ。六月にソ連がベルリンを封鎖してしまった。東西分裂が事実上、決まったようなものだろう。戦争の傷跡はいまもなお大きいな」
草壁「北海道や沖縄の問題はあるにせよ、わが国は二分割されてはいない。俺の郷里に近い富士川あたりで国家がまっぷたつに遮断されていたとしたら、とんでもない悲劇だ。源氏と平家みたいに富士川の合戦はごめんだ」
高田「日本国を周波数帯で分ければ富士川か。地質学的に見れば、フォッサマグナ（大地溝帯）、わが郷里の糸魚川《いといがわ》や直江津《なおえつ》にかけてと、お前の静岡が境界領域だ。俺たち三人は異国人ってわけか。ゾッとするな」
伊集院「近藤に聞いたんだが、日本四分割が俎上にのせられていたらしい。北海道と東北はソ連、新潟を含め関東や関西はアメリカ、中国と九州はイギリス、四国は中国が統治する原案だった。天下三分の計の諸葛孔明どころじゃない……」
空気が重たい。しばし沈黙のあと、ラジオが今度は華やかなメロディを奏《かな》でだす。♪東

京ブギウギ リズムウキウキ 心ズキズキ ワクワク〜。「笠置シヅ子か、いいなぁ」。辛気臭い空気が一つの歌声で一変するのも若さのなせるわざだ。「ブギを踊れば世界は一つ。その通り! この汚い下宿から世界を変える踊りを繰り出そう」と伊集院は拳を握りしめる。踊りださんばかりだ。

「汚い下宿で悪かったな。ま、隗《かい》より始めよだ。この会の名前を決めようじゃないか」。亭主役の俊英が水を向ける。

「隗……戦国策だな。燕《えん》の昭王に郭隗《かくかい》が、賢者を招くなら、まず私のような凡庸な人から採用するように進言した。凡庸な我々が呼び水となって賢者をたくさん招く。文殊《もんじゅ》の知恵より、船頭は一人でも多い方がいい」と、高田が応じる。

「実はもう、俺と近藤と二人で丑寅《うしとら》会を組織しているだ」と伊集院が明かす。もはや完全なる鍾馗顔になっている伊集院は大正十四年(一九二五年)早生まれの丑年、一期下の近藤は十五年同じく早生まれの寅年。干支《えと》にちなんだ、かなり安直な命名だ。そのときの会話は、とても議事録には残せない。「チュウイン会はどうだ? 丑寅を音読みするんだ」

「なんだか、ガムみたいですね。占領下のアメリカ兵を思い出します。そもそも、丑寅の方角って鬼門じゃないですか？」

甲論乙駁《こうろんおつばく》、丁々発止の談論風発《だんろんふうはつ》が続く。広辞苑やら国語辞典を渉猟《しょうりょう》していた伊集院が厳かに後輩に諭す。「丑寅の方角は北東、つまり鬼門だ。陰陽道では鬼が出入りするとされ、万事において忌むべき方角だと書いてある。陽から陰に転じる北東こそ、今、我々がいる、この時代だ。このどん底から這い上がる日本人の魁《さきがけ》になればいい。牽強付会《けんきょうふかい》かな？」

ちょっと考え込んでいた近藤は「鬼が来ようが、悪霊が来ようが、私たちの世代が守護しましょう。京都だって北東の比叡山《ひえいざん》に寺を置いて、都を鎮護しました。王城の鎮護、国土安泰の礎ですね」。こうして二人だけの「丑寅会」が産声を上げた。

その経緯を聞いていた草壁が「おお、わが、東照大権現、神君徳川家康も同じだ。江戸の北東にあたる日光に東照宮を建て、遺言によってこの地に葬られた。鬼門から江戸を護る遺志だ。上野の寛永寺も三代将軍の家光が江戸城の鬼門を守るために創建したんだ」と膝を乗り出す。「だいいち、鬼門を心配していたら、京都の北東にある新潟県春日山が発祥の高田の立つ瀬がなかろう」。

お鉢が回ってきた酒豪の高田は冷静沈着だ。「ちょっと待て。チューインガムも鬼門も結構だが、草壁、おまえも俺も大正十三年の子年《ねどし》だぞ」。鋭い指摘に一同、考え込む。二期合同となると、干支は子、丑、寅。牽強付会を通り越して迷走は続く。ひとまず「子丑《ねうし》寅会《とら》」という、ひねりのない名称に一件落着しかけた。

「おざなりだな。子、丑、寅、十二支の始まりだろう。始源《しげん》会っていうのはどうだ。ものの本にはこうある。子年は、陽気がいろいろに発現しようとする動き。丑年は、生命エネルギーのさまざまな結合。寅年は、形をとって発生する、こんないわれがある」。沈思黙考の末、越後の酒豪が提案する。「発現、結合、発生か。ものごとの始めを俺たちで作り出す。後輩や次の世代に形として残す。会も二つの意義を持たせよう。一つは、隗より始めよのカイ。もう一つは世の魁《さきがけ》たらんとする、カイだ」。

紆余曲折の与太話にゴールが見えてきたのを見計らって、高田は切り札を出す。「始源っていうことばは、福沢諭吉の『学問のすすめ』(※7)にも出てくる」。ライバル校出身の草壁も「会の趣旨に合ってはいる。古い友人を大切にしよう、新しい友も求めよう、知己朋友は多いほどいい。始源会が生涯の親友と邂逅《かいこう》する源になればいいな」と同意する。「彼を知り己を知れば、百戦殆《あや》うからず」と、伊集院も負けじと孫子《そんし》を持ち出す。ともあれ、会の命名が唯一の収穫という戦果の乏しい酒宴となった。

戦後、最初の関所が就職だった。当時、軍人あがりは自由に会社を選ぶことがままならない。しかし、それぞれ志を持つ身。草壁は戦後まもなく日記にこう綴っていた。「戦友が、身近な人が死んでいった。父母兄弟親戚も犠牲になった人だらけだ。茫然自失《ぼうぜんじしつ》として、何もできない自分がいる。しかし、死んでいった人たちのため、次の世代のため、生き抜いて、焼土になった日本をどうにか復興させなければならない。俺の興国の一戦は新しい国土の創設だ。建設業を志す。男子の本懐は一本の道路、一架《いっか》の橋梁《きょうりょう》だ」。彼にしては珍しく一種、悲壮感すら漂う。

そして一九四九年（昭和二十四年）春、大手建設会社の日本建設土木に入った。口幅《くちはば》ったい言い方をあえてすれば「天下国家のため」ということになる。荒廃した国土の再建こそが、わが使命と感じたのは、徳川家康と織田信長の影響があるようだ。

伊集院はどうか。薩摩藩士を祖先と仰ぐ彼は、島津斉彬《しまづなりあきら》をはじめとした郷里の英雄たちが海外の文物を積極的に取り入れ、国力を増強してきたことが、明治維新の原動力となったとの思いが強い。アメリカの電子工学革命に瞠目《どうもく》したのもそのためだ。海外の研究論文を読破していくうちに、これから祖国を世界の一等国に導くためには電子工学や通信技術が欠かせないと確信した。探し当てたのが、アメリカの企業が資本参加し、技術指導している新興企業、日本電算機製造だった。

高田が選んだ芝浦光学機械は、戦前、望遠鏡や潜水艦の潜望鏡などの軍需産業の名門。戦後は民生用の光学機器、カメラ、複写機、家電、医療用機器にまで手を広げている。ガラスの高度な研磨技術という「匠の技」が金看板だった。機械工学と電子工学との融合で新たな領域に挑み続けている。工場勤務から「モノづくり」の基礎を実地で経験したのち、経営企画部門に転進、医療用の診断・分析装置への足掛かりを築く役目を担う。まずは、アメリカに雄飛し、MBA（経営学修士）となる夢を抱く。

こうして、さまざまな産業が、企業が揺籃期《ようらんき》から黎明期《れいめいき》を迎えようとしている。

コラム　第4章

一期一会：そもそも茶湯の交会は、一期一会といひて、たとへば、幾度おなじ主客交会するとも、今日の会にふたたびかへらざる事を思へば、実に我一世一度の会也。これは、茶道に傾倒したとされる井伊直弼《いいなおすけ》の「茶湯一会集」の一文だ。何回お茶席で会おうと「これが最期になるかもしれないという気持ちを持つことが大切」という茶道の心得を書いている。

大韓民国の独立：李承晩《りしょうばん》初代大統領は独立は南半分にとどまったことから「喜びも半分」と語った。日本統治時代、三十年にわたってアメリカで独立運動を続けていたとされる大統領は、ソ連に、そして全世界に正義と良心の発露を訴える。切れ切れに伝わるラジオの解説に、陸士同期三人は複雑な面持ちで耳を傾けていた。日付が変わって一九四八年十五日をもって南朝鮮のアメリカによる軍政は幕を閉じ、大韓民国が成立した。

信長・家康の国土再建：織田信長は室町幕府将軍・足利義昭を追い、朝倉義景、浅井長政を討伐したあと美濃、尾張、伊勢、伊賀、近江、山城の六か国を貫く道路や橋を整備した。うち続く内戦の戦後処理を急ぐ。破壊された交通手段を整えるばかりでなく、拡幅したり並木を整備したり、無用な関所の撤廃も断行した。おそらく、為政者として、民衆のため、ひいては新生日本のため、破壊のあとの建設を最重要視したからだろう。

徳川家康も同じだ。天下統一後、全国的な規模で五街道を整備した。江戸と京都を結ぶ東海道と中山道、さらに江戸を起点に甲州街道、日光街道、奥州街道である。各地を結ぶことで幕府支配の礎《いしずえ》を築くのが最大の眼目だ。参勤交代する諸大名に加え、民衆の行き来や物の流れがもたらす恩恵は計り知れない。ヒト、モノ、カネが動けば経済は動く。家康は二代将軍となる秀忠に「そちのなすことは何か」と問う。秀忠は「建設にあると思います」と答えた。応仁の乱が始まった応仁元年（一四六七年）から、徳川幕府が成立した慶長八年（一六〇三年）まで百三十年以上の戦乱続きで、世人は平和に飢えていた時代だった。

第5章

コードネーム・アルファ

〈一九八〇年〉駆け出し記者、胖

東宝産業グループ。明治の初期に産声を上げた旧財閥に系譜を連ねる。創始者は江戸時代まで命脈を保った庄内藩の支流海山藩《うみやまはん》の下級武士だった冨山源五郎《とみやまげんごろう》。賊軍とさげすまれながらも明治維新後に、江戸から変わった東京に出て来た。染料となる紅花を筆頭に、繊維原料の青苧《あおそ》、和紙作りに欠かせないコウゾ、塗り物に使う漆《うるし》……いずれも、越後から伝わった農業振興・殖産興業の賜物だ。特に、紅花と青苧栽培で培った「海山織《うみやまおり》」など山形の特産品の製造と販売まで手を広げ、一代で財を成す。大正年間に三代目が創設した東宝医科薬科大学が隠れた跳躍台になっていく。事業会社と大学の研究開発部門が一体となり、軌を一にして、医薬品開発の礎《いしずえ》を築く。

創業の苗床《なえどこ》となった紅花は、かつて越後の上杉家が入封された米沢藩の特産品だった。領地が大幅に削減され、直江兼続《なおえかねつぐ》の産業振興策の一つとして奨励される。兼続を心の師と仰ぐ上杉鷹山《ようざん》がその遺伝子を引き継ぐ。兼続や鷹山を隣藩である海山藩が、そののちに冨山源五郎が、脈々と伝承していった。

源五郎はそれだけで満足しない。さくらんぼなどの果実、山形牛で鮮度を保つ独特の輸送方法を編み出していく。紅花染めの織物が成長の飛躍台となった。繊維産業から化学工業に手を広げ、東宝産業グループは旧財閥の一角に食い込む。急成長の裏側に「政治力」の暗い影がつきまとう。その一つが戦前、軍部の依頼を受けて研究していたと噂される化学兵器の開発である。

戦後。アメリカ軍の戦争情報局は情報をつかんでいたらしい。占領統治下、財閥解体に伴い東宝産業グループの化学品製造部門の生産設備は凍結された。研究を重ねていたとみられる兵器開発の極秘資料は押収されたとみて間違いない。

大山胖《ゆたか》が東宝グループの取材を始めたのは前職の東京政経新聞の駆け出し記者だった一九八〇年からだ。入社早々、東北支社に配属。各地の支局を回りながら、山形県海山市の東宝グループに着目した。興味を引いたのは厚いベールに包まれた研究所の存在だ。ある日、若手の研究者同士の雑談から「コードネーム・アルファ」なる何やら秘密めいた隠語を耳にする。さっそく聞きまわる。ところが関係者の口は堅い。何度も撥《は》ね退《の》けられた。東北に在任していた五年かけても、新しい医薬品の研究開発らしいということしか分からない。

一九八五年に東京本社の経済産業部に異動。躍進する東宝グループに関心を持ち続けた。海山市を訪れ、研究本部長を務めていた野崎信彦《のざきのぶひこ》と出会ったのは年号が昭和から平成に移った一九八九年秋のことである。多忙を理由に連休を指定され、海山城址の広大な敷地の奥の院に潜む研究所を訪ねた。

白衣を纏《まと》った端正な顔立ち。銀縁眼鏡の奥には鋭い眼光。（こりゃ、手ごわそうだ。一筋縄ではいかない）と本能は告げる。通り一遍の自己紹介と取材の主旨をやんわりと切り出す。研究にかかわる質問は「企業秘密」を楯《たて》に口を閉ざす。こちとら、秘密を暴くのが商売だ、と食い下がっても、頑として口を割らない。ある程度の材料をあてないと埒《らち》が明かないなと、あきらめかかったときに、神の啓示が。

「コードネーム・アルファはその後、どうですか？　例の特効薬ですけど」。十年近く前に小耳に挟んだ得体のしれない隠語を、やぶれかぶれでぶつけてみる。それまで表情一つ変えなかった野崎の右眉がキュッと上がった。

「なんですか、それは？　聞いたことないなあ」と否定したあと「そんな妙な話をどこで仕入れてきたの?」と逆取材だ。「野崎さんが企業秘密なら、こちらも情報源の秘匿《ひとく》は金《きん》科玉条《かぎょくじょう》ですから明かせません。ま、ほかを当たってみますよ」。極秘の研究が進んでいるらしいという、ほんわかとした感触があっただけで、よしとしよう。

研究所をあとにし、市役所を訪れる。ここに郷土の作家藤沢周平《ふじさわしゅうへい》の資料室があると聞いたからだ。閉館間際に「藤沢周平資料室」に滑り込む。作中に出てくる五間《ごけん》川の場所を問うと、「それは架空の川です。たぶん、内川や青龍寺川がモデルでしょう」とのことだった。

館内に地元の「海山日報」の新聞記事が貼ってあった。「藤沢周平の『又蔵の火』の主人公又蔵が仇討ち決行の前、身を寄せた家がある」と紹介されている湯田川街道の鶴岡工業高等専門学校のあたりに出かけてみた。総穏寺を起点に、『暗殺の年輪』などに出てくる五間川とおぼしき内川や青龍寺川など、藤沢作品にゆかりのありそうなところをぶらつく。居酒屋で喉を潤し、ホテルに投宿。「電話が何度かありましたよ」とフロントでメモを手渡される。野崎研究本部長からだ。メモの番号にダイヤルしてみると、あした最上川下りをしないかというお誘いだった。どうした風の吹き回しかと訝《いぶか》りながらも、「ありがとうございます」と即答していた。

♪ヨーイサノマカーショ　エンヤコラマカセー。錆《さび》のきいた船頭の「最上川舟歌」が耳に心地いい。買い込んだ缶ビールを片手に、船の揺れも手伝ってか野崎の顔は桜色だ。「四季折々の最上川下りでは、紅葉が色づくこの季節が一番いい」とすこぶる機嫌がいい。川の両岸に目をやると、樹々は色づき始めたばかりだ。

畔が昨夕、藤原周平ゆかりの散策をした話をすると、野崎はこの土手の向こうに清河八郎の生家があるんだと指差しながら、「殺されたのは江戸の赤羽橋だった」と言った。赤羽橋は大山畔が生まれた病院と指呼《しこ》の間《かん》にある。この地で生まれた清河は、俺の生地で終幕を迎えたのかと、たちまち、親近感と郷愁が襲う。それにしても清河って尊王攘夷だっけ？　倒幕？　佐幕派？　自信がない。「生まれてくるのが早すぎたんでしょうかね？あるいは時勢を読む目が曇っていたんですかね」と促すと、野崎は「維新の発火点となったのは史実だ。いわば、ファーストペンギンといっていい」。最上川にペンギンはいなかろうにと混ぜ返すのを手控えていると、勢いに乗った野崎がこう続ける。「清河のように、幕末の嵐の海に最初に飛びこむ一羽のペンギンにならないと。我々も負けてはいられない。リスクを恐れず新しいことに挑戦するベンチャー精神がこの地に芽生えようとしているんだ」。この「最上川演説」はこの夜の会食の導火線となる。

午後六時。「炉端　五間川」。囲炉裏越しに細長いしゃもじに肴《さかな》をのせて渡す。ここは海にも近い。山の幸も豊富だ。地酒の熱燗をすすりながら「庄内、海山、いいところでしょう?」。野崎は目を細めながら刺身をつまむ。貧しい農家、雪深い田舎。たしかに東北支社時代に放映されていたNHKの連続テレビ小説「おしん」の印象と今は違う。明治・大正・昭和の三時代を生き抜いた「おしん」が新しい平成の山形を見たら目を見張るだろう。

「平成の時代に入って、この地に理想郷《ユートピア》を作りたい」(おやおや、風呂敷がどんどん広がっていくぞ)「この地に足りないのは新しい産業、技術開発、ベンチャー精神です」

「(アッ。ファーストペンギンはここで出没するのか)どんなユートピアなんです?」

ここからの話は長い。かいつまんでまとめると。海山市を中心にベンチャー企業を誘致する。大学の研究拠点を作る。大学から生まれた技術をもとに新しい会社を興す。医薬・生命工学、情報・通信技術に軸足を置く。

ありがちな絵だな。穴だらけの大風呂敷にも見える、油断している胖に、野崎はごく軽い調子で「伊達大学の菱川博昭《ひしかわひろあき》教授をご存じですね?」と本題に斬り込んできた。「(エッ、唐突になんだ、あの天才最先端の科学者だな。五間川の宴はここに狙いがあったのか)え、え、高校の同期にいます。彼が何かしでかしましたか?」

紹介してくれという依頼だった。記憶をよびさます。菱川の小学校低学年の綽名は「風船小僧」。手綱を緩めるとどこへ飛んでいくか分からない。高学年になると「尖《とん》がり坊や」に変名する。先生の言うことを聞かない。友達と交わらない。遊んでばかりいるくせに、理科と数学は滅法強い。なにしろ、瞳がビデオカメラで、脳がスクリーンであるかのごとく、一度見たら映像として覚え込んでしまう。このAB型のひとりっ子は格闘技好きでもあった。七歳で始めた空手は慶大付属中学に進むと都内で敵なしの腕前に。ところが、高校に進むと一転、山男に変身する。「鳥の声を聞いてくる」。週末は関東の山をめぐる。とうとう「蔵王に行ってくる」と、大学は伊達大学の医学部に進む。何を考えたか、「半導体の父」といわれるようになる伊藤教授の研究室に入り浸る。そんなときだった、高校の同級生だった大山胖と出くわしたのは。親しい間柄でもなく、軽く会釈しただけ。それが数年後、妙なかたちで邂逅するとは思いもしない。

国分町ではなじみのスナックで飲み、かつ、唄う菱川。十八番《おはこ》は「銀座の恋の物語」。♪サックスの歎きを聴こうじゃないか――石原裕次郎に憧れサックスを買い込み、山奥で吹き鳴らす。コンピューターを独学で学ぶうちにふと気づく。「俺は医者には向いていない」。風船は偏西風に乗ってアメリカへ飛んでゆく。シリコンバレー工科大学の情報工学科にもぐりこむ。中国とインド出身の同僚とコンピューターソフト開発のベンチャーを立ち上げる。企業価値が上がって高値で大企業に売却するかどうかをめぐって同僚と路線が対立し袂《たもと》を分かつ。膨満した風船が尖った針に触れ破裂した瞬間だった。「これからはバイオテクノロジーだ」。異才の学者は転身が早い。すぐさま帰国を決意。その道の先駆者がいる伊達大学の生命工学科に宗旨替えする。情報工学と生命工学、医学を組み合わせた研究論文が耳目を集め、少壮の教授に。

日米で数々の博士号を取った菱川は発想が常人と違う。「風船小僧」「尖がり坊や」は、いまや「天才先端」の異名がつく。「天才」と尖がった針の先のような「最先端」の彼に「異端」を連想する人もいるらしい。今は何を研究しているかも、どこで何をやっているのかも分明ではない。大山は東北文社時代に菱川と遭遇したことを思い浮かべながら「高校時代、超がつくほどの有名人でした。人付き合いは悪いんですが、ある種の天才ですね。ま、一応、連絡は取ってみましょう」。ちょっと大変だがと、もったいぶった恩着せがましいニュアンスを込めたのは、野崎のベールを剥がす見返りを期待してのことだ。ホテルに引き返し、居所を探る。

天才先端異端児・菱川は相変わらず、天才先端異端児だった。ようやく連絡が取れたのは十月の半ば。海外の学会から帰ったばかりということだった。野崎の依頼をあらまし伝えると、「分かった。今夜八時に研究室へ電話させてくれ」。そのあと、双方から何ら音沙汰なし。異端同士、波長が合ったのか、たちまちにして破裂したのか、それきり忘れていた。

「コードネーム・アルファ」の謎は解けないまま、何年かがすぎていく。どうやら、戦前に軍部の依頼を受け、特殊な兵器の開発を託されたらしい。医薬品などの開発力を生かせば化学兵器、もしかしたら生物兵器を想像するのは、あながち的外れでもなかろう。「アルファ関連の機器類や研究成果は米軍にすべて押収された。今は何も残っていない」という関係筋の説明に納得せざるをえない。それにしても、関係者の否定の仕方が極端だ。

「米軍にすべて押収された」と異口同音なのも、「すべて」にアクセントをおく物言いも胡散臭《うさん》い。すこぶる勘の鋭い菱川のこと、あわよくば闇に隠匿《いんとく》された財宝のありかを暴き出すかもしれない。

天の上から天使・妖精は将来祖父になる胖に語りかける。**天使**「コードネームなんてスパイ小説じみたシロモノが物騒な化け物をこしらえていないといいね。マッド・サイエンティストが発明する大量殺戮《さつりく》兵器なんて悪夢はまっぴらごめんだ。最先端の技術は天使にも悪魔にもなりうる」**妖精**「ダーウィンの言う通り、生物が本当に進化していっているのかな。それならば、核兵器で地球上の生物が死滅するという、そこにある危機を直視しているはず。むしろ、物質のほう……つまり、コードネーム・アルファの二、三世代あとの成果物が医療や健康福祉の方面で進化していってくれるといいね」

東宝産業グループのナゾを嗅ぎ回るうちに、隠れた財宝、いや、ちょっとした逸話に出くわす。化学兵器↓化学工業↓繊維と系譜を逆流して「紅花」にたどり着く。社史は、キク科ベニバナ属の紅花はエチオピアが原産地で、日本には三世紀ごろに伝来したと記す。花は黄色からオレンジ、赤へと変わる。別名、末摘花《すえつむはな》と紹介している。風流な別名だ。どこかで聞いたことがある。

地元では冨山家が明治時代から歴代住まう広壮な日本家屋を「紅花御殿」と呼ぶ。冨山と紅花との結節点は「源氏物語」にあったという、まことしやかな伝承が流布されていた。かつて一流の研究者、最近まで社史を編纂していた匿名希望のベテラン社員Aさんは、それでも得意そうに話す。「紫式部の源氏物語に末摘花というお姫様が出てくるんです。主人公の光源氏に、紅染めの衣裳を贈る。それで紫式部はその姫を末摘花と命名するんですな。社史でご覧になったように、末摘花は紅花の雅名《がめい》です。源氏物語は平安時代の中期に成立しているから、紅花が本邦に渡来してから何百年かたっておりましょう。源氏のころには少し紅《あか》すぎて、やや時代遅れに感じられたのかも分かりません。でも、話の真髄は別のところにあったんです。分かりますか?」。全然、想像もつかない。人生の酸いも甘いも知り尽くしたこの年代の、この地方特有の話術には付き合いきれない。

こんな説明だった。源氏物語の末摘花は、あきれるほど高く長い鼻の持ち主で、鼻の先は垂れて赤くなっている。源氏は「衣裳の紅花の色が濃すぎる」と感じたばかりか、姫の赤い鼻を見て「するつむ鼻を袖に触れけむ」などとのたまう。愚弄《ぐろう》、憫笑《びんしょう》して、なんでこんな趣味の悪い衣に袖を通し、赤い鼻の持ち主を摘んでしまったのだろうか、と反省しきり。「末摘花」は「最後まで摘まれない花」と同義語だと想像すると、好色なうえに非道でデリカシーの欠片《かけら》もない、鼻持ちならない主人公なのか。

匿名希望氏の述懐は終わらない。「源氏からの贈り物に末摘花が歌を返すんですな。唐衣《からごろも》というから中国から渡った古式ゆかしい衣裳だったんでしょう。衣の『裏を見る』と『恨み』や、袖を『返す』と衣装を『返す』をかけ言葉にしたりして、いじらしい。ところがです」――源氏が詠ったなかに、「ふるさとの春の梢にたづね来て世の常ならぬ花を見るかな」という歌があって、これは「世にも尋常ではない濃い鼻の色」を寓意《ぐうい》したのだという。

海山の誇る源氏物語の愛好家氏によると、主人公は、多彩な女性遍歴で鳴らす貴公子・光源氏ではなく、末摘花たち女性だそうだ。光源氏に愛され、捨てられ、悩むヒロインたちはそれぞれに違う運命を歩む。豪華絢爛《ごうかけんらん》たる平安時代の宮中を舞台にした女たちの戦いを夢想していると、「ここからは、完全に門外不出ですよ。口が裂けても私から聞いたって言わんでください」。口にチャックする動作もこれみよがしだ。その悲話は冨山の令嬢がヒロインだ。彼女が女学校時代にふと涙ぐんで読んでいる本を、冨山が目にした。末摘花の物語だっただろうことは想像に難くない。なぜならば、娘もそのころは鼻がたいそう立派。おまけに雪国にありがちな赤い鼻だったからだ。

「もちろん、社史には書いていません」。当たり前だろうと受け流していると、突然、天啓のように夏目漱石の『吾輩は猫である』に登場する金田鼻子《かねだはなこ》が澎湃《ほうはい》と脳裡に現出した。ついつい、末摘花と金田鼻子、それに富山氏の令嬢が三重写しになって妄想はなおも膨らむ(※8)。「なにを、鼻で笑っとるんですか、甚《はなは》だ失敬だ(この唐変木《とうへんぼく》が)」とAさんの怪訝《けげん》な口吻《こうふん》に鼻白《はなじろ》みながらも、丹田に力を入れて憫笑《びんしょう》を呑み込む。「失礼しました。鼻子……いや、話を続けてください」。

「冨山の事業家魂の凄いのは、このあとです。ハナのある成功譚は」。拝聴しよう。

物語では源氏が愛する「紫上《むらさきのうえ》」は同じ紅《くれない》の小袿《こうちぎ》を着ていて、同じ紅でも心に沁みる上品な色と絶賛されている。たった一人の令嬢を不憫《ふびん》に思いながらも、「京の都でも花のお江戸でも通用するような色合いを出す」と一念発起したくだんの事業家。様々な天然由来の成分から人工的な物質まで駆使して、都を席巻《せっけん》するような色合いを工夫していく。「古典を読み解き、何百種類もの成分を詳述した資料が、隆盛極める当社の知恵の木なんです」と鼻高々だ。

創業者は源氏物語に「紅」や「紅梅」が頻出することがどうにも気になった。衣裳の色合わせにも刮目《かつもく》した。平安後期のやんごとなき殿上人《てんじょうびと》が珍重したのは何か、克明に記していく。「撫子襲《なでしこがさね》」は衣裳の表が紅梅で裏は青だとか、「卯の花襲」は表が白で、裏は青、喪服は「団栗《どんぐり》の実や葉で濃く染めた薄墨色」などと書いた帳面が現存する。古びた帳面の余白になぐり書きされた「誰により世をうみやまに行きめぐり絶えぬ涙に浮き沈む身ぞ」という一文を見つけた。須磨、明石に寓居《ぐうきょ》していたころ、遠い海山にさすらったのを嘆いた源氏の句歌らしい。「これは単に『うみやま』という四文字が胸裡《むねうち》に突き刺さったんですな。案外、無邪気な方だったようです」。

匿名希望のわりには、長談義が延々と続く。「紫式部の『あはれ』と、清少納言の『をかし』は好一対ですな。紫式部は清少納言を酷評したっていわれていますがね。春はあけぼの、にしても、白や紫の色彩感覚が目に浮かぶようだとは思いませんか？」。とりとめもない述懐は、ただでさえ覚束《おぼつか》ない方向感を惑わせる。この蘊蓄《うんちく》家によると、東宝の創業者は淡い色を基調とする「海山色」を編み出していく。紫式部と清少納言の助けを借りて、繊維産業への進出を果たす。パスカルがこの挿話を聞いていたら、ご令嬢こそ、クレオパトラの鼻並みに海山の歴史を変えた、とのたもうたかもしれない。

「紅療治《べにりょうじ》って知っとりますか?」「なんですか、聞いたこともありません」。大正時代に紅花の絞り汁を飲んだり、頭部などの患部にすりこんで、頭痛を治す民間療法だったそうだ。「森鷗外《もりおうがい》の『寒山拾得《かんざんじっとく》』という短編にも載っておる。もっとも、高等官連中が紅療治や気合《きあい》術《じゅつ》に依頼すると同じ事だ、と怪しげな書き方をしておるがの。当社の先達は紅花の成分から頭痛薬をつくる研究が盛んだった」。肸は「紅花を、まさに自家薬籠中《じかやくろうちゅう》のものにしていったんですね。繊維とは別の系譜で医薬品開発の端緒《たんしょ》となったわけだ」と感心しておく。

四方八方に話は飛ぶ。行《ゆ》く立《た》て定まらぬAさんの歴史絵巻は終わった。「おしんのように臥薪嘗胆《がしんしょうたん》の華々しい物語ですね。紅花の色合いや医薬品にまつわる開発秘話が戦前の化学兵器や生物兵器に大きなヒントを与えたのではないでしょうか?」とカマをかけても、「いったい、何のことですか? 聞いたこともありませんわい」(わしは新聞記者は嫌いなんじゃ。特にコイツは駆け出しのくせに、ハナもちならん)。本筋の謎は一向に華々《はなばな》しく展開しない。

コラム　第5章

清河八郎：野崎は清河を「千葉道場の免許皆伝だし、昌平黌《しょうへいこう》に学んだ文武両道の志士だね。明治維新の立役者の一人が、こんな山奥から出て時代を変えた」と郷里の英傑として持ち上げる。「幕末の策士も郷土では巨星なんですね？」と聞く胖に「維新の回天は清河が魁《さきがけ》となって、坂本竜馬が画竜点睛を描き入れた。幕府がまだ泰然自若としていたころから倒幕運動に奔《はし》っている」。尊王攘夷を掲げ浪士組を結成した清河はその後、芹沢鴨《せりざわかも》や近藤勇らと訣別した。「最後は幕府側の手で麻布赤羽橋で惨殺された。見廻組の佐々木只三郎の手で……一説によると、京の近江屋で坂本竜馬と中岡慎太郎を暗殺したのも佐々木たちだった」と付け足す。

清少納言：枕草子の冒頭は「春はあけぼの。やうやう白くなり行く山ぎは、少しあかりて、紫だちたる雲の細くたなびきたる」。紫式部とほぼ同じ時代、平安中期の女流作家・清少納言の作だ。この蘊蓄《うんちく》家によると、枕草子の一節は「女の表着《うはぎ》は薄色、葡萄《えび》染、萌黄、桜、紅梅、すべて薄色の類」と記している。

第6章

一陽来復《いちようらいふく》

〈一九五五年〉俊英ら駿河への旅

かつての陸軍士官学校の同期三人が社会に羽ばたいてから五年が過ぎた昭和三十年（一九五五年）。一期下の近藤の尽力もあって「始源会《しげんかい》」の構成員は七人に増えている。文殊の知恵が七賢人、七福神になった。商社員あり、バンカーあり、多士済々《たしさいさい》だ。

年に二度、仲間が集い談論風発。おりしも彼らは高度経済成長期のとば口に立っていた。日本は驚異的な復興を遂げ、昭和三十年代からめざましい成長期が続く。彼らは知る由もないが、これからのちの社会人生活は大半が好景気を謳歌する世代である。池田勇人首相が「所得倍増計画」を重要政策に挙げたのが昭和三十年。そして、本当に十年で消費が二倍に増え、「東洋の奇跡」ともてはやされることになる。政府が経済白書で「もはや戦後ではない」と高らかに宣言したのは昭和三十一年。戦前、戦中の苦難を生き延びた彼らは今、戦後ではない時代を生きている。一陽来復。沈んだ太陽が水平線に顔を出す。夜明けは近い。

昭和三十年の夏休み。同期三人組は、草壁俊英《くさかべとしひで》が案内役となって彼の故郷をめぐる旅に出た。

「論語に、三人行けば、必ずわが師ありっていうだろう」

「同じ道をゆく二人のうちの誰か、必ず一人は学ぶべき人がいるってわけだ。誰が師匠だ?」

「よくない人がいたら、そのよくない点を改めるようにすればよいって文意もあるな。『他山《たざん》の石《いし》』は誰だ?」

「詩経だな。俺が失敗だらけの石になってやるから、お前ら、せいぜい自分の宝石を磨け」

論語や詩経、いわゆる四書五経に精通している世代だ。東海道線に揺られながら伊集院《いじゅういん》隼人《はやと》は「吉田松陰《よしだしょういん》じゃないが、草莽崛起《そうもうくっき》の三人もようやく七人になった。まさに七人の侍だな。観たか、映画?」。うなずく二人。前年に封切りされた黒澤明監督の大ヒット作は各々が元亀・天正の戦国武士になったつもりで感情移入したものだ。

「天正といえば、信長、秀吉、家康の戦国時代だな。不識庵《ふしきあん》公(謙信)も信玄もいた。英雄の時代、激動の革命期だ。四百年近く前になるな(※9)」と越後出身の高田喜朗《たかだよしろう》は郷土の英雄の尊称を忘れない。

電車は家康とは逆に、関八州から徳川の旧領に向かう。「家康は、人の一生は重い荷物を背負って遠い道を行くようなものだ、と遺訓を残した。これは、人生は辛いものだと言いたかったんじゃない。急ぐべからず、無理をするな、という戒めだ」と東海道線に揺られながら俊英。

相模湾の先に広がる太平洋に真夏の陽光が照り付ける。それに目をやり、眩しそうに伊集院が「今回の旅も、人生の旅路も前途洋々だな」と呟く。「言ってみれば、日清・日露戦争から先の大戦まで半世紀は戦国時代だった。我々は二十歳まですっぽり戦国時代に入る。今はどうだ。この海のように明るい未来が広がっているはずだ」

俊英が「徳川二百六十年に負けない平和と繁栄の時代を作らなければならない」と相槌を打つ。静かに聞いていた高田は「ちょっと、思い出したことがある」。学生時代に傾倒したという吉川英治の『新書太閤記』の一節を話し始めた。「信長も秀吉も家康も、謙信公も信玄も戦国時代の真っただなかだ。家康を除くと戦国期に生を全うしている。戦国が日常であり、平和は憧憬《しょうけい》の対象でしかなかった」。戦争と平和。この三人もまた二つの時代を生きる先兵となるわけだ。平和と繁栄の時代は「いくさ」はなくても「たたかい」の連続となるはずだ。

相模湾を左に、前方の富士山の雄姿が次第に大きくなってくる。小田原、早川を過ぎた。ガイド役は「この崖の上が（車窓から右手を指差す）治承四年（一一八〇年）の石橋山の古戦場だ。頼朝挙兵の地だね。しかし大庭《おおば》景親《かげちか》ら平家との緒戦で一敗地にまみれた（※10）」と解説する。海沿いの線路から急峻な断崖がそそり立つ。

歩くと三、四時間かかりそうな難路を、電車だと根府川から真鶴、湯河原まで十分で着く。「さて佐殿《すけどの》（頼朝）の潜伏先をめぐってみるとしよう」。一行は湯河原から北西に十キロほど山を登った土肥《とい》郷（湯河原町）の椙山《すぎやま》にある「しとどの窟《いわや》」に向かう。山上に立つ「土肥郷椙山鵐《しとど》ノ窟之碑」は、頼朝が箱根外輪山南部の複雑な地形の嶺谷と、この地の豪族・土肥実平《さねひら》らの援《たす》けを得て隠潜《いんせん》し九死に一生を得たという事績を伝える。「まさに乾坤《けんこん》一擲《いってき》だな。旗揚げは天の時、箱根の山々は地の利、土肥氏たち坂東武者の人の和あってこその逃避行だ」と高田。かたわらで伊集院は大海原を前に「おお、あれは初島か？　その先は大島だな」とあたかも故郷の桜島を思い出すかのように詠嘆した。そこから四百メートル。石仏の地蔵がたたずむ坂道を下っていく谷底にその岩窟はあった。左右が十数メートル、高さは五メートルほどか。三十体ほどの石仏が安置されている。「ここに頼朝たち主従八騎が五日間潜伏していたらしい。食事は土肥実平の女房たちが運んだ。もともと箱根伊豆は関東の山伏の行場だったし、このあたりは往古から地蔵信仰や観音信仰の聖地だった。彼ら（と柔和な面持ちの石仏を指しながら）のおかげで頼朝は難を逃れることができたのかもしれない」と草壁。それを聞いていた高田が博学ぶりを示す。「このころは平家方だった梶原景時《かじわらかげとき》が頼朝の隠れていた洞窟を見回ったときに見て見ぬふりをした。それで佐殿が虎口《ここう》を逃れたと『源平盛衰記』や『吾妻鏡』に出ている」。ともあれ窮地を脱した頼朝は箱根権現別当のもとに逃れることができた。「頼朝と同じように洞窟で指揮を執っていた西郷さんには、石仏も鳥もいなかった。梶原景時さえも」と伊集院は唇をかむ。

三人はもう一つの「しとどの窟」に向かう。真鶴港の「鵐《しとど》の窟《いわや》（※11）」は波の浸食によってできた海食洞だ。頼朝ら主従はこの岩屋に身をひそめる。

二つの洞窟めぐりで、高田の脳裏に曙光がともった。「おととし、新婚旅行でお伊勢さん（伊勢神宮）に行ったら、天照大神《あまてらすおおみかみ》が隠れたという洞窟が二つあったぞ。しとどの窟と同じように、一つは霊気が漂う神路《かみじ》山のふもとの杉木立のなかにある『天の岩戸』だ。地元では『高天原』と呼ばれているらしい。もう一つは『天の岩屋』といって海のそばの二《ふた》見《み》輿《おき》玉《たま》神社にある。夫婦岩から朝日を拝んだ」。すかさず「おのろけかー」と茶々を入れようとする伊集院には一顧だに与えず「夫婦で禊《みそぎ》をしたんだ」とのたまう。天照大神が乱暴者の須佐之男命をこらしめようと身を潜めた岩戸から流れる「禊《みそぎ》滝」で身を浄め、伊勢神宮の禊所とされる二見浦の海で垢離《こり》をとる。日の出を拝みながら、夫婦の永遠の契りを夫婦岩と、神さまが寄りつくという輿玉神石に願かけした、とまでは照れ臭くて言えない。「さぞかし、二人とも心身の穢れはとれたに違いないな。相模では頼朝が難を逃れ、伊勢では太陽の神が復活して夫婦円満か」と薩摩の独身者は羨む。

真鶴からおよそ一時間のち。熱海にある伊豆山神社で宮司の話に耳を傾ける――伊豆山は走るように温泉が湧き出し大海に注ぐ。別名走湯山《そうとうざん》と書く。伊豆大権現、走湯大権現として歴代の鎌倉将軍から関八州総鎮護として尊崇されてきた。伊豆という地名も「湯がいづる」からきている。ほれ、あの伊豆大権現の扁額《へんがく》をごらん。八咫烏《やたがらす》や蛇、やもりが図案化されておるじゃろう。あの龍の彫刻はひょんなことから倉庫で見つかった。波を彫ったら日本一といわれる武志伊八郎信由《たけしいはちろうのぶよし》の作と伝わる。この波の文様が葛飾北斎の「神奈川沖波裏」に大きな影響を与えたんじゃ。ここは古くから縁結びの祈願所として名高い。鎌倉殿（頼朝）と政子の深い縁を伝えるエピソードにもこと欠かない。あの「腰掛石」に座って恋を語らい絆を深めた。社殿のご神木「梛《なぎ》の木」の葉っぱは簡単に切り裂けないから男女の仲が裂けないとされておる。そこで政子はこの葉っぱを鏡の下に敷いて頼朝との愛を誓ったといわれておる。しかし別離は必ず訪れる。この曼陀羅《まんだら》の絵巻を御覧《ごろう》じろ。展示してあるのはレプリカだが、本物の梵字《ぼんじ》のところは頼朝の死後、落飾した北条政子の髪で作られておる。

「堅い紐帯《ちゅうたい》は死後も切り裂かれていないんだな」。三人は神妙な面持ちで熱海駅へ。そこから三島に向かうと伊豆半島を挟んで駿河湾だ。三島から伊豆箱根鉄道で南下して韮山《にらやま》駅に着く。「頼朝の流刑地、蛭ヶ小島《ひるがこじま》は伊豆半島の付け根あたりだ。昔は狩野川に中州がたくさんあって、その一つが蛭ヶ小島だったと親父に聞いたことがある」と語りだす草壁に、高田がまたぞろ「吾妻鏡」を持ち出す。頼朝は、のちに鎌倉幕府の初代執権となった北条時政の館に住んでいた。そこで時政の娘政子と結ばれる。時政が頼朝の奥州藤原氏征討を祈願するために建てた願成就院《がんじょうじゅいん》には運慶作の国宝仏五体が奉納されている。三十歳台だった運慶の出世作となった仏像は「太い筋骨と精悍な顔つき。京都にある平安時代の仏像とは違います。きっと武士の世にマッチしたんでしょう」と地元のボランティアは誇らしげに言う。時政の子で政子の弟で二代執権となった義時（江間小四郎）建立の北條寺には政子が寄進した緞帳《どんちょう》「牡丹鳥獣文繍帳《ぼたんちょうじゅうもんしゅうちょう》」が伝えられている。二つの秘話が残る（※12）。

北条氏が勃興《ぼっこう》し、いくたの伝説を遺した韮山から伊豆半島を南に十キロほど行くと修善《しゅぜん》寺《じ》がある。弘法大師が八〇七年に創建した。頼朝の嫡男の二代頼家がここで謀殺された。岡本綺堂の戯曲や歌舞伎の演題にもなった『修善寺物語』は、頼家の「病相の面」「死相の面」を今に伝える。寺域にひっそりとたたずむ弘法大師の立像は、平安末期から鎌倉幕府の成立と崩壊、戦国時代の幕開け、武将の栄枯盛衰と殺伐とした戦乱の世を眺め続けてきた。きっと、やるせない思いで。

「伊豆の踊子と主人公との道行きは（※13）、おおむね、いずっぱこ……」「なんじゃ、そりゃ？」「すまん、地元では伊豆箱根鉄道を略して、いずっぱことというんだ。伊豆のズと箱根のハコ。いずっぱこの駿豆《すんず》線」「スンズ？　なまってるのか？」「駿河のスンと伊豆のズ。ここを結ぶからスンズ線だ。少しは想像力を働かせろ。いいか？　いずっぱこのスンズ線は三島から修善寺を結ぶ」「日本語とは思えんな」「お前ら、鹿児島と新潟で言葉が通じるようになったのは最近のことだろう?」と逆襲の気配を見せ溜飲《りゅういん》を下げる俊英。「まあいい。ちゃんと旅行案内を聞け。さっき見た頼朝の流刑地は韮山駅のそばだったよな。二代目の頼家は修善寺に幽閉されて暗殺されている。いずっぱこは源家と踊子をつなぐ偉大な鉄道なんだ」。ずいぶん我が田に水ばかりか鉄道まで引っ張り込むような、分かりにくく回りくどい案内役ではある。

弥次喜多道中より数段、益体《やくたい》もない珍問答が続いているうちに珍道中は三嶋大社に着いた。出雲大社並みの国内最大級とされる拝殿は広壮だ。「鎌倉幕府以降、関東総鎮守として武将の尊崇を受けてきた」という俊英の自慢話もあながちおおげさではない。頼朝が箱根権現に続いて参拝したという三嶋大明神に、頼朝挙兵の故事にあやかってそれぞれの旗揚げの誓いを立てた。

大社からほど近い三島湧水公園は富士山の清冽《せいれつ》な水が、こんこんと流れくる。その間、四十数キロ、マラソンの距離だ。駿河でも伊豆でも、誰が幽閉されようと旗揚げしようと、どんな合戦が繰り広げられようと、水の流れは何も気にせず悠々と大海に注ぎ込む。

地上の人間界の歴史も度重なる合戦も、悠久の富士からしてみれば些事《さじ》にすぎない。すべて水に流してしまう。

夜は駿河にある俊英の実家に泊まる。「よう来たずら」と大歓迎だ。俊英の父は地元で建設業を営む。「祖父の末弟が沼津兵学校の出身でな。明治元年に徳川さまがつくった。将来日本に寄与する人材を養成するというんで、全国から秀才が押し寄せたそうじゃ。おまえさんたちも、お国のために奉公せんといかんな」と、ひとしきり訓戒を垂れた。海の幸、山の幸、酒のメートルも上がっていく。

霊峰富士や湧水の話題に俊英の母が乗ってきた。「うちは井戸に富士山からの水が出ていたの。戦時中、焼夷弾《しょういだん》で火が出てもすぐに消せるから逃げるな、と父から言われてね。周りの家は焼けたんだけど、うちの一角は残ったのよ。戦前に水道料は払ったことがない」そうだ。井戸を見せてもらう。富士山の頂から麓まで遠く旅した清泉がふんだんに湧き出ている。「近所から水を汲みにくるのよ」と今でもおかみさんたちの社交と親睦の場になっているらしい。「このあたりで育ったうなぎは、調理の前に富士山から流れてきた湧水でさらすの。それで臭みを取って余分な脂肪も落とす。天下一品のかば焼きをあとでご賞味あれ」。清らかな水は料理のシェフ役にもなっている。腹がぐーっと鳴った。

「井戸端で女房どもの声がうるさくてのう」と俊英の父がぼやく。それでも「井戸端会議はわが国庶民の独特な風習じゃよ。井戸は生きるために必要だし、命も守る。近所の人たちの暮らしに欠かせない場じゃ。富士山に降った雨や雪解け水が三十年近くかけて、このあたりに湧き出す。つまり君らが生まれたころに降った雨を、今住んでいる人たちが飲んでおる。富士の山を汚せば、次の世代に生まれてくる子どもらに禍《わざわい》をなす。井戸端会議のかみさんたちにも叱られるぞ」と警鐘を鳴らす。返す刀で「井上靖《いのうえやすし》の『わだつみ』に釣瓶《つるべ》談義が出てくる。知っとるか?」。わだつみは神話に出てくる海の神だ。海と井戸がどうつながるのか? 富士山からの水と草壁家の井戸とは、唇と歯のように関係が深いが……青年たちが首を傾《かし》げ顔を見かわす。

こんな話だった。明治時代に伊豆からサンフランシスコに移民した主人公桑一郎は現地でテニー・コリンスと「釣瓶《つるべ》井戸」談義を展開する。テニーは「日本の場合、井戸は生活のまん中に坐っている。庶民の生活は、井戸を中心に組み立てられている。女たちにとって井戸の周辺は社交場、親睦の場、争論の場、ニュースの交換場、慰安の場、休憩の場所だ」と見抜く。鋭い。井戸端会議は「世界中で最も素朴で、最も楽しい女たちの会議である」とまで言う。炯眼《けいがん》だ。草壁家の井戸は社交の中心だったのだろう。

「井戸端で釣瓶談議ができるのも、ある兄弟の偉大な精励恪勤《せいれいかっきん》のおかげかもしれん」と老父はその父から聞いた回顧談を披露する。ときは翁が生まれるころ、日清戦争の宣戦布告をした明治二十七年（一八九四年）。キリスト教思想家で文学者の内村鑑三《うちむらかんぞう》が箱根の山で青年たちに「後世への最大遺物」と題して講演した。六百年以上さかのぼる鎌倉時代。同期三人組が昼に足跡をたどった源頼朝や北条執権のころだ。箱根の近在に住まう兄弟が「この山をくり抜いて湖水（芦ノ湖）の水を落とし、水田を興してやったならば、それが後世への大なる遺物ではないか」と言って、隧道《ずいどう》（トンネル）を掘ることを思いつく。そして生涯を費やしてついに完成させた。湖水が沼津の方に落ちて、二千石ないし三千石の田地を灌漑《かんがい》している。「年月をかけ算すると百万石の領地ができたようなものじゃ。おまけにわしらの生活を潤してくれている。まさにわれら後世への遺物じゃ。わしや、せがれ（俊英）が土木や建設を志したのも、同じ地下水脈につながっておる。三人には鑑三の言う、勇ましい高尚なる生涯を送ってほしい」と感慨深げだ。

負けじと高田が蘊蓄《うんちく》を傾ける。吉川英治ファンの面目躍如、鞠躬如《きっきゅうじょ》として『新・平家物語』に登場する「柳ノ水」にまつわる談義を始めた。往古からの名泉で「千利休が茶の湯に使ったほどだ」と称えてやまない。平安時代末期に崇徳院《すとくいん》の御所に湧き出ていて、京都の中心部に今も残る。「吉川英治が創作した阿部麻鳥《あべのあさどり》という人物が何度も出てくる。崇徳院に仕えていて、柳の水を院に与え柳の水を守る役柄だ。麻鳥が、保元の乱で敗れ讃岐に流された崇徳院を慕っていく場面がある。流刑地で笛を吹く麻鳥が情味があっていい」

「百人一首に崇徳院の歌があった。瀬をはやみ 岩にせかるる 滝川の われても末に 逢はむとぞ思ふ」。伊集院が朗々と詠いだす。川の浅瀬は流れが速くなって、岩にせき止められ二つに分かれてしまう。しかしまた一つになるように、愛《いと》しいあの人と、いつか再会したい、という恋の歌とされる。「保元の乱で敗れ、配流先の讃岐で、いつかは都に復帰して、恋しい人と逢いたいという思いだとすると、いたたまれんな」

悲憤のうちに崩御された崇徳院《すとくいん》は、菅原道真《すがわらのみちざね》や平将門《たいらのまさかど》と同じように、三大怨霊《おんりょう》伝説で人口に膾炙《かいしゃ》している。「伊豆山神社に菅原道真の絵巻のコピーが展示されていたよな。宮司の説明では、実在する日蔵《にちぞう》という僧が道真に連れられて天国と地獄に行く絵だった。それにひきかえ歌川国芳が描いた崇徳院の絵はなんとも、おどろおどろしい」と俊英。「怨念も怨霊も柳の水という清流が流し去ってくれるよ。せき止められた川の水だって、大海に注ぎ込むまでにきっと一つになってゆく」。酔いも手伝ってか、ロマンチストの高田は珍しく情感をほとばしらせる。

「わしゃ、寝るぞ」「あんたたち、二階の和室に床《とこ》をとっておいたからね。あしたは千本浜でしょ。早く寝なさいな」。俊英の両親が引きあげる。一升瓶も八割がた消費されてしまった。さしつ、さされつ、盃は進む。生しらすやら鯵《あじ》の干物やら、マグロ、地元の海鮮佳肴はまだてんこ盛りだ。むろん、富士の清水が引き立てたうなぎのかば焼きが食卓の掉《とう》尾《び》を飾る。太陽と山と海と水が育んだ酒肴《しゅこう》に舌鼓《したつづみ》を打つ。

未明を迎え、若者たちの話柄《わへい》は世相に移っていく。「科学技術の進歩と言ったって、水爆は全世界の破滅をもたらしかねない」と伊集院は痛憤《つうふん》に堪えない。前年三月にアメリカがビキニ環礁《かんしょう》で強行した水爆実験は、近くの海で操業していた日本のマグロ漁船第五福竜丸を巻き込んだ。船は静岡県焼津《やいづ》港の所属だった。草壁は「被ばくした乗組員は半年後に亡くなった。放射能症と診断された。死の灰の恐怖はぬぐいきれない」と憂う。続けて

「記紀によると、日本武尊《やまとたけるのみこと》が東征したとき、賊の火攻めに遭った。これを草薙剣《くさなぎのつるぎ》で草を薙ぎ、向かい火をつけて難を逃れたから焼津という地名になったんだ。核兵器を薙ぎ払うヤマトタケルが出てこないものかな」

核実験に着想を得た東宝映画「ゴジラ」は、人類が生み出した恐怖の象徴となって、一世を風靡《ふうび》する。核兵器と戦争の廃絶を訴え続けた物理学者のアインシュタイン、ファシズムに反対してきた作家トーマス・マンが相次いでこの世を去ったのも一九五五年だった。

「家康は重い荷物を背負って遠い道を旅した。トーマス・マンの『魔の山』にもそれに類するような表現がある。わがもとにきたれ、汝ら重荷を負うて苦しめる者よ、人々の軛《くびき》を代わりに担い、荷を軽くしようという文言だ。自縛《じばく》を解いて人生の重荷を軽くし、魂の安らぎを見いだす、というキリストの箴言《しんげん》から引用している」。信仰心の篤《あつ》い高田がなおも語り出す。

小説の舞台はスイスのダボスにある結核患者の療養地である。ここで療養する純粋無垢《じゅんすいむく》な青年ハンス・カストルプが、民主主義の人文主義者や偏狭《へんきょう》なイエズス会士、王者風の大人《たいじん》たちと触れ合い、啓発されていく物語だ。

「人文学者がダーウィンの進化論を念頭に置いてこう言うんだ。人類の最も切実な使命は自己完成だ。積極的に人類進歩に力を尽くす義務がある、とね」。伊集院が記憶を司る前《ぜん》頭《とう》前《ぜん》野《や》を酷使して話をつなぐ。

「俺たちの世代は、あとに続く若者の成長と人類全体の進歩や発展に義務を尽くし切れているだろうか」と高田はやや懐疑的だ。人類進歩の行きつく先はどこへ向かおうとしているのか。アメリカの水爆実験に対抗して、ソ連も新型水素爆弾実験を断行し、彼らがいま住んでいる地球上は「冷戦」と呼ばれる危機的な世相を深めていく。

『魔の山』の主人公は、恋い慕うショーシャ夫人から、小市民で、ヒューマニストで、詩人と看破される善良なドイツ青年だ。あるとき雪山スキーにでかけて道に迷ってしまう。

「人間は善意と愛のために、己の思考に対する支配権を死に譲り渡すべきでない」。死の彷《ほう》徨《こう》のさなか、忽然《こつぜん》と啓示を受ける。ある日、療養所に蓄音器《ちくおんき》が届く。シューベルトの「菩《ぼ》提《だい》樹《じゅ》」に精神を高揚され、自己克服し、自らの生命を燃焼し、新たな愛の言葉を唇に浮かべて死んでゆく。「白紙」だったこの小市民は、人との出会いや経験を重ね、さまざまな色彩を身に付けていく。あたかもスポンジが水を吸い取るように。そして独立した一《いち》人《じん》格《かく》として、第一次世界大戦に従軍していく。泉に沿いて茂る菩提樹、幹には刻《え》りぬ美《うま》し言葉――「菩提樹」の一節をわれ知らず口ずさみながら戦火をくぐる。

陸士同期三人はその一世代あとの大戦に赴く。それぞれ、家族の写真や手紙、護符を胸に抱きながら。そしていま富士山の威容を眺めやっている。ファシズムに対抗してきたトーマス・マンならば、三人の青年にどんな讃歌を綴っただろうか。「ここへおいで旅人よ君らの安らぎはここにある」と、「魔の山」ならぬ霊峰富士にうたわせたかもしれない。

「人類の進歩は殺傷兵器の開発ではなく、民生用の新しい技術進歩に向かう」。伊集院は八月に発売された国産初の「トランジスタラジオ」に話を振る。「アメリカ企業の技術援助を受けて、わが国も技術革新競争に果敢に挑んでいる。この分野で世界の一等国になる日も近い」と成算ありげに話す。彼は彼で、電子計算機の研究開発に挑んでいるさなかだったのだ。

翌朝、日の出を見に千本浜に出かけた。海に隠れていた太陽が太平洋のかなたから来復し、曙光《しょこう》が差す。松林や伊豆の山々、駿河湾の色調も鮮やかに変わっていく。東海道随一の風光明媚《ふうこうめいび》なこの地に、実は殺伐としたおぞましい話が伝わっている。「地元で、お首さん、お首さんと言われているところがある。行ってみるか？」と草壁。千本浜公園近くの本光寺のとなりに「首塚の碑」はあった。説明書は「明治三十三年（一九〇〇年）五月の暴風雨の翌朝、千本松林の中で露出した頭蓋骨を発見した。これを集めて弔った碑である」と伝える。彼らが生まれる四半世紀前の話だ。いったい、誰の首なのだろうか？

たまたま、お参りに来ていた人たちが「戦国時代の千本浜の合戦で、おびただしい死者が出た。天正八年、西暦一五八〇年、武田勝頼と北条との合戦だ」と解説してくれた。水軍と水軍の戦いが、やがて地上に移り、凄惨な合戦が繰り広げられる。地元の識者によると「毎年十二月十四日に白い装束を着て、白い足袋を履いて、戦没者を供養する行事がある」そうだ。「赤穂浪士の討ち入りの日だ。泉岳寺ではこの日、義士祭が開かれている。四十七士は死して毎年弔いに訪れる人々に義挙の秘話を遺した。主君浅野内匠頭が地元の名産・赤穂の塩の秘伝を守り抜いて後世に遺したように」と俊英。米沢藩の上杉家は赤穂浪士と浅からぬ因縁がある。七年前、高田馬場で三人が旧交を温めた際に交わした赤穂浪士と上杉家、吉良家にまつわるやりとりを思い浮かべて高田は複雑な表情だ。

赤穂浪士は元禄時代の仇討の話だ。そういえばと、草壁は急に考え込む。「大佛次郎《おさらぎじろう》の

『赤穂浪士』に、シロウの話が出てくる」

「シロウ？　だれじゃ、そりゃ？」

「人の名前じゃない。死蝋《しろう》は、死ぬのシと、蝋燭《ろうそく》のロウと書く。死体が蝋状になって、腐敗しないまま原形を保っている状態だそうだ。その死蝋が浅草の寺で見世物になっていたというんだ」

「腐敗していないならば、空気に触れない場所、たとえば土の中か水中かな」と理系の伊集院はやりきれない表情で「想像できないほど殺伐とした見世物だな。赤穂浪士といえば泰平の元禄時代だろう？」と続けた。

「そうだ。本には承応年間、一六五二年から一六五五年に死んだ男と書いてある。場所は駿河の在らしい。お首さんより七十年ほどあとに、我々が今、立っている浜のそばかもしれん。四代徳川家綱のころらしいから戦乱の犠牲者ではなさそうだがね」

「それにしても、遺体を見世物にするって、いったいどういう神経なんだ。高田馬場の決闘や赤穂浪士の時代は、まだ戦国時代の空気を背負っていたんだろうな。なんとも、おぞましい」。激情家の伊集院は憤懣《ふんまん》やるかたない。

天界から地上を眺めている**天使**「悠久《ゆうきゅう》の時を超えてたたずむ富士の山、その富士が何万年と育んできた清冽《せいれつ》な水と大海原、白砂青松《はくしゃせいしょう》の景勝地。こんな風土のなかで、なにゆえ、懲りもせず殺伐《さつばつ》とした会話が交わせるのだろう。終戦後十年たった彼らもまた、戦争の空気をまだ身にまとっているようだ。サムライのDNAが尾てい骨のように残っているのだとしたら、このさき安穏《あんのん》として見てはいられない」小悪魔的な**妖精**「もっとずーっと昔のご先祖さまたちは、山と川、海を神さまのように崇《あが》め奉ってきた。高千穂だって、出雲、伊勢神宮、熱田神宮、宇佐神宮だって、豊穣《ほうじょう》で温暖な海の幸、山の幸がふんだんにある。そういう土壌から住み着き始めている。連綿と続く自然との共生に思いをいたしてほしいわ」

後裔《こうえい》となるだろう彼らの未来からの警鐘と諫言《かんげん》が時を遡《さかのぼ》って下界に降臨《こうりん》したかのように博学のミスター常識人の高田はこうまとめてみせた。「俺たちの世代は前世代の空気を持ち込んじゃいかん、ってことか。まさに一陽来復だな。朱子の語録に陽気発する処《ところ》金石も亦透《またとお》る、というのがある。暗い、陰の時代は過ぎ去った。俺たちの力でたとえ硬い金や石だって打ち砕く。陽光さんさんとした来復の世に変えていかなければならない。その語録の次には、精神一到、何事か成らざらん、と続くんだ」。

第7章

一冊のノート

〈二〇〇五年夏〉諭、甲子園の初戦

夏の甲子園一回戦で対戦する信濃高校のビデオが大山諭《さとる》に届いたのは二〇〇五年八月三日。諭は野球部の部室にこもっていた。一週間前、父胖《ゆたか》が知人を介して取り寄せた対戦ビデオや試合経過の記録などの分析に余念がない。投手の球威、球種、クセ、捕手の配球、肩の強さ、打者の好きな球、苦手な球、守備の穴はないか、監督の作戦やサインの傾向は。ともに後方支援に回った仲間たちと議論を交わす。

「この一冊のノートが俺たちのグラウンド、戦いの場なんだ」。長野県大会の準決勝、決勝の戦いぶりを何度も見直しながら、自分が打席に立ったつもりになって、あるいはマウンドに立ったと仮定して、はたまた両軍の監督・コーチの立場で采配を振るとしたらとばかりに、さかんに意見を戦わせる。

一週間前に父から紹介された長野在住の野球部ＯＢに電話してみた。母校が甲子園に出場すると信じて、対戦するかどうか分からなくても、毎年、長野県予選に足を運ぶという奇特《きとく》な大先輩が貴重なデータをもたらす。「今年の信濃高校は投手陣がいいぞ」と口火を切ったあと、「気になる点が三つある」と教えてくれた。一つ目は先発投手のスタミナ、二つ目は右翼手の肩の弱さ、三つ目は三人いる投手を交代させるタイミングの難しさだ。さすが元球児。ビデオでは気づかなかった弱点が浮かび上がってくる。すかさず先輩の助言を書き加え、監督に渡す。

「この虎の巻があれば、一回戦は勝てる。次はいよいよ早大付だ。宮原、どうだった?」。早大付の東京都大会の決勝戦はもちろん、その後の練習や練習試合を偵察してきた宮原が「えたり」とばかり、「必勝早慶戦　作戦ノート」と題する泥で汚れた大学ノートを示す。三人の投手はもちろん、打者別、守備別の特徴を汚い字で克明に記してある。「こりゃ解読不能だ。あとでワープロで清書しよう。しかし、よく蒐《あつ》めたもんだな」と角田。宮原メモをたたき台に、三人で両校の強み、弱み、効果的な作戦、模擬試合展開まで整理していく。

ほどなく、「注目選手は先発の田中だな」。文殊の知恵は、意見の一致をみた。エースの田中胤文《たねふみ》は打順も中軸に座るプロ注目の花形選手だ。彼の投球と打棒で予選を危なげなく勝ち抜いた。おそらく総合力は早稲田が一枚うわてだろう。だが、どこかに弱点はあるはずだ。三人は糸口を探り続ける。

「あっ！」と素っ頓狂な声。「なんだ、宮原？」「忘れていた。小学校時代に田中と同じチームにいたやつがいたじゃないか。中学で角田と仲が良かったはずだ」「ああ、美濃路だ。シニアリーグで田中とエースの座を争っていた。中学で早慶に分かれたが、すっかり明暗を分けてしまったな」。田中は押しも押されもせぬチームの大黒柱。かたや美濃路は中学で肩を痛めて野球を断念したそうだ。「なんだか、スパイみたいで、気が乗らないな」と渋る角田に、「チームのためだ。俺たちは情報戦のレギュラー選手なんだから」とかなんとか、なだめすかす。

角田が携帯電話を手に取る。何度鳴らしても応答はない。一時間もたっただろうか。着信音。「角田か？　何の用だ」とにべもない。遠くでじゃらじゃら音がする。雀荘か？「早稲田の田中のことで、ちょっと」と食い下がる。「今、手が離せない。二時間後にかけなおしてくれ」と取りつく島もない。

窓の外に目をやると、夕日が残照をグラウンドに濃い影を落としている。ベンチ入りメンバーが整備運動を終え、どやどやと隣の室内練習場に入っていく。最後のひと頑張り。諭たちは、なおも戦況分析やらスコアブックの再チェックやらに時を費やす。田中に絞って調べていた角田は二つの性向が気になっていた。あとで美濃路に聞こうと頭に叩き込む。

約束の二時間後。電話に出た美濃路は打って変わって上機嫌だった。彼なりの卓上の試合に勝利を収めたのだろう。一通りの経緯を説明し、気になる性向を挙げてみた。打者として、圧倒的に初球のストライクを痛打しにいく傾向がデータから読み取れる点。「彼はシニアリーグの時からそうだった。なにしろ強気だからな」と想像通りの答えだ。逆に、カウントを不利にした後の変化球の打率はやや低い。「強いて弱点を挙げるとすれば、追い込まれた後のボールになる低めの落ちる球かな」。美濃路は最近でも元のライバルの動向に無関心ではいられなかったらしい。投手としての田中は一見、非の打ち所がない。ビデオから気になった「一塁ランナーへの牽制球を二球続けた後は打者に投げるクセ」をぶつけてみると、「俺も言われたよ。シニア時代のコーチに」と美濃路。三つ子の魂百まで、ってわけか。これらの手がかりもノートに加えていく。

空の上の**天使**は「ベンチ入りのメンバーから外れて、仲間とおいおい泣きじゃくった光景は身につまされる。断腸《だんちょう》の思いだったろうなあ。そんな試練がデータの収集や分析とか作戦立案とか、あとあと生かされるといいね」と、十数年後に父となるはずの諭の胸中に熱い眼差しでエールを送っている。妖精「血と汗と涙がにじんだ一冊のノートね。うす汚れた冊子が彼らの甲子園球場だったなんて」と、諭たちの懊悩《おうのう》を気遣う。

天使と妖精の祖父となる宿命にある胖が、諜報策戦の標的となっている田中ファミリーに別の角度から熱い視線を送っていることは、当然のことながら球児たちのノートにも、次世代の子どもたちのノートにも記されてはいない。

同じ八月三日。胖の携帯が鳴る。天狗こと天童からだ。「ボス。早大付の田中の祖父の正体が分かりました。田中胤盛《たねもり》。やはり戦争に行って、一時、シベリアに抑留されています。戦後三年ほどたって復員しました。抑留時代に重い病を患ったせいか、いまは療養中だそうです。さすがに談話は取れません」。胖はちょっと整理させてくれ、とメモ帳に家系図を書きなぐる。

★相関関係図

W：田中胤敦《たねあつ》（最後の早慶戦で二塁打、神風特攻隊、沖縄で戦死）―弟・胤盛（シベリア抑留、病気静養中）―孫・胤文（早大付エース）

K：草壁俊英《くさかべとしひで》の親友・神田秀樹《かんだひでき》（最後の早慶戦、行方分からず）―草壁の孫・諭（慶

大付野球部補欠）

「胤文の祖父が胤盛、胤盛の兄が胤敦だな。兄は最後の早慶戦に出たが戦死。弟は復員後、病気療養中、ということだな？　これだけ材料があれば、プランB、戦後六十年をつなぐ早慶戦でいけるな」

「そうですね。もう少し、材料を集めます。勝ち負けはどうあれ、胤文投手のインタビューは欠かせませんね」。天狗の思いは甲子園に馳せ向かっているようだ。

「胤《たね》」。この一文字が大きなヒントの種火《たねび》となった。「敦」と「盛」、「敦盛《あつもり》」兄弟か。「敦盛」は、能や歌舞伎の基となった幸若舞で有名だ。「人間五十年、化天《げてん》のうちを比ぶれば、夢幻《ゆめまぼろし》の如くなり」。源氏と平家が戦った「一ノ谷の合戦」で平敦盛は討ち死にした。

八月八日。信濃高校との緒戦。諭は一塁側のスタンドにいた。慶大付は相手投手を攻めあぐね、〇対〇のまま回を重ねていく。ただ、投手に多く投げさせ体力を奪う事前の作戦を律義に徹底している。グラウンド整備が終わり六回の攻撃に入った。やや球威と制球力が落ちるころあいだ。二死二塁の好機を逃さず、打者はライト前ヒット。「回せ、回せ」。これも事前のデータ通り、右翼手の肩の弱さを突き、二塁走者が本塁に突入。間一髪で生還した。ここで、相手投手は交代。二番手は後続を断つ。慶大付の守備陣は再三ピンチを背負いながらも、虎の子の一点を守り抜き一回戦を勝利した。その前日、早大付は五対〇でゆうゆうと勝ち抜いていた。いよいよ甲子園で初の早慶戦が実現する。

論たち情報部隊は、勝利の余韻に浸る暇《いとま》もなく、新幹線で東京に戻ることになっていた。補欠に宿はない。新大阪発の最終新幹線に間に合う。駅弁を食べながら「作戦ノート」が勝利の一因になったと自画自賛の三人。明日からは早大付戦に向けて終盤戦だ。「そろそろ富士山だ」「星明りで、なんとか、頂上の稜線は見えた」「わがチームも、てっぺんに登り詰めようぜ」。テンションが高いのは宮原だ。角田は雀鬼・美濃路と会う約束を取り付けた。論は父の人脈から、あるOBを訪ねる予定だ。宮原は作戦ノートの仕上げにかかる。三者三様のチームワークは揺るぎない。

翌日、論が足を運んだのは東京・乃木坂のテレビ局。父胖の高校野球部のチームメイトで当時神奈川を代表するスラッガーだった河野治雄《こうのはるお》は報道局の運動部長だけに、スポーツ選手の情報をふんだんに持っているし、なにせ顔が広い。それに顔がちょっと怖い。早大付の田中はプロが注目する選手の一人とあって、ことのほか詳しい。テレビ局二十階の喫茶室で「田中はフォークボールを覚えた。地方大会では封印していたし、甲子園の一回戦でも投げていない」と河野は衝撃的な事実を告げる。球種が少なくても相手に点を取らせていないのに、そのうえ魔球を体得するなんて。

かつて母校の野球部の技術部長を務めていたこともある元・大打者に対策を問う。「先輩ならどう攻略しますか？」「低めに外れる球をどう見極めるかだな。そうだ、玉城を仮想・田中対策に招いてみるか」。フォークボールを武器に県大会ベスト4に導き、今は大学工学部チームで活躍している諭の三年先輩に連絡を取ると約束してくれた。同窓の絆は強い。「我々は現役時代には早大付には全く歯が立たなかった。対等の勝負ができるようになった君らの双肩にかかっている」。別れ際、両肩に思い切りバシンと気合を入れられた。豪傑の腕力はいまだ衰えてはいない。玉城は十日から選手にフォークボールを投げ続ける。甲子園に帯同し、試合前日まで練習台に立ってくれた。

美濃路に会った角田は大きな収穫が得られなかったらしい。シニアリーグ時代の写真に比べて、肱《ひじ》の位置がやや下がっていることで、制球力が増したことは分かった。変化球を投げるときに、ときおり肱の位置が昔のフォームになることにも気づく。宮原は三人で得た小さなネタをノートに記す。早慶戦まで一週間もない。

早大付はエース田中を温存して余裕の一回戦突破だった。魔球のお披露目はない。対戦相手は僅差で予選を勝ち抜いてきた山形県の海山農工《うみやまのうこう》。かつての海山農業と海山工業が統合して二十世紀末に新発足したユニークな高校らしい。録画していたビデオを観る。「紅花で有名な海山は、コメや畜産物、海鮮、さくらんぼなどの果物が豊富にとれます。農業技術やバイオテクノロジー、最先端の情報技術を組み合わせた海山農工は全国で注目を集め始めました」。アナウンサーが「解説の郡司さんは慶応大学から社会人の東宝産業グループに進み、捕手、監督として活躍されました。海山農工は東宝産業のグラウンドに接していそうですね？」と訊く。「たまに練習を覗くことがあります。選手はおしなべて素直で礼儀正しい。冬場は雪で十分な練習ができないなか、牛を引っ張って足腰を鍛えたり、古タイヤを腰に巻き付けて走ったりと、工夫しています。流体力学だか空気抵抗がどうとか、難しい解析装置を使った科学的な分析を始めたようです」。選手たちは五回の裏が終わってグラウンド整備をしている球児たちに、深々と感謝のお辞儀をしている。試合は早大付の一方的な展開とはいえ、海山農工の爽やかな清涼感が印象に残った。

終戦の日に実現することになった早慶戦。凱歌《がいか》を揚げていたのはビジネス新報編集部も同じだ。

「よし、プランBでいくぞ。昭和十八年（一九四三年）の最後の早慶戦と、二世代あとの今年の高校野球の早慶戦を軸に、人間模様を書き込む」と、畔は白板に描いた人物の相関関係を指差す。最優先は神田秀樹《かんだひでき》の戦後の足取りだ。シベリア抑留中の早慶戦のエピソードも欲しいと言って両校の名簿を広げる。鉄砲玉の天童に加えて、畔と同じ時期に入社した四年目の女性記者花井恵梨香《はないえりか》が、住所や電話番号が分かっている慶応の選手に総当たりで連絡することになった。

白板と名簿、黒革の手帳を突き合わせていたらハッと気づいた。伯母にウラを取っていなかった。ヒデちゃんだ。どうやら岳父の親友は神田秀樹だ。諭が松子から聞いたヒデちゃんは同一人物の神田秀樹で間違いなさそうだ。なんと、うかつな。三田病院に電話する。「具合はどう？」などと近況を聞いたら、とめどもなくしゃべるような気がして、いきなり本題を切り出す。

「諭に、光る君の話を聞いた。ヒデちゃんって、駿河中学出身の神田秀樹さんじゃない？

（当たってくれますように）」。

「エッ！　あんた、なんで知ってんのよ？　生きてるの？　どこにいるの？　分かってんだったら、さっさと教えなさいよ」。よし、当たった、と電話口で小さくガッツポーズ。矢継ぎ早にまくしたてる癖は一段ギアが上がっている。

「残念ながら消息は分かっていない。名簿をもとに連絡を取ろうとしたんだけど、音信不通なんだ」と断ったあと、最後の早慶戦の記事を書こうとしていること、どうやらシベリアに抑留されて、かの地で開かれた早慶戦にも出ていたらしいことを告げる。

「そうなの。もし分かったら教えてね。生きていたら一目でいいから……逢いたい」。ひごろの彼女に似合わず殊勝な声。いまごろ感傷に浸っているに違いない。

シベリアの早慶戦は早稲田の資料センター事務局長の渡辺と、慶応の資料センター長の中野に問い合わせた。ほどなく中野が「古い史料にシベリアの話が出ています。お役に立つといいんですが」と言って、ファックスで送ってくれた。

戦後数年たって、寄贈されたガリ版刷りの「新聞」だという。「題字」は「シベリア収容所新聞」。日付は昭和二十三年（一九四八年）十月十六日。まさに、最後の早慶戦のちょうど五年後。場所はシベリア南部のチタと書いてある。調べてみると、旧ソ連、今のロシア・チタ州の州都で、シベリア抑留によって収容されていた日本の捕虜が鉄道建設などに酷使された場所のようだ。そんなところで、野球の試合？

記事のあらましはこうだ。将校捕虜収容所では、伐《き》ってきた木をバットに、石に廃物の皮をかぶせて縫い込んだボールを道具に早慶戦を開いた。結果はここでも早稲田の勝ち。古い紙面のなかから必死に固有名詞を追っていく。復員後、プロ野球に入団した著名人の名前も見える。すると、試合の戦況を詳しく書いた記事のなかに「神田」の文字。アッ。「田中」もあった。兄の胤敦は戦死している。弟の胤盛で矛盾しない。早慶に分かれた両選手の運命の糸はここでつながった。神田は昭和十八年に戸塚球場で兄と、昭和二十三年にシベリアで弟と、二度にわたって相まみえたのだ。天童にもう一度、田中邸に向かうよう指示する。せめて田中と神田のウラを取りたい。白板の相関図を書き直す。

W：田中胤敦（最後の早慶戦で二塁打、神田秀樹と対戦、戦死）―弟・胤盛（シベリア抑留中に早慶戦、神田秀樹と対戦、病気静養中）―孫・胤文（早大付エース）

K：草壁俊英の親友・神田秀樹（最後の早慶戦：田中胤敦＝兄＝と対戦、シベリア抑留中に早慶戦：田中胤盛＝弟＝と対戦、行方分からず）―草壁の孫・諭（慶大付野球部員）余白に、神田秀樹―伯母・松子の「光る君」と赤い点線で結んでおく。諭の「補欠」を削除したのは惻隠《そくいん》の情か、親莫迦《おやばか》か。

パソコンに向き合う。最後の締めはこんな感じかな、とキーを叩く。「一九四三年（昭和十八年）十月十六日正午、戸塚球場で最後の早慶戦が開かれた。それから六十有余年、二〇〇五年（平成十七年）八月十五日正午。彼らの孫の世代が、ここ甲子園で早慶戦に相まみえる。結果は早稲田の連勝となった（もしくは、慶応が雪辱を果たした）」

結びは「六十年前、最後の早慶戦のあと、応援席でエールを交換する。慶応が都の西北、早稲田が若き血を合唱し、それぞれ讃え合う。戦場で会おうぜと言いながら、彼らは学徒出陣に出かけていく。六十年後の早慶戦の選手たちは、二世代前の先輩たちの思いをかみしめながら改めて平和の尊さを肝に銘じていくことだろう（ちょっと、臭いかな？とりあえずの結びとしておこう）」

待ちに待った天童からの報告を受けたのは、それから三時間後。「ボス、やりました」と第一声のあと「点と点がつながりました。田中と神田は間違いありません」。やや興奮気味だ。田中は病篤《あつ》く会えなかった。しかし、気の毒がってか、田中夫人が古い日記や覚書を探してくれた。たどり着いたのが、昭和二十三年十月十六日のページ。そこにはシベリア収容所の早慶戦の記載がある。それをきっかけに神田との交友が始まり、兄胤敦と対戦した昭和十八年の早慶戦の思い出話に興じたと綴ってあった。かくして相関図は完成する。天童の労をねぎらい「足らないのは何だ？　エピソードが欲しいな。談話も取る必要がある。天童は田中と神田の周辺を当たってくれ。花井恵梨香も使え」と伝える。

缶コーヒーを片手に喫煙室へ。壁に「横綱部屋《SmoKingルーム》」と貼ってある。フー。紫煙《しえん》を燻《くゆ》らす。それにしてもプランAでなくてよかった。三世代を紡ぐAの路線でいくとなると、いかんせん自分たちの世代のエピソードが弱い。戦後三十年目の昭和五十年（一九七五年）夏。慶大付は神奈川県大会の予選四回戦で姿を消す。彼自身の失策が敗因だった。いまだに壊れたレコードのように何度も夢に出てくる光景。同期会でもさんざん語り草になっているダブル・エラー。なんでもないショートゴロを胖が蹴ってしまう、サッカー部でもないのに。絶妙のアシストパスになったボールは親友の二塁手小西雅也《こにしまさや》の胸元へ。小西は迷わずホームベースに矢のような返球。が、とんでもない大暴投。試合前のシートノックではバックホームがことごとくワンバウンドになっていたのに、なんたる強肩。アルファベットの「O《オー》」字型にあんぐりと口を開け天を仰ぐ捕手河野治雄の表情は網膜に焼きついて離れない。ベンチでスコアをつけていた天下無敵のマネージャー深堀晶雄《ふかぼりあきお》の手から鉛筆がポロリと落ちる。「ドラフト会議でマネージャーとして指名されるんじゃないか」とさえ評された名マネージャーにして、一つのプレーで二つのエラーを記録するという屈辱に甘んじざるをえなかった。結局この回の二失点が劣勢のきっかけとなって、夢は散っていく。

このチーム、さほど弱いはずはなかった。なにしろ慶大付属中学時代に東京都大会準優勝の猛者《もさ》たちがごっそり名を連ねる。決勝戦で一敗地にまみれた相手は早大付属中学だった。「高校に行ったら甲子園で早稲田にリベンジだ！　チャレンジだ！」と誓い合った面々。ここに中学時代から神奈川を代表する強打者の河野が加わった。一年生の春、野球部の部室に衝撃が走る。威圧感たっぷりにのっそりと現れた河野。誰しも大先輩だと直感する貫禄と顔の怖さがあった。昭和を代表する歌手東海林太郎《しょうじたろう》ばりに直立不動で深々と挨拶する部員一同。「あ、おれ一年生だから」。どうみても、伴宙太《ばんちゅうた》の再来じゃないか。やはり昭和を代表する漫画・テレビアニメ『巨人の星』に登場する強打の捕手と見まがう風《ふう》貌《ぼう》。梶原一騎原作・川崎のぼる作画による彼ら世代のバイブルは、一九六八年三月に放送を開始した。小学校五年生だった部員全員がこれを観て野球に夢中になった。河野もなぞったようなキャラクターだ。強力な破壊力を誇る打棒、強肩、鈍足と三拍子……二拍子揃った神奈川を代表するスラッガーに育つ。中学準優勝・強打者・名マネージャーと三種の神器を生かしきれない。

♪思いこんだら　試練の道を　行くが男の　ど根性、とはいかなかった当時の慶大付高校。物悲しい。野球部の部訓第一の「日本一になろう」にはほど遠かった彼らだが、部訓第二の「エンジョイ・ベースボール」は受け継ぐことができた。

それとは対照的に早大付は甲子園に出場、全国ベスト8まで勝ち進んでいる。その年の十月、慶大付の学園祭で恒例の早慶付属対抗戦が開かれた。結果は思い出したくもない。〇対八の惨敗。FK たち高校で野球をやめた面々にとっては最初で最後の早慶戦となった。親の世代、子の世代と比べると遜色《そんしょく》がありすぎる。若いときにもう少し頑張っていれば……と思っても後の祭りだ。もはや部史に残る汚名を返上するすべはない。それならばせめて祭のあとに、二世代をつなぐ早慶戦の記事で勝利を収め、三十年前の雪辱を果たすしかない。

第8章

一《ひと》綴《と》じの手記

〈一九五七―六九年〉胖、生いたちの記

四百字詰め原稿用紙に二百五枚。マス目をはみ出さんばかりの大きな字で埋まった一綴じの冊子がある。表紙は「わが生いたちの記　六ノ一　大山胖《ゆたか》」。新潟市立関屋南小学校六年生で書いた手記は、文章量を見る限り大作だった。

「第一章　一億分の一となる」。たいそう大上段の見出し。残念なことに、そこには看過できない誤謬《ごびゅう》があった。胖が生まれた一九五七年（昭和三十二年）の日本の人口は九千万人。一億人に達するのはそれから十年を待たねばならない。二〇〇五年の人口は一億二千八百万人足らず。半世紀弱で三千八百万人増えた計算だ。日本の高度経済成長期の真っただなかに産声を上げたことになる。

本文の書き出しは「ここ、東京都さいせいかい病院三階の一室に生まれた人物がぼくであった」。平仮名ばかりで読みにくい。ページを繰ってみると、父立志《たつし》が「やー、これがおれの子か？　まっかなさるみたいだな」。母美智子《みちこ》の証言によると、これが初対面の第一声だったそうだ。「たいへんなぶじょくである。その時ぼくがあかんぼうでなかったら、おこったであろう」と、やや恨みがましそうに憤懣《ふんまん》をぶちまけている。後から思い起こせば、これが父と子が演じることになる相剋《そうこく》の端緒だったのだろうか。

「小学校にはいって、胖、という名前がきらいだった。なぜかというと、だれも、ゆたか、とよんでくれないからだ。へたをすると、半月《はんげつ》とか、きずな、とかいわれてしまう」と愚痴を並べた箇所がある。「高学年になると、名前が気に入ってきた」と早くも宗旨替えする。「名前には、のびのび、ゆったり、という意味があるそうだ」と続く(※14)。

小学校入学と同時に岐阜から鎌倉へ引っ越す。鶴岡八幡宮から若宮大路を海に向かって数分のところにある由比ヶ浜小学校だ。三年生のときにＮＨＫの大河ドラマ「源義経」が放映されていた。学校では生徒ばかりでなく、教師も夢中だった。運動会では源氏の白旗、つまり白組に入ることが悲願だ。神戸からの転校生は頑として赤組を譲らない。

鶴岡八幡宮への初詣から新しい年は始まる。「ここで、三代源実朝《さねとも》が公卿《くぎょう》に斬り殺されたんだ。公卿は二代頼家の子だから叔父と甥の関係だな」と境内の大銀杏《おおいちょう》の前で父が説明する。

八幡宮の裏手にある頼朝の墓は、鎌倉幕府を創設し武家社会を作り上げたにしては小さい。生いたちの記に「とても英雄の墓とは思われないほど、おそまつである。なんだか気の毒な気がする。奥さんの尼将軍北条政子の方が立派なんじゃないかな」と、お節介にもいらぬ邪推をしている。小学校のＰＴＡのママさんたちと源氏にまつわる墓参りツアーをしてきた母によると「北条政子の墓もそれほど大きくなかったわよ」とのこと。政子が一二〇〇年に創建した寿福寺《じゅふくじ》の裏の崖下にある横穴式の墳墓だったそうだ。頼朝の墓からだと西へ二十分ほど歩いた源氏山の麓《ふもと》に三代将軍実朝と並んで眠っている。

「奥さんと別々なの？　仲が良くなかったのかな？」。胖の二つ歳下の弟である誠《まこと》の素朴な疑問。「仲はよかったはずよ。ロマンチックなエピソードがたくさんある。しっかりものの奥さんだったしね」と肩をもつ。ママさんツアーのガイド役を務めた教頭先生の話では、政子は頼朝のすぐそばに弟の北条義時《ほうじょうよしとき》の墓をつくったそうだ。胖は「義時って源氏の政権を奪った悪者じゃないの？」と訝《いぶか》しむ。よもやその半世紀後、ＮＨＫ大河ドラマ「鎌倉殿の13人」で義時が主人公になるとは想像だにできない兄弟に父は来歴を話す。伊豆の小豪族から発した北条時政《ときまさ》・義時の父子。たまたま源頼朝が平家によって伊豆の蛭ヶ小島《ひるがこじま》に流刑されてきた。やがて頼朝が義時の姉政子と結ばれ、鎌倉幕府の草創から大きな役割を果たす。頼朝の死後、幕府は十三人の合議制に移行していく。頼朝の一周忌では法華堂に政子が髪で縫いとった掛け軸を奉納した。執権となった北条家が権力の中枢を担う。そののち、源実朝が避難したり三浦泰村が籠城したり、この地は北条氏と有力御家人との権力争いの舞台にもなっている。

「頼朝の死は謎めいているね。正式な歴史書、執権となった北条氏がつくった吾妻鏡《あづまかがみ》にもはっきりと書いていない」と父の解説は続く。落馬したのが原因で重態に陥り、一一九九年正月に亡くなった。「武家の棟梁、征夷大将軍ともあろう頼朝が落馬するかな」と問う息子に、立志が物騒な陰謀説を開陳し始める。幕府成立の翌年、頼朝は富士山の裾野で御家人を集めて巻狩りを催した。主役は歌舞伎で有名な曽我兄弟だ。親の仇と狙う工藤祐経《すけつね》を討ち果たしたあと弟の五郎時致《ときむね》が頼朝を襲う。兄弟の祖父伊藤祐親《すけちか》の仇が頼朝ともいえる。はたして二重の仇討ちだったのか。この巻狩りの仕切り役は、五郎の烏帽子親である北条時政だった。「黒幕となった誰かにそそのかされたに違いない」と父は実権を握った北条氏のさしがねか平家の残党か、義経を慕う鎌倉の御家人あたりの暗殺説を信じ込んでいる節がある。

小学校でさんざん習った鎌倉幕府成立は一一九二年、「いいくに　つくろう　鎌倉幕府」。まっさきに覚えた年号だった。頼朝の栄華はたった七年だったのか。二代頼家と三代実朝の末路には哀れさと謎めいた因縁がつきまとう。「歌人でもあった実朝の辞世は、出《い》でていなば主なき宿となりぬとも軒端《のきば》の梅よ春を忘るな、だそうよ。私がいなくなっても、梅は春を忘れずに咲いてほしいって願った。死を覚悟していたんだとしたら、やりきれない」と母が言い終わらないうちに、父が横やりを入れてきた「頼家が修善寺に幽閉されて殺されたのも、実朝が鶴岡八幡宮で公卿に暗殺されたのも、北条義時が黒幕として裏で糸を引いていたんじゃないかな。歴史の結果から逆算するとそうなる」

すかさず美智子が異を挟む。「政子を主語に考えると違うわ。夫の頼朝、父の時政、弟の義時が創りあげた幕府をみずからが尼将軍となってでも守りたかった。尼御台《あまみだい》にとっては幕府もわが子なのよ」。承久の乱（一二二一年）のとき政子は、頼朝の恩は山よりも高く海よりも深い、三代将軍の遺跡《ゆいせき》を守るように、と演説して、分裂しそうになった御家人の心を一つにまとめた。「母として子（頼家・実朝）はかわいい。姉としては弟義時の功績を後世に伝えたかった。だからお墓を夫の近くに建てて、偉大な頼朝と並び立つようにしたんじゃないかしら」。

　ときの後鳥羽上皇が鎌倉幕府執権の北条義時の討伐を掲げ挙兵したのが承久の乱だ。義時の子泰時らが墨俣や瀬田、宇治川で朝廷側を制し、上皇を隠岐の島に流罪に処す。武家の世は源平の時代から徳川慶喜が大政奉還するまで七百年も続く。「江戸の幕末に、鎌倉幕府の御家人の子孫たちが同じように攻めていく。方向は真逆だったんだけどね」と父がにやり。わけを聞くと、鎌倉幕府が差し向けた軍勢と同じように明治維新の官軍は、東海道、東山道、北陸道を西から江戸に行軍した。鎌倉殿の十三人のひとり、大江広元の四男が承久の乱で武功を立ててのちの毛利家を興し、御家人が薩摩藩島津氏の祖となった。「おサムライの時代をつくった人たちの末裔が、おサムライの世の幕を引いてくれたわけね」と母なりの心象を吐露してみせた。

　夏は江ノ電に乗って海水浴に出かける。典型的な判官びいきの父は腰越への複雑な思い入れが強い。海から上がって腰越駅から満福寺まで足を延ばす。「義経が頼朝の勘気を蒙《こうむ》り……兄の頼朝から叱られて、弟の義経が有名な腰越状を書いたのがこの寺なんだ。その手紙には義経が朝廷から検非違使《けびいし》に任命されたと書かれていた。勝手に官位をもらったのはけしからん、鎌倉に来るな、そこに留まって命令を待て、と頼朝の逆鱗《げきりん》に触れた……龍のあごに生えた鱗《うろこ》を触ってしまい……つまり、怒らせた」。こう言いながら義経秘話を追想する。

立志が同僚と一緒に金沢文庫と称名寺《しょうみょうじ》を訪ねたときの話だ。お目当ては歌川広重が描いた金沢八景の一つ「称名の晩鐘」の描かれた鐘楼だ。その文物のなかに、京にいた義経に兄頼朝が刺客の夜襲を差し向け危うく平泉に逃れたという秘抄が残る。「義経の死後、その怨霊を鎮めるために称名寺本尊の弥勒菩薩の胎内に願文を納めたらしい」

立志は義経や弁慶ゆかりの書状などに見入る。ここ腰越は頼朝が義経を足止めさせたところ。そればかりではない。後年、奥州平泉に潜んでいた義経が頼朝の命を受けた藤原泰衡《ふじわらやすひら》の軍勢に攻められ自刃《じじん》する。その首実検の地でもあるそうだ。

一方のママさんツアーは鎌倉の墓参から逗子、葉山を通って三浦半島の突端まで足を延ばしてきた。日本武尊《やまとたける》と弟橘媛命《おとたちばなひめのみこと》を祀る走水《はしりみず》神社で熱弁をふるった教頭先生の説明を、美智子が語り聞かせる。東国の蝦夷を平定しようと東征した日本武尊は上総に船出して大嵐に遭う。海の神の荒ぶる心を鎮めようと弟橘媛命は「皇子の御為によろこびて今こそ北の浦に身を捧げなむ」と言って海中に身を投げた。そのおかげで海は凪ぎ、あたかも水の上を走るように上総までこぎつけた。その故事にちなんで走水神社という。数日後、流れ着いた弟橘媛命の櫛を奉納している。

父も黙っていない。「日本武尊は東征を終えて都に帰る途中、碓氷峠から走水の海を臨んで、吾が妻よ、と弟橘媛命を偲んだ。それで東国をアズマ（東＝吾妻と紙に書きながら）と呼ぶようになったんだ。ところが日本武尊には悲しい末路が待ち構えている」と思わせぶりに続ける。「そもそも父である景行天皇の命を受けて今の北上川流域の蝦夷を平らげて奈良に戻ろうとした。伊勢の能褒野《のぼの》というところで、倭《やまと》は　国のまほろば　たたなづく　青垣《あをかき》　山ごもれる　倭しうるはし、とふるさとを懐かしんで詠った歌が万葉集にある。なのに凱旋を目前にしてその能褒野で病死してしまう。父と対立していて帰郷を望まれていないと思い込んでいたらしい」

「日本武尊の歌って、足止めをくった義経の腰越状みたいなものなのかな？」と胖が問う。「まあ、似ていなくもない。男というものは、敷居を跨ぐと七人の敵がいるんだ。せめて、兄弟、親子は仲良くしないとな」と、ひとくさり。志を立てるにあたって「己の本心の好む所」に従いすぎた立志は、敵の多い半生を歩んでいる最中だった。

秋には流鏑馬《やぶさめ》を見て、秋の夜長や冬は炬燵《こたつ》を囲んでNHKの大河ドラマに観入る。父はきまって原作を読んでいて、テレビを観ながらの講釈に余念がない。美智子は「何といっても藤純子の静御前よね。頼朝の前で舞いながら詠った和歌がいいわ」と口ずさむ。「吉野山、峯の白雪踏み分けて、入りにし人の跡ぞ恋しき」「しづやしづ、賤《しず》の小田巻くり返し、昔を今になすよしもがな」の二首だった。昔のように愛《いと》おしい義経が今に戻ってきてくれたらいいのに、静の切々たる思慕が込められていて琴線に触れるらしい。義経が母の常盤御前《ときわごぜん》と生き別れになるのも、やりきれないようだ。同じドラマを観ていても、合戦の場面や物語の筋を追う父と情感にほだされる母の視点は大きく違う。

自分の世界に浸りきっているかのようにみえる母に、父が水を差す。村上元三の『源義経』によると「小田巻」だが、吉川英治の『新・平家物語』では、義経の前で静が舞ったときは、「苧環《おだまき》」という字だったぞと、そばにあった反故紙《ほご》に鉛筆で書いて見せる。「広辞苑で調べてごらん」

さっそく「新村出編　広辞苑」を繙《ひもと》いてみると。

おだまき【苧環】①つむいだ麻糸を、中が空洞になるように円く巻きつけたもの。古今「いにしえのしづの—」（②以下は省略＝岩波書店発行）

むっつりだまった母は心なしか興ざめの表情を隠さない。「小田巻だって、苧環だって、どっちでも、いいじゃないの、おだまり」と言わんばかりだ。常々、母は父に対して「細かいことにこだわりすぎる」「打算的でデリカシーがない」と苦言に暇ない。あっ、そうだ、「打算的」も広辞苑で調べておくか——。

ださんてき【打算的】物事をするのに、損得を考えて取りかかるさま。勘定高いさま。そろばんずく。

少なくとも好意的な字句ではないな。遺伝子的に子どもたちが打算的でデリカシーのない人間になりかねないと危惧して、戒めを込めた言葉だったのか。そう気づいたのは後年のことだ。ひょっこりと、打算的な本性が顔を覗かせたがっているから厄介だ。

とかく、源平や戦国時代の合戦場面に、母は興味がない。静が義経を想う恋ごころや義経が常盤御前に寄せる思慕の念に共感できても、巴御前には冷ややかだ。「あの時代でも女の役割ってあったはずよ。木曽義仲の周りに女たちはたくさんいても、彼には家庭や家族がなかったのよね」という辛辣ながら案外、的を射た批評になる。自らの子どもたちがチャンバラごっこや戦争ごっこに明け暮れることにさえ、快《こころよ》しとしない。むしろ巴の後半生に思いを寄せる。義仲を失った巴は源頼朝に召された鎌倉で有力御家人の和田義盛に嫁ぐ。ところが「鎌倉殿の十三人」のひとりだった義盛も「和田合戦」で北条方に滅ぼされてしまう。「巴は出家して義仲、義盛や親、子どもの菩提を弔って九十歳ぐらいまで生きたらしい。琵琶湖のそばにある義仲寺《ぎちゅうじ》に一緒に葬られているそうよ。仇討した曽我兄弟も箱根の街道沿いにお墓があったわ、仲良く並んで」

それよりも平敦盛《たいらのあつもり》と安徳天皇《あんとくてんのう》・建礼門院《けんれいもんいん》の悲劇こそ忘れてはいけない、と母は子どもたちを諭す。義仲の軍勢に追い立てられるように京から都落ちする平家一門。平清盛の弟である経盛《つねもり》の末っ子が敦盛である。一ノ谷の戦い、鵯《ひよどり》越えで源義経の奇襲を受け、最後は鎌倉方の熊谷直実《くまがいなおざね》と一騎打ちの末に敗れ、あわれ首級《くび》を討ち取られる。数えで十六歳。紅顔の美少年だったらしい。「人間五十年、化天《げてん》のうちを比ぶれば、夢幻の如くなり」で有名な幸若舞《こうわかまい》のモデル。「敦盛」は「一度生を得て滅せぬ者のあるべきか」と謡《うた》う。人間の一生は一夜の夢のように儚いと感じたのか、直実は出家してしまう。平家物語の冒頭を父が書いて見せながら源平や戦国時代の盛者必衰の理《ことわり》を説く（※15）。そののち胖の人生に、「敦盛」は大きな意味合いをもってくることになる。

美智子は「聖書にも奢り高ぶる者はやがて滅びる。高慢にならず、へりくだりなさいと訓《おし》えているのよ」と兄弟を諭す。しばし黙考しつつ、壇ノ浦の悲運を語り始めた。一一八〇年、満一歳で即位した安徳天皇の父は高倉天皇、母は平清盛の娘・平徳子、のちの建礼門院だ。壇ノ浦の戦いで義経軍に敗れ、祖母の二位尼《にいのあま》が「今ぞ知る　みもすそ川の御ながれ　波の下にも都ありとは」と詠って安徳天皇とともに入水《じゅすい》する。「建礼門院は熊手で髪の毛を巻き取られて助かったの。でもね、お子の安徳天皇は満七歳で儚《はかな》くなってしまわれた。三種の神器のうち宝剣とともに。建礼門院のお気持ちを想うと」。母は、小学校に上がったばかりの次男誠がちょうど同い年だと、自らの身に置き換えて感傷にふけったあと、「あなたの」と長男に視線を向ける。「あなたの安産祈願に行った水天宮は安徳天皇と建礼門院、二位尼を祭神にしているの。丸谷才一の『女ざかり』という本に、助かった建礼門院は仏道に帰依したおかげで極楽に行った、怨みを呑んでさ迷ってるはずはない、って書いている。神さまになって極楽に行ったら本望かもしれないわね」。天寿を全うした建礼門院を慮《おもんぱか》るほど、このころは意気高く元気いっぱいだったのだが。

ある日の夜更け。「戦争はむごいことよ。あれは絶対にダメ」。母美智子はいまだに太平洋戦争の空襲で逃げ惑った悪夢にうなされているらしい。昭和二十年（一九四五年）三月、三田四国町で空襲警報が鳴り響く。慌てふためいて防空壕に逃げ込む一家。ところが、美智子は両親や姉の松子とはぐれてしまう。恐怖に立ちすくんでいると、近所の豆腐屋のおじさんが手を引いて防空壕に連れて行ってくれた。あの恐怖は一生、忘れられない。十二歳のことだった。男たちが槍や刀や鉄砲で殺し合う映像が、過去のおぞましい体験を思い起こさせるのかもしれない。松子と美智子の姉妹は戦争といえば異口同音に「むごい」という形容詞をつける。同じように打ち沈んだ表情と口調で。

三田四国町は戦後、港区芝となる。「私がちょうどあなたたちのころ、小学校で習ったのよ」と母が町名の由来を教えてくれた。江戸時代に阿波、土佐、讃岐、伊予の四国大名の藩邸があったのと、因幡、阿波、薩摩、三河の四か国の家臣宅があったことから四国町というそうだ。小学校の先生は、こんなことも教えた。「三田」は、御所のお米を作る「御田《みた》」からきている。「麻布」は「麻生《お》う里」、「麻布山」は「麻布留《ふる》山」と称ばれる麻の産地だった。

誠が鬼の首を取ったように叫ぶ。「苧環はつむいだ麻糸を、中が空洞になるように円《まる》く巻きつけたものって広辞苑で調べたよね。ここでも苧環が作られていたのかな？」

「何とも言えないけど、静のような女性が住んでいたかもしれない。毎年、お墓参りに行くあたりが麻布山よ」

累代の祖先に詣でる麻布山の光専寺は三田四国町から一キロばかり西だ。稲の穂が風になびくほのぼのとした往時の田園風景、麻が生い茂るのどかな丘陵が目に浮かぶ。「これは文学少女で歴史好きだった姉（松子）の受け売りだけど」と断って、かつては戦乱の地でもあったという麻布の別の顔を語りだす(※16)。「平和な稲作の田園や麻がとれる山や丘が戦争で踏みにじられる。そのたびに一番大切な人の命が奪われていく。女には源氏も平家もないの。子を亡くした母、母を失った子はどれほどいたんでしょう」。戦争と平和、母の言葉に千鈞《きん》の重みを感じた兄弟である。

数日たって、社会科の教科書をめくり父の蔵書をあさっていて、しみじみ感じた。歴史は勝った側が書くから、負けた方は悪しざまに貶《おとし》められる。平将門はその典型かもしれない。何しろ「誰それの乱」と書かれれば反乱や反逆の印象がつきまとう。幾度もの戦乱が重なり、源氏と平家が両軍に入り乱れていく。となると必ずしも源氏対平家と単純な色分けだけでもなさそうだ。源氏三代の「事跡」は、のちに尼将軍政子の北条氏が執権となってから書かれた「事績」だろうし。

夜、食卓を囲みながら疑問を投げかけてみると父が膝を乗り出した。「時代劇や西部劇を観たってそうだろう？　勧善懲悪《かんぜんちょうあく》といったって荒唐無稽《こうとうむけい》なものが多い。そもそも敵味方、善悪というのは一面的な見方だ。司馬遼太郎が、頼朝が弟義経の首級《くび》を見て、悪は滅んだ、と言ったのを聞いた世間が悪とはなんだろう、と考え込んだって書いている。平家にしろ、石田三成や明智光秀にしろ悪なのか？　征服する側とされる側っていう単純な図式じゃないんだ」と興が乗ってきた。

「今の日本はどうなの？」と問う誠に歴史事典を持ってこさせる。「アイヌの人々は今、北海道にしか住んでいない。昔は日本の東国に住んでいたのは間違いない」。やおら母が口を挟む「夏休みに会津と猪苗代湖《いなわしろこ》に行ったわよね。猪苗代湖の駅に、駅名はアイヌ語だって書いてあった」。父も、「東北にはアイヌ語の地名が多いんだ」と言いさして、一冊の本を持ってきた。柳田国男の『遠野物語』のページを拾い読みしながら、「遠野の『トー』はアイヌ語の『湖』からきている。『オシラサマ』という土地の神さまはアイヌの中にもあると注釈している」「へー、土地の名前だけじゃなくって、神さまも一緒だったんだ。じゃあ、カッパや山姥《やまんば》とかザシキワラシも共通なんだね？」

わが国の民俗学の先駆者は、もともと日本の山々に棲《す》んでいた人たちと、稲作をもたらし平地に住んだ人々との関係に大きな興味を抱いていた。この国に住んでいた先住民が、稲作農業を持って渡来した「里人（平地人）」に追われて山に逃げ「山人」になった、とみる。「学者の本を読むと、先住民の国津神《くにつかみ》の子孫たちが、渡来系の天津神《あまつかみ》の後裔に征服された。狩猟や漁労、採集をなりわいとしていた縄文人が、稲作をもたらした弥生人に駆逐されていく。縄文人と弥生人、それにアイヌ。縄文人に最も近いのは北海道に住むアイヌの人々だっていう研究がある。弥生時代や古墳時代に長い年月をかけて混淆《こんこう》していったのだろう」と憶測する。仙台にルーツをもつ立志はこのころから先住民族としてのアイヌに深い敬意を抱いている様子だった。

歴史辞典をめくっていた弟が「平将門は延喜《えんぎ》三年、西暦九〇三年に、坂東平野の下総《しもうさ》で生まれたんだね」と加わってきた。「そうだ。今から千年以上昔の坂東、今の関東には東北から連れて来られたりしてアイヌ民族がたくさん住んでいた。将門は桓武天皇から数えて六代目だから、アイヌ民族に親戚がいても不思議はない」

関東に独立国をつくろうとした平将門を滅ぼしたのは、藤原秀郷《ひでさと》、別名俵藤太《たわらのとうた》だ。その三、四代の末裔が藤原清衡《きよひら》とされている。清衡―基衡《もとひら》―秀衡《ひでひら》三代にわたる奥州藤原氏の栄華は百年で儚《はかな》くついえ去る。「俺の祖父《じい》さんから聞いた話だが、平泉を発掘したら、アイヌの衣裳が出てきた。奈良時代ごろまでは、蝦夷、つまり、アイヌの人々が住んでいた。その霊を慰める剣の舞が伝承されているらしい」。アイヌ民族への強い思いは立志の人生行路に深くかかわっていくことになる。

日本人って何なんだろう？　日本の国とは何だろう？　国の始まりっていつ？　ぶつぶつ言いながら、とつおいつ考えていると、母が新婚旅行の話をしだした。ときは一九五五年（昭和三十年）。ところは当時、新婚旅行のメッカとされていた宮崎。若き夫は新妻にいいところを見せようと日本書紀と古事記、いわゆる記紀と首っ引きで国造りの神話の解説に躍起となっていた。「邇邇芸命《ににぎのみこと》は高天原から天の浮橋、浮島、筑紫の日向の高千穂の霊峰に天降りになった。麗《うるわ》しき美人《をとめ》の木花之佐久夜毘売《このはなのさくやびめ》を見初《みそ》めて契る。ところが一夜で懐妊したのを訝《いぶか》しむんだな。身の潔白を証したてようとして、姫は産殿に火を放ってまでして無事に出産する」。

真っ青な天空に突き立つ天逆鉾を指差しながら「坂本竜馬がおりょうさんと新婚旅行に行ったときの話だ。二人でこの逆鉾をエイヤっと引き抜いたって、乙女ねえさんに手紙に書いたんだ。アーサー王伝説にも石に突き刺さったエクスカリバーという魔法の剣がでてくる。剣には石から引き抜いた者は全イングランドの正当な王だと書いてあったそうだ」。

美智子は、なんて神話や歴史に造詣《ぞうけい》が深い人なのかしら、天孫と麗しいお姫さま、幕末維新の英雄と新妻、魔法の剣と王さま、ロマンチックね、そのときはそう夢想していた。でも現実は。同じ逸話を子どもたちにするに違いないと確信したことだけが予感を裏切らなかった。十年後、予感を裏付ける立志の二番煎じに耳を傾けると……。

「新婚旅行では高千穂河原の天孫降臨の地を訪れた。正確には鹿児島県霧島市だけどな」。またぞろ細かいチェックを入れて興をそぐ。悪い癖だ。古代ヤマト王権を作った日本の国造りの神話とは——皇室の遠い御先祖である「天孫」の天照大御神《あまてらすおおみかみ》が、孫である瓊々杵命《ににぎのみこと》

（古事記では邇邇芸命《ににぎのみこと》だと几帳面に表記を説明しながら）に三種の神器を授け、豊葦原水《とよあしはらのみず》穂国《ほのくに》を高天原《たかまのはら》のようなすばらしい国にするようお命じになった。三種の神器は八咫《やた》の鏡と八坂瓊曲玉《やさかにのまがたま》、それに草薙剣《くさなぎのつるぎ》である。

「父から何度も国譲りの神話を聞かされたわ。何冊も本を買い込んで、新聞の記事を切り抜いてノートに貼っていた。古代出雲の民は裕福で、あとからできたヤマト政権に乗っ取られたようなもんじゃ、って」。母美智子の父は島根県出雲の出身だった。

高千穂の天孫降臨と関係があるのかと不思議に思っていると、天津神が国津神から葦原《あしはらの》中国《なかつくに》の国譲りを受ける話だという。高天原に住んでいる天津神・天照大御神は、葦原中国を譲るべく、神々に命じて国津神・大国主神《おおくにぬしのかみ》に申し出る。大国主神がこれを受けいれ、その代わりに出雲国の多芸志《たぎし》の小浜に宮殿を建ててもらう。いまの本殿（二十四メートル）の倍ぐらいの高さがあった。たたら製鉄の跡や銅剣銅矛、大陸から渡来したガラスの勾玉、北陸の碧玉が見つかっていて、太古の昔は交易が盛んな先進地域だった。旧暦の十月には全国から八百万の神さまたちが集う。神々をお迎えする神迎神事《かみむかえしんじ》を見に稲佐の浜に行くのが土地の慣わし。だから出雲では十月は「神在月《かみありづき》」という。出雲以外は「神無月《かんなづき》」

だ。その大元締の大国主神は出雲大社の祭神となっている。母の父の口伝《くでん》はこんな筋立てだった。

立志と美智子は、高千穂の新婚旅行から帰って、しばらく神代《かみよ》の昔をめぐる旅に出た。鹿島神宮《かしまじんぐう》（茨城県）と香取神宮《かとりじんぐう》（千葉県）は二十キロぐらいしか離れていない。出雲大社に比べると、小ぶりで楚々《そそ》とした神社だった。

立志はごそごそとアルバムや記紀を取り出し、講釈を始める。鹿島神宮の祭神は武甕槌神《たけみかづちのかみ》。天照大御神の命により国家統一の大業を果たした建国功労の神だ。香取神宮の祭神は経津主大神《ふつぬしのおおかみ》。やはり国土開拓の功神だという。「同じように国譲りをしたんだ」「仲良しなの？　兄弟だったのかな？」と問う兄弟に、「古事記では鹿島の神を遣わしたとある。日本書紀には香取の神が主人公で、鹿島の神が従った」と微妙だ。「記紀」も筆者の視点によって事実が異なるようだ。千二百年もの昔、千キロも離れた高千穂や出雲にどうやって行き来したんだろうと瞑想《めいそう》にふけっていると……。

「国譲りの物語では、叛逆《はんぎゃく》した神が天に矢を放つと、天からの返し矢に当たって死ぬ場面が出てくる。旧約聖書の創世記にも似た説話がある」と話を敷衍《ふえん》していく。旧約聖書は紀元前五、六世紀ごろに成立したといわれている。太安万侶《おおのやすまろ》が古事記を編纂《へんさん》したのは和銅五年（七一二年）。立志は「創世記が千何百年にもわたって、二千里以上も超えて本邦に伝承されたとしたら面白い。もちろん口伝《くちづた》えだ。言の葉、言霊《ことだま》といっていいかもしれんな」と、時代と場所を超越した、壮大な宇宙《コスモス》を象《かたど》って、一人悦に入っている。

翌日、立志は「日本のはじまり」と題する絵本を息子に買い与える。ひごろから「右顧《うこ》左眄《さべん》するな」とか「君子は和して同ぜず」とか、こむずかしい訓話を垂れていた。それも細部《ディテール》にこだわりながら。そのころは家庭内の教育を通してコミュニケーションを図ろうとしていた。

立志は仙台出身である父から「先祖は伊達藩の足軽だった」と聞いている。高千穂や出雲とは別の国みたいだっただろう。「君たちの祖父さんの父、曽祖父《ひいじい》さんは彫りが深くて眉が黒々と太い。骨格はがっしりしていたらしい。案外、縄文人の末裔かもしらんぞ」。国譲りと縄文人、創世記と記紀、なんだかちっとも結びつかない。

俺たちは何人《なにじん》なんだ？　と夜、隣り合わせの布団のなかで兄弟は首をひねりあう。「出雲や仙台に行ってみたいね」「大きくなったら、ご先祖さんを訪ねる旅にでようぜ」

どういう道筋かは別にしても、いま地球上に暮らす全員が「勝ち組」であることは動かしがたい事実だ。何億分の一の確率で父と母の生殖細胞が出あう。奇跡と言ってさしつかえない。ご先祖さんの誰かが合戦に敗れたり疫病に斃《たお》れたりして子孫を残せなくなったら、そこで系譜は断たれる。創世記や天津神、国津神から始まって、縄文人も弥生人も、源氏も平家も、大山家も佐多家も子孫を残そうという意志が途切れなかった結果がこの兄弟の存在だ。この奇跡をどう生かすか。ああ、眠くなった。

天上の**妖精**「あらあら、寝ちゃった。よだれを垂らして、他愛もない寝姿。細かくて打算的でデリカシーのない性癖だけは伝承してほしくないわね」**天使**「太古から幾度もの天変地異や疫病、戦乱をくぐりぬけてきた生命力と強運には感謝しよう。いくつもの僥倖《ぎょうこう》が途切れることなく重なったんだ。天文学的な組み合わせのなかから、人類の一人として生を享受できるのだから」**妖精**「アダムの子孫たちも、この地球《ほし》に住む何十億人のみんなが、何百何千回もリレーされたバトンを受け継いだ。次は私たちがバトンを引き継ぐんだね」。胖《ゆたか》と誠兄弟の夢のなかで訳知り顔の囁《ささや》きが聞こえてくる。

第9章

一幅《いっぷく》の絵

〈一九六九年〉大山家、江戸の過客

大山胖《ゆたか》作「わが生いたちの記」の一九六九年（昭和四十四年）、小学校六年生の項にこんな記述がある。「朝早く起きて、父と弟と三人で越後デパートに行った。ご購入いただいた先着百名様に、アポロ切手しんてい、というからだ。父のお目当ては、うきよ絵展である。父のしゅみは、うきよ絵や、東海道五十三次、中山道、富がく三十六景の絵や、カブキをみることだ。この日、二時間近くつきあった」

アポロのくだりは「生いたちの記」でも特筆されている。「今年の夏に人類史上とても重要なことがおこった。それはアメリカの宇宙船アポロ十一号が月面着陸に成功したことだ。日本時間で七月二十一日。人間の知恵にびっくりした日だ」と興奮気味の筆致だ。アームストロング船長らが初めて地球以外の天体に足跡を残した。「我々は人類を代表して平和のうちにやってきた」という銘板を置き土産に宇宙の旅から帰ってくる。世界中がテレビ映像に釘付けになった。月には降り立たなかったコリンズが青と白に輝く地球を「一幅の絵」として眺めている。「世界の指導者がはるかかなたから自分たちの星を見たら彼らの態度も根本から変わるはずだ。何よりも重視している国境は見えない（ベルリンを東西に分かつ壁も、朝鮮半島を南北に隔てる線もない）。言い争いも聞こえない。資本主義者も共産主義者もない。金持ちも貧乏人もいない。地球は見える姿の通りにならなければならない」。泥沼化しているベトナム戦争や東西冷戦、人種差別や分断社会など、どの星の話かというような顔をして青い地球が宇宙空間に浮かんでいた。

満天の星空の**天使**「船長たちはお姫様たちと逢えたかな。かぐや姫や、ギリシア神話に出てくる女神アルテミス、古事記に出てくる月読命《つくよみのみこと》とどんな話をしただろう。ウサギのついた餅はおいしかったろうな。三十八万キロのかなたから一幅の絵に地球を描くとしたら、どんな絵の具を使ったのだろう」**妖精**「瑠璃色《るりいろ》だね、きっと。地球は青かったって、人類初の宇宙飛行士ガガーリンが言っている。七割は海、三割の陸地のそのまた三分の一が山林よね。もっとも、地球を取り巻くオゾン層はキャンバスに表現できない。これが太陽がもたらす有害な紫外線を吸収して生物を守ってくれているのにね。人類が何世代にもわたって生み出してきた化学物質がオゾン層を破壊していることを早く自戒しないと、瑠璃色の地球に申し訳ない」

コリンズの感慨や天空からの警句が届かないと、地球の絵姿や色合いが変わってしまうかもしれない。ゲーテは、我々地上の者たちだけが狂っていて、月は変わらず、のどかに軌道に浮かんでいると書いた。胖が、月の女神ルーナを一幅の絵として思いを馳せていると「ファウスト」の一節が浮かぶ。くっきりとした円い玉座がますます大きくなって近づいてくる。「威嚇する巨大な円盤よ。おんみはわれらを、陸を、海を、滅ぼすのだ」と慌てふためく。実は隕石《いんせき》の落下を月が地上に墜ちてくると勘違いしたのだ。幸いにもそれは杞憂《きゆう》に終わった。

まんまとムーンショット（※17）にちなんだアポロ記念切手をゲットした兄弟は、富嶽《ふがく》三十六景の展示コーナーで「宇宙から富士山を見たら、どんな景色なんだろう」「葛飾北《かつしかほく》斎《さい》がアポロに乗っていたら、どんな絵を描くのかな」など、他愛もない話に興じている。日ごろ父が「赤富士」と言っている葛飾北斎の絵は「凱風快晴《かいふうかいせい》」というタイトルで、その隣に飾られていた「山下白雨《さんかはくう》」はもっと茶色っぽい。「黒富士」といわれるそうだ。中山道六十九次の一幅の絵に立志《たつし》が目を留めた。「洗馬《せば》」とある。奈良井川という川を船頭が船で渡っている風景だ。説明には「中山道の宿場町。日本橋から三十一番目。北国西街道、別名善光寺道の起点」とある。塩尻峠から富士山を初めて見た宮本武蔵は、その悠久と優美に激しく心を揺さぶられる。思わず涙ぐみ合掌してしまう。厳然とそびえる偉大な霊峰に打ちのめされ、人間の小ささに愕然《がくぜん》とする。

「いくら武蔵でも、富士山と背比べして勝ち目はないよね」と言う弟の誠を父が諌める。

「いやいや、最後に武蔵は開眼するんだ。人間の目に映って初めて自然は偉大なのだ、人間こそは、おおきな顕現《けんげん》と行動をするのだと気づいた。富士山に蒙《もう》を啓《ひら》かれ、これが剣の道につながっていくんだ」。「士道」でも「剣術」でもない。卑小な一個の人間が自然と調和融合して、天地の大宇宙とともに呼吸し安心立命の境地に達するまで剣の道を究めようと志す。

「おう、肝心《かんじん》な話を忘れていた。勧進帳《かんじんちょう》だ」。父は得意の駄洒落《だじゃれ》交じりで、歌舞伎十八番、義経弁慶の源平に話を巻き戻す。それこそ、父の十八番《おはこ》だった。幼いころから「富樫」や「勧進帳」は耳に胼胝《たこ》ができるほど聞かされてきた。かつて訪れたという安宅住吉神社(石川県小松市)の巫女から聞いた関所問答を開陳する(※18)。「弁慶の智、富樫の仁、義経の忍勇が源平の時代にも歌舞伎の世界でも日本人のこころに響くんだな。この神社は難関突破の神さまがいるんだ」。

江戸時代に入っても人々の旅路は難関や難路の連続だった。歌川広重の東海道五十三次はお江戸日本橋から京都の三条大橋までのおよそ五百キロ。小学校一年生のとき、東京オリンピックが開かれた一九六四年（昭和三十九年）に開通した夢の超特急・新幹線ひかり号に乗れば二時間か三時間で着く。日本橋から三条大橋まで当時は歩いて十何日もかかったそうだ。親と子が江戸時代の過客になったつもりで東海道を西に上っていく。

箱根の険を越え、蒲原、岡崎。親子は尾張・名古屋の熱田神宮や伊勢国、桑名城下をそぞろ歩く。「江戸時代の東海道は熱田から船で桑名の港へ渡る。七里の渡しだ」と言って、立志は五十番目の「水口《みなくち》」で足を止めた。「義経弁慶の四百年ぐらいあと、この関所をめぐって明暗があった。関ヶ原の合戦の少し前だ」と語りだす。「近江の水口は今の滋賀県甲賀市だな。遠州掛川藩の山内一豊の使者は、東から大坂にいる妻宛ての手紙を無事に届けることができた。ところが土佐の長曾我部の密使は石田三成方の関所で見破られて、家康に内通できない。関ヶ原で敗れた長曾我部の旧領土佐は、勝った側についた山内家が継いだ。領地は掛川の四倍、二十四万石の城主になったんだ」。関所ごとに一幅の絵を描けば、悲喜こもごもの五十三次が描けるに違いない。

近江国の琵琶湖の南をかすめて、終着駅、京都の三条大橋に着いた。父子の旅路は一時間もかからない。しかし、ここで見た五十三枚の風景、場所はその後、何度も思い返すことになる。たとえば、胖の子どもが同じような年代になれば親子の旅路を重ねていくことだろう。

江戸時代に隆盛を極めた浮世絵と歌舞伎は思いのほか関係が深いことが分かった。いずれも庶民が育んだ文化だ。とりわけ二人の金太郎が印象に残った。一人目は喜多川歌麿の「山姥《やまんば》と金太郎」。母の乳に吸い付く子どもが弟にそっくりに見えた。二人目は大人の金太郎で、勝川春章《かつかわしゅんしょう》の作品。歌舞伎役者を写実的に描いた坂田金時《さかたのきんとき》の目玉が寄っている。つまり、見えを切っている。

♪まさかりかついだ金太郎　熊にまたがり　お馬のけいこ。あの懐かしい歌詞。坂田金時、金太郎さんは熊や猪と相撲を取る童話界の英雄だ。ところが説明を読んでみると、どうやら趣《おもむき》が少し違う。相模足柄山に生まれた平安後期の武士で、源頼光の四天王の一人。大江山の酒呑童子《しゅてんどうじ》を退治したことになっている。金太郎は正義の味方で、女を誘拐して食べたという酒呑童子は大江山の鬼と呼ばれる、悪の権化。英雄と悪役、実に分かりやすい。

帰宅して、そんなことを母美智子《みちこ》に話す。父のオハコ、安宅関もようやく理解できた。「金太郎といい、鬼退治の桃太郎といい、おとぎ話では退治される人たちの物語が全国津々浦々《つつうらうら》にある。征服する側と被征服民族のワンパターンがどうも気になるね」。父は旧伊達藩の足軽を父祖に持つ。戊辰戦争《ぼしんせんそう》で奥羽越列藩同盟《おううえつれっぱんどうめい》の盟主となったが、官軍に敗れる。明治維新後に報われなかった郷里に哀愁を感じていたようだ。

体調が芳しくなく、留守番していた母は「歌舞伎なら『義経千本桜《よしつねせんぼんざくら》』よね」。この人は分かりやすい。ほうっておいても語りだす。「静御前《しずかごぜん》が吉野の山奥に隠れている義経を慕っていく場面があるでしょ。その心中を察するに忍びないわね。静は義経の家来、佐藤忠信に伴われて吉野の山を登っていくの。佐藤忠信は義経の四天王の一人ね」。次男の誠は「牛若丸と弁慶は出てこないの?」と心待ちにしている。

「歌舞伎ではだいぶ筋が違う。静御前は初音《はつね》という鼓《つづみ》を持っていくの。この鼓が実はミソなのよ」と母は話を戻す。

両親は義経千本桜ひとつとっても、感じ方、見ているところが違う。性格も考え方も好対照だ。言い争いすることも珍しくない。そんな二人が、なぜ結婚したのだろうか。

父立志は一九五〇年（昭和二十五年）、早稲田の専門部を卒業して日本中小金融公庫に入社した。聞いてみると専門部は夜間。家が貧しく、弟や妹が六人と多かったので昼は医薬品卸の会社で働き、苦学して卒業した。職場で三歳年下の美智子に出会う。彼女は都立三田西高校卒。いわゆる職場結婚だった。結婚式で仲人を務めた上司が唯一の理解者だったと、のちのち知ることになる。

八重洲を振り出しに、岐阜、川崎、新潟と支店を回っていた。世界大恐慌の一九二九年（昭和四年）に産声を上げ、戦前・戦中・戦後に青春時代を送る。社会に出たとたん、朝鮮特需から始まって、「もはや戦後ではない」「国民所得倍増計画」など、日本の高度経済成長と軌を一にして歩んできた。中小企業の資金需要は旺盛で、貸し倒れの危険もさほど大きくない。将来を嘱望《しょくぼう》され、のちに経営幹部に出世する仲人が後ろ盾とあって、順風満帆だった。

好事魔多《こうじまおお》し。凶事はなんの前触れもなくある日突然やってくる。一九七〇年（昭和四十五年）二月、本店営業部の新規顧客を開拓する部署に就く。技術力を持つ気鋭の中小企業をどんどん発掘していった。大田区にある機械部品の製造会社もその一つだ。国内の電機や自動車メーカーに販路を広げ、海外への輸出にも乗り出す。増産用に設備投資資金を貸し出す。受注量も従業員も増えていく。

あくる一九七一年八月十五日。いきなり襲ってきたのが「ニクソン・ショック（ドル・ショック）」だった。これをきっかけにして日本の対ドルレートは大幅に切り上げられる。輸出価格を上げなければ採算割れを招く。コストを切り詰めようにも中小企業にはそれに耐えられる体力は乏しい。極めつけは怠業を理由に従業員を解雇したことだった。不当解雇だとして労働基準監督署に駆け込まれてしまう。労使紛争がストライキにまで発展するや、この会社の命運も尽きた。資金繰りがつかず年越し資金に行き詰まる。立志が提出した追加融資の稟議書もあえなく却下。この会社は廃業を余儀なくされた。融資の一部は焦げ付く。

「ニクソン・ショックは想定外にしても、労使紛争を見抜けなかったのは君の手抜かりだろう」と上司の叱責が飛ぶ。入行以来、何人かの上役と軋轢《あつれき》を抱えながらも律儀にノルマを達成していた立志に、ここぞとばかりに罰点をつける。初めて味わう挫折。廃業する会社の法的な整理を手伝うかたわら残務処理に追われる。新規開拓の担当から外され、行内では針の筵《むしろ》に坐っているような日々。アルコール摂取量が増えるのと反比例して、家庭内でのコミュニケーションは減っていく。「仕事の話は家庭に持ち込まない」と旗幟《きし》鮮明にしてきただけに妻に泣き言の一つも言えない。こうして子どもとの会話も減っていく。

美智子は出産と同時に勤めを辞め、主婦に専念する。この時代はそれが当たり前だった。「うちのエンゲル係数はすごいのよ」。食費が突出して増えることに、むしろ満ち足りた思いすら抱く。下町育ちのおおらかな楽観主義が、家計の乏しさも、夫への不満も乗り越えさせる。洋服も買わず、めったに外食もしない。子育てだけに生きがいを感じていた。そんな彼女に体調の異変という魔の手が忍び寄ってきたのは、大雪に閉じ込められる新潟の冬の寒さを感じ始めたころからだった。幼時の空襲の悪夢がたびたび襲う。「むごい」。幾夜も冷や汗をかく。風邪をひきやすくなる。疲れやすくなる。それでも子どものために無理を強いてしまう。あとから思えば、自覚症状の萌芽《ほうが》だったのかもしれない。夫にも子どもにも打ち明けず、姉の松子だけに苦衷《くちゅう》を訴える。そして、一家が東京に戻ったのが一九七〇年二月。ひとりで引っ越しの荷造りをし、荷ほどきをする。冬眠から啓蟄《けいちつ》へ。暗い土のなかから飛び出し、明るい春を迎える……はずだった。

コラム　第9章

ルーナ：江戸時代の儒学者佐藤一斎は中秋の名月を見やりながら、「世間の人は皆ぼんやりと月を見るだけだが、この月を見るとき、宇宙には窮まり無い真理が存在することに考え至るべきである」と記している。

洗馬宿：木曾義仲の四天王の一人だった今井四郎兼平が宿場に近い清水で義仲の乗馬を洗った故事にちなむ。その四百年後、京都で吉岡一門との戦いに勝った武蔵は、江戸に向かう途中、洗馬から塩尻峠を抜けていく。

富樫泰家《やすいえ》：今井兼平は平家軍の夜襲に成功し、般若野《はんにゃの》で木曾義仲と合流、倶利《くり》伽羅《から》峠《とうげ》で平家軍を断崖から追い落とす。安宅関《あたかのせき》で平家は富樫泰家《とがしやすいえ》と戦っている。その安宅関で、富樫は都から平泉に落ちていく源義経や弁慶の一行を通してやる。

五十三次：立志と胖がめぐる。日本橋を発ち品川、川崎……藤沢の宿近くに鎌倉の腰越がある。義経が兄の怒りを買って、頼朝に足止めされたところだ。足柄山から箱根の山、天下の嶮《けん》を越えていく。義経は足柄山、箱根を東国へ三回越えている。一回目は鞍馬山からみちのく平泉に落ちるとき。二度目は兄の頼朝が旗揚げすると聞いて平泉から駆け付けた黄瀬川の戦い。このとき初めて頼朝に会う。「頼朝にとって忘れられない感無量のできごとだった。先祖の八幡太郎義家が奥州に遠征するときに弟の新羅三郎義光が加勢したという故事を思い浮かべて、弟の義経との邂逅《かいこう》と二重写しになったんだろう」と立志が説明する。三回目は木曾義仲を討伐するための宇治川の合戦と、平家追討のためだった。義経の逃避行は、吉野から北陸を通って日本海側から奥州に入るから、東海道五十三次には出てこない。

黄瀬川はそれから四百年近くあとの一五七九年に武田勝頼軍と、徳川家康・北条氏政の同盟軍が激突した。黄瀬川だけでなく矢矧川《やはぎがわ》や富士川、大井川の戦いなど、川を隔てた合戦は枚挙にいとまがない。五十三次の、のどかな風景や旅人の姿からは想像できない。

義経四天王：二つの説があると、立志はけっして細部《ディテール》をおろそかにしない。一つは武蔵坊弁慶・伊勢義盛・亀井重清・常陸坊海尊。二つ目は鎌田盛政・鎌田光政・佐藤継信・佐藤忠信だ。歌舞伎に出てくる佐藤忠信は二つ目のグループに登場してくる。木曾義仲の四天王は、洗馬で登場した今井兼平のほかに、樋口兼光、楯親忠《たてちかただ》、根井行規《ねのいゆきちか》がいた。平安時代、源頼光の家来は金太郎さんの坂田金時と渡辺綱《わたなべのつな》、碓井貞光《うすいさだみつ》、卜部季武《うらべすえたけ》が四天王。酒呑童子や土蜘蛛を退治した。

初音：ときの後醍醐天皇が戦勝の褒美に義経に下賜された鼓。「頼朝を討つ」と「鼓を打つ」の寓意が込められている。この鼓は女狐の皮でこしらえた。女狐の子狐が佐藤忠信に化ける。義経の前で静が鼓を打つ。すると鼓の音を聞いた偽の忠信、つまり子狐は母狐の皮で作った鼓だと気づく。それで正体がばれてしまう。美智子は「義経を追っていく静の愛情が義経を救うの。愛が邪悪に勝つという筋立てね。それと鼓に寄せた母狐と子狐の愛情も重ねているのよ」と熱を込めた。さらに「歌舞伎では、壇ノ浦で二位尼に抱かれ海の藻くずとなったはずの安徳帝が生きていらした。母の建礼門院に会いたいって泣きじゃくる。七歳ですからね。あなた（といって、掌《たなごころ》を十歳の弟誠に向けて）より、もっと幼いの。義経が安徳帝は建礼門院のもとで出家する、という場面があるの。義経と静御前、それに建礼門院と安徳帝が再会できるのよ」と、わがことのように喜ぶ。「波の底にある都」ではなく、京都大原三千院の寂光院《じゃっこういん》で一緒に暮らす姿を想像して「その後の戦争に明け暮れ、たくさんの未亡人や孤児を作り続けた世界をどう眺めているのでしょうね」と眉を顰《ひそ》めながら長い独白を終えた。

第10章

一気呵成《いっきかせい》

〈二〇〇五年夏〉胖、バブルと「幻」

慶大付野球部の「裏方のエース」を自任する大山諭《さとる》と宮原、角田の三人組が「必勝早慶戦　作戦ノート」を一気呵成に書き上げたのは二〇〇五年八月十二日の夕方だった。さっそく監督に報告がてら提出する。夜のミーティングではホワイトボードを使って選手に詳しく図解した。最大の課題は早大付の好投手田中攻略だ。狙い球、逆に捨てる球、細かな戦術を練っていく。

その日、大山胖《ゆたか》は大手スーパー近淡屋《きんたんや》社長の金井善兵衛《かないぜんべえ》と会っていた。編集長に示唆した「昔の取材先」とはこの人だ。「三つの宿題」でも最難関の「裏面から見る経済事件簿」。秘話を聞き出せるか。「バブル三悪党伝」という、あざといタイトルが成り立つかどうかの瀬戸際だ。ここは一気呵成に本丸を落とすしかない。

挨拶代わりに戦後、焦土となった大阪でバナナの叩き売りから、こんにちの隆盛に至った苦労談、手柄話が延々と続く。善兵衛は近江出身。「古事記」で近江を「近淡海《ちかつあわうみ》」と記されていることから、音読みしたのが社名の由来だ。ここから回顧譚は長い。「徴兵検査では甲種合格だ。これで俺は死ぬと思った。昭和十九年（一九四四年）四月の召集だった。前の年に特別幹部候補生という制度ができておって、第一期生は戦場に散っていった。我々、二期生は三日の違いで生き残った」という生々しい話から始まる。何度も聞いた話だったが「きわどい三日でしたね」とメモを取るふうを装う。焼け野原で商売を始めたときに世話になった恩人の遺影が執務室の壁を埋めつくす。

「大阪で這《は》いずり回っていたころ、朝鮮戦争勃発のニュースをラジオで聞いた。そのあくる日、汽車で東京に向かった。アメリカ駐留軍から情報を得るしかないと思った」。米軍の横流し物資の販売やら優先外貨の獲得やら、商売でもきわどい離れ業の数々。先々代から受け継いだ近淡屋が有数のスーパーにのし上がっていく。三代目でつぶすわけにはいかない、たとえ戦争に翻弄《ほんろう》されようとも。米軍から始まって国内の政治家や官僚の固有名詞が次々に飛び出す。とうてい七十九歳とは思えない記憶力だ。

こうして一時間たったころ、同業者との合従連衡《がっしょうれんこう》の話に移っていく。よし今だ。すかさず割り込む。「バブルのころ流通業界の再編が盛んでした。近淡屋など三社の合併構想は幻に終わりましたね」

アワと消えた合併構想とは——年号が昭和から平成にまたがるバルブ経済のピークと崩壊に一喜一憂する時分《じぶん》に起こった。東京に本拠を置く近淡屋と名古屋の尾治屋《おはりや》（これも七世紀の木簡の表記にちなむ）と、大阪のメルヘン（これは社長の趣味にちなむ）とが大同団結して、大手の一角にのしあがろうという構想だった。仕掛け人はこの三社の株をひそかに買い集めた昇龍《しょうりゅう》不動産。証券会社出身の社長土方直也《ひじかたなおや》が銀行や弁護士、会計士ら専門家集団の知恵を借り極秘絵図を書き上げた。

なぜ、幻に終わったのか。「うちは自主経営を貫く」「独自経営が基本だ。どことも一緒にならない」というのが物別れの公式見解だ。この裏で得体のしれない某投資ファンドがひそかに株を買い集めていたことが発覚する。三人の経営者にとっては寝耳に水だった。これが善兵衛たちに不快感を与えたのは否定できない。「札束で頬をひっぱたかれて、無理やり婚姻を迫るような話だ」とか、とても上品とはいえない露骨な比喩を使って憤慨する社長たち。「何のためにここまで苦労してきたのか。合併したら息子に社長を継がせられない」との本音もちらつく。

ファンドの正体はほどなく知れた。アメリカのニューヨークに本拠を置く「コンドル・

パートナーズ」だ。取り寄せた会社案内には「世界各国で投資事業を展開する多国籍企業です。豊富な資金を活用、投資先企業と緊密に連携して、長期的な企業価値の増大に貢献していきます」と耳障りのいいうたい文句が並ぶ。一千億ドルを超す運用資産といい、二十か国にまたがるグローバルなネットワークといい、端倪《たんげい》すべからざる巨大な会社だった。

コンドル？　なんだかフォークソングの題名みたいな会社だな。どこへ飛んでいくのだろう、と鼻歌交じりに胖が暢気《のんき》につぶやいたのは、彼の感度が低いせいばかりではなく、昭和から平成の入り口ごろの日本国内では想像しがたい存在だったからだ。事実、国内ではこの三社合併構想で初めてコンドルが表に顔を出したに過ぎない。それも二％という瀬踏み程度の出資額にとどめている。三人の経営者は「黒船来襲」と慌てふためいた形跡はない。ハゲタカごときの好餌《こうじ》になってたまるかと、昭和の経営者ならではの感覚だった。この投資ファンドが二十一世紀に入るや、日本に本腰を据え始め、またたくまに存在感を増していく。十数年後、このコンドルは胖の目の前まで飛んでくることになる。

バブルの徒花だったのか。一九八九年（平成元年）十二月、日経平均株価は三万八千九百十五円とピークを付けた。ところが、翌九〇年一月から株価は大暴落。九か月で半分近い水準に落ち込む。会社の実力を示す指標の一つ、時価総額も同じように半減してしまう。このあと三年ほどはバブル崩壊が不況を招く。会社経営者にとって安閑としていられない日々が続く。合併構想もバブルとその崩壊の荒波と無縁ではなかった。

しばし十五年前の「幻」を追憶していた善兵衛は「百貨店もスーパーも十幾つも会社があって鎬《しのぎ》を削っていた。それが今や潰れたり、吸収されたり、一緒になったりで、何社も残っていない。看板やのれんを守り続けるのは難しい」

「銀行も証券会社も同じですね、そういえば、以前、尾張屋の首脳から、合併の秘密会合に行ったらあるバンカーが同席していて驚いた、という話を聞きました。金井さんもいらっしゃいましたよね？」

「ああ、フジ……」

「エッ？　藤川さんですか？　三都銀行の……副頭取だった？（たしか不審な死、として憶測が乱れ飛んだ記憶がある）」問い返すと珍しく間が空く。善兵衛は「不首尾に終わった話だし鬼籍《きせき》に入った方だし、もう時効かな」と前置きしながら意外な事実を明かしてくれた。

一九九〇年の年の瀬、銀座にある料亭「尾上《おがみ》」に黒塗りのハイヤーが次々と横付けされる。奥まった一室に近淡屋と尾治屋、メルヘンの社長が招じ入れられた。そこには会合の音頭を取った昇竜不動産の土方と、もう一人、三都銀行副頭取の藤川銀次《ぎんじ》の姿があった。銀縁の眼鏡の奥に怜悧《れいり》なまなざしをもって迎える。合併構想が暗礁に乗り上げた矢先、土方が「奥の手」を出してきたのだ。

その切り札とは、三都銀行系列の三都百貨店との四社合併構想だった。大阪・京都・神戸の三都に地盤を置き、関西では鉄板《てっぱん》の流通系企業グループだ。東京への勢力拡大の旗振り役を担う辣腕バンカーは銀髪をポマードで七三に分け固め、一分の隙もない。理路整然と、三つの強みを諄々《じゅんじゅん》と説く。

百貨店、スーパーの業態を超えて、双方の強みを出し合う
共同で仕入れることで価格決定権を握り規模の利益を生む
金融資本を背後に持つことで海外を含め大型の投資に挑む

「持ち株会社に四社がぶらさがる経営形態とするから、四人の社長の座は安泰だ」と地位の保証も忘れない。ご丁寧にも体制図や経営陣、出資比率まで書き込んである。ただし、

持ち株会社の経営陣には非常勤役員は書き込まれていない。これがのちのち、火種になる。

持ち株会社だけでなく、三都百貨店の大株主にも土方の昇竜不動産が入っているのを目ざとく見つけたのは名古屋に本拠を置く尾治屋だった。「土方さん、三都百貨店の株も買い付けていたのか？」

地盤が大阪にあるメルヘン社長の中井は「寝耳に水やな。三都百貨店の経営や財務もよう分からんし」とにわかに腰を引く。疑心暗鬼と相互不信の腹の探り合いが続く。この日は、「詳しい資料をもらったうえで、持ち帰って検討はします」と、「は」にアクセントを置いた近淡屋の一言で、宴席に移った。一切、外部に情報を漏らさないという主旨の誓約書に判を捺《お》し合ったのは言うまでもない。

老舗スーパー三社社長が鳩首協議《きゅうしゅきょうぎ》したのはその三日後だった。株の買い集めへの反感が渦巻く。「三都百貨店の売り上げは芳しくない。海外への過大投資が祟って債務が急膨張している」とメルヘンが示した疑義が決定打となる。商圏が重なる競合先だけに裏の情報にも詳しい。こうして四社合併構想も十五年前に泡と消えたのだった。

「淡い夢でしたね。バブル経済崩壊のアワと消えた合併構想が実現していたら、どうなっていましたかね」との誘い水に、近淡屋は「一緒になっていたら畢竟《ひっきょう》、共倒れになっておったたろう」と振り返る。たしかに、その後、百貨店もスーパーも枕を並べてライバルの軍門に下り、次々と、のれんをたたんでいく。

胖が次に向かったのは渋谷区松濤《しょうとう》にある閑静な住宅街。タクシーのなかで、「M&Aチーム」のエース天童にメールを送る。泡と消えた四社合併構想の概要を綴ったあと、尾治屋と百貨店、不動産に手分けして当たるよう指示した。中井の邸宅に着く。相変わらず豪勢な応接間に通される。和服姿で現れた中井は落剝《らくはく》を感じさせない。名刺をもらうと、メルヘン社長からユニコーン名誉相談役という耳慣れない肩書に変わっている。夢と空想溢れるメルヘンの世界は、魔女や魔法使いや巨人に蹂躙《じゅうりん》されてしまった。牧歌的な童話は、ユニコーン、一角獣に駆逐される。社名が格段に勇ましくなったといっても、事実上、救済合併された顛末《てんまつ》を振り返ると、昔日《せきじつ》の豪胆さはみじんも感じられない。

「いらっしゃい。久しぶりやな」と関西なまりだけは健在だった。

「ご無沙汰しています。十数年前、合併の秘密会合に行ったら、あるバンカーが同席していて驚いた、とおっしゃっていましたね？　それ、三都銀行の藤川元副頭取だったんですね？」

「誰から聞いたんや？」

「さる消息通からです。おまけに三社じゃなくて、三都百貨店も入れた四社合併が模索されていた。違いますか？」

「ま、成立しなかったがね」と認めるそぶり。

「中井さんが百貨店の経営や財務資料を精査して、危うさを感じたことが決定打でしたとちょっと、くすぐってみてから「他にも懸念材料を握っていらっしゃったでしょう？」

「借り入れ額に目を見張ったんや。アジアへ急速に店を出しとったろう。もっと不気味やったのは、彼らの陰にいる仕掛人の存在やねん。当時はマスコミにもてはやされとった名うての弁護士の暗躍がちらついておったんや」

「黒幕がいたんですね？（もう一人、ワルがあぶりだせそうだぞ）凄腕弁護士といえば、誰かなぁ……石上健太《いしがみけんた》さんですね？（エイヤー、どうよ？）」

「まあね。そんなところやな」と否定はせず「どう、一杯、やるか？」

「いいですね（潤滑油になるに違いない）」

グラスを傾けながら「三社構想のうちは、三国志の『天下三分の計』でいこうやないか、と盛り上がった時期もあったんや」と視点を変えてくる。

「さしずめ、魏が近淡屋、呉がメルヘン、蜀が尾治屋ですか?」と調子を合わせたはずが、「そりゃ、君、皮肉やな? 呉と蜀が滅びて、魏だけ残った。こう言いたいのとちゃうか?」と逆襲だ。

「いや、他意はありません。それより気になるのは諸葛孔明役の軍師の存在です(本筋に軌道修正しないと)。石上軍師は劉備や曹操、孫権にどんな策を献じたんですか?」

杯を進めながら中井は、持株会社に四社をぶら下げる体制から経営陣の陣容、出資比率などを示す。近淡屋の話と齟齬《そご》はない。成功報酬の高さに目をむいたのも同じだ。「再度、非常勤を含むリストを出させたんや。すると、どうだ。持株会社の非常勤役員に石上の名があるやないか。最初のリストで隠していたのがプンプン匂う」

ビンゴ! 石上で正解だったと喜びを隠しつつ胖は「昨年でしたか、脱税容疑で石上に逮捕状が出されています。中井さん、悪徳弁護士を見破る炯眼《けいがん》、お見事でしたね」となおも持ち上げてみる。相手の機微《きび》に触れたらしく「何を画策しておったか、およその見当はついとった。ほんま、危ないところやった」と言いながら、二〇〇四年十二月の新聞切り抜きを机に置く。

企業の買収・合併（M&A）や東京駅周辺のビル再開発に絡んで所得税約二億三千万円を脱税したとして、東京地検特捜部は、所得税法違反などの疑いで、弁護士の石上健太容疑者の逮捕状を取った。石上容疑者は海外に逃亡したとみられている。特捜部は、逃亡を手助けした疑いで都内の会社役員、Aを犯人隠避《いんぴ》の疑いで逮捕した。A容疑者は「香港に逃がした」と供述している。企業買収・合併の専門家である石上容疑者は、多額の成功報酬を得ていたほか、ビル再開発でも土地の転売による所得を、実体のない会社の所得と偽った疑いをもたれている。

海外逃亡中だと打つ手は厳しい。「三悪人」とまではいかなくても、「三黒幕」の役者はそろったと手ごたえを感じる。三国志の主役になりそこねた名誉相談役は「近ごろは新聞記者もすっかり寄り付かなくなりおって。昔はハエのようにブンヤがブンブン飛び交《か》っておったもんやが」。かつての迷惑な追っかけを、むしろ懐かしむように独り言《ひとご》つ。松濤の豪邸を辞したあとは、一瀉千里《いっしゃせんり》だ。艦隊を発進していった隼《ファルコン》たちが次々と巣に舞い戻って来る。事務所で取材メモを整理し、チーム・ファルコンの帰還を待つ。黒革の手帳を片手にホワイトボードに向き合う。

表題は「裏面から見る経済事件簿」、仮のタイトルは「バブル三悪党伝」。バブル隆盛期からバブル崩壊をもたらした裏側に潜む「悪」をあばく狙いだ。

・悪党一：昇竜不動産社長・土方直也

・悪党二：弁護士・石上健太

・悪党三：三都銀行副頭取・藤川銀次

ここまで書いてハタと気づいた。「悪党三」が弱い。副頭取の不審な死は自殺の線が濃い。死者に鞭《むち》打つことはご法度だ。一気呵成とはいかないか。ファルコンがいい獲物をもたらしてくれればいいが。プランBは「悪党」の旗をしまい、「アワと消えた幻の四社合併　暗躍する辣腕弁護士」に宗旨替えかなと現実的に、気弱に考え込む。

「チームM&A」のファルコンたちが次々に帰巣《きそう》する。聞いてきた話を整理する者、資料を調べ直す者、ボードにせっせとペンを走らす者。こうして八月十日十九時、彼らが「捜査会議」と称する検討会が始まった。

尾治屋元社長：四社合併構想を認める。昇竜や石上への不信感あらわ。

石上の事務所パートナーの話：石上は弁護士資格剥奪《はくだつ》。事務所は即刻、退所。香港にいるかどうか確認していない。一切、関知せず。けんもほろろ。

検察幹部の話：逮捕状は出した。しかし、石上の所在は不明。今、申し上げることは何もない。早く帰ってくれと言わんばかり。

三都銀行元副頭取（一九九八年死去）**の妻**：門前払い。ようやく、家政婦の三田村さんに内緒で聞き出す。「奥様は常々、主人は元陸軍の将校だから曲がったことは大嫌い。むしろ、犠牲者だとおっしゃっています」。もう、来ないで、のオーラ全開。

昇龍不動産（一九九九年、経営破たん）**管財人の話**：土方元社長は二〇〇四年に亡くなっている。資産は債権者に移譲。触れてほしくない。

「元陸軍の将校だから」。隼《ファルコン》たちが、ついばんできた餌で気になるのが、副頭取の陸軍の経歴だった。さっそく人事録や過去の新聞・雑誌の記事を洗う。一縷《る》の望みも空しく、軍歴のうえでは藤川と土方と直接の接点はない。待てよ、藤川の兄は陸軍の将校、財界で活躍した大立者《おおだてもの》だったはず。調べてみると失われた輪、ミッシング・リンクがつながった。

実兄は昇竜・土方の元上官。中国の戦線で一時、同じ部隊に所属していたことが浮かび上がる。チーム・ファルコンの面々が手分けして周辺をほじくることにした。徒労に終わるとも知らずに。

悪党ねぇ。取材は遅々として進まない。いらだつ。その閉塞感が脳細胞を刺激した。同質のにおいを放つ、ある人物像が脳底《のうてい》から亡霊のように浮かび上がってきた。彼らの大将、MJH（メディア・ジャパン・ホールディングス）CEOの鷲尾瑛士《わしおえいじ》だ。想像通りだった。「内野」から眺める彼の一挙手一投足は、外野だった五年前と一変して見える。マウンド上に立つ主戦投手・鷲尾は女房役である財務・経理担当の辻慎太郎のサインには従わない。むしろバックネット裏でサングラスをかけた長髪の男と策戦を決めている。この男こそ、弁護士の石原寛治《いしはらかんじ》だ。

得意の黒革の手帳の書き込みは充実してきた。覗いてみると……。

風説二：小学校、中学時代のいじめが反作用となって、部下への容赦ない仕打ちにつながっている。インターネットなど情報技術者への開発目標は極めて高い。度重なる苛斂誅求《かれんちゅうきゅう》で心身が不安定になり、退職を余儀なくされた社員がいた。

風聞二：大学時代の劣等感の変形が現在の権力欲、拝金思想に結びつく。数年前、医療系の業界紙を買収した。旧経営陣を追い出す。大幅な人減らしを断行する。退職を迫られた社員数人が関東労働監督署に駆け込む。長い裁判の末、示談が成立。他の社員も続々と転職していき、結局、買収した業界紙は手放す。

流説二：「失望したよ」の一言が忘れられない。地方自治体の幹部である父への反発は一向に和らがない。見返してやる。父の母校である山口県の大学への経営参加を画策する。おりから当該大学の用地買収をめぐる不明朗な噂が伝わる。組成を目指したファンドも資金難で頓挫《とんざ》、手を引く。次は北海道の四大学経営統合に触手を伸ばしている。

風評二：役所で巻き込まれたスキャンダルは「大学発ベンチャー千社計画」に絡む。構想の段階で、情報技術系の会社を優遇しようと強引な資金支援を画策する。彼が関与する会社への利益誘導ではないかとの指摘を受け、この計画の立案チームから外された。

流言二：「法すれすれ」、「塀すれすれ」の男を表で支え、陰で操るのが弁護士石原寛治だ。検事から転じた、いわゆる「ヤメ検」。検事時代は幾多の重要裁判を担当し、「ミスター・スリーナイン」の異名を取る。有罪判決を勝ち取る比率は九九・九%、つまり百パーセント近いというわけだ。この辣腕弁護士に寄りかかって、危ない橋を渡ってきたという観測は現実味を帯びる。

醜聞二：「バルちゃん」と呼びならわされる秘書の椎名百合との親密度はやや薄らいだ。目下、若手女性俳優にご執心らしい。豪華な宝飾品を贈る。このビルの最上階を占めるペントハウスで開くパーティに呼び出す。「あのネックレスとイヤリングは、俺が贈ったんだ」。鷲尾がテレビに出演するその女優を観て得意満面だった、とはある側近社員の証言だ。

石原？　このご仁がいずれ舞台裏に登場する、と胖の第六感は告げている。

天上の**妖精**「女優さんと懇《ねんご》ろになるなんて、やっぱり、このオジサン、いけすかない！　だんだん化けの皮がはがれてきた。この時代が生んだ怪物の変種だね。一気呵成に膨らんだあぶく……バブル。これが一気に破裂する。多くの人や会社が損するのを横目に抜け目なく焼け太りするなんて」**天使**「会社の乗っ取りや合従連衡は時代の流れだよ。資本があからさまにモノをいう世の中になっていくんだ。いいも、悪いもない」

三日後、終戦の日を迎えた。大山胖はその日の昼、編集長の式守啓介と紙面をめぐる「陰謀会議」でのやり取りを反芻《はんすう》している。締め切りは翌日に迫った。三悪党か黒幕三人か？　むろん、記事にも編集会議にも鷲尾の出る幕はない。神田の編集会議室で侃々諤々《かんかんがくがく》の議論が続いている。副頭取の謎めいた死の真相は分からずじまいだった。「不良債権の急膨張の責任を取って」とか、「総会屋との関係を疑われて、前途を儚《はかな》んだのではないか」とか、どれをとっても憶測の域を出ない。藤川の実兄が土方の上官だったのは事実だ。大手化学会社のトップを務め経済団体の首脳も歴任している。その間、多少の付き合いはあったにせよ黒幕となった形跡はうかがい知れない。蜘蛛の糸とはならなかった。昇竜にしても法を犯し指弾された過去はない。斯《か》くして「三悪人」路線は行き詰まった。昇り竜の勢いにはあらがえず、竜頭蛇尾《りゅうとうだび》に終わった感は否めない。靴の上から痒《かゆ》い足を掻《か》いているように、悪事の核心にはたどり着けない。

「よし、プランCだ。幻の四社合併　黒幕三人の同床異夢《どうしょういむ》でいこう」と胖は気を取り直す。三人の思惑、策謀、蹉跌《さてつ》を交え、合併構想の破却、その後の苦悩を追う。その過程で壊したものと新たに生み出したことを弁別《べんべつ》する。吸収された側の悲哀も書き込む。幻の合併構想も黒幕たちの暗躍も、まだまだ序章に過ぎない。「息子に後を継がせたい」と願った創業者の夢は打ち砕かれていく。巨大な金融資本や商社、投資ファンドなど、彼らからみれば魔の手が足元を狙っていることに取材班は気づき始めている。

はたして株の買い集めは「悪」なのか。チームが初めから持っていた問題意識の一つだ。「乗っ取り屋」だの「ハゲタカ」だの、それまで唾棄《だき》されがちだった負《ふ》の印象が、十五年でどう変わっていったのか？　一九九〇年十二月に施行された「五％ルール」にも紙面を割くことにした。このルールは会社が発行した株式の五％超を取得した株主に対して氏名や株数の公表を義務付けている。一定以上の株を買い集めたら名乗り出なければならない。水面下での買い占めをあぶりだす効果がある。今回の「四社合併構想」でも、このルールが適用された一九九〇年十二月以降に昇竜が買い集めていた社名がさらに明らかになったし、土方の動きそのものがルール作りに影響したことは想像に難くない。記事の割り振りを決めた。あとは一気呵成だ。

コラム　第10章

天下三分の計：中国の後漢末期に蜀《しょく》の諸葛亮孔明《しょかつりょうこうめい》が劉備《りゅうび》玄徳《げんとく》に進言した国土の三分割の計。曹操が魏、孫権が呉、劉備が蜀を治めるという構想。

第11章

コードネーム・ベータ

〈一九九九年〉胖と脳梗塞治療薬

山形県海山市の研究所から東京の東宝医科薬科大に移った野崎信彦が大山胖《ゆたか》に電話してきたのは、天才先端の科学者菱川博昭《ひしかわひろあき》を引き合わせてから十年ほどたった一九九九年春のことである。その間、いったい、どうしていたのだろうか。さっそく大学の研究室に野崎を訪ねた。

「その節はお世話になりました。紹介してもらった菱川さんに、あるプロジェクトに参加してもらっています」。あれあれ、いつの間に、さん付け？ すっかり昵懇《じっこん》の間柄のような口ぶりだ。

「それは何よりです。ファーストペンギン同士、意気投合しましたか？」。本当は「異端同士」と言いたいところを、脳内自動翻訳機にかけて、やんわり次を促す。

「ありゃ、天才ですな。我々と発想が全く違う。勉強させてもらっています」

前年末、高校の同窓会に同席した菱川の意外な熱意に驚いたことを思い出す。「海山のじいさん（市長）は面白いぞ。議会を説得してたいそうな先端機器を予算化してくれた。

もっとも、ややこしい条件も付いていたけどね」と、言いたいことが終わるとグラスを顔の前にヒョイと上げ、すたすたと去っていった。

「野崎さんの医療技術や新薬開発力と、菱川のバイオ（バイオテクノロジー＝生命工学）やIT（情報技術）の知見が結びつきましたか？」と、胖は事前に調べたわずかな情報をもとに誘導してみる。

「まあ、縁結びの神様だから、さわりだけお話ししましょう」。野崎はもったいぶって社内で「コードネーム・ベータ」と呼んでいる開発秘話を語りだした。専門用語を端折《はしょ》ってまとめると、こんな内容だった。東宝薬品は遺伝子組み換え技術を使った脳梗塞《のうこうそく》の治療薬開発に乗り出した。脳の中にある血管の塊＝血栓《けっせん》を溶かして、血液の巡《めぐ》りを良くする狙いだ。これができれば、百万人とも推計される脳梗塞の患者に福音となる。岳父の草壁俊《くさかべとし》英《ひで》、伯母の佐多松子《さだまつこ》も百万人の内数《うちすう》だ。俄然、興味が湧く。このとき聞いた話が五、六年後に公私両面で深いかかわりを持つことになる。しかし――ものごとには絶えず「しかし」が付きまとう。開発中の医薬品候補物質は重大な副作用が否定できないと、苦々しげに吐露《とろ》する。「そのブレークスルーに大きな役割を果たしてくれたのが天才科学者」という筋書きだ。

いったい菱川は何をしでかしたのか？　まず、医薬品の成分を根本から洗い直した。戦前から東宝が持つ膨大な実験データ、成分に関する情報、公開されている論文などをコンピューターにぶちこむ。特殊なシミュレーターと組み合わせて、疑似的に候補物質の効果や副作用の可能性を数値化する。雲をつかむような野崎の話はこう続く。「当社の医薬品の開発力、遺伝子組み換え技術、ビッグデータと、菱川さんお手のもののコンピューターを使った解析、シミュレーターの完成、ゲノム（遺伝情報）やＡＩ（人工知能）といった広範な知能を組み合わせなければ実現しなかったでしょう」

十年前の「コードネーム・アルファ」は彼の登場によってステージは格段に上がった。「ベータ」は「アルファ」の轍《てつ》を踏むことなく、創薬の候補物質の選定から有効性の推認、毒性物質のリスク情報を初期の段階から短期間で判定することができる。血の塊（血栓）を溶かす薬剤の開発に近々、手を付けるまでにこぎつけた。

「導火線は、ふるさと創生事業でした」。やや意外な展開。あの、必ずしも評判がいいとは思えない一億円ばらまき政策が亡霊のように現れる。政府は昭和の終わりから平成の初めにかけて各市区町村の地域振興を目的にカネを支給したのだった。

「十年前の話でしょう？」と胖は当然のことながら疑義をさし挟む。野崎は「当時の海山市長は賢明にも一九八九年、平成元年に一億円で金塊を購入しました」と涼し気に加える。「（エッ、賢明だって？）知恵のない愚の骨頂というのが一般的な評価だったはずですよ。国民の血税をいったい何だと思っているんですか？」と反問する。野崎は、まあ、まあと両手をパタパタ上下させながら「賢明なのはここからです。あくる一九九〇年には売り払いました。多少の売却益があったそうです。もし今年まで持っていたら大損するところだった」。

なんともはや場当たり的で思慮分別のない。返す言葉も見つからない。唖然《あぜん》としていると、「市長が代わって、科学技術の発展に使うよう政策を変更しました。海山先端科学技術拠点創設構想。略して海先プロジェクトがそれです」。（ウミセン？　へんてこな略称だ、海千山千の、したたかな悪知恵なのか、少しまともな話なのか）胖には判断がつきかねる。

金塊購入にあきれ果てていた市民からは当初「こんどはそんな海のものとも山のものと

も思えん事業に虎の子をぶちこんでいいのか」と憤懣《ふんまん》やるかたない声が澎湃《ほうはい》と起きた。「さすが海山市民だけに、うまいこと言いますね」と無責任な相槌を打つ。野崎は得たりとばかりに切り返す。「そこは海千山千の狸《タヌキ》おやじ、いや、偉大な市長。二つの妙案を市議会で発表したんです」。一つ目は優秀な頭脳の招致。もう一つはシミュレーターや分析装置などの導入。まずは言わずと知れた天才先端教授のお出ましだ。市長は三顧の礼をもって菱川を口説き落とす。高額の最先端機器は研究者にとって垂涎《すいぜん》の的だ。市民の熱情も徐々に肌で感じだす。野崎を交えて「研究開発型の先端都市」設計に知恵を出すうちに、このプロジェクトに魅せられていく。紆余曲折《うよきょくせつ》を経て、試験的な研究室を作ったのが二〇〇〇年四月。研究者三人からの立ち上げだった。

日ごろ「異端者になれ、出る杭《くい》になれ」と口にしていた菱川は、この海と山に囲まれた新天地でいかんなく天才最先端の異端児ぶりを発揮する。杭はどんどん出っ張っていく。医薬品開発も都市づくりも息の長い事業だ。時間的なベクトルは合う。地元の市議からコツコツと実績を重ね前回の市長選でよもやの当選を勝ち取った市長と、破天荒《はてんこう》の発想力と実行力で数々の偉業を成し遂げてきた科学者。到底、話が合うとは思えない。三顧の礼どころか、市長らの口説きは七回に及ぶ。日本酒と郷土料理を交えて何時間も。しまいには海山農工の学生を動員してきた。日本酒にはめっぽう強い一流科学者も、目がキラキラ輝いている純朴《じゅんぼく》な高校生には弱い。とりわけ勇太という威勢のいい生徒がいたく気に入ったらしい。

「忘れてはいけないのが、ここ海山の技術開発土壌です。まず、わが社がある」と野崎は人差し指を一本立てる。「研究開発型の技術力旺盛な企業なのはご承知の通りです。研究者の質も高い。海山農工の情報技術と生命工学との融合はさらに心強い」と指を立てていく。七回目の高校生向けの講演後に開いた懇談会で、難攻不落の科学者はあっさり未来への挑戦を決めたようだ。諸葛孔明《しょかつこうめい》の「七擒七縦《しちきんしちしょう》」と趣《おもむき》は違っても、「海先《うみせん》プロジェクト」の虜《とりこ》になったのは間違いない。

「東宝グループ創業の礎《いしずえ》となった紅花《べにばな》の成分も寄与したんじゃないですか？　戦前に開発した化学兵器や生物兵器の技術も根底にあったでしょう？」という胖の誘導尋問に「え、何、それ？」慌《あわ》てて口をつぐむ。とたんに表情は防御態勢に入り、眼光は鋭く右眉がキッと上がる。何拍か考えあぐねたあげく「明治時代から戦前にかけての技術開発遺産は大きい。もちろん、兵器とは関係ありませんよ」と釘を刺す。東宝薬品の戦前からの膨大な研究データに化学兵器・生物兵器の開発にかかわる資料が含まれていたことは確実だ。戦後、米軍に押収された研究成果以外に何らかの有用なデータが残されていたとしても不思議ではない。

毒と薬は紙一重なのかもしれない。世の中に「劇薬」という言葉もある。副作用を起こしたり、使い方によっては毒になったりしかねない厄介な代物《しろもの》だ。「十年ほど前に聞いたコードネーム・アルファは失敗に終わったんですか?」と問う。「前回は毒性のリスクを否定しきれなかった。しかし、ベータは副作用や毒性を排除できるはずだ」と太鼓判を押す。

同期会での会話を出してみようか。「彼(菱川)が、今回の協定書にややこしい条件が付いていたと顔をしかめていました。バイオ、もしかしたら生物・化学兵器に類する制約じゃないんですか?」

「まあ、一般的な条項ですよ。危険物質は扱わないとか、地域の環境に影響をもたらしかねない実験は禁止する、とかね。当然でしょう」と研究者は煙に巻く。それなら菱川が「ややこしい」とまで言い放つ必要はなかろう。人体を害する研究から人々の健康・安全を守る戦いへの大転換か、と己のなかの皮肉屋が聞きたがっている。それを封じ込めて「脳の血栓を溶かす薬の開発という朗報はいつ聞けますか?」と穏当に尋ねる。「もう間近ですよ」とここでは躊躇《ちゅうちょ》なかった。

では、医薬品として認められたのだろうか? 一九九九年春に海山市と菱川の研究所は連携協定に調印、研究所の旗揚げを待たずに共同研究を始めた。二〇〇〇年四月、海先《うみせん》プロジェクトの試験的な研究室が産声をあげるや、研究開発は一気にギアを上げる。

効果がある候補物質は見つかった。この時点で「ベータ」は「TPX」というコードネームに変わる。数年前、遺伝子組み換え技術を使った注射剤として「tPA」という治療薬が脳梗塞の薬として認可されたものの、投与後に血管が破れて出血する危険があるなどの副作用が報告されていた。今回、その副作用を抑えるのに効果が望める物質を探り当てた産物がTPXだ。

すでに動物を対象とした試験で安全性を証明する段階に入っている。臨床試験の鳥羽口《とばぐち》だ。ここがクリアできれば、健康な成人ボランティアの協力を仰いで安全性を確認する。そして少数の患者を対象に薬の効き目と安全性、効果的な使い方、用法や用量を確認するレベルへと進んでいく。今度は試験を何度も繰り返し、関係省庁への資料提出、説明も念入りだった。独自のＡＩシステムを考案し、新しい化合物が自動設計される仕組みを開発した。ふつう、シミュレーションや初期段階の研究に四年近くかかるところを、一年以内に創薬の候補物質を探り当てている。おまけに通常は一つの物質に二、三週間は必要な毒物評価の時間を数分にまで短縮できた。

ここまでは上々だった。とはいえ実用化にこぎ着けるには、想像以上に苦難の道のりと期間が必要になることが次第に明らかになっていく。行政側から安全性や副作用の徹底的な確認を要請されたのは二〇〇〇年暮れのことだった。サンプル数を増やし、より長期の観察をやり直さなければならない。

菱川は実験の手伝いに地元の海山農工に協力を仰ぐ。試験の対象とする動物の生態や扱いに経験の豊富な教授や学生を招く。急遽《きゅうきょ》、伊達大学から画像分析に長《た》けた科学者を呼び寄せた。治験の過程で血流が良くなっているか、血栓が溶けているのかどうか、あるいは逆に血管の収縮や膨張、出血の兆しがありやしないかを、最新の画像撮影・分析技術で日夜、追う。得られた膨大なデータを解析する。地元の経験値と伊達大学の先端技術が融合し、頭脳とワザ、ノウハウが化学反応を起こす。混成チームは即座に有機的な変化をもたらす。
「この子たちも仲間にいれてよ」。海山農工畜産科の勇太が豚と牛二頭ずつ連れてきた。
トン平とブー子、牛太郎とギュウ子、と順繰りに紹介する。「みんな、人間だとおじい
ちゃん、おばあちゃんです。ちょっと、ヨボヨボだけど、先生たちの薬が効いて元気に
なってくれたらいいな。ボクらが世話します」。勇太はいとおしそうに鼻面を撫でていた。
病気の家族や仲間の快癒《かいゆ》を願う気持ちはみな同じだ。勇太の父が役員を務める海山農畜産
物協同組合にも加勢を頼む。昨年できたＩＴ科や生命工学科の生徒の関心も高い。
その日の夕方、若き科学者が海山に赴いてきた。手に何やら奇妙な機械を携えている。
試作したヘッドセットを披露する。「これをトン平たちの頭に被《かぶ》せる。自動的に血液の循
環や脳波が測定できる優れものだ。測定・分析器は二、三日中に着くよ」と、「菱川チルド
レン」と呼ばれる撮像、測定、解析の専門家が加わった。役者は出そろう。思惑通りに、
百万人とも言われる患者に福音《ふくいん》はもたらされるのだろうか。
天上の**妖精**「これって動物実験だよね。しかもトン平はおじいちゃんだし、ブー子はお

ばあちゃん。とても快適だとは思えない。いくら人類が食物連鎖の頂点に立っていると驕《おご》ってみせても、牛や豚や鶏がその個体数を劇的に増やして絶滅の心配はないと詭弁《きべん》をふるってみせても」

天使「生物の究極的な目的は種の存続だ。コードネーム・ベータ、TPXが何百万人もの命を長らえなければ、次の世代に悪い影響を及ぼす」

研究者も勇太も心の片隅で同じような葛藤《かっとう》と懊悩《おうのう》を抱えていくことになる。

第12章

一枝の桜

〈一九七〇年〉胖ら江戸の寺詣で

大山胖《ゆたか》が中学一年の春休み。一家で上野公園の花見に出かけた。二月に新潟から東京・新宿にある銀行の社宅に引っ越し、どんよりと暗い空と純白の雪に囲まれた生活から花咲き乱れ陽光輝く天然色の世界に舞い戻った。行き交う人々の服装も心なしか華やかだ。

「やっぱり東京はいいわね。こんなに早く桜が満開よ」と言いつつ、母美智子《みちこ》はゴザの上に弁当を広げる。このころは、病がちだった新潟の四年間がウソのようだ。「西行《さいぎょう》法師は桜が好きだったのね。だから、桜が満開のころに死にたいって詠った。その通りに亡くなったそうよ。お釈迦様が亡くなったころなんですって」。まさか母のくちずさみが自らの行く末を予言する詠唱になろうとは、西行法師やお釈迦さまはご存じだったのか？　知るすべもない。桜をこよなく愛した法師の目に山全体を覆う桃色の絨毯《じゅうたん》はどう映ったのだろうか。

早くもワンカップの日本酒を数杯きこしめす父立志《たつし》。「上野の桜は徳川三代将軍家光の時代からだそうだ。三百年以上前だ。なんでも奈良の吉野山から移植してきたという言い伝えがある」。さっそく講釈が始まった。「吉野から？　義経と静も、わたしたちがいま見ているこの桜の御先祖様を見ていたのかもしれないわね」と母の関心を引いた。翌年、吉野の末裔かもしれない一本の桜の枝が彼女をおおいに勇気づけることになる。

空から鳥瞰する**天使**「上野の桜の御先祖様……江戸時代に吉野から来た桜の末裔は上野の山で立派に跡継ぎが育っているね。千年桜とか二千年桜だってあるらしい。そんな桜が花見客を『人見』したら、なんて思うだろう」**妖精**「桜って古事記に登場している。木花之佐久夜毘売《このはなさくやひめ》が桜の名前の由来だという説があるのよ。若くして儚《はかな》くなった美しいお姫さまだったらしい。満開の花もすぐに散ってしまうでしょう？　限りある命だから儚く、美しく、いとおしい。東風《こち》吹かば　にほひをこせよ　梅の花、と詠った菅原道真《すがわらのみちざね》の時代は梅が人気ナンバーワンだったけれど、平安時代以降は桜が席巻《せっけん》しているね」

桜の花よりだんご。だんごより「動物園に行こうよ」という弟の誠《まこと》の願いも空しく、一行は寛永寺《かんえいじ》へと向かう。説明書きを読むと「寛永二年（一六二五年）に徳川家光が、江戸城の鬼門の方角を守護する寺院として創建した」とある。なるほど根本中堂に鎮座ましま す薬師如来の周りには十二神将やら四天王やら、いかめしい仏像がところ狭しとひしめき合う。父は四天王の仏像を示しながら「東は持国天《じこくてん》、南は増長天《ぞうちょうてん》、西は広目天《こうもくてん》、北が多聞《たもん》天《てん》の持ち場だ。彼らが仏法僧《ぶっぽうそう》を守っているんだ。十二神将は武将だな。薬師如来《やくしにょらい》とその信者の守護神だ。頼もしいだろう？」と言っている隙《すき》に「まこらがいる」と次男の誠。どれどれと目を凝らすと「摩虎羅《まこら》大将（摩睺羅伽）」がいた。「オレの守り神は、まこらで決まりだね」。動物園に行けなかった鬱憤《うっぷん》は瞬《また》く間に消し飛ぶ。

胖の脳裡に、一昨年、新潟で家族そろって毎週観たNHK大河ドラマ「天と地と」の場面がよみがえった。「謙信や信玄が祈っていたのは毘沙門天《びしゃもんてん》だったよね？　両方に頼りにされちゃ、困っちゃうよね」とつぶやく。

聖徳太子のころ、毘沙門天は人々を救済するために化身して守り、すべてを聞き漏らさない智慧者だった。それがいつしか戦いの神様、武神としての性格を強めていく。「たとえ毘沙門天が守ってくれていたとしても、戦争のたびに二度も焼けているのね。あの桜たちも」と美智子は寛永寺の歴史に暗然としている。最初は彰義隊が上野の山に立てこもった慶応四年（一八六八年）に根本中堂が燃え尽きた。二度目は第二次世界大戦のときだ。徳川家の菩提を守る御霊廟はほとんどが焼失してしまう。「私たちが防空壕に逃げまどっていた東京大空襲のころかしらね。これから行く増上寺《ぞうじょうじ》も焼けたはずよ。戦争はむごい」。猛火に包まれる上野の山を、ときおり悪夢にうなされる焼け野原の芝一帯を思い起こしているように顔色は暗く沈んだ。

一家は上野から山手線で芝の増上寺に向かう。道々、空蝉《うつせみ》の　から織り衣なにかせん錦も綾も君ありてこそ、と母が口ずさむ。第十四代将軍家茂に降嫁した皇女和宮の歌だそうだ。幕末、長州征伐に赴いた家茂が大坂で病死してしまう。和宮が夫に土産にとねだった京の唐織が遺骸とともに江戸に帰り着く。「うつせみ、むなしい亡骸となってしまった夫、こんな豪華な唐織もなんになるでしょう、という想いを込めたのね。この織物は袈裟《けさ》にしたてられて、『空蝉の御袈裟』という名前で増上寺に宝蔵されているんですって」

家康を慕って三代家光は日光の東照大権現の間近に眠っている。増上寺には徳川将軍十五代のうち二代秀忠ら六人が、寛永寺には六人が葬られている。その夫人たちも寄り添う。テニスの試合を観るように両親の話を耳にしながら指を折っていた弟が「誰か一人、仲間外れだ」と下唇を出す。母は「最後の将軍になった徳川慶喜《よしのぶ》は谷中《やなか》霊園が墓所でしょう？　上野の寛永寺に近いから仲間外れじゃないのよ」と肩をもつ。

増上寺を出て国道を挟んで向かいにある港区役所に渡った。お目当ては「浅岡飯たきの井」だ。浅岡が茶道具で飯を炊いたという謂《いわ》れがある。四方を石で囲まれた古い井戸の由緒は「江戸時代、ここに良源院（増上寺子院）があり、仙台藩伊達家の支度所として、藩主等の増上寺参詣などに使われていた」と記す。

なぜ区役所のなかにポツンと残されているのか。浅岡って誰？　ミソは、万治三年（一六六〇年）の伊達騒動の際に嗣子《しし》亀千代（後の綱村）を毒殺の危険から守ろうとして、乳母の浅岡の局《つぼね》がこの井戸からの水を汲んで調理したという伝承にあった。父の目的地は伊達騒動に所縁《ゆかり》の地だったのかと首肯した。「去年、新潟でＮＨＫの『樅ノ木は残った』を観ていただろう？」と言われてみて、伊達騒動をテーマにしたドラマだったと気づいた。「吉永小百合（宇乃役）が恋い慕う甲斐の死を聞いて、たった一本の樅ノ木にすがりつくシーンは忘れられないわ」と母も感情移入していたらしい。

江戸の寺詣ではまだ続く。地下鉄の大門駅から泉岳寺駅へ。忠臣蔵の舞台に移っていく。赤穂浪士の墓参りだ。山門の前には元禄羽織を身につけ連判状を手にした大石内蔵助《おおいしくらのすけ》良雄《よしお》の銅像が江戸城の方向をにらむ。本堂なども第二次大戦の空襲で焼失し、戦後再建された。堂内に立ち並ぶ四十七士の墓石に線香を手向《たむ》ける。主君浅野内匠頭《あさのたくみのかみ》の仇《かたき》である吉良《きら》上野介《こうずけのすけ》を討ったあと、その首級《しるし》を洗って主君の墓前に供え報告した「首洗い井戸」という、おどろおどろしい井戸まであった。余談だが、後年、家族で相撲を観に両国の国技館に行ったおり、本所松坂町の吉良邸あとを訪れた。白い海鼠塀《なまこべい》の長屋門で仕切った一角に「みしるし洗いの井戸」がある。吉良上野介の首を洗った井戸だと説明していた。

その上野介が本所松坂から行った先が泉岳寺だ。この寺は家康が、幼少期に人質として預けられていた今川義元の菩提《ぼだい》を弔うため慶長十七年（一六一二年）江戸城近くの外桜田に創建した。寛永の大火で焼失し、家光が現在の高輪に再建した。移転に尽力した五大名のなかに浅野家が名を連ねる。

その日の夜は鍋を囲みながら「さっきの増上寺も赤穂義士の討ち入りと因縁がある。事件の発端と言ってもいい。出発駅が増上寺で泉岳寺は終着駅だ」(※19)と、さながら立志の独演会だった。書棚から秘蔵の読売新聞社発行の「尾張屋板　江戸切絵図」と分厚い本を何冊か取り出す。江戸切絵図の「第15回　芝愛宕下絵図」を開く。増上寺と山門を隔てた向かいに二十余りの寺院が立ち並ぶ。あった。その一角に「良源院」と記されている。「これが殿様のお井戸です」「これが、船岡のお館《たて》から御自分でお移しになった樅ノ木です」。山本周五郎の『樅ノ木は残った』(※20)には良源院も井戸も樅ノ木も冒頭から出てきた。

原田甲斐は宇乃にこう語り掛ける「この樅ノ木を大事にしてやってくれ。この樅はね、親やきょうだいからはなされて、ひとりだけ此処《ここ》へ移されてきたのだ、ひとりだけでね、分かるね。ひとりだけ、見も知らぬ土地に移されて来て、まわりには誰も助けてくれる者もいない、それでもしゃんとして、風や雨や、雪や霜にもくじけずに、ひとりでしっかりと生きている」。宇乃は甲斐が自身の胸のうちを、樅ノ木になぞらえて語ったと受け止めた。孤軍奮闘する甲斐。風雨にめげず「しゃんと生きよう」とする甲斐に悲壮感が漂う。

厳しい寒さを耐え忍んできた船岡の樅は故郷を遠く離れ、たった一本、良源院に移ってきた。けなげに、ひとりで艱難辛苦《かんなんしんく》に立ち向かう。この騒動では幾多の藩士が犠牲となり、原田甲斐は成敗された。あらゆる試練を乗り越えて、樅ノ木は残った。伊達藩のお家も残った。そして伊達家の末裔も残り続けることになる。大山たち末端にいた足軽の子孫もこうして一家団欒《いっかだんらん》している。「凛として力強く、しんと立って生きなければいかんぞ」と一本だけ残った樅の木が話しかけているようで、ひどく印象に残った。

ごひいきの歌舞伎「伽羅先代萩《めいぼくせんだいはぎ》」で次の幕が開く。「めいぼくせんだいはぎ？（ピンとこない）」。紙に「伽羅先代萩」と書いた父は「あれを……」という間に弟が阿吽《あうん》の呼吸よろしく「はい」と広辞苑を持ってきた(※21)。「きゃら【伽羅】」は「梵語《ぼんご》（多伽羅）の略、香木《こうぼく》の種類。沈香《じんこう》の最上の種類」とあって、わが国では最も珍重された、良いものを賞めていう語など、たいそう得難いものらしいことは分かった。だが、いまひとつ伽羅と先代萩が結びつかない。「吉原って何？」、「遊女って何？」という素朴な問いかけに、父は迂闊《うかつ》に触れることなく「伽羅の香木をめぐって、森鷗外の『興津弥五右衛門《おきつやごえもん》の遺書』という小説のなかに、興趣ある逸話があったなぁ」と独白する。ちなみに「先代萩」の萩は仙台市の花で、宮城県の県の花は「宮城野萩」だそうだ。そういえば仙台のお菓子にもあった。

団子より花の母は「萩の花言葉を知ってる？」と問いかける。男三人はむろん知らない。「やわらかな心、誠実だそうよ。あなたの（と誠に）名前通りね。でも伊達政宗とのイメージにはそぐわないみたい」とチクリ。「万葉集に最も多く詠まれているのが萩なのよ。梅より桜よりも多い。秋を象徴する花ね」「花札の七月は萩に猪だな。やさし気な萩の花と、摩《ま》利支天《りしてん》の乾分《こぶん》、猪突猛進の荒々しい動物は好対照だな」と父はどこまでも無粋《ぶすい》だ。母は聞き捨てにして「大伴旅人《おおとものたびと》は萩と鹿の歌を詠んでいるわね。我が岡に　さを鹿来鳴《き》く初萩の花妻どひに　来鳴《き》くさを鹿。妻ど（問）いはプロポーズの意味ね。牡の鹿が萩の花に妻になってほしいって求愛しているの」「猪、鹿、とくれば、次は蝶で、猪鹿蝶《いのしかちょう》の完成だ」と、手札にデリカシーの持ち合わせのない父は、どこまでも花札に固執しながら茶化す。

父が団欒《だんらん》の第三幕目に持ち出してきたのは山岡荘八の『伊達政宗』（※22）だった。「本を読んだあと、東京でも政宗ゆかりの地をずいぶん回った」と立志の回想は続く。港区南麻布と元麻布の境にある仙台坂は菩提寺の近くでもある。この坂の南に仙台藩伊達家の下屋敷があった。目黒区中目黒にある実相山正覚寺の境内にある三沢初子像は、歌舞伎・伽羅先代萩の政岡をモデルにしたといわれているそうだ。

立志は多摩地域西部にある「大悲願寺《だいひがんじ》」にも足を延ばした。政宗が川狩りに訪れた際に、この寺に咲く見事な白萩に心を奪われた。政宗の弟が寺に在山していて、政宗は白萩を欲しいと手紙を送った。境内に立つ「伊達政宗　白萩文書」の看板に「先日訪問した折、庭の白萩が見事であったが、その白萩を所望したい」という主旨だと説明している。

一本の萩が多摩と仙台を結ぶ。桜の木も樅ノ木も萩の木も伽羅の逸話も残った。

コラム　第12章

西行法師：「願はくは花のしたにて春死なん　そのきさらぎの望月のころ」。春爛《はるらん》漫《まん》の陽気に誘われ、平安から鎌倉時代にかけての歌人西行の歌を美智子が口ずさむ。エリート武士の座を捨て二十三歳で出家し、諸国を漂泊した歌人である西行が晩年に詠んだ有名な歌だ。妻の感慨には一向に無頓着な父立志《たつし》は俵藤《たわらのとう》太《た》の話に転じる。西行法師は平将門を討った俵藤太＝藤原秀郷《ふじわらひでさと》の血を引く。ということは平泉の藤原三代とも縁戚だし、同じ時代を生きた人だった。奥州路を旅した西行は先祖である藤原秀衡を訪ねる。束稲山《たばしねやま》に連れられ、こんな歌を詠った。「きゝもせず　束稲《たばしね》やまのさくら花　よし野のほかに　かゝるべしとは」。吉野以外にこれほど見事な桜が咲き誇っているとは、と驚く。

多門天＝毘沙門天：北方を守護する四天王の代表格。古くは聖徳太子が奈良の信貴《しぎ》山《さん》に祀った。歴代の天皇も尊崇し、坂上田村麻呂が征夷大将軍として東征したおり、東北各地に毘沙門堂を建てる。義経、楠木正成、上杉謙信や武田信玄らの戦国武将も尊崇する。徳川家も歴代庇護してきた。ちなみに信玄の軍師山本勘助は同じ軍神でも摩利支天《まりしてん》への信仰が篤《あつ》い。川中島で五たび戦った謙信と信玄は同じ神に祈りを捧げる。竜虎相討つ。信玄が竜の逆さに生えている鱗に触れ、謙信が虎の尾を踏んでしまう。ドラマでは、白馬にまたがった謙信が信玄に一騎打ちを挑む。鉄扇でこれを防ぐ信玄。「天と地とのあいだに政虎（謙信）はいた」というナレーションが胖の心に残った。「甲陽軍鑑」は前半は上杉勢の勝利、後半は武田方が勝ったと記す。毘沙門天はどちらにも軍配を上げなかった。

寛永寺と増上寺：大山家はこの日、さながら徳川家の墓参りだった。菩提寺である寛永寺、増上寺をめぐる。そもそも江戸幕府を開いた家康の廟所《びょうしょ》は日光の東照宮である。寛永寺を造った三代家光の墓は東照宮とは目睫《もくしょう》の間にある輪王寺《りんのうじ》だ。美智子は「輪王寺っていえば、由良御前《ゆらごぜん》にまつわる話を母（佐多ミツ）方の祖父から聞いた覚えがあるわ」と言って、こんな伝承を語りはじめた。由良は源頼朝の母であり、義朝の正室。熱田大宮司家《あつただいぐうじけ》の出身だった。従兄弟の寛伝《かんでん》が愛知県岡崎市にある瀧山寺《たきさんじ》の僧都《そうず》である。頼朝に輪王寺に招聘《しょうへい》されていたが寛伝はその後、瀧山寺に戻っていた。頼朝の死を聞いた寛伝が瀧山寺に惣持禅《そうじぜん》院《いん》を建立し、聖観音菩提立像《せいかんのんぼだいりつぞう》をつくり手厚く葬った。その像の胎内に頼朝のヒゲか歯かが収められている。平治の乱で敗れた義朝は尾張の知多半島の野間で湯殿に入っていて謀殺された。頼朝は熱田神宮の近くで生まれているから、父の義朝はそこから五十キロほど真南に行ったところで他界したことになる。頼朝三代のあと実権を握った尼将軍北条政子の妹が足利氏と結ばれて、三河の足利、今川、吉良に分家した。足利氏も瀧山寺に寄進する。その流れで松平……徳川家が登場して、三河武士が支える。家光が尊崇する家康は頼朝を理想としていた。その連枝《れんし》につながる足利。鎌倉・室町・江戸の三つの幕府、それに日光と尾張・三河は地下の水脈でつながっている。

伽羅の香木：江戸時代、伽羅の大木が渡来し、仙台伊達藩と細川家の家臣がその本木《もとき》と末木《うらき》を競《せ》り合う。結局、細川家が価値の高い本木を取り、興津は三斎細《さんさいほそ》川忠興《かわただおき》に献上、面目を施す。伊達家は末木を持ち帰り珍重する。しかし、競り合いのさなかに同輩の侍を討ち果たしてしまっていた興津は三斎の死後、「争《いか》でか存命いたさるべきと決心いたし候《そうろう》」と遺書を残して切腹する。興津は皮相にも京都の船岡で切腹した。樅ノ木と伽羅の香木は残った。興津は死して名を残し、子孫にも立身出世の道筋をつけた。調子づいた立志は伽羅先代萩と伊達騒動、歌舞伎の筋立てを語りだす。歌舞伎は、伊達騒動を鎌倉時代に置き換えている。乳母の政岡がヒロインだ。幼君に加え、実子の千松を登場させた。お家を乗っ取ろうとしたクーデター勢力の毒殺から守るため、井戸から水を汲み茶釜を使って自ら飯《まま》を炊く。ところが、毒入りの菓子を千松が食べ、苦しんでいるところを殺されてしまう。わが子の死を目の前に、顔色ひとつ変えない烈女政岡。仙台藩三代藩主の伊達綱宗が伽羅の下駄を履き、身を持ち崩したことが伊達騒動につながっている。インドの香木である「伽羅《きゃら》」は名木だから、めいぼく、先代は仙台で、伊達騒動を連想させる。細川家と競り合ってもたらした伽羅の末木が、伊達綱宗の下駄に使われていたとしたら、なんの因果か、因縁深い名木か。

第13章

一日千秋《いちじつせんしゅう》

〈一九七二年〉胖、桜は何を見る

「桜はまだ咲かないかしら?」。昭和四十七年(一九七二年)三月、東京・鉄砲洲のがん専門センター。大山胖《ゆたか》と誠《まこと》の兄弟が、入院している母美智子からこう聞かれたのは今月に入って三回目だ。桜の開花を一日千秋の思いで待つ。「まだ、肌寒いから、もう少し先かな」「早く良くなって上野に花見に行こうよ」。「そうね」と母は微笑む。「あんたたち、ジュース飲みなさい。美智子、アイスクリーム食べよう」。母の姉、兄弟の伯母にあたる佐多松子《さだまつこ》は、この一か月半ほぼ毎日病室を見舞う。固形物は食が進まず、いつの間にかアイスクリームとお茶が主食になってしまった。

発病は二年前、新潟に住んでいたころだった。乳癌が見つかり、いくつかの治療法を試す。母の病名は息子たちには知らされていなかった。一時、快方に向かったと思われた矢先、引っ越しなどの無理がたたったのか、リンパ、肝臓などへの転移が発覚する。病魔の猛威は収まらない。入退院を繰り返すあいだ、「おさんどんは任せなさい」と台所に立ち掃除、洗濯を世話しているのは松子だった。

「来年、慶応の付属を受けるよ」。胖がこう告げると、学校のそばの港区三田で生まれ育った母は「頑張ってね。私も病気になんて負けていられないわ」。顔に赤みが差す。そばで聞いていた伯母が「制服と帽子がカッコいいわね。あんた野球やりたがっていたじゃない。早慶戦に出てよ。むかし、心惹かれていた選手がいてね。よく試合の応援に出かけたものよ」と、ずいぶん気が早い。もちろん、そのときは彼女のお目当ての選手が三十年後に深くかかわってくるなんて思いも及ばない。

その日、父立志《たつし》はありがたくない知らせを受け取った。「旭川支店勤務を命ず」という一片の辞令だ。発令は一九七二年四月一日付。妻の病気に落ち込むいとまもなく、引継ぎやら身辺整理やら送別会やらで病院にも寄り付かない。「お父さんは冷たいよね」と口を尖《とが》らす弟に兄は「これより大事なことがあるとは思えないよね」と答えたのだが。この異動が融資にしくじり、事実上の左遷だったことが後日うすうす分かることになる。

数日後、「兄貴《あにき》ぃ、桜の枝を見つけたよ」と誠が喜び勇んで報告する。自宅近くの花屋に頼んで取り寄せてもらったらしい。さっそく出かけた。「俺、持ち合わせがないよ」と不甲斐ない兄の告白に、「任せろ。お年玉を取っておいたんだ」と胸を叩く。がま口から虎の子の千円札を出す。「これで、おふくろさん、花見ができるね」

大事に一本の桜の枝を捧げもって病院へ。「じゃーん！」。弟が背中に隠した桜を得意満面で差し出す。「これ、見たがっていた吉野の桜の子どもの、ずーっと子どもの桜だよ」。言葉を失う母。「あなたたちの、やさしい心遣い……勇気をもらった」。隅の椅子で松子は目頭を押さえている。この日は夕食を残さず食べた美智子だった。

リーン、リーン。真夜中の電話。不吉だ。もしや。父が受話器を取る。はっと息をのむ。深刻な表情。言葉少なだ。「はい、今から行きます」と言って受話器を置く。「危篤だそうだ。支度をしろ」と、寝ていた弟を起こし、伯母にも知らせた。

眠っている。ふっくらとした頬。満足そうな寝顔。とても危篤とは思えない。主治医が医療機器のモニター画面を見つめている。母がおもむろに目を見開いた。「サクラ……ありがと」。息を吸い込むと、大きく吐き出す。これが末期の言葉だった。号泣する弟の肩を抱く。「あなたは、お兄ちゃんなんだから、泣いちゃだめ」と、母の声がよみがえる。さんざん言われた台詞だった。もう聞くことはできない。三月二十五日。自宅で仮の通夜。仙台坂に近い菩提寺の光専寺で翌日通夜、二十七日に告別式。東京に桜の開花宣言が出たのはあくる二十八日だった。弟がこうつぶやく「咲いたよ、見たかい?」。桜の開花を待ち焦がれた母は二人の息子を遺した。

三月三十一日、羽田空港。父が旭川へ単身赴任の途に就く。「行ってくるぞ。三年で戻れると思う。伯母さんの言うことをよくきくんだぞ」と手を振る父の蹌踉《そうろう》とした後ろ姿が侘《わび》し気《げ》だ。赴任する北の大地には一喜一憂、さまざまな出逢いと障碍《しょうがい》が手ぐすね引いて待っている。

兄弟は新宿の社宅を立ち退かなければならない。四月から祖母と伯母が住む三田の家に転がり込むことになっている。胖は来年高校入学だから支障は少ないにしても、この四月から中学二年に上がる誠はまた転校だ。指を折って数えると、小学校三つ、中学も二つ目。いじめられやしないか。

幸福な家庭はすべて互いに似かよったものであり、不幸な家庭はどこもその不幸のおもむきが異なっているものである。伯母から借りたロシアの文豪トルストイの『アンナ・カレーニナ』の書き出しは、こんな文章だった。母に死別し、父が北の大地に旅立ち、別れ別れとなった。おおげさに言えば一家離散。「おもむきが異なるそれぞれの不幸」を生まれて初めて実感した日だった。

時間は（わかりきったことだが）ときには小鳥のように飛び、ときには蛞蝓《なめくじ》のように這《は》うものである。ところが、それが早いのか、おそいのか、そんなことに気づきさえしないときが、人間はもっとも幸福なのである――ツルゲーネフの『父と子』に出てくる一節だ。母の死も父との別居も気づきさえしない日々が、そうおいそれとくるなんて思えない。

桜が満開になった。初七日を迎え兄弟は二人で麻布の光専寺に詣でた。母の墓前にぬかずく。菩提を弔う。「兄貴ぃ。花見に行こうぜ」、「上野だな?」、以心伝心。恩賜公園に咲き誇る桜の回廊をそぞろ歩く。

「もう一週間、生きてくれていたら……せっかちだからな、さっさと逝《い》っちまった」と言いながら、誠はリュックサックのなかから母の遺影を取り出す。「どうだい、満開だよ」と写真に語り掛ける。いいところあるな。コイツも悲しみから立ち直ろうとしているんだ。

「お前が買っていった桜の一枝が最高の花見だったんじゃないか？　いまわの際の言葉もサクラ……ありがと、だった」

「でもさぁ、やりたいこと、思い残すことがたくさんあったと思うよ」

「若すぎたな。四十歳か。でも、遺してくれたものもたくさんあった」。その多くは「言葉」だ。胖はまたぞろ「お兄ちゃんなんだから」のリフレインを聞いた気がした。自覚を持ちなさい、打算的にならず正々堂々と凜《りん》として生きなさい、そんなメッセージだったのだろう。弟への決め台詞は「あなたはまるで桶の底が抜けたみたいに天真爛漫《てんしんらんまん》ね」という口癖だった。自信をもって思い通りに生きろという励ましのエールだった。

「伊達藩の原田甲斐は歴史や歌舞伎に名前と一本の樅ノ木を残したってオヤジが言ってたよな。おふくろもたくさんの言葉と一枝の桜の思い出を残してくれた」。去年、萩の花言葉として、やわらかな心、誠実、を紹介したのも誠への遺言に思えてくるから不思議だ。

満開の桜を仰ぎ見ながら弟が「桜の花言葉って知ってる?」と聞く。「知らんな」となげやりな兄に、弟は「桜は日本の国の花だろう? 日本人の精神美とか、品格を表すらしいぜ」と、さかしら顔だ。生前、母は「和の心」とか「品格」とか始終、繰り返していた。ところが父の「品格」には若干の疑義を抱いていたようだ。「俺が一人で病室にいると、ややもすると愚痴ばっかりだったよ」。誠によると、父がおカネを置いていってくれないから、ジュースの一本も買ってやれない、ごめんね、とか、あの人は打算的だから、と盛んにこぼす。食欲もないし、どこそこが痛い、と言って弱音を吐いたそうだ。弟には泣き言を言っていたのか。知らなかった。弟には愚痴の数々までをも遺していった。

ある意味、ラストリゾート、精神的に最後に頼っていたのは弟の方だったのかと頷く。すると、誠は目を輝かせて「おふくろさんは、俺たち兄弟を遺してくれたじゃないか」と言って、すぐ付け加えた。「もっとも、兄貴が自慢の息子だったけどね。俺にまで自慢していたんだぜ。参っちゃうよ。クラスで一番になったとか、慶応を受けるって聞いた日は、もう受かったみたいに涙が止まらなかったんだよ」。これも初耳だ。この率直であけっぴろげなものの言いよう、弟は母似だ、いい面を受け継いだな。この俺は打算的でデリカシーのない父親似か。暗澹《あんたん》たる気分。上野の山の桜を見ながらやりとりした会話は成人したあと何度も繰り返すことになる。

その夜。寝床で「ちいさいころは、しょっちゅう喧嘩したね」と誠が持ち出す。

「取っ組み合いの喧嘩もしたな。おふくろはいつだって、両方の話を聞いて、ここはあなたが悪いから謝りなさいって。まあ、おおむね公正な裁きだった」

「兄貴びいきだから、たいてい俺が謝らされていた」。ことの真偽はともかく、一方聞いて沙汰《さた》するな、が口癖だった（※23）。

「お互いにそれなりの反抗期があったからな。たしかなのは、ウソをついたり、ヒトのせいにしたり、言い訳しようとすると、こっぴどく叱られたってことだ」

「どっちが正しいか、悪いかって判定するっていうより、こういう人になりなさいって伝えたかったんだろうね」。ほどなく、しのび泣くような気配を感じたあと、寝息に変わった。

半覚半夢《はんかくはんむ》のたゆたい。寝付けない胖の明晰夢《めいせきむ》に、天上から天使と妖精が囁く。**妖精**「一日千秋の思いで桜が咲くのを待ち望んでいた。さぞや思い遺すことが多かったでしょう。なんだか、若くして黄泉《よみ》の国へと旅立った木花之佐久夜毘売《このはなさくやひめ》を追憶してしまう」**天使**「ヨハネの福音書に初めに言葉ありきってある。きっと、母が創世、根原であり、子どもたちに言い置いた言葉の一つひとつが彼らの人生訓となる。それが子々孫々バトンリレーされていくんだ」。

お兄ちゃんなんだから、とか、一方聴いて沙汰するな、打算的にならず正々堂々と生きろ……胖が明晰夢のなかでかみしめていた「言の葉」は預言の書のように、彼らの子や孫に届いていくことだろう。言霊《ことだま》となって。

美智子と永別した兄弟は一九七二年、三田に引っ越す。伯母の松子が名実ともに母親代わりとなった。自宅一階の理髪店は知人夫婦に貸す。二階の一間で裁縫と手芸教室を開く。細々と家計を支える。翌一九七三年、胖は念願の慶大付、そして硬式野球部に入った。誠は母の母校でもある港区赤羽橋中学に二年生から転入。溶け込めないのではないか、いじめられはしないか、という心配は杞憂《きゆう》に終わった。

その裏に松子の根回しがあったのを忘れてはならない。松子と美智子の姉妹は同じ中学の出身だった。「知り合いのセンセ（先生）によーく頼んでおいたわよ。近所の豆腐屋の健ちゃんや、八百屋の美紀ちゃんにも、あんたの同級生だから友達になってねって」。健ちゃんの祖父が東京大空襲の際に美智子を防空壕に連れて行って救ってくれたことや、美紀の家に、淡い初恋の人、神田さんのヒデちゃんが下宿していた説明は省く。

「みんな、親切にしてくれるよ。こんど健ちゃんの家に遊びに行くんだ」。駆けっこが速い誠は、わんぱく坊主ランキングで東の正横綱の呼び声が高い健ちゃんにも一目置かれているらしい。学級委員で女子の取りまとめ役美紀ちゃんをも味方につけた。戦前からの人脈を駆使しツボを押さえた松子の采配は見事だ。

大活躍の松子にも苦渋に満ちた女の闘いがあった。第二次世界大戦の悲惨さは言うまでもない。この戦争でヒデちゃんに召集令状が舞い込む。昭和十八年（一九四三年）、出征の直前、最後の早慶戦に出場した彼に愛宕神社のお守りを渡すのが精いっぱいだった。ひそかに紙片をしのばせて。終戦を迎えてもヒデちゃんの消息はつかめないままだ。東京オリンピック・パラリンピックの昭和三十九年（一九六四年）に癌を発病。それ以来、長い長い病との闘いだった。

大正十五年（一九二六年）生まれ。松子の両親、つまり胖と誠兄弟の祖父母は駆け落ち同然だった。「父が死ぬ前に、おまえね、俺が死んだら戸籍謄本取ってみな、って言うの。調べてみたら、あたしの方が先に戸籍に入ってるじゃない。子どもができたんで、三か月ぐらい遅れて、やっと親が結婚を許してくれたみたいよ。今なら考えられないけど、昔はみんな頭がお地蔵さんみたい、石仏なのよね」

「また、あたしの悪口かい？」と祖母のミツが参戦してきた。陰口やひそひそ話には希代の察知能力を持つ。「戸籍に先に入ったぐらいで威張るんじゃないよ。誰のおかげで生きていられると思ってるんだい」。ミツの実家は名古屋の大きな農家。親は当然、農家に嫁に出す算段をしていた。なんで髪結いに、と猛反対。ならば、と東京に出てきた。明治の女は強い。「死んだ亭主（胖誠の祖父善次郎）がよく言っていた。あたしたちの長男は再婚だろ、次男は再々婚だよ。おまえよう、情けねえよ。戸籍が汚れちゃっている、ってね」。ミツは返す刀で松子に向かって「おまえだけはまっさら。きれいな戸籍だがね」。独身を通している松子に強烈な皮肉をかまして「あたしゃ、これ飲んで寝るよ」。毎晩欠かさないキンカン酒を飲み干すと、言いたいことだけ言って、さっさと布団にもぐりこむ。十八歳からタバコと寝酒、屈託なく、意気衝天。子だろうが孫だろうが平気で叱り飛ばす。ところが誠にだけは「おまえは兄貴みたいに勉強しなくっていいから、好きなことをやりな」と格別な眼差しで見守る。自ら好きなことしかしない白髪の小柄なミツ。この分だと百歳までは生きそうだ。

母ミツより先に戸籍に記載され、まっさらな戸籍と喝破《かっぱ》された松子は、花も恥じらう十五歳から十九歳まで戦争一色だった。「戦争ってね、だめ（亡き母美智子の口吻《こうふん》そのままに）むごくて。親戚が赤羽と川口の間に地所を持っていてね。伯母と二人の従姉妹が学童疎開していたのよ。三度目の疎開のときに、爆弾で死んだ」。夕方、父と訪ねて行った。

「あのころだから何もあげられない。拝むだけ。土饅頭だった。三人入っていたから大きかった」。ありありと当時の光景が目に浮かんだのだろう。「むごい」と重ねて口にした。

女学校の一年生のころ、妹の美智子が那須の塩原に学童疎開した。「かわいそうだった。私なんかバカみたいよ、一生懸命お小遣い貯めちゃあ、一か月おきぐらいに塩原に会いに行っていた」。鉄道の切符を買うのに四苦八苦した。ましてや長距離だ。「父に頼んでみたの。田町の駅員さんがみんなウチに頭刈りに来ていたのね。内緒で切符買ってもらって行っていたの、よく。でないと宇都宮から先、行かれないのよね。西那須野だから。あのころ、チッキってのがあった。切符一枚買うと行李《こうり》ひとつタダで送ってもらえる。ああいうの、便利な時代」。そのチッキなるものに食糧や衣服や本を詰め込んで、那須を往還したそうだ。

妹の追想に入ると、「自分が病院で寝ているのに他の親戚の病気を心配したりしてさ。なんで、美智子だけ、かわいそうに貧乏くじ引いちゃったんだろ」。いつも心のなかで妹に謝っているのだという。癌を告知され、お姉ちゃん、どこの病院がいいだろうって電話がかかってきたとき、がん専門センターにしなさいって薦めた。もっといい病院があったのかもしれない、と悔やむ。「どうして転移しちゃったかね。考えたら、頑張りすぎよね。よく働いたから。寝ないでも働いちゃうんだもん、あのひと。私はボヤっとしていて気が利かなくって、いつもまごまごしている性質《たち》だから、きょうまで、のほほんと生きている」。なるほど、母は朝一番に起きて最後に床に就くまで働きづめだった。しみじみと寝顔を眺める機会なんて入院するまでなかったような気さえする。

松子「ゴオウのサルでしょ？　美智子」

胖「ゴオウノサルってなに？」

松子「干支《えと》よ。昭和七年生まれは五黄《ごおう》の申《さる》なの。なんたって働き者で行動派。常に動き回るほうで、思考にふける方じゃない。あたしとは百八十度真逆《まぎゃく》」

どうやらご託宣通りのようだ。ボヤっとして気が利かない彼女も戦時中は否応なく働かざるをえない。和裁と洋裁学校に通う毎日だった。「三年間、衣糧廠《いりょうしょう》ってところに勤めた。海軍でね、食糧や衣服を第一線に持っていくの。私がまじめにやらなかったから戦争に負けちゃったのかな、なんて思ったけどさ」と続けた。「あんたたちの母さんは四十歳で死んじゃったけど、八十年分ぐらい働いたんじゃない？　あたしは怠け者だから存外、長生きするかもしれない。まだ十年分も働いていないから百歳まで生きたって美智子には追っつかないわよ」。言いたい放題の祖母もボーっと生きている伯母も長生きか。このなんの屈託もなく口さがない二人が亡き母の分まで生きてくれそうだな。胖のこのときの予感は見事に当たる。

内職やらアルバイトで母が貯めた郵便貯金のなかから野球のグローブとバットを買った。弟はいつの間にか、ちゃっかりと新しい自転車を乗り回している。そういえば、母が自分の洋服を買うとか大好きな宝塚を観にいく姿を見たことはない。吉野の桜にも行けずじまい。「大事に使おうぜ」と兄弟は申し合わせた。「今度、健ちゃん、美紀ちゃんたちとサイクリングに行くんだぜ」

この天誠爛漫さを生かしてか、誠はその二年後、一九七五年に早大付に入る。「オヤジさんが自分の母校に入れたがっているって思ったからな。兄貴はおふくろさんの衣鉢《いはつ》を継いで慶応に行ったし。兄貴と一緒じゃ詰まらないだろう」。彼の早大付の人脈が将来、モノをいうことになろうとは毘沙門天も気づくまい。

コラム　第13章

濃姫と桜：司馬遼太郎の『国盗り物語』の一節に、斎藤道三の娘濃姫が幼馴染の明智光秀にこう言う場面がある「桜の老いた樹《き》がありましょう。亡き父が青嵐と名づけて愛《かな》しんでいたものです。あの桜だけが、いまは遺っている」。父道三は亡くとも、桜の木に遺した名前は残った。

第14章

一意専心《いちいせんしん》

〈二〇〇五年夏〉胖と諭の早慶戦

甲子園球場。慶大付と早大付の白熱した早慶戦は五回の裏を終わり、早稲田が二対〇でリードしている。グラウンド整備の最中だ。東京・神田のビジネス新報では大山胖《ゆたか》と式守《しきもり》編集長との鳩首会談も白熱していた。

「ここまでの試合展開を振り返ってみましょう」と実況のアナウンサー。早大付エースで四番・田中胤文《たねふみ》の一人舞台だ。投げては七つの三振を奪う。要所に伝家の宝刀、落ちる魔球を駆使されては手の打ちようもない。打っては先制の本塁打を含む二打点。勝負強さは他を寄せ付けない。

「解説の郡司さん、田中投手の好守にわたる活躍が目立ちますね。慶大付の付け入るスキはあるのでしょうか?」

「百五十キロ近い速球とフォークボールの落差が大きいですね。高校生にはなかなか打てません。慶応はファウルボールで粘って、何とか球数を多く投げさせようとしています。打者ごとに狙い球を絞って、終盤に追い上げたいところでしょう」

スタンドにいる諭《さとる》は一球入魂ならぬ、一意専心、克明なデータと照らし合わせながら必死に手立てを探っていた。

【投手田中】①直球のスピードは平均二キロ増した②フォークは七割程度がボール球③下位打線には甘めの直球から入る④走者が出ると、直球の比率が二割高まる⑤過去のデータを見ると八回、九回に球威は衰える

【打者田中】①打たれたのはいずれも高めの直球②内角低めは手を出さない③過去のデータでは最初のストライクを打つと打率は六割を超す

メモをひっさげ、グラウンド整備中に手洗い所に来たベンチ入りのメンバーに手渡す。

そして八回裏。九番打者が最初の直球にヤマを張り、詰まりながらもレフト前にポテンと落とす。バントで送る。次の打者は落ちる球で空振りの三振を喫した。二アウト走者二塁。三番打者はフォークボールにヤマをはって、逆方向にはじき返す。先輩が練習で投げてくれたフォークに一番いい打撃を披露していた選手だった。そして、きわどいタイミングで何とか一点をもぎ取った。歓声に沸くスタンド。一対二だ。

九回表。強打者・田中には打たれたものの、早稲田の猛攻を何とかしのいだ最終回の攻

撃。驚くことに田中のギアはさらに上がる。この日最速の百五十キロで三振を奪う。次打者はフォークボールにくらいついたが、内野ゴロ。絶体絶命の二死。ここで、ファウルボールで粘った六番打者が四球で出塁する。七番打者は意表を突くセーフティバント。間一髪セーフ。二死、一、二塁。ヒットが出れば同点に追いつく。ここで速い球にめっぽう強い代打の切り札の登場だ。初球の速球にどんぴしゃり……ああ、無情。投手田中への鋭いライナーを見事つかまれ、万事休す。

ウ～～。熱戦に終わりを告げるサイレンが球場に響く。両軍の選手がたたえ合う。昭和十八年（一九四三年）最後の早慶戦と同じ場面が、六十年後に再現した。「戦場で会おうぜ」と言い交わした二世代前の先輩たちと違って、「次は大学に入って神宮球場で会おうぜ」と言い合える彼らは幸せだ。この光景を寿《ことほ》ぐように、鳴り響く「都の西北」の校歌。灼熱の太陽が満面の笑みで見下ろしていた。

草壁俊英《くさかべとしひで》は南麻布の国際総合医療センターの病室でサイレンの音にも蝉の大合唱にも全く反応しない。都立三田病院にいる佐多松子はテレビの野球中継に見入っていた。残念だったわね。諭も精いっぱい闘った。あたしも負けていられない、と胸のうちで誓う。

甲子園にいるビジネス新報記者の天童弘樹《てんどうひろき》と花井恵梨香《はないえりか》の「元気玉コンビ」は試合終了後に佳境に入る。「戦後六十年特集」の「二つの世代をつなぐ早慶戦」の取材だ。天童は早大付の田中胤文、花井は大山諭の談話を取る手はずになっていた。実はすでに面識がある。編集主任である胖の弟誠《まこと》の高校時代の親友が早大付OB会の幹事役を務めていた。その伝手《つて》をたどって、東京都大会予選後にあらましの話は聞いてある。新聞やテレビの共同インタビューを終え、ロッカールームから引き揚げる田中に天童が追いすがる。

「田中くん、おめでとう。大活躍だったね」

「ありがとうございます」

「この勝利を誰に一番、届けたい？」

「病気と闘っている祖父です。両親と学校関係者、それに地元で応援してくれた方々に感謝しています」

「お祖父さんの田中胤盛《たねもり》さんも野球をしていらしたんだったね」

「はい。甲子園で優勝して、ウイニングボールを届けるって約束したんです」

「実現するといいね」と言いながら、先日まとめた二つの世代をつなぐ早慶の家系図に見やり「お祖父さんのお兄さんにあたる田中胤敦《たねあつ》さんは六十年前、大学の最後の早慶戦で活躍した。二塁打を放ったと記録にある。きょうの田中くんはそれに劣らない活躍ぶりだった」

「祖父に聞くと、大伯父の胤敦は戦死したそうです」

「そうだったの。残念だったね。ところで、お祖父さんの胤盛さんも先の大戦でシベリアに抑留されていたと聞いた。抑留中に早慶戦をしたという記録があるんだ。対戦相手の慶応に神田秀樹さんという人がいるんだが、戦後の消息が分からない。お祖父さんから何か聞いていることはないかな？」

「いいえ。記憶にないですね。祖父は戦争中や戦争直後の話はめったにしないんです。容態が良くなったら聞いてみます」

「頼むよ。疲れているところを申し訳ない。次も勝って優勝まで突き進んでくれ」と田中の肩を叩く。真っ黒に日焼けした顔は汗にまみれ、ニコッと笑った真っ白な歯がまばゆい。

花井恵梨香は、スタンドの清掃を済ませて球場を後にした諭を捕まえる。

「残念だったわね」

「惜しかったです。田中くんは想像以上の投手でした。あのホームランも度肝を抜かれました。でも、慶応も最後まであきらめず、いい試合でした」

「病と闘っているお祖父さんと大伯母さんに何て伝えたい？」

「二人とも六十年前、最後の早慶戦を観戦していたそうです。祖父は早稲田の親友の応援に、大伯母はひそかに思いを寄せる慶応の選手がお目当てだったと聞きました。小学生のころ、よく祖父とキャッチボールしましたし、子ども用のグローブを最初に買ってくれたのは大伯母です。僕たち二世代あとの早慶両チームともに大先輩に恥じない試合をしました。誇りをもって報告にいきます」

「そうね。諭くんのお父さん、私の上司の大山（胖）主任も慶大付野球部のOBよね。今度の早慶戦の記事にはことのほか力が入っているみたいよ」

「陰ながら支援してくれた父にも感謝しています」

十八年後。後輩たちが夏の大会で優勝するのを諭が父と息子の三世代一緒に甲子園のスタンドで目の当たりにすることになる。七十五年に一度地球に接近するハレー彗星も脱帽するほど長い空隙をつなぐできごとだった。

宿舎に引き揚げた諭を待ちかまえていたように、その父から電話が入る。前置きなしに
「すぐ、東京に帰れるか？　祖父さんが会いたがっている」

「どうしたの？　具合が悪いの？」

「今は小康状態だが、予断を許さない。どうしても諭と話したいと言って頑張っている」

「分かった。監督に言って新幹線で帰る。たぶん七時ごろには着くと思う」

「病院に直行してくれ。お母さんたちがいる。俺も早慶戦の原稿を仕上げたら駆け付ける」

諭はすぐさま新大阪から新幹線で東京駅へと急ぐ。駅弁もろくに喉を通らない。どうしたって最悪の事態を考えてしまう。名古屋を過ぎるころ携帯電話が鳴った。母のぞみからだ。「今は眠っているわ。危機は脱したみたい」と、電話の向こうの声のトーンに胸を撫で下ろす。祖父が伝えたいことって何だろう、祖父に何を伝えようか、父の話していた特効薬は間に合わないのだろうか。思いは錯綜する。

諭が新幹線に体も心も揺さぶられているころ、父胖は編集作業の佳境に入っていた。

式守編集長「よし、田中と諭のコメントは入った。田中の大伯父と祖父、諭の祖父と大伯母のストーリーもよく書けている」

胖「惜しむらくは神田秀樹の消息がつかめず、田中君の祖父に直接の談話が取れなかったことです。画竜点睛とはいきませんでした」

式守「当初、目論んでいた『三世代の早慶戦』はお蔵入りか。プランB、戦後六十年、二世代をつなぐ、でいくんだな？」

胖「田中君がグラウンドでも紙面でも主役です。彼の大伯父と祖父への思いを主軸にしました」

そうこうしているうちに、戦後六十年特集を荒組みした紙面構成が手元に届く。真中の二ページ全面を使う野心作だ。

式守「二つの世代をつなぐ早慶戦、六十年を結ぶ絆か。タイトルはこれでいい。しかし、書き出しと結びのくだりが陳腐だな」

胖「予定原稿を手直ししているところです。もう少しスマートになります」

式守「紙面はほぼ完成した。二の矢、三の矢はどう放つ？」

胖「シニアライターに依頼済みです。明日、番組制作会社や地方紙に紹介します」

二の矢はインターネットを使った配信を指す。シニアライターは新聞社を定年退職した書き手を募り、紙面に掲載しきれなかったエピソードも添えて読み物に仕立てる。地方紙に再掲載を促す。番組制作会社向けには可能な限り映像も提供する。いくばくかの収入も入る。貢献度に応じて書き手の報酬も決まるとあってシニアライターへの動機づけとなる。

式守「コラムニストの加藤さんは残念だったな」

胖「まさか、あの若さで亡くなるとは思いもしませんでした。すい臓がんは怖いですね。私の恩師でもあり、心のよりどころでした」

加藤は体調を崩して東京政経新聞を辞し、治療に専念していた。病が小康を保っていた二〇〇一年七月、胖の入社三か月後にビジネス新報にスカウトされる。爾来《じらい》、凄腕コラムニストとして健筆をふるう。昨年末に体調を崩したときは「風邪だよ、心配するな」と気丈にふるまっていた。ところが、二〇〇五年の年明け早々、緊急入院。すでに「ステージ4」と宣告され、急激に病状は悪化していく。前職の東京政経新聞の駆け出し記者だったころから「心の師」と仰いできた。共同で取材し、いくつか特ダネを取った。もっとも大きな遺訓が加藤からもらった「五か条の御誓文」だ。バイブルであり道標《みちしるべ》だった。

三月末、胖はついに帰らぬ人となった「心の師」の墓前に額《ぬか》ずく。手帳に貼り付けた

「金言」を開く。天下の大道を行く、正々堂々・雄気堂堂たれ、人生の切所や分水嶺にさしかかるたびに各条を胸に刻み込んだ。ＪＲ神田駅のガード下で焼鳥を肴《さかな》に聞いた苦言の数々。天上天下唯我独尊ではいかん、と厳しくたしなめられたのが、きのうのことのようだ。あの「暁の反省会」は二度と開けない。「反抗、偏屈、驕慢《きょうまん》、聞く耳を持たない、鼻持ちならない、圭角《けいかく》を露《あら》わすな」。よくも並べ立ててくれた箴言《しんげん》の数々も二度と聞くことはできない。愛情が込もった「ばかだなぁ」の一言も、懐かしい蛇ののたくったような字も拝むことはできない。羅針盤を失った船のように心細い。

「少しは角が取れたでしょうか？」と心のなかで問うてみる。「ちっとは、マシになったかな」と励ましてくれたような気がした。容貌魁偉《ようぼうかいい》だが繊細な一面を併せ持つあの人だったらどんな「早慶戦」を書いただろうか。感傷にひたっている暇はない。陳腐だと一刀両断された書き出しや結びの文言などいくつかの修正をほどこす。早慶戦を源平の合戦になぞらえた部分は、あざといので削除する。消息の分からない神田秀樹の記述も何行か減らす。紙面は完成した。二の矢、三の矢を指示し、甲子園からとんぼ返りした天童と花井に後事を託す。時計の針は午後八時を回っていた。

月と星を眺めている天上の**妖精**「一意専心の起爆剤は五か条の御誓文だったんだ。聖徳太子の十七条の憲法であり、坂本龍馬の船中八策（※24）とも言えるね。それにしても崇拝する加藤先輩の罵詈雑言《ばりぞうごん》を聞いていると忸怩《じくじ》たる思いがするわ」**天使**「唯我独尊って、独立自尊とは大違いだ。品位と尊厳に欠ける自惚《うぬぼ》れ屋ってこと？　そんな遺伝子を受け継ぐのはまっぴら。（酉年《とりどし》生まれの胖の）干支じゃあるまいし、木で作った鶏になれなんて」

草壁俊英は穏やかな寝息を立てている。病室には妻ののぞみ、諭尊聖《さとるたけしまさし》の三兄弟が神妙な面持ちでそれぞれに宛てられた手紙を読んでいた。胖が駆けつけると「父から」と言って妻が封書を差し出す。岳父《ちち》からのメッセージは「妻（妙子《たえこ》）の看護を頼む。三人の孫を一所懸命、立派な人間に育ててくれ。尊を草壁家の跡取りにしたい」と大きな文字で書かれている。若かりしころから病がちだった妙子を空気のいい山間の療養所に入れてほしいと候補地までしたためてあった。三兄弟それぞれの特質や性格、力量を丹念に分析し、行く末の進路に強い示唆を与えている。この遺言が一家の将来に大きく影響することになる。

俊英の孫へのメッセージは簡潔だった。共通するのは座右の銘「一所懸命、立志勉励」と「正義」、「強い意思」。長男には正義を貫け、正しい道を歩め、信念を持て、と強調している。次男には人の命の尊さ、やさしさ、思いやり、などが色濃い。三男は明るく、楽しい性格を大切にしろ、とひたすらやさしいまなざしを注ぐ。

ずっと寝たままだったかと問うと、七時ごろいったん目を覚ましたそうだ。甲子園から駆け付けた諭が「慶応は負けました。お祖父さんの早稲田は強かった」と報告すると、試合結果は認識していて「残念だったな。諭もグラウンドの外でチームに貢献した。立派だったよ」と労《ねぎら》ってくれた。八月末に米国への留学を控えている初孫に、世界を見る視野を身に付けろ、グローバルな世界にはばたけと激励した。大山家の惣領として、親兄弟や親戚など三世代の「和」を大切にするようにと諭す。「尊に草壁家を継がせたい。家族で話し合ってみてくれ」。これが俊英の一意専心だった。

第14章

加藤と「カトー」：胖は在りし日の恩師加藤周作を追憶していた。酔うと決まって持ち出す古代ローマの二人の「カトー」。ひとりはポエニ戦争の英雄で歯に衣着せぬ発言で知られる「大カトー」。もうひとりはジュリアス・シーザーに反駁し、自由の守り手と称揚された「小カトー」だ。その「小カトー」はポンペイウス軍の武将としてシーザーと対峙する。胖の心の師匠は「一人の独裁者より共和制を願う小カトーはあくまで自由意志を貫く。ところがどう考えてもシーザーにはかなわない。戦えば多くの犠牲が出る。そこで彼は自殺を選ぶ。小カトーは『神曲』では煉獄の守護者としてダンテを導く役回りで登場するんだ」。大学時代に傾倒したという加藤は、古代ローマの叙事詩「アエネーイス」や中世の詩人ダンテを引き合いに、自由意志の理念や信念を貫く大義をこんこんと説いた。胖が「ある意味、徳川慶喜とにていますね」と浅薄な合いの手を入れると、「江戸城の無血開城か？　命はかけていないけどな」と軽くいなされた。

第15章

一瀉千里《いっしゃせんり》

〈一九六四年〉俊英の訪米と軍師

東洋の奇跡。日本が第二次大戦後の焼け野原から驚異的な速さで復興を成し遂げた一九五〇年代半ばから一九七〇年代前半にかけての高度経済成長期。その象徴が一九六四年（昭和三十九年）の東京オリンピック・パラリンピックだった。新幹線が走る。首都高速道路網が張りめぐらされる。大きなビルが立ち並ぶ。多くの家庭がカラーテレビやクーラー、自家用車を持つ。前の世代からは天と地とも見まがうばかりに豪奢《ごうしゃ》で、物質的には潤沢な生活をもたらす。ある意味、戦後「輸入」した自由主義、民主主義、資本主義を、前の世代はもとより、そののちの世代より享受し信奉し、その恩恵を謳歌できた時代だった。その立役者は言うまでもなく一人ひとりの国民である。

三人の元陸軍中尉は「企業戦士」となっていた。戦いの場はそれぞれの会社だ。ビューティフルというよりモーレツに働く。枢要な地位に就き、出世の階段を一瀉千里《いっしゃせんり》に駆け上っていく。少し前の先輩たちは戦争の犠牲になったり戦後パージされたりして世代的に薄い。のちの年代は戦禍をくぐり抜けていない、心もとない階層だと思い込みたがる同時代人でもある。三人三様、家庭を築き、充実した毎日だ。

三人の同期生が集結した。草壁俊英《くさかべとしひで》、伊集院隼人《いじゅういんはやと》は東京五輪の開幕を控えた夏休みに、高田喜朗《たかだよしろう》の故郷新潟県上越の春日山に向かう。朝六時。伊集院が入手した自慢のマイカーで、待ち合わせの新宿から一路、北上する。中央高速や東名高速が開通するまで、もう幾年か待たなければならない。

「名神高速道路の建設工事が佳境《かきょう》に入っているんじゃないのか？　のんびり、こんな山奥を旅していていいのか？」と伊集院が草壁に切り込む。「来年七月に開通だ。愛知県の小牧と兵庫県の西宮の百九十キロを結ぶ。これまでの半分の三時間で着く。俺も三年前に工事の作業所長で現地に赴任した。インターチェンジを造りに行ったんだ。しかし、同期生との夏休みは最優先だからな」と余裕ありげだ。

「黒四《くろよん》ダム、本邦最大だそうだな？」と今度は高田だ。「去年六月に完成した。式典で打ち上げられた九百四十発の祝砲は身を震わせた」と懐かしむ。

一九六三年六月五日、総工費五百十三億円、七年の歳月と延べ九百九十万人の労働力をかけて北アルプス黒部渓谷に建設していた関西電力の黒部川第四発電所ダム（黒四ダム）

が完成した。「黒四」にちなみ、九百四十発の祝砲が鳴り響く。高さ百八十六メートル、長さ四百九十二メートル、底幅四十メートル。当時日本最大、世界第四位のアーチ型ダムの完成である。高揚感に包まれていた。

一九五七年末、草壁は建設土木学協会代表団の一員として欧州を歴訪した。その年に封切られた映画「翼よ！あれが巴里《パリ》の灯だ」の興奮冷めやらぬ初の外遊に意気込む。世界初の「大西洋単独無着陸飛行」を成し遂げたアメリカの飛行家チャールズ・リンドバーグの夢の実現を描いたこの作品は、入社九年目の若手にとって大きな刺激となる。大規模なダムや水力発電設備、治山治水にまつわる近代的な施設を見て驚嘆する。国力の違いに瞠目《どうもく》せざるをえない。「全く危険が無いところで生きてゆくことを望む男がいるだろうか？」「何かに挑戦することなく成し遂げられることがあるとも思わない」。偉大な飛行家の台詞《せりふ》が耳にこだまする。

旅行鞄には渋沢栄一の『論語と算盤《そろばん》』をしのばせている。日本資本主義の父といわれた渋沢は、私益と公益を同時に追求する「道徳経済合一」を説く思想家でもあった。

パリで、そんな若き日の栄一の足跡をたどるうち、心のなかで俊英の思念は昇華していく。「ダムを造ろう、橋を架けよう。道路を敷こう。公益のために」と。明治維新となり欧州から帰国した栄一は、株式会社制度を取り入れた「商法会所」を静岡に設立した。徳川幕府最後の将軍慶喜が蟄居《ちっきょ》している当時の静岡藩に、欧州での見聞を生かして殖産興業の実をあげるためである。新政府から借り入れた資金や士民からの資本を集め「合本組《がっぽんそ》織」とし、社会に貢献する意義のある事業を興す。徳川家お膝元に近代日本の資本主義の橋頭堡《きょうとうほ》を築いたことも草壁の郷土愛をくすぐる。

その三年後、一九六〇年のアメリカへの視察はサンフランシスコから始まった。金門橋（ゴールデン・ゲート・ブリッジ）はサンフランシスコ湾と太平洋の間にある海峡をつなぐ全長二千七百三十七メートルの巨大な吊り橋だ。高速道路のインターチェンジの設計・建設技術も学ぶ。質問に応じてくれるアメリカの技術者はあけっぴろげで隠し立てしない。欧米の視察旅行からは一瀉千里。その後のダム、高速道路、本州と四国をつなぐ橋梁へとつながっていく。小一時間かけて渡り切った金門橋を、孫たちが同じ足跡を刻むことになるのは半世紀ほどのちの話だ。

その夜、俊英はちょうど百年前に思いを馳せていた。一八六〇年、幕府が日米通商条約の批准《ひじゅん》を目指し、「咸臨丸《かんりんまる》」が太平洋を渡ってサンフランシスコに着いた。浦賀を出帆してからひと月あまり、一瀉千里を行く勢いで八千キロの大海原を渡る。勝海舟や福沢諭吉、ジョン万次郎らが乗り込む初の遣米使節団だ。諭吉は一八三五年の生まれだから、俊英の三世代前。二十五歳の年にアメリカの土を踏んだ。今の彼よりも十歳ほど若い。アメリカ建国の一七七六年から百年足らずで諭吉はかの地に足跡を残した。徳川幕府草創の一六〇三年から二百六十年近く経つ。誕生したばかりの若い国家から刺激を受けて帰国すると、七年後の一八六七年大政奉還、翌年の明治維新が待ち構えていた。

諭吉の百年後をたどった草壁俊英を日本で待ち受けているのは高度経済成長期だった。諭吉の「不思議」は「当たり前」となり、政府・政権の世襲は終止符を打つ。もっとも、一驚を喫した男尊女卑のアベコベは一向に実現する気配はない。諭吉が「日本人の如く大胆にして且つ学問思想の緻密なる国民」という遺伝子は百年たっても色褪《あ》せていない。「大胆にして緻密な今回の見聞を日本国土の再生、復興へとつなげなければならない」と俊英の大望は固まっていく。俊英が欧米で思いを寄せた明治の偉人二人。福沢諭吉のバトンをつないだ渋沢栄一が一万円札の「顔」となるのは、その六十数年後、二〇二四年のことになる。そのリレーを俊英が現認するには百歳まで生きないと……。

その夜、俊英の夢枕では早慶戦が繰り広げられている。渺漫《びょうまん》たる波濤《はとう》を越え渡米した福沢諭吉。俊英の母校早稲田の創設者である大隈重信もまた一瀉千里、明治新国家の礎を築いた偉人だ。戦後の復興から新しい日本国家建設まで俊英たち若い世代が、大隈の言う「八百万《やおよろず》の神々の一柱」になって、国家人民への責任を果たさなければならない。俊英は明治の元勲たちの夢のお告げを肝に銘じていた。

伊集院隼人の一瀉千里は電子計算機の開発だった。一九六一年に「トランジスタ式」の大型電子計算機の開発に成功。ソフトウエア開発を任されている。戦後まもなく早稲田の下宿で同期三人が集い「始源会《しげんかい》」を結成したころ、伊集院はアメリカで公開された「トランジスタ」にひどく興味を抱いていた。「電子工学の革命でエレクトロニクスの世界は一変する」とその語り口は熱い。その革命の先導者になっていた。

「アメリカのビジネススクールはどうだった?」と運転席から問われた高田喜朗は「驚きの連続だったよ。各国から集まって学問、理論、実践の吸収合戦だ。討論ではたじたじだった」と正直に明かす。昨年夏まで二年間、アメリカ建国の地フィラデルフィアにある有名な経営大学院に通いつめ、経営学修士（ＭＢＡ）を取得した。いったいどんな啓示を受けたのだろうか。経営企画部門にいる高田は「アメリカのベンチャー精神、チャレンジ精神はすさまじい。もっとも、利益拡大一辺倒の株主第一主義には違和感を覚えたがね」と総括する。いまは「新規事業領域への進出なので、詳しいことは言えないな」と煙幕を張りつつ、前方にそびえる赤城山に目をやる。「赤城の山も今宵限りか」。天保の大飢饉《ききん》で農民を救済した侠客《きょうかく》国定忠治に思いを馳せていたのか、「人の命を守る、助ける、そんなプロジェクトを科学の力で実現したい」と理想主義者ならではの感慨だ。

近況を報告し合っているうちに、高崎に差し掛かる。名物だるま弁当を掻き込む。次の目的地は前橋城址だ。古くは、まやばしじょう（厩橋城）と言ったこの城は五、六十年で城主がころころ代わる数奇な運命に弄ばれてきた。越後、甲斐、信濃、上野、相模、どの国から見ても戦略的な位置にある。ましてや、同盟関係が目まぐるしく変わる戦国乱世だから合従連衡《がっしょうれんこう》のたびにこの地を奪い合う。

「城主はころころ代わっても、変わらないのは坂東太郎の流れだけか」。草壁はそう言って、ふと考え込む。「坂東太郎」の異名を持つ利根川はその昔、たいへんな暴れ者だった。

説明書きを手に「利根川が氾濫《はんらん》して、城の東側を通っていたのが西側に流路を変えたそうだ」。小高い丘の上から利根川の流れを見やり、治山治水にことのほか興味を寄せる。「武田信玄が築いた信玄堤も見たかったたな。甲府盆地の笛吹川と釜無川《かまなしがわ》流域だから、今回のルートからは外れるけどね」と自称土木屋は未練がましい。その二つの川は合流して富士川となり、草壁の郷里に流れ込む。上流の治水事業は下流にも恩恵をもたらす。

前橋城跡から西へ。碓氷《うすい》峠を越えて長野県の上田城址公園に着いたのは午後三時を回っていた。言わずと知れた真田一族の本拠地である。たかだか十八年で落城したにもかかわらず観光客は引きも切らない。上田城と真田家は四百年たった今もなお新しい歴史を作り続けている。

上田にある古びた旅館に宿をとった三人はひと風呂浴びて夕食を囲む。用意万端のホスト役高田が古地図を持ち出す。「今いるのがここ上田だ。前橋から九十キロ。あす行く川中島と善光寺へは三、四十キロだ。越後の上杉謙信公の居城・春日山も、甲斐の武田信玄の躑躅《つつじ》ヶ崎も、上田から百キロ強ということになる」。地図を覗き込むと、上田を挟んで北に越後、南に甲斐がほぼ等間隔だ。この地が戦略的にも地政学的にも重要そうに思えてくる。三勇士はあたかも軍師となったような目つきで古地図を睨《にら》む。

甲斐、信濃、越後、上野の国境、地図は幾度も塗り替えられた。どの武将と組むか、誰の配下に入るかは死活問題だ。真田家の組んだ相手も変わった。終生変わらず敵対し続けたのが謙信と信玄だった。「戦国時代の武将ベストフォーがいきなり、一回戦で当たったようなものだな」と伊集院。薩摩から遠望すると、川中島の合戦も地方予選に見えてくる。

入り組んだ勢力図を眺め、地勢よりもヒトに感輿《かんきょう》を覚えがちな高田が「情報戦も熾烈だった。軍師とか参謀の役割が大きかったに違いない」と視点を変えてきた。酒が進むにつれ、後年「上田の助平談義」と言って笑い合う、珍妙な談合の火ぶたが切られた。

口火を切ったのは信玄の土木に憧憬《しょうけい》している草壁だ。軍師とも謀将とも言われる山本勘《やまもとかん》助《すけ》。典拠とした井上靖の『風林火山』を手にしながら解説しだした。勘助は富士川の東岸に沿って甲斐の古府へ行き武田家に仕官する。当時、晴信といった信玄は諏訪氏を滅ぼす。その諏訪頼重の娘油布《ゆぶ》姫を側室にする。油布姫が四郎勝頼を産んだとき「行く行くは稚児《わこ》を武田家の世継ぎにしたいと思います」と託す。姫が労咳《ろうがい》で身罷《みまか》る前夜、戦場に赴いている勘助を呼び出す。勝頼を頼むと念を押す。「父の諏訪頼重を殺され、信玄の御首級《おしるし》を頂戴したいとまで言っていた姫が、ただお会いしたいと信玄を恋い慕う。印象的なシーンだった」と草壁は感じ入っていた。

高田はバイブルである吉川英治『新書太閤記』のなかから「二人の軍師」を持ち出す。黒田官兵衛《くろだかんべい》と竹中半兵衛《たけなかはんべい》だ。豊臣秀吉は毛利攻略に際し、参謀は左右に黒田官兵衛と竹中半兵衛を配す。この二人が「飛車角」となっていく。軍事、軍略、調略、外交に秀でたことから、「両兵衛」「二兵衛」と並び称された。主人の秀吉が、死後に天下を取るとしたらと問われ「官兵衛」の名を挙げたとされるほどの逸材。半兵衛には三顧《さんこ》の礼をもってその寓居《ぐうきょ》を訪ねたという逸聞が残る。

「黒田官兵衛の旗幟《はたのぼり》は、藤の花を巴にした紋だった。なぜ、藤巴を定紋にしたか。こう書いてある」。高田は略図を書きながらこう話す。伊丹城の獄中に囚われていたとき獄舎の窓に藤の花が咲いていた。定紋に藤を選び、小袖の紋を見ればすぐ伊丹の獄中を思い出すようにした。われ一生の事のみではない。子々孫々忘れぬように。定紋のいわれをリレーのように幾世代にも残す。官兵衛、のちの黒田如水《じょすい》が始祖となった筑前国福岡藩の家紋として代々引き継がれていく。

この家紋は竹中半兵衛とも因縁が深い。家紋より強い縁《えにし》は如水官兵衛の子黒田長政にまつわるエピソードだ。もともと、半兵衛は長政を養育していた時期がある。荒木村重によって伊丹城に幽閉されていた官兵衛が救出された。竹中半兵衛は長政を伴い安土へ向かうと、織田信長が長政の斬首を命じる。絶体絶命の長政を救ったのが半兵衛だという。

三十六歳で病没したとされる竹中半兵衛。中国の後漢末期から三国時代の蜀《しょく》・劉備玄徳《りゅうびげんとく》が諸葛亮孔明《しょかつりょうこうめい》を三顧の礼で迎えたのと同じように、秀吉の請いを受け容れた。『新書太閤記』は「半兵衛逝《ゆ》く」に続いて、「孔明に先立たれた劉備」と記述している。秀吉はむろんのこと、黒田官兵衛・長政父子にとっては「大恩人逝く」思いだったに違いない。

「もうひとりカンベイがいるぞ、軍学者の」。草壁は『甲陽軍鑑』を著し甲州流軍学の祖とされる小幡勘兵衛景憲の逸話を語り出す。「武田勝頼が滅びて徳川家に移った勘兵衛は大坂の陣で大坂城にもぐり込む。いわば間諜として働く。天下を取る野心もあったそうだ。もっとも大御所家康には黒田官兵衛も竹中半兵衛も不要だ。彼自身が総帥兼軍師だからね。本多正信や正純のような謀臣や間者がいればこと足りたんだろう」

しばし瞑目していた伊集院がおもむろに口を開く。「謀略やスパイが渦巻く日本の中部地方でいえば、軍師対決は山本勘助、黒田官兵衛、竹中半兵衛の鼎立《ていりつ》か。似た名前だ。『助』と『兵衛』で『助兵《すけべい》』決戦だな」。途中から言いたくてたまらなかったらしく、ニヤッと笑う。「すけべいか。さしもの名参謀もありがたくないコードネームを頂戴したもんだ」「郷里の人が聞いたら鉄槌《てっつい》を下されるな」。喧々囂々《けんけんごうごう》、酔眼朦朧《すいがんもうろう》ながらご満悦な同期鼎談《ていだん》の与太話は尽きない。

上から目線の**妖精**「助平、助平って発想が貧困だね。無邪気に酩酊しているのは若気の至りだと百歩譲っても品格がなさすぎるわ。これから一瀉千里に会社のてっぺんに昇りつめるなんて想像できない」**天使**「高度成長だ、オリンピックだと浮かれていた時代だ。時の首相が名づけた『昭和元禄』なんていう言葉は早晩、絶滅危惧種《ぜつめつきぐしゅ》に指定されるだろうね」

三人の心中に警世家の鉄槌が天界から届いたのかどうかはさておき、「よし、明日は川中島の決戦場に向かうぞ」と床《とこ》を敷きにかかった。翌日、高田を数倍上回る超弩級《ちょうどきゅう》の郷土史家が、鉄槌をも打ち砕く「弩《いしゆみ》」を持ち手ぐすねを引いて待ち受けている。

コラム　第15章

渋沢栄一：天保十一年（一八四〇）生まれの渋沢は明治維新の前夜、二十七歳のときにパリの万国博覧会の見学に訪れる。欧州諸国の実情を見聞し、先進諸国の社会の内情に広く通ずるきっかけとなった。「運河を掘ろう。鉄道を敷こう。瓦斯《がす》灯をつけよう。暗い世の中が明るくなるのだ。人が今よりも文明の恩に浴して、現在に数多い不幸が、少しずつでも軽減されていくのだ」。渋沢は運河工事を見て、その規模の大きさもさることながら公益目的だということに感嘆した。水と火の運用が便利だと驚愕《きょうがく》してもいる。目には見えないガスが灯を照らす。夜でも昼のように明るい。水道は街に噴水をもたらす。自ら希望して貯水池から水の流れを追う。悪臭芬々《ふんぷん》たる下水道を実見したときは、さすがに辟《へき》易《えき》した。

福沢諭吉と咸臨丸：俊英は持参した『福翁自伝』で福沢諭吉の渡米録を読みふけ

る。「安政六年冬、徳川政府から亜米利加《あめりか》に軍艦を遣《や》ると云う日本開闢《かいびゃく》以来、未曾有《みぞう》の事を決断」した諭吉。牢屋のなかで大地震に遭ったような過酷な試練を経て三十七日かけてサンフランシスコへたどり着く。黒船来航。ペリーが黒船に乗って浦賀沖にやってきたのは嘉永六年（一八五三年）。「泰平の眠りを覚ます上喜撰《じょうきせん》（緑茶の銘柄）たった四杯で夜も眠れず」と謳《うた》われ、幕府の度肝《どぎも》を抜く。日本国の航路はくるり幕末へと転回していく。それからわずか七年後、万延元年（一八六〇年）の渡米だった。福沢は「磊落《らいらく》書生も花嫁のごとし」となぞらえつつ、日本の男尊女卑と「アベコベ」な女尊男卑の風俗に一驚を喫する。馬車やホテル、工業力やテレグラフよりも、もっと諭吉を驚かせたのは、ワシントンの子孫の行く末かもしれない。言ってみれば徳川家康にあたるアメリカ初代大統領の子孫がどうなっているか尋ねても「誰かの内室になって居る容子だと如何にも冷淡な答」と不思議がっている。

大隈重信と八百万《やおよろず》の神々：大隈重信は新政府に有為な人材を招き入れようと、渋沢栄一を口説く。「小（静岡）をすて大（国家）につくすことこそ、われらの本懐ではないのか」「先を知って本を知らぬということにはならぬのか」と。近代日本資本主義の父の胸に響く。「若い八百万の神々が集まって、新しい国をつくるのだ。志を得て此《こ》の難局に当たる。国家人民に対する責任を顧みるときは、実に竦然《しょうぜん》として謹まざるべからず」。元勲の国づくりに対する熱意にほだされ、栄一の一瀉千里が幕を開ける。

厩橋城：上杉謙信が厩橋城（前橋城）を攻め落としたのは永禄三年（一五六〇年）。関東進出の足掛かりだった。翌年、謙信は北条討伐に乗り出す。関八州や奥羽諸将に参陣を招請して小田原城を囲んだ。そもそもは長野氏だったが、謙信のあとは小田原の北条と甲斐の武田信玄の連合軍が攻め取ったり上杉家が奪い返したり目まぐるしい。

上田城：真田昌幸が天正十一年（一五八三年）に築いた。厩橋城とは対照的に、ずっと一族の支配だった。上田合戦で徳川家を二度にわたり撃退している。関ヶ原では父昌幸と次男の幸村は西軍、長男の信之は東軍に分かれて敵味方となった。関ヶ原の翌年一六〇一年、徳川軍に破却される。十八年で城は潰《つい》え去った。大坂の陣で弟の幸村は討死したものの、兄信之は徳川家の大名として江戸時代を通じて真田家を残した。自身も九十三歳まで生きる。かつて仕えた武田家の滅亡と比べると好一対《こういっつい》だ。親子兄弟が敵味方になってまで、真田家は残すというすさまじい決断があった。

本丸跡から南に千曲川の流れを眺めながら、柴田錬三郎の『真田十勇士』や池波正太郎の『真田太平記』に想いを馳せる三勇士。「猿飛佐助や霧隠才蔵、三好清海入道がひょっこり現れてきそうな土地柄だ」と伊集院。上杉に固執する高田も負けてはいない。「家名を残す、子孫に美田を継承するっていう観点からすると、真田に軍配が上がる。上杉も勝ち組だ。終戦の三年後にお前らと高田馬場の飲み屋で話した通り、謙信公は妻《めと》を娶らなかったが上杉の家名は江戸時代も残った。赤穂浪士にまで登場する」

古地図は語る：地図に見入っていた草壁は「河川を治める者が国を治める。これは往古から変わらない。古事記にも仁徳天皇が茨田堤《まむたのつつみ》を築かせたとか、難波《なにわ》の堀江を掘らせたと書いている。治水事業が政治の根幹にあったんだ。信玄の治山治水事業は領民の生活を守ったし、穀物の収穫量も格段に上がった。鉱山を開発して先進技術を取り入れたから金銀の産出も増えた。経済面での闘いは見逃せない」と自らの職掌に鑑みてひとくさり。続けて「戦国武将で土木の神様を挙げれば、西の正横綱が加藤清正の築城技術、東は武田信玄が正横綱だ。松本城に着眼したセンスは鋭い。交通の要路であり地形上も地政学的にも優位にある。平城《ひらじろ》でありながら江戸時代を生き抜いて、現代の我々にもその威容を見せてくれているんだ」と信玄びいきを貫く。

第16章

一《いち》衣《い》帯《たい》水《すい》

〈一九六四年〉俊英ら甲信越の旅

旧陸軍士官学校同期の三銃士は翌朝、長野県上田にある旅館の朝食をきれいに平らげる。伊集院隼人《いじゅういんはやと》の駆る愛用車で上田から川中島の古戦場に向かう。千曲川の流れを右に見たり左に見たり、ほどなく妻女山《さいじょさん》に着く。三人はそれぞれ大将になったつもりで、あるいは軍師の目で、はたまた一兵卒の視点で合戦の壮絶な戦いを思い描く。

草壁俊英《くさかべとしひで》「四百年たった古戦場は戦の喧騒《けんそう》も血の跡もとどめてはいない。何ごともなかったかのような顔をして千曲川は悠悠と流れている」

伊集院「千回も曲がるから千曲川か？　ずいぶん、安直な命名だな」

草壁「たしかに蛇行が多いからね。だがこんな伝説もある。太古の昔、川の源流にある川上村（長野県南佐久郡）の高天原《たかまがはら》で神々の間で合戦が起きた。そのときに流された血潮によってできた川だというんだ。血潮があたり一面に隈《くま》なく川のように流れたので血隈《ちくま》川となったらしいぞ」

高田喜朗「源流は甲武信ヶ岳《こぶしがたけ》の山頂あたりだな。山梨・埼玉・長野の三県の境にある。

ここを起点に、俺たちが立っている川中島、さらに北上して長野市で犀川と合流する。わが新潟県にくると名前が信濃川に変わる。延々三百六十キロの長旅を終えて日本海に注ぐ。日本一の河川だ」

伊集院「甲斐から信濃、越後か、なんだか、俺たちの道行きと似たコースだな。信玄や謙信もその流域を右往左往していたわけだ。挙句、雌雄を決することなく病に倒れていく。千曲川とか信濃川の流れだけは泰然と変わらない」

高田「川上之嘆《せんじょうのたん》を思い浮かべるな。今の俺たちみたいに、孔子が大きい川の畔《ほとり》で詠嘆した詞《ことば》だ。逝《ゆ》くものは斯《か》くの如きか、昼夜を舎《お》かず。川の流れは昼も夜も、人間界のことは知らんぷりして日本海を目指して流れていく。川中島の戦いから四百年、光陰も矢の如くしかも平然として過ぎゆく。高天原の神々の諍《いさか》いと似たような時代に、孔子も乱世の世相をはかなく眺めていたのかもしれん」

草壁「川の流れも人生の流れも同じだな。山頂の湧水が千回も紆余曲折を経て平原に行きつく。川が合体したり名前が変わったり、思えば、親の代、子の代、孫の代と、世代が移り変わってゆくところも川の流れと同じだ。せめて少しでも成長して大海に注げるように川筋を整えておいてやらないとな」

「俺たち戦はできん。考えすぎて腹が減った」という伊集院の「川上之嘆」を合図にベンチに座る。旅館で賄《まかな》ってくれた握り飯にかぶりつく。

千曲川を挟み一衣帯水《いちいたいすい》を隔てて万丈《ばんじょう》の気を吐く上杉と武田の両軍。合戦の情景ばかりか謙信、信玄の心象風景までが浮かんでくる。果たして勝者はどちらか？ 高田は間髪を入れず謙信に軍配を上げる。草壁は「謙信は越後に撤退した。川中島周辺は武田の領土になっている結果を重視すれば信玄の勝ちだ」と反駁する。薩摩隼人は「前半戦は謙信の越後勢が優勢だったが、先手組の別働体が駆けつけてから形勢は逆転した。後半戦は明らかに信玄の甲斐信濃軍の勝利だ。両軍ともに勝鬨を上げているし引き分けにしておこう」と裁定を下す。龍虎《りゅうこ》相討つ。謙信が一騎で信玄に切りかかり、信玄が鉄扇で太刀を跳ね返す。三人それぞれ脳裏に描く最大の名場面が銅像としてよみがえるまでにもう五年ほど待たなければならない。NHK大河ドラマ「天と地と」が放映されるのを機に昭和四十四年（一九六九年）川中島の古戦場に龍虎が並び立つ銅像が登場する。

川中島の決戦のあと、謙信は善光寺まで撤退する。同期三人は「牛に引かれて」でも騎馬でもなく自家用車で一直線に北へ向かう。二十分ほどで着いた。「絶対秘仏」とされるご本尊の「一光三尊《いっこうさんぞん》阿弥陀如来《あみだにょらい》」は、遠くインドから朝鮮半島の百済《くだら》を経て欽明天皇十三年（五五二年）に日本に来た最古の仏像。千四百年の歴史を持つ。当時の廃仏論争の渦に巻き込まれ難波に打ち捨てられていたのを、信濃国司の従者として都に上った本田善光さんという人が信濃の国に祀られたと「善光寺縁起」は故事来歴を伝える。善光寺自体も川中島合戦で戦火を浴びるなど、戦乱の時代には荒廃を余儀なくされてきた。仏さまも寺も数奇な運命をたどったようだ。江戸時代、泰平の世になり、「一生に一度は善光寺詣りを」と全国の善男善女がひきもきらない。

　お詣りし、ふと見ると「お戒壇《かいだん》巡り入口」の看板。ここから入ると、一寸先も見えない真っ暗闇のなか秘仏の御本尊様の下を巡り巡って出てくる。別名「胎内《たいない》めぐり」。高田は「俺、遠慮しておくよ」と腰を引く。どうやら閉所恐怖症らしい。「元軍人がなんたることか！」と伊集院の一喝にも動じない。「おまえら二人で極楽往生してこい」

「胎内」に入っていく。人はみな小さな生命となった瞬間、母の胎内での光景は真の闇だった。御本尊様の真下に掛かる「極楽のお錠前」に触れる。幾度も曲がり、手探りで左右の壁を伝う。あ、光だ！　ようやく出口に差し掛かった草壁は嬰児《えいじ》が初めて光明を見るように目を細めた……ん？　伊集院が来ない。遭難か？　一本道だったはずだが。気をもんでいると、来た、来た。覚束《おぼつか》ない足取りで出口によろぼいでる。「おー、やっと着いた」と大きなため息をつく。「怖かった」と口には出さなくとも、その目が口ほどにものを言う。極楽往生の土壇場《どたんば》を覗いてきたかのように意気阻喪している。

案内書きを読んで待っていた高田が、「極楽の錠を探し当てたか？」とすかさず伊集院に反撃の狼煙《のろし》を上げる。「それどころじゃない。歩くのに精いっぱいだった」と伊集院は冷や汗をぬぐう。「暗闇は無差別平等の世界を表しているそうだ。日頃、余計なものに目を奪われて、ものの本質を見誤ったり、争ったり、嫉妬したり、むさぼったりして、悩みまくる。暗闇の中では、とらわれの心を離れ極楽のお錠前を探し当てることに専心するはずだ」と意趣返しに余念がない高田。「邪念が入って錠に触れられなかった伊集院はよほど煩悩が多いのだろう」と追い打ちをかけた。

閉所恐怖症と暗闇恐怖症という天下分け目の大一番は高田、伊集院の双方「負け」と決まった。この一戦を「善光寺決戦」と命名し、「助平談義」と並び称してのちのち酒宴で語り草となる。

「とんだ、御利益《ごりやく》だった」とぶつぶつぼやきながらも伊集院は気を取り直す。「とっとと車に乗れ。おまえの故郷に連行してやる」。鬱積《うっせき》を晴らすように高らかに喚《おめ》いた。

善光寺から春日山城址までも見事に北へ一直線だ。つづら折りを登り詰める。標高百八十メートルの山頂に本丸・天守台跡の看板が立つ。山の地形を生かした天然の要害は、数々の土塁や空堀などの遺構が難攻不落の在《あ》りし日の堅城を偲《しの》ばせるのに十分だ。日本海の海の青と稲が頭《こうべ》を垂れ始めた頸城《くびき》平野の緑と黄金色《こがねいろ》。四囲を見渡すと、ここが関東、北陸、信濃往還の要所だと合点《がてん》がいく。

天守台の跡からほど近くに毘沙門堂はあった。「思ったよりも小さいな」と伊集院。御堂に鎮座する毘沙門天の尊像は五十センチメートルほどだった。謙信が信仰したこの像もまた、度重なる惨禍に命運を翻弄《ほんろう》されている。

毘沙門天の注釈は「悪魔を降す神であり、謙信公は自らの軍を降魔《ごうま》の軍とみなし『毘』の旗を陣頭にかざし、また事あるときはこの堂前で諸将に誓いを立てさせた。毘沙門天は四天王のうち、北方を守る多聞天でもある。この尊像は多聞天の姿であり、城の北方を守る意気を持っていたものと思われる」。謙信が毘沙門天の化身、北の防人《さきもり》を自任していたとしても不思議はない。「不識庵の母が毘沙門堂に百日参詣の祈誓を立てて、雨の日も風の日も、一日も怠らずにお参りなされて身ごもられた、と言い伝えがある」と高田は賞嘆する。

戦勝や息災を祈祷《きとう》した護摩《ごま》堂《どう》の跡地に立つ案内板によると「護摩の修法《すほう》は毘沙門天の信仰とともに謙信が真言密教を深く信仰していたことを如実に物語っています」とある。当時の武将の信心深さを垣間見せているようだ。

謙信を祭神に祀った春日山神社を参詣し、林泉寺に着く。越後国守護代の長尾氏と、その後裔である上杉氏の菩提寺として知られる曹洞宗の寺院だ。「7歳の幼い少年が、林泉寺の門をくぐり、そののち7年間、6代目住職天室光育のもとで薫陶を受け育てられた。その少年こそがのちの上杉謙信、すなはち長尾虎千代であった」と抒情的な能書きがある。実態は、父長尾為景が謙信を林泉寺に出家させ勘当した。父や兄から疎んじられ、幼くして最愛の母と死別する。順風満帆《じゅんぷうまんぱん》とはいえない少年期だった。

高田「不識庵は父が討ち死にしたときも葬儀への参列は許されなかった。あまりに秀でた武勇に、父の衣鉢《いはつ》を継いで当主となった長兄に嫉妬《しっと》されたからだ」

草壁「父との確執といえば武田信玄も同じだ。かれの場合は父信虎を駿河に放逐《ほうちく》した。もっとも、弟の信繁や信廉はよく信玄に従ったとされているけどね」

伊集院「織田信長は兄弟と争い合ったし、母からも疎んじられていた。父信秀の葬儀で焼香のときに異様な風体《ふうてい》で現れ、抹香《まっこう》をわしづかみにするや仏前に投げつけて出て行ってしまったという逸話は有名だ」

戦国時代は隣接する他国と戦いを繰り広げるばかりでなく、親兄弟や親戚との角逐《かくちく》でさえ日常茶飯事だ。信長の言い分は「こんな戦乱の世に盛大な葬儀をしている場合か」と彼なりの義憤に駆られての行動だったともいう。武士階級が台頭してから、源義経が兄の頼朝に疎んじられた構図は謙信と相似形だ。母常盤御前への思慕は謙信や信玄と同じ水脈につながっている。

高田家は代々、教育家系である。喜朗の父喜信は春日山の中学校校長を七年前に勇退していた。今は地元の史料編纂や講演活動、野菜作りなど悠々自適《ゆうゆうじてき》の暮らしを送っている。一行を出迎えた喜信は酒焼けだろうと想像するに難くない赤ら顔。半白の髭《ひげ》はまだ潤沢だ。

開口一番「不識庵の偉大さは分かったか?」と大声でがなる。横に控える老妻は恰幅のいい「肝っ玉母さん」の体型に白い割烹着《かっぽうぎ》をまとい喜色満面で出迎える。「鴛鴦《おしどり》」を絵に描いたような夫婦だ。挨拶もそこそこに酒盛りが始まった。いきなり地酒の一升瓶が登場する。近所の漁師に分けてもらったという魚介の数々、庭の畑で朝もいだ野菜、裏山で採れたキノコ類、忍者の手裏剣さながら次々と飛び出す。海の幸、山の幸がてんこ盛りだ。

「わしはそろそろ、アチャカンにすっぞ」

「熱燗のことだ。親父は熱燗党でな」と息子が通訳する。

「オマンタもどうだ? 真夏のアチャカンもイイネッカ」。これはどうやら通じたらしく

「ご相伴《しょうばん》にあずかります」と口が揃う。

伊集院が「今回の地震は大変な惨事になりましたね。震度五でしたか」と、その年、一九六四年六月に起きた新潟地震に触れる。喜信は「新潟県内では石油コンビナートが十幾日も燃え続けた。十年ほど前の新潟大火から復興を遂げてきた新潟市内の被害は甚大じゃった」と眉根を寄せる。

「橋桁《はしげた》が落ちたそうですね。テレビで観ました」と言うのは建築土木に一家言ある草壁

だ。信濃川に架かる昭和大橋はその前月、五月に竣工したばかりだったのに橋桁が崩壊した。片や三十五年前に架かった万代橋の被害はさほどではない。「橋の構造の違いによるようです。耐震基準をもっと厳しくしないと悲劇は繰り返されます。戦後の大火、そして今度の地震と、十年おきの災禍と復興ですね。不識庵謙信はどう感じているでしょうね」。二十年後、草壁にとって義理の息子となる大山胖《ゆたか》が、この三年後に新潟に住まうことになろうとは毘沙門天しか知らないだろう。しかし、孫や子の世代のためにも、安心で安全な国土づくりが喫緊の課題だという認識を改めて強く感じた一幕ではあった。

肝っ玉母さんの繰り出す地元料理「わっぱ飯」は、杉の薄い板を曲げて作った弁当箱に鮭やイクラ、ズワイガニ、ノドグロ、たまご、さやえんどうが表面を埋め尽くす。見た目も美しい。「コメはもちろんコシヒカリよ。隣の田んぼで穫れたの。わが家自慢の秘伝のたれで炊き上げました。へぎそばもあるわよ。ぜひ、相伴してね」と、イナゴの大群のように旺盛な若人《わこうど》の食欲に目を細める。達磨大師《だるまだいし》のような顔貌《がんぼう》の夫も負けじと健啖家《けんたんか》ぶりを示す。「おぅ。いっぱい、シッカケテくれ」と、湯飲み茶わんにアチャカンを注ぐ。一升瓶は二本目に突入した。

「オマンタ！　わがふるさと新潟は明治の初期から中期まで日本一の人口を誇っていたんだ。ねぇ、おやじ」と閉所恐怖症どこ吹く風と喜朗が気炎を上げる。その父がすぐさま「一八七〇年代半ば、それに一八九〇年前後は都道府県別の人口が一位じゃった。稲作と北前船のたまものじゃよ。石川県も多かったがのぅ。何が裏日本じゃい。当時はれっきとした『表』は、こっち側じゃよ」と怪気炎だ。

善光寺決戦の「胎内めぐり」で、図らずも閉所恐怖症を露呈した喜朗に、暗闇恐怖症の伊集院がしつこく、おだを上げている。喜朗はすかさず「俺は胎内くぐりの王者だったんだぞ」と巻き返す。「そりゃ、いったい、何だ？」と食い下がる伊集院に、「ここ上越は有数の豪雪地帯だ。冬になると屋根から雪下ろしをする。道路にそびえる雪の堤にトンネルを掘らないと向こう側に通り抜けられない。これを胎内くぐりというんだ。近所の家を含めて雪下ろしやトンネル掘りを一手に引き受けていた」という武勇伝だった。南国や温暖な地に生まれ育った同期生には想像もつかない。

喜信が得たりやおう、とばかり参戦してきた。「川端康成の『雪国』に、胎内くぐりや雁木《がんぎ》の話が出てくる」。「国境の長いトンネルを抜けると雪国であった。印象深い書き出しですね」(※25)、「湯沢の芸者駒子は白い陶器に薄紅を刷《は》いたような皮膚で、雪のように清潔な美人だったんでしょう?」と生徒たちも膝を乗り出す。「こういう風土が新潟美人を育むんじゃよ。なぁ、母さん?」と鴛鴦は視線を交わす。

「ガンギってなんですか?」、「今でいうアーケードじゃよ。家の庇《ひさし》を道路に長く張り出す。庇の先端を支える柱が道路に立ち並ぶ。庇の下は雪が積もらんから、往来になるっていう寸法じゃ。わしらの先祖発祥の地である高田、苗字と同じじゃが……高田は十数キロも雁木が続いておる」。郷土愛旺盛な史家は「雪国」に描写されるくさぐさを懇切丁寧に解説する。麻《あさ》の縮《ちぢみ》は長い冬ごもりの風物詩だ。雪のなかで糸をつくり、織り、雪の水で洗い、雪の上に晒《さら》す。深い雪の上に晒した白麻に朝日が照って雪や布が紅《くれない》に染まる。「ハッテ」は稲の刈り入れどきの光景だ。樹の幹から幹へ竹などを竿のように渡し稲を掛けて干す。秋になると干された稲束がまるで屏風《びょうぶ》のように視界を覆《おお》う。

草壁は、一衣帯水・川中島決戦も冬場は論外だなと思いつつ「軍神謙信は豪雪のなかでも毘沙門堂に籠って戦略戦術を練っていたんですよね。ところで軍師は宇佐美定行だったんでしょうか?」と達磨顔に両眼が爛々と輝きだした郷土史家に尋ねる。「ソイガ（そうだ)」と肯定してから饒舌《じょうぜつ》なガイドは始まった。ボランティアで小中高校生や旅行者に案内しているだけに淀《よど》みない。

前日、上田の旅館で酔余の勢いで盛り上がった軍師論議、別名「上田の助平談義《すけべいだんぎ》」を郷土史家にぶつけてみた。山本勘助、黒田官兵衛、竹中半兵衛の鼎立だ。苦笑しつつ興趣《きょうしゅ》を覚えたのか「官兵衛はもう一人、越後(明白に「イチゴ」と言った)にいる。風間官兵衛という名だ、知っとるか?」と元校長。首をひねっていると、古い文書を開く。「川中島の合戦では武田信玄方の山本勘助と好敵手だった」と記してある。三人とも舌を巻くしかない。

「川中島では前半、敵の裏をかいた上杉謙信の越後勢が優勢でした。後半から武田信玄が巻き返します。そう考えると、山本勘助と風間官兵衛の助平対決は互角ですね」と伊集院は持論にこだわる。

赤ら顔の達磨大師は「だすけ(だから)のぉ。さんざん言うとるじゃろ。百万歩譲って戦いや軍師は互角だとしても、人物は謙信公の圧倒的な勝ちじゃ。何のために戦うのか、拠《よ》って立つ根本理念が全く違うわい」と譲る気配はない。甲斐と信濃の守護となった武田信玄は領土欲、征服欲から天下を狙ったのに対し、上杉謙信は毘沙門天の生まれ変わりとして、正義、大義を重んじた、「義」のない戦いは一切しない、正義と秩序を回復するため、将軍を助けて天下に秩序を回復するためだったと言い切った。さしもの信玄も越後では圧倒的に分《ぶ》が悪い。

翌朝、みそ汁の香りで目覚めた三人は、心づくしの朝食をいただく。魚の焼き物、とれたての野菜、漬物、果物とフルコースだ。食後の緑茶をすすっていると、高田の父が古い史料を並べる。午前の一時限目、古代史の授業が始まった。「越《こし》の国の地図だ」と指し示す。「コシの国ですか?」。耳慣れない国家名だ。模造紙を覗き込む。日本列島の日本海側一帯が赤く塗りつぶしてある。若かりしころ社会科教諭として長らく教壇に立った学者先生は生徒を神話の世界に誘《いざな》う(※26)。

伊集院が「ポイントは鉄器の生産ですか?」と鋭く直球を投げ込む。はたしてストライクだった。新潟県糸魚川市。春日山から西に四十キロばかり行ったところは弥生時代後期、三世紀ごろは翡翠《ひすい》の産地だった。先進国である中国や朝鮮で産出しない貴重な産物。朝貢貿易でも珍重された。その翡翠の勾玉《まがたま》を加工する先進技術を持っていたのが越前(福井県）、いずれも越の国だ。最新鋭の鉄器工具が活躍し、鉄器の流入も盛んだったというのだ。かくして若人の浅薄な歴史認識に先達から「知の鉄槌《てっつい》」が下された。

技術の伝承は日本海を一衣帯水で対岸に臨む朝鮮半島北部からだったと断ずる専門家もいる。風土記には、出雲に引っ張られた国は高志のほか朝鮮半島の国々が含まれていることを示唆する記述もあるようだ。「高志が出雲に引っ張られたのは、翡翠の加工技術や鉄器の活用術、それに進んだ稲作技術と、これに欠かせない治水技術もそうだ」というから驚く。ヒトもモノも技術も国際化した先進技術国家・高志のロマンが膨らむ。古代史の問答は延々と続く（※27）。

宇宙《コスモス》の**天使**「この国は何十世代も前から、一衣帯水を隔てた大陸との交流を重ねてきたんだ。太古の昔、日本列島はユーラシア大陸の一部だった。何千万年か前に大陸に亀裂が走って、へりが引きちぎられるようにして島になった。あとから一衣帯水になったわけだ。関係が深いのは当然だね。古代ローマの詩人ウェルギリウスは、大昔、地殻の大変動により崩落し、真っ二つに引き裂かれ、ひと続きだった陸地に海が無理矢理割り込んだって書いている」コスモポリタンの**妖精**「創世記はこう言っているよ。神は天地創造のさいに水を二つに分けて大地を出現させた。光と闇、空をつくって、水を二つに分けて大地ができる。大空の上の水と大空の下の水が分けられ、地が現れる。地が人間の場所、天は大空の上、神々の領域であり太陽・月・星といった天体の領分なのよ。大陸から引きちぎられたり、出雲が高志を引っ張ってきたり、綱引きみたい」

高志が出雲に引っ張られたのは治水技術も一因だったことに触発された草壁。帰りは車駕《しゃが》を曲げて「信玄堤《しんげんつつみ》」を経由しようと言いはった。春日山の高田邸を辞するや一路南下する。途中、小諸でそばを掻《か》き込んで、甲府盆地にたどり着いたのは夕刻だった。昨夜、すっかり男を下げた感のある武田信玄だが、ここでは国づくりの英雄だ。甲斐に信濃や駿河、遠江、三河、美濃、飛騨などの国々を引っ張ってきた。もっとも、子の勝頼は国譲りをしてしまうのだが。

「天下の本《もと》は国、国の本は人にあり」「人は城、人は石垣、人は堀、情けは味方、仇は敵なり」信玄の名言集に真骨頂がよく出ている。ヒトと国を一つにまとめてゆくため、豊かな国づくりを目指した武将だった。当時、水害が多発していた笛吹川と釜無川の流域。ことに釜無川と御勅使川《みだいい》と合流する地帯の被害は甚大だった。信玄は「甲斐一国、最大の敵を拝みたくなった」と言って、両河川を視察する。老子の格言「上善如水＝じょうぜんはみずのごとし」を肝に銘じる。

最もいいのは、水のように万物を助け、自分の存在を主張しないで、低い方へ自然に流れ、そこに収まること。川が最大の敵ではなく、国と人々の暮らしを豊かにすること。自然との共生へと路線を切り替えたのかもしれない。一行はそんな話をしながら、川沿いをそぞろ歩く。

堤防の上に立ち広大な川の流れを眺望しながら、土木に造詣の深い草壁が講師役を務める。川を治めるためにさまざまな先進技術を使った。まず、御勅使川の流れを北側にはね上げる。次にまるで将棋の駒のような形をした石を積み重ねた二つの「将棋頭」で受け止める。洪水の流れを高岩に導いて勢いを弱める。最後に、ここ信玄堤ががっちり受け止めるんだ。

「あれはなんだ?」と伊集院が、何やら三角形の木組みに石の重しがのっている構造物を指さす。「あれは『聖牛《せいぎゅう》』という。牛の角に見えるだろう。たくさん置いて川の流れを制御して氾濫《はんらん》を防ぐ。それだけじゃない。集めた川の水をトンネルを掘って取り入れている。この地域の重要な用水路にもなっているわけだ」と草壁は我田引水とばかり、一人で悦に入って続ける。「平清盛が私財を投じて改修した大和田泊《おおわだのとまり》にも一脈通じる。経文を書いた石を廃船に積み、船ごと沈めて人工島、経ヶ島《きょうがしま》を造った。これで川の氾濫や風雨、荒波から防ぐ。ここが日宋貿易の拠点となり、いまの神戸の繁栄にもつながっている」

甲斐から甲州街道を通って東京に着いたのは午後十時を回っていた。妻子の待つそれぞれの「一国一城」に散っていく。妻と娘が寝静まるなか、草壁は日記を記す。「高志の国の古代の治水、信玄堤の最新治水技術、清盛の大和田泊、欧州のダム建設、昨年完成した黒四ダム。すべて地下水脈でつながっている。御勅使川と合した釜無川は流れをうまく制御されてから笛吹川と合流し、やがては日本三大急流の一つ、富士川となる。富士の裾野を通って清流をもたらす。わが郷里は潤う。上善如水。水と闘うのではなく、水を生かすのだ」

コラム　第16章

妻女山：永禄四年（一五六一年）川中島で武田信玄と対峙《たいじ》する上杉謙信が本陣を構えたところ。展望台から川中島河川の舞台が掌《たなごころ》を指すように一望できる。右手には山本勘助が築城した海津城（松代城）。謙信が戦いの勝利を祈願するために聖観音菩薩像に赴いた帰途、槍の石突きを地に突いたところから、きれいな水が噴き出たと言い伝えられている「上杉謙信槍尻《やりじり》の泉」がある。妻女山から武田方の海津城は千曲川の南側を四キロ強。歩いても一時間の距離だ。三方を山に囲まれた堅城として知られ、眼下に川中島の平原を見渡すことができる。決戦の場へは海津城から同じ四キロほど、千曲川を渡る。

謙信と信玄：江戸時代後期の儒学者・頼山陽が川中島合戦を詠んだのが「題《だい》不識庵撃機山図《ふしきあんきざんうつのず》」である。「不識庵」は謙信、「機山」は信玄の出家後の法号。子どもの時分からそらんじている高田が冒頭の句「べんせいしゅくしゅく　よるかわをわたる～（鞭声粛粛　夜河を過る）」を口ずさみ、漢詩の絵解きをしてみせる。曰く。馬に鞭の音も立てないほど静かに、夜陰《やいん》に乗じて濃霧のなか千曲川を渡る謙信公。翌朝、突如現れた大軍の出撃に驚く信玄（こちらの尊称はつけない）。十年にわたり権を握ってきたのに、とうとう信玄を討つことができなかった。絶好の機会を逸したのは無念至極である。

各書によると川中島決戦は、謙信が千曲川を渡り妻女山に布陣する。信玄は川中島平から海津城にこもる。ここで山本勘助の策を入れて二手に分かれる。高坂《こうさか》昌信らが山上から妻女山へ進軍する先手組。信玄ら本隊が千曲川を渡り川中島・八幡原へ向かう。濃い霧のなか謙信は裏を掻《か》き妻女山を降りて武田軍を攻め立てる。序盤戦は勘助の作戦が裏目に出て武田本隊は窮地に陥る。そこへ現れたのは先手組。勘助は援軍の姿を見て「先手組が来ましたぞ。勝って勝鬨《かちどき》を」と叫ぶが満身創痍《まんしんそうい》だ。「山本勘助と見受けるが――名を名乗れ！」と問われ「いかにも、武田の軍師、山本勘助」と言ったところで首級《しるし》を取られる。高田十八《おはこ》番の吉川英治『風林火山』は、「謙信は単身、信玄と雌雄《しゆう》を決っせんと月毛の馬に鞭を入れようとしていた」という描写で筆を擱《お》く。

毘沙門天の尊像：案内板はこう経緯を説明している。「景勝公のとき会津を経て米沢に移ったが、嘉永二年（一八四九年）の火災で被害を受けた。昭和三年（一九二八年）に東京美術学校に修理を依頼し、名匠高村光雲氏が修理した。そのさい、ご分身が作られ、尊像の欠け損じたのをその体内に収め同五年三月に完成し、その後同市（当時春日村）に寄進され、この祠堂《しどう》に奉安した」

川中島決戦：謙信は春日山から十数里海岸線上を北上した琵琶島城《びわじま》（新潟県柏崎市）の宇佐美のもとで兵法を学ぶ。十五歳のときに琵琶島から春日山に向かう道すがら、米山の山頂に立つ。越後平野を両断するこの山の米山薬師で「宇佐美について兵法を学んだ今の目で見ても、最上の陣場どころじゃ」と眼下を睥《へい》睨《げい》する。越後一国の統一を十五歳にして思い立つ。山の頂からその陣場や戦陣、戦法まで思い描いていたに相違ない。

高田の父喜信は畳の上に、古文書と絵地図を開陳するや、謙信の出生からの道のりを語りだす。川中島合戦では碁石——当然、越後勢は白、信玄方は黒——

を並べる。まず、妻女山に白石、海津城に黒石を置く。「鞭声粛々《べんせいしゅくしゅく》」となりだす。息子と似たような節回しで……というより、父の音律と抑揚が息子に憑《ひょう》依《い》したかのように。瞑目《めいもく》した表情までそっくりだ。信玄が鶴翼《かくよく》の陣を横長に展開する布石。続いて謙信が車がかりの陣法で挑む。円状に配置された部隊が回転しながら戦い、疲弊した部隊が後方に引くと新しい部隊が続々と繰り出す。戦の再現は謙信が信玄に一騎打ちを挑む場面で幕を引く。

上善如水：老子の含意は①万物に利沢、天地の間に水なくして存在するものはない、水は他と功名を争うことがない②人間は一歩でも高い位置を望むが、水は低い所、低い所へと流れていく③低い所にいるから自分が大きくなる。谷川は流れて大川となり、さらに海となり、大きな存在となる——この三つである。

第17章

一国一城《いっこくいちじょう》

〈一九七二年〉大山立志の蹉跌

北海道の伝統工芸品エルム・ユーカラ織を初めて手にしたのは、大山立志《たつし》が日本中小金融公庫旭川支店に赴任した直後だった。一九七二年（昭和四十七年）三月、妻美智子《みちこ》を亡くし、四月に北の大地に移る。前任者から引継ぎを受けた得意先にユーカラ織を扱う「エルム北斗《ほくと》」という会社があった。法人営業部長の名刺をひっさげ、さっそく挨拶に伺う。専務の肩書を持つ北原麗子《きたはられいこ》は意外に若い。

「ユーカラ織ってご存じ？」。ざっくばらんに聞いてくる。アイヌの工芸品ですか、と不勉強丸出しで応じると、チッ、チッ、チッと人差し指を横に振る。「よく勘違いされるんだけど、不正解」。両腕をX《エックス》型に交差させる。「ユーカラはアイヌの言葉で『伝承』を意味するの。アイヌ民族、つまり先住民族が受け継いできたデザインを、北海道の羊毛や麻を使って織物にしたのよ」と立て板に水のようにしゃべりだす。いまや旭川どころか北海道を代表するこの染織工芸は、何百もの色を駆使して北海道の四季をデザインし、すべて手で織るそうだ。

抜けるような青空、大雪山、旭岳のグリーン、青い川、紫の絨毯はラベンダー畑だろうか。手文庫のやわらかな、それでいてあでやかな色彩にすっかり魅了された。彼にしては珍しく奮発して、さっそく買い求める。手芸が好きだった亡き妻の仏前に供えよう。

麗子の父が創業した「エルム北斗」は工芸品のデザインから製造、販売まで手掛ける。おりしも一九七二年二月に札幌で冬季オリンピックが開催されたばかり。スキージャンプ七十メートル級で日本人選手が金銀銅を独占する快挙。余韻が冷めやらぬなか、札幌などの店舗を一気に増やしていく。「日の丸飛行隊」のように観光ブームの追い風にも乗った。資金需要もジャンプアップ。とくれば銀行にとって優良な融資先に見えた。

旭川支店の受け持つ範囲は北海道の北半分近くを占める。この銀行の支店では全国で最も広い。企業向けの融資を統括する責任ある役割だ。立志は、戦国大名であれば、広大な領地を差配する家老職か、軍師か。一国一城の主になる日も近いかなと、雄大な自然と未知の可能性を秘めた領土に、珍しく楽観的で前向きな気持ちが誘発された。ところが……。

「安全第一でいってくれ。無理な融資はするな。リスクは最大限抑え込め」。のっけから支店長は太い釘を刺す。おまけに「八重洲支店みたいなことは小さな支店では命取りになりかねん。くれぐれも慎重にな」と二の矢、三の矢が飛び出す。周囲から「腰ぎんちゃく」とありがたくないが、ほかに喩《たと》えようのない支店次長氏が合いの手を入れる。「支店長のおっしゃる通り。当支店は堅実路線がモットーです」。ここぞとばかり、阿諛追従《あゆついしょう》にいとまがない。（唾棄《だき》すべき佞言《ねいげん》やろうめ）と口に出さずとも、立志が左手の中指で持ち上げた眼鏡の奥の瞳が敵意を放つ。

青空に飛翔しようと膨らみかけた前向きな気球が瞬《またた》く間に萎《しぼ》んでいく。「八重洲支店みたいな」が決定打だ。東京での融資のつまずきが北の果てまでつきまとう。やはり左遷だったのか。認めざるを得ない。札幌五輪の追い風に乗ろうともせず、亀が甲羅に首をすくめるようにして、この二年、可もなく不可もない安全運転を続けてきた支店長が来春、本部への復帰を夢見ているのは間違いない。ミスター腰ぎんちゃくの辞書に戦略だの挑戦だの提案だの、ましてや諫言なんて文言はどこにも載っていない。いきおい支店運営は、さながらアクセルのない、ブレーキだけはたいそう立派な自動車だ。

「部長、稚内の宗谷《そうや》水産が新しい船を買い入れたいって言ってきました」と相馬春樹《そうまはるき》が資料を持って説明に来たのは六月半ば過ぎのことだった。書類に目を通す。宗谷水産は毛ガニ、マガレイ、サケ、マスなど遠洋漁業の地元では最大手だ。明治時代創業の老舗で、昨年、株式会社組織に変えている。より大型の漁船を入れ、漁獲高を増やそうという案件だ。「ちょっと、通りそうもありませんが」と相馬は背中越しに支店長室に親指を差す。
日本最北端・稚内の融資案件を号砲として、それから数年間、三つの資源に翻弄されることになる。一つは水産資源、二つ目は石油資源、そして三つ目は支店内の人的資源だ。

「沿岸二百カイリは専管水域　国連委員会終わる」。こんな見出しの新聞記事を相馬が持ってきた。その年三月末の報道だ。新しい国際海洋法の作成を目指す国連の委員会で開発途上国側が領海二百カイリ（三百七十キロ）で排他的な漁業権、物騒な文言だが、つまるところ外国の船を締め出す権利を強く求めている。これが決まると日本の遠洋漁業に荒波が押し寄せるのは間違いない。水産王国北海道、とりわけ世界三大漁場といわれるオホーツク海をわが庭として操業してきた稚内の漁業者にとっては、庭が十分の一に縮まってしまう。ことなかれの守旧派、身の保全を図りたがる支店長でなくとも腰が引けるだろう。むしろ、融資の縮小を声高に叫びかねない。

株式会社への組織替えに助言し、それなりの信頼を得ている相馬は簡単には引けない。

経営は安定し信用調査会社の評価も低くない。漁獲高は増えている。とはいえ水産資源を守ること、漁業に一定の制限を加えることは世界的な潮の流れだ。

「三案用意しよう。A案は漁船購入。B案は漁船は購入するがそれに見合う経費の削減。C案は経営の近代化と事業の縮小だ」。立志は相馬に六月末と期限を切って打ち合わせ室を後にした。補佐の人員をつけてやりたくても、いかんせん人的資源が質量ともに足りない。

広大な領地を駆けめぐる毎日。農協や漁協のように、これまで縁のなかった第一次産業は興味深い。食品や水産加工などの製造業や、ユーカラ織に代表される観光にまつわる事業も育ちつつある。一方で明治以来、日本のエネルギーを支えてきた炭鉱は続々、閉山の憂《う》き目を見た。昨年、一九七一年だけでも十近い「ヤマ」が消えた。資源問題の発露だ。

机上の電話が鳴る。「このまえ手文庫を買ってもらったでしょ？ その景色を見に行きましょう」。エルム北斗の北原麗子の声。梅雨のない六月下旬の土曜日、彼女の車で初の観光に出かける。旭川から一路、南下。北海道の「へそ」、ほぼ中央に位置する富良野。旭岳、トムラウシ山、十勝岳、車窓の左手に延々と続く大雪山系の見晴らしは雄大だ。麦、トウモロコシ、ジャガイモと広大な畑が道の両側に延々と続く。

「ラベンダー畑よ。行ってみましょう」と麗子は丘の上を指す。紫の絨毯は果てしない。手文庫にあしらわれたユーカラ織と同じ色柄だ。高台から全方位を見渡す。大雪山系も手が届きそうに視界に迫って来る。空気が澄んでいるせいだろう。雲一つない青く高い空。日ごろの憂さは雲のように散り、霧の如く消えた。展望台のベンチで手作りのサンドイッチをつまむ。「次は白い滝と青い川にご案内しましょう」と一路、美瑛川《びえいがわ》に沿って十勝岳の方角に向かう。

「白ひげの滝」はその名の通りだった。落差三十メートルの滝はさながら白い髭のようになって渓流になだれ落ちる。注ぎ込んだ先の美瑛川はコバルトブルー。陽光に光り煌《きら》めく。雄大な十勝岳の緑、白い滝、青い川。すべて天然の色だ。

「潜流瀑《せんりゅうばく》ってご存じ?」。これまでクイズに答えられたためしはない立志。しかし、この質問なら答えられなくても正解だろう。「溶岩層などの裂け目を通って地下水が落ちる滝を潜流瀑っていうの。日本でも珍しいそうよ」

「なんで、コバルトブルーになるのかしら?」。立志は思わず、左中指で眼鏡を押し上げる。思案投げ首のときに図らずも出る癖だ。分からない。えい、ままよ。「温泉と関係があるのかな?」。立志は来る前に目にした「白金温泉郷」の看板を頼りに思いつきを言ってみた。

「珍しく、いい線いっているわ」。麗子が講釈を始めた。白金温泉から湧きだす水はアルミニウムや火山性物質を多く含む。白ひげの滝から注ぎ込んだ水が美瑛川の河川水と混じると「コロイド」を作る。太陽光が水中のコロイド粒子と反応することによって波長の短い青い光が散乱される。これがクイズの種明かしだった。火山、温泉、地下水、滝、川、そして太陽が織りなす自然の芸術だ。ユーカラ織にこの色を再現するのは大自然への挑戦なのだろう。

活火山の十勝岳は昭和六十三年（一九八八年）の噴火後、白ひげの滝から三キロほど下ったところに大規模な防災工事を施す。その際に作った堰堤《えんてい》に溜まったコバルトブルーの水が池となり「青い池」と呼ばれる観光スポットになる。

白ひげの滝への往来は「白樺街道」を通る。これは十勝岳が大正末の大噴火で泥流後に自生した白樺林にちなんで命名された。なるほど白樺が左右に林立する。火山流が十勝岳から流れた道筋を今、車で走っているのだろうか。当時の記録では噴火から二十数分で上富良野の原野に達したというから、すさまじい。人的被害、建物の損壊は甚だしい。これも自然がもたらす、もう一つの「顔」である。

牧場では牛や羊が草をはむ。牧場は途轍《とてつ》もなく広い。黄緑色の牧草地も丘をまるまる占領している。チーズ工場やワイン醸造所を見学する。大自然と豊富な天然資源の奥行きを実感する。「夕陽のパノラマ劇場にご招待するわ」と、白樺街道から左にそれ細い山道を上っていく。ほどなく車一台通るのが精いっぱいな道幅。幾重も曲がり切ったその先にいきなり視界が開けた。同時にラベンダーだろうか、馥郁《ふくいく》とした香。丘のてっぺんに赤い屋根の山小屋が見えた。一台の外車が停まっている。

「父が来ているわ」。小屋に入ると、麗子の父、エルム北斗の社長北原勇次郎が「いらっしゃい」と出迎える。作務衣《さむえ》にバンダナ。まだ陽は高いというのに、ソファーでブランデーを片手にパイプをくゆらす。ふだん会社で相対する表情とは一変して、くつろいだ柔和な笑顔。十年前に二万坪の土地を手に入れ、ひとりで開墾した「エルム夕日荘」だ。細い道を切り開き、ラベンダー畑、野菜を育てる。ブドウの樹も育ち始めた。

「一杯、どうかね。麗子、ビールでもお出ししなさい」。ありがたく、いただく。

「社長、おひとりで開拓しているんですか？」

「ああ。家内は夏しか来ないが、儂《わし》は毎週末来ておる。北海道はシーズンが六か月しかないんじゃ。冬、雪が残っている間に木を切り倒す。春になったら根っこを掘って、ようやくここまできた」

「冬はクローズですか？」

「いや、いや。冬もいいんじゃ。マイナス二十度、一面の銀世界だ。暖炉があるから室内は暖かい。今、通って来ただろう？　道の除雪が難儀じゃがね。中古の小型油圧ショベルでせっせと、雪かきをする。六十七歳ともなると、容易じゃない」

日が傾いてきた。さて、北海道一の夕陽を拝みに行くかと促され、「エルム夕日展望台」という掲示板のそばに立つ。「あれが芦別岳、下が富良野の町。十勝岳と大雪山・旭岳」とわが庭のように親しみを込めて指さす。噴火を繰り返してきた十勝岳はアイヌ語で「カムイ・メトッ・ヌプリ」。意味は「神霊ある峰、山」だそうだ。これを借景にして、わが庭となせば、神々の仲間入りした気分にもなろうというもの。おいそれと下界に降りる気になれないらしい。

再び、コスモポリタンの**妖精**「アイヌ民族が崇める山々は、ギリシアの神々が住むオリュムポスの山みたい。ゼウスと奥さんのヘーラやアポロンたち男女六人ずつ、十二神が住んでいるのよ」宇宙《コスモス》の**天使**「オリュムポスも十勝岳や旭岳も二千メートルを超す霊峰なんだな。北緯も四十度ちょっとと似通っている。アイヌの伝承では男神と女神の二柱がこの島を創造した。日の神や月の神だっているから、太陽神のアポロンとか月の女神アルテミスと話が合うかもしれない。一国一城の主なんて小さい話さ」

旧約聖書によると、主《しゅ》はシナイ山の雲の中からモーゼを呼んだ。勇次郎や立志がアイヌ民族の崇める神々に呼ばれて山荘に集ったかのような妄想に浸っていると、まるでギリシア神話のアポロンとアイヌの日の神が示し合せたように、エルム夕日荘に真っ赤に燃える眺望を演出し出した。

♪まっかに燃えた　太陽だから……麗子が美空ひばりの流行歌を口ずさむ。

「今年は五年に一度の夕焼けじゃ。当たり年じゃよ。関東ではとてもお目にかかれん。しっかり見ておれ」と言う勇次郎。「夕焼けにもスイカみたいに当たり外れがあるんですか?」と相変わらず情緒がない立志に、「何を無粋な、ここ十年では一、二を争う奇麗さじゃ。頭の上ぐらいまで赤い矢が降り注ぐ」

神々の遊ぶ庭は緑の色相がだんだん濃くなっていく。抜けるような青空は次第に暗くなる。白い雲は夕陽の色を忠実に染めていく。山荘の庵主の大言壮語も誇大妄想でないことは分かった。本当に夕陽が頭に降り注ぐ。太陽の「気」を浴びているような錯覚に陥る。あまりの荘厳さに、沈み切るまで無言だった。北海道の真ん中で神々の庭も、頭に降り注ぐ夕陽も、一面の銀世界すらも掌《たなごころ》に収める一国一城の領主。羨ましい。

ふと、戦後読みふけった吉川英治の『宮本武蔵』のある場面が記憶の細胞をくすぐりだす。あれは、武蔵が吉岡清十郎との果たし合いを控え伊勢神宮に参拝したときのこと。神仙の泉、五十鈴《いすず》川で水を浴び、急峻《きゅうしゅん》な鷲嶺《わしみね》を征服した。伊勢神宮の太古の森も五十鈴川の清涼な白い筋も、神々が在《おわ》す山々も、鳥羽の漁村、伊勢の大海原まで「すべてが自分の下にあった」。頂上で「十方無限の天空」を仰ぎ見る。「克《か》った!」「おれの上には何ものもない。おれは鷲嶺を踏んでいる」と悟った瞬間だった。おれも……。

すっかり暗くなった旭川への帰り道。武蔵の追想にふけっていると、やおら麗子が「別れた亭主がね、炭鉱に勤めていたのよ。一時期は羽振りが良くてね。でも、二年前に閉山したの」と早くも身の上話を始めた。閉山を機に、東京でひとヤマ当てようという夫と袂《たもと》を分かったのもそのころ。彼女は三十一歳だったと明かす。立志が（バツイチだったのか、今は三十三歳。ちょうど十歳年下か）と計算高く考えていると、「さあ、飲みに行くわよ。車を置いてくる」。

待っているうちに、立志の脳裡にまたも武蔵が蘇る。戦後、読みふけっていたのは十七歳のころ。冒頭、関ヶ原の戦いで豊臣方の西軍に与《くみ》していた武蔵《たけぞう》、本位田又八《ほんいでんまたはち》ともに十七歳だった。慶長五年（一六〇〇年）九月のことだ。五年後の慶長十年正月九日の、洛北蓮台寺野での吉岡清十郎との決闘を控えた大晦日。除夜の鐘を聞きながら武蔵は己の後悔と煩悩を断ち切る。「われ事において後悔せず」。立志が社会に出たころに希代の剣豪は青雲の志を抱く。胸の深いところへ理想の杭を打ち、固く信念したのだ。

「金融という経済の潤滑剤を通して戦後の日本復興に資する」と立志も青雲の志を立てたはずだった。自らの命名の由来を己の宿命に重ね合わせて。豈図《あにはか》らんや、支店での上司との衝突、融資先からの返済が滞り責任をかぶった苦渋の案件。来し方を振り返り、枚挙に暇がないほどの後悔を重ねてしまった。「われ事において後悔多し」。志をなかなか達成できない立志だった。

「おまたせ！」。ジンギスカンの店いっぱいに響き渡る麗子の声。屈託がない。冷たいビールジョッキで乾杯する。地元の羊、牛、豚はもちろん、鹿肉まで出てきた。飲むペースが速い。空気が乾燥しているせいか。前評判通り、北海道の女性は自立していて開放的、くだけて言えば、あけっぴろげだった。離婚率は高い。酒量も半端ない。たちまちジョッキを干す。「おじさん、お代わり！」。せせこましさや、いじいじしたところは全くない。立志とは好対照だった。

「ここで、今夜最後のクイズよ。北海道の名付け親は誰でしょう？」

「明治政府じゃないんですか？」

「ブッブー（またもやX《エックス》型に交差させる）。松浦武四郎《まつうらたけしろう》。幕末から明治にかけての探検家よ。アイヌの人の道案内で内陸部を探査したの。アイヌの人たちに感謝していた。音《おと》威子府《いねっぷ》村に『北海道命名の地』の碑がある。ここから稚内に向けて百三十キロほど北ね。機会があれば行くといいわ」。まるで隣村のように言う。どうやら物差しも違うようだ。

「蝦夷地《えぞち》」から「北海道」と呼ばれるようになったのは、明治二年（一八六九年）。間宮《まみや》林蔵《りんぞう》らが主に海岸線を探検、測量したのに対して、松浦武四郎の守備範囲はもっぱら内陸部だった。彼は必死にアイヌの慣習を残そうとする。「おのづから　をしへにかなふ　蝦夷人が　こゝろに　はぢよ　みやこかた人」。アイヌは神のように純真で道徳に適っているのに、それを虐《しいた》げている都人《みやこびと》に対して「恥じよ」とまで憤激している。明治維新をきっかけにアイヌの人々も圧政から解放されると信じていた。しかし、為政者が幕府から明治の新官僚に代わっただけ。彼も新政権に大きく落胆、失望した一人だった。

そんな明治の北海道史を講釈してもらい「いやー。すっかり、北海道を堪能しました。勉強にもなったし。きょうは私が勘定します」「あっ、そう。ごちそうさま。またね」と、靴音も高く麗子は颯爽《さっそう》と夜のしじまに消えていく。

♪まっかに燃えた　太陽だから　真夏の山は　恋の季節なの……か。くだんの流行歌の続きを少しアレンジしながら家路を急ぐ立志。ふと、見上げると満天の星が耀く。井上靖ならば、さしづめ「星欄干」とでも表現したくなるような光景がパノラマのように展開する。あれは夏の大三角形かな？　天の川は？　そういえば来週は七夕《たなばた》。彦星と織姫星が年に一回出会う。七夕伝説が脳裏をかすめた。

刹那《せつな》、ジョバンニとカムパネルラの名が浮かんだ。二人の親友は真夏の夜、銀河鉄道に乗って幻想的な天空の旅をする。『銀河鉄道の夜』で宮沢賢治は、天の川のきれいな水はガラスよりも水素よりもすきとおっていると描く。立志は幼時、当時の岩手軽便鉄道に乗り、父から「これは銀河鉄道のモデルだよ」と教わったことがある。童話を片手に星座をめぐる旅になぞらえて「この駅は白鳥の停車場《ていしゃば》、次は鷲《わし》の停車場、こんどは蠍《さそり》の駅」と車中ではしゃぐ。銀河鉄道にジョバンニたちと同乗して、牽牛と織女が天の川を渡って出逢う光景を見たような気がしたものだ。あれから幾星霜《いくせいそう》。はくちょう座やわし座とおぼしき無数の宝石がはてしなき夜空いっぱいに耀《かがよ》う。立志の旅は往時の軽便鉄道を通り越して北の天地が終着駅になるのだろうか。白い滝、サファイア色の川、神々が遊ぶ緑の庭、真っ赤な夕陽。どうやら魅了されたのは、そればかりではなさそうだった。

旅の写真の現像が仕上がったのは三日後。立志は東京に残す二人の息子に手紙を送った。そのころは月に一度の定期便だ。今回は美瑛の「ミステリーツアー」と題した写真を同封している。「夕日の丘からの眺望は絶景だ。まるで、山城の天守から領土を一望する殿さまになったみたいだ」と、一国一城の主となったかのような気分を吐露《とろ》している。息子たちが小学生のころ、平将門の逸話を語り聞かせた。帝《みかど》の系統とアイヌ民族の系統とが融合したとされる将門。都から久々に関東の地に舞い戻ると「生れた郷《さと》の土のにおいが、そくそくと、多感を呼んだ」（吉川英治『平の将門』）。大結《おおゆう》ノ牧へ坐って、もう一ぺん、行く雲を眺め、那須、朝熊、富士の三煙を遠望してみたい。これが将門が都にいた頃からの願いであり、憶《おも》いだった。「おれには、総領の任がある。土さえあれば、おれだって」。土、土地、領地や惣領にこだわる将門に共感した。往時の説話は立志たちに伝承されていくのか。

息子からの便りは極めて間歇《かんけつ》的だ。最近は次男の誠がもっぱら報告役。無理もない。長男の胖《ゆたか》は受験勉強中だろう。大願成就すればいいが。

第18章

一喜一憂《いっきいちゆう》

〈一九七三年〉立志と胖の針路

「サクラサク。ケイオウニ　ゴウカク　シマシタ」。大山立志《たつし》は、慶大付への合格を報《しら》せる長男胖《ゆたか》から電報を受け取ったときの高揚感が忘れられない。亡き妻美智子への絶好の供養となるだろう。転瞬《てんしゅん》「学費は?」とすぐに現実的なことを考えてしまう己《おのれ》に腹が立つ。

一九七三年（昭和四十八年）二月、次男の誠《まこと》から「兄に代わり、母の墓前に合格電報を手向《たむ》けに行きました」と知らせが来る。五月には胖から「硬式野球部に入りました」との葉書を受け取った。「さっそく、バットとグローブを送ってやろう」。八月には「合宿で、少し上達しました」との報告。すっかり、青春を謳歌《おうか》しているな。「一喜」のあとには「一憂」が虎視眈々《こしたんたん》と手ぐすね引いている。人生には「だが、しかし」がつきものだ。人間万事塞翁《にんげんばんじさいおう》が馬。浮かぶ瀬があれば、次に沈む瀬が待ち構えているのが人の世のお約束事らしい。

一九七三年十月六日、第四次中東戦争が勃発した。イスラエルにエジプト、シリア軍が侵攻したのをきっかけにして、アラブ側は西側諸国に石油の供給量を減らすと宣言する。

原油価格はみるみるうちに高騰。いわゆる第一次石油危機を迎える。世界の景気は冷え込む。輸入に頼るしかない日本にとって打撃は格段に大きい。融資先への影響を探るうちに、稚内の水産業が課題の一つに浮上してきた。昨年、部下である相馬春樹と検討した宗谷水産向けの三案は試行錯誤の末、玉虫色の決着をみている。

①漁船を二割小型にし、老朽化した船は廃棄する
②経費を抜本的に見直す。二割削減を目標とする
③ホタテの養殖事業など、育てる漁業に進出する

すでに①の漁船は発注し建造段階に入っている。問題は決裁にあたって支店長が強硬に主張した②経費削減だ。漁船の燃料は原油価格に連動するから影響は大きい。③は手つかずのまま。二百カイリ漁業規制の行方も楽観できない。

十月半ば、再修正案を携え朝一番、六時過ぎの列車で稚内へ向かう。宗谷本線の終点に着くと十時半を回っている。北海道は広い。ここから先に線路はない。人通りの少ない駅構内。「最北端の線路」の案内板は誇らしげに伝えてくれる。「宗谷本線稚内駅（昭和3年12月26日開駅）。指宿枕崎線　西大山駅（昭和35年3月22日開駅）。最南端から北へつなが

る駅はここが終点です」。北の果てにたたずむ立志はつい感傷に浸る（俺の生まれる半年前に稚内まで鉄道が通ったんだな、片道三千キロか、途方もない距離だ。思えば遠くに来たもんだ）。反対に北を臨むと宗谷海峡を隔ててサハリン（旧樺太）は指呼《しこ》の間にある。突端まで行けば、水平線上から昇る朝日も、沈む夕陽も見られる。何とかして、融資先の沈没は免れなければなるまい。

午前十一時。宗谷水産社長を訪ねる。行きの電車のなかで、いやというほど見直す時間のあった修正案を示す。漁業規制の強化、中東戦争に起因する石油危機の影響と見通し。まずは現下の逆風をかいつまんで説く。本題は宗谷水産の経営計画、なかんずく経費の削減だ。

昼食を挟んでも、社長は意気揚々としている。「沖合底曳網《おきあいそこびきあみ》漁業や水産加工業は発展しておる。漁業生産は昭和四十二年（一九六七年）以降、大きく増えた。新しく買い入れる漁船もずっと小さくした。古い船は売り払っとる。なにゆえ、文句を付けられるんじゃ」と、得心がいかない。小一時間、議論はかみ合わない。原油価格高騰に伴う燃料費の試算を示すと多少、機微に触れたらしい。二百カイリ問題で「最悪シナリオ」を熟読し「由々しきことじゃな。したって（＝しかし）、きょうあすということではないんでないかい？」としぶとい。水産資源を守ろうという国際的な潮流に納得しながらも「ホタテの養殖ってあんた簡単に言うが、投資が必要だぞ」。

なんとか追加の経費削減にはこぎつけた。育てる漁業は市当局や漁協全体の課題として取り組むとの言質を取り付ける。息つくいとまもなく、稚内市役所や漁協の専務理事に挨拶回りだ。ライバルでもある地元の信用金庫も素通りはできない。来年、株式会社設立を予定している水産加工の経営者の事業計画の説明も受けた。

すっかり夕陽が沈む。寒さが身に染みる。風も強い。気息奄々《きそくえんえん》、再び宗谷水産の社長室に着く。午後四時近い。せっかく来たんだからと言って「これ何だか分かるかい」と象牙を細くしたような代物を持ち出す。やけに重い。黒い。聞くと、サンゴだと言う。信じかねていると「水深三百メートルから千メートルの海底にある。プランクトンも食べるし光合成もできる。沖縄のサンゴは浅い海だから、オホーツクの荒波にもまれ深い海底に沈んでいる稚内のサンゴとは色が違う」そうだ。ズワイガニ製の宝船にも度肝を抜かれた。船の帆一枚一枚にカニのおなかのところの「ふんどし」を使っている。ズワイガニ百パイで造った宝船。甲板にはカニの爪が無造作に乗船している。豪気だ。

「見せたいものがある」。社長が運転するライトバンに便乗して宗谷湾沿いを北東に進路をとる。三十分ほどで宗谷岬に着く。時刻は午後四時四十五分。緯度は北緯四十五度三十一分二十二秒。日本最北端の地だ。オレンジ色に輝く神無月《かんなづき》の太陽が西の空からつるべ落としに水平線に沈んでいく。「本当は船で沖合から見たかったんじゃが。明日の朝五時半に来ると、ご来光が拝めますぞ。同じところで日の出、日の入りが見られる」と聞くと、陽は昇り、陽は沈むか、なんて贅沢《ぜいたく》なんだと、ついつい感じ入ってしまう。

沈みゆく赤い光、天の色も時々刻々と変わっていく。それを映す雲もオレンジ、黄色、白、グレー、濃紺に彩られる。大海原は青から濃紺、そして黒へと、その表情を変えていく。美瑛の日没とはグラデーションが違うパノラマが展開していた。

稚内に戻り、開拓者は「ウチに寄っていってくれ」と、戦後すぐに建てられた瀟洒《しょうしゃ》な洋風建築にいざなう。赤レンガ造りの二本の煙突はまだ現役だ。切妻形式で赤いトタン葺《ぶ》き屋根と棟飾りが特徴だと胸を張りながら「先代が秋田から大工と棟梁《とうりょう》を呼んで建てた。材料も自分の船を漕いで秋田から運んだ杉じゃ」。船の模型や、畳三畳分のオヒョウやズワイガニの大漁を証拠立てる記念写真の数々。色とりどりの大漁旗が壁一面を埋め尽くす。最大の自慢のタネは横綱の大鵬《たいほう》が来た部屋、スモウキングルームだった。「どうだい、横綱サイズじゃろう」。広い部屋はさながら大鵬記念館だ。大鵬ファンだった立志にとって垂涎《すいぜん》の品々が惜しげもなくひしめく。古く黄ばんだ新聞記事の切り抜きが額に飾ってある。第四十八代横綱の大鵬は樺太の敷香町《しすかちょう》、今でいえばサハリン州ポロナイスクの出身。父はウクライナ人の将校だという。戦後、一九四五年八月、大鵬は敷香から大泊（コルサコフ）へ鉄道で移動してから小笠原丸に乗船した。稚内で下船、鉄道で札幌へ。大鵬が下船し小樽に向かった小笠原丸はソ連の潜水艦攻撃を受け沈没。多大な犠牲者を出した。古い新聞記事は大鵬が危機一髪、九死に一生を得て引き揚げた僥倖を大仰に語っている。

往時、漁船員が二列に並んで食事したという囲炉裏の部屋には海の幸が山盛りだった。時刻表を気にしていると「朝日を拝めとは言わんが、最終の列車に乗りなさい」と、こともなげに言う。それではと最北端の日本酒の御相伴《ごしょうばん》にあずかることにした。クジラ、カニ、ウニ、イクラ、エビ、イカ、ホッケ、ホタテ、タコと、さながら水族館の品評会——もしあれば——だ。午後八時過ぎにいとまを乞う。最終列車は午後八時半。旭川着はと駅員に問えば「二時半過ぎです」。翌日の真夜中か、早朝か。ワンカップの熱燗を一杯ひっかけるやいなや、電車のなかで船を漕いでいた。見たのは漁船の船長になって七つの海を探検する夢だった。白鯨を追うエイハブ船長、宝島のシルバー船長、カリブの海賊、北欧のバイキング。夢のまにまに目まぐるしく役どころが変わる。北欧の食べ放題バイキング料理を前に、竜宮城でタイやヒラメが舞い踊っている。水族館の品評会……夢は無情にも現実に引き戻す。

「重役出勤か。いいご身分だな」。翌朝、定時ぎりぎりに銀行にたどり着くなり仏頂面《ぶっちょうづら》をした支店長の嫌みが待ち構えていた。稚内の出張報告をふむふむと気がなさそうに聞いて「旅費に見合う収穫があったとは思えんな」とひとくさり。手の平を出口の方に振りながら「午前中に報告書を出してくれ」。この人一流の話は終わった、とっとと出ていけのサイン。美瑛の丘の上から遠望する神々の庭、三つの海に漕ぎ出そうというロマンチックな探検家の夢も一気に萎《しぼ》む。

「禍福《かふく》は糾《あざな》える縄の如し」。ディケンズなら「悲劇と喜劇の場面が、うまく燻製されたベーコンの赤身と脂身の縞模様のように、何度も交互に出てくる」と形容したかのような立志の日常。それはわが国の経済や人々も同じだ。戦後、高度成長を謳歌してきた日本国に冷水を浴びせたのが「ニクソン・ショック」だった。アメリカのニクソン大統領が金とドルの交換停止を世界に宣言したのは一九七一年。なんの符牒か八月十五日のことだった。これをきっかけとして日本の対ドルレートは一ドル＝三六〇円から三〇八円へと大幅に切り上げられた。単純にいえば日本からの輸出品が一五％ほど高くなる。「戦争が終わった日のちょうど十六年後に、こんどは経済を舞台に奇襲の宣戦布告か」と、身を粉《こ》にして高度経済成長に邁進してきた事業家たち。それでも過酷なショックを為替レートに左右されない海外進出でしのいでいく。

どうにか「円高不況」を乗り切ったと思ったら、一九七三年の第一次石油危機。モノの値段が跳ね上がる「インフレ」という用語がなんの躊躇《ためら》いもなく使われていた時代だ。「狂乱物価」といわれた一九七四年、とうとう戦後初のマイナス成長に落ち込む。後年、二十一世紀に入るころは、逆にモノの値段が下がる「デフレ経済」になる。来世紀の人々は、スーパーに主婦がトイレットペーパーを買う行列に並ぶ光景は理解できないだろう。同じように、インフレが通り相場だった生活者には、来たるべきデフレの功罪など想像の範疇《はんちゅう》を超えているに違いない。糾える縄のような経済の浮沈に一喜一憂するのも無理はない。

天上の**妖精**「どうして、人々は争ってばかりいるんだろう。国だとか、おカネだとかを発明しちゃったり、石油やウランとか宝石を見つけちゃったりしたのが、いけないんじゃない?」**天使**「そうかもしれない。でも、ことばと文字は偉大な発明だよ。意志を通じ合えるんだから。古代ギリシアのオリンピックだって秀逸な発明と言っていい。争いをやめろという神託を受けて人間の闘争本能をスポーツに振り向けたんだから」**妖精**「わたしたちの世代のためにも、せめて一つでも、憂いの種は摘んでおいてほしいわね」

前年、本部に「ご栄転」しそびれて不機嫌な旭川支店長は、ここぞとばかり融資の見直し、人員削減、経費の切り詰め策を矢継ぎ早に繰り出す。本部の点数を稼ぎたいらしい。稚内の宗谷水産には追加の削減案を余儀なくされ、前回訪れた新しい水産会社への融資も「要検討」という名の打ち切りとあいなった。融資先には早期の返済に頭を下げる毎日。気が滅入る。

「四月一日付で東京に戻ることになった」。一九七四年、珍しく上《うわ》っ調子な支店長の発言に旭川支店の社員は一様に胸を撫でおろす。と束の間「後任は私よりずっと厳しいぞ。ミスター・カッターという通り名は聞いたことがあるだろう。さぞかし私のことをありがたく懐かしんでくれることだろう」と爆弾発言だ。「カッター」の寓意《ぐうい》は「切れ者」ではけっしてない。コストカット、つまり経費節約に異様な執念を燃やす。陰では「すぐにキレる」「導火線一ミリ」「沸点ゼロ度」「瞬間湯沸かし器」「堪忍袋がない」と数々の異名を奉られる。支店の空気がどんより重たい。相馬が心配そうに聞いてきた。少し割り引いて人となりを講釈する。案にたがわず着任早々、大胆な経費カットを打ち出す。融資回収への大号令がかかる。支店の人減らしを画策している負のオーラが漂う。

「東京に戻る気はないか？」。五月の連休明け、支店長室に呼び込まれた立志に厳かなご託宣。

「はい。光栄です。どちらでしょうか？」

「信用組合から有能な人材の供給を求められていてね。専務理事で処遇してもいいと言っている。そこで君に白羽の矢が立ったというわけだ」

「日中金（日本中小金融公庫の略）ではないんでしょうか？」

「本部に君のポストはない。この営業成績と評価ではね。本部は人員の一割削減を錦の御旗にしている。この支店のノルマは二人だ」

「藪から棒ですね。もう一人も決まっているんですか？」

「ああ、相馬君には出向してもらう。川崎にある中小企業の経理部長だ。彼には辞令の交付だけで済むから造作はない。五月中に返事をくれ。自分で再就職先を探すなら存分にしろ。北海道で親密な（なんだか、意味ありげなニュアンスを込める）企業もできているようじゃないか」。追い打ちをかけるように「仔細《しさい》はここに書いてある」と放り投げるように渡された紙切れ一枚。報酬は若干下がる程度。しかし、社宅はないし福利厚生面での劣化は否めない。当該信組の経営状況を銀行や信用調査機関のデータベースで調べてみると、ひどい。業界紙の記事いわく「長年の乱脈経理が祟って赤字の見通し」「経理担当の前専務理事が背任の疑いで当局が重大な関心を寄せているもようだ」。四十代の半ばで厄介払いか。火中の栗を拾う、重い十字架に耐えられるか。それよりも何よりも、己のなかの青雲の志はこの転進をどう判定するだろうか。

この夜、寝床に入っても寝つけない。日本酒をコップで飲む。

「カースト制度」「ラグビー型組織運営」「食物連鎖」「われ後悔せず、航海に挑む」「日はまた昇る」。メモ帳にこんな落書きの数々。日中金の理事長は歴代、監督官庁からの天下りだ。キャリア組に限定される。理事はノンキャリアの指定席。彼らが「プロパー」と呼ぶ日中金採用組は部長・支店長が上限だ。それも階層を成す。旧帝大と一部私大を「プロパー甲」、その他大学は「プロパー乙」、高卒にはくくりがない。こんな差別的な色分けを自嘲《じちょう》を込めて「カースト制度」と揶揄《やゆ》している。

ラグビーになぞらえるのは、失敗すると後ろへ後ろへ、つまり部下にボールを回す生態を指す。反対に得点を叩き出すときには、ラグビーのフォワードのように前へ前へ、上席に手柄を渡す。「食物連鎖」は組織内で、食べる側の捕食者と食べられてしまう被食者の関係を表す。プランクトンやミジンコになってはたまらない。多大な犠牲者を踏み台にして職責の上位者がはびこる。

息子たちに訓戒してきた「君子は和して同ぜず 小人は同じて和せず」は、この銀行では協調性がないと判定され続けてきた。自戒している「右顧左眄《うこさべん》せず」にしても、自縄自《じじょうじ》縛《ばく》に陥っていることを示すにすぎない。過剰な反骨精神に自省することがないわけではない。右を見たり左を見たりして、ためらい迷うことなく決断してきた姿勢が独断専行、ときに牽強付会《けんきょうふかい》で狷介《けんかい》な性格と見做《みな》されてきた。あながち誇張とは言えないこの資質の数々が長男の遺伝情報に組み込まれていたと発覚するのはだいぶ先の話だ。

美瑛と稚内で見た夕陽は鮮烈だった。翌朝、真っ赤に燃えた太陽はなにごともなかったように昇る。地上の人間たちの生き様がどうあろうと、だ。立志が学生時代に読んだヘミングウェイの『日はまた昇る』は、長男が生まれたころ映画も観た。「われ事において後悔せず」。宮本武蔵の境地に遅ればせながら達するには、ほど遠い。北の大地に根を下ろした先達であるアイヌ民族や間宮林蔵、松浦武四郎、エルム北斗や宗谷水産社長の航海魂・開拓者精神への思慕は増すばかりだ。この島は冒険と夢とロマンに満ち溢れている。

五月半ばの週末、立志は北原麗子《れいこ》とともに「エルム夕日荘」で勇次郎《ゆうじろう》を囲んでいる。ともに冬の除雪、春先のラベンダーの丹精、雑草取りに精を出したとあって、山荘の主人の覚えはすこぶるめでたい。年始の挨拶では「わしも今年で六十八じゃ。引退して娘に会社を継がせる。協力してくれないか」としきりに勧誘を受けている。次期社長からの熱心な要請に満更でもない。

「支店長から、東京にある信用組合への異動を打診されています。できれば北海道で夢とロマンを追いたい。正月にお誘いいただいた件をお受けしたいと考えています」

「おお、決断してくれたか。何よりじゃ。もちろん、山荘の管理人じゃないぞ。六月の株主総会で儂《わし》は相談役に退く。麗子が社長じゃ。大山さんには専務で経理と経営企画を管掌してもらいたい。詳しい条件はこれを見てくれ」

銀行の紙っぺら一枚とは雲泥《うんでい》の差だ。報酬や待遇は申し分《ぶん》ない。経営への関与、自由度、権限と責任も明確だ。中期の経営計画、決算や収支見通し、財務・経理・会計上の問題はなさそうだ。五月末の決算取締役会と株主総会に諮る資料には、会社の憲法といっていい「定款《ていかん》」の変更も上程される。新しい事業項目に「観光」「農産物加工」といった文《もん》言《ごん》が並ぶ。勇次郎は「地域の観光産業と手を組むつもりだ。この山荘も宿泊設備を持つ観光農園に変えていく。十年前に植えた葡萄《ぶどう》がワイン用に使えることが分かった。ここの畑もまだ拡大する余地は大きい。バンカーの眼で経営計画全般を厳しく吟味してほしい」と熱く語る。

この夜、三十年ほどのちに同じような岐路に立つことになる息子に、転職することを電話で伝えた。これまでの手紙のやり取りから薄々予想していたようだ。長男は「よかったね。第二の人生だから、思い切りチャレンジしてよ。俺も野球で甲子園目指すから」と言って、弟に代わる。「もう東京には帰らないの?」「いや、年に何回かは君たちの顔を見に行くよ。君らも遊びにおいで」

受話器を置いたあと、誠がポツンとつぶやく「オヤジさん、再婚する気なのかな? 手紙に何度も出てくるユーカラ織の人と。おふくろさん、かわいそうだよ」。一抹の不安を感じているらしい。

子が父を裁くことはできない。いついかなる場合も一度としてぼくの自由を束縛したことのない父を、裁けるわけがない。ツルゲーネフの『父と子』の一場面だ。妻の死後、再婚を望む父に息子はこう話す。よくできた子なのだろう。ぼんやり、そんなことを意識しながらも「もしそうなったら、おふくろは理解してくれるかなぁ。やっぱり打算的ねって言いそうだな」と、自信なさげに返すしかない胖だった。このころからかもしれない、親子の間に見えない溝が深くなっていくのは。

コラム　第18章

宗谷岬：宗谷水産社長は地理と歴史の授業を始めた。「遠く、黒々と霞《かす》む山影がサハリン、日本領だったころの樺太《からふと》じゃよ」。立志が目を凝らすと、かすかに山影がシルエットとなって浮かぶ。「そんなに近いんですか?」「ここから対岸の西能登呂岬（クリリオン岬）までは四十三キロほどじゃ。神がモーセによって紅海を二つに分けたように陸地になったとしたら、マラソン選手が二時間少々で着く」。北海道は太平洋、日本海、オホーツク海と三つの海に面している。樺太が島だと発見したのは間宮林蔵《まみやりんぞう》である。一八〇九年、江戸幕府から命を受け北方探索に赴き間宮海峡を発見した。世界地図の空白を埋める偉業をなしとげ、世界地図に日本人で初めてその名を残す。三つの海に漕ぎ出す社長も探検家の系譜を継ぐ開拓者だ。

第19章

コードネーム・TPX

〈二〇〇五年夏〉胖と新薬承認

「明日承認花山委細承知電話090×××△△△」こんなメールが届いた。二〇〇五年八月十六日朝八時。大山胖《ゆたか》は寝ぼけまなこだ。電報か、と見まごう。句読点ぐらい打てよ。まるで位牌《いはい》の戒名《かいみょう》じゃないか。送信者は見なくても分かる。天才先端科学者こと菱川《ひしかわ》博昭《ひろあき》だ。なんのこっちゃ、この符牒は。行間を補う、いや、字と字の間を補い、なおかつ想像力を総動員して、最大限ふくらし粉をまぶす。

読み下し文にすると——脳血栓を溶かす新薬が明日の医薬品審査審議会で承認される。これは当初の「コードネーム・アルファ」から「ベータ」へ、そして今や我々が「TPX」と呼びならわしている代物《しろもの》である。以上は審議会メンバーである健康福祉省大臣官房の花山に話してやった。ありがたく思え。お前から直接電話しろ、すぐにだ。どうなろうと俺は知らんぞ。

「一筆啓上 火の用心 お仙泣かすな 馬肥やせ」。戦国時代の武将が妻に送ったとされる、日本一短い手紙の上をゆく。それとも「下」か。携帯の番号が記されているのが、せめてもの武士の情けだと恩に着る自らが嘆かわしい。

「もしもし、大山と申します。菱川から……」

「ええ、菱川さんとたった今、電話で話していたところです」

「あすTPXの承認が下りると聞きました。もう報道はOKでしょう？」

「いやぁだめだめ（小鳥が鳴くようにチッチッチと聞こえる）。決定はあくまで明日《あした》。先走りは危うい危うい。フライングには責任持てないな」

「分かりました。決定したあとに話を聞かせてください。審議会は何時ですか？」

「十時から。一時間程度で終えるよ」

「では十一時半に日比谷公園前のホテル一階の喫茶室でお待ちします。私の特徴は……」

「菱川さんから聞いているから大丈夫」。どうせロクな手掛かりを伝えていないだろうと思いながら、返す刀で菱川に同じホテルで十二時半の待ち合わせを取り付ける。

デスクの直通電話が鳴った。大将（CEOの鷲尾瑛士《わしおえいじ》）からだ。

「菱川に紹介してくれ。君の友達だろう？」

「のっけから何の用です？（もうご注進が行っているのか。まさか電話のやりとりが筒抜け？）」

「新薬は承認されるそうじゃないか？」

「地獄耳ですね。誰から聞きました？」

「なんで、そんなことを訊く？　俺はＣＥＯだからな。天網恢恢疎《てんもうかいかいそ》にして漏らさずってやつだ」

「天の網？（老子で来たか。似合わないな。悪事を漏らさず暴くとは聞こえが悪いが……）この部屋にスパイ衛星でも飛んでいるのかな？　盗聴とかパソコンにへんてこなソフトをもぐりこませているとか？」と周りを見回す。若手記者の服部クンと視線がかち合う。あっ、目が泳いだ。こいつだ。天に網を張りめぐらせている張本人に違いない。

「四の五の言うな。あす会うんだろう？　俺も行くぞ」

「用件は新薬ですか？　それなら、あらまし情報は伝えてあるでしょう？　カネもうけの特効薬なんて無理ですよ」と食い下がってはみたものの、待ち合わせの場所と時間を白状してしまう。雇われ人の悲しき性《さが》ではある。目が泳いだ記者を詰問しようと見渡してみた。とっくに、ずらかっていた。

さしずめ「バルちゃん」こと椎名百合《しいなゆり》あたりの差し金と思い定める。異常な嗅覚を誇り、その諜報能力は女忍者「くノ一」に引けを取らない。編集会議の情報が間髪《かんはつ》を置かず大将に筒抜けになっているのか？　服部クンが彼女の上目遣いの悩殺視線を浴びてメロメロに骨抜きにされてしまう構図がちらつく。おぞましい。

定刻にホテルでくつろいでいると、およそ官僚らしくない小太りの男がぬっと現れた。

「菱川さんの指名手配書の通りだ」とにやにやしながら名刺を差し出す。

健康福祉省大臣官房特命担当　医薬品・食品審査審議会事務局長　花山大吉。「特命ってなんですか？」と聞くと、花山は「特命は特命、読んで字のごとし。大臣の懐刀って認識してくれればけっこう。あ、きょうの取材はトクメイってことで。実名・正体を明らかにしない匿名希望のAさんでいいよ」「(いきなりそう来たか……食えないヤツ) 例の新薬、無事、承認されましたか？　前回はケチがついたと聞きましたけど」

「今回は上出来。問題なし。副作用の懸念はない。有効性も格段に上がったからね」

「ブレークスルーがあったんですか？」

「前回から医薬品原料の組成を変えたんだ。これが効果覿面《てきめん》だった。内容は言えないよ。

企業秘密だから」と煙幕を張りつつ、有効性が一〇ポイント上がった事実は認めた。

「申請から承認まで時間がかかりすぎていやぁしませんか？」

「何をおっしゃるウサギさん。あんた、国民の安全と生命を守る大事な役目だからね」。

何がウサギさんだ、もう、薬害訴訟はこりごりっていうのが本音だろうが、と心のなかで舌を出していると、花山は「夏休みだっていうのに、脳梗塞や血栓に悩む患者さんのために大車輪で急いだ。私の機転でＡＩ（人工知能）やバイオテクノロジー（生命工学）、ゲノム（遺伝情報）解析の専門家の意見を丁寧に聞いたのが効いたね」と、また自画自賛。

全く食えない御仁だ。

「患者はいつ治療薬を使えるようになるんですか？」

「それは民間の業者に聞いてよ。じゃあ、役所に戻らないと」と、あたふたと席を立つ。

「収賄になっちゃうから」と五百円玉をテーブルに置く。つむじ風のように去っていく。

百円足りない。ま、いいか。

黒革の手帳を取り出す。質問を箇条書きしていく。十二時半に現れた菱川に疑問点をぶつける。

「TPXは承認された。患者に投与が始まるのはいつ?」

「研究所内で作り始めている。すぐにでも全国の病院に提供できるように手配した」

「福音だな。長ったらしい肩書の花山さんから聞いた。今回、ブレークスルーがあったそうだが」

「最大の功労者は勇太、トン平とブー子、牛太郎とギュウ子たちだ」。彼一流のぶっきらぼうな説明をかみ砕くと、こんなストーリーだった。勇太は海山農工の高校生。菱川の研究助手を標榜《ひょうぼう》している。その勇太が「うちのバッちゃん(祖母)が、めまいの薬を服《の》んで記憶力が戻った」と注進してきた。よくよく聞くと、めまいや立ち眩《くら》みに難渋している勇太の祖母は年々、物忘れがひどくなる一方だ。「最近、トボケちゃってね」「バッちゃん、それを言うなら、ボケちゃって、でしょう?」「どっちでも、ええわい、ショウタ」「うん? オレ、ユウタだけど」「どっちでも、ええわい」。こんな諧謔《かいぎゃく》味を満載した掛け合いが日常茶飯事。それが、めまい薬を服用して三か月もたつと次第に物忘れが治ってくる。かかりつけの医者も「脳の中で情報伝達を司る物質の分泌量が増えたのではないか」との見解。これを手掛かりに成分を徹底的に調べ、幾度もシミュレーションを重ねる。その結果、従来の薬剤に特殊な物質を混ぜ合わせ、有効性を高めることに成功したのだという。

ここ数年、海山の畜産農家ではヘッドギアをかぶった牛や豚が名物になっている。勇太が連れてきた豚のトン平とブー子、牛の牛太郎とギュウ子に加え、畜産組合に所属する農家がこぞって研究に協力している証しだ。サンプルが格段に増えたことで弾みがつき、臨床試験にすんなり入ることができた。

これはいいサイドストーリーになるなと、ほくそ笑む胖。「では、教授の正式なコメントを……」と言いかけると、「メールで送った」と携帯電話を操作する。読めばもっともらしい大義名分やら自慢話が並ぶ。

菱川「鷲尾が来る前に、お前が暴《あば》きたがっている話を伝えておく。東宝薬品の倉庫でおもしろいものを見つけた。戦前の特殊な兵器にまつわる大量のデータだ」

胖「米軍に接収されたんじゃなかったのか?」

菱川「一部がひそかに隠匿されていた。当然、門外不出だ。オフレコだぞ。その宝の山のなかに今回の新薬開発に重要なヒントが詰まっていたというわけだ」

胖「オフレコは承知した。しかし、これからも取材は続けるぞ。真実を明らかにするのが俺たちの商売だ」
菱川「そんな過去の亡霊を追いかけて何になる。このデータは当然、平和利用にしか使わない。関係者は誓約書を交わしているからな。真実を暴くのと人の生命や健康とどっちが大事なんだ」
論争は折り合わない。ちょうど見計らっていたように鷲尾が加わった。菱川に紹介する。ある種の天才同士、異端同士だ。互いに前置きなしに、言葉と言葉の戦端が開かれる。しかも敬語抜きで。
鷲尾「研究所に資金を出したいが、どうだ」
菱川「有難い。次の新薬開発に投資しようと考えていたところだ。で、いくら?」
鷲尾「当面、二、三千万ばかり。成果によってはもっと出す」
菱川「あなたへの見返りは?」
鷲尾「事業化の際、新会社に出資したい」
菱川「会社を作るとは決めていない」
鷲尾「日本は起業家精神が足りない。学者だって同じだ。せっかく最先端の技術を開発しても世界に打って出られない。チャレンジ精神を失ったらベンチャーは成り立たない」
菱川「大学から生まれた新機軸と言ったって、資金難はいかんともしがたい。人的資源も限られていれば、事業化のノウハウもない」
鷲尾「まずは連携協定を結ぼう。人も出す」
会話にやたらと否定形が多い。鏡の国でアリスが出会った「おしゃべりする花」のように「どうして」「なぜ」を連発するのがこの研究者の真骨頂だった。それが、何を否定しなきゃならないか分からないままにとにかく何かを否定するアリスの「答えのないなぞなぞ」の世界に巻き込まれていく。そのわりに下馬評を覆して存外と議論の歯車は噛み合っている。

鷲尾はこれみよがしにノート型パソコンを取り出し画面を開く。「コードネーム・ガンマ　ベンチャー早慶戦」というタイトル。種明かしはこうだ。早大発、慶大発のベンチャー企業同士が競い合い、連携し合い、切磋琢磨《せっさたくま》していく。鷲尾自身、東大発ベンチャーの草分けの一人だ。幾度の失敗を乗り越え、酸いも甘いも噛み分ける経験者だ。マキアヴェリを信奉し「会社を奪いとるとき、加害行為でも決然として一気呵成《いっきかせい》にやる。ライオンの獰猛さとキツネの狡知さだ。信義など気にかけず、奸策をめぐらす経営者が大きな事業をやりとげられる」と揚言してはばからない。国立大学を含めた「ベンチャー・リーグ戦」を究極の目標地点に設定している。

「おもしろいね。けさ、お宅の新聞に出ていた『二つの世代をつなぐ早慶戦』のベンチャー編というわけか。さっそく早稲田で懇意にしている永谷（教授）にも持ちかけてみよう」と菱川は前のめりだ。ひな型はある。菱川の母校の伊達《だて》大学だ。実学を貴ぶ伝統を引き継いで「伊達型新事業育成システム」を軌道に乗せた。大学一年生から起業を奨励する。大学の卒業生を中心に成功談、失敗談を講義する「伊達塾」では、事業を起こす精神やスキル、ビジネスプラン発想法を叩き込む。青葉城を臨む「伊達館《だてのやかた》」では誰でも最先端の機器を扱うことができ、異なる分野の研究者と自由に議論を交わす。大手の企業から出資を募った「伊達基金」が兵站《へいたん》を支える。揺りかごから墓場まで一気通貫のシステムは伊達《だて》じゃない。

大山胖は仙台で記者をしていたころ世話になった伊達大学の伊藤教授に、菱川は尖がり研究者仲間の永谷に、それぞれ連絡することを申し合せて、「コードネーム・ガンマ」の旗揚げ式は終わった。連携協定にもサインしている。ＡＩ・バイオ科学者とＩＴ事業家の強みは決断の速さと実行力なのだろう。

空の上から目線の**天使**「江戸時代末期に生まれた緒方洪庵《おがたこうあん》は名を求めず利を求めない立派な医者だった。適塾《てきじゅく》を大坂に開いて十二条の訓戒を教える。自分を捨てよ、人を救うことだけを考えなさいと教えたんだ。洪庵は自らの恩師から引き継いだ松明《たいまつ》の火を大きくして弟子たちに移し替えた。コードネーム・アルファの火は聖火リレーのようにしてベータ、TPXに引き継がれたんだ」**妖精**「病から人々を救うのは立派な仁術よね。でも、コードネーム・ガンマのベンチャー早慶戦はどうかな？　松明を受け継ぐなかに、医を算術と心得違いする輩《やから》まで分け前にあずかることにならないとも限らない。いけすかない、うさんくさい」

「脳梗塞や血栓の新薬承認　有効性は9割超す」八月十八日付でビジネス新報が報じたニュースの反響は大きかった。掲載日の翌日、国内外の医療機関、製薬会社ばかりか、投資ファンドやら証券会社、自称専門家やら、問い合わせが引きも切らない。とりわけ国内外の投資ファンドは鵜《う》の目鷹《たか》の目（鷲尾の目も）で将来の「金の生る《な》木」に先鞭《せんべん》をつけよ

う と躍起となっている。

菱川の新薬開発にAIを活用する計画を初めて新聞で報じたのは二年前だった。そのときと違うのは、銀行や生損保からの問い合わせが多いことだ。新規ビジネスへの関心が高まっているのか、それとも余ったカネの使い道に困っているのだろうか。こんな雑念を断ち切るように大将からの召集令状が来た。

押《お》っ取《と》り刀《がたな》でオフィスに赴く。社長室には先客が二人いる。経理担当の辻慎太郎《つじしんたろう》と秘書の椎名百合《しいなゆり》だ。大将の鶴の一声は「君らに創薬ベンチャーへの出資とベンチャーリーグ作戦の実働部隊になってもらう」。係数の鬼・リスクヘッジモンスターと女忍者「バルちゃん」の組み合わせに不吉な予感がした。まもなくビジネス新報から加わったのは元気印の花井恵梨香、それに服部クン。秘書経由で情報を流していた嫌疑が濃厚の御仁だ。スパイ疑惑を言いつのった際、目が泳いでいた「天網恢恢君」を漏らすことなく、わけ知り顔でこの席にいる理由《わけ》が飲み込めた。

召集令状を発布する一時間前。鷲尾は、ある人物とこんな密談を交わしている。珍しく敬語を使って。

「先生、ベンチャー専門の出資ファンドと大学発ベンチャーリーグ戦の案件を発動しますよ」

「そうですか。法的な側面は任せてください。それで、どこの大学を糾合《きゅうごう》しますか？」

「早慶と東大から始めます。ベンチャー精神の発揚とか言って錦の御旗を打ちたてれば、公的資金を含めたカネ集めに苦労はないはずです」

「早稲田の大隈重信の佐賀と慶応の福沢諭吉の大分を競わせる。あなたの故郷・山口の長州藩がすべておいしいところをいただく。こういうスキームですな。明治新政府みたいに」

「ご名答。シナリオはできています。全国を股にかけたビジネス・プラットフォームを組成する。リスクマネーも供給する。ショバ代も払う。上場益のおこぼれを頂戴しても罰《ばち》は当たらんでしょう」

「つぶれかけた会社を安値で買いたたく。少しばかり事業を再生してから高値で転売する。あなたの得意な手口よりは多少、気が利いているようだ」

「弱い会社や企業統治がなっていない会社を生き返らせるのもビジネスのうちです。彼らにはご退場いただくのが本筋ですがね。今度のスキームのミソはアントレプレナーシップ（起業家精神）とか、新事業創造、大学と事業家の相乗効果、地域再生とか、もっともらしい看板に事欠かないことです。ご託を並べ立てれば素人衆の目くらましにはなるでしょう」

密談相手は鷲尾が唯一、「先生」の尊称をつける顧問弁護士石原寛治《いしはらかんじ》だった。大学の三年先輩で、在学中に司法試験に合格、ニューヨークのロースクールでも資格を取った辣腕《らつわん》。法すれすれでのし上がってきた彼の二人羽織、黒幕の参謀でもある。石原は国内外の著名弁護士事務所を渡り歩いている。専門は企業法務。とりわけ企業の合併・買収、いわゆるM&A専門だ。売る側も買う側もなんでもござれ。敵対的買収、株式の公開買い付け（TOB）、委任状争奪戦（プロキシーファイト）、買収防衛策、ポイズンピル（買収を防ぐために毒薬となりかねない条項をしのばせておくこと）、グリーンメール（高値で買い取らせることを目的にして、その企業の株式を買い集めること）、黄金株《おうごんかぶ》（買収などに拒否権を行使できる特別な株）。彼の繰り出す手法は相撲の決まり手ぐらい多い。「八十二手の男」と異名を取る所以《ゆえん》だ。「節操がない」「えげつない」「強引すぎる」。彼を形容する負の修飾語は八十二ではきかない。それすら一種の伝説となろうとしている。成功報酬の額は半端ない。彼の八十二手のうちを覗いてみると。

▽社長の次期後継で争うケース：「黄金株」を発行し、どちらかに与える、と歓心を買う。この拒否権付株式は株主総会で会社の合併など重要議案を否決できる特別な権利を持つ。「水戸黄門の印籠《いんろう》と考えれば分かりやすい。黄門株《こうもんかぶ》とでも呼んでください」などと妙な喩《たと》えを駆使して関係者を煙に巻く。

▽嫌がる会社に敵対的なＴＯＢを仕掛けたケース：突然、株式の公開買い付けを宣言された大手企業は当惑した。「ガバナンス（企業統治）が不十分」と、株主総会で社長交代の提案を突き付け、他の株主からこれに賛同する委任状を集め始めた。結果は未遂に終わったが、買い占めた株を高く買い戻させたとの噂が絶えない。

▽流通再編の仕掛人となったケース：相方《あいかた》は同窓の先輩でＭ＆Ａの指南役だった弁護士の石上健太《いしがみけんた》。そう、昨年、脱税容疑で逮捕状が出ている悪徳弁護士だ。隠密裏《おんみつり》に五％未満の株を買い占め、その後「五％ルール」の施行に至ったのが一九九〇年のことだった。あれから十五年。弁護士の資格をはく奪されても、海外拠点から法令を踏み越えない範囲でコンサルタントとして暗躍しているらしい。

影の参謀は表には出ない。胖もその存在すら知らされていない。もし、名前が出れば

「凄腕」「悪辣」など毀誉褒貶《きよほうへん》の激しい「石上・石原コンビ」に、すぐピンと来たはずだ。今や、二人の関係はあまり喧伝されない。

「よし、結団式だ」。珍しく辻の声懸かりで一同は新橋の縄のれんをくぐる。「数字の魔術師」は「コードネーム・ガンマ」の見取り図を示す。「ベンチャー早慶戦もいいが、ファンド早慶戦で卒業生から資金を集めたらどうだ」と本音がちらつく。そろそろ馬脚を現してきたようだ。

第20章

一炊《いっすい》の夢

〈二〇〇五年夏〉胖と買収合戦

前略。八月十六日のビジネス新報を見て一筆啓上いたします。「二つの世代をつなぐ早慶戦、六十年を結ぶ絆」の記事を興味深く拝読いたしました。かくいう私もシベリアでの早慶戦に出ていたからです。

こんな手紙が編集部に舞い込んだのは二〇〇五年八月十八日のことだった。便箋五枚にぎっしりと几帳面な字体で連綿と続く。差出人は千葉県在住の佐藤公成《さとうきみなり》とある。読み進むうちに、田中や神田秀樹をよく知っている空気が漂う。後日譚として「続編」がものにできるかもしれない。

玉手箱を探り当てたかもしれないと沸き立つ編集部。「主任を呼んでこい。横綱部屋だろう」。ここでは喫煙所のスモーキング・ルームをスモウ・キングルームと、「・」の位置を替えて言い慣わしている。誰の仕業かご丁寧にも「Ｓｍｏ　Ｋ・ｉｎｇ」とルビまで符《ふ》ってある。その横綱部屋から土俵上に呼び出しを食らった大山胖《ゆたか》は四股《しこ》を踏む間もなく、くだんの玉手箱を引っ掻き回す。伯母の佐多松子《さだまつこ》が淡い恋ごころを抱いていた「光る君」と六十年ぶりに再会できれば、伯母への恩返しと、「美談」の戦後特集記事への光明が差す。一挙両得だとそろばんをはじく。万年筆で流麗に描かれた五枚の便箋からは出てくる出てくる。情報の宝の山に見えた、この時は。

「お手紙を拝読しました。いつもビジネス新報を読んでいただいてありがとうございます。神田秀樹さんの消息を聞かせてください」。電話に出た佐藤は「神田は大砲の破片で右足に怪我していてな。病院で長く治療を受けておった。シベリアの捕虜収容所で戦った早慶戦にはなんとか打席には立っていた。打っても走れんかったがな」と追想する。これも六十年前、二世代前のできごとだった(※28)。

「ラーゲリ……強制収容所は悲惨さの極致だった。氷点下で食糧も衣料も満足でない。民間人も多数おった。栄養失調や疫病が蔓延《まんえん》する、生死の境を行き来する毎日。朝、起きると隣で寝ていた仲間が冷たくなっている。あれは地獄だ。子や孫には二度と味わわせたくない」。佐藤は苦渋の記憶を呼び覚ます。一九五六年（昭和三十一年）、日ソ共同宣言で国交を回復するまで引き揚げは続く。抑留期間が十年を超す人もいた。「ダモイ……ふるさとへの帰還を夢見ない日はなかった。あの修羅場を生き抜いたら怖いもの、辛いことはない。戦後も極寒の地獄を耐え抜いた同胞との紐帯《ちゅうたい》は太いんだ」。消息は欠かさないようにしているらしい。

「手紙には、祖国に戻ったら連絡を取り合おうと約束して別れたとお書きになっています。その後、お会いしましたか？」

「ああ。私は終戦の翌年に舞鶴港に引き揚げた。治療を続けていた神田はそれから肺炎にかかって五年後の帰還だった。互いの郷里のところ番地や電話番号を伝え合っておったから、すぐに連絡をくれた。田中も誘い合わせて、そう、シベリア早慶戦で、同僚や好敵手だった田中胤盛《たねもり》だ。三人で会ったのは昭和二十六年の晩秋だったな。引き揚げ組の早慶戦だと言って、酒を酌み交わした」

「どんな様子でしたか？　けがは治っていたのでしょうか？」

「脚は完治したと話していた。近況を聞くと、就職先と下宿先を探していると」

「三田かなぁ。神田さんは戦前、港区の三田におられて、私の伯母が存じ寄りだったものですから。光源氏になぞらえて『光る君』と慕っていて、お守りを渡したと聞いています」

「おお、そうか。抑留中に病床を見舞ったとき何やら古びたお守りを握りしめていたことがあったな。私らが行くと、きまり悪そうに隠しておったが」

「あ、それは朗報です。伯母に伝えたら喜びます」

「だがの、下宿先も勤め先も決まっていないような口ぶりだった。その後は手紙のやり取りしかしていない。昭和三十年ごろからは音信も途絶えてしまった」

手掛かりはいったん消えかけた。それでも玉手箱をめぐる一進一退の攻防は続く。あきらめきれず田中との酒席や書簡のやり取りに望みを託す。

「引き揚げ組の早慶戦はどんな試合展開になったのでしょうか？　佐藤さんと田中さんは早稲田、神田さんは慶応ですよね？」

「もっぱら酒量では早稲田の圧勝だった（と笑いながら）。そうそう、くだんのお守りは誰からもらったんじゃ、と攻め立てておった。そう簡単に白旗は揚げなかったがね。照れていたのか、連絡は取っておらん口ぶりだったがのぅ」

「手紙に気になる話はありませんでしたか？」

「う〜ん。ちょっと、待っていてくれ」と言い残して封書の束を持ってくる気配。ほどなく、お宝の糸口が披露される。神田からの最後の手紙は昭和二十九年十月の消印がついていた。書中に世話になったナースの記述がある。佐藤によると「神田は病院生活が長かった。けっこう、もててな。ねんごろになったナースもいたようだ。逢い引きしとるって噂もあった」とか。その文面を電話口で読み上げてもらう。引き揚げ直前には、国際赤十字から来たナースもいたようで、そのナースにお礼したいという趣旨の文言があった。

黒革の手帳に「国際赤十字、シベリア抑留、国立国会資料図書館。国際的なロマンスか？　伯母の大悲恋か？」とメモを殴り書きし、胖は「そのナースの名前や国籍はご存じないですか？」と突っ込む。「分からん。田中なら知っとるかもしれんぞ。復員後もしょっちゅう酒を酌み交わす仲だったが、昨年から病がちになってしまった。どうしておるかのぅ」

「今回の取材では会えませんでした。ご家族に伺うと病状は一進一退とのことです。もし、お会いできたら佐藤さんが心配されていたとお伝えします」

玉手箱から宝玉は見いだせない。神田秀樹探しも一炊《いっすい》の夢に終わるのか。唐の青年が邯《かん》鄲《たん》の地で大出世した夢を見るが、目覚めてみるとまだ炊きかけの飯もできあがっていなかったほど短い時間にすぎなかった。こんな、はかない故事が思い浮かぶ。コトは簡単ではない。

千代田区永田町にある国立国会資料図書館の閲覧室。ここに、佐藤とのやり取りを手掛かりに過去の新聞記事をあさる胖の姿が見いだせる。新聞各紙に目を皿のように目を通していく。

一時間後。あった。「国際赤十字に捕虜保護要請」の記事。日付は昭和二十四年（一九四九年）十二月。日本人の戦争捕虜の扱いを議題とした国際会議の場で、国際赤十字に捕虜の保護を要請したという内容だ。文中にはいまだに数十万人の捕虜が帰還できずに抑留されていて悲惨な目に遭っている実態が明らかにされている。その後の報道を丹念に拾っていくと、人道的な見地に鑑《かんが》み、あくる昭和二十五年から赤十字が医師やナースを派遣して医療や看護にあたり始めたことが分かった。当初、硬化していた旧ソ連側も国際世論に押されて態度を和らげていったようだ。

胸に好奇心の虫がすだく。一縷《いちる》の望みはつながったのだろうか。魔宮ならぬ、迷宮入りだろうか？　はなはだ心もとない。

天上の**天使**「神田さんのヒデちゃんにつながる、か細い糸が心と心をつなぐ太い絆《きずな》になってくれればいいんだけどね」

妖精「一炊の夢に終わらせないためには、閻魔大王が現れない先にシベリア・ルートをたどった方がいい。夢から覚めて毒虫に変身していたら、カフカのグレゴール・ザムザになりかねない。油断していると、悪魔クンや閻魔クンが邪魔するかもしれないわよ」

胖は途方に暮れていた。すると悪魔か閻魔のお告げのように携帯電話が振動する。編集部からだった。すぐ会社に取って返す。ここも戦場さながらだ。口角泡《こうかくあわ》を飛ばす。怒号が渦巻く。「やれやれ、シベリア抑留の調査から引き揚げてきたら、六十年後は、こっちの合戦か?」。鉄砲玉こと天童弘樹《てんどうひろき》と元気印の花井恵梨香《はないえりか》の好取組だった。仕切る行司役は編集長の式守啓介《しきもりけいすけ》だ。

きょうの原稿はできたのかと聞こうと口を開きかけると「記事を送っています。読んでください」と鉄砲玉。八月初旬の御前会議でメディア・ジャパン・ホールディングス、MJH総帥鷲尾瑛士《わしおえいじ》にほのめかした「例のテレビ局の一件」の続報である。タイトルは「テレビ放送とインターネット融合時代へ」。原稿は個別の放送局とIT(情報技術)企業との合従連衡をまとめている。既存のテレビ局ばかりでなく、映像や番組作りに携わるコンテンツ制作、配信側や、投資ファンド、銀行・証券会社まで多種多様な力士が土俵に上がってくる。記事に相関関係図を添えるよう指示し、小幅な手直しで済ます。

「例のテレビ局の一件」は二〇〇五年春に勃発《ぼっぱつ》した買収合戦だ。あざとく、牽強付会《けんきょうふかい》ながら、数世代前の嫁娶《よめと》りにたとえると――旧華族出身のおひいさまは、丁稚《でっち》から手代、番頭と頭角を現し独立して隆盛を極めている婿候補と婚約していた。親戚一同「あの方なら文句ない。実力派ぴか一《いち》。よい縁組」と挙式を心待ちにしている。ところが、どすこい。突然「ちょっと、待った!」。カネをたんまり持った、あるいは、たくさん借りた、見目の麗しい、もう一人の花婿候補が土俵に闖入《ちんにゅう》して「待った」をかけたから、さあ大変。最初の婿候補は縁戚筋でもあり家業も似ている。対抗馬は「一緒に所帯を持てば、こんな明い未来が待っているぞ」と口説いてやまない。二か月のあいだ、すったもんだ右往左往の攻防が続く。さて、結末は?

祝言を挙げたのは縁戚筋の実力派だった。ここでいう、おひいさまはラジオ局のＣａｐラジオ(ＣａｐはＣａｐｉｔａｌ=首都=の略)、婿に収まったのはテレビ局のＣａｐテレビ。事をややこしくしたのはラジオ局がテレビ局の筆頭株主である点だった。ラジオ局を買収すればＣａｐテレビも実効支配できるのではないか。そうはさせじとテレビ側はラジオ株の公開買い付けを宣言した。相場よりも上乗せした価格をつけて株を売ってくれるよう株主に呼び掛ける。いわば、おひいさまも同意のうえでの婚約発表だ。

紆余曲折《うよきょくせつ》があった。婚約に待ったをかけたもう一人の花婿候補が今をときめくＩＴ業界の寵児《ちょうじ》・ＡΩ社だったから話題騒然だ。ギリシア文字のアルファ（Ａ）とオメガ（Ω）を組み合わせている。ヨハネの黙示録の「私はアルファでありオメガである。始めであり、終わりである」の「全て」「永遠」を表象《ひょうしょう》する社名。巨額な投資ファンドを傘下に持つベンチャー企業の嚆矢《こうし》でもある。広報担当として表舞台に立つ姫野小百合《ひめのさゆり》はテレビ局のアナウンサー出身。容姿端麗、知性横溢《おういつ》と画面に映るように見せかける卓抜《たくばつ》さと、言語明瞭な説明能力の高さとで、お茶の間の耳目を集めてやまない。既存のメディアに頼らないＳＮＳ（ソーシャル・ネットワーキング・サービス）を駆使し、頻々《ひんぴん》と自社のサイトに出演する。いつしか姫野は記者仲間や聴取者のあいだで「お姫さま」とか、「ひめ」、「ひーちゃん」と称揚《しょうよう》されアイドル並みの人気を博す。彼女を隠れ蓑にするかのようにＣＥＯ（最高経営責任者）の源田宗一《げんだそういち》の素顔は見えてこない。

そのAΩ《アルファオメガ》社がCapテレビに対抗して、Capラジオ株の公開買い付けを宣言した。花嫁の同意を得ない婚姻届け、天敵からの敵対的な買収だった。ビジネス新報編集部はM&A（企業の合併・買収）取材チームの全兵力を投入して、その帰趨《きすう》を報じてきた。いささか無鉄砲さも併せ持つ鉄砲玉と、たまに度を超す元気印の略称「元気玉コンビ」が取材現場の最前線で陣頭に立つ。有象無象《うぞうむぞう》の仲介役や自称〇〇専門家諸氏が入り乱れる。AΩ社の買収を阻止するための防衛策の発動や法廷闘争、華々しいホワイトナイト（白馬の騎士）の登場まであった。これは敵対的な買収者に対抗する新たな買収者を指す。「ホワイトどころか、ブラックだな」。黒い馬脚が見え隠れする。救世主に見せかけて自己の利益だけを狙った食わせものに煮え湯を飲まされかかったこともあった。報道側を悪用してやろうという下心に乗せられてはいけない。

原稿を仕上げたあとの一服。喫煙室の横綱部屋から戻ると、行司役が「やっと横綱のお出ましか？」とチクリ。「軍配はどちらに上げますか？」と水を向けてみる。
う〜ん、黙考して「買収をめぐる新旧両力士の取り組みは、立ち合いの変化に意表を突かれた巨漢力士が慌てる。まわしをつかもうとすると、けたぐりだ。『髷《まげ》をつかんだ』と物言いまで飛びだす。長い勝負は水入りとなる。最後は巨漢にモノを言わせて寄り切った」と相撲好きの編集長の面目躍如《めんもくやくじょ》だ。「彼らの（といって両記者を指さす）一番は突っ張り合って、どちらも引かない。軍配を上げかねているところだ」。こちらも水入りのようだ。意地の突っ張り合いは続く。張り手が出ないだけマシだ。

恵梨香「やっぱり証券取引所が開く前の時間外取引で株を買い占めたのはフェアじゃないわ。いくら合法だからといっても道義的に疑義は残る」

天童「法の抜け穴があるならば埋めていけばいい。買収の手法だけあげつらって全否定するのは早計じゃないか」

恵梨香「役所に婚姻届を出そうとしたら夫となる人の名前が書き換えられていたんじゃ、泣くに泣けないわよ」

天童「君だって、どっちと結婚したら幸せになるのか、どっちの彼氏についた方が社会全体の利益になるかで嫁ぎ先を決めるべきだ」

恵梨香「社会全体ってきれいごとよね。煎じ詰めれば株主が第一か経営者の立場重視かってことでしょ？　ラジオ局でもテレビ局でも、従業員の視点がすっぽり欠け落ちている。社会貢献なんて、ほとんどがお題目よ」

天童「テレビ放送とインターネット融合は、はなからＡΩ社側が持ち掛けていた項目だった。メディアの世界も変貌の歴史だ。六十年前、終戦を告げる玉音放送を国民はラジオで聴いていた。高度経済成長期以降の主役はテレビが担う。二十世紀の終わりごろに黎《れい》明期《めいき》を迎えたインターネットが今や当たり前の時代だ。コンテンツを持つテレビと全世界とつながるインターネットの親和性は高い」

行司役の編集長が記事に添える「放送とインターネット融合の合従連衡図」を広げてつぶやく。「このなかに、ＡΩ社の名前は見当たらないな。連繋先が見つからないのか、水面下に隠れているのか」

資料を抱えて再び横綱部屋にこもる。神田さんのヒデちゃん、シベリア抑留、ナース。思念をシベリアの神田秀樹から南東に千キロ離れた東京・神田鍛冶町へと呼び戻す。「六十年たっても好戦的な人士には事欠かない業界だな」と苦笑いしつつ、今回の買収合戦の戦後処理に頭を切り替える。事はＡΩ社が買い集めたＣａｐラジオ株を手放し、テレビ局側と業務提携を模索することで表向きは和解した。この過程で「ＴＯＢ＝株式公開買い付け」や「時間外取引」、「買収防衛策」といった難解な用語が市民権を得つつある。つい最近まで保守的な経営者からは「ハゲタカ」と唾棄《だき》されていた投資ファンドへの見方も変わってきた。ハゲタカかぁ、イーグル（鷲）でもコンドル（鷹の仲間）でもなく。

ハゲタカ・イーグル・コンドルの連想からか、どこかで見たぞ。「イードル」という奇《き》天烈《てれつ》な四文字が神のお告げのようにひらめく。干し草のなかから針を探すように、AΩ関連資料をあさる。天童が入手したAΩ社の少数株主一覧の末端にその名はあった。イードル社とは何者か？　租税回避地、いわゆるタックス・ヘイブンに本拠を置く。代表者や役員構成はおろか、事業内容すら皆目見当がつかない。それなら文殊の知恵か。元気玉コンビに持ちかけてみる。

「イードル・フィトルってイスラム教の二大祝祭の一つで、断食《だんじき》明けのお祭りだそうよ。断食の喜捨《きしゃ》の未納者はこのときまでに納めることが義務づけられているんだって」と、百科事典を繰っていた元気印の恵梨香は珍しく自信なさげだ。

「本社はタックス・ヘイブンのケイマン諸島にある。喜捨の未納者が租税回避地か？　タックス・ヘイブンならぬヘブン（天国）だってか？　記者泣かせの会社だな。イスラム教とは関係ないだろう」と混ぜ返す鉄砲玉も玉の打ちどころを失い途方に暮れるばかりだ。

株主名簿を詳細に追いながら、イードル社には日米の私的企業、換言すればペーパー・カンパニーが数多く出資している（煎じ詰めれば益体《やくたい》もない情報）、各国の名だたる企業に資産を投資しているファンド（世界中にいくらでもある）。玉ねぎの皮を剥《む》くように一枚ずつはがされるベールの奥に鎮座する玉ねぎの芯《しん》はまだ見えない。

（イードルってもしやイーグルとコンドルの合成語かな？）一瞬、胖の記憶を司る細胞の最末端に刻み込まれたこの着想がいずれ正鵠《せいこく》を射ることになろうとは、ましてや彼らのご本尊が玉ねぎの芯に鎮座していようとは、どれほど想像の羽を広げても逢着《ほうちゃく》しないのは、いたしかたなかろう。イードルの呪縛《じゅばく》から解放され（すっかり忘れてしまい）、現下の土俵に戻る。

「式守さん、行司役ではなく、土俵に上がってください。論点を整理しましょう」とホワイトボードを持ち出す。花井、天童、胖、式守はそれぞれ二十代、三十代、四十代、五十代後半の代表でもある。

「次回の戦後六十年企画は、今回の買収を導入部にして資本主義や経営のあり方を特集しよう。どちらの陣営が正しいか悪いのか、それを判断するのは俺たちじゃない。事実を伝え読者の『なぜ』に答えるための材料を示す。いったい何を変え、何をもたらし、何を課題として積み残したのか。ただし、背骨は曲げない」。胖がこう言いかけた。その刹那、鉄砲玉が口を挟む「正々堂々・雄気堂堂でしょ。お得意の五か条のご託宣でござんすね。恵梨香ちゃん、標語をボードの右下に貼っておいて」。胖は（ひょうろくだまめ。尊敬する先輩からのご誓文だぞ。それに、なんだ右下とは。これじゃまるで小学校の黒板に書いた給食当番みたいじゃないか）と苦虫をかみつぶす。

この春、崇拝する師匠の加藤周作がメモを遺してくれていた。資本主義の変容、日本的経営の危うさ、グローバルな視点。「秩序を重んじる世代に、来たるべき次世代のＩＴ投資家が挑む世代間闘争の側面がある」と喝破《かっぱ》していた。団塊の世代に属しているその先達《せんだつ》は、偏見を持たず因循姑息《いんじゅんこそく》さのない先見の明がある記者だった。

書記役を買って出た恵梨香がキーワードを書き連ねていく。各世代の代表者が思い思いの意見を吐く。三十分後。論点は出尽くしたようだ。ご誓文の左にはおおまかに五つの切り口が浮かび上がっている。

論点一：変容する資本主義の今とこれから
論点二：会社は誰のものか？　ステークホルダー＝株主・経営者・従業員・顧客・取引先
論点三：企業買収時代への突入、企業価値とは、問題点
論点四：日本的経営の強さと弱み、失われた二十五年
論点五：グローバル時代の経営、コーポレート・ガバナンス、リスク管理

シニア代表が「年金や株の運用に関心の高い我々やその上の世代は、企業価値の増大には肯定的だ。世代間でギャップがあるだろう。決めつけは禁物だぞ。従業員にしても、一家の収入源、生活者、投資家としての顔がある。複線の視座を持ってくれ」と年長者らしい注文を付けた。

ご誓文にかこつけて「聖徳太子の十七条の憲法の冒頭は、和を以て貴しとなす、でしたよね。日本人の背骨にはこれがあるから、和の経営が幅を利かせていたんでしょう。民族性とか、日本人そのものがどう変わっているかにも興味がありますね」という天童に、恵梨香がずばり「私たち、インターネットが当たり前のデジタルネイティブですから」。社会環境や技術進歩、生活の変化という要素もあるようだ。返す刀で「編集長は団塊の世代

ですよね。旧石器時代のような方々と、デジタル世代の私たちとは違います」と恐れげも臆面《おくめん》もなく矛先《ほこさき》を上司に向ける。

一九四七～一九四九年生まれとされる団塊の世代には、高度成長の立役者という矜持《きょうじ》がある。「人びとのため、読者のためを肝に銘じておけ。世代間闘争にしても埒《らち》が明かん」と式守は恵梨香への意趣返しも込めて釘を刺す。五か条の御誓文を授けた先輩記者加藤も同じ世代に属するな、と考え込む。そんな空気は一切読まず、若い記者たちの風呂敷は広がるばかりだ。見解の方向感はフレミングの右手の法則のように三方向に拡散していく。まずは言わせておくか。必要に応じて論点を加えること、それぞれの取材・調査の担当を割り振り、散会する。

今度は、神田鍛冶町から北西へ千キロ、シベリア抑留に思念を巻き戻す。神田秀樹の消息を伯母に伝えに行こうと思い立つ。投与が始まった脳の血栓を溶かすという「コードネーム・ベータ」。治療薬の名称は「TPX」に決まった。その様子も知りたい。

「あーら、あんた、忙しいのにワリィ（悪い）わね」。松子は意外に元気だ。新しい治療薬が承認された翌日の八月十八日に、ちゃっかりと一回目の注射を受けた。「なんだか記憶が戻ってきた気がするわよ」。単純だ。打った当日に薬効が出るわけはない。「さっき、あんたの嫁（のぞみ）と三人の兄弟が見舞いに来てくれてね。全員の名前がすぐに言えたわよ」。自信満々だ。医者からは一週間後に二回目の投与、効果があるかどうかが分かるのはさらに二週間先だろうと聞いているのだが、この人には通じそうもない。機関銃のようなおしゃべりがひと段落したのを逃さず「神田さんのヒデちゃんが」と言いさすと、「エッ！　光る君は生きているの？　どこにいるの？　逢えるかしら」とまくしたててくる。「まだ分からない。でも蜘蛛の糸なみに細～い手掛かりがなくはない」。今日の収穫をかいつまんで話す。シベリアで早慶戦を戦った佐藤公成《さとうきみなり》によると、神田秀樹は①昭和二十六年ごろ帰還②その年の晩秋に佐藤、田中胤盛《たねもり》らと会合③昭和二十九年を最後に三十年以降、音信不通。ナースとねんごろになった話は伏せておく。惻隠《そくいん》の情《じょう》だ。

同じ日に「TPX」の治療が始まった岳父の草壁俊英《くさかべとしひで》の塩梅《あんばい》はどうだったか。いまや懇意となっている看護師長に問い合わせる。「静かに眠っていらっしゃいます。さしたる容態の変化はありません。脳の血栓溶解や血流回復の具合はデータを海山（菱川博昭の研究室）に逐次、送っています。二週間ほどで効果の度合いが分かるでしょう」。

その夜、俊英は丘の上に立ち、はるかかなたまで青々と広がる錦江湾（鹿児島湾）と桜島の白い噴煙、楠《くすのき》の巨木に圧倒されていた、夢の中で。夢枕に立った仲間と青雲の志を誓い合っている光景が脳裏をよぎる。あとあと「天命を知る旅」と語り草になった三十年前の夏。故郷駿河で旗揚げを誓いあった五十年前の夏。

夢か現《うつつ》か。幽明の境に彷徨《さまよ》っているのか。黄泉《よみ》の国にはまだ行きたくない。そもそも冥《めい》途《ど》へ行く三途の川の渡し賃、六文銭の持ち合わせがない。意識か、無意識か。錯綜する。と、孔子さまが枕辺に、何やらぼやきつつ、元気づけてくれているようだ。むかし読んだ論語「述而《じゅつじ》第七の第五章」らしい。「子曰。甚矣。吾衰也。久矣。吾不復夢見周公（子いわく、甚だしいかな、吾が衰えたるや。久しいかな、吾復《ま》た夢に周公を見ず）」（※29）。俊英の夢を占うと、まだまだ気力は衰えてはいないようだ。意識の回復を示す予兆なのだろうか。一炊の夢のあとに、どんな現実があるのか。それは本人にも分からない。

第21章

一碧万頃《いっぺきばんけい》

〈一九七五年〉俊英ら天命を知る旅

「晋《しん》どんもう、ここらでよか」。明治十年（一八七七年）九月二十四日午前七時。西南戦争に敗れた西郷隆盛が冥途《めいど》に旅立つ。そのおよそ百年後、ここ鹿児島市の城山に草壁俊英《くさかべとしひで》たち旧陸軍士官学校の同期生三人がたたずむ。幕末から維新にかけての巨星終焉《しゅうえん》の地は、城山から岩崎谷に降りたところにある。案内板は「2発の銃弾が西郷隆盛の腰と大腿部を撃ち抜きました。城山洞窟を出てわずか３００ｍ」と淡々と綴る。城山に立て籠《こも》った薩摩軍はおよそ三百。五万ともいわれる政府軍がびっしりと取り囲む。十年ほど前、西郷が主導した戊辰戦争で囲繞《いにょう》された彰義隊や白虎隊のように。城山の中腹、岩崎谷の洞穴は畳二《たたみに》畳《じょう》ほどの広さだ。城山洞穴を出て裏山に降りようとするところで流れ弾を受けた西郷南洲。東を向き皇居を伏し拝む西郷を股肱《ここう》の別府晋介《べっぷしんすけ》が介錯し命を断つ。享年五十一歳。

三人は終焉の地から北に「南洲墓地」に向かう。死して後も南洲を慕い、その魂魄《こんぱく》を守るかのように取り囲む二千近い墓石。今回の旅行を仕切る鹿児島出身の伊集院隼人《いじゅういんはやと》が「西郷さんたちに」と携えてきた花と線香を手向《たむ》ける。

「終戦の日からちょうど三十年だな。あの日、皇居前の広場で伊集院と偶然、会った」

「そうだ。草壁、おまえ腹を切ろうとしていたんだったな。西郷さんがここ城山で自決してから百年たつ。変わらないのは桜島と、青々としたこの大海原だ。高田、どことなく陰気な日本海とは違うだろう？」

「聖徳太子じゃないが、日、出《い》ずるところの海と、日没するところの海との違いかな。同じ海とは思えんな。わだつみ、海の神がいるみたいだ。真夏の太陽もぐっと大きい。セミの鳴き声にいたってはワンワン、獰猛《どうもう》に聞こえる。異国に来たようだ」

一碧万頃《いっぺきばんけい》。大海原が、はるかかなたまで青々と広がっている。誰言うともなく「わだつみか」「読んだか？」。阿吽《あうん》の呼吸でうなずく。戦没学生の手記『きけわだつみのこえ』に綴られている数々の遺書は彼らと同年代、似たような修羅場を体験した戦友たちの声なき声だ。幽明界を異にする彼らの情念が記憶の底に沈殿している。

「この先の沖縄で」と伊集院は南を指差しながら「特攻で散っていった帝大生が宮沢賢治の『烏《からす》の北斗七星』にまつわるエッセイを朗読した話が印象深い」と独白を始めた。その帝大生は賢治の「世界がぜんたい幸福にならないうちは個人の幸福はあり得ない」という一文に共感している。「どうか憎むことのできない敵を殺さないでいゝやうに早くこの世界がなりますやうに」と、作中の烏の大尉の科白を引用して、世界が正しく、良くなるために、先人の積んだ塔の上に「据《すわ》りのいい石を重ねたい」と結んでいる。

高田はある慶大生が両親宛てに「日本の自由、独立のため、喜んで、命を捧げます」と書き遺した秘話が忘れがたい。陸軍の特別攻撃隊に選ばれ「身にすぐる光栄」と言いながら、当時、弾圧されかねない自由主義者を標榜し、恬《てん》として気にかけなかったこの学生。「実は別の遺書があった。本文の活字の随所に○《まる》印がついている。それを結んでいくと『いつも　きみを　あいしている』と読める。恋人に宛てた遺書になっているんだ」

「志布志湾で神風特攻隊員として戦死した鹿児島の学生が飛行場の芝生を見て、こんな言葉を書き綴っている。名もない芝が大地から生まれ、その生を終えようとしている。彼——彼というのはその枯れゆく芝生のことなんだが——彼は若々しい自分の後継者に、次のジェネレーションを逞《たくま》しく生きてゆく希《ねが》いをかけている。たとえ枯れ果てようとも、次の世代に永遠の持続と発展を託しているんだ」。草壁がこう言っているうちに、一行は明治維新最大の功労者が最後の五日間を過ごしたという城山洞窟から城山公園の展望台に登ってきた。

見はるかす先には白煙たなびく桜島の威容。湧き立つ入道雲まで厳めしい。眼下に広がる錦江湾《きんこうわん》はどこまでも青く、そして穏やかだ。これが同じお天道様《てんとうさま》なのか。南国の日差しは、草木を灼《や》き尽くそうとでもいわんばかりに容赦ない。海の彼方に瞳を凝らす。三十年前、彼らの兄弟が、戦友が、幾多の尊い命を落とした。三人は申し合わせたように南に向かって鎮魂の手を合わせ頭《こうべ》を垂れる。伊集院だけは隆盛が流された奄美や徳之島、鬼界ヶ島への思いを込めていたのかもしれない。西郷南洲が東の方角、皇居に向かって拝み伏したように。

同期三人組は大南洲の齢《よわい》に並ぶ人生を歩んできた。それぞれの会社で重責を担う。来《こ》し方《かた》を振り返る。行《ゆ》く末《すえ》には深く青く美しい未来が待っているはずだ。しかし、航路は順風《じゅんぷう》満帆《まんぱん》だけではないだろう。行く手にいくつもの波風が、ときに嵐が襲うことだってあるかもしれない。西郷の辞世の句とされるのは、月照とともに錦江湾に入水自殺を図ろうとしたときの「ふたつなき道にこの身を捨小船波たたばとて風吹かばとて」だった。

おりしも司馬遼太郎の『翔《と》ぶが如く』が新聞で連載中だ。主人公は西郷隆盛と大久保利通だ。「ここ数年、親父《おやじ》は毎日、新聞小説を読んでは切り抜いて帳面に貼っておる」。伊集院家は代々、明治維新まで薩摩藩の下級藩士、維新後は行政官または軍人の系譜を踏む。「せごどん（西郷さん）は死んでのち、天上のほうき星になったんじゃ」。手ぐすね引いて待ち構えていた元市議は得意満面で一枚の図画を指し示す。錦絵「西南珍聞　俗称西郷星之図」とある。右上の円内に星となった隆盛が官服姿で燦然《さんぜん》と輝く。左下の地上からその星を見ようと和服姿の江戸の庶民が望遠鏡を覗き込む。

明治十年（一八七七年）八月。西南戦争が終わりに近づいたころ江戸の町に奇妙な噂が流れた。夜空に赤色の奇星が輝く。きっとこれは西郷隆盛の化身に違いない。望遠鏡で覗くと星のなかに西郷の姿が見えるぞ。西郷の蜂起《ほうき》が「ほうき星」、「彗星」となったという落ちまでつく。しかしてその正体は火星の大接近だったという顛末を新聞が報じるほどの騒ぎだったとか。

「それほど、せごどんの名声、いや、明星（めいせい、と発音した）は気高く大きかった。百年たっても星の輝きは色あせておらん」と元市議はもう一枚の錦絵を取り出す。「見やったもんせ」。今度の「西南西郷星之図」は、右上の西郷星は同じ位置から右手をかざしている。覗く先には海に浮かぶ軍艦。なぜか気球らしき物体が飛翔《ひしょう》する。政府軍が新兵器として開発した軽気球に乗って一夜、空に姿を見せる西郷を撃ち落とそうしたと解説がつく。

「大学時代に読んだトルストイの『戦争と平和』にも気球の話が出てきますね」と草壁。ナポレオンとの戦争でロシアの皇帝がオランダ人の技術者に作らせたそうだ。「そじゃったら、せごどんはナポレオン並みに畏怖《いふ》されておったんじゃ」と薩摩隼人一流の三段論法で気炎を上げる。

まさに巨星墜《お》つ。「存在感もスケールも感情の量も多大な人だ」「上野公園の銅像は一碧万頃、南の太平洋の先、アメリカの艦隊ににらみを利かせているのだろう。もっとも、西郷隆盛の怨霊をなだめようとして明治政府が銅像を立てたという説もある」と、客の二人。静岡出身の草壁は徳川家のお膝元だし、高田の郷里新潟は「奥羽越列藩同盟《おううえつれっぱんどうめい》」で「官軍」に滅ぼされた側だけに、内心忸怩《ないしんじくじ》たる思いがないわけではない。

高田は戦国武将の松永弾正久秀だって「弾正星」伝説があるぐらいだし……つらつらと思念が星のように飛び交うなかで、またぞろハムレットが脳の舞台に登場してきた（※30）。

シーザーが暗殺された紀元前四四年ごろローマ市民は偉大な英雄の死と大彗星をまるで「西郷星」のように噂し合っていたそうだ。「地元にとってみれば、シーザーも西郷さんも巨星墜つ、だ。英雄が死ぬから異変が起きるのか、天地地異が偉人の命運を尽きさせるのかは分からんが」

草壁の内心はやや違う。「官軍と賊軍」というのは不公平だ。当時は「東軍と西軍」と言われていたはずだ。明治の新政府は大正、昭和の世代にいったい何を残したのだろうか。最後の内戦となった西南戦争がもたらしたのは、日清・日露から太平洋戦争と続く対外戦争の歴史だ。現に西南戦争の政府軍は、当時最強だった薩摩軍を相手に近代戦の実地を踏んだ。最新鋭兵器の導入・開発はもとより、探偵《スパイ》の諜報活動や暗号を用いた通信網の整備など情報・通信戦でもあった。これを原型にして数世代のち、彼らの世界大戦へとつながっていく。

「近代日本の魔物」と司馬遼太郎が断じた「軍における統帥権《とうすいけん》の独立」は西南戦争の翌年に副産物として確立する。維新の英雄たちが作った大日本帝国を滅ぼす遠因のひとつが統帥権の独立だとすれば、六十数年前にその種が蒔《ま》かれていたことになる。

「敬天愛人《けいてんあいじん》」。この四文字を墨痕淋漓《ぼっこんりんり》と大書した伊集院家の床の間の扁額《へんがく》が目を引く。文字通り、天を敬い人を愛すること。天命と仁愛に一生を捧げた西郷の座右の銘だ。今でもこれを建学の精神にしている教育機関や会社の錦の御旗に掲げる経営者は多い。

「おはんら、もっと、たもらんかい（食べなさい）」。食卓に溢れんばかりの郷土料理。芋焼酎を一升瓶からどぼどぼとぐい飲みに注ぎ込む。いまや道教系の神鍾馗《しょうき》顔負けの赤ら顔となった翁は怪気炎だ。「薩摩へこ（兵児、若者）の人生訓じゃ」と冊子を座に持ち込む。手書きで「南洲手抄言志録《なんしゅうしゅしょうげんしろく》」と読める(※31)。

元市議は教師となった。「おまんらも五十じゃろ？　孔子みたいに天命を知ったか？　象山みたいに世界を知ったか？」と同期三人組を見回す(※32)。寝床に入っても高田は南洲の冊子を食い入るように熟読している。「此の学は、吾人一生の負担なり。当に斃《たお》れて後已《や》むべし。道は固《もと》より窮り無く、堯舜《ぎょうしゅん》の上善も尽くること無し」と、ぶつぶつと、つぶやく。学問は死ぬまで努力すべきものだな、確かに。中国古代の聖天子、堯《ぎょう》や舜《しゅん》を超える善があるのか？　その次には孔子が出てくる。

「一所懸命」を座右《ざゆう》の銘《めい》にしてきた俊英は、そのつぶやきを聞きながら、「立志勉励《りっしべんれい》」という四文字が目に飛び込んできた。言志録は「四十歳を過ぎると時間を大切にしなければならない、体力や気力が衰える」と戒めてから、「すべからく、時に及びて立志勉励を要すべし」、つまり、志を立てて学び励まなければならないと説く。そののち彼の旗印は「一所懸命　立志勉励」に塗り替わっていく。

俊英は「堯《ぎょう》は舜《しゅん》を以て婿と為《な》し、後に天下を以て之に与う」という一条から目を離さない。この旅で、養子に後を継がせることは天命だと潜在意識に埋め込まれたかのように。この三十年後、夢寐《むび》のなかで噛みしめることになる「真我《しんが》は万古《ばんこ》に死せず」の一条は、いまこのとき彼の胸中に顕現《けんげん》していない。

天上の**天使**「わたしたちの名前も、言志四録からとられるような気がする。代々この書から命名されているからね。そこへもってきて座右の銘に立志勉励が加わった。立志（りっし・たつし）の二文字が二人を連理《れんり》のように結びつけるのかな」**妖精**「それぞれの息子と娘がその十年後、比翼《ひよく》の仲になるのね。玄宗皇帝と楊貴妃が誓い合った『比翼連理』はこの一碧万頃の旅から宿命づけられていたんだ。翼を並べて一体となって翔《と》ぶ鳥のように、二つの木が一体となって枝葉を伸ばすように」

翌朝、俊英らは「天命を知る」という人生の命題に刮目《かつもく》させてくれた恩師に別れを告げ、鹿児島本線で一路北へ旅だつ。加藤清正の熊本城を見て、馬刺しを平らげ、一泊。翌朝は博多へ向かう。九州縦断だ。

車中の会話。「星になった西郷さんの次は天神様、神さまになった菅原道真《すがわらのみちざね》公だな」と九州男児は腕をさする。太宰府天満宮《だざいふてんまんぐう》が、この「天命を知る旅」の最終目的地だった。

高田は鹿児島を発《た》つ日に元市議から渡された冊子を一心不乱に読んでいる(※33)。草壁は乱世にあって紊《みだ》れた世を少しずつでも良くして倖せで平和な時代を築くことを自らの天命だと思い至った。しかし自然の摂理の大きさに比べると、一人ひとりの人間はあまりに小さくか弱い。伊集院は「俺たち後世の人間にも、いったい何ができるのかそれぞれ自分で考えろと言っているんだな」。この三人の道筋は違っても、おのおのの天命を垣間見た瞬間だった。

「西郷さんが城山で儚《はかな》くなったのは五十一歳だった。彼は三十代で天命を知ったに違いない。立志、不惑、知命まで三十年分の人生を一気に駆け抜けた。これを見ろ」と薩摩隼人の子孫は代々伝わる「南洲語録」を示す(※34)。

「三十代で三十年分を会得《えとく》したとしても、天命を知ったその先がなかった。六十にして耳順う、七十にして心の欲する所に従えども矩《のり》を踰《こ》えず、とまで達観できていたら」。草壁はその次の「西南戦争まで突き進んでいなかっただろう」という台詞を飲み込む。歴史の大きな流れ、時世の大転換に耳を傾け、国際的な激動に目を凝らすことができなかった。西郷が「天命」だと思って自らを鎧《よろ》うた「矩」を踰えられなかったのではないか。こんな疑問を拭いされない。

「八十里こしぬけ武士の越す峠」。高田は、西郷らと対峙《たいじ》し越後長岡藩を率いた河井継之助《かわいつぎのすけ》の末後に思いが及ぶ。戊辰《ぼしん》戦争の北越戦争で官軍に敗れ、長岡城を奪われた継之助は重傷を負う。越後から会津に落ちのびる八十里越で、「腰抜け」と「越《こし》の国、越後を脱け出る」を重ね合わせ自嘲を込めてこう詠んだ。「司馬遼太郎の『峠』を読むと、わが母校を創設した福沢諭吉が河井継之助に自由と権利の話をする。独立自尊の精神を説き、国家は文明の保護役にすぎないっていうんだ。それが継之助の旧弊にとらわれない自由な発想と、中立割拠して独立王国を目指す生きざまの土壌になったんだろう」と高田。あくまで独立し、新政府軍と談判し、旧幕府軍と新政府軍の調停に乗り出したが不調に終わった継之助。会津藩領の塩沢村で、従者に自らの棺と薪を燃やす火を見つめながら最期を遂げる。滅びゆく長岡藩の前途を悲嘆して庄内藩を頼れ、と遺言を残す。

「庄内藩といえばな、かの地では西郷どんの徳望を崇拝する人が多かったんだぞ。奥羽北越戦争で降した庄内藩を、寛大な措置で降伏を受け容れたからだ。西郷どんは流刑された地で『道義国家』を目指す志を抱いた。それが伏線だったんだろう」。こんな話を薩摩の地で聞くと、これまでの西郷像が大きく変わった。

「天神様の前に天神に繰り出すぞ」。その夜、博多駅から繁華街にある水炊き料理の老舗《しにせ》の暖簾《のれん》をくぐる。ほどよく座が温まるころ、「天神夜話《やわ》」は佳境に入っていた。菅原道真の七言絶句「九月十日」。延喜《えんぎ》元年（九〇一年）九月十日の夜、道真が九州太宰府に流された時の惻々《そくそく》たる感情を表す詩である。重陽《ちょうよう》の「菊の節句」の宴《うたげ》でいただいたお題「秋思」に即した詩を清涼殿で披露した。天神様は、藤原氏の妬みから冤罪を蒙り、こうして流されてきた。まさに断腸の思い。帝から授かった御衣を毎日おしいただいては、残り香を懐かしむ。

五十七歳で従二位まで上りつめた延喜元年正月七日。その十八日後に待ち受けていたのが太宰権帥《だざいごんのそち》への左遷命令だった。その失意と悲憤は察するに余りある。はるけき都におわします醍醐天皇へのいちずな思いを詠いながら「独り断腸」とは穏やかではない。八百万の神々で最も親しまれている全国一万を超す天神様にどう結びつくのか。神様に祀り上げられる前に、「怨霊」という前段階があった。

「東風《こち》吹かば匂ひおこせよ梅の花　主なしとて春を忘るな」。都を去るにあたって、家に咲く梅に「東風が吹いたら、大宰府までその匂いを届けてくれ。主人がいなくなるからといって春を忘れてはならない」と詠んだ。左遷から二年、五十九歳で世を去るまで望郷の念を拭いきれない。

酒気を帯びると父親譲りの鍾馗《しょうき》顔に近づく伊集院が毒づく。「西郷どんは南海の島、道真公は大宰府、俊寛《しゅんかん》も鬼界ヶ島だ。流される先はなんで九州ばかりなんだ。太古の昔、文化、文明は九州から東へ伝わっていったはずなのに」。道真は大宰府にいた二年間、千年後の我々に何を遺したのだろうか。三人は俄然、興味津々だ。古式ゆかしい和風旅館で軽く寝酒をたしなみ、眠りにつく。

翌朝。「菅原道真公をお祀りする全国約一万二千社の総本宮と称えられ、学問・至誠《しせい》・

厄除けの神様としてご崇敬を集めています。年間に約一千万人近い参拝者が訪れます」。観光ガイドの説明に耳をすます。墓所の上に造営した社殿は畏敬の念すら感じさせる。毎年、二月の節分厄除け祈願大祭と、九月十日に参拝を欠かさないという高齢の夫婦に、道真がどうして怨霊から天神様に変身したのか由縁を教わった。

道真が編纂した「菅家文章《かんけぶんそう》」という書物にこんな漢詩があるそうだ。「我れ将《まさ》に南海に風煙に飽きんとす更に妬む他人の左遷なりといわんことを」。権勢をふるった藤原時平との熾烈《しれつ》な権力闘争に敗れ、讒言《ざんげん》があってこの地に流れつく。「道真公は大宰府政庁の南館で生涯を終えた。おん亡骸《なきがら》を牛車に乗せて進もうとしたら、牛が伏して動かない。これは道真公のみ心によるものであろうと、ここに埋葬することになった」という言い伝えを披露してくれた。

道真の死の直前、天拝山の山頂で七日七晩無実を訴えた。天から道真に「天満大自在《てんまだいじざい》天神《てんじん》」の称号が与えられ、天を司る神、天神に姿を変えた。これが天神伝説の始まりだという。

ところが死後、京都では旱魃《かんばつ》、飢饉《ききん》が相次ぐ。時平が三十九歳の若さで亡くなる。

九三〇年には暗雲と落雷で、ときの大納言が即死する。旱天や流星、大地震は怨霊となった天神様の祟に違いない。人々は畏れた。この霊を慰めようと朝廷は各地に天神社を建立する。大宰府がその総本宮だ。時を超え江戸時代に入ると学問の神様、天神様として民衆の神様になっていく。

和風旅館に旅塵《りょじん》を払った一行は懐石料理を囲む。戦後の焼け野原で右往左往していた青年たちが三十年後、まことしやかに豪奢《ごうしゃ》な夕食にありつく。いきおい、感傷めいた感慨になっても不思議ではない。

「道真の梅の詩は、あたかも短い春の夜に見る夢のようだな。人生の栄華がきわめてはかなく消えてしまう『一場春夢《いちじょうのしゅんむ》』とは、彼の人生そのものだ」。高田が梅酒を飲みながらきりだす。位人臣を極め得意の絶頂から大宰府に左遷された悲運な貴顕《きけん》の詩人。梅の花がほころびる春のある日、目覚めたとたん香りに気づく。その匂いを東風にのせて都へ運んでくれ。それで私のことを思い出すよすがにしてほしい。その願いは届けられる。彼の名と詩と物語は全国一万の天神様、学問を志す若人や受験生、詩や雅《みやび》を愛する文人墨客《ぶんじんぼっきゃく》の心に千年後も脈々と生き続けている。

「後世に名を刻んだのは、政争に勝った藤原時平ではない。怨霊から神になった菅原道真だな。平安の偉人で、これほど人口に膾炙《かいしゃ》している人もいない。日本人のこころと追憶、文化芸能の世界では特にそうだ」

「なんだか、明治政府が軽気球で天上のほうき星となった西郷さんを撃ち落とそうとした錦絵を思い出した。天神様はそれとは逆に、右上の雲の上から鉄槌《てっつい》を下す役回りだけど」

と伊集院は、左遷に憤った道真が地上の内裏《だいり》に雷を落とす絵姿《えすがた》を思い浮かべている。

「西郷隆盛も征韓論をめぐる政争から西南戦争で明治政府に負けた。しかし、死後百年たって、大久保利通たちよりも圧倒的に人気が高い。恩赦を受けて上野の山に佇立《ちょりつ》する銅像は庶民の瞼《まぶた》に燦然とした輝きを放っている」。草壁は、江戸の町が焼け野原になることを防いだ大人物が「ほうき星」となって民衆の心に生き続けることを願う。「判官びいき」と一言では片づけられない何かが、そこにはあるのだろう。

一陽来復、三人が旗揚げを誓った駿河の旅から二十年。天命を知る、名を成す、後世に何かを遺す。こうして南国の旅は一碧万頃、はるかかなたまで青々と広がっている海を背景に、はるけき行く末を三人の心に植えつけることになった。

コラム　第21章

西郷蜂起：伊集院の蔵書は「新聞錦絵」（昭和四十七年、毎日新聞社発行）。明治二十一年二月二十四日の「やまと新聞」が「近世人物誌」と題して西郷を報道している。「先には維新の元勲たり、後には反賊の首将たり、陸軍大将の服を着て鋒を接《まじ》う、半生の功業半生の罪悪、共に非常にして古今未曽有《ここんみぞう》たり」と書き出す。錦絵は、犬を連れ猟に赴く西郷が山野を跋渉《ばっしょう》する瀟洒磊落《しょうしゃらいらく》な姿を描く。「不世出豪傑の称は史家の此人に与うるを吝《おし》まざる所なるべし」と結論付けている。その評価は百年たっても色あせてはいない。

南洲手抄言志録《しゅしょうげんしろく》：西郷が自ら編纂し、生涯にわたって心の糧としてきた金科玉条の百一か条。「底本」は江戸時代後期の学者佐藤一斎《いっさい》が著した「言志四録《げんししろく》」。「言志録」と「言志後録」、「言志晩録」、「言志耋《もう》録」を合わせて「言志四録」という。このなかから、西郷が感銘を受けた文言を選び絶えず手元に置いていた。伊集院家では子々孫々、百一か条を書き写し実践することが家訓だ。

菅原道真「九月十日」：去年今夜侍清涼（去年の今夜　清涼に侍す）
秋思詩篇独断腸（秋思の詩篇　独り断腸）
恩賜御衣今在此（恩賜の御衣　今ここに在り）
捧持毎日拝余香（捧持して毎日　余香を拝す）

第22章

一路鎮西《いちろちんぜい》

〈一九九八年〉胖と諭、真実一路の旅

「合格できますように。天神様、お願いします」。太宰府天満宮《だざいふてんまんぐう》に手を合わせる父と子の姿があった。草壁《くさかべ》・伊集院《いじゅういん》・高田《たかだ》の「天命を知る旅」からおよそ二十年後の一九九八年夏。「天にすがる神頼み」の旅と見受けられる。「やったー！　吉だよ」。おみくじを引いて喜ぶ息子。たしか、ここには「凶」はなかったんじゃなかったかと思いつつ「よかったな」と顔をほころばす父。

他愛なく「吉」にご満悦なのは大山諭《さとる》。小学校五年生になっていた。夏休みの宿題を兼ねて一路鎮西《ちんぜい》へ。父胖《ゆたか》と初めての二人旅だ。胖が山本有三の小説『真実一路』に感銘を受けたのは三十年前。いま、長男は同じ年ごろに育っている。そして、小説の主人公の義夫もまた同年代。死んだと聞かされていた母むつ子が家に戻り、義夫と伊香保へ二人旅に出る。うわごとで「おかあさん！」と叫ぶほど、恋い焦がれていた実母に、どうしてもなつかない。その後、むつ子の自殺という悲劇を知らず運動会で活躍する義夫。胖と諭、父と子が紡《つむ》ぐ「真実一路を探す二人旅」はその後、順番に次男、三男もバトンを受け継ぐ。

「ここは誰を祀った神社か知っているかい？」

「菅原道真《すがわらみちざね》。学問の神様でしょう？　平安時代に藤原氏に流されたんだよね。都に災害が続いて道真の祟りと畏れられた。その霊を鎮めようと天神様が建てられたんでしょ？」

「（さすが、受験生、淀みない。予習してきたな）じゃあ、なんで学問の神様になったんだ？」

「勉強ができたからじゃない？」

「半分正解」。道真は当代随一の学者であり、秀でた政治家だ。詩歌・文学、中国古典なんでもござれの文化・教養の人だった。二十六歳の若さで「方略試《ほうりゃくし》」を突破する。この試験は三、四年に一人しか合格者が出ないような超難関コースだ。今の受験とは比べものにならない。「道真は遣唐使の任命を受けて辞退した。二百年以上続いた遣唐使に終止符を打った人でもある」と訓える。諭も父方の祖父立志《たつし》、父胖と同様、三代続けて佐藤一斎の「言志四録」から命名されている。「之を諭すは可なり」がその由来だ。

「へー。よく知っているね」（親父の面子《めんつ》にかけて、こっちも予習してきているんだ。予習カードはまだ半分しか出していない。残りは夜にとっておこう）

夜の帳《とばり》が下りた。諭の祖父、胖の岳父にあたる草壁俊英《くさかべとしひで》が二十年前に泊まった古式ゆかしい和風旅館を予約してくれている。温泉で背中を流し合ったあと夕食の膳を囲む。山盛りの山海の珍味に箸《はし》とビールが進む。さて残りのカードを出すか。

「三大歌舞伎って知っているか？」

「カブキ？　銀座の歌舞伎座でやっている？　よく、お祖父さん（立志）に連れて行ってもらったって聞いたけど、詳しくは知らない」。立志に伝授された歌舞伎の本が予習カードの一枚だ。

「三大歌舞伎の一つが『菅原伝授手習鑑《すがわらでんじゅてならいかがみ》』だ。道真は能楽にも義太夫にも出てくる」

「天神様を主役にしてゲームを作ったらおもしろいね。藤原氏をサンダービームでやっつける。方略試とかいう試験に落ちたり、政治の闘いに負けると島流し。学問の経験値が上がれば遣唐使になって昇進できる。弟たちにも教えてやろうっと」

サンダービーム、雷、いかづち。じゃあ、歌舞伎をゲーム仕立てにして話すか。菅原伝授手習鑑のヒーローは道真、ゲームのキャラクターは「菅丞相《かんしょうじょう》」。敵役《かたきやく》は藤原時平をモデルにした「ふじわらのしへい」だ。菅丞相の家来の三つ子たちが重要な役どころとなる。

長兄が梅王丸、次男は松王丸、三男が桜丸……おっと、君たち三兄弟みたいだな。ところがこの三人、丞相、時平、親王と、それぞれ異なる主君を仰ぐ。三人鼎立《ていりつ》の巴戦《ともえせん》だ。桜丸は自身が丞相流罪の原因となったと責任を感じて自害してしまう。ゲームオーバー。松王丸は丞相の息子菅秀才《かんしゅうさい》を斬首の命令から守るために、自らの子を身代わりに差し出す。梅王丸から、しへいの謀略を聞いた丞相は雷《いかづち》となって都の空へ向かう。サンダービーム＝雷光線が炸裂、しへいの野望をうち砕く。

「サンダービームの破壊力はすごいね。正義のヒーローが勝ったんだ」

「能楽の題名は、その名も雷電《らいでん》だ。道真が左遷されて憤死したあと、雷となって内裏《だいり》に祟ったエピソードをもとに構成している。後世の歌舞伎はこれに影響されてできたそうだ」

「三大歌舞伎の残りは何？」

「あとの二つは仮名手本忠臣蔵《かなでほんちゅうしんぐら》と義経千本桜《よしつねせんぼんざくら》だ。俺が小学校一年生のときにＮＨＫの大河ドラマは赤穂浪士、三年生のころは義経だったんだ。その都度、オヤジ（立志）に解説してもらった覚えがある。新・平家物語の放映は中学のころだ。札幌にいた時分に家族そろって太平記を観ていたけど、覚えていないよな？　諭はまだ幼稚園だったし」

「あまり記憶にないね。太平記と言われても、いつの時代かピンとこないよ。赤穂浪士の討ち入りと牛若丸・弁慶の大活躍なら、ゲームになりそうだけどね」。なにごとにつけ、ゲームにかこつける性避は長男のみならず、「兄弟相伝」のように次男、三男が受け継いでいく。

ところが、そう単純明快ではない。これも父の受け売りだ。忠臣蔵は単なる仇討ちの成功譚ではない。だいいち、浅野内匠頭《あさのたくみのかみ》や大石内蔵助《おおいしくらのすけ》、敵《かたき》役の吉良上野介《きらこうづけのすけ》も出てこない。討ち入りのあった元禄十五年（一七〇二年）より三百数十年も前の設定だ。南北朝時代の騒乱を描いた「太平記」の人物名に置き換えられている。吉良の役どころである高師直《こうのもろのう》が、浅野内匠頭を擬《ぎ》した塩冶判官《えんやはんがん》の妻に横恋慕《よこれんぼ》する。それが幾多の主従や夫婦、親子の人生を変えていく。大石役の大星由良之助《おおぼしゆらのすけ》が仇討に成功する結末だけは一緒だ。

「歌舞伎の初演は実際の赤穂事件から五十年ぐらいあとだ。親や祖父母が生きている時代に討ち入りがあったんだね。時の幕府に憚《はばか》って時代設定を変えたんだろう。見逃せないのは江戸の庶民が拍手喝采したこと。だから今日《こんにち》まで続いているんだ」。

義経千本桜は、牛若丸と弁慶が五条大橋で、という物語ですらない。義経に滅ぼされたはずの平知盛《たいらのとももり》、維盛《これもり》、教経《のりつね》が実は生きていた。むしろ平家が主役と言っていい。「九郎判官義経」を指す「判官びいき」が、江戸時代の歌舞伎では「平家びいき」に変換されているかのようだ。「テレビも新聞もない。江戸時代の庶民の世論を示すものは瓦版や錦絵、それに歌舞伎に代表される文芸や芸能だった。圧政に苦しむ庶民が渇望するのは、滅びたもの、弱いものへのやさしい視線だったのかもしれないな」

鎮西の旅の初日の夜。菅原道真や歌舞伎を仲立ちとした、祖父・父・子の三世代にわたる「手習い」の「伝授」は終わった。

あくる朝。次の神頼みは八幡様《はちまんさま》の総本宮宇佐神宮《うさじんぐう》だ。博多駅から向かう途中、ふとした気まぐれから中津駅に降り立つ。駅前に立つ福沢諭吉像に一礼しておく。これが一年後、思わぬ功徳《くどく》をもたらそうとは、親子ともども想像の範疇《はんちゅう》を超える。慶応付属中学の試験に福沢諭吉の出身地を問う出題が。一年半後に「鎮西旅行のおかげで合格できた」と感謝されることになる。

そんな未来は露知らず、中津駅からバスで耶馬渓《やばけい》に向かう。菊池寛の『恩讐《おんしゅう》の彼方《かなた》に』の舞台は、垂直に切り立った岸壁、青々とした山国川が滔々《とうとう》と流れる。青の洞門は清々しい空気に満ち溢れていた（※35）。小説の主人公・市九郎は羅漢寺に詣でるつもりで山国川の渓谷を辿るさなか、馬子《まご》が転落死した事件を聞いて、洞門という「諸人救済の大業」を思い立つ。その「耆闍崛山《ぎしゃくっせん》羅漢寺」は大化元年（六四五年）にインドの僧侶が修行したことが起源とされる。そそり立つ岩壁を刳《く》り貫いたような岩窟に蝟集《いしゅう》する何千もの石仏。

「笑ったり、怒ったり、泣いたり、みんな、姿や表情が違うね。大化のころ、こんな山奥につくられたんだね。あっ、あれ、タケちゃん（次弟尊《たけし》）に似ている。あっちはマーくん（末弟聖《まさし》）にそっくりだ」と諭が指差す。

「目黒にもあっただろう、羅漢様。羅漢寺は、人を救ってくれるお寺だそうだ。青の洞門を行き交う人々も、市九郎も、もしかしたら実之助も、救われた一人かもしれない。ここが日本国内の羅漢寺の総本山だそうだ」と胖。

「あっ、また総本山だね」。諭は変に感心しながら、ちゃっかり三千体の石仏に合格を祈念している。

「バスに乗り遅れるぞ！」。炎天下、重いリュックサックを背負って走る、走る。「待ってくれ〜」。冷房の効いた車内で大きな息をつく。間に合った。旅から帰って「おとうさんって鬼かと思ったよ」と母のぞみにこぼしたという激走。半べそをかいていた。

さらにバスを乗り継ぎ一時間。「神頼み」の地に着いた。宇佐神宮に着くなり、図に乗っておみくじを引こうとする。「ちょっと待った。大宰府で吉だったろう。もう、引くな」。諭は「なんで？」とけげんそうな表情。「おみくじは一回でいい。泉下《せんか》の明智光秀もそう思っているはずだ」（※36）。

「あれ？　吉とか凶じゃないよ」。八種類のおみくじは①八幡様（応神天皇《おうじんてんのう》）②比売神様《ひめがみさま》③神功皇后様《じんぐうこうごうさま》たち八人が名を連ねる。「あっ、四番目は黒男様《くろおさま》だ。タケちゃんに渡そう」。次弟の陽《ひ》に焼けた色黒の顔を思い出しているようだ。「マーくんは八番目の若宮様かな」。黒男様は武内宿祢命《たけうちすくねのみこと》、若宮様は仁徳天皇外《にんとくてんのうほか》と注釈がある。家族五人分のおみくじを引く。「やったー」どうやらお目当ての黒男様、若宮様を引き当てたようだ。あれ、待てよ、六番目の「護王様」は「和気清麿朝臣命《わけのきよまろあそんのみこと》」と書いてある。なんだか毛色が違う。気になった。

合格祈念の絵馬を奉納する。「ここは、ご利益《りやく》が大きいんだよ」と、幸若舞「百合若大臣《ゆりわかだいじん》」の逸話を話す。予習カードの二枚目を切った。部下の裏切りで南海の孤島に置き去りにされた夫の生還を、妻が宇佐神宮に祈念すると、その願いを叶えてくれる。「古代ギリシアの吟遊詩人ホメロスが書いたオデュッセイアにも似た物語がある。夫の留守中に裏切者がその妻に言い寄る場面や弓矢で復讐を果たす展開まで一緒なんだ」とカードを次々と繰り出す。「ふーん。まねしたの?」「ホメロスは紀元前八世紀の人だ。百合若は室町時代だ。古代、西域の文明や文物、仏教がシルクロードを通って中国にもたらされた。オデュッセイアが日本の中世に伝播《でんぱ》されていたとしたらおもしろい」「時間と場所が違っても、一生懸命に祈れば願いは叶うっていうことだね」。そんな話をしながら大宰府と同様、祖父の代から引き継いでいる御朱印帖《ごしゅいんちょう》に書き込んでもらう。繊細だが重々しい書体が胸を打つ。この荘厳で清々しい空気を胸いっぱい吸い込んだからか。山から漂う霊気が旅塵《りょじん》ばかりか邪心《じゃしん》をも払いのけて、ものを素直に見られるようになったからか。上司との折り合いの悪さも仕事の行き詰まり感も「憂《う》さ」は晴れた。

「ご祭神は三人もいるんだね」。長男は「宇佐神宮御由緒」を帳面に書き写す(※37)。

「下宮参らにゃ片参り」。上宮から降りていくと下宮に着く。神域の清冽《せいれつ》な「気」に導かれ、看板に書いてある通り二礼四拍手一礼する。いつもにも似ず、すこぶる素直に従う。四拍手? あれ、伊勢神宮とかたいていの神社は二拍手だったなぁ。すると、松子伯母の台詞がよみがえってきた。「出雲大社と宇佐神宮だけは四拍手なのよ。父がそんなことを言っていた記憶があるの」。記憶の糸は唐突に鎌倉に飛ぶ。胖が小学校低学年のころ毎年、家族で鶴岡八幡宮に初詣に出かけた。そのたびに父立志は「この階段で実朝が暗殺されたんだ。そこに立っている大銀杏はその場面を目撃していたんだろうな」とか「幕府はこの小学校のあたりにあったんだよ」と源氏にまつわるエピソードを語り聞かせてくれた。よしっ、今度は俺の出番だ。「八幡様は全国にあるよね。八幡太郎って知っているかい？」

「源義家でしょ？　いい国つくろう、一一九二年に鎌倉幕府をつくった源頼朝のお父さん……あれ？　お祖父さんだったかな？」

「いやいや、頼朝より四代前だ。頼朝は義家の玄孫《やしゃご》、つまり四親等にあたる。孫の孫だね。平安時代後期の武将で、京都の石清水八幡宮《いわしみずはちまんぐう》で元服したから八幡太郎と称した」

「源義家—義親—為義—義朝—頼朝」と、譜図を手帳に書き係累を説明する。源氏はむろん、平家も、戦国時代の武将も八幡信仰が篤い。八幡大菩薩が武神、武運の神様と尊崇されていた。義家の孫・為義の八男である為朝《ためとも》は九州に追放されたが、一帯を制覇して「鎮西八郎」という武名を轟《とどろ》かす。実は鎮西八郎為朝も「神様」になっていた。単に驍名《ぎょうめい》ばかりではない。保元の乱では、朝廷や貴族、源平の武士軍団も父子兄弟が真っ二つに分かれて骨肉の争いを繰り広げた。兄の義朝や平清盛の軍勢に敗れた為朝は、都を追われたのちも、伊豆諸島や九州各地から当時の琉球まで数々の伝説を生む。

「源為朝が八丈島から疱瘡神《ほうそうしん》を追い払ったっていう伝説がある。江戸時代には為朝神社の御神体は疱瘡（天然痘）除《よ》けの守り神だったそうだ。徳川六代家宣の子どもが疱瘡にかからないようにって願をかけた。それから江戸庶民の信仰を集めたんだ。将軍家にも庶民にとっても、神様になったんだな」

「源義家─義親─為義─為朝─舜天王」ともう一系統の系図を示す。

「しゅんてんおう、ってだれ？」。諭の問いに、「初代の琉球王とされる人だ。今の沖縄だね。為朝の子どもが国王の祖になったという伝説がある。喜界島や奄美大島、徳之島、沖永良部島に子孫を残したらしい。為朝が肥後水俣から京都に戻ろうとしたら琉球へ流された。運を天に任せて入った港が『運天』という港だっだ。そうそう、西郷隆盛も奄美大島や徳之島、沖永良部島に流されて『天運』を悟ったんだったな」

「へー。鎮西為朝の子孫が西郷さんと天運なんだって話をしたりして。相撲を取ったかもしれないよ。南の島に英雄豪傑大集合、ゲームになるね」。七尺＝二メートルを超す為朝の子孫と、百キロ超級の隆盛。巨漢力士同士の大一番を思い浮かべてしまう。七尺の偉丈夫が将軍家を疱瘡《ほうそう》から守ったとしても、「維新回天」という決まり手で軍配は西郷南洲に？　珍妙な思索にふけっていると、宇佐八幡の説明案内を手にした息子が訊いてくる。

「鎮守の神って、守ってくれるの？　戦いの神様なの？　どっち？」

「いい質問だ」即答できないときに場をつなぎ、時間を稼ぐ万能の常套句《じょうとうく》を繰り出す。宇佐八幡は戦いばかりじゃない、とつぶやきながら、ご祭神の能書きを探す。応神天皇は新しい国づくりをされた。比売大神は学問芸術や財運とか交通安全を守護してくれる。神功皇后は安産、教育などの威徳が崇められている。ふむふむ。答えに窮するところを宇佐にましますす神さまが救ってくれた。さすがに守備範囲が広い八幡宮だけのことはある。「国づくり、戦《いくさ》の神、時代によって崇め方も違う。きょうのところは、比売大神の学問と、神功皇后の教育の功徳を願っておこう」。胖はしかつめらしく、もっともらしい表情で、なんとか切り抜ける。

「変な臭いがしない？　お父さん、おならした？」。バスが別府温泉に近づくにつれ異様な臭いが立ち込める。「温泉の硫黄だよ。ここは源泉数、湧出量が日本一多いらしいぞ」。「別府八湯」と呼ばれていて、八か所の温泉郷それぞれの特徴が異なっている。このなかの「鉄輪温泉《かんなわおんせん》」が彼らの宿だ。おびただしい湯けむりが鼻腔《びこう》を刺激する。えもいわれぬ独特の匂い。この温泉を創設した一遍上人《いっぺんしょうにん》の木像が路傍に、つくねんとたたずむ。

鎌倉時代、七百年前に時宗を開祖した一遍上人。「一にして、しかも遍《あまね》く」の意味合いだ。いっぺん南無阿弥陀仏を唱えれば悟りが証されるという教えだ。自分の体で悪い部分や治したい部分があれば、上人像の同じ箇所に湯をかけて治癒《ちゆ》を願うと立て看板は促す。

「上人の頭にかけなさい」「はーい」

山路を延々と登ってゆく。着いた。「逆旅神宙」。庭には、瞑目《めいもく》、合掌する一遍上人の木像。「げきりょは旅の宿で。そのあとは、かみ・そら、と読みます。湯けむりの舞い上がる空、宇宙を見上げれば、満天の星でしょう？　神様は天空におわします」。フロントで和服の女性が案内してくれた。

さっそく露天風呂に直行する。

「夏目漱石は温泉につかり楊貴妃を思い起こしたんだ」という父の話に、「そのお姫さまは温泉につかりながら何を想像したのかな」と問う長男。「玄宗皇帝と翼を並べて翔《と》ぶ鳥になったり、二つの木が一体となって枝葉を伸ばしたりするさまだろうね。比翼連理《ひよくれんり》といって、仲睦まじい男女を形容する言葉だ」と返す。「そういえば、おとうさん。去年、家族で行った富士山の近くの神社で、そんな話をしていたよね」。そうだった。覚えていたのか。北からの富士登山口に近い北口本宮富士浅間神社《きたぐちほんぐうふじせんげんじんじゃ》（山梨県富士吉田市）の「冨士夫婦桧《ひのき》」は二本の別々の木が合体して、連理してそびえ立つ。見上げると三十メートルほどの巨木だった。「大学生のころ旅した山口・萩（指月）城にも連理のアカマツがあったぞ。枝と枝がつながって巨大な枝ぶりだった。そこの案内状にも白居易の『長恨歌』を解説している」。桧も松も仲むつまじい。

別府の天空を見上げると、手が届くほど近くに夏の星座が輝く。「あ、夏の大三角形！織姫のベガ（こと座）、彦星のアルタイル（わし座）、デネブ（はくちょう座）だ」と諭も目を輝かす。かつて胖の父、諭の祖父である立志が北の大地で見あげたと同じ星々。見おろせば、別府湾沿いの街の明かりが海と陸の境をなぞる。緑濃い山々が周りを取り巻く。「ここの空にも神様がいるんだね。九州は神様だらけだ。天神様、宇佐神宮の三人の神様、温泉の神様。空には星になった神様たち」。異次元の世界にはしゃぐ長男。どうやら、炎天下の激走の疲れと不満は、すっかり癒されたようだ。

胖と諭が見あげた満天の星にいる**天使**「一路鎮西の旅ではたくさんの神様から怨霊まで総出演だった。天神様と宇佐の八幡様、それに何千もの石仏の功徳《くどく》はすごいね。将来、受験に成功する奇跡をもたらすんだから」**妖精**は「八百万の神様は戦《いくさ》の神だとか、疱瘡除けまでいらっしゃる。自分たちに都合のいい神様に仕立てているような……ギリシア神話に登場する神様は四世代にわたっている。旧約聖書の神様ヤハウェは『天の神』でしょう？　新約聖書のイエス・キリストは唯一絶対の存在だよね。神様が全員集合してひしめきあう天上桟敷《てんじょうさじき》は満員御礼の国技館みたい」

「天神様の総本宮である太宰府天満宮は全国に一万二千の天神様を束ねる。宇佐神宮は全国一万とも二万とも数えられる八幡様の総本宮。別府温泉は日本一。金メダル続出だね」と諭は指を折っている。「宇佐は出雲や畿内と並んで神代《かみよ》の時代から拓けた土地だった」。歴史と伝統と往古のロマンを肌で感じた二人旅になったと父はほくそ笑む。きっと、いい夏休みの宿題ができるに違いない。自己満足に浸りながら部屋で寝酒をたしなんでいると、息子は各地で集めた資料や、たんまり買い込んだ本を旅行鞄に詰めている。その一冊に目をとめながら「邪馬台国《やまたいこく》の卑弥呼《ひみこ》も九州説が優勢だよね？　そうなると、もう一人、女神様が加わるんじゃない？」と訊く。

「畿内説もある。論争に決着はついていない。なにしろ二千年近くも前の話だ。君たち兄弟が大好きな中国の『三国志』の時代だね」

「あっ、テレビゲームに出てくる。魏《ぎ》の曹操《そうそう》や、蜀《しょく》の劉備玄徳《りゅうびげんとく》、諸葛孔明《しょかつこうめい》、関羽《かんう》と張飛《ちょうひ》、呉《ご》の孫権《そんけん》だね。関羽はカッコいいし、チョー強いんだ」

「そうそう。魏・呉・蜀の一つ、『魏志倭人伝《ぎしわじんでん》』に卑弥呼が登場する。前にテレビで観た『二つのドウキョウ』の話は九州説の信憑性《しんぴょうせい》を感じさせるね（※38）」

「ドウキョウって宗教のこと？」

「そう、一つはね。中国の墨子が開いた、道の教えと書いて道教。三国志の蜀で活躍する豪傑の関羽が関帝廟に祀られたのも道教の影響らしい。端午の節句に飾っている鐘馗様も道教系だね。もう一つは銅の鏡の銅鏡だ」

「吉野ケ里遺跡は大宰府からだと、四十キロほど西南にある」と地図で示す（※39）。「諭が生まれる前の年（一九八六年）から発掘が始まった。調査してみて弥生時代の環濠集落だ」

ということが分かった。立派な濠や物見やぐらもあったんだ」

卑弥呼が生きた二世紀末の「倭《わ》」国内は大乱続き。中国も漢王朝が滅んで魏呉蜀の三国が鼎立《ていりつ》している。国際的な変化に対応して、魏に使節を送り、中国から鉄器などの進んだ文物を積極的に取り入れた。「国際感覚や外交センスのいい女王だったのかもしれないな」

「それにしても、卑弥呼さん、二千年近く後世のぼくらがこんなに噂しているのを知ったらびっくり仰天だろうね。よし、卑弥呼を女神に昇格させて、九州の神々の物語を宿題に出そう。大宰府の天神様でしょ、宇佐神宮の八幡様に、羅漢寺の羅漢様」指折り数えながら「総本山のテーマパークもいいな」

別府温泉から大分空港に向かうバスのなかで長男は宿題を関心の外に追いやり「三国志」のゲームに興じている。赤兎馬《せきとば》にまたがり青龍偃月刀《せいりゅうえんげつとう》を振り回す関羽。敵を次々になぎ倒す。滅法、強い。

「関羽はなんで、神様になったんだい？(※40)」という父の声に耳も貸さず、「これ、見てよ」とゲームをやめない。「関羽は最強！　ほら、呂蒙《りょもう》もやっつけた」とはしゃぐ長男に

「本当は呂蒙に討たれたんだよ」と決めつける。無粋さを遺憾なく発露し、無神経に長男の輿をそぐ。胖の父立志《たつし》伝授のデリカシーのなさを惜しげもなく示す。

「横浜の中華街に関羽を祀るところがあったね」

「関羽廟は神戸にもある。中国には数えきれないほどあるらしい。千八百年たっても、主人の劉備《りゅうび》より、敵方の曹操や孫権よりも、庶民にとっては身近で尊敬されているんだな。庶民の歴史のうえでの最終的な勝者は関羽かもしれない」

「関羽も戦いに負けて怨霊になって、神様になったのか。そのあとライバルの曹操が病死するなんて、なんだか菅原道真と似ているね。帰ったらお祖父《じい》さん（草壁俊英《くさかべとしひで》）に教えてあげよう」

コラム　第22章

楊貴妃と温泉：胖は山路を登り、温泉につかりながら、こう考えた。夏目《なつめ》漱石《そうせき》の『草枕《くさまくら》』みたいに。この小説の主人公は温泉に入るたびに、きまって白楽天《はくらくてん》の長恨歌《ちょうごんか》の句を思い出す。『温泉水滑洗凝《おんせんみずなめらかにぎょうしをあらう》』という句だ。楊貴妃《ようきひ》の死を悼む中国・唐の玄宗《げんそう》皇帝が、温泉の水がなめらかに楊貴妃のつややかな肌を洗うさまを偲《しの》ぶ光景が湯けむりをすかして幻燈《げんとう》のように思い浮かぶ。

第23章

一家相伝《いっかそうでん》

〈一九九八年〉諭、鎮西の旅を報告

「一家相伝」。広辞苑によると、学芸・技芸について「一つの家に昔から代々伝えていること」を指す。歌舞伎役者がそうだし、江戸時代のうなぎ屋が秘伝のタレのレシピを子々孫々、受け継いできたと思えばよい。東京・目黒区の草壁俊英《くさかべとしひで》宅では、新陰流の奥義にはとうてい及ばないまでも、うなぎのタレほどの「一家相伝」をしのばせる光景が展開されていた。

「九州は神様や総本山のテーマパークだったよ。大宰府の天神様は全国の天満宮の総本山だし、宇佐神宮は八幡様、羅漢寺は羅漢様を束ねているんだ」。大山諭《さとる》が父胖《ゆたか》と行った一路鎮西の旅から持ち帰った写真やパンフレットを広げながら話す。「菅原道真は大宰府に流されて怨霊になったんだけど、そのあと神様になったんだ。この」と、テレビゲーム画面を見せながら「関羽も同じなんだよ。怨霊から神様に変身したんだって」

そうか、そうか、と目を細めながら聞いていた祖父は、二十年数前に同期生と三人で大宰府と鹿児島を訪れた「天命を知る旅」を懐かしむ。俊英も伊集院《いじゅういん》と高田《たかだ》もトップにまで上り詰めたあと、今は会長や相談役に就いている。「大宰府の菅原道真公は雲の上から雷を落とした。薩摩の西郷さんは、西南戦争に負けて、ほうき星になったんだよ」と俊英は錦絵の写しを広げて見せる。

「耶馬渓《やばけい》の青の洞門も見てきました。あれほどの岩壁を刳《く》り貫《ぬ》いた偉業は、恩讐《おんしゅう》というより、凄絶な執念が岩をも通すと感じましたね」と胖も加わる。案内書によると、父の仇討ちを志して諸国を歴遊した実之助は「13歳で柳生但馬（宗矩《むねのり》、柳生宗厳）のもと武道に励み、18歳で奥義を極む」とあった。

菊池寛の『恩讐の彼方に』は俊英も読んでいた。「仇《かたき》を耶馬渓まで追い詰めた。しかし、最後はその仇が成し遂げた偉業に涙を流す。復讐の鬼から神か仏になったのだろうな」と感慨深げに言いながら、菊池寛や吉川英治の「俊寛《しゅんかん》」にまつわる作品を説明し始めた(※41)。

まず、「平家物語」の祇園精舎《ぎおんしょうじゃ》の鐘の音、諸行無常《しょぎょうむじょう》の響きあり、と口ずさむ。

「西郷隆盛は徳之島に流されました。もし七百年の歳月と何百キロという時空を超えて、二人が出遭ったとしたら、どんな話をしたでしょう」と胖。西郷南洲も薩摩藩の国父といわれた島津久光の逆鱗《げきりん》に触れて重罪となった。そこで島の娘・愛加那《アイガナ》を娶《めと》り一男一女を授かる。

「満天に輝く星空を眺めながら、愛《いと》しい妻や子どもたちの将来を語らっていたかもしれん。妻子を持てば人生は変わる。どんな思いを子孫に伝えていくか、何を遺すか」

「恩讐を彼方に吹き飛ばした人たちですね」。俊寛や隆盛の子孫はいまいずこに。西南戦争で敗れたのち、南洲の長男菊次郎は京都市長にまで上り詰める。

子―父―祖父、三代の旅と歴史、生きざまの「相伝」はなおも続く。「そうだ。二つのドウキョウの話を書き忘れていた」と、諭の素っ頓狂な声。

俊英が「ドウキョウ？　称徳天皇と……仲が良かった……次の皇位に就けと宇佐八幡宮神託事件の道鏡か？」と問うと、諭は「えっ？　だれ？　ドウキョウは老子の道教と、銅の鏡の銅鏡だよ」。邪馬台国の女王卑弥呼と道教の関係から北九州に銅鏡の出土が多いこと、果ては関羽廟と道教の関係まで話しだす(※42)。

「清麻呂はその後、菅原道真とともに民政を刷新したり、平安京への遷都を献言したりしました。この活躍を見れば、きたなまろ（穢麻呂）の蔑称《べっしょう》は、あんまりかもしれません」。興に乗りすぎた胖はつい、「なんだか、中国古代の嫪毐《ろうあい》を彷彿とさせる話ですね」(※43)。言った瞬間しまったと、ほぞをかんだ……が、もう遅い。

庭のビニール製プールでじゃれ合っていた弟二人が耳ざとく聞きつけた。

「ローアイって誰？　三国志に出てくる？」

「三国志には登場しない。それよりずっと前、秦という王朝の時代だ」

「強いの？」。

「まー強いといえば、強い（とても精力絶倫と誉れ高き宦官のニセモノとも言い難い）」

「呂布より大きいの？」

「う〜ん。大きいというか、でかい（モノの本に「デカブツ」と書かれていたような、いないような）」

「曹操には負けるでしょ？」。許してくれそうもない。小学二年生の次男尊《たけし》と一年生の三男聖《まさし》ともチビのくせして、いっちょうまえにゲームで得た知識は豊富のようだ。思わず岳父《ちち》と微妙な苦笑を交わす。知ったかぶりは墓穴を掘るぞ、と俊英の表情に書いてある。

胖は「紀元前二二一年に史上初めて中国全土を統一した秦の時代だね。呂不韋という武将の手下だった。悪いことをして捕まったみたいだな」と口を濁《にご》す。

「あなたたち、何の話をしているの？　道鏡だの、嫪毐だの。諭の宿題と関係あるの？　王位を奪う託宣なら、シェイクスピアのマクベスでしょう？　魔女に唆《そそのか》されてスコットランドの王様を弑逆《しいぎゃく》しちゃうのよね」（※44）。妻のぞみが参戦してきた。巧みに主題をそらす思わぬ助け船だ。このときばかりは「山の神」「魔女」ならぬ「女神」に見えた。「祖父から親、親から子へ三世代の訓《おし》えを伝えているところなんだ。歴史とか遺跡に関する一家相伝の図かな」と、なんとか、ごまかす。
「魔女、きらい！」と次男の尊も参戦した。グリム童話「白雪姫」のビデオに登場する魔女の夢を見て以来「マジョ」と聞くだけで恐れおののく。シェイクスピアは魔女だけでなく、マクベスの同僚バンクォーの亡霊や幻影を舞台に立たせる。彼らの託宣通りに敵対する貴族がマクベスを討ち果たす。年長者の俊英が「王家を簒奪《さんだつ》したマクベスの子孫は王位を継承できなかった。史実に照らすと一家相伝したのは謀殺されたバンクォーの子孫たちだった。道鏡、もちろん嫪毐とはたしかに違う結末だ。身の丈に合わないこと、非道な残虐行為には天誅《てんちゅう》が下る」と横道に脱線しかかった話を本線に戻す。

兄弟三人が食卓に、すき焼きの材料を運ぶ。シェフ役は祖父の役回りだ。

のぞみが「小学生のとき広島に住んでいて、よく旅行に連れて行ってもらったわね。たとえば平清盛が大改修した安芸の宮島。日本三景の一つね。厳島神社は、むくつけき武士が造ったとは思えない雅《みやび》な寝殿造の社殿だった」と父俊英に眼差しを向ける。

「そうだな。清盛は戦前、驕《おご》る平家と権勢に溺れる悪逆な面が流布されていた。戦後、吉川英治の『新・平家物語』あたりから日宋貿易など国際感覚に富んだ人と見直されているね。新しい世を創りだそうとして国造りに取り組んだ進取の精神がある。大和田泊《おおわだのとまり》、いまの神戸に港を築いたり、音戸の瀬戸（広島県呉市）を修築して船の航行を可能にしたり、土木建設で偉業を遂げた、俺みたいにね。音戸大橋のたもとに吉川英治の文学碑があったな。『君よ今昔の感如何《いかん》』、清盛は位人臣を極めて得意の絶頂で病死した。いまの日本をどう見ているんだろう」「少なくとも、子や孫、親族が源氏に滅ぼされる姿は見ずにすんだのが救いね。平家一門は家族や家庭を大事にした、一族が仲良く暮らせるようにって願っているんじゃないかしら」

祖父と母の懐旧譚に諭が割り込む。「平康頼っていう人の卒塔婆《そとば》があったでしょ？　俊寛と一緒に鬼界ヶ島に流されて、そこから、助けてくれって書いて海に流したら、厳島神社に着いたんだって」。

「どうかしら。卒塔婆じゃなくて三本の矢ならあったわよ」。一九六九年（昭和四十四年）春、のぞみは今の長男と同じ小学校五年生だった。父俊英は転勤で広島にいる。政府が「豊かな環境の創造」を掲げ、新全国総合開発計画に本州と四国とを結ぶ三ルートの建設を明記したころだった。のちの「本四架橋」の準備に忙殺されるなか、休みには史跡めぐりに連れ出す。従兄弟たちが遊びに来ても厳島神社と平家物語だ。

「あのころ思ったわ。ひとり娘なのになんで三兄弟の三本の矢なのって。全然ピンとこなかった。でもね、あなたたち男ばかり三人でしょ。今にしてみると、厳島神社と毛利元就《もうりもとなり》の啓示かしらね」(※45)

「縁起でもない卒塔婆より、三本の矢の方がよかったようね。三子教訓状の話はこの前、雑誌の取材でも使わせてもらったし」。のぞみは打ち明ける。取材とはこんな経緯だ。三男の同級生の母は月刊誌「主婦と暮らし」のライターである。七月号で「子育て　わが家の一家相伝」のタイトルで特集を組むことになった。ママさん会で「男ばっかり三人もよく育てているわね。極意を教えてよ」と持ち掛けられると、二つ返事で「いいわよ」。

どれどれと雑誌を覗いてみる。「大山家の三本の矢　操縦術」という見出し。恥ずかしげもなく写真まで載っている。

インタビューの、のっけから毛利元就の逸話を披露しだす。

「長男には弟たちの面倒をよく見ること、悪いことをしたら叱ることを徹底的にしつけました。その代わり、泣いていたり困ったりしているときは手を差し伸べる」

「次男と三男は、よく喧嘩しているそうですけど」

「年も近いせいか乳幼児のころは、双子のように仲が良かったんです。自我が芽生えてくると、おもちゃの取り合いとか他愛もないことで、いがみあいます。いよいよとなると長男が双方の言い分を聞いて判決を下す。だから今でも絶対権力者です。体も大きいし」

「苦労も絶えないのではありませんか？」

「平日は夫がほぼ、いません。さながら母子家庭ですね。夜中に酔っぱらって帰ってきて、せっかく寝かしつけた子どもを起こすのは、全く困りものです。夏休みに夫と長男二人だけで旅行に行けばって言おうと思っているんです。たまには男同士、二人だけもいいでしょ、って」。胖はこのときの取材が九州旅行の伏線だったのかと思い知る。

「経済的にも大変なんじゃないですか?」

「エンゲル係数は高いですね。食べざかり、伸びざかりですから。食事の量だけは満足させています(と言って、コメ一升を炊ける釜を見せる)。毎回、米びつはすっからかんになるんです。もちろんメニューも工夫していますよ。おかげで、こんなに大きくなって」

「(一升釜に目を見張りながら)これ毎度、食べ尽くすんですか。いやはや、すさまじい食欲ですね。食事以外、三人の操縦術はいかがでしょう」

「それぞれの人格と個性を認めて、真正面から全力で向き合うこと。子育ては母親としての一本道、女の闘いです、おおげさですけれど。とりわけ長男は厳しく躾《しつ》けるし、しょっちゅう叱る。それを弟たちは見ていますから、見習う。叱られないようにする」

胖が月刊誌を読み進むと「長男には少し厳しすぎたかもしれません」のあと「家出」という物騒な活字が目に飛び込んできた。厳しく叱った日の夕方、諭の姿が見えない。心配して捜す。弟たちに聞くと「お財布持ってでかけたよ。友達のうちかなぁ。おばちゃんの家かなぁ」。はなはだ頼りない。

三十分後。「諭が来ているわよ。お母さんに怒られたって」。のぞみの叔母からの電話に一安心した。「夕飯をごちそうになって、車で送り届けてくれたときは涙が出た」（こんなこともあったのか）。

この挿話には後日談がある。数年後、次男と三男がこの「家出事件」と同じ轍《てつ》を踏む。それも同じ手口で。勘のいいのぞみも、家出の「一家相伝」ならぬ「兄弟相伝」の伝統が引き継がれようとは思いも及ばない。

犯行の動機は反抗期にありがちな、母に叱られたこと。「宿題をしているふりをしてゲームをしていた」容疑は三人とも同じ。母親の叔母宅に逃亡を図ったことも判で押したように同じ轍《わだち》を踏んでいる。この先は三人三様だった。長男は逃亡に成功したのに対し、二人は未遂に終わった。泣きじゃくりながら行方をくらました尊は、あえなく最寄り駅で捕縛、拘束される。ゲーム機と財布を手に逃走を図ろうとしたという目撃証言が寄せられた聖は、家を出るまでもなく現行犯逮捕。取り締まる側も経験値を積んでいる。三本の矢が向かう方向は予想がつく。大過ない結末を振り返ってみれば、母と子が織りなす「ゲーム」に見えなくもない。

対談の最後に、どんな人物に育てたいか、どのような道を歩んでほしいかと問われたのぞみは、中学時代に読んだ山本有三の『真実一路』を引用している。あ、俺と同じような時期に読んでいたんだと胖は知った。「真実一路の旅なれど真実、鈴振り、思い出す」の一文が深く心に刻まれたと答えている。戦前に女性誌『主婦之友』に連載されたこの小説は、真実だけを信じて自分の信じたことを最後までやり抜くことを教えてくれた。主人公義夫の姉しず子が母の遺書を読んで語った台詞が忘れられない「死ぬまぎわまで、弟と自分のことを考えていてくれたのだ。なんと言っても、おかあさんはやっぱりおかあさんだった。そして、お母さんでなくては、言えないことを言いおいて行ってくれた」。母として、私にしかできないことがある。この子たちの「真実一路の旅」はどこへ向かうのか。「私は子どものモノの考え方とか行動、性格までも変えられると信じています」。文中に挟まった、こんなメニュー表が目を引く。

	もともとの資質	のばしたい方向性
長男	おっとり、引っ込み思案	チャレンジ精神、正義感、統率力
次男	やんちゃ、気配り	仁の心、忠恕と慈しみ、社会に役立つ
三男	いたずら、甘えん坊	創造性、責任感、熟慮断行

あのころ、一九六九年の夏休み、のぞみは父俊英に連れられ、一子相伝の教導を実地に施されていた。須磨と明石の旅だった。俊英は「毛利元就の三本の矢」が機微に触れなかったのを慮《おもんばか》ってか、急に源氏物語ゆかりの地に行くことを思い立つ。まず主人公光源氏の住居跡と言い伝えられる「現光寺」に向かう。「ここは、光源氏がわび住まいをしていた寺という物語にちなんで、源氏寺とか源光寺とも呼ばれている」。書斎にこもってにわか勉強してきた父がさっそく講釈を垂れる(※46)。

「須磨は月夜が哀愁を誘う名所だった。それと、塩を焼く、つまり製塩の盛んな土地柄でもある。光源氏もここから、朧月夜や花散里、藤壺、紫上に、月にまつわる文とか、塩や潮、海士《あま》や尼《あま》にまつわる歌を送っている」と不得意科目を克服したにわか勉強家は本領発揮だ。

父と娘は須磨海浜公園内にある在原行平《ありはらゆきひら》の歌碑を見上げている。「立ち別れ　いなばの山の　峯に生ふる　まつとしきかば　今かへりこむ。これ、百人一首にあるわよね。『まつ』は木の『松』と、恋人を『待つ』をかけているって教わった。でも、『いなば』って、因幡の白兎だから鳥取じゃないのかしら?」。白いうさぎが海に並んだ鮫の背をぴょんぴょんと渡っていく絵本の場面を思い浮かべる。

「そうだね。行平は八五五年、因幡守に任命され転勤したんだ、今の俺みたいに。しばらくたってから寓居して流離《りゅうり》の日々を送ったところが須磨だった」。その行平は「わくらばに問ふ人あらば須磨の浦に　藻塩《もしお》垂れつつ詫《わ》ぶと答えよ」と詠んでいる。私の消息を尋ねられたら、須磨の浦で潮に濡れ、涙を垂らしながら世の中を哀れんで暮らしていると答えてくれ、という意味らしい。思わず悲哀を感じてしまう。

その名も月見山に「在原行平 月見の松跡」の石碑が立つ。大阪湾から淡路島まで一望できる。謡曲や能、人形浄瑠璃や歌舞伎にもなった「松風」は平安時代、須磨に暮らしていた松風・村雨という伝承上の姉妹と行平の恋物語だ。因幡の国主として赴任するときに、別れを惜しんで恋人に贈った和歌だという。

「光源氏のモデルって在原業平《ありわらのなりひら》だったんでしょう、行平の弟の?」

「そうともいわれているね。行平・業平の兄弟も有力候補だし、嵯峨源氏の初代とされる源融《みなもとのとおる》説だって捨てがたい。光源氏がいろいろな人の境遇や生きざまが映し出されている人物だとして読むと、興趣が尽きないだろう(※47)」

「伊勢物語の冒頭に出てくる『むかし、男ありけり』っていう主人公は在原業平よね。兄弟そろって恋多き貴族で、機知のある風流な歌も詠んだ万能選手なのかしら」

将来、才智もあって、もてる男の子を何人も産んでくれよ、とは父の熱望だ。

チイチイ、瀬戸内の陽光に目を細めていると千鳥だろうか、旅する鳥が、関西に赴任している俊英の旅愁を慈《いつく》しむように鳴きながら蒼穹《そうきゅう》に飛び交う。「次は明石に行くぞ」。須磨から明石へ向かう車窓から、のったりと寝そべっている淡路島を指呼《しこ》の間に見ながら、「淡路島を通って本州と四国をつなぐ橋を架ける」と心に誓う。古事記の冒頭は淡路島の国生み神話から始まる。伊弉諾尊《いざなぎのみこと》と伊弉冉尊《いざなみのみこと》が天沼矛《あめのぬぼこ》で下界をかき回し、日本で最初に生まれたのがこの島だ。「淡路島に渡って伊弉諾神宮に詣でたことがある。そこが古代日本の中心だったんだ」。国生み神話を語っているうちに明石に着く(※48)。

「光源氏と明石の君ってなんだか、シェイクスピアの『ロミオとジュリエット』みたいね、月の光に照らされて。ロミオ様、あなたはどうしてロミオなの。二階のバルコニーと庭園越しではなくて、御簾《みす》を隔てたかけあいだったんでしょうけれど」

「月光のもとでの逢瀬《おうせ》の場面だね。夜よ明けるなと祈るロミオは、朝を告げる雲雀《ひばり》が憎らしい後朝《きぬぎぬ》の歌に聞こえた」

のぞみは父からの相伝を三人の子に託す。駅伝の襷《たすき》渡しのように。「不伝の伝」を説いた佐藤一斎は「九族一体」のなかで、わが身はいうまでもなく一つだが、九族がすべてわが身であり、昔から今にいたるまでの人が皆一体であることが分かる、と書いている。横軸の万物一体と、縦軸の古今一体を自得しろという訓《おし》えだ。

夜空の**天使**「須磨、明石、淡路島、ここに橋を架けるんだな。淡路島って天から滴り落ちた水滴みたいなかっこうだね。まるで播磨灘と大阪湾を隔てる海の関所だ。航海を生業《なりわい》としている海人《あま》にとっては厄介な難所を橋で結ぶ。国生みとはいわないまでも、国づくりの一つだね」**妖精**「創世記では、神が天地創造の際に水を二つに分けて大地を出現させた。日本の神話は最初に国生みの島をつくった。伊弉諾《いざなぎ》神宮を中心点にして縦軸や横軸、斜めの線で結んでみると、真東、つまり春分秋分に太陽が出るのは飛鳥藤原京《あすかふじわらきょう》、伊勢神宮《いせじんぐう》内宮《ないくう》の方角。真西、太陽が沈むのは対馬国の海神《わたつみ》神社だね。夏至の日の出は信濃の諏訪神《すわじん》社《じゃ》、日の入りは出雲大社《いずもたいしゃ》。冬至の日の出は熊野那智大社《くまのなちたいしゃ》、日の入りは高千穂神社《たかちほじんじゃ》。やっぱり、伊弉諾神宮が縦横斜め軸の中心点だったんだ。太陽神アポロンもびっくり、太陽の道しるべだね」

横軸の万物一体と、縦軸の古今一体の妙法を、将来の世代も体得する日がやってくる。

コラム　第23章

相伝：広辞苑によると一子相伝は「学術・技芸などの奥義をわが子の一人だけに伝えて他にもらさないこと」。江戸時代の剣豪柳生家は新陰流の正統を歴代、嫡流に相伝した。流祖の上泉信綱《かみいずみのぶつな》から柳生宗厳《やぎゅうむねよし》（石舟斎《せっしゅうさい》）、さらに利厳《としよし》へと伝わったという伝承がある。

「此の学は伝の伝あり、不伝の伝あり」。江戸時代の儒学者佐藤一斎の「言志《げんし》四録《しろく》」は伝承には二種類あると説く。中国古代の聖王堯《ぎょう》から舜《しゅん》、舜から禹《う》へのように、聖人の心を口伝えに伝えていくことが「伝の伝」。禹から先、ときを隔てて伝わることが「不伝の伝」である。禹から湯《とう》へ、湯王は文、武、周公に伝え、さらに孔子に伝えた。こころにあって、言葉ではない。同じ典拠による「三十年を一世と為し」の伝でいけば、紀元前二千年以上とされる堯から千八百年、六十世代のときを超えて孔子が受け継いだことになる。

第24章

一擲乾坤《いってきけんこん》

〈一九七五年〉立志、夜明けはいつ

「サクラサク、オトウサンノ　コウハイニ　ナリマス」。四囲を雪が埋め尽くす北の大地に、春の訪れを告げるかのような朗報が舞い込んだ。一九七五年（昭和五十年）二月。早稲田出身の大山立志《たつし》に、次男の誠《まこと》が付属高校に合格したことを告げてきた。お父さんの後輩か、そういえば「兄貴が慶応だから、俺は早稲田を目指す」と言っていた。三年前に他界した妻美智子は喜んでいるだろうな。

立志はこの三年、息子たちに何通の手紙を送り続けただろうか。雄大な北海道の風景写真を添えて。なのに、さっぱり反応がない。北原麗子《きたはられいこ》の存在を気にしているのは明らかだ。いまや、彼女が社長を継いだエルム北斗の専務に収まり、週末は二人三脚で「エルム夕日荘」の開拓にいそしむ。北海道命名者の松浦武四郎の足跡を訪ねて奥地に探検に赴く。アイヌの人たちとの交流も始まった。

ここは乾坤一擲《けんこんいってき》、勝負所かな。「息子たちに会ってくれないか」と麗子におもむろに切り出す。アイヌの神様が遊ぶ庭、十勝岳の山並みを背に、中国・唐の韓愈《かんゆ》にあやかった

「一擲乾坤《いってきけんこん》」の賭けだ。シーザーがルビコン川を渡ったときの心情と同じか(※49)。ふだんの闊達《かったつ》な表情を脱ぎ捨て、とたんに黙り込む麗子。「会ってどうするの?」とも、「一緒になろうという意味?」とも聞き返さない。ましてや喜んでいる表情ではない。視線があちこちさまよう。即断即決の人にしては珍しい。二分たち、三分が過ぎてゆく。

　意外な返事だった「いいことだとは思えない」。「乾《けん》(天)」が出るか「坤《こん》(地)」が出るか。運を天にまかせて「一擲」した。ひとたび投げたサイコロの目は「天」ではなく、あえなく「地」を指す。ひごろ息子たちとのぎくしゃくとした電話のやり取りを小耳にはさむ。頻々《ひんぴん》と出す手紙に対する返事は圧倒的に少ない。親子の軋轢《あつれき》、相克《そうこく》に、いやでも気づく麗子。実のお母さんを忘れられるわけはないわよね、そんな想念が二、三分、脳裏に渦巻いた末の返答だったようだ。韓愈にはあやかれず、シーザーにもなれず、サイコロを振っても川は渡れなかった。

「そうだな。合格祝いに映写機セットを送っておくことにしよう」。高校三年に進級する胖《ゆたか》は野球部でどうにか定位置を獲得したらしい。誠は高校進学後もテニスを続けるようだ。活躍する姿を映像に残してやりたい。いつかその雄姿をこの目で見てみたい。合格と進級祝い、それに二人の誕生祝いも兼ねられるし。「一切の打算を放擲《ほうてき》して川を渡ったシーザーが見下げるほど打算的ね」と亡妻の声が一瞬、聞こえたような気がした。

三月二十五日、港区元麻布の光専寺。胖と誠の兄弟は母美智子の命日に桜の花を墓前に供えるのが習わしとなっている。今回も近所の花屋が早咲きの桜を用意してくれた。いつもと違うのは、短冊に書いた「サクラサク」の吉報。両手を合わせ（おふくろさん、念願の早稲田付属高校に合格しました。アニキと早慶戦になっちゃったよ。どっちを応援しますか？）みるみる、瞳がうるんでいくのを止められない。兄の方は「春の県大会で勝利し、活躍できますように」と虫のいい、手前みその打算的な祈願。それぞれの思いを胸に墓前を離れがたい兄と弟だった。

「兄貴ぃ、上野公園の花見を思い出すね」

「ああ。四年前か。おふくろも元気だった。あくる年、一日千秋の思いで桜の開花を待ちわびながら、ほんの何日か間に合わなかった」

「でも、兄貴の『サクラサク』を信じきって逝《い》ったんだから、いいじゃないか。心配のタネだった俺も、きょう、やっと安心させられる報告ができたんだし」

「おまえが買っていったサクラ……ありがと、これが末期《まつご》の言葉だったな。サクラサクは、ちゃんと間に合ったんだよ」

雲にまがふ花の盛りを思はせて　かつがつ霞む吉野の山。願はくは桜の花の下にて春死なむその如月の望月のころ、という願い通りに天寿を全うした西行法師《さいぎょうほうし》の歌だ。吉野山に庵《いおり》を結び、暮らした中世の巨匠は桜と吉野の歌が多い。

仏には桜の花をたてまつれ　わが後の世を人とぶらはば。誠は毎年、命日にはこの歌通りに桜の花をたてまつっている。

帰路は無口な二人だった。最期の桜を渡すとき、母があこがれていた「吉野の桜の末裔だよ」と言ったことを思い返す。いまごろ天界で全山を埋め尽くす吉野桜に囲まれてご満悦だろう。鎌倉に住んでいた小学生のころ、静御前と義経の吉野山や「しづやしづ」のうたに感慨深げだった母の表情が思い浮かぶ。平家の公達敦盛《あつもり》や、安徳天皇、建礼門院にひどく感情移入していたっけ(※50)。絆は母が推奨していた丸谷才一の『女ざかり』を読んでみた。主人公の女性論説委員が、建礼門院は「義経や、兄の宗盛と関係したり、後白河天皇とも何かあったに違いないといわれる、罪深き女」だと断罪していたのが印象に残っている。母はその挿話には触れず、女盛りを迎える前に、せっかちに旅立っていってしまった。

一九七五年四月初旬。胖のもとに立志から映写機セットが届く。四月生まれの長男、三月生まれの次男への誕生祝いと進学・進級祝いだ。この八ミリ映写機をかついで、誠は兄の野球の試合を録画する。夏の神奈川県大会。二回戦、三回戦を順当に勝ち進む。運命の四回戦は強豪校との対戦となった。

「あっ！　まずい」。録画用のテープが切れてしまう。運命のいたずらか兄が初の公式戦三塁打を放つ場面。あわててテープを交換する。間に合わない。後日、テープを重ね合わせて自宅のスクリーンに映してみる。案の定、打席に立つ胖、次の場面は三塁ベース上に立つ胖。打った瞬間は映っていない。この日は雨天順延となり、記録のうえでも消えうせた。翌日の再試合。こんどは胖の犯したショートゴロエラーが、ばっちり歴史的な瞬間を映していた。その失策が響いて彼らの夏は終わった。ベスト16で野球生活に終止符を打つ。こっちは記録にも記憶にもばっちり焼きついた。

それから三十年後。胖と諭《さとる》は親子らしく同じ星のもとに生まれてきたことが実証されることになる。デジャブ？　既視感満載のできごとが父子を見舞う。二〇〇五年夏。諭の引退試合。ベンチに入れなかった三年生同士で最後の対外試合を組んだ日のことだ。三十年で格段に技術進歩した高性能の小型ビデオ録画機を引っ提《さ》げて試合会場に向かった胖。天性の方向音痴が災いして大遅刻。やはり、長男が放った三塁打の場面に間に合わなかったのだ。この後日譚は、「家宝」の映写機を伝承しながらも、決定機を逃すという「家伝」まで受け継いでしまう。

ともあれ映写機セットの礼と、予選敗退を告げる書簡を手にした立志。相変わらず麗子の「れ」の字も書いていない。「再婚なんて絶対に反対だ」、「死んだおふくろさんがなんと言うか」「一緒に住んでいるらしいぞ」「不潔だな」。こんな会話を重ねていると想像だにしていない。

松浦武四郎の足跡を訪ねる旅は佳境に入っている。先住民族であるアイヌの人々の協力を得て調査する過程で、武四郎はアイヌ文化や人々の心に触れあう。内陸部を歩き蝦夷地の地図を制作するだけでなく、アイヌ文化の紹介にも力を注ぐ。北海道命名者の乾坤一擲の勝負は明治維新を迎え、砂上《さじょう》の楼閣《ろうかく》となってしまう。

江戸時代にアイヌ民族を苦しめていた「場所請負制度」の廃止と商人の排除などの訴え

はあえなく退けられる。政府の開拓政策はアイヌの人々が長く暮らしてきた土地や生活、文化を奪う。「新しい世に新しい北海道ができる」との思いは無残に打ち砕かれる。すると、連想ゲームのように二人の人物が想起された。一人は明治時代の文豪島崎藤村《しまざきとうそん》。もう一人は幕末の草莽《そうもう》の相楽総三《さがらそうぞう》だ。

島崎藤村の『夜明け前』(※51)。中央公論に連載が始まった一九二九年(昭和四年)は立志が生まれた年だ。七年間の歳月をかけて完成したのは一九三六年。学生時代に近代日本史の金字塔として読みふけった。二度目は銀行の岐阜支店在職中。今回は三度目の読み返しとなる。その都度、読み方も共感度合いも、疑問点も違う。北の大地から際限なく広がる夜空、瞬く星を見上げる。四十六年、いったい何を為し得たのか、何を為すべきか思い惑う。乾坤一擲、何に挑むか。

すると、十年以上前の家族旅行の光景が立志の脳裡にフラッシュバックした。一九六三年(昭和三十八年)、大山一家が馬籠宿《まごめじゅく》を訪れたときの話だ。立志が岐阜支店にいた最後の年。中央南アルプスの南端、日本のほぼ真ん中にあると言っていい。岐阜県と滋賀県の境、琵琶湖の東にそびえる伊吹山まで一望できる。京都まで二百キロ、東京へは三百キロ足らず。江戸時代の初めにできた中山道の宿場町で、ここから「木曾路」が始まる。木曾路はすべて山の中、と藤村が描写した光景は、近世から近代への転換点、そして立志の生まれた昭和初期からも、さして変わっていない。この日本の「ヘソ」をこれまで幾多の旅人が往還してきた。

♪木曽のなあ　中乗りさん　木曽の御岳《おんたけ》さんは　ナンジャラホーイ　夏でも寒い　ヨイヨイヨイ。どこからともなく「木曽節」が流れてくる。「藤村記念館」で文豪の生涯をたどりながら、幕末から明治維新にかけての宿場町を想像してみる。おびただしい人々がここに泊まり、脚を休めてきた。ものものしい軍旅も砂塵《さじん》をあげながら去来した。

「夜明け前には、嫡子を連れた仙台藩の家老が半蔵に京都の情勢を伝える場面が出てくる。『赤報隊』もこのあたりでは意気揚々だったはずだ」

「セキホウタイって何？」と問う息子に、立志は「江戸を攻める東山道軍の先駆けとなった軍隊だ。彼らの存在はあまり知られていないね。いわば、明治維新の裏面史だな」と訓える。赤報隊は租税半減の旗を押し立て京都方面から木曽街道を下ってきた。『夜明け前』に登場するこの草莽隊を率いるのは赤毛を冠《かぶ》った相楽総三だ。薩摩の西郷隆盛に呼応して、前年に江戸市街で放火・略奪などの攪乱《かくらん》を企てる。三田の薩摩屋敷焼き打ちが鳥羽伏見の戦いの発火点ともなった。

官軍の先鋒隊がなぜ歴史の裏側に追いやられたのだろうか？　それは、木曽街道を通過してから判然とする。木曽福島の関所を越え下諏訪に到着した彼らを待ち構えていたのは、思いもかけない糾弾《きゅうだん》だった。慶応四年三月一日、東山道総督府は軍議を開くと偽って相楽を呼び出し、問答無用に斬ってしまう。「赤報隊は、御一新の時節に乗じ、官軍先鋒を偽り、諸藩や農民を脅かした」と、ご丁寧にも赤毛の代わりに「偽官軍」という汚名を冠せて。あまつさえ維新政府は彼らを「歴史」からも抹殺してしまう。

「東山道軍をかたる無頼の徒という烙印《らくいん》を押すのは無理がある。相楽の涙雨といって、彼の命日には決まって雨が降るらしい」。伊達藩の足軽を先祖にもつ立志は、明治新政府には辛口だ。有志による地道な運動が実を結び、総三の「偽官軍の実体」が明らかにされたのは立志が生まれる前年の昭和三年。斬首から実に六十年の歳月を待たねばならない。ようやく汚名が晴れ、名誉挽回の顕彰碑魁塚《さきがけづか》が下諏訪町に立つ。

『夜明け前』の連載が始まるのは、相楽総三の「冤罪《えんざい》」が晴れた翌年だ。さらにその四十年後に、三船敏郎制作・主演の映画「赤毛」が封切られる。赤毛を冠った赤報隊、草莽の側から見た維新史が闇のなかから表舞台に飛び出す。関東浪士の乾坤一擲が「偽官軍」へ、それが一転「時代の魁《さきがけ》」へ。相楽総三が「夜明け」を迎えるまでおよそ二世代を費やしたことになる。

「明治維新は決して僅《わず》かな人の力で出来たものではない。そこにはたくさんの下積みの人たちがあった」「維新前後の歴史を舞台として働いたそうした下積みの人たちを中心とした物語でございます」。藤村はこう記している。

「藤村記念館」を後にした親子は木曾路の古い街並みをそぞろ歩く。「皇女和宮様《こうじょかずのみやさま》もここをお通りになったのね」。東山道軍に先立つこと七年、文久元年（一八六一年）、江戸幕府は孝明天皇の妹和宮を十四代将軍徳川家茂《いえもち》の正室に迎える。ここからは母美智子の独壇場だ。「和宮さまは有栖川宮熾仁親王《ありすがわのみやたるひとしんのう》と婚約していたのよね。それが公武合体の美名のもと、婚約を破棄して将軍家に降嫁させられる。この山道をどんな思いで進んでいったのでしょう」。その熾仁親王が官軍の東征大総督に就く。これは東海・東山・北陸三道から攻める鎮撫総督を指揮する総司令官だ。親王自身は和宮の東山道ではなく、西郷隆盛らと東海道を進む。

「運命って皮肉よね」。時世という魔物に引き裂かれた二人の悲恋。時と道を別々にしながら江戸へ。時間と空間に隔てられた二人の線が交わることはなかった(※52)。

立志は馬籠の家族旅行から十数年たって「夜明け前」を読み返した(※53)。「北海道のあらたな夜明け」が来るのかどうか気になってならない。

天上の**妖精**「立志曽祖父《ひいじい》さんの乾坤一擲の勝負はあえなく潰《つい》えた。親子の蹉跌《さてつ》も続く。人間って歴史に学ばないよね」**天使**「佐藤一斎《さとういっさい》は言志四録《げんししろく》に、しきりに史書を読め、読書は先生や祖父の訓戒を聴くのと同じだ、そこで得た知識を生涯応用しろって力説している。後輩の人々よ、自分が経験した失敗を繰り返すなって警鐘を鳴らしてもいる。夜明け前が書かれなかったら、維新前後の下積みの人たちの真の姿は分からなかったんだ」

真夏の陽光を浴びて、ワイン用にと植えたブドウの樹々がきらきら輝く。ラベンダー畑はさながら薄紫の絨毯だ。そろそろ収穫の時期を迎える。

「北炭夕張炭鉱《ほくたんゆうばりたんこう》が閉山ですって」。野良仕事に精を出す立志に、北原麗子が呼びかける。別れた夫が元炭鉱従事者だっただけに、思い入れはひとしお強い。山荘のテレビ画面では地元放送局のアナウンサーが北炭夕張炭鉱閉山のニュースを伝えている。「札幌地裁の監督下で会社更生法の適用を受けて再建策を探ってきました。しかし、百八十億円にのぼる労務債やつなぎ資金の援助の打ち切りで、ついに閉山に追い込まれました。従業員は全員解雇を余儀なくされています」。一九七八年（昭和五十三年）八月十八日のことである。

北炭夕張炭鉱は明治維新の二十一年後、一八八九年に、母体となる「北海道炭礦《たんこう》鉄道会社」が産声を上げた。鉄鋼コークス用の質の良い石炭を産出し、日本の経済・産業を支えてゆく。ところが、石油や原子力などエネルギー源の多様化が進む。ガス爆発や坑内火災がたびたび見舞う。たくさんの炭鉱と鉄道までもっていた「ヤマ」が廃坑となり、がれきの「ヤマ」に姿を変えることになる。

試作した薄紫色のワインを手にしながら、西の山裾に沈みゆく夕日を眺める。赤平、砂川、美唄、視線の先にはかつていくつもの炭鉱があった。美瑛のすぐ南の空知も、芦別岳・夕張岳を隔てて南西百キロほどのところに北炭夕張炭鉱がある。

「北海道の産業が次々に消えてゆくのね。あの夕陽みたいに」と道産子《どさんこ》の麗子は珍しく感傷的だ。

「水産業も荒波をかぶっているし、今度は炭鉱の閉山か。海に山に正念場だな」と、評論家のようにつぶやく立志。まるで他人ごとみたいね、と言わんばかりに麗子の冷たい視線が事実上の夫を射貫《いぬ》く。

「沈まぬ太陽はない代わりに、明けない夜はないわよね」。麗子はすぐに本性に戻ったかのようにギアを入れ替える。「ラベンダーワイン、いけそうね」。今度は経営者の顔つきだ。

麗子が社長を務める「エルム北斗」はユーカラ織や手工芸品を扱う。先代の父勇次郎から経営を引き継いだのは前年の一九七四年六月。日本中小金融公庫を退社した立志は、金融の専門家として招聘《しょうへい》された。すでに相談役に退いた先代の蒔《ま》いた種は順調に育ち、ワイン用のブドウは収穫期を迎えた。試作はラベンダーやハスカップを使ったワインやアイスクリーム。「畜産やチーズ、魚介類に風味の合うワインをつくって、北海道の食文化とあわせて売り出したい。さまざまなハーブを植えて、大学の研究者と化粧品や薬の原料にならないかと話をしているところよ」。ここ「エルム夕日荘」も観光農園としての体裁が整いつつある。

「あなた、一国一城の夢とか、男のロマンとか、青臭いこと言ってたわよね。あれ、どうなったの？」

「資金面も含めて会社は順調といっていい。驚くほど内部留保は潤沢だ。勇次郎さんの堅実な経営は銀行家の目で精査しても問題はない」

「でもね、地域の観光産業との連携は進んでいない。ユーカラ織とラベンダー農家だけじゃ、ネットワークというのも、おこがましいわ」

「それでだ……」。「なに、なに？　元バンカー一流の名案？」と話に割り込んでくるクセを立志は聞き流す。「ちょっと聞いてくれ。この山荘に『松浦武四郎とアイヌ民俗資料館』を作ってみたい。観光事業というより、先住民や先人たちの足跡を後世に遺したい。アイヌ民族がこの大地に根付いたのは十三世紀からだ。鎌倉幕府の時代だよ。チンギス・ハーンのモンゴル帝国がユーラシア大陸を席巻していた。日本では元寇《げんこう》、ロシアでも『タタールのくびき』におびえていた時代だろう。それに比べれば、松浦が北海道と命名してからわずかに百年足らずだ」

「大きく出たわね。でもね、事業は趣味とは違うわ。投資がいくらかかるのか、採算が取れるのか、計画書を作ってちょうだい、経営計画と経理担当の専務さん。さぁ、飲むわよ」

なんだか、立場が逆のような問答になってしまった。しかし、ここは退《ひ》けない。すでにおおまかな設計図は描いた。三度読んだ『夜明け前』に触発されて「夜明け」、しゃれて「サンライズ構想」とひそかに命名している。主人公の青山半蔵の独白ではないけれど、この北海道のヘソ・神々の遊ぶ庭から、おてんとうさまを仰ぎたい。社長と専務はついつい深更《よふけ》まで飲んでしまう。

枕を並べて睦言が聞こえてくる。

「わたし、まるで山内一豊の妻っていう役どころね」

「司馬遼太郎の『功名が辻』の千代?」

「そう。初の床入りのときに、きっと一国一城の主になれますって断言して亭主をその気にさせる。黄金十枚で奥州の名馬を買って安土城下や信長の歓心まで買ってしまう。馬ぞろえでたいそう天下を驚かす。噂と評判で夫を国持ち大名にまでのしあがらせるんだから」

「土佐二十四万国の大名に出世か。関ヶ原の合戦のとき、千代は石田三成方から来た書状に私信を添えて夫に送り、家康に開封せずに渡させた。一豊は小山の軍議で掛川の城まで家康に明け渡す。家康は、こんな功名はないと言っていたく感銘したらしい。俺にとっては神々の遊ぶ庭が功名が辻ってわけか」

白白明《しらじらあ》け。隣の千代役が白い腕《かいな》を回してくる。一豊ならぬ立志が（この蠱惑的《こわくてき》な眼差し、細腰《さいよう》、姿態……千代というより、むしろ、小りんだな。さしずめ甲賀の女忍びが一豊を籠絡する場面かな）と夢想していると、「気張ってね、センムさん」。ひどく艶めかしい。おてんとうさまは、不機嫌そうにあきれている。

第25章

アフター・TPX

〈二〇〇五年夏〉母のぞみ希望の行方

八月二十日。この日のおてんとうさまは、上機嫌そうに甲子園球場に光を投げかけている。八月六日に開幕した甲子園の高校野球大会は決勝の日を迎えていた。息詰まる投手戦。互いに三振の山を築いていく。内外野は美技を連発。早大付属、苫小牧実業ともに一歩も引かない。

「まさに、黄金世代と言っていいでしょう」。解説でおなじみの郡司さんは太鼓判を押す。怪物、剛腕と呼び声の高い苫小牧のエース斎藤はプロ球団のスカウト陣から垂涎《すいぜん》の的だ。対する早大付の田中は大学進学の意向が取りざたされている。

終戦の日の八月十五日、二回戦で早慶戦に敗れた慶大付の野球部員はそれぞれの「終戦後」を迎えていた。八月末にアメリカへの留学を控えた大山諭《さとる》は母のぞみ、弟の尊《たけし》、聖《まさし》と国際総合医療センター特別室に祖父・草壁俊英《くさかべとしひで》を見舞っている。

「これは大きいぞ……ぐんぐん、伸びていって……入った、入った。サヨナラ、サヨナラホームラーン！」。苫小牧実業の剛腕投手斎藤が十二回の裏、試合を決める本塁打を放つ。

軽く右手を突き上げながら無表情でベースを回る。ホットな戦いにクールな表情。マウンドに立ちつくす早大付エースの田中胤文《たねふみ》。駆け寄ったチームメイトが肩を抱く。昂然《こうぜん》と天を仰ぐ端正な顔立ちがすがすがしい。その視線の先。おてんとうさまが、ねぎらうかのように、雲ひとつない青空で一段と輝きをました。全力で戦い切った選手たちに悔いはない。プロ注目の両エースはその後、国体の決勝で再び相まみえることになる。全日本の高校代表では同僚となって海外に遠征。終生の「戦友」となっていくことだろう。

俊英の病室。「いい試合だったね」「早稲田、残念だった」「斎藤君も田中君もカッコよかった」。テレビ画面にくぎ付けになっていた孫たちの興奮がさめやらない。

そのとき「う〜ん……ワセダ」。深い眠りに落ちていた祖父の唇が動いたように見えた。「気がついたの？」「早稲田の付属は準優勝。すごいね」「分かる？」。耳元で伝える孫たち。祖父は再び意識が朦朧《もうろう》としてきたようだ。

「薬が効いてきたのかしら」。のぞみは一縷《いちる》の希望（＝ギリシア語でエルピス）にすがる。しかし、彼女は知っていた。決して楽観できる病状ではないことを。主治医の見立ては「脳梗塞が進んでしまっていて新薬の効果は限定的と見ざるをえない」と極めて慎重だった。

脳血栓を溶かす効果が期待される新薬「ＴＰＸ」。ここまでの道のりは長かった。一九八〇年ごろ、東宝医科薬科大学の野崎信彦《のざきのぶひこ》教授が「コードネーム・アルファ」として極秘裏に創薬に乗り出した。ところが、毒性リスクが発覚しいったんは頓挫《とんざ》する。これを次世代の「コードネーム・ベータ」が引き継ぐ。何度も障害に出くわし、研究開発は遅々として進まない。二十一世紀を目前にさっそうと救世主が現れる。伊達大学教授の菱川博昭《ひしかわひろあき》だ。海山市に作った先端技術研究所の所長を務める。人工知能（ＡＩ）、生命工学（バイオテクノロジー）、ゲノム（遺伝情報）といった最先端技術を駆使して新境地を切り開く。有効性が高いうえに、毒性や副作用のリスクを極小化した結晶が「ＴＰＸ」だ。

「もう治ったわよ。早く退院させて」。こう子どものように駄々をこねているのは、大山胖《ゆたか》の伯母佐多松子《さだまつこ》だ。俊英と同じ十八日に第一回の投与を受けた。その日のうちに「なんだか記憶が戻ってきた気がする」と言い張る。あくる日には退院を強請するほど看護師にとっては厄介な存在になってしまっている。

「注射は二回打ちます。それから二週間ほどしないと効果がはっきり分からないの。忘れちゃったんですか？」と看護師は疑り深いまなざし。

「なに、言ってんのよ。ちゃーんと覚えていますって。わりかた記憶力はいい方だったんだから」と言ってはみたものの、本当は記憶力に若干の難がある性癖をすっかり棚の上に置き忘れている松子だった。

「いま海山の先生にデータを送っているの。それを解析してもらっている最中です。もう少し待ちましょう」と看護師はあきれ顔だ。

「そんな、海のものとも山のものとも分からない田舎《いなか》のお医者さんに何が分かるっていうのよ（ここの病院の主治医のセンセはハンサムで颯爽《さっそう》としているんだけどね）」

医者じゃなくて、海山市の菱川教授は偉い科学者なんだけど、と説明しかけて思い直す若き看護師。ややこしいので「来週、二回目の注射です。解析データが出たら知らせますね」と病室を後にする。何度言えば分かるの、という言葉を飲み込みながら。

その背中を追いかけるように「ハンサムなセンセによろしくね」。松子の目には宮本武蔵を髣髴《ほうふつ》させると映る主治医に、ほんわかした思慕の念と図々しい希望を抱いているようだ。（光る君、ヒデちゃんが齢《よわい》を重ねたら、きっとこのセンセみたいになっているはずなんだから）と松子は本気で退院したいのかどうか疑わしい。「光る君」とは彼女が学生時代に淡い憧れを抱いていた慶大野球部の神田秀樹《かんだひでき》のことである。出征しシベリア抑留から内地に引き揚げた彼の消息は三十年間、杳《よう》として知れない。

「ウイニングボールだよ、おじいちゃん」。この夏の甲子園準優勝投手となった早大付の田中胤文。甲子園から凱旋したあと、真っ先に訪れたのは病気療養中の祖父胤盛《たねもり》だった。さっそく記念の品を渡す。ボールには「田中胤盛どのへ　早慶戦勝利　2005年8月15日」という孫の筆跡。

「早慶戦の勝利を誰に伝えたいですか？」という試合後のインタビューに、早大付のエースはこう答えていた。「病気と闘っている祖父です。ウイニングボールを届けると約束したんです」。有言実行となった。

「おお、そうか。よくやった。六十年ぶりの早慶戦で、また勝ったんだな」。胤盛の兄胤《たね》敦《あつ》は昭和十八年（一九四三年）十月、大学の「最後の早慶戦」に快勝している。戸塚球場での兄の活躍は、写真をアルバムに貼り付けたように瞼《まぶた》の裏に焼き付いて離れない。先の大戦で若い命を失った兄もきっと二世代あとの孫の活躍を寿《ことほ》いでくれるだろう。「もう少し体調が良くなったら、兄貴の墓参りに行って、このボールを見せてやろう」

「そういえば、慶応に勝ったとき胤敦伯祖父《おおおじ》さんの話を聞かれた。その記者に、祖父に聞いてみますって答えたんだ」

「ほう、戦死した兄貴のどんなことが知りたいんだろう」

「たしか、最後の早慶戦に出た慶応の、そう、神田さんっていう人の行方を知らないかって」

「神田……神田秀樹か。知っとるぞ。男前だった。シベリア抑留中に収容所で早慶戦をやってな。復員後、戦後五、六年ほどしてからだったか、飲んだ記憶がある。同期の佐藤《さとう》公成《きみなり》と一緒に三人だった。それ以降は無音《ぶいん》でなぁ。ぷっつりと消息が途絶えておる」

ビジネス新報編集部記者天童弘樹《てんどうひろき》の名刺を見せ「この人なんだ」。孫の一言が導火線となった。「新聞に出ていたな」と言いながら、孫の活躍した記事を丁寧に貼り付けたスクラップ帳を取り出す。八月十六日付の「戦後六十年をつなぐ早慶戦」の切り抜きを探し当てると「取材班のなかに天童っていう記者の名前があるな」

「この人の息子が慶応の野球部にいてね。彼は補欠だったんだけど、連絡先を交換し合っているんだ」と、取材班の筆頭に名を連ねる大山胖と諭の話を始めた。

「神田のことを調べて、連絡しておくよ。佐藤公成が何か知っているかもしれない」

「お願いします。諭君には、僕からメールを打っておく」

録画した試合を祖父と孫が観入っている。胤盛が聞く。「あのボールは何を投げたんだ？　速いわりに落差が大きい。最後に少し曲がっていたな」「魔球だよ。甲子園用にあみ出したんだ」とボールの縫い目に指をかけながら秘球のナマ解説だ。思わず相好を崩す祖父。このひとときが何よりの良薬だ。希望も湧く。

「諭君のお父さんの新聞が書いた薬の話を詳しく聞いておくよ」と言う孫に、「ああ、あの脳梗塞の薬か。そうだな」。普段は家人の勧めに耳を傾けない頑固一徹な病人が自慢の孫だけには、やけに素直だ。

甲子園の晴れ舞台で準優勝投手となった田中胤文は、二回戦で破った慶応の諭にメールした。その翌日、二人の球児は渋谷の喫茶店でランチを共にしている。

「準優勝おめでとう。プロに行くの？　それとも大学進学？」

「ありがとう。今度は神宮球場で大学の早慶戦に出たいと思っているんだ」

「田中君はウイニングボールをお祖父さんに渡すって、テレビで観たけど」

「ああ、きのう、渡した。祖父が兄の墓前に供えるって」

「新聞で読んだよ。お祖父さんのお兄さん、胤敦さんは『最後の甲子園』に出場したあと戦死したって。残念だったね」

「君のお父さんが書いた記事だろう？　大学に行ったら、今度は神宮で慶応に勝ったウイニングボールを供《そな》えるって祖父と約束したんだ。いまは自宅で療養中だけどね」

「何の病気なの？　脳の血管が詰まっているなら、新しい薬ができているそうだよ。僕の祖父が治療を受けている」と諭は新薬の効能を縷々《るる》説明する。大盛りのカレーライスを平らげ、連絡し合うことを約束して別れた。

球児が会っていたその夜、胤文の祖父胤盛は二世代前のチームメイト佐藤公成に電話している。神田秀樹の復員後の行方に、かすかな手掛かりを手繰《たぐ》り寄せたようだ。今の球児ルートと二世代前の球児ルートはしばらくメビウスの帯のように出合わない。諭と田中胤文の手がかりに期待しながら大山胖は赤十字の線を探る。胤盛・佐藤ルートはシベリアにいた仲間に片っ端から、神田とねんごろなナース情報を追っていく。

「先生、たいへん、たいへん。鶏たちが病気になっちゃった」。山形県海山市の先端技術研究所所長・菱川博昭のもとに駆け込んできたのは勇太だ。海山農工の畜産科時代からこの研究室ではおなじみだ。新しい治療薬「TPX」開発で陰の功労者となった。祖母のめまいの薬に含まれている成分が、新薬開発のヒントとなったのだ。その勇太も海山大学農畜産学部から大学院に進んでいる。

「鳥インフルエンザだろう？　殺処分するしかないな」とすげない科学者に勇太は粘る。

「先生、なんとかして、助けられないの？」

「無理だな。アジアで流行しているのは、感染すると極めて病原性が高い厄介なシロモノだ。WHO（世界保健機関）は世界的な流行を引き起こす、人間の伝染病に変異する可能性がある、ってさかんに注意喚起している。現に海外では罹患《りかん》した人の死亡例がいくつも発表されているんだ」。いつもは、木で鼻を括ったようにぶっきらぼうな物言いが身上《しんじょう》の科学者は、勇太だけにはかみ砕いた講義口調になっている。自らの研究だけでなく国際的な学会で懇意になった生物学者や医学者の研究成果を織り交ぜながら、一対一の特別講座が始まった。

「アダムとイブの話って知ってるかい?」と菱川はいきなり旧約聖書の創世記を持ち出す。

「食べちゃいけないリンゴを食べて、追放されたんだっけ（それと鳥の病気は関係あるのかなぁ?）」

「そう。禁断の果実だね。エデンの園で禁断の『知恵の樹』に実った果実を食べたんだ。次に『生命の樹』まで食べると永遠に生きてしまうっていうんで、神はそれを恐れて彼らを楽園から追い出す（人間とは罪深い生き物なんだよ）」

「バチがあたったんだね（病気の鶏も食べちゃいけないってことかな?）」

「パンドラの箱って知ってるかい?」菱川の講義は脈略なくギリシア神話に飛ぶ。

「開けちゃいけない箱を開けたらお化けが出てきた話でしょう? 浦島太郎や舌切り雀の物語みたいだよね?」。勇太の発想もまた義経ばりの八艘飛びだ。

「浦島太郎は玉手箱を開けたら白髪《しらが》の老人になった。舌切り雀にもらったつづらをお婆さんが約束を破って開けたら、魑魅魍魎《ちみもうりょう》、妖怪変化《ようかいへんげ》たちが溢《あふ》れるように出てきた。パンドラの箱からは疫病、悲嘆、欠乏、犯罪、いろいろな災厄が飛び出した（人間の愚かさは洋の東西、時代を問わないんだ）」

「なんだか、救いがないね（鶏の病気のモトもそのとき飛び散ったのかな）」

「イソップ童話では、箱を開けると、祝福は逃げ去っても最後に『エルピス＝希望』だけは残った。勇太の鶏たちの希望を考えてみようじゃないか」。勇太と一緒に、新治療薬「TPX」の次の研究目標、「アフター・TPX」作戦が発動された瞬間だった。

「鳥インフルエンザはウイルスだ。何十億年も前からこの星に住み着いている。我々人類の祖先がデビューしたのは、たかだか百万年ぐらい前だからずっと先輩だ」

「ウイルスって人間や鶏のような宿主に入り込んで共生しているんでしょう？ 治療薬を作っても、それに対抗してウイルスは変異するって。彼らに言わせれば、生き残りをかけた進化なんだよね」。

「おっ、さすがに大学院生だ。どうすればいい？」

「治療薬やワクチンの開発だよね。先生、バイオやゲノムとITを使おうよ。人間と牛や豚で血液の流れを良くしたみたいに」

「それはここの研究所でも、各国の機関でもすでに挑戦している。もう一つ、別のアプローチがある」。この天才的な科学者は大学院生との会話から、なにやら思いついたようだ。

パンドラの箱に最後に残っていたものだよ、というヒントに勇太は即答した。「希望？」

「卵を産むメンドリは、複雑な行動の欲求と衝動を持っている。鶏にも感情はあるし、希望もあるに違いない。逆に希望を損なう大敵はストレスだ」

「世話をしていると、機嫌が良さそうな鶏がいるし、何かにおびえている子もいる。だいいち、あんな狭いケージに閉じ込められていちゃ、欲求不満になるよね」

師弟はホワイトボードに、こもごも書き始める。「コードネーム・エルピス」。パンドラの箱に最後に残っていた「希望」のギリシア語を作戦名にした。ボードの「H」は菱川、「Y」は勇太だ。

鶏のエルピス＝希望：ストレスのない生活環境（Y）
ストレス測定法・改善法：環境変化、エサ、飼育法などデータ収集・分析（H）
元気で機嫌がいい条件：歩き方や鳴き方、食欲で観察（Y）
免疫力強化：免疫を高める因子の探求（H）
健康にする方法：弱った鶏に希望と治療を与える（Y）
新テクノロジーの開発：ワクチン、治療薬、総合的な療法（H）

「サーズにも役に立つといいね」

「ＳＡＲＳ、重症急性呼吸器症候群《じゅうしょうきゅうせいこきゅうきしょうこうぐん》か。おととし大流行した。これから先、世界のどこに未知の脅威が待ち構えているかしれない。『コードネーム・エルピス』も、ヒトに役立てることが究極の目的だ」

「鶏にも希望を感じてもらえるといいね」と、勇太がもじもじしながら「バッちゃんの希望も聞いてくれる？」と問う。勇太の祖母は、めまいの薬をヒントに「ＴＰＸ」開発をアシストした功労者だ。新薬の治療で脳の血流は良くなったものの、勇太の言うところの「トンチンカン病」が進んだ兆候が見られるとか。認知症、もしかしたら脳が萎縮していく病気アルツハイマーを疑わせる症状がうかがえる。「先生、鶏やバッちゃんの希望をかなえてくれる？」。菱川はすぐさま右手の親指を立て、ウインクする。

天上の**天使**「アルファ、ベータ、ＴＰＸと来て、エルピスにたどり着いた。キリストは『私はアルファであり、オメガである』と言った。ギリシア語アルファベットの最初と最後、つまり、起源、根源から完遂、永遠までの意味だ。ぜひとも、『希望』を完遂してほしいね」**妖精**「新約聖書ヨハネの黙示録ね。キリストの最期の言葉は『事終わりぬ』、つまり事が成就した、だった。オメガがエルピスになれば大団円ね」

海山市では、菱川と勇太の二人が「希望」を語り合っている。すると卓上の電話機が鳴り響く。東宝薬品のベテラン社員の徳永からだ。例によって夜への誘《いざな》いだった。居酒屋の「炉端　五間川《ごけんがわ》」で落ち合う。暖簾《のれん》をくぐると「先生、こっち、こっち」と当たりはばからぬ濁声《だみごえ》。早くも徳利が二本、横になって寝ている。

菱川と徳永。磁石ならN極とS極、星座なら北極星と南十字星のようにかけ離れていそうな二人。実は五年ほど前から浅からぬ縁で結ばれている。飲み仲間という以外にも。

「TPXの治療は効果が上がっとりますか?」と酌をする徳永に、「順調といっていい。投与した全国数千人の患者のデータを解析した。脳の血流が改善しているという症例が出ている。いまのところ、ネガティブな反応の報告はない。徳さんのおかげだよ」と菱川にしては珍しい社交辞令だ。

東宝薬品は「コードネーム・アルファ」という新薬開発の当初から、戦前の研究成果を惜しげもなく提供してきた。候補物質の選定、「コードネーム・ベータ」、「TPX」に進化する過程で徳永は菱川に寄り添ってきている。量産は東宝に委託し、医療機関への供給ルート開拓もこのベテラン社員の活躍によるところが多い。

「この店いいでしょう？　そういえば、野崎（信彦・東宝医科薬科大学教授）が先生の同期の、ほれ、友達の、なんていう名前だっけ？」

「大山胖でしょ。野崎さんと『五間川』で飲んで、最上川の川下りをやったって言っていたな。化学兵器だの生物兵器だの、えらくご執心だった」

「そうそう。わしは元来、記者は好かん。つまらんことに首を突っ込んできよる。大山も当時は駆けだしでのぅ、クソ生意気で、おまけに、しつこいのなんのって。あの時分は社史の編纂にも首を突っ込んどったから、江戸時代の海山藩から説き起こして、紅花やら海山織やら、百年の変遷を、くどいほど教えてやった」。一流の研究者だった彼に社史編纂を任せたのは、会社のダークサイド、陰の暗黒面を塗りつぶすミッションも帯びていたのは間違いない。光も影も知り尽くす徳永は、取材に応じ名前を聞かれて「トク（徳）……トクメイ（匿名）にしてよ」と答えている。別に極秘情報を披歴《ひれき》したわけでも何でもないのに。この地域出身者にありがちな頑固さと奥ゆかしさがそうさせたものか。

「最後は源氏物語を繙《ひもと》いて彼をケムに巻いてやった。紅花は雅名を末摘花《すえつむはな》という。その末摘花は光源氏に、なかなか摘まれない、かわいそうな女性《にょしょう》なんじゃ。紫式部の源氏物語に出てくる姫君や、清少納言の枕草子をヒントにして、みごとな色合いの紅梅やら、淡い色を基調とする『海山色』を編み出した。これが、繊維産業進出への足掛かりになった。いい話じゃろ?」

ふん、ふん、と気もなさそうに酒をあおっていた菱川が「大山から野崎さんを紹介されて『海先《うみせん》プロジェクト』に引きずり込まれた。それがなければ新薬も生まれなかったし、徳さんとこうして飲むこともなかったわけだ。勇太やトン平たちともね」と言う。情報技術や生命工学といった最先端技術の開発拠点を目指す「海先プロジェクト」、正式名称「海山先端科学技術拠点創設構想」は五年を経て立派に果実を生み出している。

「勇太と希望の話をしていたんだ。コードネーム・エルピスだ。徳さんも乗るかい?」と、菱川は勇太との新プロジェクト立ち上げの顛末をかいつまんで話す。「また、例の戦前の研究成果が役立つんじゃないか。前回もらった化学兵器にまつわるデータはおおいに活躍してくれた」。

徳さんは生物・化学兵器の研究開発で、脳神経をかく乱させる物質や感覚を麻痺させる薬剤を開発していたとは断じて口にできない。ダークサイドだからだ。要は研究目的のベクトルを逆に向ければいい。ストレスを減らすとか、免疫を高める因子に俄然《がぜん》、興味が湧く。「エルピスか？　乳酸菌飲料みたいだな、なんだか知らんが乗らせてもらおう。脳神経に働きかける物質の研究データがあったはずだ」

「もう一つ、認知症の治療薬の研究を極秘で走らせたい。勇太に言わせると、祖母がトンチンカン病を発症しているらしい。ＴＰＸの開発プロセスとデータが役に立つ」

「いくら天才先端だって、容易じゃなかろう。化合物のビッグデータから有望な候補物質を選び出すだけで四、五年はかかる。我々の資源だけでは歯が立たんよ。徒手空拳《としゅくうけん》では蟷螂《とうろう》の斧になってしまう。あるいはドン・キホーテにな」。たしかに、カマキリが前あしの斧をかざして立ち向かえる相手ではないし、夢想家の騎士の冒険旅行は滑稽にすら見えるかもしれない。

「希望はある」と天才夢想家。頭のなかでいくつかの研究機関や企業家とのコラボレーションを思い描く。勇太命名の「トンチンカン策戦」の提携先とは――。

その一：大学発ベンチャーのＡ社。ＡＩを使った医薬品の分子設計。ＡＩが有望と判断

したさまざまな材料を抽出。ロボットが材料開発の研究者になりかわって自動的に試作・評価

その二：起業間もないスタートアップのB社。学術論文のなかから隠れた因子を探り出し、研究者を支援するソフトを開発

その三：国立のC大学研究室。ロボットとＡＩを使った候補物質のスクリーニング（審査や選考）と、有望物質の探索

その四：米ベンチャー企業Ｄ社。認知機能を低下させるもとになる物質の特定と、それを和らげる候補物質の抽出を研究

その五：大手コンピューターメーカーＥ社。超高速の演算技術をもつ次世代型のコンピューターを開発

このうち三つの大学や企業は「ベンチャー企業大学リーグ」のマッチングの過程で浮かび上がってきた。すでに水面下で接触し始めている。

そんなある日のこと、研究室にいきなり「健康福祉省の大臣官房から電話です」。出てみると、やはりあの男だ。医薬品・食品審査審議会事務局長を名乗っていた花山大吉《はなやまだいきち》。新

薬「TPX」の承認に絡んでしゃしゃり出てきた大臣官房特命担当が、どこでどう聞きつけてきたのか、お節介にも再度、出張《でば》ってきた。「先生、何か内緒で、よからぬことを始めたらしいね」

言を左右にしていると、認知症とストレスの治療薬開発のドリームチームを作るって小耳にはさんだので一枚かませてほしいという依頼……ごり押しだった。「誰がそんなことを言っているのか」と気色ばむと、地獄耳だからとかなんとか、のたまう。「有望そうになったら、私の権限で国家プロジェクトにしてやるから」と恩着せがましい。菱川は（天上のエデンの園には最も似つかわしくないヤツ。リンゴでも食って地獄に落ちやがれ、閻《えん》魔《ま》大王め）と心のなかで、ありったけの罵詈雑言《ばりぞうごん》を並べ立てながら、「小耳でも地獄耳でもいいが、たまには地獄で会う仏になってほしいものだな」とごまかしておく。しかし皮肉が通用するご仁でもない。

（お釈迦様のもとへ導いてくれる可能性が一%でもあるならば、悪魔とでも細い蜘蛛の糸でつなげておくか。全く成仏しそうにないな、あの役人は）と苦虫をかみつぶしていると、徳さんから「大山を成仏させてやれ」と頼まれていたことを思い出す。彼がしつこく無意味にこだわっている東宝グループの生物・化学兵器開発の件だ。

「戦前に軍部の命令で、脳神経をかく乱させる物質や感覚を麻痺させる物質を研究・開発していたのは事実だ。しかし大半は米軍に接収された。一部、脳神経に働きかける物質の研究データは残っている。いまはTPXのように人々の健康を守り病気を治すために重要なデータとなっている」という伝言だった。「あの、虫が好かん記者にわしの口から伝えるのは業腹《ごうはら》だから、先生よしなに」

一応、メールで同期の記者大山に伝えた。もちろん「アフター・TPX」＝「コードネーム・エルピス」⇒「トンチンカン策戦」は伏せておく。かぎつけられると煩《うるさ》い。ところが、うっかり発覚してしまうまでにそう時間はかからなかった。

第26章

一世一代《いっせいちだい》

〈一九九〇年〉記者十年、胖の特ダネ

東宝産業グループの徳永《とくなが》（＝匿名希望）が酷評した駆け出し時代の記者大山胖《ゆたか》は十年の歳月を経て、それなりの進化を遂げている。「一世一代」の特ダネに遭遇したのは一九九〇年（平成二年）の冬だった。その年の春に前職の東京政経新聞の経済産業部から北海道支社の編集部キャップとして札幌に赴任している。

「三つ星物産、サハリンで天然ガス田開発、米社と共同で調査」。こんな大見出しの記事が十二月十四日、東京政経新聞の一面に踊った。

記事はこんな書き出しだった。ソ連関係筋は十三日、三つ星物産と米大手エンジニアリング会社・マクドネル・エンジ社（本社ミシガン州）がサハリン沖の天然ガス田開発について共同で企業化調査を始めることで基本合意した、と明らかにした。サハリンからソ連の極東にパイプラインを敷く。日本にも天然ガスを供給する計画だ。膨大な資源を持つソ連のエネルギー開発で初の日米協力が実現することになる。

導火線は紙面に掲載するちょうど半年前、六月十四日にさかのぼる。北海道知事のソ連歴訪に北海道庁の記者クラブの一員として随行したのが端緒だった。天気晴朗。気温は摂氏十六度。モスクワの空港には見慣れない航空会社の尾翼が整然と並ぶ。カメラを構えると撮影禁止というそぶりで係員がすっ飛んでくる。記者たちは箱型の旧式なバスでホテルへ。知事一行は巨大な黒塗りのリムジンで迎賓館へ移動して、さっそくソ連の外務省の晩餐会に出席する。

十五日は、クレムリンの西、モスクワ川のほとりにそびえるロシア連邦共和国の建物に入る。楕円形の長いテーブルを挟んで、共和国の副首相は「対外経済協力関係を積極的に発展させたい。科学技術に優れた国が隣国にある。だが、若干の問題がある。小さな四つの島にこだわっていては前に進まない」と切り出す。「北方領土問題を解決して、経済協力することを希望している」と穏当に応じた北海道知事に対して、「クリル諸島（＝北方領土）の問題に対して最後通牒《つうちょう》的に突きつける人がいるが、アジア極東で共同の家を建設できるようにしたい」という持論を二時間にわたって滔々《とうとう》とまくしたてた。

昼食会を挟んで、帝政ロシア時代のいかめしい漁業省ビルに移る。漁業相は二百カイリ規制に厳しい立場を示す。ロシアの川に帰ってくるサケ・マスは当然、自国のものだと言い張ってやまない。豊富な漁業資源のある北方領土に近い海なので神経質になりながらも、最後には「水産資源の枯渇が深刻だ。共同で資源調査や管理に取り組もう」と秋波を送ることも忘れていない。

商工会議所ではやや色合いが変わった。「ロシアと北海道の実業家レベルの交流を望む」という副会頭の申し出《い》でに「地域同士で経済交流の枠組みをつくろう」と表向きはなごやかな表情が垣間見える。しかし腹の奥底で何を企んでいるのかは皆目見当がつかない。夜のレセプションでは、日ソ両国の政府に航空路の開設を働きかけると申し合わせた。

出席者は判で押したように、改革を意味するペレストロイカ、情報公開であるグラスノスチ、市場経済への移行、ソ連政府からロシア共和国への権限移譲を口にする。共和国側に主導権があると言わんばかりだ。あるロシア側の出席者がため息交じりにこうつぶやく「肥沃なる大地を母なるヴォルガ川が流れている。大河の流れは止まらない。漕ぎだしたからには後戻りできない。だが、対岸はまだまだ遠い」。

十六日の土曜日は午前中にレーニン廟《びょう》と無名戦士の墓に花を手向《た》ける。お決まりのコースのようだ。説明も淀みない。午後は最も重要な政治局員との会談だ。城塞を意味するクレムリンのソ連共産党本部は、見るからにものものしく、いかめしい。玄関の周りには警察や警備とおぼしき高級車が蝟集《いしゅう》する。柔和とはいえない目つきの屈強な男たちがたたずむ。

報道陣は一人ひとり部屋に呼ばれ、身分証明書と手荷物を厳しくあらためられる。空港に置かれているようなゲートを二度もくぐらされ、駄目押しの入念なる身体検査。重厚なエレベーターで四階へ上がる。四〇四号室に、短躯《たんく》で赤ら顔の「城塞の主」然とした男はいた。知事が「いい天気ですね」と手を差し伸べると、改革の理論的主柱とされる大物政治家であり歴史学者は「あらゆる意味で、いい天気をもたらしてほしい」と応じた。「アタマ撮り三分」。KGB（ソ連国家保安委員会）風の通訳が会談冒頭の写真撮影三分と宣言して報道陣を追い払う。カップラーメンじゃあるまいし。それにしても、この若き金髪のインテリ風のひと、なんで「アタマ撮り」なんて業界用語まで知っているんだ。恐るべし。

天上の**天使**「あっ！　あの廊下を歩いている眼光鋭い人。ただならぬ妖気が漂っている」　**妖精**「KGBの制服ね。油断ならない足さばき。柔道の心得があるに違いない」

この人物がその翌年に政界に進出し、その年末にソ連が崩壊していくつもの共和国が独立しようとは想像だにできない。ましてや三十数年後、彼が率いるロシアがもっとも近しいウクライナに軍事侵攻しようなど、神のみぞ知る。世界を震撼《しんかん》させる青天《せいてん》の霹靂《へきれき》。

胖はその二十分後、「赤の広場」を臨む別室で北海道知事から話を聴く。北方領土問題については厳しい見解だった。大物政治家は「両国の世論を考慮に入れなければ一歩も進展しない。日本は領土シンドローム（症候群）に陥っている。癌のように治療方法がない」とさえ言い放ったそうだ。互いの偏見と理解不足を取り除くために経済や人的な交流を深める必要性があると認め合うことでは、かろうじて一致した。

「サハリンの州知事が資源開発で興味深い計画を持っている。日本が重要な位置を占めるだろう」。この席で漏れ聞いた「予言」が半年後「一世一代の特報」の第一幕となる。

「領土問題シンドロームと非難」「経済交流強化では一致」といった主旨の記事を書き上げて、各記者はそれぞれのモスクワ支局から原稿を日本に送る。

次の訪問先は全ソ科学アカデミー。知日派の論客と知事との会談に他紙の記者の姿は見えない。これは独占取材になるな、とほくそ笑む。ありがたいことに「三分で退場」というレッドカードは出ていない。

「燕《つばめ》が来たからといって春が訪れるとは限らない。しかし冬から春に好転しようとしている前兆は見えている」と著名な経済学者は微妙な言い回しだ。その「春」の含意が分かるのは、ひとしきりグローバルな世界情勢、特に日本の学者や政治家との接触などを弁じたてたあとだった。「ゴルバチョフ大統領の訪日を控えて、ありうるパターンや可能性を研究している」「四島を返還する、しない、の最後通牒的な解決はあり得ない。第三の道を探っている」「どうやって善隣関係を構築するか。日本海を平和的な海域にする。先端技術の発展と、四島周辺も含めた地下天然資源や水産資源の包括的な共同開発、利用が軸だ」

領土問題に柔軟で多様なカードをカバンに入れている、とも聞こえる。ここでも資源開発への意気込みがにじみ出た。政治局員と経済学者があらかじめ示し合わせたような役割分担だ。国家や国境を論じる人々は、いま住んでいる人たちや、かつて居住していた先住民の存在は頭の片隅にもない。

再度、モスクワ支局で原稿を書く。支局長の助言を仰ぎ、それなりの扱いで掲載してもらう。ゲラをチェックし、しばし、くつろぐ。午後九時。「政治局員と北海道知事が多様な問題について協議した」と、地元のテレビが短いニュースを流す。それなりの関心はあるようだ。

ホテルに戻り、日本側の通訳兼アドバイザーの岩野歩《いわのあゆむ》の部屋を訪れたのは十時を回っていた。ソ連通のコンサルタントは、ロシア人を父に、日本人を母に持つ。岩野の名前「歩」を音読みすると「イワノフ」となる。東大を卒業後、モスクワ大学に留学。ソ連側の通訳とは学生時代からの知己だったようだ。

ウォッカをオン・ザ・ロックであおりながら雑談を交わす。ひそかにミスターKGBとあだ名したソ連側の自称通訳は何者ですか、と尋ねてみる。眼光鋭く、やけに日本語が堪能なのが目を引いたからだ。「モスクワ大学で一緒だった。日本に留学経験もある外務省の職員だよ。将来、間違いなく対日外交の枢要なポジションに就くだろう」。どうりで二人で盛んにアイ・コンタクトしているわけだ。怜悧で理知的な風貌、首脳が寄せる全幅の信頼を見るにつけ、何年かしたら大使館のある狸穴《まみあな》の主《あるじ》になったとしても妥当と思わせるオーラが漂う。

徐々に本筋に入る。「やたらと資源問題が出てきましたね。サハリン州知事の興味深い計画って何ですか?」「さあねぇ。しあさって会うから聞いてごらんよ」と軽くいなす。

十時半ごろから各社の記者も三々五々、集まり始めた。そうなると迂闊《うかつ》に資源問題の

「し」の字も出せない。滞在中「イワノフ・サロン」は連日連夜、大盛況となる。

十七日の日曜日。午前中は自由時間だった。美術館や赤の広場、川のほとりを散策した。公園のベンチに座って、旅行鞄に詰め込んできたロシアの文豪たちと再会する。二十年ほど前、わけも分からず読みふけった。そのころ、母や伯母の教導で一冊ずつ感想文を書いていたっけ。その一例がツルゲーネフの『父と子』だ。「とてもむずかしい。なにしろ、人の名前（本名や呼び名）が覚えにくい」と、泣き言を書き連ねたものだ。地主と医者という二組の「父と子」。観念を崇拝した父の世代に代わって、行動を理想とする子の世代。旧世代と若い世代との間で激しい議論と批難を繰り返す。対立しながらも、父を愛し尊敬する主人公。「子どもを大事がる父、それをうるさく思う子の間に断絶が起こる。今の僕にとって、たいへん身近なことだ」。二十年後の「僕」も、いまは同じ北海道の美瑛に住まう父立志《たつし》とは断絶に近い境遇にある。

ドストエフスキーの『カラマーゾフの兄弟』は老獪《ろうかい》で慾深い地主の父と三人の息子たちの物語だ。直情径行で熱血漢の長男、次男は冷徹で知性の人、敬虔な修道者の三男。性格も生いたちも異なる。父との相克、愛憎が渦巻く。異郷で二十年ぶりに読み返してみた。

「子どもを作っただけではまだ父親でない、父親とは子どもを作って父親にふさわしいことをした者である」「父親がきちんと息子に教え、正常の本当の家庭、理性的で人道的な家庭を築く」といった文言が、胸を打つ。まがりなりにも家庭を築き、二人の息子を持つ身となった己の境遇がそうさせるのか。

大行列に並んでゲットしたアメリカのハンバーガーを公園のベンチではおばり、家族に思いをはせる。先月、次男尊《たけし》が生まれたばかりだ。三月に札幌に単身赴任し、誕生直後に上京したおりの一度しか会えていない。妻のぞみは三歳の長男の諭《さとる》ともども秋には東京から札幌にやってくる。三男聖《まさし》が登場する一九九二年から、カラマーゾフばりに性格の違う三兄弟に成長していく。

トルストイの「戦争と平和」は十九世紀前半のナポレオン戦争の時代、三つのロシア貴族の興亡を描く。自分探しを続ける若者たちが成長するにつれ、それぞれの生きがいを見つけていく。たとえば、戦争は「人を多く殺したものほど、大きなほうびをもらう。神さまはどんな顔をして、天から見たり聞いたりしているんだろう」と述懐する。「人間は幸福になるために創られている。人間が幸福で完全に自由な状態がない以上、不幸で不自由な状態もない。苦しみの限界と自由の限界がある」と洞察《どうさつ》は深い。

帝政ロシアを代表する三人の文豪と作品の主人公たちの生きざま。時代や世代の葛藤《かっとう》、修羅の数々。目の前を悠悠と流れる大河だけは変わっていないのだろう。あ、こんな時間か、ぱらぱらとめくっていた文庫本をあわてしまいこむ。

再び**天使**「トルストイは、悪しき者は光を愛せず、闇を愛す。誠を行うものは、その行いの現れんがために、光に来るって書いている。人生のまっすぐな道に入りなさいって」

妖精「ドストエフスキーの罪と罰のラスコーリニコフが罪を告白するきっかけになったのは、ソーニャが朗読した聖書だった。イエスがラザロよ、出てきなさい、と呼ばわると、よみがえった。ラスコーリニコフはソーニャの愛と奇跡の福音書によってよみがえり、生まれ変わった」**天使**「アンドレ・ジッドは、力を尽くして狭き門より入《い》れ、滅びにいたる門は大きく、その路《みち》は広く、之《これ》より入る者おほし。生命《いのち》にいたる門は狭く、その路は細く、之を見出す者すくなしって、説いている」

胖が特ダネを取るまでには幾多の艱難《かんなん》が待ち構えている。「狭き門」から人生のまっすぐな道に入って、「針の穴」を通るぐらいの。一世一代の「光の子」となるためには、よほどの僥倖《ぎょうこう》と奇瑞《きずい》、神頼みの三位一体が欠かせない。

午後二時。川下りの客船には沿海州の知事や自称ビジネスマンが大挙し、にぎやかな船旅となった。ここでも断片的に聞こえてくるのは「最後通牒にするな」「政治と経済は切り離すべきだ」という建前論。あまりの異口同音ぶりに言論統制の臭気《しゅうき》が鼻につく。

十八日の月曜日。午前中の要人との会談後、昼から知事主催のパーティーがサヴォイホテルで開かれた。ひときわ精力的にロシア人と談笑していたオールバックの日本人が知事のテーブルにやってくる。モスクワに駐在して三年という財閥系商社「三つ星物産」の中嶋所長だ。「ソ連としては北方領土を含めた極東開発に日本のカネと技術を期待している。カネもないし、ヒトもいないんだからね。地下資源の開発は各国の共同事業にするべきだ」。胖が「御社《おんしゃ》の北海道支社長の横山さんには大変お世話になっています」とおあいそを言うと、「横山もモスクワによく来るよ。今は極東で忙しいようだがね」。この豪放磊落《ごうほうらいらく》なやり手商社所長との出会いは、第二幕と言っていい大きな布石となる。

知事らが「友好的・互助的パートナーシップ協定」に調印し、合同記者会見に臨む。国営通信社の記者が口火を切る。「先ほど知事はソ連の中央と、共和国との権限配分があいまいだと言及した。それならば北海道の知事は協定書締結にどの程度の権限を持っているのか?」。さて、どう答えるかお手並み拝見といこう。「たしかに領土問題や漁業協定、航空路の新設などは国家レベルの懸案事項だ。ただ、今回は地域対地域で広汎な協力関係を結ぶことで合意した。大統領の訪日を控えて、意義は大きい」と、知事は優等生的な回答だ。国営放送のリポーターは「なぜ、それほどクリル諸島（=北方領土）問題に固執するのか。それが解決しなければ合意の実行に努力しないつもりか」と、やや恫喝《どうかつ》的な質問だ。「お国（ソ連）のみなさんは、これまで、領土問題は存在しないと言ってきた。今回は問題の存在を認め、話し合いの土俵に立とうとしていると感じた」と質問の矛先をそらす。聞きっぱなし、言いっぱなしのまま記者会見は三十分で打ち切られた。

十九日の火曜日。モスクワから、広大な国土をぐるっと東へ、極東のウラジオストクに飛ぶ。まず日本人墓地に献花する。かつての捕虜収容所のそば、鬱蒼《うっそう》とした森の中に「アルチョム地区死没日本人平和追悼標」がひっそりとたたずむ。三百ほどの白い枠を施した棺が、なだらかな丘陵に並ぶ。番号だけが無機質に記された墓標がわびしい。敬虔《けいけん》な気持ちで黙とうを捧げる。案内してくれたガイドが「昨年、十五人の日本人遺族の代表団が墓参に訪れた。近いうちに、氏名を書いた札を掲げる」とアピールする。

第二次世界大戦後、武装解除され投降した日本軍捕虜らが強制労働を余儀なくされた。シベリア抑留である。全体で五万数千人の犠牲者が出た。育ての親である伯母松子のいとしの君がシベリアに抑留されたという秘話を小耳に挟んだ覚えがある。

夕方、沿海州の各地から訪れた行政・経済界との情報交換会は盛況だった。「日本の冷凍サンマとウラジオのスケトウとタラコをバーターしたい」（漁業組合）、「日本の生活協同組合と子供服などの交換をしたい」（消費協同組合）、「農業技術者を派遣してほしい」（農業協同組合）。距離がぐっと近いせいか、隣の家から醤油を借りるかのような気安さ。やけに個別具体的な些事《さじ》が多い。

百年ほど前の一八九三年に開業したウラジオストク駅。帝政ロシア時代の瀟洒《しょうしゃ》な駅舎が街の中心部の港近くにそびえる。シベリア鉄道の東の起点。ユーラシア大陸を横断し、モスクワまでの道のりは九千三百キロ。世界一長い鉄道だ。稚内から鹿児島までの距離の三倍に及ぶ。アメリカ東部ニューヨークと西海岸のサンフランシスコを往復できる。ここから東に直線で七百六十キロ行くと札幌に行きつく。「一九一二年（明治四十五年）に、歌人の与謝野晶子《よさのあきこ》はここからシベリア鉄道に乗って、はるかパリまで夫の鉄幹《てっかん》に逢いに行ったんです」と、案内役の女性が教えてくれた。

二十日の水曜日。ウラジオストクからサハリン（旧樺太）の州都ユジノサハリンスクへ。チャーター機とはいえ、プロペラ機だ。九百キロに二時間半かかった。札幌まで飛ぶ方が時間距離は近いのか。サハリンの南端から宗谷海峡を隔てて南に四十三キロ、マラソン選手ならおよそ二時間で日本最北端の稚内に至る。

ホテルで休む暇《いとま》もなく、出迎えたのは、プチャーチン知事だ。抱擁しながら大仰な身振りで一行を遇する。禿頭《とくとう》で思い切り目つきが鋭い。細く高い鼻梁《びりょう》、薄い唇に鰓《えら》の張った顎《あご》。アメリカの俳優ユル・ブリンナーを彷彿《ほうふつ》とさせる容貌だ。一目見たら夢に出そうな物騒な面立《おもだ》ちではある。

「モスクワの政治局員から、サハリン州知事が大胆な改革案を提起していると聞いた。会談を待ち望んでいた」。北海道知事が挨拶すると、「北海道との航空路線や稚内とのフェリー航路を開設したい。資源開発や漁業、観光、文化などでも交流できる」。ペレストロイカの極東の水先案内人として面目躍如たる面持ちだ。もっとも、議論が燃え盛ると、ひっきりなしに「ニエット（＝ノー）」を連発することから、ほどなく日本の記者団から「ガスパジン（＝ミスター）・ニエット」の異名を奉ることになる。

記者団が目にできたのは冒頭の五分しかない。直ちに部屋を後にするよう、追い払われた。「アタマ撮り五分」。あれ？　ミスターKGBは極東まで随行してきたのか。しぶしぶ最後に部屋を出ようとした肸は、「ガス」「スリーエム」「スリースター」「マック」というきれぎれの単語を小耳に挟んだ、ような気がした。特ダネへの第三幕は、ヒアリング能力の貧困さが仇《あだ》となって、きわめて茫漠《ぼうばく》とした手がかりしかもたらさない。

二十一日の木曜日。「航空路・航路」「漁業・水産資源」「観光・文化」「人道支援」の四つの分科会に分かれて具体策を論じ合う。総括した文書に調印し、共同で記者会見に応じた。北方領土問題に質問が集中すると「第四の道を提案したい。南千島列島と北海道の一部を経済的な自由地域にする。どの国にも帰属させない」。ガスパジン・ニエットは得意満面だ。南千島列島は、北方四島の国後《くなしり》・択捉《えとろふ》・歯舞《はぼまい》・色丹《しこたん》島を含む。

「人道支援」については、後日譚がある。この年の八月、サハリンで三歳の男児が大やけどを負った。この会見の席に並んでいたプチャーチンから北海道知事に救援を要請。超法規的措置で札幌に緊急搬送する。大手術と懸命な治療の末、危うく命をとりとめる。

午後八時。恒例となった「イワノフ・サロン」を急襲する。知事の対ソ連外交顧問格の岩野歩《イワノフ》は、絶えず両知事に近侍している。モスクワから同行してきた「ミスターKGB」と何度も密談を交わし、情報交換に抜かりはない。取材メモ帳に殴り書きした「ガス、スリーエム、スリースター、マック」を見せながら、これ、なんですか？　直截《ちょくせつ》に訊く。「そんな話題が出たかなぁ」と、このひと一流のおとぼけ。これには慣れている。「ガスパジン・ニエットが言っていたでしょう。冒頭のカメラ撮りのあと?」。四の五の、酢だこんにゃくだ、言を左右に口を割らないイワノフ氏。じゃあ、知事に聞くか、岩野さんが昵懇《じっこん》のミスターKGBでもいいかな、と破れかぶれの揺さぶりをかけても、柳に風と受け流す。

「ガス」がサハリン沖の天然ガス田を指すことは明白だ。「スリースター」はある仮説を立ててある。三日前、モスクワのサヴォイホテルに現れたオールバックの精力的な男。「三つ星物産」の中嶋所長だ。「スリースター」は「三つ星」に違いない。「マック」はその昼に食べた米国のハンバーガーチェーンではなく、「M」から始まる社名。となると「スリーエム」のMから始まる企業は三つ星を含めて三社ある。当ててみた。

「（両手の手の平を見せながら）あなたの推察通り、スリーエムは三つの会社のイニシャルだよ。三つ星？　日本に帰ってから取材してみるんだな」。その夜から一向に進展しないまま帰国の途に就く。ユジノサハリンスクからいったん、極東のハバロフスクへ、そこから新潟空港まで飛んで、新幹線で東京、空路で北海道へ。二か月後、大やけどを負ったサハリンの少年がこんな迂遠《うえん》な旅程をたどらなくてよかった。あとで、そう痛感する。

帰国して二、三か月はサハリンの資源開発プロジェクト取材は立ち往生していた。随行した岩野歩の事務所を訪ねても「北海道とソ連の極東地域は地政学的にも極めて近い。水産資源や木材資源も豊富だ。二百カイリの漁業規制が厳しくなるなかで、共存共栄の道を探っていくしかない。資源開発で手を組む余地は十分にあるはずだ」。世界地図を前に、日ソ経済協力の青写真を熱弁する。訪ソで合意したプロジェクトの実現に忙殺《ぼうさつ》されているようだ。

深まりゆく秋。ふと、岩野の事務所に何気なく置かれた膨大な資料をあさっていると、「三つ星、１９８６年にアメリカのエンジニアリング会社とコンソーシアムを設置」と報じる小さな記事に出あう。つまり、共同事業体を四年前に作っていたのだ。「あ、これか」

と合点《がてん》がいく。さりげなく強い示唆を与えてくれたことに胸の内で感謝する。過去の記事をさらってみて社名が判明した。マクドネル・エンジ社だった。ここだな。

胖はさっそく三つ星物産北海道支社長の横山に会う。「カニ本位制の取材ではお世話になりました。とはいえ、真相を暴くには竜頭蛇尾《りゅうとうだび》、迫力不足の記事に終わってしまいましたが」と、社交辞令から入る。赴任早々、小樽など日本海側の港から中古車を積んだ船が北洋に続々と船出して、カニを満載して帰ってくるという噂を聞いた。取材してみると洋上でソ連の船と交易しているらしい。中古車とカニの物々交換を「カニ本位制」という記事にまとめた。支社長はソ連専門商社とロシアンマフィアが結託し、なかば密貿易になっているというヒントを示唆してくれた。ところが事実の裏付けが取れない。頭は竜に見えても尻尾は蛇。しりすぼみの、実態だけをルポする読み物になってしまう。取材力の甘さを痛感した。今度こそ。

「カニの次に釣り上げたいのはなんですか？　六月に知事のお供でソ連を回ってきたとか」と総合商社の「ソ連探題」は北海道とサハリン両知事の会談に関心は深い。「モスクワで御社《おんしゃ》の中嶋所長に会いました。知事とも何やら談じ込んでいたようです。横山さんはサハリンの資源開発で忙しそうだとおっしゃっていました」と眸は多少脚色してみる。

横山は前年の一九八九年末、プチャーチンと州の知事室で対面していた。その年の十一月にベルリンの壁が崩壊し、東欧が大変革を遂げるさなかである。ソ連のペレストロイカ、グラスノスチ、民主化……プチャーチンは荒波をこぎわたり、しぶとく生き抜く。中央の政界や企業家同盟の副総裁を経て州知事にのしあがる。資源や情報部門を主体とする政商という別の顔も併せ持つ彼をマークしていた。生き馬の目を抜く慧眼が横山の真骨頂《しんこっちょう》だ。

サハリン州沖の当該ガス田には三千立方メートルの埋蔵量が確認されていることも、アメリカ、カナダ、そして韓国の財閥グループが接触していることも熟知していた。情報量は地方の一記者の比ではない。「プチャーチンは、資源政策をも左右する政治家であり、ビジネスマンを標榜《ひょうぼう》している。裏経済にも浸透する特異な存在のようですね」と商社らしい情報力を示す。「彼（プチャーチン）はサハリンの資源開発に海外企業とどんなスタンスで臨んでいますか？」とこんどは逆取材だ。

「ガスパジン・ニエット、失礼、なんでもかんでもニエットと言うので、記者仲間でそう呼んでいるんです。彼は日本との資源開発には『ニエット』を連発していませんでした。

御社の名前を口にしたときも前向きでしたし」。脚色の色を濃くしてみる。

「ウチの名前を出したって？　本当ですか？」

「ええ、知事会談の冒頭で、『スリーエム、スリースター、マック』って言っていました。三社ともイニシャルはMなのでスリーエム・プロジェクト、マックは御社が手を組んでいるマクドネル・エンジ社ですよね？」。ここで、岩野歩からせしめた「三つ星、マクドネル・エンジ社とコンソーシアム設置」を報じる記事を、これ見よがしに示す。もう一社はどこです？」。Mで始まる米国の社名をいくつか挙げてみる。

「いや、いや、他社のことは申し上げられない」。マクドネル・エンジ社は否定しなかった。九分九厘、マックはマクドネルで間違いない。

その夜。詳細なメモをしたため、東京のベテラン記者加藤周作《かとうしゅうさく》に電話した。加藤とは、その年の一月、日本の財閥系商社とメーカーが、アメリカの最大手の鉄鋼会社の化学部門を買収するニュースを共同で取材したおりに、薫育《くんいく》を受けたばかりだ。その際は、買収のスキームや金額など欠かせない事実を加藤が夜回りでつかみ、特ダネとして報じた。

サハリン作戦も、大胆にして細心なこの先輩の人脈を頼るしかない。知り得た情報をファックスで送り電話すると「今夜、トップに夜討ちをかける。あとは、三社目だな」。相変わらず即断即決だった。その日は「マクドネルは確証をつかんだ。投資額もおおよその見当はついた。ところが、三社目は口を割らない」。さしもの敏腕・辣腕・剛腕のエースも長期戦の構えだ。やはり、狭き門から針の穴を通る関門は容易にくぐりぬけられない。

「プチャーチンが年明け（一九九一年）早々に来日する」。胖が北海道知事周辺からこんな情報をつかんだのは師走に入ってからだった。「プチャーチンが天然ガス事業にからんで、三つ星の首脳と会う」。にわかに動き出す気配。加藤に連絡すると「三つ星アメリカが天然ガスのユーザーを探している。どうやら企業化調査の契約調印は近い」

一九九〇年十二月十三日、加藤から「今夜勝負だ。すすき野で飲んでいないで自宅にいろよ」。「光の子」になるための僥倖、奇瑞、神頼みは完遂できるのか。

深夜、そして未明。日付が変わった十四日午前零時過ぎ。待ちかねた電話のベルが鳴り響く。「ウラは取れた。最終版で突っ込むぞ。ただし、ツーMでいく」と夜回り先からの一報。予定稿は前日、確認し合っている。ツーMとは、記事の主語は、三つ星とマクドネル、二つのMという意味だ。

午前一時前。今度は自宅のファックスが受信する。「ソ連関係筋は」に始まる印刷前の原稿だ。食い入るように読み進む。「投資額は十億ドルを超す」とか、「パイプラインはサハリンから極東のウラジオストクまで結ぶ」など、知らない情報も盛り込まれている。敏腕だ。無理のない筆致でプチャーチンの固有名詞まで登場していた。ペレストロイカやゴルバチョフ大統領の来日、日本のエネルギー安全保障政策まで、枝ぶりの広い記事に仕立てられている。辣腕だ。「デスクと当番（編集局次長）に、他社も取材に動いている」と告げ、最終版で他の一面記事を追いやって、一面のまん中、四段抜きの見出しでねじ込む。剛腕だ。こともなげに編集幹部を手玉に取るさまが目に浮かぶ。自他ともに認めるエース記者が、ときにやっかみ半分の中傷を受けても本人は動じない。案の定、翌日、他の新聞社がこぞって後追い記事を掲載した。

翌年二月にプチャーチン・サハリン州知事が来日した。胖は単独インタビューし、三つ目の「Ｍ」がアメリカの「マチソン石油」と分かり、ようやく溜飲《りゅういん》を下げた。こうして一世一代の特報は終幕する。このプロジェクトは「サハリン2《ツー》」と呼びならわされ、日本の液化天然ガス（ＬＮＧ）輸入の八％をまかなうほどに発展していく。ところが、この事業の幕は下りない。ロシアのウクライナ侵攻に端を発した国際情勢の変動という渦に巻き込まれていくのは三十数年のちのことである。

一九九四年、胖は東京に帰任した。それまでさんざっぱら他紙の後塵《こうじん》を拝し、抜かれまくっていたぼんくら記者が、大手鉄鋼会社による半導体メーカー買収の記事を、こんどは後輩たちと組んでスクープする。最初に編集局長賞を受賞したのは長男が生まれた一九八七年、共同取材班による連載記事だった。次男のときは九〇年のサハリン資源開発。鉄鋼会社の特ダネは三男誕生の九二年に世に出た。「一世一代」の僥倖、奇瑞、神頼みの三位一体を背中で押したのは、三人の「光の子」たちだった。

第27章

一路陸奥《みちのく》

〈二〇〇一年〉胖と尊、偉人を訪ねて

「ここから、火の手と煙を眺めたんだ」二十一世紀に入った二〇〇一年夏、大山尊《たけし》は白虎《びゃっこ》隊士になった心持ちで、鶴ヶ城（会津若松城）を遠望していた。飯盛山の中腹、晴れ渡った空の下には天守閣も見渡すことができる。「今の僕より四つか五つ上、お兄ちゃん（諭《さとる》）ぐらいの歳で死んでいったんだね」

歴史好きで読書家の尊がもっとも関心を持つ幕末維新。慶応四年（一八六八年）、戊辰《ぼしん》戦争が始まる。会津藩の白虎隊士は今でいえば十五歳、十六歳。なかには彼とさして変わらない十三歳の少年もいたと伝えられている。少年たちは城を覆いつくす黒煙を眺め、落城したと思い込む。自刃ののち二週間で年号は明治と改まり、落城するのは一か月後。少年たちが命を落としたときにはまだ城はかろうじて持ちこたえていたのである。

「ならぬことはならぬものです。これが会津武士の合言葉だったんでしょ？」。どうやら旅行にでかけるにあたって予習してきたらしい。文武両道を旨とする会津藩は、藩校である日新館に入る前の六歳から九歳のとき「什《じゅう》」仲間という独特の組織があった。その「什の掟」の最後の申し合わせが「ならぬことはならぬものです」の一条である。

「ならぬものはならぬと、城が焼け落ちたと思い込んじゃった。それで自刃したのかな」

白虎隊士の墓を詣で、鶴ヶ城にかかっている隊士の肖像を眺めながら、彼らの生きざまにひどく感じ入っている様子だ。「でも、一人、生き残ったんだよね。飯沼貞吉《いいぬまさだきち》っていう人が、自刃しようとしたけど一命をとりとめたって書いてある」

飯沼貞吉が維新後、白虎隊士の忠義と悲運の物語を後世に伝える。その語り部のおかげで会津の少年たちは「歴史」となった。ちょうど、赤穂浪士の堀部安兵衛が書簡の手控えなどを「筆記」に遺し、歴史的に重要な役回りを果たしたように。のちに貞雄と改名した貞吉にとっての明治はどのような明治だったのか。小学校五年の次男は、貞雄とは別の意味で改名する運命が数年後に待ち構えていることを想像するよすがもない。

「白虎って中国の伝説の神獣に由来するでしょう?」と訊く次男。父はこうプレゼンする。「白虎は西の方を守護するんだ。きっと、薩摩や長州の官軍が西から攻めてくるのを守ろうとしたんだろうな。ちなみに、中国の神獣は四体いる。北は玄武《げんぶ》、東は青龍《せいりゅう》で、南が朱雀《すざく》だ」

「あ、ゲームにも出てくるよ。白虎軍の色は白で、玄武軍は黒、青龍は青、朱雀軍は赤い鎧で戦うんだ」。次男もまた頭からゲームが離れない。

「神獣は、高松塚古墳（奈良県・明日香村）の壁画や、神田明神の彫刻にも描かれているね。白虎たちは方角や色だけでなく、それぞれ季節を司どるんだ。白虎隊の命日は旧暦の八月二十三日、いまの暦に直すと十月だから、秋、白虎の季節に尊い命を落としたことになるね」

父と子は味の濃い山菜そばを食べながら、次は白虎隊の行軍路を逆にたどる策戦に出た。レンタカーで最初に向かったのは戸ノ口堰洞穴《とのぐちせきどうけつ》。猪苗代湖畔《いなわしろこはん》の戸ノ口合戦で壊滅的な打撃を受けた白虎隊二番隊は城を目指して潰走《かいそう》する。滝沢峠の間道を伝い戸ノ口堰の洞門をくぐり飯盛山にたどり着く。猪苗代湖北西岸の戸ノ口から、会津盆地へ水を引く用水堰で、全長三十一キロに及ぶ。案内板は「慶応4年（1868年）戊辰戦争時、戸ノ口原で敗れた白虎士中二番隊20名が潜った洞穴である」と説明している。

「真っ暗な洞穴をくぐりぬけてきたんだね。ようやく着いたと思ったら城が焼けていたと、思い込んじゃった」。飯盛山の山腹に今なお衰えない清らかな水流を覗き込む。

きれぎれに地元のボランティアの声が聞こえてくる「飯盛山の頂上には約一七〇〇年も前につくられた前方後円墳があるんですよ。古代四道将軍とか、日本武尊《やまとたけるのみこと》などの神話も残っています」。次男は「ヤマトタケル」にビビッと聞き耳を立てる。自分の名前「尊」が入っている親近感にほだされたようだ。彼の命名の縁起は「日本武尊」ではなく、『言《げん》志四録《ししろく》』（佐藤一斎）に出てくる「天尊《たか》く地卑《ひく》くして、乾坤《けんこん》定まる」（易経）に由来する。

洞穴から車だと十数分で戸ノ口原古戦場跡に着く。飯沼貞吉が晩年に書き残した「白虎隊奮戦の図」が立っている。溝の中に身をひそめる白虎隊士。対する「西軍」は二列縦隊で立ち、鉄砲を構える。

「西軍って書いてあるね」「そうだな。戊辰戦争のとき、会津では東軍、薩長軍を西軍と呼んでいたんだ。官軍と賊軍はもっぱら、錦《にしき》の御旗《みはた》を掲げる薩長側が使っていた。何が『賊』か、腸《はらわた》が煮えくり返っていたかもしれないね」。兵力も武器も圧倒した西軍は猪苗代湖畔の要衝「戸ノ口十六橋」を占拠した。別動隊が湖を渡り笹山へ上陸する。挟み撃ちにあい、万事休す。

十六橋は安積疏水《あさかそすい》事業の一環として猪苗代湖ダム化のためにつくられた。車は産業遺産ともなっている石造アーチ橋を通過した。ほどなく「宝の山」会津磐梯山《あいづばんだいさん》の中腹にある猪苗代レイクホテルに投宿する。

♪エンヤー　会津磐梯山は　宝の　こりゃ　山よ　笹に黄金がえぇまたなり下がる。民謡が流れてくる。この山はかつて鉄の産地だったそうだ。民謡では、小原庄助さんは、朝寝朝酒朝湯が大好きでそれで身上《しんしょう》潰した、という悲しい結末。ホテルの仲居さんによると「庄助さんは戊辰戦争に従軍したという言い伝えもある」というから驚く。

ボウタラの甘露煮、ニシンの山椒漬け、田楽、わっぱ飯など郷土料理と地酒を味わう。この日は朝八時の東北新幹線で福島の郡山へ、さらに磐越西線に乗り継いで会津若松に着いた。白虎隊の終焉の地から時間軸を逆戻しして猪苗代湖へ、そして湖を一望する磐梯山の麓《ふもと》で温泉につかる。

「このホテルは、ＯＢ会の景品で当たったたんだよね」。昨年、二〇〇〇年十月に母校の「三田会大会」で抽選に当たった旅行券だ。鍋の底に張り付いていた。「最初は当たったのは鍋だけだと思ったんだよね。その取扱説明書かと思ってよく見たらこのホテルの招待券だった。捨てなくてよかった」。やや打算的かなと気に病みつつ、一泊分浮く一路陸奥《みちのく》の旅を選んだのだった。妻の計らいから小学校五年生のときに父子の旅に出る恒例行事。長男は九州へ「鎮西の旅」だった。幕末では土佐の坂本龍馬《さかもとりょうま》、長州の高杉晋作《たかすぎしんさく》と久坂玄瑞《くさかげんずい》に憧れている次男は中四国に行きたがっていたのだが。まあ、次の機会にとっておこう。

翌日。庄助さんばりの朝寝朝酒朝湯は慎む。ささやかな身上はつぶしたくない。磐梯山の麓を五十キロほど一路北上する。山形県米沢市。上杉神社に詣で、米沢牛のステーキを奮発する。「ケチケチ旅行」と子どもに見破られないための陽動作戦だ。

さらに車で北上。ここから松尾芭蕉《まつおばしょう》の足跡を追う。立石寺《りっしゃくじ》。山寺の方が通りがいい。源氏の祖となる清和天皇の御代《みよ》、八六〇年の創建というから千年以上の歴史を刻む古刹《こさつ》だ。「閑さや岩にしみ入る蟬の声」。登山口から根本中堂、ほどなく芭蕉の像と出会う。横には弟子の河合曾良《かわいそら》像が慎ましやかに付き添う。江戸時代前期、かの地を訪れた師弟は、三百年以上ものちの父子と同じ季節に、同じ蟬の声を聞いていたに違いない。参道の途中に「せみ塚」がある。「閑さや岩にしみ入る蟬の声」の句をしたためた短冊をここに埋め、石の塚を立てた。成虫になってからせいぜい一か月しか生きられないとされる蟬も、この塚では何百年も生き続けている。

崖の上から眺望する。全山、蝉の声が降りしきる。次男が「もしかしたら、芭蕉が聞いた蝉の子どもの子どもの、ずーっと、ずーっとあとの子孫が鳴いているのかもしれないよね」と目を輝かす。

石段千段を上り詰めると、五大明王を祀る道場「五大堂」が断崖から突き出るように下界を見晴るかす。千段の難行苦行の道行きも高所恐怖症も一瞬にして吹き飛ぶ。水筒の冷たいお茶が心地よい。見渡す限りの山々、紺碧の空に群がりゆく入道雲、絶景と、すがすがしい空気を味わいながら下山した。

車はさらに北上する。紅花の句を二つ詠んだ尾花沢に着く。ここでも、芭蕉の「おくのほそ道」と逆の行程となった。

「眉掃《まゆは》きを俤《おもかげ》にして紅粉《べに》の花」。山寺に向かう途中、一面の紅花畑を見て、女性が白粉《おしろい》をつけたあと、その花に眉を払う刷毛《はけ》を連想した句だ。

「行末は誰《た》が肌ふれむ紅の花」。染料にも使われる紅花は、ゆくゆくは紅絹《もみ》や口紅、頬紅となって、いったい誰の肌を彩るのだろうか。いずれも、艶《つや》めいている。

二十年ほど前、仙台で記者をしていたとき、紅花にまつわる海山藩の伝統産業を取材したことを思い起こす。これを土壌に繊維や化学工業に発展した東宝産業グループの話だった。そのとき最上川の川くだりをした。一句も浮かばなかった。貧困な歌心に臍《ほぞ》を噛《か》む。「よし、次は芭蕉と曾良が最上川から舟に乗ったところにいくぞ」。尾花沢から川沿いを北西に進む。「五月雨をあつめて早し最上川」。芭蕉乗船の地には、二人の胸像と句碑がある。大きく湾曲した雄大な最上川に新田川が注ぎ込む。急流に浸食され白い絶壁が岩肌をさらけ出す。

すぐ近くに「八向楯《やむきたて》」がある。これは中世の城で、最上川の難所から舟人を守る神だ。日本武尊を祀った「矢向神社」には、上陸した義経一行が拝んだという記録もあるらしい。「またタケルが登場したね。義経と弁慶、それに芭蕉と曾良。ここに英雄が勢ぞろいしたんだ」。タケシはタケルとの再会に顔をほころばす。日本武尊が最上川を遡《さかのぼ》る途中、家臣の乗った舟が急流で流された。武尊が後を追って助けようと身に着けていた鎧や冑を脱ぎ捨てたという伝説が残っている。

古代・中世・近世の偉人がそろい踏みした最上川の乗船の地から、戦国時代の英雄・梟《きょう》雄《ゆう》ともいわれる伊達政宗の仙台へ。午後八時、ようやくホテルで牛タン、とろろ飯、テールスープにありつく。

「義経と同じ鎌倉時代に、紅花を詠った歌人がもう一人いる」と、胖は西行《さいぎょう》の話を始める。「くれないの　色なりながら　蓼《たで》の穂の　からしや人の目にも立てぬは」。くれない＝紅花＝と同じ色なのに、蓼の穂は見向きもされない。蓼を噛んだら辛《から》いように、辛《つら》いことだ。西行は他人《ひと》から評価されない嘆きを底敷きにこう詠う。あすは芭蕉と西行の接点や、西行と同じルーツを持つ平泉の藤原三代や義経との交差点をめぐることになる。

一路陸奥《みちのく》の旅は三日目。朝、伊達政宗の青葉城から広瀬川を東に渡る。「このへんなんだがなぁ」。方向音痴の胖は迷いに迷う。「伊藤先生のお宅はどちらでしょうか」。道行くお年寄りが案内してくれた。表札を見ると「江藤」。「イトウ」と「エトウ」。東北弁ではごっちゃになることを忘れていた。記者時代に世話になった伊達大学名誉教授は七十代半ばと思えないほど矍鑠《かくしゃく》としていた。

「よく来たな。お坊ちゃんと一緒か。さ、あがって、あがって」。声が大きい。白髪が増えたとはいえ、背筋を伸ばし威勢がいい。あれは二十年近く前、半導体の権威の伊藤がノーベル賞受賞をささやかれていたころだった。青葉山の研究室に夜中押しかける。分かったつもりで、いざ原稿用紙に向かう。全く理解できていないことだけは分かった。借りてきた本を読む。疑問点を箇条書きにして再度、教えを乞う。なんとか記事にできた。「分からなければ何度でも訊く」、これが記者人生の原点となった。十年のち、企業買収の特報にもつながっていく。それも半導体企業が絡むニュースとは奇縁だ。

会津から最上川をめぐり、けさ青葉城に登ってきたと報告すると、やおら「伊達政宗が第二の城を建てていたのは知っているか？　若林城っていうんだ」と切り出す。初耳だ。はて、徳川政権は一国一城令で、二つもつくれなかったんじゃないですかと反問してみる。「幕府には屋敷だと言って築いた。堀をめぐらして出丸まであったというから、立派な城郭だ。隙あらば一戦構えるつもりだったんだろう。松島の瑞巌寺《ずいがんじ》だって城郭とみていい。まっすぐに攻めてこられないような参道になっていて、弓矢で応戦できる備えを施しておる。なにせ本堂の天井裏には千人もの鎧武者が隠れる場所があるし、逃げ道まで用意しているほど周到だ。ここも第二の城といわれるゆえんだな」。研究者として「戦《いくさ》好き」の異名を取る名誉教授は、にんまり。

「芭蕉も五月雨《さみだれ》や紅花の句はのんびりしたものだった。しかしね、伊達領内は足早に通り過ぎて、あまり句を残していない。伊賀上野出身の芭蕉が幕府の密命で伊達の内情を探っていたんじゃないのかな」。これは穏やかではない。探索、平たく言うとスパイだったのか。政宗の第二の城と、芭蕉の探索と、地下の根っこでつながっているのだろうか。「攻められれば東北人の魂は何度でも戦う。もっとも、維新では苦杯をなめたがね」。この半導体の権威の弟子が、いずれ実学重視と反骨精神の遺伝子を引き継ぎ、大学発ベンチャーの泰斗《たいと》を生みだすことになる。

いまや刑務所となっている伊達政宗の「第二の城」を車で一周する。なるほど広い。息つくひまもなく一路、北東へ。多賀城、塩釜神社に向かう。

「諭が生まれた一九八七年にNHKの大河ドラマ『独眼竜政宗』をやっていた。タケ(尊)が生まれる三年前だ」

「小さいころ疱瘡《ほうそう》にかかって片目を失っちゃたんでしょう。テレビゲームでは黒い眼帯をかけているよ」

「いまでいえば天然痘だな。三年前に諭と九州旅行したとき、鎮西為朝《ちんぜいためとも》が疱瘡神を退治した話をした。ついでに言えば、五月人形に毎年、飾っている鍾馗《しょうき》も疱瘡よけの神様だ」

「ああ、神武天皇と並んでいる赤い顔の怖いオッサンだね。そうそう、おにいちゃんが鎮西旅行のお土産にお守りをくれた。おまえは顔の色が黒いから『黒男様《くろおさま》』のお札だって。おかげで病気一つしないよ」

「健康第一だな。身体髪膚之《しんたいはっぷこ》れを父母に受く　敢《あ》えて毀傷《きしょう》せざるは孝の始めなり、っていう格言がある。親からもらったからだは、髪の毛一本、皮膚一片に至るまで大切にしなさい。それが親孝行の第一歩だという孔子の教えだ」

「じゃあ、政宗は親不孝なのかな?」

「いや、違うだろう。山岡荘八の『伊達政宗』には、戦国の群雄の中で、これほど深く父に愛された人物も珍しいって書いてあった。ところが母には憎まれたんだ。弟の方がかわいかったんだな。さあ、多賀城に着いたぞ。ここは奈良時代から平安時代に陸奥《むつ》の国府や鎮守府が置かれた東北の中心だったんだ」

多賀城があった南門跡のすぐそばに古い碑が立っている。七二四年に創建し、七二六年に改修と記す。「壺《つぼ》の碑《いしぶみ》」とも呼ばれ、平安時代の終わりごろから歌に詠みこまれた名所旧跡、つまり歌枕《うたまくら》だ。西行や源頼朝などの和歌にも登場する。芭蕉は、往古の国府が跡形もないのに、この碑だけが変わらない姿を留めているのを見て「泪《なみだ》も落つるばかり也」と、したためている。

「ちょうど、今のタケぐらいのころ、父親（立志）に柳田国男の『遠野物語』の話を聞いたことがある。本のなかに義家や安倍貞任《さだとう》が登場してくる」(※54)「へー。合戦の場面？」「いや、民俗学だからね。早池峯《はやちね》というあたりには明治時代にも安倍一族が住んでいるとか、安倍屋敷という巌窟《いわあな》があるって書いてあった。義家にまつわる地名伝説もおもしろい」

「ふままうき　もみぢのにしき　ちりしきて　人もかよわぬ　おもはくのはし」。山家集《さんかしゅう》で西行が詠った「おもわくの橋」はロマンチックでもの哀しい伝承がある。安倍貞任は「おもわく」という名の娘に想いを寄せ、この橋を渡って通った。貞任の弟宗任《むねとう》は戦いに敗れ俘虜《ふりょ》となって都へ送られたとき、妻が追ってきたが及ばず、橋の上で涙を流した場所だった。

　そのおよそ百年後。「おもはくのはし」を渡る西行が見たものは「みちのくの遠の朝廷の、わびしくも美しい情景」。橋の看板がこんな思惑《おもわく》を記していた。

「なんて書いてあるの？」。指差す先には「鹽竈神社」。「しおがまじんじゃだ。義経や藤原三代ゆかりの神社だよ」。多賀城から北東へ五キロ。東北鎮護・海上守護の陸奥国一之宮として崇敬を集めてきた。奈良時代の国府・鎮守府の東北の方向、つまり「鬼門」に位置する。都からすると、国府の守護と蝦夷地《えぞち》平定の精神的支えとして篤く信仰されたようだ。

「かくて夜をついで下り給ふ程に、（略）千賀の塩竈へ詣で給ふ。あたかの松、籬《まがき》が島を見て、見仏上人《けんぶつしょうにん》の旧蹟、松島を拝ませ給ひて」。義経記は、奥州に落ちのび藤原氏を頼ろうとする義経主従の道行きをこう叙述する。

塩釜神社の境内には、藤原三代秀衡《ひでひら》の三男である忠衡《ただひら》が寄進した文治灯篭《ぶんじのとうろう》が鎮座している。日付は文治三年（一一八七年）七月十日。義経が秀衡を頼って平泉に隠棲《いんせい》したころだ。

塩釜神社から海沿いを十五分程度で日本三景の一つ、松島に着く。まずは腹ごしらえだ。「松島や」ののれんをくぐる。魚介をふんだんに盛り付けした海鮮丼。生蠣《なまかき》とホタテ。窓からは松島の佳景《かけい》。

「義経を慕ってその足どりを追ってきた芭蕉も、このあたりから松島を眺めたんだな」

「松島や、ああ松島や松島や、でしょ。ぼくでも知っている。あまりに景色がいいから句が詠めなかったんだよね」

「そういわれているね。もしかしたら、義経や忠衡への思慕が万感胸に迫ってきて言葉にできなかったのかもしれないね（うがった見方をすれば、伊藤説に鑑み、密偵芭蕉が探索に没頭するあまり、おざなりな俳句でお茶を濁した。それなら肯《うなず》ける）」

「あの橋を通ると、島に行けるんだね」

「食後の腹ごなしに行ってみよう。義経や西行も渡ったはずだ」

朱塗りの渡月橋を渡ると雄島《おしま》に着く。あちこちに小さな島が浮かぶ。松林をくぐりぬける。岩窟の数々。見仏堂の跡には礎石すら残っていない。中世には「奥州の高野《こうや》」ともいわれ、死者供養の霊場だったそうだ。雄島から少し高台に登ったところに「西行戻しの松公園」があった。西行が松の大木の下で出会った童子と禅問答をし、敗れたために道を引き返したと言いならわされている。眼下にパノラマのように広がる松島湾を一望する。秩父や日光など「西行戻し」の逸話を各地に残す。西行はそのたびに童子との禅問答に負けている。

「春に来ると、三百の桜と松島湾のコントラストが見事らしい。西行は桜の歌をたくさん残した。亡くなった俺の母親（美智子）も桜と西行が好きだったんだ」「お祖母さんを、春にこの公園に連れてきてあげたかったね」

日本三景をあとにし、一路北へ、平泉に向かう。胖が仙台の記者時代に、芭蕉の「おくのほそ道」ならぬ、「シリコンロードの細道」というタイトルで、地方版にルポを掲載した話をする。

「シリコンって何？」

「半導体の材料に使う物質だ。トランジスタとか細かい部品がたくさんのっかった集積回路・ICに欠かせない。これはパソコン、ゲーム機とか、身の回りにあるテレビや自動車とか、あらゆるものの心臓部だ。産業のコメともいわれているね。けさ会った伊藤先生がその道の専門家っていうわけだ」

一九八〇年代、半導体に関連する企業が東北に進出していた時期だった。一九七二年に岩槻―宇都宮間から始まった東北自動車道の整備も北へ北へと進む。東京から青森まで全線開通するのは一九八七年。いわば、高速道路沿いの一本道が現代の産業集積の道筋を示す。当時伊達大学教授だった伊藤の研究室に足しげく通ううち、半導体産業の将来性と日本がリードしていく可能性を叩き込まれた。電子部品やコンピューター関連の会社が工場を構えるようになる。点が線になり「シリコンロード」となっていく。

「草壁《くさかべ》の岳父《おとう》さんが陸軍士官学校で同期だった伊集院《いじゅういん》さんにインタビューしたのも、これが縁だったんだ」。伊集院隼人《はやと》は一九八一年に日本電算機製造の社長に就任した。宮城県にも大規模な半導体工場を新設している。のぞみとの結婚を控えていた肸が岳父の紹介で伊集院に取材した。

「お祖父さんも社長になったし、伊集院さんも社長か。すごいね」

「もう一人いる。やっぱり、同期生で仲がいい高田さんも似たような時期に社長になっているんだ。結婚した一九八五年に仙台から東京に戻って、高田さんにも取材でお世話になった。陸士三人組には頭が上がらないな」

その岳父が一部の区間で建設に携わった東北自動車道を一関で降りる。中尊寺は八五〇年に開山し、奥州藤原氏の初代清衡が一一〇二年に造営した。「タケが三歳のころ、NHKの大河ドラマは藤原三代が主人公だった。覚えていないだろうがね」と言いながら、月見坂を登っていくと、杜《もり》のなかに忽然《こつぜん》と金色堂《こんじきどう》が現れる。「中尊寺にも『尊』の字があるね。でも金色《きんいろ》じゃないよ」。それもそのはず、コンクリートの覆堂《おおいどう》だ。なかに入ると往時の金箔を施し燦然と輝く金色堂が隠れていた。

「五月雨の　降り残してや　光堂」（芭蕉）。江戸時代の俳聖が見たのは光だろうか、それとも影なのだろうか。しのつく五月雨も、この金色堂だけには降り残したように輝いている。光の先に、義経や藤原三代の盛衰をしのんで影を感じていたのかもしれない。

「きゝもせず　束稲《たばしね》やまの桜花　よし野の外に　かゝるべしとは」（西行）。月見坂の東物見台に歌碑が立つ。北上川を隔てて、なだらかな束稲山が遠望できる。平安・鎌倉時代の武士・僧侶・歌人は、奈良の吉野のほかにも、このように見事な桜が咲き誇っているとは聞いたこともなかったと驚嘆する。中学生のとき、亡き母が西行のこの句を憧憬《どうけい》を込めて口ずさんでいたことを思い起こす。

「みちのくの東稲山の桜花吉野の山にかかる志らくも」（西行）。東稲山の頂に立つ歌碑も桜花をうたう。その西行を慕い奥州藤原氏や源義経の追悼を込めてみちのくを旅する芭蕉が、五百年のときを隔てて、歌の共演を繰りひろげた。

「夏草や　兵《つわもの》どもが　夢の跡」（芭蕉）。藤原氏二代基衡がつくった毛越寺《もうつじ》南の大門跡にあるこの歌碑はひときわ名高い。

「つわものどもって義経や藤原氏のことでしょう。夏草が生い茂っているこの場所で、命と夢をかけて戦ったっていう歌だよね」

「そうだ。命も夢もなくなった。平家を滅ぼした義経の栄光も、みちのくの小京都といわれた奥州藤原氏の栄耀栄華《えいようえいが》を誇った百年の歴史も消え失せた。諸行無常の響きありって感じたんだろうな。源氏が滅亡させた平家の平家物語にも出ている」と感慨に浸った胖は、祇園精舎《ぎおんしょうじゃ》の鐘の声、諸行無常の響きあり、で始まる平家物語を小学生のころ家族で語らったことを次男に語り聞かせる。平家も盛者必滅、みちのくの覇者も同じ運命をたどる。そして、義経もその宿命からは逃れられなかった。

義経終焉の地、高館にある「義経堂」。「義経はここに住んでいたんだね」と、尊は北上川の流れと束稲山を眺めながら写真を撮っている。九郎判官を偲んで、仙台藩主第四代伊達綱村が義経堂を建てた。祖父、父の志を継ぎ、奥州藤原文化を築き上げた秀衡、義経と弁慶の八百年忌の一九八六年に供養塔が建立されている。

「月日は百代《はくたい》の過客《かかく》にして、行き交ふ年もまた旅人なり」。芭蕉は「おくのほそ道」の序文に、月日は永遠の旅人であり、行き過ぎてゆく年も旅人だ、と記す。中国・唐の時代の二大詩人を思い浮かべていただろう。一人は李白《りはく》。「夫れ天地は万物の逆旅《げきりょ》にして、光陰は百代の過客なり」。天地は万物を宿す旅館のようなもので、月日は永久に帰らない旅人みたいだと、詠っている。もう一人は杜甫《とほ》。芭蕉は高館で「国破れて山河あり、城春にして草木深し」の句を思い起こしていた。義経主従も藤原三代も滅びた。戦乱で荒廃してしまった国土だが、山も川も変わらぬ姿で泰然としている、春になって草木も生い茂っている。義経終焉の地で、北上川と束稲山を眺めながら、諸行無常とともに、再生の息吹をも感じとったのだろう。

翌朝、日本武尊が創祀《そうし》したといわれる配志和《はいしわ》神社に詣でる。杉の古木に苔むす祠《ほこら》。父・景行天皇から九州の熊襲《くまそ》征討ののち、東の蝦夷《えみし》平定の命を受けた日本武尊は、東北のあちこちに足跡と言い伝えを残していく。

達谷窟《たっこくのいわや》毘沙門堂に足を延ばす。縁起は、征夷大将軍の坂上田村麿《さかのうえのたむらまろ》が、東北地方の蝦夷を平定した戦勝記念に建てたと伝えている。日本武尊より七百年ほどのちの話だ。

毘沙門堂の近くの岩に磨崖仏《まがいぶつ》が凝然《ぎょうぜん》と現れた。義経の高祖父《こうそふ》、つまり祖父の祖父・八幡太郎義家が高さ三十三メートルに及ぶ大岩壁に刻み込んだ。十一世紀後半に起こった前九《ぜんく》年《ねん》の役《えき》と後三年《ごさんねん》の役《えき》で戦死した人々を供養する目的だった。部下に恩賞を与え配下を大事にしてきた義家は、四代のちの世代の鎌倉幕府成立に大きな足跡を遺した。義経は、敬慕する義家が源氏の白旗をなびかせ軍兵を自由自在に動かすさまを夢見ていたかもしれない。

レンタカーを返して一関から最終の新幹線に飛び込む。次男の宿題は義経・芭蕉・西行のみちのくの旅を主軸に、源平や藤原三代、戦国、幕末の武士の栄枯盛衰を「過客」になぞらえてまとめるようだ。

天上の**天使**「日本武尊、源義経、伊達政宗のような戦国武将、白虎隊、もののふたちは、功名や尚武《しょうぶ》の精神に満ち溢れていた。その遺伝子は明治維新の立役者たちや曾祖父の世代にも脈々と受け継がれているみたいだね」**妖精**「プルタークが書いたギリシアやローマの英雄たちと一脈通じるものがありそうね。熾烈《しれつ》なまでの名誉心、正義のためには死を厭《いと》わず勇敢に運命と戦う鴻業偉勲《こうぎょういくん》の数々。アレキサンダーは高い気魄で功名を愛し求める偉大な大王だった。戦後の世代には感じられない気質かもしれないわね」

コラム 第27章

義家地名伝説：[奇譚《きたん》その一] 似田貝《にたかい》＝戦陣のなか、八幡太郎義家は粥《かゆ》がたくさんあるのを見て「煮た粥か」と言ったので、「煮た粥」が「似田貝」の地名になった。

[奇譚その二] 足洗川《あしらが》村＝義家が似田貝の近くを流れている鳴川で足を洗った。それでこの川を隔てた村を足洗川村と呼んだ。もっとも、柳田国男は「ニタカヒはアイヌ語のニタト即ち湿地より出《いで》しなるべし」と注釈して、義家伝説よりはるか昔にアイヌの人々が住んでいたころからの地名だと強く示唆している。

忠衡の灯篭： 藤原秀衡は文治三年十月に身罷《みまか》る。義経と奥州藤原家の平穏を祈願してこの灯篭を寄進した忠衡。最後まで父の遺言を守り義経を守護したため、兄泰衡《やすひら》に討たれ非業の死を遂げてしまう。「渠《かれ》は勇義忠孝の士なり。佳名《かめい》今に至りてしたはずと言う事なし」と芭蕉は「おくのほそ道」に書き残す。伊藤名誉教授が強く示唆したように、伊達領内を探索し足早に通りすぎていったとしても、無類の「判官びいき」だった芭蕉は黙ってはいられなかった。

奥州の高野《こうや》：義経記によると義経が訪ねた見仏上人の旧蹟とあって、荘厳な空気が漂う。上人はここで十二年修行し、法華経を読誦した。西行の作とされる「撰集抄《せんじゅうしょう》」は西行が上人を慕って松島の雄島を訪ね、二か月ほど住んだと伝えている。

第28章

一所懸命《いっしょけんめい》

〈二〇〇一年〉俊英、胖の「9・11」

「一所懸命」。草壁俊英《くさかべとしひで》の座右の銘だった。それに「立志勉励」が加わったのは一九七五年からだ。旧陸軍士官学校同期三人組の鹿児島への「一碧万頃《いっぺきばんけい》の旅」がきっかけだった。一九七九年に日本建設土木社長に就任して、社員への訓示や入社式の挨拶には決まってこの言葉を持ち出す。九三年に会長になってもぶれない。子や孫への訓導も同じだ。

「会津に行ってきたのか。鶴ヶ城も白虎隊士の墓も変わっとらんのだろうな」。二〇〇一年の夏休み、二番目の孫である大山尊《たけし》が嬉々として陸奥《みちのく》旅行を報告している。「田子倉ダムの工事で二年ぐらい福島の山奥に住んでいた。四十年以上前だな。休みの日に何度か会津に出かけた」と懐かしむ。田子倉ダムは会津若松から西に百キロ足らずに位置するわが国有数の水力発電所だ。険しい山の中、しかも豪雪地帯とあって一九五三年の着工から苦難の連続だった。産業構造が重化学工業にシフトし、高度経済成長を支えるエネルギー供給基地となる。時の総理が視察に訪れるほどの期待を担う。

「建設に携わった人は延べ三百万人だった。しかし、何十人もの殉職者を出したのは悔やんでも悔やみきれん。山の中の家々が工事のために犠牲になって水没してしまったのもな」。若かりしころの現場監督は、一所懸命に高度成長の礎《いしずえ》を築いた達成感と悔恨がないまぜとなった思いをかみしめる。

「東北の高速道路も造ったんでしょ？」

「君らが行った一関と盛岡の一部区間を請け負った。便利になっただろう？」

「うん。松島から平泉に行くときに走ったよ。お祖父さんがこのあたりの道路を造ってくれたんだって話しながらね。おかげで、あっという間に着いた」。ダムも高速道路も「兵《つわもの》どもが夢の跡」に終わらず、孫や子の暮らしや産業を支えている。

電話が鳴った。「近藤さんとおっしゃる方からよ」と娘ののぞみ。陸士の一期後輩から、九月の定例会への出欠を問い合わせてきた。「伊集院《いじゅういん》も高田《たかだ》も出席するのか。体調が許せば俺も出る」と答えている。陸士の大正十三年から十五年生まれ三代の有志で構成する「始源会《しげんかい》」は戦後まもなく旗揚げした。東京通信隊の特信班出身で情報収集に長《た》けた近藤が世話役だ。海兵隊や学徒動員組にも同志を募り、いまや総勢五十人を数える。

体は大丈夫なの？　と気遣う娘に「心配いらん」。俊英は八年前に血液の難病を発症している。それを機に会長に退いた。しかし決して弱音は吐かない。医師も舌を巻く頑健な身体には自信がある。通院の頻度が増え、このところ頭痛に見舞われるのは気にかかった。

孫の前では禁句にしていた病名を、次男だけは小耳に挟んでしまう。このときだったかもしれない、彼が病気や医療に関心を持ち始めたのは。感受性が強く、周りの人を慮《おもんぱか》る観察眼も鋭かったからだ。もしかしたら祖父は草壁の家の跡取りをボクに期待しているんじゃないだろうかと、うすうす感じ始めたのもこのころだった。数日前の深夜、父と母が激しく口論していたのは養子縁組のことだったのかもしれない、と思い至る。

「昨日の試合でヒットを打ったよ」。必ずしも感受性が強くない長男諭《さとる》は屈託がない。慶応付属中学二年生。野球部で中軸を打つ。三兄弟は同じ小学校で「エルピス（希望）」というチーム名の野球部に入っていた。今年から次男と三男はバスケットボール部に転向している。「一所懸命　立志勉励」。これは志を高く持って、勉強にもスポーツにも一所懸命、励めという祖父の訓《おし》えでもある。

「オレは二十本もシュートを外したぜ」。小学校四年の三男聖《まさし》はさらに能天気だ。所属チームで長距離シューターに抜擢されるや、打てども打てども、外す外す。それでも、めげないのが真骨頂だ。

ふん、ふん。祖父は「孫煩悩《まごぼんのう》」丸出しで聞き入る。夏休みには毎年、三浦半島と八ヶ岳に一族郎党を率いて出かけていた。ところが、ここ数年は体調がままならない。なんとも歯がゆい。早く治さないと。この時分からだった、佐藤一斎の「言志四録《げんししろく》」の養子についての文言が頭の一隅を去来するようになったのは。二十五年ほど前に同期三人で鹿児島を訪れた「一碧万頃の旅」で読んだことが潜在意識への暗示となったのか、病と闘ううちにしきりに顕在意識に顔を出す。

妄念を振り払うように「さあ、肉は煮えたぞ」という定番となったすき焼き奉行の一声で、電灯に蝟集《いしゅう》する蛾《が》さながらに箸を伸ばす孫たち。にぎやかな夕餉《ゆうげ》が最良のクスリだ。ご機嫌うるわしく冷酒をあおり沈湎《ちんめん》したのがいけなかった。

「なんといっても、すき焼きが一番だな。しゃぶしゃぶは好かん。三年前のノー……」言いかけて牛肉をもぐもぐ。「ノー」のあとの「パンしゃぶしゃぶ」は危うく嚥下《えんげ》する。綸《りん》言汗《げん》の如し。一度、発した言葉は取り消せない。一九九八年、当時の大蔵省接待汚職事件は銀行が官僚をもてなした一風変わったコスチュームのしゃぶしゃぶ店から、ありがたくないが、きわめて分かりやすい醜聞《スキャンダル》に発展した。銀行の総会屋への利益供与事件から、道路公団と証券会社の贈収賄、大蔵省・日銀と銀行など、中枢に東京地検特捜部のメスが入る。世論の憤懣《ふんまん》は燃え盛る。そして二〇〇一年一月、律令時代から千三百年続いた大蔵省は財務省と金融庁に解体される。談合や天下り、道路族議員の暗躍、ファミリー企業など隠れた利権の巣窟《そうくつ》と指弾《しだん》されてきた道路公団などの四団体は民営化の計画が打ち出された。俊英とも縁の浅からぬ公団だけに他人《ひと》ごとではない。

一九九〇年代初めのバブル崩壊からひと段落したと思いきや、二十一世紀に入って米国のＩＴ（情報技術）バブルが崩壊し、三月にはリセッション・景気後退局面に入った。欧州最大のドイツ経済もマイナス成長に陥る。不況の波が押し寄せ、わが国も七月の完全失業率が過去最高の五％を記録した。デフレ経済のなか株価は急落し、銀行はなりふりかまわず不良債権処理を急ぐ。将棋倒しを見るかのように流通、建設、製造業の大型倒産が相次ぐ。さらに驚天動地《きょうてんどうち》の大惨事が待ち構えていた。

二〇〇一年九月十一日。世界を震撼《しんかん》させたアメリカ同時多発テロ事件が起きる。イスラム過激派のテロリストがニューヨーク市のワールドトレードセンターの二つの棟などに激突。三千人近い犠牲者を出す未曽有《みぞう》のテロとなってしまう。

その日は午後六時半から、草壁俊英は都内のホテルで開かれた「始源会」に出席していた。世相を映して、ひとしきり経営の苦境を披歴したところで、伊集院が笑いをかみ殺しながら聞いてくる。「お前の会社、しゃぶしゃぶ事件は関係なかったか？　道路公団も絡んどったろう」

「いや、俺の会社は関係ない。そんな店にも行っておらん。しゃぶしゃぶじゃなく、すき焼きを自宅《うち》で孫と囲むのが常道だ。お前の方こそ、ＩＴ不況で、さんざんじゃないのか？」

「まあ、今期は辛抱だ。だがな、長い目で見ればＩＴは成長する。高田はどうだ？　銀行が不良債権処理にかこつけて貸し渋りや資金の引き揚げで、いじめられていないか？」

「悪いが、医療用の機器も引く手あまただ。アメリカ企業と資本・技術提携した成果がぼちぼち出始めた。その件で草壁の義理の息子が取材に来たよ。会社を移ったそうだな」

「ああ、大山胖《ゆたか》ね。去年、ビジネス新報という新聞社に移籍した。さしずめ上司と喧嘩でもしたんだろう。俺の顔を見るたびに建設談合の質問しかしない。いいかげん、辟易《へきえき》としておる。何かといえば社会悪だと攻撃しおって。分かっとらんね」

「俺もスーパーコンピューター開発でインタビューされたことがある。少しは勉強しているようだった。なんでも駆け出しのころ伊達大学の伊藤教授じきじきに教えを乞うたとか自慢していた。そのわりには専門知識は浅薄《せんぱく》だったがね」

「ああ、半導体の父だね。うち（芝浦光学機械）の若い技術者を仙台の研究所で研修させている。大山君の同期が山形で先端技術研究所長をやっているそうだ」。高田は所長を務める菱川博昭《ひしかわひろあき》と、ゆくゆく医療用の高度な分析装置の独自開発に知恵を貸すことになる。まさか、これが四年後に草壁の脳の血流を良くする新薬に結びつくとは分かろうはずもない。なにしろ、この時点で脳の疾患を疑うような自覚症状の兆しすらないのだから。

新世紀に入って初めて同期が集う「始源会」。せっかくの親睦の場だというのに、各テーブルで景気のいい話は聞かれない。どんより湿った空気が淀む。

建設業では、談合に対する世論の目が格段に厳しくなった。大型の建設工事があったとしても利幅は縮小せざるを得ない。銀行から「不良債権」の烙印を押されたり、貸しはがしにあったりした会社は、たちまち資金に行き詰まりかねない。ＩＴ投資の抑制や在庫調整を余儀なくされ、営業赤字を覚悟しているという会社もある。

「社員は悪くありませんから！　悪いのは我々なんですから！　お願いします！　再就職できるようにお願いします」。一九九七年、自主廃業した山一證券社長が号泣したテレビ映像は、ここにいる誰の瞼《まぶた》の裏にも焼き付いている。他山の石か、あすはわが身か。対岸の火事と拱手傍観《きょうしゅぼうかん》している顔つきは見られない。親しい仲間とひそひそと鳩首会談《きゅうしゅかいだん》が続く。ともに戦火をくぐり生き延びた固い絆《きずな》にすがるしかないようだ。耳をそばだててみると。

密議一：製造業の会長VS弁護士

製造業「有価証券投資の失敗で多額の損失が出ている。決算に計上すると赤字に転落するのは必至だ。株価が暴落すれば窮地に追い込まれる」

弁護士「損失を計上して業績の下方修正を発表せざるを得んだろう。この期で減損処理して株主にきっちり説明することだ」

製造業「いま、ファンドを通して大型の企業買収案件が進行中だ。成功すれば事業拡大で収益は好転するんだ」

弁護士「それとこれとは別だよ。損失を隠したり、簿外に分離したりする、いわゆる『飛ばし』が発覚すれば、株価暴落どころの騒ぎではないぞ。社会から抹殺される。経営責任を問われて、おまえも株主代表訴訟の標的になる。よしんば会社は倒産しなくても、こんどは買収される側になりかねん」

密議二：銀行の元副社長VS建設業副会長

銀行「前期（二〇〇一年三月期）は連結債務超過だったよな。会計基準がこの期から変更になって、保有している不動産価格の下落で多額の評価損が出たのが大きい。このままでは、たちゆかない」

建設業「おととし（一九九九年）、おまえのところを含めて金融機関から債務免除してもらったんだが一向に業績は回復しない。先行投資した土地がバブル崩壊で塩漬けになってしまっている。有利子負債もかさんで首が回らない」

銀行「おまえの会社は典型的な政治銘柄だったからな。こんどの政権交代で、金融機関の不良債権処理が最優先となった。もう、誰も貸さない。どこか会社を買ってくれるところとか救済合併してくれるところはないのか？」

建設業「八方、手を尽くしているんだが手詰まりだ。民事再生法の適用を申請するしかない」
銀行「清算は考えていないんだろう？　再建を前提にするなら、経営を抜本的に変えないと通らないぞ。経営陣の刷新は必須だ。ともかく政治との距離をとることだ。再建のスポンサーを早急に探すしかない」
建設業「取引先と従業員は守らなければならない。うちは技術力もあるし。本当に『社員は悪くないんです』って言いたい。スポンサー探しに知恵を貸してくれないか？」

密議三：総合スーパー元社長VS流通業元会長

スーパー「巨額の有利子負債の元凶は、バブル期のリゾート開発や都市開発に起因するものだろう？」
流通業「海外投資もかさんで、脆弱《ぜいじゃく》な財務体質になってしまった。それを長年、放置していたツケがこんなにも膨らんだ」
スーパー「再建策は民事再生法に決まったのか？」
流通業「いや、会社更生法の適用申請を支持する派と真っ二つに割れている」

スーパー「会社更生法だと経営陣は一掃されるし、刑事、民事の両面から責任を追及されかねんな。民事再生ならそのリスクは少ない。早期の再生も望める。取締役会はいつなんだ？」

流通業「こんどの金曜日だ。俺はＯＢだから参加しないがね。現経営トップの解任動議を出すと息巻く若手役員もいると聞いた。不穏な空気が漂っている」

あの悲惨な戦争を経験し、祖国に復員後はがむしゃらに高度成長を牽引《けんいん》してきた彼らの世代。十数年前までは「始源会」でも事業の拡張や海外・新規事業への進出など前向きな話題が花盛りだった。企業買収では「買う側」であって、けっして「買われる側」や「救済合併される側」にはいなかった。

兵は詭道《きどう》なり。孫氏を引用して「経済も事業も戦争だ。謀略を用い、敵を欺く道である」とか、「戦わずに敵を屈服させることこそ最善」などと、声高《こわだか》に放言する経営者も散見された。極端な例では「愛される君主より、権謀術数を使ってでも人々から怖れられる経営者の方がいい」と言い放ち、「社員など頭を撫でるか、消してしまうか、そのどちらかでいい。人に危害を加えるときは、復讐のおそれがないよう恨みさえ買わなければいい」とマキアヴェリの君主論の信奉者まで現れる始末。詭道だの君主だのと息巻いていたかつての経営者の姿はこの席にはいない。

一九八五年のプラザ合意から円高ドル安で輸出が落ち込む。九〇年バブル崩壊。不況・不良債権・デフレ・倒産多発、そして今度はＩＴバブルの崩壊。その夜に起きる前代未聞のテロと、そのあとに続くであろう国際的な危機。

一九六〇―七〇年代に海外から「ジャパン・アズ・ナンバーワン」と持ち上げられ、それぞれの会社では「中興の祖」とか「実力会長」などともてはやされる。有能さと成功体験にあぐらをかいて長くトップの座に居座る。子飼いの後継者を次期社長に据えて隠然たる権力を手放さず「院政」をしく。イエスマンを重用し、諫言役は飛ばす。いきおい次代を担う革新的な改革派は育たない。彼らの大多数はそれらの弊害に気づいていなかったか、気づかないふうを装う術《すべ》を心得ていた。ところがいまや、この会場にいるすべての意思決定権者にとって抜本的な自己改革は待ったなしだ。

午後九時、草壁はハイヤーで自宅に向かう。風呂を浴びて居間でくつろいでいるその時だった。旅客機がツインタワーに激突、火炎に包まれる衝撃的な映像。いったい何が起こったんだ？　テレビに何度も繰りかえし映し出される惨状。ニューヨークの朝九時前後、時計を見ると日本時間では午後十時ごろだ。十分ほどたち電話が鳴り響く「会長、大変です」。社員は大丈夫かと問うと「アメリカに出張している社員はいません」。総務担当の役員からだった。世界中の誰もが、この悪夢のような映像と、この日この時刻にどこで何をしていたかを忘れられない一日となる。

大山胖《ゆたか》はその夜、神田神保町にいた。岳父ら三人組があまり芳しいとはいえない彼の噂をしていたころ、出版社に勤める弟の誠《まこと》と焼肉を食べていた。二次会では行きつけのスナックに河岸《かし》を変える。ハイボールを飲み始めたのは午後九時。

「兄貴、俺たちおふくろの形見ってないよな。手芸品の一つもない。和服とか桐ダンスとか、どこにいったんだろう」

「オヤジが一切合切、処分したんだろうな。北海道に持って行ったとは思えないし」

「郵便貯金を遺してくれたよな。お父さんには内緒よって言って。なんであんなに貯められたか知っているか？」

「へそくりだろ？　たしか知人の画廊でアルバイトしていたな」

「それだけじゃないんだ。夜中まで手芸の内職をしていた。兄貴には言うなって釘を刺されていたんだけど、たまに近所のスナックでも働いていたんだぜ。慶応や早稲田に高校から行かせたいって」

「知らなかった。オヤジは公立に決め込んでいたフシがあったな。私立は学費が高いからかな？」

「たぶんそうだろう。俺、あの郵便貯金、いまでも持っているんだ。なんだか使うのが申し訳ないような気がして」

「そうか。俺はありがたく使わせていただいた」

呑むほどに酔うほどに、鬼籍に入って三十年近い歳月を刻むにつれて、母への追憶は美化されていく。それにひきかえ、父親の株価は続落する一方だ。その不合理さに二人は気づく気配はない。

「兄貴、オヤジが本籍を北海道に移したの知っているか？　知らない？　だろうな。俺は再婚するための布石じゃないかって睨《にら》んでいる」

「ユーカラ織の女社長ね。オヤジはナンバー・ツーらしい。事業の面ではもはや夫唱婦随、いや婦唱夫随か」

「暢気なもんだな、くだらん、しゃれなんぞ飛ばしやがって。兄貴が札幌にいたときは何か話したか?」

「九〇年から二年半のあいだに二回だけな。もちろんオヤジ一人だった。孫の顔を見たかったんだろう。ユーカラの女《ひと》と同棲していた。内縁の妻とか事実婚みたいな関係なのだろう。だから戸籍は……」

その時だった。携帯電話が鳴ったのは。「主任、ニューヨークで大事故です。すぐ戻ってきてください」。店のほうぼうでも携帯が鳴っている。「分かった、すぐ行く」と言いながら「ママ、NHKかけて。それからお勘定!」「兄貴、会社に戻ってくれ。ここは(支払いを)済ませておく」「すまん」

携帯電話でビジネス新報記者の天童弘樹《てんどうひろき》の報告を聞きながら、タクシーに飛び乗る。同時多発テロの惨状はすさまじい。いま、花井恵梨佳《はないえりか》がニューヨーク駐在記者からの電話送稿記事を受けている。「早版は一面の半分を空けて、一報だけをぶち込め。遅版は二ページ、いや、四ページの面建てを考えてくれ。メールで速報ニュースを流せ。編集長と加藤さんを呼んで、なに？　もう向かっている？　よし、俺ももうすぐ着く」。

神田の雑居ビルにあるビジネス新報編集部はごったがえしていた。ふだんだと早版ができあがって一服している時間帯だ。それまで一面にあった記事を急遽、他の面に移し、テロのニュースを突っ込む。そのかたわら遅版対策会議を招集する。早版は午後十一時、遅版はあくる午前一時が締め切りだ。印刷も販売ルートも大手新聞社や地方紙に委託している「ヤドカリ新聞」だけあって、コストは下げられるものの自由度は少ない。新聞を印刷する輪転機の空いている時間に前倒しして使う。販売店への到着時間も早い。まずは印刷と販売の部長に時間が遅れる旨、宿《ヤド》の借主《カリヌシ》（新聞各社）に仁義を切ってもらう。

鉄砲玉の天童と、元気印の花井、あわせて「元気玉コンビ」が四ページの紙面構成案を作っている。そのスペースをどう生み出すか。選択肢は五つ。

①ページ数を増やす＝これは印刷委託先が却下。「それどころじゃないよ」

②四ページの新聞を追加印刷する＝工程上無理。「あんた、何考えてんの！」

③記事を捨てる＝編集が魂を捨てることになる。「暴動が起きて辞表ものだ」

④広告を外す＝収入が大幅に減少するし広告主に申し訳が立たない。「ボーナス出なくていいの？」

⑤③と④の組み合わせ＝これしかないか……。

ようやく編集長の電話がつながる。五案を示し「一面から四面はテロ関連ページにします。記事と広告をいためることになりますがご了承ください」「それしかないだろう。大将（鷲尾《わしお》）と辻さん（経理担当）には私から連絡する」「お願いします」

やはり召集令状を受けた先輩記者の加藤周作《かとうしゅうさく》が悠揚《ゆうよう》迫らぬ姿で現れるなり「さしずめ、孟子曰《いわ》く、天下の大道を行く、だな」。前の会社にいたとき五か条の訓《おし》えを受けた。その第一か条だ。ふー。凝り固まっていた肩の力が抜けた。「老子曰く、正々堂々。岳飛曰く、雄気堂堂ですね」と胖は五か条の文言から返し「元気玉コンビに大道の道案内を頼みます」。敏腕記者であり、センス抜群の編集者でもある先輩に丸投げする。

「この広告は外せるでしょう。もともと、たいした実入りはないんじゃないの？」

「何をほざいているんだ、君は。どれだけ苦労して取ってきたと思っとるんだ」

「超弩級《ちょうどきゅう》の大事件ですよ。翌日に回すことはできませんか？　もういっぺん広告主にかけあっていただきたい」

「収入が減ってお叱りを受けても知らんぞ。君の責任だぞ」。人差し指で胖の胸を小突き、口角泡を飛ばしながら何度も念を押す。加藤と元気玉の紙面構成案が佳境に入っているかたわらで、広告部員と経理部員の収入減のシミュレーション作りも熱を帯びる。

編集長をトップに紙面会議。四ページ分をテロ関連ニュースの原稿と写真で埋め尽くす。加藤が概括的な解説記事に健筆《けんぴつ》をふるう。広告が三ページ分を譲歩してくれた。編集側は早版ですでに半ページ分を捻出していたので、あと半ページ分を圧縮すれば済む。しめしめ。打算的な遺伝子もたまには役に立つ。

九月十二日午前一時すぎ。完成した紙面の最終チェックだ。「おい！　広告が抜けとるぞ！　どうしてくれるんだ！　この、抜けサクが！」と広告部長がすっ飛んできた。調べてみるとたしかに抜けている。一ページの五分の一相当か。「よし、四面の写真特集に入れよう」。写真を間引いて広告をねじ込む。委託先の印刷所から「まだか、まだか」と矢の催促。結局、指定の時間より二十分も遅れ、詫び状とお菓子を差し出す羽目になったとあとで知ることになる。もう一つ分かったのは、広告料がさほど取れていなかったおかげで皮肉にも減収幅は予想より少なくて済んだことだった。抜けているのはどっちだ。

体調がすぐれず週三日の自宅勤務を原則にしている加藤には紙面設計と解説記事を書き上げるや早々に車で帰ってもらった。編集長も広告をねじ込む突貫作業を見終えて再び帰路に就く。

「ご苦労だったな。一杯呑みながら明日の作戦会議とするか」。編集部の「一所懸命」はこうして午前二時に終わった。「元気玉コンビ」を残してあとは閑散としている。この二人がゆくゆく胖の両腕に育っていく。この日の経験もおおいに糧《かて》となるに違いない。

「加藤さんって、すごいですね」と今年入社の花井は目を爛々《らんらん》と輝かす。「大胆なのに細心の紙面の割り振り。あの解説記事も圧巻です。視野の広さ、切り口の鋭さに圧倒されました」

「アメリカの外交政策はもちろん、イスラム原理主義にまで通暁《つうぎょう》されているとは驚きました。人脈をフル動員して的確な学者や政治家、経済人に電話取材していました」と天童にはもはや畏敬《いけい》の念しかない。加藤の奮闘が彼らの一所懸命を支えた。

かつて東京政経新聞のエース記者だった加藤からおおいに指南を受けた大山胖。一緒にいくつかの特ダネを報じたこともある。なにより黒革の手帳に書き留めた「五か条の御誓文」は人生訓にもなっている。胖は二十一世紀に入ったこの年の四月、ビジネス新報に移った。「加藤さんが入院した」と古巣の後輩から連絡を受けたのは数年前のことだった。見舞いに駆け付けると、すい臓に悪性の腫瘍《しゅよう》が見つかったという。手術、入退院を繰り返す。編集の枢要なポジションはとうてい務まらない。辞職を決意し病気回復に専念する。何度か見舞ううちに、自宅でできる範囲で記事を書いたらどうですか、気晴らしにもなるでしょうと気を引いてみる。

「何か書いてもいいよ」。かつての師匠から電話があったのは七月になってからだ。週に一回か二回、特定のテーマでコラムを執筆してもらうことになった。体調が良くなってきたので九月からは週に一回出社すると伝えてきた矢先の「9・11」同時多発テロ。ついつい甘えて深夜に呼び出してしまった。病気に障《さわ》らなければいいが……翌日の作戦会議を終え、未明に帰宅してからも気にかかって眠れなかった。

天上の**天使**「二十一世紀のとば口で最悪な惨事が起こってしまった。まるで戦争だ。見るもおぞましい。ご先祖さまたちは、こんな醜悪な世の中をわれわれに引き継ごうとしているのだろうか？」　**妖精**「内村鑑三《うちむらかんぞう》の『後世への最大遺物』の一文を忘れてほしくないわ。『私に五十年の命をくれたこの美しい地球、この美しい国、この楽しい社会、このわれわれを育ててくれた山、河、これらに何も遺さずには死んでしまいたくない』と。二十一世紀に生まれてくる人々のために、この美しい言葉をかみしめて、一所懸命に世の中を少しなりとも善くしてほしい」

白樺派を代表する志賀直哉《しがなおや》は一九〇〇年、十七歳のときに内村鑑三の講習会に出席した。日清戦争のあと、日露戦争をまたぐ七年間、通いつめる（※55）。

一九七一年まで生きた作者は、日清・日露・太平洋戦争を「暗夜行路」と見ていたのだろうか。おそらく「どう云《い》う運命が来ようとも決して動揺する事のない平安と満足とを与える」ような、少しでも善い世の中に希望を託していたのだろう。

コラム　第28章

養子：言志四録は「古代中国の堯《ぎょう》帝は舜《しゅん》帝を婿とし、後に天下を舜帝に与えた。礼記の祭法に、舜帝は堯帝を宗（本家）とすると書いてある。これはまったく養子が後を継ぐのと似かよっている。思うに天命であろう」と記す。

後世への最大遺物：キリスト教思想家であり文学者である内村鑑三は『後世への最大遺物』にこう書いた。「イギリスの天文学者ハーシェルが友人に『わが愛する友よ、われわれが死ぬときには、われわれが生まれたときより、世の中を少しなりともよくして往《い》こうではないか』と語った」。これは、内村鑑三が日清戦争の勃発する明治二十七年（一八九四年）に箱根で講話した内容だ。

第29章

一《いち》定《じょう》出《しゅつ》離《り》

〈二〇〇五年〉胖の師匠、加藤の悲報

「もし、もし」どこかで聞いたことのある女性の声。「とうとう……」言葉にならない。受話器越しに聞こえるのは、くぐもった嗚咽《おえつ》。

「加藤（周作）さんの奥様でいらっしゃいますね？」「はい。主人が未明に……他界しました」。絞り出すような、咽《むせ》ぶような声。悲報はどんなときにも突然やってくる。

二〇〇五年四月。目の前に緞帳《どんちょう》が下ろされたような突然の訃報。大山胖《ゆたか》は、偉大な師匠であり精神的な支柱だった恩人の逝去に暗澹《あんたん》となった。神田の屋台で受けた叱責の数々。幻術使いの忍者「飛び加藤」の秘話を持ち出して「こざかしい術技を振り回すな」と肩を叩いてくれた。その掌《たなごころ》の温かさが今も残る。耳朶に消えない「ばかだな」の決まり文句はもう二度と聞くことはできない。加藤さん、どこに飛んでいってしまったの、早すぎるじゃないか。「天下の大道を行け。正々堂々・雄気堂堂」など五か条の御誓文はついに遺言になってしまった。胖が二〇〇一年四月にビジネス新報に転じるや、三か月後に加藤は三顧の礼をもってスカウトされた。その年の「9・11」。未曽有のテロ事件の報道は恩師抜きでは成り立たなかっただろう。あのとき、深夜に呼び出したのがいけなかった。慙愧《ざんき》の念に堪えない。すい臓癌が発覚して、さまざまな療法を受け病と壮絶に闘っていた。げっそりと痩せながらも「だいぶ、調子はいいよ」と、元学生運動の闘士の本性をうちに隠し温顔で安心させてくれた。

「ご愁傷《しゅうしょう》さまでした」。傷心の夫人に、かける言葉も見つからない。通夜のあと、やはり加藤を師と仰ぐ天童弘樹《てんどうひろき》、花井恵梨佳《はないえりか》と近くの居酒屋で「お別れの会」を開く。「元気なころのにこやかな遺影が、胸に突き刺さりました」と天童。「まだ、お若いのに……奥様やおぼっちゃま、見ていられなくて」と花井も意気消沈する。

「このシリーズものは圧巻でしたね。私のバイブルです」。天童が肌身離さず持ち歩いているスクラップ帳を取り出す。加藤が二〇〇二年一月から二〇〇四年十二月まで毎月、三十六回掲載した各界トップのインタビュー記事だ。政財官界や法曹界、文化人、スポーツ選手に、生きざまから信条、人生訓、趣味などを聞き出す。ニュースや時事に絡めながら人間臭さまでみごとに描く。新聞、インターネットをはじめインタビュー映像は地方局も含め放送局に配信した。加筆してこの春、上梓《じょうし》したばかりの本を仏前に供えてきた。

「二十一世紀の啓蒙の書になりました」と花井もしんみり。御誓文の第一条「天下の大《ダイ》道《ドウ》」を「天道《テンドウ》」と略して、天童は座右の銘にしている。「師匠の遺訓を忘れないようにしましょう」こう言って足取り重く散会した。

「一定出離《いちじょうしゅつり》だよ」と一枚の色紙を示しながら、数週間前に聞いた加藤の言葉が甦ってくる。最期は迷いを離れて解脱《げだつ》の境地に達する。仏教の用語らしい。「身を捨つる人はまことに捨つるかは捨てぬ人こそ捨つるなりけり」。師匠は出離した西行の歌に共感する。「言《げん》志四録《ししろく》」を引用して「生まれる前は千古万古《せんこばんこ》、この後も千世万世《せんせばんせ》続く。おれの本願は、幸いに人間に生まれた以上は人間たるの本分を尽くして一生を終わりたい。これだけだよ」と達観しきった表情が清々《すがすが》しくも懐かしい。

二月。放送局を標的とした買収劇が発覚してから、暗中模索が続いていた。いきなりＩＴ・投資ファンドのＡΩ《アルファオメガ》社がＣａｐ《キャップ》テレビの大株主であるラジオ局の株式を五％以上買収したと電撃的に発表する。どのようなスタンスで報じるべきか迷いに迷いぬく。資本の論理か、闇討ち的な買収を批判的にとらえるのか。解脱しきれてはいない。師匠の庇護抜きで独り立ちできるかどうか。

加藤が鬼籍に入ってから数日後。まだ放心状態でテレビを観ていると、AΩ社CEOの源田宗一《げんだそういち》と放送局の首脳らが画面に映し出されている。「けさ、両首脳が都内のホテルで極秘裏に会談し、和解が成立しました」と、AΩ社に張り付いている天童から一報が入っていた。テレビ局側に密着している花井からも「テレビ局がAΩ社の保有する株を買い取って、見返りにAΩ社の第三者割り当て増資を引き受けるようです」と、興奮を抑えられないようだ。

「事実を正確に伝えることが先決だ。正しいか正しくないか、善いか悪いかは読者が判断する。後世が評価を下す」。買収劇が表面化した当初、師匠はこう言いながら「既存の固定観念にとらわれるな。長期的な視野とグローバルな視点で考えろ。原理原則や規範は時代の趨勢とともに変わっていく」と訓え諭した。和解成立の局面でも師匠のDNAが後進を導く。

数日後。「主人の遺書を整理していたら、パソコンに書きかけの文章がありました」と夫人から連絡があった。自宅を訪れ在《あ》りし日の恩師の遺影を前に話を聴く。「前の新聞社（東京政経新聞）で胃癌が見つかり、手術で取り除くことができたんです。それが再検査ですい臓への転移が見つかって……初期段階なのでいったんは手術で治ったかに見えたんです。会社を辞めて治療に専念していました。化学療法で体力を失いながらも、絶対に復帰するぞって、気力だけは衰えていなかった、あのひと。ちょうど、治療の効果が出てきたころです、大山さんから新しくできた新聞社で健筆をふるってくれないかとお誘いを受けたのは」。ビジネス新報が産声を上げた二〇〇一年のことだった。加藤はその七月に入社。九月に起きたアメリカの同時多発テロでは紙面設計に、概括的な解説記事の執筆に、病を感じさせない大車輪の陣頭指揮ぶりだった。

「テロの報道では深夜に呼び出してしまい、申し訳ありませんでした。加藤さんのおかげでとてもいい紙面ができました。無理をして病状を悪化させたのではと忸怩《じくじ》たる思いです」

「いいえ。あの日、帰ってから、興奮して言っていました。久しぶりに生きている、って実感した。この世にいた証しを遺せたよ。俺の最後の大仕事になるかもしれんなぁって」。ところが彼の大仕事は終わらない。翌年から三年間続けたトップインタビューは大きな反響を呼ぶ。「あのシリーズは俺から後世への遺物だよ、なんとか足跡《あしあと》を遺し終えた」と充足感にひたっていたころだった。突如、体調を崩したのは二〇〇四年末。すい臓癌の再発。医師からの宣告は「余命一か月から三か月」。意志の力で気力を振り絞って、末筆となるメモを遺す。

懐かしい筆跡。人生の羅針盤となった心の師匠からもらった五か条の御誓文を思い出す。心覚えの書置き。ところどころインクはかすみ、文字はにじむ。何度か目をしばたたく。眼球を覆っていた水分が取り除かれる。「経営者への手紙」。そこで絶筆となっていた。壮絶な男子の本懐、加藤の「後世への遺物メモ」はざっとこんな内容だった。

◇**世代間の闘争：**共同体的秩序を重んじる旧世代に、次世代のＩＴ企業経営者が挑む構図。資本主義や資本の論理を振りかざす攻め手。自分たちが築き上げ信奉してきた「日本的経営」を墨守《ぼくしゅ》し、既得権益にしがみつく旧世代との正面衝突。成功体験に胡坐《あぐら》をかいているだけでは、次なる世代の潮流に溺《おぼ》れてしまう。

◇**お茶の間経済戦争の功罪：**美形の元局アナを前面に押し立て、自社のホームページやＳＮＳを駆使する挑戦者。この陽動作戦に惑わされてはならない。報道の主導権が新聞・テレビからネットの世界に奪われないための要諦《ようてい》は何か。守り手は旧態依然とした印象を振りまく。半面、難解な証券用語がお茶の間に浸透し、この問題を考えさせる好機にはなった。お茶の間世論が政官界、特に規制当局に過剰な反応を促さねばいいが。一貫して従業員とその家族の視点が欠落しているのが気がかり。

◇資本主義の変容：ＴＯＢ（株式公開買い付け）はもはや社会的に認知された。買収防衛策や委任状争奪戦も一般化していく。敵対的なＴＯＢをタブーとする風潮は存続し得ない。買収の標的になるのは、どこかに隙《すき》があるからだ。高度成長を支えた日本的経営は、もはやガラパゴスだ。グローバル市場では通用しない。安定株主工作や株の持ち合いによる、持ちつ持たれつの関係はどこかいびつだ。まっとうな「物言う株主」が経営を変えていく。いたずらに排斥せず、むしろこれをチャンスに変えなければならない。

◇新興企業の台頭：ＩＴやバイオなど高度なテクノロジーの創出や、環境の激変に即応できる迅速な意思決定はベンチャー企業のチャレンジ精神、アントレプレナーシップ（起業家精神）に求めるしかない。既存の大企業が持つ資金や人材、設備と、ベンチャー企業の持つチャレンジングな遺伝子をどうマッチングさせるか。

◇経営者への手紙‥

メモはここで終わっている。最後に何を書きたかったのだろうか。残された胖たち三人が、迷いを離れて解脱の境地に達するまでに、さらに四か月の歳月を要することになる。

八月半ば。三人が式守編集長を交えて整理した五つの論点は、加藤メモが根底になっている。戦後六十年特集の八月最終週のタイトルは「経営者への手紙」に決めた。戦後の高度経済成長期から説き起こす。幾多の危機を乗り越えてきた日本的経営の強さと弱み、失われた二十五年を総括する。グローバル化とテクノロジーの進化、資本主義の変容と企業買収時代の幕開け、会社は誰のものか、という命題にも挑む。総体として加藤の遺言と位置付けた。

新興企業と大企業とのマッチング、コラボレーションを提唱していた師匠の衣鉢《いはつ》を継ぐ「ベンチャー企業早慶戦」の材料も着々とそろってきた。同期で天稟の先端科学者菱川博《ひしかわひろ》昭《あき》と連携協定を結んだＭＪＨのＣＥＯ鷲尾瑛士《わしおえいじ》の肝入りでもある。

「脳神経をかく乱させる物質や感覚を麻痺させる物質の研究・開発。脳神経に働きかける物質の研究データ。これがＴＰＸに役立った」。こんなメールを受け取った肝は、研究の邪魔をしないでくれという科学者に食い下がった。ところが菱川は「戦前の兵器開発という亡霊を追うのはいいかげんにしておけ。そもそもワクチンにしろ、医薬品原料にしろ、ある種の毒物を人体内に入れるんだ。いまそんな議論をすること自体、意味がない。それよりその研究成果が病魔と闘う武器になっているんだ」とにべもない。「いったん封印しよう。じゃあ聞くが」と憶測をぶつけてみる。「海山の先端技術研が発信源になって、ストレスの治療薬の開発を始めたんだって？　ある取材先から聞いた話だ」

「いや、正確に言うと違う。ストレスの発生メカニズムとその対処法の研究だ。発信源も違う。勇太だ」

「（またぞろ、否定形ばかりだな）そうか。研究所に出入りしている勇太クン、大活躍だな。ベンチャー企業早慶戦にうってつけのネタじゃないか。当然、企業とタイアップするんだろう？」

「まだ、公《おおやけ》にできる局面ではない。もう一つの『トンチンカン』……（あっ、いかん）」

「なんだ、トンチンカンって？」。失言は逃さない。なんとかヒントを手繰《たぐ》り寄せる。勇太の憂慮がきっかけとなって二つのプロジェクトが動き出したことは判明した。大学院の合格祝いにペンを贈ったことのある勇太に電話して、あらましを教えてもらう。恩着せがましく打算的だと自認しつつ。

海山市の研究所長菱川は、脳の血栓を溶かす新薬「TPX」の有効性が証明されつつある。副作用の報告もない。全遺伝子情報を解読するゲノムを使って血液から「心の病」を診断するプロジェクトにも取り組む。天然由来の成分を生かした新しい素材の開発にも光明が見えてきた。

勇太によると、最近「コードネーム・エルピス」という何やら怪しげな研究に没入しているらしい。ギリシア神話の「パンドラの箱」を開けて最後に残った「エルピス＝希望」に由来する、師弟だけの符牒《ふちょう》だ。パンはすべて、ドラは贈り物。胖がペンの贈り物をした勇太も助手として鳥インフルエンザへの対抗策を練っている。東宝医科薬科大学教授の野《の》崎信彦《ざきのぶひこ》や、匿名希望の徳永《とくなが》も加わってきた。鶏がストレスを感じない環境をどうつくるか、望ましいエサと飼育法を探っている。ストレス測定法や改善法を編み出す。免疫力を高める因子の探求とワクチンや治療薬につながる成分の候補物質がおぼろげながら浮かび上がってきた。野崎が持つ膨大なデータと、菱川のＡＩを使った分析、それに勇太の「希望」という三種が混合された。

この科学者は研究室でいつもクラシック音楽をヘッドセットで聴く。この日はオッフェンバックの「天国と地獄」。エデンの園に脳細胞を刺激されたせいか、ともかく運動会の定番ソングでモチベーションを高めた。なんで天国と地獄って穏やかならぬ曲名なんだろうと、肩を揺らしながら、何にでも疑問を持つ科学者はふと考えた。鶏たちにモーツァルトでも流してみようか。ストレスを和らげる効果が認められるかもしれない。発想も突飛だ。トンチンカンな着想だったと気づくことになるのは、祭のあとの話になる。

「トンチンカン策戦」は遠大で野心的な挑戦だ。まず、ＡＩを駆使して文献や学術論文を徹底的に研究する。認知機能を測定し、認知機能をそこなう原因となりそうな物質を突き止める。それを和らげる候補物質を探索する→ロボットを使って治療薬を自動設計し試作する→評価システムを創り出す。勇太のばっちゃんの「トンチンカン病」治癒《ちゆ》が究極の目的だ。認知症やアルツハイマー病など、記憶や思考能力が衰える脳疾患に悩む人は国内だけで何百万人もいる。

菱川は懇意にしている早稲田の尖がり研究者永谷《ながたに》に連絡を取った。ロボット工学、ロケット開発や、デジタルマーケティング、EC（電子商取引）の猛者《もさ》を紹介してくれた。東の横綱・東大はバイオ、細胞レベルの治療法、再生エネルギー、自動運転システムなど幅広い実績を誇る。胖は仙台で記者をしていたころ世話になった伊達大学名誉教授の伊藤から後輩の研究者を紹介してもらう。彼らを通じて、次世代半導体やマイクロデバイス、非接触型のセンサーのスタートアップ企業の存在を知る。

天童・花井の元気玉コンビが若手と組んで全国を回った。西の横綱・京大は再生医療、高機能樹脂、再生可能エネルギーなど多彩だ。土佐大学の魚介類を使った健康食品ベンチャーや三河大学の鶏の卵を主成分とする健康補助食品などを発掘してきた。

「よし、ベンチャー全国大学リーグ戦でいこう」。政府が二〇〇一年に発表した、大学発ベンチャーを三年で千社設立する計画は、二〇〇四年末までに達成した。編集会議でホワイトボードに各記者が集めた大学名、事業領域などの概要を書き込んでいく。①国立大学優位②医療・バイオ系が多い③全国に広がりを見せ始めた。傾向は確認できた。

「これだけじゃ、つまらんなぁ。ほとんどどこかで報じられている」

「人に焦点を当てましょう。『尖《とが》った人材』っていう表現をよく耳にしました（各記者が、うん、うん、と頷《うなず》く）。ユニークな変わり者とか一人で海に飛び込むファーストペンギンとか」

「苦労談や失敗談もいいですね。その先に課題が浮かび上がってくるでしょうし」

「一朝一夕《いっちょういっせき》にベンチャーが誕生するわけではありません。事業化までに時間と労力と知恵を絞りつくす。苦難を乗り越えたストーリーが必ずあるはずです」

議論百出。「日本を変える大学発ベンチャー五人衆」、「失敗は成功の糧《かて》」という仮のタイトルで深掘りの取材を追加することにする。苦労談と失敗談には事欠かない。

◇**A社**：ビタミンやミネラルなど多彩な栄養素を持つ藻の一種を主成分に、健康食品を開発した。経済界で発言力のある経営者に効用を噛んで含めるように説明した。

「社長、これです。ぜひ、お試しください」

「こんな、金魚のエサみたいなものを食わせるのか？」

「金魚のエサっていったって。あなた食べたことはあるんですか？」

「……食ったことはないが、こんなもの、誰が口に入れるんじゃい」

中身だけではなく、見た目も大事だと分かった。
◇B社：熟成ニンニクの抽出液を配合した試薬が動脈硬化や高血圧などのリスクを減らす効果があると同じ経営者に力説している。
「傷んだ細胞を修復して老化を防ぎます。きっと不老長寿につながる成分です」

「徐福《じょふく》に蓬萊《ほうらい》の国に不老不死の薬を探させた始皇帝じゃあるまいし。むしろ、へんなクスリを飲んで死期を早めたそうじゃないか。それになんだ。こんな、金魚のフンみたいなものを食わせるのか？」

「金魚のフンとはひどい（フン！　食べたことないくせに）」

見た目の大切さだけでなく、頑迷固陋《がんめいころう》の朴念仁《ぼくねんじん》にはつけるクスリはないと知った。
◇C社：通信事業に参入すべく、所管する官庁に赴く。
「事業計画をお読みください」

「（名刺をチラッと見て）聞いたことがない会社だなぁ。電波、通信は国民の財産だよ。売り上げは？　資本金は？」

「将来の成長性は十分です。優秀なエンジニアもひけをとりません」

「じゃあ、最低限の財務基盤を構築してください。上の者が納得できるような」

新しい出資先や増資を引き受けてくれる会社、融資先を探し回った。
◇D社：インターネットと通信の黎明期《れいめいき》。米投資会社の担当者から国際電話がかかる。
「御社《おんしゃ》に出資できなくなった」

「出資を約束してくれていたじゃないですか（寝耳に水だ）」

「ご承知のようにネットバブルの崩壊で当社もそれどころではない」

「それでは資金が底をついてしまう（脳裏に浮かび上がる『破綻』の二文字）」

先達が口にしていた「危機に際したときにこそ、原理原則に立ち返れ。世の中のためになるという絶対的な確信、大義を忘れるな」という金言が思い浮かぶ。米投資会社のトップに直談判して「世の中のため」と「大義」を訴えた。
◇E社：オフィスの業務効率を向上させるデジタルツールを開発した。大手企業を行脚する毎日だった。
「日本のホワイトカラーの生産性は国際的に低いままです。働き方を改革するいいチャンスです」

「別に、今は困っているわけでもないし、やったこともないし（前例踏襲は墨守派のボスの金科玉条だし）」

「デジタル化、オンライン化すると情報共有がスムーズにできるようになります。それによって新しいチームワークができるんです。情報格差もなくなる。単純な業務の人員を減らせます」

「雇用を守るのは企業の社会的責任だ。従業員の家族もいるんだよ」

「浮いた人材は、もっと生産性の高い業務に振り向けたらいいじゃないですか」

「簡単に言うがねぇ。配置転換は容易ではないよ。組合もあるし（触らぬ神に祟りなし、これもボスの常套句《じょうとうく》だし）」

アナログ世代とデジタル世代の葛藤か？　疑念を抱きつつ、きょうもユーザーを回る。デジタル化という社会の変化に対応し、進化を志す会社を支援していきたい、必ず社会の変化が我々に追いついてくる、と信じながら。
◇**F社**：鉄よりも硬く柔軟性に富む新素材を開発した。しかし設備資金が手当てできない。

「天然の素材を使っていますから、環境にもやさしい」

「うちは慈善事業をしているわけではないんだよ。採算性に問題があるね（環境問題って聞こえはいいが、ええかっこしぃのお題目だろ？　それより目先の利益、コストだよ）」

「量産できればコストは大幅に下がります。そのための設備資金が必要なんです」

「この事業計画案では稟議《りんぎ》は通らんだろうな」複数の金融機関が異口同音だった。

後日譚。家族や友人からも借金した。大学の卒業生名簿から先輩の伝手《つて》をたどる。一世代上の事業家が差し伸べた細い蜘蛛《くも》の糸。暗い地獄に垂れてきた糸にすがれば、天まで昇れるのか。それともプツンと切れて地獄へ真っ逆さまか。意外や意外、糸は次第に太くなる。その数年後、事業化にめどが立ち始めるや、こぞって出融資したいと群がってくる。なかには数年前、けんもほろろに融資を門前払いした銀行が数社交じっていた。「いやあ、天然素材なら地球環境にやさしいですよね」と見事に手の平を返しながら。

若い記者が集めてきた苦労談の数々。「尖った人材」の役者もそろった。加藤のメモを敷衍《ふえん》して天童にアンカー役を任す。高度なテクノロジーの創出やチャレンジ精神を次世代につなぐ。ベンチャー企業と大企業が持つ遺伝子をどう融合させマッチングさせるか。革新的な技術やデータなどを組み合わせビジネスを創出する「オープンイノベーション」を説く。そのためには「天地人」と「心技体」のフルラインナップが欠かせない。起業家を育成しようという社会的な機運と政策、大学側の理解。卵を孵化《ふか》させる保育器やプログラム、マッチングの場の提供は必須だ。何よりもイノベーションを起こす起業家精神の醸成だ。マインド、テクノロジーに加え、体力を資金面で支える投資家やファンドがなければ成り立たない。

こんな議論に加わっていた記者の一人がせっせと社内メールを打ち込んでいる姿を発見した。大将が取材チームにねじ込んできた間諜《スパイ》だ。視線を投げると服部クンは慌ててパソコンを閉じた。「吏胥《りしょ》たる者は、天網恢恢《てんもうかいかい》を忽《ゆるが》せにすること勿《なか》れっていうでしょ？　わたしの網はどんな秘密も漏らしませんから」。内心でこううそぶいているかのように。しかし、その背中に目をやると、古代ローマの叙事詩人ウェルギリウスが描いた「ファーマ（噂）」の似姿が浮き出てくる。俊足を誇り、快速の翼を持つ彼女は無数の目を持ち、夜も眠らず見張りを欠かさない。嘘も、でたらめも、真実も、虚実取り混ぜ恐怖を流してゆく。ローマ建国の英雄アエネーアースも女王ディードーとの「噂」が悲劇を生む。

親会社のＭＪＨグループのミッションとして、リスクヘッジモンスターの異名を取る経理担当の辻慎太郎《つじしんたろう》と、「谷間の百合」とか「バルちゃん」と称揚《しょうよう》される秘書の椎名百合《しいなゆり》も一枚かんでいる。創薬ベンチャーへの出資と大規模なベンチャーファンドの組成、ファンド早慶戦で卒業生から資金を集める目論見を隠そうとしない。チームの旗揚げ式で「天網《てんもう》恢恢君《かいかいくん》」の服部クンが「バルちゃん」にべったりかしずいていた。さしずめ「間者はっとり君」と蔑称される下忍《げにん》が、上忍《じょうにん》に遠隔操作されている図式だ。このホットラインの先はトップに直列でつながっていると覚悟しなければなるまい。取材の過程で得た未公開の重要事実が大将に漏れないようにしないと。

師匠のインタビューシリーズを引き継いだ「異説・経営論」は、月に一回ずつ掲載している。編集長に指摘されるまでもなく、このところ迫力不足は否めない。「よし、暁のブレスト（ブレインストーミング）だ」。その晩、天童・花井コンビを誘い神田の居酒屋に繰り出す。十年ほど前、取材メモ帳に書き留めた「ＤＮＡ経営」がキーワードになるかもしれない。

「次回の経営論はご長寿企業の秘訣でいこう。言い出しっぺの花井に担当してもらう」

「デビュー戦ですね。徳川幕府を超えて三百年続く老舗何社かに話を聞いているところです。天狗……じゃなかった、天童センパイ、いい切り口がありますか？」

「こういうときだけ、センパイか。歴史と伝統のある会社、最近では銀行や証券会社までつぶれる時代だからな。しかし長いっていうだけじゃなぁ。三百年変えない家訓みたいなものと、時代の流れで変革していくものがあるはずだ。そこに焦点を当ててみるか？」

「いいね（メモの出番だ）。以前、取材した千葉県の味噌醤油メーカー、鶴千《つるせん》醸造という会社がある。鶴は千年が社名の由来でね、寛文年間の創業だから三百年以上たつ。徳川家のように、創業した御三家から順繰りに有能な後継者が次代を担ってきた。そこにはけっして変わらないDNAがある。それがミソだ。その一方で新しい事業や海外展開にも挑戦しているらしいぞ」と胖は身を乗り出す。

「会社の寿命は三十年っていわれていますよね。信用調査機関の統計でもそうなっています。人間でいうとわずか一世代です。鶴千は十倍、十世代ということになりますね。上場企業に限ると、平均寿命は二世代、六十年を超えています。建設業や医薬品が多い」。ごそごそと資料をめくる花井。「何か、秘密があるはず」。

元気印の花井は山ほどの質問項目を脳みそに詰めて経営トップに突撃していった。「長寿の極意が分かりました！」と元気に帰還した彼女は「御三家」それぞれに話を聞き込んできたというから感心だ。

「いくらDNA経営って言ったって、三者三様、意見の食い違いはあると思うじゃないですかぁ。三人のタイプは全然違うんですよぅ。ところが、どっこいなんですぅ～」。興奮すると、今どきの若い女性特有の口調になるから辟易《へきえき》してしまう。

異口同音なのは、先達から受け継いだものを、より良くして、次の世代につないでいくこと。「世代間のリレー」だと口をそろえる。トップの座は三家による「三つ巴のたすき」であっても、たすきの色は変わらない。より良い状態で次の走者にたすきを受け渡せば走りやすい。箱根駅伝でいうと、大手町の出発点から箱根までゴールを見据えて走りぬく。百年、二百年前の先達《せんだつ》と同じように、百年、二百年後を見据えた経営を伝承しているのだそうだ。

明日のことも分からない世の中で旧態依然とは、という世襲批判の質問にも、どこ吹く風だ。不文律がある。各家は一世代に一人しか会社に入れない。だから、各家は自分の家を継ぐべき人材を鍛え教育し優秀なトップ候補として会社に送り込む。徳川の御三家・御三卿に似た登用システムだ。ＤＮＡを伝承したこの会社のたすきリレーは、江戸時代二百六十五年をはるかに超えている。

「単純なたすきの伝承では立ち行かないですよね？　同じ轍《わだち》を走っていれば同じ轍《てつ》を踏《ふ》むこともあるかと思います」と花井が問うと、創業者から始まって、中興の祖といわれた何代目は、先々代は、など立て板に水の如く挑戦の歴史を並べる。海外進出は早かった。調味料や健康食品、加工食品、飲料に加え、微生物を使った発酵技術はバイオや医薬品につながっていく。

「この会社のＤＮＡはたすきリレー経営なんですぅ」といっぱしの論者を気取る恵梨香。天童センパイの後方支援を受けて、さらに数社取材することにした。「ご長寿企業　長生きの秘訣」を二人で探り当ててくるに違いない。

さっそく、あぶり出して来た。越中・富山で連綿と続く「萬魂丹製薬《まんこんたん》」だ。万人《ばんにん》の魂を救おうと、和漢方の成分をかけあわせて丸薬を創始した。江戸時代に参勤交代中の殿様の腹痛を治したと評判をとり、全国に行商に出かけていく。秘訣は効能だけではない。スカウト経営だった。花井によると、歴代のトップは有能な婿養子を各地から招聘《しょうへい》してきた。番頭が各地の得意先を回るかたわら、これはと思う跡継ぎを物色するという密命を果たす。「言ってみれば、徳川幕藩体制の時代から家名や看板、のれんを守り、領国と領民、そして地域の雇用を守ってきたんだな」と天童も乗ってきた。

「御三家のたすきリレーに対して、上杉流の養子作戦か。事実上の創業者である上杉謙信も養子だし、二代目の景勝と、彼と唇歯《しんし》の仲にあった直江兼続だって養子だ。おまけに米沢の上杉藩中興の祖といわれた上杉鷹山も然《しか》り」と、胖は合いの手を入れてみる。

「殿様も会社の創業も二代目や三代目が難しいんですよね。そうそう有能な後継者が続くわけじゃない」

天界の**天使**「中国古代、夏《か》の桀《けつ》王を破った殷《いん》の湯王は、夏の禹《う》王の制度文物は旧を守った。周の武王も同じだ。しかし周の二代目・成王は文物制度を改革したし、三代目・康《こう》王は思い切って政道を革《あらた》めたんだ。守成中の創業だね。創業と守成の両方が欠かせないって言志四録《げんししろく》に書いてある」妖精「歴史の転換点には為政者に求められる資質は変わる。有事と平時で大道、常道は変わるはずよ。変革期には世襲や禅譲ではしのげない。会社の経営も一定出離《いちじょうしゅつり》、迷いを離れて旧弊を捨て去る時期にきているのね」

大山胖は「芸術界では父祖伝来の遺伝子を引き継ぎそうだが、本阿弥光悦《ほんあみこうえつ》の例がある。江戸時代初期の書家、刀剣、陶芸家、蒔絵師、茶人でもある光悦は万能選手だった。本阿弥家はすたれそうになると、養子を迎えていたというんだな」と話頭を転じてみる。「では、たすきリレー対スカウト経営でいってみましょう」。花井は勘だけは滅法《めっぽう》いい。

元気玉コンビの目に生気が宿る。編集部も二代目、三代目が育ちそうだと自己満足に浸っていると、どこからか恩師の天の声が聞こえてきた。「迷いを離れて解脱の境地に達することだ。次代を担う若手を育成するのも、立派な一定出離だよ。あの坊さんが言った通りだ」と。そう、三年前に訪れた京都の名刹・天狗寺《てんぐでら》の貫主《かんす》から旧知の加藤へと託された色紙にもこの四文字が記されていた。「一定出離」。

第30章

一路上方《いちろかみがた》

〈二〇〇二年〉胖と聖、城・分水嶺めぐり

天下分け目の関ヶ原。小高い丘に翩翻《へんぽん》と翻る「大一大万大吉」の旗。石田三成が一人が万民のために、万民は一人のために尽くせば、天下の人々は吉になるという願いを込めた旗印だ。なのに歴史はなんとも冷ややかな旗色を示す。四百年さかのぼる一六〇〇年九月十五日。東西両軍にとって最も長い一日となった。一九四五年（昭和二十年）八月十五日と同じように。

「ここ（笹尾山）に石田三成たち西軍が陣を敷いたんだ。戦国ゲームだと、あっちの山（南方にある松尾山）にいた小早川秀秋《こばやかわひであき》まで鶴翼《かくよく》の陣だった。家康を挟み撃ちにする作戦だったけど、小早川の裏切りで負けたんだよね」。小学校五年の三男大山聖《まさし》がゲームで培った知識をフル動員する。鶴が広げた羽の長さはおおよそ五キロばかりか。鳥瞰《ちょうかん》すると、鳥の目からは三成が断然、有利に見えたかもしれない（※56）。

「何万もの軍勢同士が戦ったにしては狭いよね。なんでこの場所だったのかな」と素朴な疑問。たしかに、眺望すると東西は四キロ、南北は二キロほどだろうか。司馬遼太郎は

『関ヶ原』のなかで、この地を諸街道の結び目のようになっている「衢地《くち》」と表現し、「盆にふちがあるがごとく、関ヶ原も低い山でふちどられている」と描写した。「ここは昔から東西と南北も分水嶺《ぶんすいれい》だったし、交差点だったんだ」と父胖《ゆたか》はゲームにはない講釈を垂れてみる。東国と京都を結ぶ中山道の宿場町。北に進めば北国街道を通って越前へ、南は伊勢街道で伊勢へ。交通の要衝だった。文化と生活習慣の交差点でもあり、この戦いを歴史的に見ると中世と近世の分水嶺にも位置付けられる(※57)。

古来、幾多の戦乱の舞台となった関ヶ原。古くは不破関《ふわのせき》という。今から千数百年の昔に壬申《じんしん》の乱《らん》があった。南北朝の時代もこのあたりが決戦の場だ。関ケ原は日本史の大きな転換点を幾度となく見てきた古戦場ということになる(※58)。

西の近江と東の美濃の境を隔てる黒血川《くろちがわ》。渓流にたたずむ案内板は穏やかならぬ伝承を遺す。壬申の乱で両軍初の衝突が起き激戦の果て両軍の兵士の流血が川底の岩石を黒く染めたことからこの名が付いたと。両軍合わせて六万人、当時の日本人の百人に一人が参戦したというから、まさに天下を二分する戦いだった。南北朝の青野原の戦いでは、足利勢がこの黒血川を背に陣を敷いて北畠勢に備えた。「史記」が伝える、漢の韓信が趙《ちょう》軍を相手にあみ出した「背水の陣」を彷彿《ほうふつ》とさせる。

二〇〇二年の夏休み。父と子は東京から新幹線で名古屋へ、さらにレンタカーに乗って、最初に向かったのは岐阜城だった。かつては稲葉山城、金華山城ともいった。「蝮《まむし》」の異名をとる斎藤道三の居城で、織田信長が永禄十年（一五六七年）に攻略してから岐阜城と名を改める。司馬遼太郎は『国盗り物語』で「古代中国を統一した王朝である周帝国のそもそもの発祥は、陝西省《せんせいしょう》の岐山《きざん》であった。信長はその岐山の岐を取り、岐阜という文字をえらんだ」と書いている。天下統一の野望をあからさまにしていた覇王は、この地を天下布武《てんかふぶ》の根源地に選ぶ。

蝮……ある人物を連想してしまった。勤め先の覇王鷲尾瑛士《わしおえいじ》である。彼は斎藤道三に私淑《ししゅく》している。「一番おいしそうで、地政学的に重要な美濃の国を一代で乗っ取った凄腕は並ぶものはない」と豪語していた。たしかにクーデターまがいの権謀術数を弄し、美濃一国を盗《と》った下剋上《げこくじょう》の典型だ。かと思うと、城下町を作ったり、楽市楽座の元を築いたりした。それを継承した次世代の英傑が娘婿の織田信長と、甥の明智光秀である。その双璧《そうへき》が片や謀反で自刃に追い込まれ、片や裏切りの汚名から免れない本能寺の変での主役となってしまう。

大山胖は幼少期に住んでいたころ何度も岐阜城に登った。そのおり父に教わった光秀の辞世は「順逆無二門《じゅんぎゃくにもんなく》　大道徹心源《だいどうしんげんにてっす》　五十五年夢　覚来帰一元《さめきたればいちげんにきす》」。正しい順序と逆の順序も実は一つ、同じ一本道に変わりはないと悟った光秀。「大道」、りっぱな道理を貫き通して、人生五十五年の夢は「一元《いちげん》」の世界に帰っていった。この天守閣から眼下に広がる大パノラマを、光秀は、道三は、信長は、どう眺めていたのか。

「うわー、きれい、あの川が鵜飼をやる長良川だね。どっちを見ても山ばっかりだ」。夏休みの宿題は城めぐりと決めている三男は四方の山々をカメラに収めている。夏の日差しを反射してキラキラ輝く長良川。団体客のガイドが「東には恵那山、木曽御岳山、北は乗鞍、日本アルプスの山々、西には伊吹、養老、鈴鹿の山系が一望できます。南に広がる濃尾平野、木曽の流れが悠然と伊勢湾に注いでいます」と誇らしげだ。丑寅《うしとら》（東北）の方角を指し「斎藤竜興《たつおき》にとっては、まさに鬼門だったな。豊臣秀吉たちはわずか八人で長良川から舟で漕ぎつく。軍師の竹中半兵衛に教わった『長良ノ道』を通って断崖絶壁をよじ登るんだ。織田信長の軍勢が押し入った。岐阜城を落としてから、信長は天下布武の旗を立てた」。司馬遼太郎の『新史太閤記』の記憶から、この地の重要性をはっきりさせておく。

岐阜城を後にして西へ車で一時間。東西と南北、歴史と時代の分岐点、天下をさまざまに分けてきた関ヶ原にやってきたのだった。ここからは一路上方《かみがた》への旅に入る。黒血川を西へ渡る。近江、琵琶湖は指呼《しこ》の間《かん》だ。車で三十分走ると琵琶湖東岸の彦根城に着く。聖は「井伊直政《いいなおまさ》は徳川四天王のひとりでしょう？『戦国最強ゲーム・関ヶ原』で酒井忠次・本多忠勝・榊原康政と一緒に活躍するんだよ」とひとときも頭からゲームが離れない(※59)。

琵琶湖東岸沿いに南下、「鳰《にお》レイクホテル」に投宿する。「なんて読むの？」「にお。琵琶湖は別名、鳰の湖っていったんだ。鳰はカイツブリっていう鳥の古い呼び名なんだ」。最上階のレストランで近江牛を食しながら琵琶湖を展望する。「このあたり蒲生野《がもうの》は、遊猟に来ていた大海人皇子と額田王《ぬかたのおおきみ》が野外の宴会で、恋の歌を交わし合ったところだ」「壬申の乱で勝った方の皇子《おうじ》でしょう？ さっき行った関ヶ原に兜を掛けた石があったよね」

「あかねさす紫野行き標野《しめの》行き　野守《のもり》は見ずや君が袖振る」。額田王は、かつて恋人だった大海人皇子に、あなたがわたしに袖を振って気を引いているのを見張りの人が見ちゃうじゃないの、と詠う。艶《つや》っぽい。井上靖の『額田女王』は、大海人皇子（天武天皇）へというよりも天智天皇への求愛の歌と見立てた。

「紫草のにほへる妹《いも》を憎くあらば　人妻ゆゑにわれ恋ひめやも」。大海人皇子は、自分と別れて兄の天智天皇とつきあっている人妻であるあなたをいまだに恋しく思っている、と返す。これまたあだっぽい。井上靖は大海人皇子が「天智の女性であると天智をたてて、そういう女性でも自分は恋さずにはいられない、所詮たわむれの歌にすぎないという性格を巧みに出した」と謎解きしている。

「なんだか、微妙な歌だね。これがもとで天智天皇と天武天皇の兄弟げんかが始まっちゃったの？」

「いや違う。これはあくまで宴会の席での座興、冗談めかしたやりとりだよ。現に、天智天皇が崩御されたあとに起きた皇位継承争いが壬申の乱だ。この歌の四年あとだ」

「額田王はどっちが好きだったのかな、兄と弟の？」

「小説を読むと、天智天皇への思慕の念が強いかもしれない」と、二つの歌を詠みあげる。「熟田津《にぎたつ》に　船乗りせむと　月待てば　潮もかなひぬ　今は榜《こ》ぎ出でな」。これは白《はく》村江《すきのえ》に参陣しようと、中大兄の船団が難波から筑紫に向かう途次、伊予の熟田津に停泊しているときの歌だ。額田はさあ漕ぎ出そうと出陣の勇壮な心情を綴った。もう一つは「かからむの懐《おもひ》知りせば大御船《おおみふね》泊《は》てし泊《とま》りに標結《しめゆ》はましを」。天智天皇崩御に際したこの歌は、あの世へと旅だって行かれるおつもりと、もし知っていたら、港にしめを張って船をとどめたのにと、痛恨の哀情を吐露している。

そして天智・天武・持統とつないだ三代の過客が日本の礎を築いていく。

古来、日本最大の湖のぐるりには、さまざまな歴史ドラマが展開されてきた。部屋に戻って地図を広げる。愛読書から抜き書きした「虎の巻」を取り出す。六六七年、飛鳥から近江に遷都した天智天皇はここ近江大津宮《おうみおおつのみや》で即位した。

「大海人皇子は近江の大津から、いまいる蒲生野で額田王と恋の歌を交わす。そこから湖沿いに北東に進むと関ヶ原、不破関だ。大海人皇子がここを押さえたから大友皇子は東国での徴兵ができなくなって不利になったらしい。ところで、徳川家康が最初に陣取った山はどこだい?」。

「ここ（と地図を指さしながら）。桃配山」

「正解。この山は壬申の乱のときに、大海人皇子が兵を励ますために桃を配ったという逸話から桃配山という名がついた。伊弉諾尊《いざなぎのみこと》が桃の木の実を採って、追ってきた雷に投げつけて追っ払った。それで桃で鬼を退治する話が生まれたんだ」

「桃太郎の鬼退治だね。家康は西軍に桃を投げつけて追っ払ったんだ。もし大海人皇子が家康に桃をあげたら、なんて言うかな。家康がもらった桃を井伊直政や四天王たちに配ればよかったのにね」

「そうだね。家康は天下分け目の戦いに勝ったあと、家来たちに桃じゃなくて国、つまり領土を配ったんだ。鎌倉幕府と一緒だね」

「なんだか、蝮の道三は盗人《ぬすっと》で、家康は気前がいい人みたいだ」

「歴史は勝者が作るからね。道三はある意味で時代の先端を駆け抜けた先駆者だし、石田三成は幕府が書いた歴史によって必要以上に貶《おとし》められた武将だ。道三が天下の大軍を動かす器量がある、と太鼓判を押した明智光秀は地元では英雄なんだよ」

天上の**天使**「太宰治の『駈込み訴え』でユダは、イエスよりたった二月《ふたつき》遅く生まれただけで、たいした違いはないって言うんだ。それなのに自分の能力を正しく評価してくれないと復讐を決意する。なんだか、信長と光秀に似た構図じゃない?」妖精「ユダはマリアへ、あるいはキリストへのジェラシーというのはやりきれない悪徳だと懊悩《おうのう》する場面もあるわね。光秀と信長に濃姫まで加えて、変な勘繰りをしてしまいそう。でも、壬申の乱は兄弟同士の嫉妬《しっと》が発端じゃなくて、少し救われた気分」

鞍馬に育った源義経の道行きにも鳰の湖は何度も登場する。村上元三《むらかみげんぞう》の『源義経』によると、幼名遮那王《しゃなおう》ともいった牛若丸は、鞍馬から山越しに大原へ抜け比叡山横川《ひえいざんよかわ》の北のふもと仰木を通って琵琶湖西岸の堅田の浦へ出る。比叡の山からきらきら光る琵琶湖を見下ろす。舟で対岸の近江国に渡り近江鑑《おうみかがみ》の宿へ着く。義経が元服した地といわれる。そこから近江と美濃の山を左右に比べて見るので「たけくらべ」という名のある里を過ぎ、美濃、不破の関に向かう。あす比叡山に登る父子とは逆の行路だ。

「比叡から如意《にょい》の峰をつないでいるこの峠路に立って見ると、ちょうど、天地を二分してながめることができる。ここから西――京や福原や西国一帯を平家の世界と見、ここから東――東国から陸奥までを、源氏の沃土《よくど》だといっては、不当だろうか」。吉川英治の「新・平家物語」で、琵琶湖を一望したとき義経はこう述懐する。腰越状を送っても兄頼朝に峻拒《しゅんきょ》されて鎌倉に入れず不如意《ふにょい》の義経。やむなく都に引き返す。鳰の湖から彼方を望み「叡山の大きな肩、四明ヶ嶽《しめいがたけ》の弧、なつかしい鞍馬はそのすぐ向こう側に寝ていよう」と吐露した（※60）。

「鳰の湖は何でも見て、知っているんだね」と三男が旅愁にひたっている。湖を取り巻く数々の合戦と死、夢とロマン。大海人皇子と額田王、義仲と巴御前との物語を、湖もそこに浮かぶカイツブリも、にこやかに眺めていたことだろう。

翌日は蒲生野から琵琶湖の南端を回って比叡山に着く。「世の中に山てふ山は多かれど、山とは比叡の御山《みやま》をぞいふ」と、「愚管抄《ぐかんしょう》」を著し天台座主を四度務めた慈円《じえん》がこう詠んだ「日本仏教の母山」。

「延暦寺《えんりゃくじ》は誰がつくったか知っているか？」

「最澄《さいちょう》」と即答する。「お父さん、焼肉に行くと必ずおにいちゃんに『さいちょに、くうかい？』って聞いていたじゃない。そのあと、天台宗の比叡山延暦寺はさいちょう、真言宗の高野山金剛峰寺《こうやさんこんごうぶじ》はくうかい（空海）って教えていたから覚えちゃったよ」

展望台からいま登ってきた東を見下ろせば「天台薬師の池」と詠われた琵琶湖。西を向

く と千年の都・京都の街並み。石川五右衛門ならずとも絶景かなと感嘆したくもなる。

この山も、幾多の舞台になってきた(※61)。ここから雲が沸き立つようにたくさんの高僧が巣立っていったのも「仏教の母山」といわれる由縁《ゆえん》だ。法然や親鸞をはじめ一遍、栄西、道元、日蓮など枚挙《まいきょ》に暇《いとま》がない。各宗の開祖が軒並みここで修行した。「吉田松陰の松下村塾みたいだね」と三男の連想は千年も何百キロも飛躍する。桂小五郎、高杉晋作、久坂玄瑞……綺羅星《きらぼし》のごとく維新の立役者を輩出する萩の私塾を、比叡の頂で夢想するのもあながち悪くない。

一〇八六年に初めて院政を敷いた白河法皇が「賀茂川の水、双六の賽《さい》」と並んで「我が心にかなわぬもの」とあげた「山法師」は比叡山の僧兵だった。武蔵坊弁慶のように僧侶なのか兵士なのか定かでない人物も多い。「独立国家」のような存在だったのだろう。

海音寺潮五郎の『天と地と』で、上杉謙信はこう述懐する。「自分が叡山の四明ヶ嶽の草山の上に立って、山城盆地を見下ろしているような気になった」。平家を撃破し、比叡山の頂に源氏の白旗を林立させた木曽義仲は「天子を奉じ、将軍を奉じ、この乱脈をきわめた世を道ある世とするのだ」と気を奮い立たせる。謙信は四明ヶ嶽で、義経が比叡から如意の峠路で、義仲が比叡の山頂で、何を考えたのだろうか（※62）。「天下」を夢見た武将たちと、極楽浄土の蓮華の上から仏国土《ぐっこくど》を見た行者・役小角《えんのおづぬ》。下界を右往左往する現実の親子はそれぞれの夢想を胸に比叡山を西へ、いよいよ都に乗り込む。

道すがら「義経と謙信が比叡山で合体したら最強軍団になるんじゃない？　それに叡山の約束を果たして平将門と藤原純友も加勢したら天下無敵だよね」。二人の兄同様ゲームのキャラクターに執着する三男の「夢想」は突拍子もない。「希代の戦略家同士だからね。謙信は義経が頼朝に勝つ軍略を伝授して、義経は謙信に信玄への必勝法を授けたんじゃないか。義経も謙信も同じ毘沙門天を崇拝していたから気が合っただろう」と付き合う。

「案外、兄貴の悪口を言い合ったりして盛り上がったかもしれないね」

「義経は兄がなんでこんなにすげなくするのか理解できなかっただろうし、謙信も兄に武勇を嫉妬されて疎《うと》まれた。境遇も似ているな。できる弟は大変だ。マー君は……」

「僕は大丈夫、心配しないで」。あっさりしたものだ。彼の名は佐藤一斎の「言志四録」にある「聖人は人と同じからず。又人と異ならず」からとっている。努力次第で聖人になれるという含意だが、目下、聖賢にはほど遠いと判定せざるを得ない。

そうこうしているうちに京都北部の貴船神社に着く。貴船は「氣生根《きふね》」とも書く。古くから気の生ずる根源とされ、御神気に触れることで気が満ちるといわれてきた。「氣生根略記」は「鴨川の水源地にあたり、水の供給を司る神様をお祀りしている。神武天皇の皇母にあたる玉依姫命《たまよりひめのみこと》が黄船に乗って大阪湾から淀川、鴨川を遡《さかのぼ》り、現在の奥宮の地に至り、水神を祀ったのが創建」と伝える。

最も古い奥宮。鬱蒼《うっそう》とした森の中に古びた社《やしろ》。「なんだか、気を感じるね」「鴨川の源流だけあって、清冽《せいれつ》な水だ」などと、都会の塵埃《じんあい》と汚濁《おだく》にまみれた心身を洗い流す親子だった。貴船神社が祀る高龗神《たかおかみのかみ》は古事記や日本書紀に登場する。伊奘諾尊《いざなぎのみこと》が剣を抜いて、荒ぶる火の神を斬った。火の神から生まれたのが水の神だ。古代から歴代の朝廷は日照りとか長雨に見舞われると、ここで国難を克服する祈りを捧げた。

奥宮と本宮に挟まれた結社《ゆいのやしろ》に、艶《えん》な歌碑がたたずむ。「もの思へば澤のほたるもわが身より　あくがれいづる魂《たま》かとぞ見る」。平安時代の恋多き歌人和泉式部《いずみしきぶ》が『後拾遺和歌集《ごしゅういわかしゅう》』に詠う。「もの思いにふけっていると沢に蛍が飛んでいる。その蛍は自分の躰《からだ》からさまよい出てきた魂なんじゃないか、という歌だ。貴船明神が彼女を叱咤激励《しったげきれい》する意味の返歌を詠んだ」

「ずいぶん親切な神社だね。で、どうなったの?」

「粋《いき》な計らいは見事にかなったんだ。無事に復縁祈願が成就したことから縁結びの神となったんだって」

縁結びの神様から鞍馬寺は歩いて十分ほどの道のりだった。「あっ!　やっと義経に逢えた。すごいジャンプ力」。聖は牛若丸が烏天狗と鼻高天狗を相手に飛び上がった絵馬に瞳を輝かす。「義経は七歳で鞍馬寺に入って、昼間は仏道修行、夜は僧正ヶ谷で天狗に兵法を教わったんだ」と説明すると、「鳰の湖から、なつかしい鞍馬が比叡山のすぐ向こう側に寝ているって詠って帰りたがっていたんだよね。僕が代わりに来てあげたよ」。絵馬の義経に向かって鼻高々の小天狗のようだ。

鞍馬寺から分かれたという「天狗寺」。ここが胖の目的地だった。ビジネス新報の畏敬する先輩加藤周作が紹介してくれた貫主《かんす》に挨拶に赴く。「いらっしゃい」。恵比須顔《えびすがお》の貫主は気さくだ。「加藤君は元気かね?　久しく会っていないが」。このところ体調を崩していて病魔と闘っています、と報告する。

「加藤君は若いころ関西勤務が長くてのぅ。碁敵《ごがたき》で、週末になるとよく打ちに来たもんじゃ。そのころ鞍馬と平安時代の女流文学との逸話を書いておった」

「和泉式部ですね。さきほど貴船神社の歌碑を見てきました」

「それだけじゃない。紫式部も清少納言も登場するんじゃ。鞍馬は、優美でロマンチックな女性をも惹きつける、そんなことを書いておった」。三十年前に師匠が執筆した記事を見せてくれた。和泉式部が詠んだ「沢の蛍」は、躰《からだ》からさまよい出てきた魂、つまり「死」を意味し、貴船天神の返歌は、「魂が散り失せるほど、思いわずらわないで身をいたわりなさい。生きているからこそ、ものも思えることができるのだ」という解釈を記していた。

「手に摘みていつしかも見む紫の　根にかよひける野辺の若草」。紫式部の『源氏物語』若紫巻で光源氏がある少女を垣間見し、見初めた歌だ。「紫」は光源氏憧れの「藤壺」。その藤壺の姪・紫の上は、根が一緒だ。藤壺の代わりに手元に置きたい若草のように初々しいその少女こそ、最愛の紫の上だった。

「近うて遠きもの　鞍馬のつづらをりといふ道」と清少納言は『枕草子』に書いた。「遠

くて近きもの　極楽」という記述もある。

なにやら考え込んでいた貫主が、色紙にさらさらと筆を走らせる。「一定出離《いちじょうしゅつり》」。意味が分からず怪訝《けげん》な顔をしていると、「迷いを離れて解脱の境地に達することだ。これを加藤君への返歌にしたい。貴船明神になりかわってな。生きているからこそ、もの思うことができるんじゃよ。清少納言じゃないが、誰にとっても極楽は遠くて近きもの。これを渡してくれ」と託された。

大事な伝言を胸に秘め、今度は鴨川が南に流れるがまま一路真南へ。鴨長明《かものちょうめい》は、自作の草庵で『方丈記』を著した。一丈（約三メートル）四方の庵《いおり》は「糺《ただす》の森」という深い森に包まれている。平安から鎌倉時代の乱世のルポライターが五畳ほどの隠棲《いんせい》の庵《いおり》から眺めた世界は、無常観に満ちていた。「古京《こきょう》はすでに荒れて、新都はいまだ成らず」。戦乱や災害をどう生き抜くか。絶えまなく流れる川の水が同じでないように、世の栄枯盛衰《えいこせいすい》、盛者必《じょうしゃひっ》衰《すい》の理《ことわり》を感じてしまう。川面《かわも》に浮かぶ水の泡のように、人と栖《すみか》もはかなく消えていく。

現実の鴨川の流れは絶えず南に向かう。流れに沿うように南下し、五条の橋からそう遠くないホテルに投宿する。夕食を済ませひと風呂浴びると、もう寝息をたてている三男。

きっと、通りがけに五条の橋で見た「牛若丸弁慶像」が夢のなかで大立ちまわりを演じているに違いない。

翌朝レンタカーを返し、新幹線で京都から姫路へ。姫路城は駅から一本道だ。「昭和六年国宝に指定」「平成五年にユネスコの世界文化遺産に登録」「濠、土塁、石垣は概ね原型をとどめています」。これでもかというほど随所に案内板が立つ。三の丸跡の広場から天守閣を仰ぎ見る。小高い丘に別名「白鷺城」は天に向かって屹立《きつりつ》していた。

「穴があるよ。これなに?」。天守に登る白漆喰の壁の穴から聖が覗き込む。形は四角、長四角、三角、大小とりどりだ。「矢狭間《やざま》、鉄砲狭間《てっぽうざま》だね。ここから敵を狙うんだ」。鮮やかなスロープを描く石垣。「僕の背より二倍ぐらい高い石もあるね」。たけくらべをしている。「築城の際、石不足のため当時、姫路などにあった古墳の石棺をこの石垣に使った」という説明に二度びっくり。

地下から六階、天守閣のてっぺんに着く。羽柴(豊臣)秀吉の縄張りを備前丸や上山里曲輪に残しながら、池田輝政が改修を加え拡張した。意外なところに「武者隠し」がある。最高傑作といわれる「石落とし」や、火縄銃、刀剣、鏑矢《かぶらや》、鎧兜《よろいかぶと》に興味津々だ。天守に祀られている「刑部大神《ぎょうぶたいしん》」に受験合格を念じて長い間、手を合わせていた。「五畳の城楼、晩霞《ばんか》を挿《さ》しはさみ……」。江戸時代末期にここで教えたという頼山陽《らいさんよう》の額「姫路 懐古」が掲げられていた。「ここって五畳なの？ 鴨長明が方丈記を書いた建物とあまり変わらないね」「五畳から世界がよく見えるのかもしれないな」などと無責任に語らいながら天守閣を出て濠《ほり》を見やる。「あれ本物なの？ ぜんぜん動かないよ」。視線の先に一羽の白鷺がじっとたたずむ。「あっ動いた。白鷺城でほんものが迎えてくれたんだね」と、かの鳥の粋《いき》な演出にはしゃぐ。

バスで向かった先は書写山円教寺《しょしゃざんえんきょうじ》。ロープウェイで山頂に着くと深山幽谷《しんざんゆうこく》の世界だ。九六六年に性空上人《しょうくうしょうにん》によって開かれた円教寺は「西の比叡山」と称される。「白鷺城にほんものの白鷺。比叡山に西の比叡山か」と変なところに感心していると、和泉式部の歌碑があった。「暗きより暗き道にぞ入りぬべき遥かに照らせ山の端の月」。教えを乞おうと訪れた性空上人に詠った。暗い迷いの道を明るい月が照らすように深い悩みから救ってほしい、と殊勝な歌だ。まさかここでも復縁を祈願したのかどうか石碑は教えてはくれない。摩尼《まに》殿や食堂《じきどう》、弁慶が学問をしたと伝わる講法堂を見る。茶店でそばとビールを味わう。「弁慶は比叡山でも修行したんだよね」「同じ天台宗だから縁が深いんだ」と話していると、地元の老爺《ろうや》が教えてくれた。「弁慶が寝ている時に顔に落書きをされて兄弟子《あにでし》と大げんかになってのぅ。その挙句、火事になってしもた。それを償おうと旅に出て牛若丸(義経)と出会ったんや。落書きといえばな、太閤さんの家来のもあるでぇ」。さっそくお堂に入ってみると、あった。三木城攻めで書写山を本陣としていたときの落書きが。しかも堂々と。太閤さんの家臣らしく天衣無縫《てんいむほう》といっていいのか、単なる粗忽者《そこつもの》なのか、それともその両方なのだろうか。悪びれず傍若無人《ぼうじゃくぶじん》な振る舞いにも、どこか、おおらかさ、おかしみを感じさせられる。「もし、太閤さんが弁慶の顔に落書きしたら、弁慶が怒ってやっつけちゃうよ。きのう見た夢のなかでは、牛若丸が弁慶を懲らしめていたけどね」

帰りの新幹線で宿題の構想を練った。「オートバイチが楽しみにしているんだって」。オートバイチとは、三男の担任の太田武一《おおたたけいち》教諭。オートバイが趣味なので、長男の時代から兄弟はこう綽名《あだな》している。長男の鎮西《ちんぜい》、次男の陸奥《みちのく》の旅日記が、いたくお気に入りらしい。兄たちに負けるなよ、と励まされたそうだ。関ヶ原で起きた三つの「天下分け目の戦い」と、二つの比叡山、名城を主人公にして、時代を超えた武将たちの交差点、歴史や地理の分水嶺を描くことになった。「岐阜城、彦根城、姫路城、それに大坂城と安土城も入れよう。前に家族で行ったじゃん」。ちゃっかりしている末っ子の面目躍如《めんもくやくじょ》だ。なるほど、日本列島を細長い碁盤に見立てると、五つの城はどれも地政学上、重要な場所にある。

「人間集団の歴史が描かれ始めてから、二つのものの勢力が二つにとどまって平和の長きを得た例をほとんど見ない」と吉川英治は『新書太閤記』で断じてみせた。関ヶ原も二つの比叡山も、鳰の湖や鴨川の流れも、幾十世代にわたって、戦乱と荒廃と無常の人間世界を見てきたのだろう。

コラム　第30章

天智・天武天皇：この兄弟に、天智の娘であり天武の妻だった持統天皇を加えると、国造りの三代記である。大化の改新（六四五年）から中央集権、律令政治、日本書紀編纂、戸籍作成、遷都、遣唐使復活を半世紀で成し遂げる。唐も認める一人前の日本国の創世記でもあった。

鴨長明：下賀茂神社のなかにある河合神社の神官の次男として生まれた。『方丈記』は枕草子、徒然草と並ぶ古典の三大随筆。その冒頭は「ゆく川の流れは絶えずして、しかも、もとの水にあらず。よどみに浮かぶうたかたは、かつ消え、かつ結びて、久しくとどまりたる例《ためし》なし。世の中にある人と栖《すみか》と、またかくのごとし」

第31章

一望千里《いちぼうせんり》〈二〇〇五年〉俊英から孫への餞別《せんべつ》

「神田秀樹《かんだひでき》の消息が分かったぞ」。二〇〇五年八月二十三日、田中胤盛《たねもり》から大山胖《ゆたか》に朗報が伝わった。神田の戦友で夏の甲子園の準優勝投手胤文《たねふみ》の祖父でもある胤盛が興奮気味に続ける。「シベリア抑留中に好きあったナースと、どうしたわけかアメリカのサンフランシスコで一緒に暮らしておる」。きょうは体調がいいと言うので、さっそく会いに出かけた。

胤盛宛ての封書にはシベリア生活から復員後、伝手《つて》を頼って渡米したこと、国際赤十字のナースだった米ロ・ハーフのアンナと落ち合い、サンフランシスコの近郊で農園を営んでいること、草壁俊英《くさかべとしひで》ら同胞に知らせてほしい旨が、簡潔に書かれていた。光源氏に擬《ぎょう》して「光る君」と慕う胖の伯母佐多松子《さだまつこ》は一切、登場していない。同封された近影には老いてなお頑健で剛毅な風貌をしのばせるサスペンダー姿の秀樹に、柔和で品のいい外国人女性が寄り添っている。「お借りしていいですか？　草壁の岳父《ちち》に何よりの気付け薬になります」。その足で病室を見舞った。

俊英は「一炊《いっすい》の夢」のなかにたゆたう。はじめは、六十年前の最後の早慶戦で応援席にいる。両軍交じりあって「海ゆかば」の大合唱。グラウンドに自らもいる、と思うと陸士の同期生と桜島の噴煙を眺めている。あっ！　ダム工事の事故で多数の犠牲者が……テレビが高校の早慶戦を中継している。孫のユニフォーム姿はない。どこへ行ったのだろう。俺の六十年も、どこに行ったのか。半覚半睡《はんかくはんすい》の朦朧《もうろう》とした意識は、あとで思い起こせば邯《かん》鄲《たん》の夢だった。茶店の主人が粟の飯を炊いているあいだに、夢のなかで宰相まで栄達を極めた書生が「命が尽きた」と思った瞬間、目覚めると、まだ飯も炊きあがっていなかったか。

——人の世の栄華、人生のはかなさを物語る中国の故事。ここは邯鄲か野球場か事故現場か。いや、そのどこでもない。病室だった。

「お目覚めですか？　実はお岳父《とう》さんが中学時代にバッテリーを組んでいた神田秀樹さんがアメリカに住んでいることが分かりました」と、胖が手紙と写真を手渡す。怪訝《けげん》そうだった表情に、だんだん精気がみなぎってくる。しだいに眼の焦点も合ってくる。「おお、神田、そうか」。きれぎれにつぶやく。脳の血流を良くする新薬「ＴＰＸ」の二回目の投与を済ませ記憶と意識は回復途上にある。「俺は元気だと……伝えてくれ」と絞り出すように言って眠りに落ちる。今度は駿河の怪童神田投手の剛球をがっちり受け止める己《おのれ》の若き日を夢見ているかのように、満足げな寝顔だった。

眠りが浅い。しばし、まどろむ。なんで遠い昔の夢ばかり見るのだろう。中学時代に怪童の放つ速球を取りそこねた。朝礼台で陸軍士官学校に赴くときの校長の面映《おもは》ゆい挨拶。戦地で凍傷を負い右足の小指の感覚を失う。砲撃を受け傷を負う。一時、意識をなくす。復員後、千葉の海岸で穴掘り。走馬灯のように――死に際《ぎわ》にさまざまな記憶が次々と蘇るという――俺は死の際《きわ》にいるのか？　邯鄲の夢か？　野球と戦争、会社で社長会長と栄達を重ねた八十年の人生。悠久・永遠の宇宙に比べれば、一刹那《せつな》にしかすぎない儚《はかな》いものだったのだろうか。目覚めると、まだ飯も炊きあがっていなかった、あの書生と同じように？　それとも薬の効果なのだろうか。過ぎ去りし日の場面場面、とりとめもない思考の断片が一往一来《いちおういちらい》する。再び意識は深遠の底に沈んでいく。

俊英は目覚める直前、神の啓示のように大学時代に読んだトルストイ『戦争と平和』の文言がきれぎれに甦《よみがえ》る。主人公のピエールにフリーメーソンが語りかけていた。「なぜそなたと全世界がこうした理解を絶した存在、そのすべての資源において万能、永遠、無限な存在が存在することを想像したのか？……神はいる、しかし、それを理解するのはむずかしい。知る前に信じ、自己完成を遂げることが必要なのだ。この目的の達成のために、我々の魂には良心と呼ばれる神の光が注ぎ込まれている」。なぜ「神の光」が記憶中枢の海馬《かいば》を刺激するのだろうか。ふだん、意識していないのに。おかしい。

「えっ！　ヒデちゃん、生きていたの！　アメリカで？　なんでまた、そんな遠いところにいるの？　手紙と写真が来たって？　見せてよ」。次に見舞った伯母松子の速射砲は留まるところを知らない。「あらま、農園の亭主におさまっているのね。この方が奥方？幸せそうだわね。あたしなんかが見たら、きまりが悪い（ワリイと発音するのは、口癖だ）わよね」。自分のことが一言半句《いちごんはんく》も触れられていない一抹の淋しさを押し隠すように並べ立てた。病室の窓から天空を見上げるその眼差しは「一目会いたい、一望千里《いちぼうせんり》の彼方でも」と言っている。光る君が住処《すみか》とする、かの地までは千里の二倍以上かなた。はるけくも遠い。

「あす退院していいって、ハンサムなセンセからお許しが出たの」。比較的、症状が軽かった彼女にとって新薬の効果は覿面《てきめん》だった。脳の血流が良くなって、めきめき記憶力を取り戻す。「昔、あんたに牽牛《けんぎゅう》と織女《しょくじょ》の七夕伝説の話をしたでしょ？　あたしが織姫で、光る君が彦星。中国南北朝時代の『文選《もんぜん》』っていう詩文に出てくる『一水盈盈《いっすいえいえい》』って知ってる？水を満々とたたえる一筋の天の川が隔てているから、見つめるだけで言葉もかけられない、そんな切ない気持ちを詠ったものなの。あのときのあたしがそうだった……もう元気になったから、天の川だって、太平洋だって越えて、サンフランシスコにも行けるようになるわよ」。これだけ昔話に延々と長広舌《ちょうこうぜつ》がふるえるくらいなら心配はいらない。確実に記憶は戻ってきている。そうはいっても、仮に昨日の夕食は何を食べたか聞かれたとしても答えられないことを彼女は自覚していない。若いころから物忘れの常習犯だったから、何を食べたのか思い出せなくても今さらけっしてくよくよしない。こののんきな性格が、三十代でがんを発症してのち半世紀近くも生き抜いてこられた秘訣かもしれない。

それでもこの六十年、深層心理に巣くう忌まわしき記憶から解放されることはなかった。妹の美智子にまつわる二つの悪夢だ。戦時中、防空壕に避難しようとして姉妹ははぐれてしまう。必死で妹を捜すが見つからない。もう一つは妹の早すぎる死。壊れたテープレコーダーのように再生されるこの悪夢は誰にも話したことはない。

もっと詳しく教えてよ、ヒデちゃんのこと、とせがむ。田中胤盛と佐藤公成《きみなり》から得た情報をもとに赤十字に照会したところ、神田とねんごろになった可能性がありそうな看護師《ナース》候補が幾人か浮かび上がる。シベリア抑留組の仲間に当たっていた田中と佐藤が、アメリカ人の父とロシア人の母を持つアンナにたどり着く。国際赤十字を通じて、ようやく二人がサンフランシスコに住んでいることを突き止める。すぐさま、国際郵便で書簡を送る。返事が来たのが昨日のことだった。

ヒデちゃん発見の経緯《いきさつ》をかいつまんで話す◇彼が渡米したのは昭和三十年の春◇事前にナースのアンナと黙契《もっけい》を交わしていた◇サンフランシスコで落ち合う◇小さな農園を手始めに、体力と勤勉さ、若干の運の良さも手伝って規模を拡大していく◇教会で挙式◇男女三人の子どもは独立して、それぞれ幸福な家庭を築く。孫は七人◇今は、来年出産予定の曾孫《ひまご》の誕生を心待ちにしている。

日ごろとは別人のように、おとなしく聞いていた伯母は「あたしのことは、まだ出ないの？」としびれを切らす。「う～ん」。メモをひっくり返して探すふりをしながら「今回は言っていなかったなぁ」と口を濁《にご》す。「光る君に渡したお守りは……もう、いいわ。あんた手紙を送るんでしょ。あたしにも、ひとこと書かせてね」。光る君の記憶の襞《ひだ》に一ミリも残っていないと知らされるのは、慕い続けた六十年間の歳月を思うと残酷すぎる想像だ。待ち焦がれる情趣は十七歳当時そのままにタイムカプセルに封印されている。

「田中さんがシベリア抑留中に見舞ったとき、ヒデちゃんは古びたお守りを握りしめていたって聞いたよ」。絆がこう伝えたとたん頬にぱっと朱がさす。この世代がぴんしゃんしているうちに一望千里、いや、二千里をつなぐ橋を架けたい。中学時代に流行った名曲「明日に架ける橋」のメロディが内耳神経をふるわす。刹那《せつな》に打算的な思惑が耳朶《じだ》を打つ。

「戦後六十年をつなぐ早慶戦の後日譚として、続編が書けるかもしれない」

翌朝。長男の諭《さとる》が、アメリカに留学する挨拶に二人の入院患者を訪れた。どちらかと永遠《とわ》の別れになるとは思いも及ばない。「あたし午後退院するから手伝ってね」と松子はおしつけがましい。一か月ぶりに自宅に戻る。諭が付き添う。

「なんだか、気が抜けちゃった……いつも抜けているけどね」

「しばらく、おとなしくしていてね。僕は来週、アメリカに出発する」

「サンフランシスコに行くことはないの?」

「行くのはニューヨークだからね。東と西で真逆だよ。なんで?」

「ま、ちょっとね。知り合いが住んでいるって聞いたから」

「弟たちが再来年（二〇〇七年）行くって言っていたけど。高校のバスケ部が提携している高校に遠征するんだって」

「えっ、それ何？　あたしも行こうかしら」と無責任なことを言いつつ「はい、これ持っていきなさい」。封筒を開けると一万円札が一枚と愛宕神社のお守りが入っている。「武運長久を祈っているわよ」。

夕暮れどき、松子が茶の間で番茶をすすっていると電話のベルが鳴り響く。

「もしもし義姉《ねえ》さん。立志《たつし》です。退院おめでとうございます」

「あ〜ら久しぶり。おかげさまでPTAとかなんとかいう（本当はTPX）薬が効いて今日退院よ。あんた北海道から？　元気にしているの？　まだ、ハイカラ織の女社長さんと一緒に住んでいるの？」

「ええ、ユーカラ織ですけどね。いまは会社の相談役に退いて、山荘の管理人みたいなものです。ラベンダーの季節もそろそろ終わって、今年からメロンを使ったワインをつくり始めましたよ。アイヌの資料集めも進んでいます。ところで草壁さんの体調はいかがですか？」

「それがねぇ、あんた。思わしくないのよ。あたしと同じ薬で脳梗塞の心配はなくなったらしいの。でも、持病の、何だったかしら、血液の病気がだんだん悪化しているんですって。さっき諭が退院の手伝いに来てくれて、心配そうに言っていたわよ。あの子、あすからアメリカに留学だって」

「え、そうなんですか、アメリカに留学？（知らなかった）」

「あんた聞いてなかったの？　一年間、向こうの高校に通うんだってよぅ。子どもや孫たちと連絡取っていないのね？　やっぱり。ハイカラ……ユーカラの女《ひと》が邪魔……じゃなくて、気にかかっているんじゃないの、あの子たち？」

「手紙は何度も出しているんですけど、はかばかしい返事が来なくて。草壁さんにも息子や孫たちにもよろしく伝えてください。では義姉さんもお元気で」

北海道の美瑛《びえい》にあるエルム夕日荘。立志は、相変わらず口だけは達者な義姉に安堵しながら受話器を置く。彼女特有の声の大きさで「邪魔」とか「気にかかる」とかイエローカードものの単語が、耳をすませていなくてもそばにいた北原麗子《きたはられいこ》に筒抜けだった。しかし、そんな辛気臭《しんきくさ》い話題はおくびにも出さない。

「お義姉さん、退院できてよかったわね。快気祝いにユーカラの新作バッグを送っておくわね。ほら見て、きょうは一段と夕陽がきれい（と西の空を仰ぐ）。あなたがここに来たとき、亡くなった父が言っていたでしょう、五年に一度の夕焼けじゃ、当たり年じゃよって。三十年前と同じように、今年も当たり年ね」

麗子の父勇次郎は、山荘から眺める真っ赤な夕日も、真っ青な蒼穹《そうきゅう》も緑一色の十勝の山々も掌中《しょうちゅう》に収めた一国一城の主《あるじ》だった。アイヌの神様が遊ぶ庭、十勝岳の山並みを臨みながら、麗子に息子たちと引き合わせ籍を一緒にしようと乾坤一擲《けんこんいってき》の勝負に出たのも三十年前のことだった。サイコロの目は「天」を指さず、あえなく撃沈。それ以来、内縁の妻のような関係が続いている（俺は一家の主も失格か）。

「父が夢見ていたワインもラベンダー、ハスカップと増えてきたわね。テラスで新作の夕張メロンワインとジャム、ゼリーの味見をしましょう」

「そうだな。相馬（春樹）も呼んでやるか。サンライズ計画の中間報告も聞いておきたいし。俺がジンギスカンを焼くよ」

相馬は日本中小金融公庫旭川支店時代の部下だった。石油危機後の不況を受けて、二人そろって人減らしの対象にされてしまう。立志は乱脈経理の疑いが濃厚な信組への出向を峻拒《しゅんきょ》し、取引先だったエルム北斗に滑り込む。二年後、この信組は当時の専務理事が背任の疑いで逮捕され経営破綻している。右顧左眄《うこさべん》しなかったこのときの決断が、結果として正解だった。当時の上司に三下り半を叩きつけるような偏狭《へんきょう》な性格がたまにはプラスに働くこともある、と自分を納得させてはいる。

元部下の末路は惻隠《そくいん》の情をさそう。出向した川崎の中小企業は、主力商品だった機械加工部品の受注が半減してしまう。経費削減も追いつかず二期連続の赤字。しだいに資金繰りが悪化していく。経理部長の相馬はメインバンクの古巣・日本中小金融公庫に何度も融資を申し込む。頼みの綱も無情に切られ、二度の不渡り手形を出して事実上の倒産に追い込まれた。経営者は失踪《しっそう》。経理担当として、抵当に入っているなけなしの資産を売り払う。弁済から会社の清算や法的整理をなんとか済ます。失業保険で食いつなぐ毎日。貯金も底をつく。家族を抱え路頭《ろとう》に迷う。この時代、彼のような辛酸《しんさん》をなめた会社員は少なくない。万策尽きて立志に相談に来たのは一九八〇年春のことだった。嘱託期間一年を経て信頼を勝ち得ていく。正規従業員になって一歩ずつ階段をのぼる。いまでは経理と新規事業を担当するライン部長だ。呼び寄せた妻と子どもも北の大地に慣れ親しんでいる。

「お待たせしました」。ライトバンからどっさり荷物を運んでテラスに現れた相馬は、過去の労苦をすっかり払拭《ふっしょく》した精悍《せいかん》な表情だ。西日を正面に受け汗をぬぐう。その視線のはるか遠く一望千里、夕陽が照らす稜線が赤く耀く。ジンギスカンとワインの夕餉《ゆうげ》が始まる。三十年前、ここで立志は麗子にチンギス・ハーンが世界を席巻《せっけん》していたころからアイヌの人々が北海道に住んでいた話をしていた。十三世紀から始まるアイヌ史の伝承は、遠い地平のかなたに、おぼろげにかすむ。無力感にさいなまれていると……。

「サンライズ計画は順調？　きれいなサンセットを見ながらこんな話題も無粋《ぶすい》かな？」

「はい、社長。今期はまずまずの成果を見込んでいます」。相馬はさっそく、携えてきた経営資料を広げながら事業領域ごとの今期見通しと来年以降の経営計画の素案を示す。観光関連や農産物加工といった項目が並ぶ。三十年前に先代が麗子に事業を承継するにあたって、定款《ていかん》に追加した新規事業は今や立派な幹になり枝葉を広げている。

「専務……じゃなくて相談役が言っていたサンライズ計画が日の目を見ようとしているわ

ね」と事実上の夫に語りかける。愛読していた島崎藤村の『夜明け前』にかこつけ、小説の主人公の思いに寄り添って、北海道のヘソからおてんとうさまを仰ぎたい。これが「サンライズ構想」の端緒だった。

「暁光《ぎょうこう》は見えてきた。この山荘も観光農園と北海道やアイヌの歴史を知る施設に育っている」。立志は左中指で眼鏡を押し上げながら、資料をもとに来場者や売り上げ数字を説明する。ワインやゼリー、アイスクリームなど農産加工は地元の協力もあって年々育っていく。小規模ながら「北海道命名者　松浦武四郎の足跡とアイヌ民族の資料コーナー」も作った。そこではアイヌの歴史や文化、生活を紹介し、伝統工芸品を展示、販売している。ユーカラ織とラベンダー農家、かつての映画やテレビのロケ地と連携した観光ツアーも好評だ。「来年はどんな絵を描いているんだ?」と、元部下に鋭い視線で問いただす。

十五年後、二〇二〇年に向けた長期計画（素案）のコピーを配りながら相馬は七つの挑戦を挙げた。このなかで注目を集めたのは次の三つだ。

北海道を体験するぞ：農家に一週間泊まりこんで農業や酪農、農産加工を知る。水産業や林業、鉱業、たとえば炭鉱の跡地見学も盛り込む。各産業のネットワークを構築

お勧めは北の大地で：オフィス勤務者を対象にした最善の労働環境と情報通信設備を提供する。特に「心の病」に懸念を持つ方にお勧め

アイヌと語ろう：山荘の展示コーナーで講演会とQ&A。二世代前、三世代前の人たちが祖先から何を伝承してきたか、自然との共生、環境問題への考え方を聞く

「ずいぶん、風呂敷を広げたな。体験ツアーねぇ。農業はいいとしても、水産や林業が成り立つのか？」

「ええ、稚内の水産会社に打診しています。三十年前に部長……相談役にも行ってもらいましたよね」

「あ、宗谷水産か。北海道の北端で日の出と日の入りが両方拝める……ズワイガニ百パイで造った宝船には度肝を抜かれたよ。社長は元気かね？」

「社長は亡くなられて、ご子息が継いでいます。今はホタテの養殖とか、育てる漁業と水産加工がメインです。ズワイガニ製の宝船や象牙みたいなサンゴを貸してくれるって内諾を得ています。ここの展示コーナーに飾りましょう」

「ここで働けたら鬱病《うつびょう》も吹っ飛ぶかもしれんが……美瑛にオフィスビルを建てようとでも

いうのかい？」

「札幌にソフトウエアの会社がいくつか旗揚げしています。そのサテライト（衛星）オフィスになるんです。ここにパソコンと通信回線があれば支障はありません。この雄大な大自然（と、両手を広げながら）、働きやすい空間になること、請け合いです」

「ユーカラ織の関係で何人か、アイヌの知り合いがいるわ。もともとユーカラって、アイヌの言葉で『伝承』を意味するのよ。『アイヌと語ろう』じゃなくて『アイヌ伝承館《ユーカラ》』にしてちょうだい。アイヌの語り部の講座集が上梓《じょうし》できるといいわね」と麗子。

「そうしましょう。では何人か紹介してください」。相馬は翌日「ふくろうの神話」を町の古老から仕入れてきた（※63）。物語を聞いた麗子は、「そのお話を嚆矢《こうし》としましょう」と即決した。前の職場では新しい融資先を提案しても一顧《いっこ》だにされないことの多かった経営企画部長。新天地で一望千里のかなたに暁光《ぎょうこう》＝サンライズを夢見ることのできる僥倖《ぎょうこう》に、真っ赤な闘志を燃やす。

その夜。北の大地で自らがジンギスカンの炉辺談話《ろへんだんわ》の俎上《そじょう》に上っているともつゆ知らず、松子は珍しく目が冴えて眠れないときを過ごしていた。諭に渡したお守りと、光る君がシベリアで握りしめていたと聞いたお守り。そうだわ。草壁さんも最後の早慶戦を同じ戸塚球場で観ていた。奇遇《きぐう》にも同じ選手を応援していた。天の配剤って、よく言ったもんだわ。ここ数年、記憶の彼方に飛んでしまっていた草壁俊英とのやり取り。医師の配剤で蘇った記憶は、たやすく二十年前の会話に誘《いざな》う。一九八五年、胖とのぞみの結婚式のあとのこと。式の司会は新郎の親友で慶大付野球部の小西雅也《こにしまさや》、余興に野球部全員が「若き血」を歌っていた。

俊英との会話を反芻する。松子が「司会はナイスボーイだし、若き血も賑やかでよかったですね。あたしは三田に住んでいるものですから、慶応に親近感があって……あ、草壁さんは早稲田の出身でしたね。失礼しました」と会話に誘う。俊英は「私も中学のとき野球をやっていましてね。早稲田がいいか慶応か迷った時期もあったんです。結局陸軍に入って、復員後に早稲田に入学しました。あの、昭和十八年（一九四三年）の最後の早慶戦では、慶応を応援していたんです。中学のチームメイトがいたものですから」と応じた。「中学というと、たしか駿河の？」と松子が訊いたとたん異口同音だった。「神田！」「ヒデちゃん！」。それから暗い劇場のステージ上で二人だけにスポットライトが当たっているように、周囲とは別世界でヒデちゃんの思い出話に花が咲く。消息が分かれば教え合うことにする。それから二十年。一通の手紙と写真が同じ病気を患った男女に福音を授ける（草壁さんは、光る君の写真を見て、どう感じたかしら。あの方の容態が心配だわ）。

俊英は、未明に見ていた「戦争と平和」の夢が別の台詞に置き換わったところで目覚めた(※64)。目を開けると、諭が心配そうに覗き込んでいた。「自分の手で幸福をつかむんだぞ。留学したら自己完成を遂げる道標《みちしるべ》をつかんでこい。良心と正義、責任感、誠実を魂に植えつけてくるんだ」。青春ドラマのようだなどと衒《てら》うことなく、重厚な、しかも晴れやかな面持ちで訓戒した。戦争が終わって二世代たつ。平和の時代の申し子は一所懸命、きっと幸福をつかむ。こう信じて疑わなかった。初孫は、ふだん、幸福とか自己完成とか、めったに口にしないのにと、喉に突き刺さった鰻の骨みたいに、ちょっとした違和感が気にかかっていた。

祖父の餞別の言葉を胸に、諭は八月三十日、ニューヨークへと旅立つ。現地の高校生宅にホームステイし、同じ高校に通う。祖父譲りの一八七センチ、七十五キロの長身痩躯《そうく》。見送りに訪れた家族や友人を前に、恥ずかしそうに、それでいて視線は千里のかなたを見晴るかす希望の光を宿している。「うんと楽しんでこいよ」「野球で今度こそレギュラーを取ってこい」「遊びすぎるんじゃないぞ！　彼女、つくれ」。野球部の面々からはなむけやら冷やかしやら遠慮会釈ない怒号やらが飛び交う。一年後さらに大きい人間になって戻ってくるに違いない。

次男の尊《たけし》が、ある決意を胸に、ひとりで祖父を見舞ったのは、あくる三十一日の朝だった。兄が元気にアメリカに旅立ったこと、くれぐれも祖父の看病を頼むと託されたことを伝える。「俺がニューヨークにいるあいだは、お前が長男だ惣領だ、と上から目線で肩を叩かれた。痛かった」。祖父は、うん、うん、と満足げにうなずく。

「ぼくが草壁の家を継ごうと思います。今夜、両親に伝えるつもりです」。尊は意を決したように切り出す。幼いころから、祖父が跡取りにしたいと熱望していることは、うすうす感じていた。それをめぐって両親の意見が食い違い、諍《いさか》いのもとになっていることも気づかなかったわけではない。僕のせいかな……歩むべき最良の道はなんなのか。ながらく思い悩む。内心忸怩《じくじ》たる思い。今年、慶応付属中学三年生、十五歳、元服といっていい年《と》齢《し》になった。もはや祖父の余命がいくばくもないことは、やせ細った顔を見ても気づく。

満足げな表情、うっすらと目尻に浮かぶ涙を見て、決意が正しかったと自信を持つ。一念発起、中学生にとっては、ルビコン川を渡るような大英断だった。

祖父は無言だった。気力を振り絞るように、万感を込めて右手を上げた。あとから思い起こすと、別れを告げる挨拶のようでもあり、後を託すというしぐさだったようにも思う。深い眠りに入った祖父の病室を後にしバスケットボール部の練習に向かう。

「拝啓、神田秀樹様。ますますご壮健のこととお慶び申し上げます。田中胤盛様と佐藤公成様からお話を伺い、一筆啓上いたします」。ここまで書いて胖は、預かってきた伯母の文面に目を通す。最後の早慶戦のチケットをもらい応援に行ったこと、お守りを手渡したこと、そのなかに武運長久を祈る手紙を挟んだこと、アメリカで幸せな生活を送っていると聞いて安堵していること。縷々《るる》と綴った手紙には行間から、ほのかな思慕《しぼ》の念がにじむ。伯母からの伝言に加えて、胖は岳父である草壁俊英が重篤な状態であることを書き添える。「戦後六十年をつなぐ早慶戦」を掲載した新聞を同封し、エアメールで郵送した。

天上の**天使**「一望千里を眺めると、俊英さんのエアメールが太平洋を渡っている。孫の諭さんは太平洋をまたぐ。尊さんは乾坤一擲《けんこんいってき》、川を渡った。シーザーはルビコン川を渡るとき、どんな話柄《わへい》が後世に伝わるべきかを考えていた。ブルータスだって、徳操、温雅の質、高大なる精神は、確固不撓《かっこふとう》の士として民衆に尊敬されていた。後世に美徳の名声を遺すと信じていた。犬になって月に向かって吠えただけの人じゃないんだ」

妖精「松子さんはとうてい太平洋をまたぐのは無理でしょうね。俊英さんの前にはルビコンよりもずっと広くて深い川が眼前に横たわっている気がする」

第32章

一以貫之《いちいかんし》

〈二〇〇五年〉のぞみと俊英、胖と猛禽

大山のぞみはやすらかな父の寝顔をときおり覗き込んで、かれこれ半日たつ（八月も、もう終わりね）。沈みゆく夕陽は最後の名残を惜しむかのように橙色《だいだいいろ》に燃えたつ。蜩《ひぐらし》の声がなぜかきょうは儚《はかな》く物悲しい。「まだ、おやすみになったままですね」。検温を終えた看護師は手つかずの夕食にちらっと目をやる。「朝、お孫さんがお見えになったときは気力を振り絞って話をされていたようですけれど」。そういえば尊《たけし》（次男）が見舞いに行くと言っていた。「私も、もうしばらくしたら帰ります。何かあったらよろしくお願いします」。何かあったらって、何？

子ども時代のことを思い出す。熟睡している父に心のなかで、ときおり声に出して語りかける。一人娘で可愛がられて育ってきた。あちこち旅行に連れていってもらったわね。広島に住んでいたとき、毛利元就《もうりもとなり》の「三本の矢」はピンとこなかったけれど、明石・須磨の「源氏物語」は忘れられない。中学生になると、お決まりのように反抗期。それも重症だった。ろくすっぽ口もきかない。大学時代、猛反対を押し切って航空会社の国際線の客室乗務員になった。あの日の心配そうで淋しそうな顔が記憶に張り付いている。長じても戦争のことはけっして口には出さない。「女子どもにそんな話をする必要はない」。古武士のような人だった。軽井沢に旅行したとき、孫たちの前でさっそうと馬にまたがっていた雄姿。諭《さとる》が「おじいちゃん、かっこいいね」と仰ぎ見ると、抱き上げて一緒にまたがらせる。「満州では鞍《くら》のない馬に乗って移動していたんだよ」。孫に手綱《たづな》を取らせながら嬉しそうに語りかけていたっけ。男の子が欲しかったんだろうな。

「本当は医者になりたかったんだ」。父がポツンとこんなことをつぶやいたことがある。「陸士を選んだのは家が貧しかったからなんだ」と恥ずかし気に告解した。終戦後は、ゼロになった日本をどうにか復興させようと決意した父。今の私たちの幸せな時代を築く礎《いしずえ》になってくれた人たちの業績を受け継いでいかなければ。戦争の悲惨さを語り継いで、父親たちの世代に感謝する。このことを子や孫、次の世代に伝えていかなければ。父が悟ったこと、教わったこと、ぶれない心、歩んだ道のり、偉業の数々、孫や子に引き継ぎたかったことのあれこれ。一所懸命に襷《たすき》をつないでいくのが私の道。

二、三日前だろうか。ふと、目覚めた父は「ああ、のぞみか。最後の早慶戦と、諭の早慶戦の夢を見ていたよ」と珍しく饒舌《じょうぜつ》だった。まるで回顧録のように。その夢とは——昭和十八年、戸塚球場で出征前の早慶戦。草壁俊英《くさかべとしひで》はなぜか早稲田のユニフォーム姿で捕手。駿河中学でバッテリーを組んでいた神田秀樹が慶応のユニフォームでマウンドに立つ。うなりをあげる剛速球を捕りそこなう。ボールを追いかけても追いかけても届かない。誰かが拾ってくれた。初孫の諭だ。彼は何も言わず、打席に入る。神田の球を見事にとらえた諭は三塁打を放つ。舞台は二〇〇五年八月十五日の甲子園球場だった。

「長年の夢が二つ、俺の夢のなかでやっとかなった」

「めくるめく大スペクタクルね。孫と甲子園で早慶戦ができるなんて」

「諭は神田の剛速球を撃ち返したんだ」

「神田秀樹さん、サンフランシスコにいることが分かったんですって？」

「ああ、きのう手紙を見せてもらったよ。そうか、それで登板してきたんだ、俺の夢に。もう一度、あの球を受けてみたかった」

「きっと、会えるわよ。六十年間、太平洋を挟んで心と心のキャッチボールをしてきたんじゃないの」

「実はな、志を決めて、なんのために生きていくか、覚悟を決めたのはサンフランシスコだったんだよ。三十にして立つ、だな」。

俊英は四十五年前の一九六〇年、サンフランシスコに視察に行く。三十五歳だった。全長二千七百メートルの巨大な吊り橋ゴールデン・ゲート・ブリッジに圧倒された。高速道路の設計も学ぶ。祖国の復興という「志」は確固としたものになる。「いま思えば、神田はこの橋の近くに住んでいたんだな」。帰国してからは一瀉千里《いっしゃせんり》。田子倉ダム、名神高速道路、東北縦貫道、本州四国連絡橋の完成を担う。

三十年前の一九七五年、同期生の伊集院《いじゅういん》隼人《はやと》、高田《たかだ》喜朗《よしろう》と薩摩に天命を知る旅に出た。五十歳になっていた。それまでの座右の銘「一所懸命」に「立志勉励」を加えたのはこの旅だ。天命を知ってから迷いはなかった。

しみじみとした回顧譚を聞いたのぞみが「論語にある知命ね?」と問うと、「そうだ。孔子は、三十にして立つ。四十にして惑わず。五十にして天命を知る。六十にして耳従う。七十にして心の欲する所に従えど矩《のり》を踰《こ》えずと悟ったんだ。八十にして、のあとは知っているか?」。昨年、八十歳を迎えた父が思惑ありげに視線を注ぐ。

「知らない。何か言っているの？」

「孔子は語ってはいない。七十二歳ぐらいで死んでいるはずだ。俺は八十にして道を貫く、こう決めたんだ。俺はなぁ、のぞみ。ダムも橋も高速道路も造った。地図に残る仕事だ。みんなの役に立った。この国の土台を築きあげてきた。それは大きな誇りだ。しかしなぁ。一番誇れるのは娘と三人の孫だよ。おまえたちには、俺が貫いてきた道のそのまた先を歩んでほしい」


　血流を良くする新薬の効果がたまたま顕著に出た日だった。そのおかげで、ここ数か月なかった、明晰で明瞭な意思の疎通ができたひとときだった。あとにして思えば、八十年の思いを凝縮した回想だったような気もする。その同じ肉体で、よもや十年前に発病した深刻な魔の手が躰《からだ》を蝕《むしば》んでいるとは。それほど荘厳《そうごん》とさえいえるような強い目の光だった。

「一以貫之《いちいかんし》」。「論語」のなかで、孔子が弟子の曾子に語った言葉だ。吾が道、一を以て之を貫く（私は終生一貫した変わらない道を歩いてきた）。この金言を援用《えんよう》すれば、次世代のために復興と成長の基盤を築いた世代だ。俊英は一本の橋梁、一本の道路を貫き通す人生を歩んできた。孔子と同じように忠恕《ちゅうじょ》、誠心から他人を思いやる仁道を歩んだ父だと、娘は畏敬している。そんな感謝の念を言葉で伝えきれないことがもどかしい。

「じゃあ、私、帰るわね」。だめもとで声をかけてみる。一瞬、掛布団の上の右手が、かすかに上がった。ああ、分かっているのね。敬礼しようと思ったのかしら。私の語りかけが少しでも伝わったんだわ。安心して家路に就いたのだが……。

「容態が急変しました。すぐ、来てください」。看護師から電話があったのは八月三十一日の夜十時を回っていた。のぞみは次男と三男を連れ車で病院に駆け付ける。すでに長男はアメリカに向かっている。「昏睡状態に入っています。残念ながら危篤です。他にお呼びする方は?」と主治医が厳《おごそ》かに訊く。首を横に振る。飲み会と言っていた夫の胖《ゆたか》は何度電話をしてもメールを打ってもなしのつぶてだ（酔っぱらって来てもらっても、しかたがない）。体のいたるところに何本もの管《くだ》ががんじがらめに巻き付いている。痛々しい。しかし必死に闘っているんだ。この人の一生と同じように。血圧の低下を無情に示すデジタルの数値。ときおりなんの合図だか分からない電子音。そのたびに医師に視線をちらっと向ける。二人の子どもは神妙な面持ちで身じろぎすらしない。

ピーーーー。不吉に長い電子音が無慈悲な宣告をもたらす。医師が脈を取り瞳孔《どうこう》を覗き込む。「ご臨終です」。わっと駆け寄る親子。慟哭《どうこく》、嗚咽《おえつ》、喪失感と虚無感、やり場のない悲憤がこもごも母子を襲う。さまざまな哀惜の情が交錯する。その手に、その足に寄りすがる。穏やかな横顔。いまにも鷹揚《おうよう》に「お、きょうは、どんな一日だった?」と語りかけてきそうだ。とうてい幽冥境《ゆうめいきょう》を異にする黄泉路へ旅立ってしまった人のようには見えない。父の一貫の道はこの先どこへつながっているのだろうか。二人の孫は敬愛する祖父の枕もとで、それぞれ胸のうちにこう誓った。「医者になる」「立派な人間になる」。母親の方は、そのあとの記憶がきれぎれにしか残っていない。

主治医からのぞみはこんな説明を受けていたらしい。「最期まで頑張られました。本来、余命いくばくもない難病でした。それを体力と精神力で立派に生きぬいた。まさに日本男児です。ことしの初めに併発した脳の血栓は今月、投与した新薬のTPXが効いて、この数日は意識も記憶も回復していました。子や孫と語り合うことができるようになって喜んでいた矢先です。残念でなりません」。メモを取っていた尊からあとで聞いた。

その日の未明、無言の父と自宅に戻る。大酔して帰還した胖は半ば意識も朦朧《もうろう》、案の定、役に立たない。線香の火を絶やさないことに意識を集中していたうつろな覚えはある。一睡もしなかったことは記憶にない。気づくと、会社の総務や秘書の社員が大勢いた。翌日の通夜、そのあくる日の告別式。病床にある母の代理で参列者に挨拶した。これも何をどう話したか、うっすらと覚えているだけだ。無我夢中、五里霧中の私を、きっと、天上にいる父が導いてくれたのだろう。

天上の**天使**「事終わりぬ。一以貫之、一貫の道を立派に走り抜けたね。聖書にこうある。永遠不滅に近づくための唯一の手段は、子孫を介すること。遺志と偉業は子孫や後世を通じて生き続ける。祖先を完全に消滅させるのは考えられないのだから」**妖精**「二週間前の八月十五日、夢寐《むび》の中で万古に亘《わた》って不朽不滅《ふきゅうふめつ》の『真の我』を悟っていたのね。佐藤一斎は言志四録《げんししろく》でこうも言っている。志が永遠に朽ちなければ、その人のなした事業も永久に朽ちない。その事業が永久に朽ちなければ、代々の子どもも永久に朽ちることがない。宇宙の大生命の上から見れば、生は生であり、死もまた生。昼夜は死生、醒睡《せいすい》も死生。死は天地生々の理を覚ったもの。天寿を全うした者は眠るようだ」

幽冥《ゆうめい》のはざま、俊英は満足そうに深い永遠の眠りについた。

九月二日。旧陸軍士官学校の同期生伊集院隼人の友人代表の弔辞《ちょうじ》は胸を打った。杖をつきながら、五月人形に飾られる鍾馗《しょうき》様を彷彿《ほうふつ》とさせる矍鑠《かくしゃく》とした威風堂々たる風姿《ふうし》。背骨に竹刀《しない》が一振り貫いているかのような姿勢。小柄ながらそのオーラは満場を圧する。

「草壁、おまえはサムライの誉れだった。一本の道を一所懸命、立志勉励して生き抜いた。俺たち同期生の誇りだった」。こう呼びかけ、嗚咽《おえつ》を飲み下す。「おまえの造った道路は、橋は、永遠に生き続ける。終戦後、わが国の復興に一身を捧げた偉業は次の世代、その次の世代が引き継いでいく。天国から見守っていてくれ」「同期三人でよく酒を飲み交わしたなあ。互いのふるさと、駿河、春日山、薩摩に一緒に旅をした。そこでの友情と、誓い合った青雲の志を一生、忘れん。おまえが人を思いやる忠恕《ちゅうじょ》の心もな。草壁、ありがとう。よく人生の任務を全うした。安心して成仏《じょうぶつ》してくれ。ご苦労さま」

伊集院はある意味、戦後もアメリカと闘い続けた。飛行機乗りだった陸軍士官学校時代にアメリカの戦闘機の驚異的な性能を知り、彼我《ひが》の技術力の差に唖然呆然《あぜんぼうぜん》とした。戦後、アメリカのトランジスタ開発に触発され、電子工学、コンピューターの道に進む。独自に次世代のスーパーコンピューター開発に挑む。一九八〇年代、経営トップとしてアメリカ企業との特許紛争、半導体やスーパーコンピューターをめぐる日米貿易摩擦に敢然と闘ってきた。日本電算機製造の中興の祖として、彼もまた「一以貫之」、「一貫の道」を走り抜けた。

感動の挨拶にお礼を伝えようと、控室を訪《おと》なった胖は、伊集院のあまりにも憔悴《しょうすい》しきった姿に言葉を失う。ソファーに座り込み杖にもたれかかるようにして瞑目《めいもく》している。微動だにしない。頬を伝う涙。見てはいけないものを見てしまった。「本日は、まことにありがとうございました。岳父《ちち》も喜んでいると思います」。深々と一礼し、引き揚げようとすると。「まあ、座りなさい」。そのときには、いつもの鋭い眼光が戻っていた。「残念だ。いい漢《おとこ》(いかにもこの漢字をあてはめたいような口ぶり)じゃった」。ひとしきり士官学校以来の思い出話が尽きない。

終戦の日、皇居前で殉死《じゅんし》しようとした俊英を引き留め、日本の復興を誓い合う。胖にとっては初めて聞いた話だ。命の恩人だったんだ。この人がいなければ妻も三人の兄弟も生まれてこなかった。高田喜朗との三人組が草創メンバーになって同期の親睦団体である「始源会《しげんかい》」を立ち上げる。同志を募り一時、会員は百人を超す。「一人減り、二人減り、だんだん人数が少なくなっていく。とうとう草壁まで……。高田も肺を患って入院中だ。例の疑惑が表面化して、このところの心労がたたったんじゃろう」と親友を思いやり、いたわる。「君の新聞社も取材しとるんじゃろう？　あいつは嘘のつけん真っ正直なヤツじゃ。あまり病人をいじめんでくれ。武士の情けじゃ」。腹にずしんと響く。

「何度か高田さんの病院にお見舞いに行きました。五月以降は面会を遠慮してほしいということだったので、奥様に伺ったところ、予断を許さない病状のようです。先月（七月）、高田さんからお手紙をいただきました」

その手紙は便箋に三枚。万年筆をあたかも彫刻刀を使って彫り付けたように、几帳面に一文字一文字刻んでいる。しかし、ときおり縒《よ》れたり、かすれたりする筆跡だった。

「私は齢《とし》ですから、六月末で会社は辞めました。最高顧問として毎日、出社していましたが、妻と一緒にのんびりと暮らしたいと思っています。ところが会社が少し混乱していることもあって、現在は入院加療中です」とある。十数年前に取材して「東京政経新聞」に掲載した高田の記事を「うまくまとめて書いていただいたことが懐かしく思われます」と旧懐に浸っているのが気づかわしい。最後に「完全に引退したので、近々故郷で転地療養するつもりです。『魔の山』のハンス・カストルプ（※65）ではありませんが、世の俗塵《ぞくじん》から逃れて空気のおいしい山の中で、もう一度、人生を味わい直してみます。この作品は私が生まれた年に上梓《じょうし》された本で、若い時に傾倒《けいとう》しました。主人公のように自己形成できるといいんですが。八十歳まで齢《よわい》を重ねて何をいまさら、とお笑いください。落ち着いたらまたお便りします」と結んでいる。再び「一貫の道」を探る旅に漕ぎ出そうという悲壮さすらうかがえる。若き日の高田は、今日《こんにち》の高田は、ハンスの生きざまにどういう感慨を抱いていたのだろうか。

書簡にある「世の俗塵」とは、伊集院が言いかけた「例の疑惑」を示すことは想像に難くない。こういうことだった。二〇〇五年四月、既存メディアが報じないスクープ（なかには先走りすぎる虚報もないことはないが）を連発している「週刊虚実《しゅうかんきょじつ》」が特ダネを掲載した。「芝浦光学機械　驚異の錬金術！　M&Aを隠れ蓑に赤字隠蔽《いんぺい》か?」とセンセーショナルな見出し。記事も詳細《ディテール》まで丹念に書き込まれている。さっそく会社側は記者会見を開く。「事実無根です。損失を隠蔽して決算を粉飾した事実は断じてありません」

記者が、週刊虚実には米国の医療関連メーカー買収の失敗で巨額の損失を被ったと出ている、これも否定するのかと突っ込むと、「いま、社内に調査委員会を立ち上げて経緯を精査中です。現時点では何とも申し上げられません」と躱《かわ》す。

いったい、いつまでに結論を出すのか、これまで御社の経営を信じて投資してきた株主にどう説明するんだ、株主ばかりか国民を欺く行為だという認識はないのか、という問いには、「ご心配をおかけしている株主、国民の皆様には謹んでお詫び申し上げたいと思います。一刻も早く真相を究明してご説明したい所存でございます」と汗だくだった。

組織ぐるみの隠蔽工作ではないのか◇経営責任はどうとるのか◇なぜ記者会見に社長が出席せず経理担当役員が出てくるのか、社長を出せ◇どんな監査をしているのか◇コーポレートガバナンス（企業統治）が機能していないのではないか……渦巻く質問、疑惑にはっきりと答えないまま「早急に事実関係を調査して公表します」と、逃げ口上の一点張りで記者会見を打ち切る。

各メディアはその模様を報じた。「疑惑を否定」とか「社内委員会で真相究明へ」といった穏当な、あるいは会社側に寄った書き方が目につく。操作が複雑すぎて疑惑の本質のウラ付けが取れなかったためだ。うがった見方をすれば、既存の大手メディアにありがちな「どうせ週刊虚実の、虚、の方じゃないの？」と特報を先んじられた嫉妬心《ジェラシー》に取りつかれた記者もいたのかもしれない。さすがに広告のスポンサーに対する忖度《そんたく》や斟酌《しんしゃく》はなかったようだが。

その日、記者会見から戻ってきたビジネス新報編集部でも甲論乙駁《こうろんおつばく》だった。

「隔靴掻痒《かっかそうよう》でしたね。全く事実関係が分かりません。社内の委員会ではどうせ、初めに結論ありきの出来レースになること請け合いですよ」と鉄砲玉こと天童弘樹《てんどうひろき》。会見のあと会社に乗り込んで取材しまくったが、箝口令《かんこうれい》が敷かれていてめぼしい戦果にありつけなかった鬱憤《うっぷん》を晴らす。返す刀で「主任は先々代の高田社長と懇意でしたよね」と斬り込む。

「ああ、実はきのう自宅に行ってみたんだ。奥さんによると病気で臥《ふ》せっているということだった。インターフォン越しに聞いてみると、記憶にない、俺はもう引退したから現役の連中に任せている、と言うんだ。軍人の俺が嘘はつかんぞ、と最後はものすごい剣幕だった。あの人らしくない気がしたな」

「私は絶対、会社が嘘をついているか、すくなくとも隠していると思うわ。何百億円という金額が本当なら、当然、経営トップの承認がなければできないわよね」。元気印の花井《はない》恵梨香《えりか》が割り込んできた。「週刊虚実に内部告発があったんだと思う。ちょっと心当たりがあるから調べてみます」と頼もしい女戦士が加わった。

あにはからんや取材は一向に進まない。前職である東京政経新聞記者時代から薫化《くんか》されていた高田が不正に手を染めていたとは信じられないし、信じたくもない。高田は岳父草壁、伊集院と士官学校同期生の肝胆相照《かんたんあいて》らす仲だった。若いころアメリカの大学でMBAを取得した国際派だ。光学機器メーカーの芝浦光学機械を家電や医療機器分野に進出させた功績は大きい。医療用の診断・分析装置を海山先端技術研究所に納入し新薬開発を技術面から支えた。その意味では草壁の治療に間接的にかかわっている。

会社側の調査はのらりくらり進展の気配をみせない。熱しやすく冷めやすいメディアは手をこまぬいている。「疑惑第二弾　経営トップが承認か？　責任問題に発展へ」「第三弾　海外の投資ファンドと不適切な蜜月」と二の矢、三の矢を放つ週刊虚実がひとり気を吐く。

定期的に接触を保っていた高田は五月に入ると、肺炎が悪化し入院。厭戦《えんせん》ムードに陥りかけていた編集部に元気印がちょっとした餌をついばんできた。「内部通報はホントでした。おととし、主任と弟さん（誠《まこと》）とその後輩の雑誌編集者とゴルフしたのを覚えています？（そんなこともあったな。恵梨香のデビュー戦に付き合わされて散々な目に遭った）」

「そのとき一緒にラウンドしたサヨ……伊丹紗代《いたみさよ》に飲ませて、口を割らせました」

伊丹紗代は胖の弟・誠の勤務する出版社の雑誌部門にいる。ひごろ週刊虚実に無数に舞い込む投書、タレこみのなかから信憑性《しんぴょうせい》の高そうな情報を篩《ふるい》にかける「金鉱掘り」と呼ばれる軍団がある。そのひとりから金《きん》のお宝を掘り当てたという手柄話を小耳に挟んだ。

「あの子（伊丹）、案外サケに弱いのよね。こっちの誘導尋問にまんまと引っかかって素直に白状したんです」。恵梨香の手柄話は続く。「内部通報の下手人《げしゅにん》は（おい、おい、物騒な）誰だと思います？　署名は『憂志《ゆうし》の会』、つまり会社の実情を憂《うれ》う義憤《ぎふん》に燃えた人たちなんですって。彼女によると取締役にしか知りようのない情報もあるというの。調べてみたら興味津々。ある人物が浮かび上がってきたんです。仮にAさんとしておきましょう（もって回った言い方だな）。Aさんは経理部にいた五年ぐらい前に当時の経営陣に諫言したのが、けむたがられて子会社に飛ばされます。ところが昨年、子会社を立て直した実績が認められて本社の取締役に抜擢されたんです。その人が憂志の会の黒幕というか立役者だと思います」

「本人に当てたのか?」

「いいえ、表玄関からはちっとも会えません。自宅を夜回りしても雲隠れ。ホテルに潜伏しているようなんです。この人、早くつかまえないと、またどこかに飛ばされちゃうんじゃないかしら」

「そんなことをしたら会社が組織ぐるみで隠蔽して証拠隠滅を図っていることが見え見えになるな。彼をマークしていてくれ」

そうこうしているうちに五月の取締役会で、株式分割や新株予約権、新株の発行を含む、いわゆる買収防衛策を決議する。そして六月の株主総会の日を迎えた。株主からの一連の疑惑に対する質問が相次ぐ。「社内調査では一部報道にあるような不正は一切なかったとの結論に達しました」。事前に弁護士や会計士を交えて作った想定問答集から一歩も逸脱しない答弁に終始した。高田もまた、ひっそりと最高顧問の職を辞している。

アクティビスト=「もの言う株主」が経営陣の刷新を求め鋭く追及した。「今後、株主の皆様にご心配をかけぬようコーポレートガバナンスを強化し、コンプライアンスを徹底していきます」。小学生が教科書を棒読みしているがごとく、想定答案を繰り返す。業《ごう》を煮《に》やした記者は「唐突に買収防衛策を導入した。これは買収の標的となるような経営の不備、弱みがあるからですね?」と突っ込む。「当社の企業価値を安定的に持続的に高め、株主の皆様の利益を守るには、敵対的な買収への対抗措置が必要と考えます」。記者会見も二時間を超す株主総会もなんとか乗り切った、とその時は思えた。

しかし「もの言う株主」だけでなく、この会社の理念や経営方針に賛同し将来性を見越して投資した一般の「もの言わない株主」にも動揺が広がった。主力銀行や生損保のような「安定株主」もそわそわしだす。グローバル化の進展で目立って増えている海外の投資家はもっと露骨に経営刷新を求めてくる。

水面下では会社が意図しない地殻変動が起きていた。その兆候をまっ先につかんだのは天童だった。「主任、横綱部屋(彼らは喫煙ルームをＳｍｏ　Ｋｉｎｇ＝横綱と翻訳してこう呼ぶ)に顔を貸してください」。あれ、こいつ嫌煙派なのにと思いつつ顔を貸す。右手の親指を立て「ボス(鷲尾瑛士《わしおえいじ》)が暗躍しているようですよ。Ｓ(＝芝浦光学機械を指す)の株主構成を調べていたら、ボスが個人の資産管理会社を隠れ蓑に株を買い集めています。このところ頻繁に例の黒幕(＝石原弁護士のこと)と接触しているようです。それと、やたらと国際電話をかけまくっています」。腐肉あさりのイーグル将軍こと鷲尾が食いついてきたか、と容易ならざる腐臭を嗅ぐ。親会社が取材対象になる。もし何らかの未公開情報を知りえて投資行動に走ったのだとしたらインサイダー取引の疑いが濃厚だ。それを報道したらマッチ・ポンプ＝自作自演の醜聞《スキャンダル》になってしまう。それどころか情報の出どころ、火元が編集部だと共犯か？　ポンプでは消せない炎上になるのは火を見るより明らかだ。さまざまな思惑が交錯する。むろん放ってはおけない。「よし、俺が（右手の親指を立てて）直撃する。お前は国内外のファンドを当たってくれ。当面、花井には本筋の疑惑に集中させろ」。へんにこじれると彼らへの意趣返しが怖い。

その夜、鷲尾の住居を訪ねた。といっても、メディア・ジャパン・ホールディングス（MJH）の入居する瀟洒なビル最上階のスイートルームだ。若き総帥はブランデーを左手の掌で回しながら「いったい、なにごと？　忙しいんだ。五分にしてくれ」といきなり交戦モードだ。

「芝浦光学機械の発行済み株式の五％弱を買いましたね」

「え？　それ取材なの？　親会社のトップに？」。なんだ傲岸不遜《ごうがんふそん》なと言いたげに凄《すご》む。

「もちろん取材です。それが使命ですから（あんたの会社のためというより、社会的な使命なんだよ、って言っても分からんだろうがね）」

「こっちも経営者として使命があるからね。で、何？　株を買っちゃいけないの？」。君なんかに、いちいち痛くもない腹を探られたくはないね、とばかりに敵意をむき出す。

「いいえ。正当な取引であれば。まさか事前にウチの編集部から未公開情報は得ていませんよね？（よもや秘書の谷間の百合こと椎名百合《しいなゆり》＝くノ一＝とその子分とおぼしき服部クンは情報漏洩していないだろうな）」

「何をほざく。当たり前だろ。俺を犯罪者扱いしたいのか？」。少しヒントは得たこともある、だが重要事実ではないと断言できると確信しつつ、若干言いよどむ。

「インサイダーでなければいいんです。狙いはなんです？　弁護士や内外の投資ファンドと密議を重ねているようですけど（連合を組んで買収を企んでいるのかもしれない）」

「俺が誰といつどこで何を話そうが勝手だろ」と得意の開き直り。

「私がこの会社に入るとき、編集の独立は保証してくれましたよね？（さんざん甘言を弄《ろう》したくせに。君なんぞ全く相手にしていないと、鷲が小動物にマウントを取ったとばかりに周囲に誇示したがる性癖は変わっていないいな）」

「別に編集に介入なんてしていない。だいいち……」と言い募る口先に携帯電話の着信音。秘書の椎名に「ちょっと待て。今、追っ払う。三分後につないでくれ」と言って切る。「聞いただろう？　重要なディィール（取引）だ」。右手を横柄に振り、追い払う。

しかし、収穫はあった。「コンドル」、「ロジャーズ」――受話器の向こうの椎名の言葉からきれぎれに二つの固有名詞が漏れ聞こえた。電話の主はアメリカの巨大投資ファンド「コンドル・パートナーズ」のロジャーズCEO（最高経営責任者）に違いない。コンドル社は日本では「ハゲタカ」と同義語のように喧伝《けんでん》されている。獲物があればどこへでも飛んでゆく。創業者のロジャーズは膨大な投資基金を抱え世界を牛耳《ぎゅうじ》る辣腕《らつわん》経営者だ。いつのまに懐に入ったのか。窮鳥《きゅうちょう》となって猛禽《もうきん》の餌にならなければいいが。

コンドル？　もしや、あの時の……頭の奥深くにしまい込んだ記憶の引き出しから古いメモの断片を引っ張り出す。そうだ、年号が平成に変わったころ流通企業の四社合併構想に絡んできた覚えがある。今度はリアルな取材メモ帳をリアルな机の引き出しから探り出す。近淡屋《きんたんや》・尾治屋《おはりや》・メルヘン・三都百貨店の四社を合併させ、持ち株会社が統括する相関係図を稚拙な筆致で描きなぐっている。出資構成案のなかに、あったあった。「コンドル・パートナーズ、米NY、CEOロジャーズ、2%」の一行《いちぎょう》。アワと消えたこの構想の背後にコンドルは飛び交っていたのだった。先日、記事にまとめた「幻の四社合併　黒幕三人の同床異夢《どうしょういむ》」にはコンドルの存在は一切、触れていない。迂闊《うかつ》だったかな。この局面で芝浦光学機械を絶好の好餌《こうじ》ととらえて、腐肉の臭いを嗅ぎつけたとしても不思議はない。電光石火のように閃いた。十五年ほど前、弁護士の石上が暗躍していたことを。同じ構図だ。石上健太と石原寛治、二つのM&A登場人物を重ね合わせていくと奇妙な相似形が浮かび上がる。黒革の手帳に仮説を書く。

仮説一：石上・石原は共同謀議していた。二人の関係を暴く

仮説二：コンドルと地下の水脈でつながっていた。流通再編構想で昵懇《じっこん》に？

仮説三：鷲尾が水面下で糸を引いていた。インサイダーの可能性？

鷲とコンドル（鷹の仲間）か。うちのファルコン（隼《はやぶさ》）部隊じゃ手に負えそうにない。

やはり、そうおいそれと一以貫之、一本の道を貫き通させてはくれなかった。

終章

終戦の日

〈二〇〇七年〉草壁尊とミッシングリンク

草壁俊英《くさかべとしひで》が黄泉路へ旅立ってから丸二年たつ。二〇〇七年九月二日、故人を偲んで三回忌が執り行われた。菩提寺の墓参り、読経、焼香と厳粛に淡々と進む。親族のみのささやかな法要。喪主は大山胖《ゆたか》の次男草壁尊《たけし》が務める。「おととし祖父が他界し、本日、三回忌を営みます。昨年、高校に入学したのを機に草壁家の養子になり、戸籍を移しました。きょうは施主を務めさせていただきます」。

堂々たる挨拶を聞きながら胖は二年前の夜を思い浮かべていた。「お父さん、ぼく、草壁の家に養子に入っておじいちゃんの跡を継ぐことにします」。亡くなった八月三十一日当日の深夜、神妙な面持ちで続ける。その日の朝、一人で祖父を見舞った次男は「僕が草壁の家を継ごうと思います。今夜、両親に伝えるつもりです」と告げた。「そうしたら気力を振り絞るようにして右手を上げてくれたんだ。あとは任せたぞっていう意思表示だったと思う」「そうか。おまえがいいと思って決めたんだから信じる道を進め」と答えた。

「最後に意思疎通できたのはおまえだったんだろう。もしかしたら、右手を上げたのは

『あばよ』ってすがすがしく別れを告げたのかもしれないな。粋《いき》でいなせな大正モダンボーイらしいな」。妻ののぞみはその日の午後、父にこう伝えた。悲惨な戦争を乗り越えてきた父たちの世代が頑張って今の幸せな、何不自由ない世の中をつくってくれた。常に感謝して、幸せな日本がずっと続くように次の世代に伝えていく。おそらく意識の深層で通じたようだ。「私に右手をちょっと上げたの。感謝の気持ちは通じたみたい。孫たちのことを頼んだぞって右手を上げようとしたんだわ」。右手がすべてを語り尽くす。こうして俊英は人生の終戦の日を迎えたのだった。

生前、親交が深かった菩提寺の住職の話は含蓄《がんちく》に富んでいた。「草壁さんは人生の闘いに敢然と挑んだ武士《もののふ》であり、類まれな経営者であり、次の世代、その次の世代を思いやる利他《りた》の人でもありました。とりわけ、子や孫の話をするときには目を細めて話していた柔和な表情が忘れられません。立派な跡継ぎができて、満足して旅立ったことでしょう」と別れの言葉を贈る。

参列者はそれぞれ、住職の述懐を胸に供養の膳につく。好物だったすき焼き、ビールを遺影に供える。施主が祖父、今では義父となった俊英から簀《もっこ》を伝承して再び挨拶に立つ。

「本日は義父《ちち》、草壁俊英の三回忌の法要に足をお運びいただき、まことにありがとうございました。僕は今は慶応付属高校の二年生です。将来は医者を目指します。医者になりたいと思ったきっかけは、おじいちゃんです。詳しい病状は知らなかったですけれど、病院に行って顔を見せるだけで嬉しそうでした。でも、自分のなかで何もできなかった、という悔しさでいっぱいでした。それで家族の命を助けたい、と考えるようになったんです。おじいちゃんも若いころは医者になるのが夢だったと母から聞きました。一人でも多くの命を救って、おじいちゃんの遺志を継いでみせます」

いい医者になれよ、俺の肥満をどうにかしてくれなどと大向こうから無責任な声援が飛ぶ。「先輩の救急医に聞くと、高齢化社会になって八十代、九十代の重症の患者さんがいっぱい来るらしいです。なかには一週間ぐらい連絡が取れず、体に何か異変があっても気づかれない。発見されると重症になっていて命にかかわる状態になってしまう。家族、親戚の集まりで絆《きずな》を強くして、常に連絡を取って手遅れにならならいようにしなければなりません。ぼくらも、おじいちゃんがいつも言っていたように、家族にちゃんと目を配ってコミュニケーションをとるようにしたい」。あとで俊英の中学時代の親友からのビデオメッセージを聞いてもらうと予告して、兄の諭《さとる》にバトンを渡す。

「僕は孫の中で一番かわいがってもらったと思います。上野の動物園やディズニーランドに連れて行ってもらいました。秘書の方《かた》が、社長は日曜日に孫の子守をするから疲れる。だから月曜日になると決まって不機嫌になるって言っていたそうです」。初孫だったので、毎週のように慣れ親しんでいた。幼稚園のとき、札幌に転居すると今度は毎月のように出張と称して北海道に来て観光地に連れていく。「なんだか急に社長の出張が増えたな」と、北海道の支店で話題になっていた。

「心残りなのは、死に目に会えなかったことです。弟二人はご臨終を看取ったのに……いまは慶応大学の法学部で弁護士を目指して勉強中です。ことし二十歳《はたち》になりました。もう少し長生きしてもらって、一緒に酒を飲んだり、成人に向けてのいろいろな話を聞いたりしたかった。僕たち孫世代、そのうち次の世代も生まれてきたら、祖父の忠恕《ちゅうじょ》や利他の心を伝えていこうと思います」。アメリカ留学から帰って少しは成長したようだ。

末っ子の聖《まさし》はやや幼い。「お待たせしました。第三の孫の登場です。僕はおじいちゃまのように立派な人間になって社長になりたいです」とおちゃらけて見せる。「僕たち家族が仲がいいっていうのも、おじいちゃまが家族、親族と温かく接してくれたからだと思います。おじいちゃまとの思い出は、自分より誰かに常に気を使っていることです。たとえば、デパートに買い物に連れて行ってもらうと、まーちゃん、何が食べたい？　とか、何が欲しい？　とか、自分より最優先で他の誰かを見てくれているところが印象に残っています」。ちゃっかり、一番おもちゃをねだっていたのは三男だったと露呈する。

「おじいちゃまは、誇り高き、という言葉がすごく似合う人でした。そういう堅さだけでなく、柔らかいところ、やさしさ、温かさがあります。きょう親戚同士で集まって話をしてみると、おじいちゃまのＤＮＡ（遺伝子）が脈々として受け継がれているんだなと感じました」。天上の祖父は苦笑を禁じ得なかったに違いない。気どりおって、覚えたてのＤＮＡという外来語なんぞ使いおって、と。

二年前に死に目に会えなかった長男はその一年後、二〇〇六年夏に帰国した。確かに成長していた。身長は一八九センチと二センチ伸びたのに対して、体重は八十六キロと十一キロの増量。メジャーリーグの真っ赤な帽子、Ｔシャツにだぶだぶのジーンズ。高校野球部のチームメイトが取り囲む。宮原、角田ら高校時代にベンチ入りできず裏方に回って土と汗と涙にまみれた戦友たちだ。野球、アメリカンフットボール、バスケットボール、バレーボールでトロフィーを総なめした自慢話。ハンバーガーやピザをたらふく腹に詰め込んで体形が変わった抱腹絶倒《ほうふくぜっとう》の挿話。ねんごろになったガールフレンドの、おのろけ。「おにいちゃん、別人のようだね」「なんだか、びびっちゃうね」と弟二人は、友垣《ともがき》が周りを囲む垣根の外から覗き込む。まだ声をかけてもらえない。委縮する二人に「おまえらもいたのか」と肩にのしかかる。重い。息苦しい。弟たちがようやく打ち解けたのは、帰宅後、山ほどの土産を手にしてからだった。「亡くなったおじいちゃんも出張に行くたびに何か買ってきてくれたからな。俺もまねした」と彼ら垂涎《すいぜん》のプロバスケットボールNBAのユニフォームを手渡す。

弟たちはその翌年、二〇〇七年七月にサンフランシスコを訪れた。そして得難い土産を持ち帰る。それはビデオ映像と、一つの古びたお守り袋の写真だった。

慶大付属高校バスケットボール部に所属する二人は母のぞみと一緒に、サンフランシスコにある提携校に遠征に出かける。初日、ゴールデンゲート・ブリッジを訪れた。「この橋はお祖父さんも視察に来たのよ。私が二歳のころ、一九六〇年だったから五十年近く前ね。こんな大きな橋を見て、本州と四国に橋を架けたいと思ったのかしらね」とのぞみは亡父に思いを馳《は》せる。その父は五十年前に、かの地で百年前の勝海舟《かつかいしゅう》や福沢諭吉《ふくざわゆきち》の渡航を思い浮かべていた。「牢屋のなかで大地震に遭ったような」一瀉千里《いっしゃせんり》、艱難辛苦《かんなんしんく》の航海を。
「あなたたち、百五十年前に福沢諭吉先生も咸臨丸《かんりんまる》に乗ってきていたのよ。父もこの橋を渡った。せっかくだからランニングで橋を往復していらっしゃい」。二人は祖父の思い出話をしながら、往復五キロ半を走り抜く。祖父が三十にして立った「而立《じりつ》」の地は、彼らにとっては十有五にして学に志す「立志」の地になった。医者になる、立派な人間になる。橋の上から大海原が眼下に広がっている。慶応義塾の創設者や畏敬する祖父と同じように、歴史の檜舞台に立っているような心持ちに浸っていた。

尊と聖が、亡き祖父俊英と大伯母松子にとって歴史を塗り替える「偉業」を達成したのは、帰国前日のことだった。母子は俊英の駿河中学時代の球友神田秀樹《かんだひでき》をサンフランシスコ郊外にある農園に訪ねた。一族郎党が歓待してくれる。「ご愁傷《しゅうしょう》さまでした。おととし、草壁の逝去の報を聞いて涙が止まらなかった」。偉丈夫の神田は開口一番、悔やみきれない苦渋の表情で続けた。「中学時代、野球部でバッテリーを組んでいた。沈着冷静なリードをしてくれて打棒もすごい。私にとっては最良の女房役だった。最愛の妻を失ったような気分です。お見舞いに伺えなく申し訳ない」。戦後、復員してほどなく海を渡った「駿河の怪童」は当地で結婚、子どもや七人の孫に囲まれ、曾孫《ひまご》も誕生していた。何不自由ない悠々自適の生活だ。シベリア抑留中、看護にあたってくれたナースの妻アンナが温かい眼差《まなざ》しで見守る。

「九月二日に祖父の三回忌の法要をします。仏前に手向けたいので、ひとことビデオメッセージをいただけないでしょうか？」「おお、いいとも。会いたくて会えなかった六十年分の思いを天国にいる草壁に伝えてくれ」と快諾した。撮影は延々三十分に及んだ。

「君たちのお父さん（胖）から頼まれていたものがあったな」。古いお守り袋を見せられたのはそのときだった。昭和十八年（一九四三年）、最後の早慶戦に出場した神田を応援していた佐多松子が「光る君」と慕う「ヒデちゃん」に手渡した秘蔵の品。日本から中国、シベリアを経てここサンフランシスコへと六十年の長きにわたって人生行路をともにしてきた。判読不明ながら、目を凝らすとあぶり出しのように「武運長久」の四文字。

「写真に収めて松子さんに渡してくれ」と言付かった。「これも」と小さな箱を手渡す。

三回忌のおしのぎのあと、ビデオに映る神田秀樹が語りかける。草壁、本当に残念だ。中学時代、俺の球を受けそこなって、よく走り回っていたな。しかし、必死の猛練習で、たやすく受けられるようになったのは一週間後だった。お前の一所懸命には驚かされたよ。地元では無敵だったよな。俺は慶応に進み、お前は陸軍に行った。出征間際、最後の早慶戦にかけつけてくれてありがとう。一本ヒットが打ててよかった。復員後、俺はアメリカに渡った。お前との数々の思い出、ひとときも忘れたことはない。ようやく連絡が取れるようになって、手紙を出した。おまえからの伝言を受け取ったときには（目頭を押さえる）もうこの世とは別れを告げていたんだな。

ここで映像はいったん途切れる。感極まっていたのか。その次の映像はこう語りかける。先日、お嬢さん（のぞみ）とお孫さん二人がわざわざ訪ねてくれた。お嬢さんに聞いたんだが、死の間際、俺と戸塚球場でバッテリーを組んだ夢を見たんだってな。六十年間、太平洋を挟んで心と心のキャッチボールをしてきたんだって……お嬢さんに聞いてほろりときたよ。もう一度、俺の投げるボールを受け止めてほしかった。

さらに間が空く。四十七年前、一九六〇年にサンフランシスコに視察に来たことも聞いたよ。この街とゴールデンゲート・ブリッジを見て、日本の復興、成長のために貢献する覚悟を決めたんだってな。三十にして立つ、か。それから五十年間、よく駆け抜けた。俺も去年、初めての曾孫が生まれた。おまえと天国でキャッチボールする日はそう遠くない。待っていてくれ。そこでビデオは終わっている。すれ違ってきたバッテリーは、六十年の時間と二千里の空間を超えてここに交差する。ミッシングリンク——失われた環《わ》・失われた鎖——はつながった。こうして二人の戦後も終わったのだ。

涙ながらに映像に見入っていた松子は内心「ペネロペイアはアンナさんだったのね、あたしじゃなくて」と一抹《いちまつ》の寂しさを拭いきれない。ホメロスの叙事詩によると、オデュッセウスの帰還を待ちわびていたペネロペイアは二十年ぶりに夫との再会を果たす。松子は六十年ぶりに「光る君」の消息が分かったのだが……松子は頼まれもしないのに隣にいた胖にしみじみと述懐する。「神田さんのヒデちゃんを応援しに最後の早慶戦に行ったの。草壁さんも同じ戸塚球場にいたのよね。あんたの結婚式（一九八五年）で草壁さんと話していて偶然そのことが分かったのよ。あたし、生まれつき、うっかりものでしょ？　すっかり忘れていたのね。それが二年前の夏にＰＴＡ（本当はＴＰＸ）とかいうクスリを服《の》んだらたちまち記憶が戻ったの」。際限なく続きそうな長談義に業を煮やしたのか、若き施主がすっくと立ちあがった。

「さて、ここからは織姫と彦星、あるいはロミオとジュリエット、はたまたオデュッセウスとペネロペイアの物語です」。尊がこう宣言した。「じゃーん！」ゆとり世代丸出しの聖が、神田秀樹から預かってきた一枚の写真と玉手箱を松子にリレーする。写真に写っていたのは、すすけたお守り袋と一枚の紙片だった。霊験《れいげん》あらたかな愛宕神社の「武運長久」の文字が、かろうじて読める。「あっ、俺がアメリカに留学に行くとき松子さんからもらったのと同じだ」と長男が懐から取り出す。

無言で写真に見入っている松子の手が震えているのは歳《とし》のせいだけではなさそうだ。

「あんたたち……光る君、ヒデちゃん、ひできさん、ありがとう」。声にならない。光る君が六十年間、大事にしてくれたことを証しだてるお札《ふだ》に万感《ばんかん》の想念《おもい》。「玉手箱、開けてみようかしら。なんだか怖いわ。開けたら煙が出てきてお婆さんになってしまいそうで」。いまこの瞬間の彼女は、彼と同じ空気を吸っていた十六、七歳の乙女になりきっている。

だから兄弟も「もう、十分に婆さんだろう」と半畳《はんじょう》を入れたりしないだけの礼節はわきまえていた。ただし六十年の歳月は容赦なく過ぎ去って、すっかり九十九髪《つくもがみ》となった彼女。玉手箱から飛び出してきたのは白い煙ではなく、銀色に輝く十字架のペンダントだった。

「松子さんへ　お守りありがとう。独り空房に宿りて涙雨の如し。李白の烏夜啼《うやてい》の詩のおかげで勇気をもらいました。このペンダントはあなたの幸運と健康を約束してくれます。末永くお元気でお幸せに　神田秀樹」。出征する間際に松子が捧げたお守りは武運長久の守護神となった。お守りにしのばせた李白の詩は、遠い赴任地から帰ってこない夫に錦を織る「織女」が錦の着物のなかに縫い込んだ回文詩に感動した夫が戻ってくる故事を踏まえたものだ。勝手に織姫になぞらえた松子の思慕は、ちゃんと通じていた。ヒデちゃんとのミッシングリンクも結ばれる。徳川家康が創建した愛宕神社の「勝軍地蔵」は彼女にとって人生の「勝軍」となった。

喜色満面でペンダントを首にかける。「今度はヒデちゃんが守ってくれるよ。六十年の探しものがようやく見つかってよかった」と言う胖に、「光る君には、あんたが連絡してくれたんだったわよね?」

二年前の二〇〇五年八月三十一日、胖が神田に書簡を送ったその日の深夜に俊英は他界した。神田が手紙を読むころには冥途《めいど》に旅立ったあとだった。訃報を知らせる追伸を出す。入れ違いに神田から見舞いの返信が届く。太平洋を挟んで、むなしい音信の一往一来となってしまう。「今年、次男と三男がサンフランシスコに遠征するので、神田さんに電話したんだ。会える段取りだけはつけた」「そうなの、さっきのビデオで顔も見たし声も聞けた。もう何も思い残すことなんてないわ」と、そっと涙をぬぐう。戦後六十年の長きにわたった彼女の葛藤《かっとう》は大団円で終止符を打つ。

俊英や松子の子世代、孫世代、曾孫《ひまご》世代への縦の絆は連綿と続く。そして横の絆もまた……俊英の弔辞を読んだ旧陸軍士官学校同期生の伊集院隼人《いじゅういんはやと》は二〇〇六年春、「魔の山」に長期療養中の高田喜朗《たかだよしろう》を見舞った。彼らの紐帯《ちゅうたい》が切れることはない。大山胖にとって天童・花井の「元気玉コンビ」とは直列でも並列でもつながっている。その連帯に意想外のカードが加わった。あたかもジグソーパズルの欠かせないピースが一気に二枚埋まったかのように。

「これCEOから。夕方までに返すようにって」。MJH・CEOの鷲尾瑛士《わしおえいじ》の秘書室長兼広報部長に昇進している「バルちゃん」こと椎名百合《しいなゆり》だった。ビジネス新報の副編集長に昇格していた胖の机の上に、不愛想にファイルをポンと放りだす。高飛車に、何様のつもりなんだ、憤懣《ふんまん》を抑えつつ手にした書類に秘密めかした封書が。行きつけの神保町の喫茶店に微行する。封筒の表書きはない。裏をめくると「アンリエット」とある。バルザックの小説『谷間の百合』のヒロイン名だ。その容姿を諷刺され「バルちゃん」などと称されているのを本人も熟知している。すると俺は、舞踏会でアンリエット（＝モルソフ伯爵夫人）の胸元に魅了されてしまったフェリックスか？　よもや恋文では？　刹那《せつな》、ときめく。妄想《もうそう》が胸に渦巻く。

想定外の展開だった。便箋には流麗《りゅうれい》な筆跡でぎっしりとボスの行状が記されている。謎や未解明のピースが赤裸々に綴られていた。イーグル、コンドル、ΑΩ（アルファ・オメガ）、「イードル」はイーグル（鷲）とコンドルの合成語、弁護士の石原と石上の関係……内部告発か？　末尾の一節は小説の抜粋だった。気になった。別れの挨拶なのか？　黒革の手帳を引き裂いて認《したた》める。「八時に元麻布のバー・リリーで待っています。フェリックスより」。紙片をボスの資料（意味のない書類だった）に紛れ込ませて彼女に返す。

二〇〇七年七月のことだった。

午後八時過ぎ、「お待たせ！」。純白のブレザーに包まれた開放的な襟ぐりがまばゆい。「会社を辞める気か？　ひょっとして寿退社《ことぶき》かな？」。デリカシーのないオヤジ特有の貧困な発想を嘲笑《あざわら》うかように「華麗なる転身よ」と身をかわす。店名のごとく白い百合を随所にあしらった薄暗い間接照明、アイリッシュ・ウイスキーのグラスを傾けながら、パズルの空隙《くうげき》を埋めていく。ミッシングリンクが連環していく。鳥類と爬虫類《はちゅうるい》との間隙《かんげき》を埋める始祖鳥《しそちょう》を発見した考古学者やダーウィンの気分をしばし味わう。くだんの手帳に二系統の鎖《くさり》の環《わ》を書いていく。

鎖の環①：ＭＪＨ（ＣＥＯ＝鷲尾）―鷲尾の個人資産管理会社Ｘ社―イードル社（＝Ｘ社とロジャーズのプライベートカンパニーとの折半出資会社）―コンドル・パートナーズ

鎖の環②：コンドル・パートナーズ―近淡屋《きんたんや》・尾治屋《おはりや》・メルヘン・三都百貨店四社合併構想に二％出資案・弁護士の石上健太暗躍（脱税容疑で逮捕状・弁護士資格剥奪）……石原寛治（鷲尾の顧問弁護士）―芝浦光学機械にＴＯＢ（株式公開買い付け）を

模索中……鷲尾・ロジャーズ・イードル社

ここまで書いて「鎖の環②に欠落部分が多い。石上が逮捕されたという報道はない。実は二年前に石上・石原の共謀という仮説を立てたんだ。これがどうしてもつながらない。この破線（……）が実線（――）になれば……」と指さす。百合はバッグから紙片を差し出す。赤門法曹会名簿の写しだ。石原は東大で石上の三期後輩。赤い門の内側は部外者にはうかがい知れない。「うちのコレ（親指を立てる）が石原と話していたとき『ケンちゃん』って言っていたのを聞いたことがあるの。石上健太のことじゃない？」「いつ？　どんな文脈だった？」「例のテレビ局のＴＯＢのころね。白馬がどうのこうのって」「スキーのお誘いじゃあるまいし……白馬、白馬……白馬の騎士、ホワイトナイトか！」「白馬の騎士の裏で手綱《たづな》を引いている参謀を調べてみるといいわ」。ＣａｐテレビとＡΩ《アルファオメガ》社の買収攻防戦では、買収を防衛する救世主と喧伝《けんでん》して有象無象《うぞうむぞう》の自称ホワイトナイトが登場した。そこで「石・石コンビ」による悪魔の結託が共闘していた？　それならばＡΩ社ともつながるのだが。

「百合の花言葉は純粋無垢、威厳だ。俺にくれた『恋文』って、毅然と咲く白い花から飛び立つハチの一刺しかな？」と、胖はロッキード事件の名文句を引き合いに探りの一刺しを入れてみる。三杯目のブッシュミルズを飲み干しながら「私は刺したって死にはしませんから」「じゃあ、これからも飛んだり刺したりしてくれないか？」「密告するって告げ口みたいね。二重スパイになれっていうこと？」と目つきが険しい。「バルザックは、アンリエットのモデル・ベルニー夫人に『谷間の百合』の校正刷りを読んで聞かせた。批評を仰ぎながら手を加えたんだ。しばらく俺にとってのアンリエットやベルニー夫人でいてくれないか？」「考えてみる。もしもインサイダー事件になったら厄介だから（転職の）保険はかけておくわ」「ボスが俺たちの内部情報を使って株の売買を？」「証拠は全くないわ。せいぜい頑張ってね」。蜂は翔んでいってしまった。手帳に書いた「鎖の環②」のコンドルからイードル社の波線を実線に代え、その先に「AΩ社―Capテレビ」をつないでみる。

胖と天童・花井の「元気玉」コンビとの三つ巴の内偵は一気呵成《いっきかせい》に進んだ。「オペレーションルーム」となった行きつけの神保町の喫茶店。

胖「これ（登記簿）で『鎖の環①』の連環は裏付けが取れた。『鎖の環②』はどうだ？」

天童「石上はバブル期に流通再編を仕掛けた三都銀行副元頭取の藤川（銀二：故人）と極めて親密な仲だったことが判明しました。二〇〇五年のC案件（Capテレビ）では石原・石上コンビが白馬の騎士役として陰で手綱《たづな》を引いています。結果としてはドン・キホーテに終わりましたが」

花井「コンドルは当初、石上を通じてAΩ社CEOの源田（宗一）に接近を図りました。放送局の外資規制を免れるためボス（鷲尾）と日本国内に作った投資会社を経由して共同出資するスキームを持ちかけたようです。断られると白馬の騎士陣営に鞍替《くらが》えする。節操のない画策が露見して、白馬を名乗ったくせに真っ黒な馬脚《ばきゃく》を現す」

天童「うまいこと言うね。石原も買収の標的となったテレビ側にポイズンピル（買収を防ぐために毒薬となりかねない条項をしのばせておくこと）を働きかけたフシがある。彼、お得意の手口です。石・石コンビは他のM&Aでもつるんでいます。敵と味方の陣営に分かれて。過去には利益相反《りえきそうはん》が疑われる事例もあった。そして今度の標的はシバキ（芝浦光学機械）です」

花井「脱税で弁護士をクビになった石上は海外でマネロン（マネーロンダリング＝資金

洗浄）にも手を汚《よご》していた。この件では法のシバキは免れたようです。手ほどきを受けた石原がボスの海外資金送金の走狗《そうく》となっていたとしても不思議ではありません」

（洗濯屋ケンちゃんとカンちゃんか……）という愚にもつかない追憶をおくびにも出さず、胖は「ケイマン諸島（タックスヘイブン＝租税回避地）が隠れ蓑だな。シバキＴＯＢのインサイダー疑惑はどうだ？　大将はクロかシロか？」と本筋に切り込む。「全く鷲の尻尾《しっぽ》はつかめません」「へたに虎の尾を踏むと、意趣返しが……」。とたんに元気の玉が萎む。畢竟《ひっきょう》、会社員の軛《くびき》から脱け出せないのか。二年前の仮説三つのうち三番目が難攻不落だった。

「株式会社芝浦光学機械の株式等に関する公開買付けに関するご案内」と題した封書を前にＭＪＨ・ＣＥＯの鷲尾瑛士と顧問弁護士・石原寛治が密謀している。日付は二〇〇七年九月吉日。公開買付（ＴＯＢ）の買付者は「ＥＪ（イードル・ジャパン）」。三月末時点の株主全員に送付する。芝浦光学機械の普通株を金融商品取引法による公開買付により取得することを決定したこと、買い付ける株の詳細や期限を明記した。肝心の買い取り価格は三月末時点の株価に二〇％上乗せするプレミアム付きだ。すでにＴＯＢを宣言しているＡ

Ω連合より一〇％高い。

二〇〇五年以降、株主総会で会社側が提案した議案が否決される例が増えた。背景にいるのがアクティビスト、「物言う株主」の存在だ。株価上昇や企業価値の増大を求め会社側に変革を求める。これまで鷲尾と石原は芝浦光学機械に幾多の変革案を突き付けてきた。過去の損失隠し疑惑などで株主代表訴訟の構えをちらつかせる。株主総会で社長解任や経営陣刷新の動議を準備し、物言う株主のなかから取締役を送り込む企ても水面下で打診中だ。極めつけは会社を三分割するという秘策。鷲尾の黒幕石原の裏で糸を引いているのは、海外でコンサルタントを標榜《ひょうぼう》している元弁護士の石上健太のようだ。

鷲尾と石原。いまや敬語抜きで丁々発止とわたりあう。

石原「典型的な後出しジャンケンでいく。向こうがパー（一〇％、と言って両手を広げる）なら、こっちはチョキ（二〇％、と言って右手の人差し指と中指を立てる）を出す」

鷲尾「すでに発行済み株式の五％強まで買い進めた。最終的には過半数の五〇％以上を目指す。コンドルのロジャーズは磐石なパートナーだ。海外にこちらの陣営につくヘッジファンドをケンちゃん（石上を指すのは暗黙の了解だ）が探っている」

石原「香港やシンガポールあたりで働いてくれているのは心強い。彼の抜本的な外科手術作戦は魅力的だ。会社を三分割して、戦前からのレガシー（遺産）とこだわって墨守している光学事業を売却する。家電部門も切り離す。医療機器に経営資源を集中させるしか生き残る手立てはない」

鷲尾「ＴＯＢと並行して経営再建策を突き付ける。マキアヴェリは国を征服した君主がとる道を示した。征服した昔からの血統を消してしまうこと。もう一つは住民たちの法律や税制に手をつけないこと。旧経営陣はボード（取締役）に一人も残さない。会社の制度や規範は一気には変えない」

石原「いずれホワイトナイトと称して産業経済省系のファンドが乗り出すだろう。なにしろ国防がらみの技術や特許があるから役所も黙ってはいない。最終的には取得した株を高値で買い取らせる作戦も選択肢としてあり得る」

鷲尾「どっちにころんでも勝算はある。あのネタで楔《くさび》を打ち込んだ。ＡΩやテレビ側とネゴ（ネゴシエーション＝交渉）する余地が生まれる。テレビ側がＡΩ社の保有株を買い取って見返りにＡΩに出資した。呉越同舟のＣａｐ――ＡΩ連合にも揺さぶりをかけられる」

石原「うちの（ビジネス新報）取材チームに潜入している忍者部隊が耳寄りな情報をつかんできた。海山ファーマが東証の『ファザーズ市場』に上場するのは今年十月一日。例の天才科学者（菱川博昭《ひしかわひろあき》）と大山との話を傍受して知らせてきた」

鷲尾「すでに海山への融資は出資に切り替えた。上場に際して第三者割当増資の引受先になるネゴは済んでいる。もう一段買い増す。三三％超出資すれば経営に口出しできる。しかし、内部情報は聞かなかったことにしておく（大山がさかんにインサイダーのカマをかけてきて鬱陶《うっとう》しい。編集部門にニンジャとして送り込んだ服部クンは、古巣の情報セキュリティソフト開発の子会社に異動させている。パソコンから取材情報を盗み見る芸当はお手のものだった）。それよりもＴＯＢのプレスリリースと海外の資金管理はよしなに（マネロンとは違う。正当な資金移動だ）」

彼の言う「あのネタ」を漏らしたご本尊はどうやら鷲尾自身だったらしい。婉曲《えんきょく》な示唆が伝言ゲームのように伝わって「週刊虚実」が記事にした。「Ｃａｐの持ち株会社が放送法の外資規制に抵触か」。二〇〇五年のＣａｐテレビ買収をめぐり、コンドル社など外国資本のファンドがこぞって投資したため、一時的に放送法で規定している二〇％を超える出資比率に達したと報じている。テレビ側は単なる計算ミスと説明し、表面上は落着した。今回の芝浦光学機械買収ではAΩ社も海外のファンドと組んでいて、国防関連技術の扱いをめぐって予断を許さない。そこへイードルが買収合戦に名乗りをあげれば、事態が混沌とすることは必至だ。鷲尾と「石・石」コンビに終戦の日は訪れていない。ハチの一刺しは鷲には突き刺さらないのか。彼らが固有名詞を口にしない石上には脱税の疑いで逮捕状が出ている。香港との間に犯罪人引渡し条約は結んでいないものの、その石上と結託していたことが官憲につかまれば逃れようはないはずだが。

秘密裏にこんな会話が交わされているとは露知らず、胖は切歯扼腕《せっしやくわん》していた。ボスのインサイダー取引や海外のタックス・ヘイブンを舞台にしたマネーロンダリングはいずれも「疑惑」の域を超えない。ベンチャー早慶戦も大学リーグ戦も錬金術のために悪用されてしまうのか。悪魔の巣窟を暴く闘い……終戦の日は遠い。本番を迎えるのはこれからだ。

天界でも曽祖父の昇天から二年の月日が流れた。十年ほどのちに俊英の曾孫として、この瑠璃色の惑星に降臨するであろう天使と妖精。地上界の伝承を受け継ぎ、絆《きずな》を深くしていくにつれ、天空での最終章を迎えるところだ。耳をすませてみるとこんなやりとりが……。

天使：伊弉諾尊《いざなぎのみこと》はこの国を「日本《やまと》は心安らぐ国」と名づけた。饒速日命《にぎはやひのみこと》は「空見つ日本《やまと》の国」と形容した。大空から眺めて、良い国だと選ばれた国なんだ。地球というグラウンドにデビューして早くマウンドに立ちたい。投げたい（ブルペンでウォーミングアップしている新人投手のように勇み立つ）。

妖精：ギリシア神話のなかで大神ゼウスは、戦争ばかりしている種族を絶滅させたり、大洪水を起こして人間を絶滅させようとした。今の地上界は北ドイツのブロッケン山に魔女たちが集まって大騒ぎをする「ワルプルギスの夜」に見えているかもしれない。ゲーテの『ファウスト』に出てくるメフィストフェレスは「永遠の虚無」が好きなんだって。「せっせと創造しては、それを無のなかへ突き落とす。創っては壊す堂々めぐりの繰り返しだ」って皮肉っている（ときに悪魔の巣窟になりかねない人間界に、小悪魔的な妖精は一抹の不安があるようだ）。

天使：草壁《くさかべ》俊英《としひで》曽祖父《ひいじい》さんは新約聖書がいう一粒の麦になり、ブドウの木になった。一粒の麦が地に落ちて死ななければ、それは一粒の麦のままだ。一粒の麦が地に落ちて死ねば豊かな実を結ぶ。曽祖父さんというブドウの木から祖父母、そして父母がその枝を広げていく。私たちもその先に枝葉《えだは》を繁茂《はんも》させる。つながっていれば豊かに実を結ぶ。三回忌で私たちの親の世代が「親子、親戚が仲睦《むつ》まじい」と言っていたよね。まさに白居易《はくきょい》の「長恨歌《ちょうごんか》」に出てくる「比翼連理《ひよくれんり》」そのままだ。玄宗皇帝《げんそうこうてい》が楊貴妃《ようきひ》に「天にあっては、二人は翼を共有する鳥になりたい。地上にあっては、年輪の一つにつながった枝となりたい」ってうたった。ご先祖様たちも一緒に飛んでいるし、別々の根から生《は》えても二本の木の枝がつながっているんだ。天空から眺めると、地球儀の経線と緯線のように、親子の経糸《たていと》と夫婦や親類の緯糸《よこいと》が縦横に連理し、樹形図を紡ぎ出すさまが総攬《そうらん》できる。

妖精：地球上に生まれるのが楽しみになってきた。あと十年、二十年で、どんなにいい世の中にしてくれるかな。誰が父になって、素敵なお母さんと結婚するのかな。私には選べないけれど。でも名前は佐藤一斎の「言志四録《げんししろく》」から選ばれる気がするね、父方の曽祖父さんや祖父、親の代と同じように。その江戸時代の儒学者は「少年のときに学んでおけば、壮年になってそれが役に立つ。壮年に学べば、老年になっても気力の衰えることがない。老年になっても学ぶなら、見識も高くなり社会に貢献できるから、死んでもその名は朽ちない」って書いている。ご先祖様の各世代が一所懸命《いっしょけんめい》に立志勉励《りっしべんれい》すれば、私たちが地球上にデビューしてよかった、生かされてきてよかった、エルピス（希望）を持てる世の中にすることができるはずだよね。

かくしてボールは天空から地上にいる現世代に投げ返された。「子どものモノの考え方とか行動、性格までも変えられる」。のぞみは十年ほど前に雑誌のインタビューにこう答えていた。三人の「一以貫之《いちいかんし》・一貫の道」への萌芽《ほうが》はほの見える。長男はアメリカ留学を境に法律家を目指して太くたくましくなった。次男は祖父の逝去を目《ま》のあたりにして医師への道を志し、跡継ぎになって自覚と思いやりを学んだ。天真爛漫な三男も一所懸命・立志勉励を修得する日がくるのかもしれない。三人の物語は始まったばかりだ。干支《えと》が一回《ひとまわ》りするころ、天使と妖精は地上での序章を迎えることになるだろう。

祖先の足跡《そくせき》を消すことはできない歴史となる。現世に生きる者の足跡《あしあと》も消えない。永遠に朽ちない遺業となる。たとえ大神に火を取り上げられても文明を取り戻したプロメテウスのように。どんな災厄に出遭ってもエルピス（希望）だけ残したパンドラのように。方《はこ》舟《ぶね》に乗った二人はプロメテウスの息子デウカリオンとパンドラの娘ピュラだった。世界中に散らばった彼らの末裔《まつえい》や伊弉諾《いざなぎ》・伊弉冉《いざなみ》の子孫たちはその松明《たいまつ》や襷《たすき》を次世代に受け継いでゆく。「われわれが死ぬ時には、われわれが生まれた時より、世の中を少しなりともよくして往《い》こうではないか」（ハーシェル）。バトンリレーは続く。

慶応義塾の創設者である福沢諭吉《ふくざわゆきち》は晩年「修身要領《しゅうしんようりょう》」のなかでこう言い遺した。「吾々今代《こんだい》の人民は、先代前人より継承したる社会の文明福利を増進して、之を子孫後世に伝ふるの義務を尽さざる可らず」

おわり

コラム　終章

住職の述懐：一つ目は一超直入《いっちょうじきにゅう》。住職によると、迷いや苦悩を乗り越え、すぐに悟り＝解脱＝の境地に至ることができるという意味だそうだ。「草壁さんは戦争から帰ってすぐに、荒廃した祖国の復興が天命であると悟りました。一所懸命《いっしょけんめい》、刻苦勉励《こっくべんれい》、会社と日本経済の成長に一身を捧げる。その一方で子や孫の成長にも骨身を惜しみませんでした」。

二つ目は一簣之功《いっきのこう》。今度は「書経」を引用する。「九仞《きゅうじん》、つまり非常に高い山をつくるのに、最後の一杯の簣《もっこ》を欠くようでは仕事は完成しない。草壁さんはその最後の努力を傾け切ったのです。若き日には自ら簣をかついでダムをつくり、道路を通し、橋を架ける。余命いくばくもないと知らされても動じず、次代に経営を引き継ぐ。医師も驚くほどの生命力、体力、精神力を発揮したと聞いています。その間に、子や孫に末期《まつご》の『一簣之功』を後顧の憂いなく伝えきったのでしょう」。住職も涙ぐんでいた。

別れの挨拶?：椎名百合が引用したのは、「もう一度さようなら、それは昨日わたしが、わたしたちの美しい谷間に向って言ったのと同じさようならですわ。間もなくわたしはこの谷間の真中に埋葬されるはずですけれども、あなたも時どき訪ねに来てくださいますわね? アンリエット」

おわりに

三世代の過客の長い旅路に最後までお付き合いくださいまして、ありがとうございました。あとがきに代えて、引用、参照、参考した書籍などを以下に記します。これは、とりもなおさず、皆さんにぜひ読んでいただきたい名作ぞろいです。

まず、私の出身母体である日本経済新聞をはじめ、各紙を参考にしています。歴史の生き証人である新聞は、古今東西、森羅万象のできごとを正確に綴ってくれます。そればかりか、ニュースの先をどう読むか、どう生きるかのヒントも盛りだくさんです。文中に頻繁に出てくるNHKの大河ドラマや歴史にまつわる番組や出版物にも刺激を受けました。

この国は、古事記や日本書紀、源氏物語など千数百年前からすぐれた文字、言葉、物語を紡ぎ続けてきました。西洋の神話や聖書、英雄伝も同じです。その中から、愛読した作家（敬称略、五十音順）と作品を以下に掲げます。

芥川龍之介：蜘蛛の糸、杜子春、羅生門、鼻◇アンドレ・ジッド：狭き門◇池波正太郎：その男◇井上靖：孔子、風林火山、額田女王◇ウェルギリウス：アエネーイス◇内村鑑三：後世への最大遺物◇梅原猛：百人一語◇尾崎士郎：人生劇場◇大佛次郎：赤穂浪士◇海音寺潮五郎：天と地と◇学徒兵：きけわだつみのこえ◇川端康成：伊豆の踊子、雪国◇菊池寛：恩讐の彼方に◇ルイス・キャロル：鏡の国アリス、不思議の国のアリス◇ゲーテ：若きウェルテルの悩み、ファウスト◇佐藤一斎：言志四録◇シェイクスピア：オセロ、ジュリアス・シーザー、夏の夜の夢、ハムレット、マクベス、リア王、ロミオとジュリエット◇志賀直哉：暗夜行路◇子母澤寛：おとこ鷹、勝海舟、父子鷹◇島崎藤村：夜明け前◇司馬遼太郎：果心居士の幻術、風の武士、国盗り物語、軍師二人、功名が辻、城塞、新史　太閤記、関ヶ原、峠、梟の城、燃えよ剣、義経、竜馬がゆく◇城山三郎：雄気堂々◇太宰治：駈け込み訴え、走れメロス、富嶽百景◇ダンテ：神曲◇チョーサー：カンタベリー物語◇ツルゲーネフ：父と子◇ディケンズ：オリヴァー・ツイスト◇童門冬二：完全版・上杉鷹山◇ドストエフスキー：カラマーゾフの兄弟、罪と罰◇トーマス・マン：魔の山◇トルストイ：アンナ・カレーニナ、戦争と平和、光あるうち光の中を歩め◇夏目漱石：草枕、吾輩は猫である◇新田次郎：武田信玄◇福沢諭吉：学問のすゝめ、修身要領

◇バートン版：千夜一夜物語◇バルザック：谷間の百合◇藤沢周平：又蔵の火、暗殺の年輪◇藤縄謙三：ホメロスの世界◇プルターク：プルターク英雄伝◇火坂雅志：天地人◇ホメロス：イリアス、オデュッセイア◇マキアヴェリ：君主論◇丸谷才一：女ざかり◇マロリー：アーサー王物語◇宮尾登美子：天璋院篤姫◇宮沢賢治：銀河鉄道の夜◇村上元三：源義経◇森鴎外：寒山拾得、興津弥五右衛門の遺書◇柳田国男：遠野物語◇山岡荘八：伊達政宗◇山本周五郎：樅ノ木は残った◇山本有三：真実一路◇吉川英治：新・平家物語、新書太閤記、宮本武蔵、平の将門

本を渉猟する過客となって、新しい世界に旅立ってみてはいかがでしょうか。

二〇二三年秋　大村泰

序章　脚注

（※1）夢の中の我も我であり、醒めた後の我も我である。その夢の中の我であり、夢醒めて後の我であるということを知るのは、心の霊妙な作用である。この霊妙な作用こそ、「真の我」なのだ。この真我は常住の霊でありまた常住の知覚でもあって、万古にわたって不朽不滅のものである。

第1章　脚注

（※2）大和国葛城や大峰山で二十幾年修行を積んだ飛び加藤は上杉謙信に仕えようと近づく。ところがそのすさまじい術技を忌まれて、毒入りの酒で謀殺されようとした。飛び加藤は「最期の芸」と言って、酒器を傾けると二十ばかりの人形が転がり落ち、手足を舞わせて躍り始める。一座があまりの奇異に驚くなか姿を消す。次に仕官を試みたのは武田信玄だった。この甲斐の虎は「すだま」＝魑魅《ちみ》魍魎《もうりょう》に用はない、と銃殺させてしまう。

（※3）君子、つまり立派な人は、他人と協調することはあっても、媚《こ》び諂《へつら》ったりしない。小人、即ち、つまらない人はその逆で、媚びたり、おもねったり、むやみに同調することは上手でも、協調しない。「右顧左眄《うこさべん》せず」は右をキョロキョロ、左をキョロキョロ、見回しているばかりで決断しないのは最低だ、周囲を過剰に忖度《そんたく》したり、無用に斟酌《しんしゃく》したりせず、自信を持ってわが道を行けというメッセージだった。

（※4）「鶏口牛後」は「史記」に出てくる蘇秦《そしん》の言葉だ。中国の戦国時代は七か国が「合従連衡」の外交政策をめぐって、しのぎを削っていた。圧倒的に強い秦に敵対するか、手を組むか。南北に連なる趙・韓・魏・斉・楚・燕の六国が縦の連盟を結ぼうというのが蘇秦の「合従」策。かたや、張儀《ちょうぎ》は六か国が個別に秦と横に同盟していこうという「連衡」を提唱する。歴史は後者を選んだ。

第3章　脚注

（※5）堀部安兵衛（武庸）は堀部弥兵衛の養子である。まずは高田馬場の助太刀で勇名をはせる。赤穂浪士討ち入りの四十七士のなかでも強硬派の部類だった。家名を残し浅野家再興を第一義とし、浅野内匠頭の無念を雪《そそ》ぎ幕府の御政道に一矢報いんとする大石内蔵助と、安兵衛の心情的な武士道の姿は、はなはだ趣が違う。

（※6）活躍譚一：高田馬場の決闘で仇討ちの助っ人に駆け付けた。見事、助太刀を果たす。道端の居酒屋、いまの地下鉄早稲田駅近くで酒をひっかけていったという武勇伝。
活躍譚二：主君・浅野内匠頭の仇と狙う吉良上野介邸にほど近い林町（墨田区立川）に住み込んで様子をうかがう。本所松坂町の屋敷の図面を手に入れる。「十二月十四日朝は吉良邸で茶会が開かれる」と最も重要な知らせをもたらす。深川八幡町に住む儒学者細井広沢に「本望を遂げた」と討ち入りの仔細を伝える。これが「堀部安兵衛日記」につながり、彼らの義挙が史実として後世に喧伝された。
活躍譚三：「飲んべい安」とか「けんか安」との異名を持つ。実際にけんかするのではなく、けんかを仲裁して一杯一緒に飲もうや、という酒飲み。「安っさん」は庶民の人気者だった。このご仁は、二百五十年後の草壁たちにも男の生き方、酒の飲み方を教えてくれる。

第4章　脚注

（※7）高田は母校創設者福沢諭吉の『学問のすすめ』の「人望論」からこう引用した。「人に交わらんとするには、ただに旧友を忘れざるのみならず、兼ねてまた新友を求めざるべからず。人類相接せざれば互いにその意を尽くすこと能《あた》わず、意を尽くすこと能わざればその人物を知るに由《よし》なし。試みに思え、世間の士君子、いったんの偶然に人に遭《あ》うて生涯の親友たる者あるにあらずや」「十人に遭うて一人の偶然に当たらば、二十人に接して二人の偶然を得べし。人を知り、人に知らるるの始源は、多くこの辺にありて存するものなり。人望栄名などの話はしばらく擱《お》き、今日世間に知己朋友の多きは、差し向きの便利にあらずや」

第5章　脚注

（※8）胖が想像しているのは、名前はまだない猫が居候している苦沙弥《くしゃみ》先生のところへ、「鼻」が訪問した場面である。「鼻」の正体は実業家夫人の金田鼻子。「鼻だけはむやみに大きい。人の鼻を盗んで来て顔のまん中へすえつけたようにみえる。三坪ほどの小庭へ招魂社（靖国神社）の石燈籠を移した時のごとく、ひとりで幅をきかしているが、なんとなく落ち着かない」と、紫式部も脱帽するような辛辣な描写はなおも続く。「この女が物を言うとき口が物を言うといわんより、鼻が口をきいているとしか思われない」だの、「碁盤の上へ奈良の大仏をすえつけたようなもの」だの、容赦ない。

第6章　脚注

（※9）天正元年（一五七三年）は十五代、二百三十七年続いた室町時代が終焉を迎え、安土桃山時代に入る年だ。上杉謙信、武田信玄が病に倒れ、本能寺の変で織田信長が志半ばで討たれた。小田原の役で北条氏が下り、豊臣秀吉が実質的に天下統一の覇業を成し遂げる。徳川家康が駿河・遠江・三河・甲斐・信濃五か国を召し上げられ、関八州に移封されると本拠を江戸に移す。馴染んだ部署から一転、地方の支店に転勤を命じられたような気分だったろう。その地方支店が世界に冠たる大本社になってしまう。ただし、江戸幕府の幕開けには天正の末年から十年待たなければならない。

（※10）三百騎の頼朝軍の先陣佐奈田与一義忠は十倍の兵を擁する平家方の挟み撃ちにあい討ち死にする。与一の家臣文三は主人の仇を討とうと敵陣に切り込む。八人討ち取ったあと壮烈な戦死を遂げる。その十年後、頼朝は二人の壮士を悼んだ。かの地には遺骸を葬った与一塚と佐奈田霊社、そして文三堂がある。この霊社は痰や咳、ぜんそくにご利益があるとか。与一が敵将を組み伏せたとき痰が絡んで声が出なかったために討ち取られてしまったという言い伝えがある。窮地に陥った頼朝は石橋山から箱根山中をめがけて落ち延びていく。

（※11）洞窟から鵐《しとど》（ほおじろ）という鳥が急に舞い出てきたので平家方の大庭景親は人影はないと判断して立ち去った、八幡神の使いである山鳩が飛び立ったという逸話が残る。頼朝主従は土肥実平が手配した船で真鶴から船で安房国へ渡る。「敵の虎口を脱したる開運再生の場」と立て看板は誇らしげだ。

（※12）秘話その一：地元の豪族伊藤祐親の娘八重姫は流刑された源頼朝と結ばれ千鶴丸を産む。ところが平氏を怖れた祐親が千鶴丸を亡きものにし、頼朝との仲をも引き裂く。やがて頼朝が北条政子と結婚したことを知って八重姫は川に身を投げる。八重の侍女たちが自害した地に「女塚」が立つ。
秘話その二：北条義時の長男安千代が江間の池田に棲む大蛇に呑みこまれてしまう。義時は弓矢で戦うが助けることができない。義時は安千代の霊を鎮めるために北條寺に阿弥陀如来坐像を造立し冥福を祈った。

（※13）修善寺から天城峠、湯ヶ野温泉を辿って下田に着く。これは川端康成の『伊豆の踊子』ルートだ。孤独や憂鬱から逃れるため一人旅に出た主人公は天城峠の茶屋で、望み通り旅芸人一座と出会う。お目当ては素朴で清純無垢な踊子だ。首尾よく道づれになったものの、下田の港で甘く切なく悲しい別れが待っていた。川端の『雪国』以来、傾倒したという元文学青年高田がラストシーンを独白する。「私は涙を出委《でまかせ》にしていた。頭が澄んだ水になってしまっていて、それがぽろぽろ零《こぼ》れ、その後には何も残らないような甘い快さだった」

第8章　脚注

（※14）胖という名の由来は父や弟と同じ、江戸時代の儒学者・佐藤一斎の「言志四録《げんししろく》」である。原典は「心広く体胖《たいゆた》かなるは敬なり」。生いたちの記にはわけも分からず「心広体胖《しんこうたいはん》」などという語句も書き込んである。胖の父立志は「俺のおやじは尋常小学校しか卒業しなかったが、言志四録に精通していた」と、自らの命名の典拠をこう解釈する。「学は立志《りっし》より要なるは莫《な》し。而《しこう》して立志も亦《また》之れを強うるに非《あ》らず。只《た》だ本心の好む所に従うのみ。つまり学問をするには、目標を立てて心を振るい立たせることより肝要なことはない、しかし、外から強要すべきものではなく、己の本心の好みに従うばかりだという意味だ」。立志は政府が出資する中小企業向けの金融機関である日本中小金融公庫に勤めていた。転勤が多い。胖が二歳のころ岐阜へ移り、そこで弟の誠が生まれる。同じ本に出てくる「人道は誠と敬から」という文章が典拠だった。中国の四書五経の一つ易経のいう「修辞立誠＝言葉の意味をよく修得して、誠の道を立て徳を身につける」も拠りどころにしている。

（※15）

立志の講釈は長い。まず、「祇園精舎《ぎおんしょうじゃ》の鐘の声、諸行無常《しょぎょうむじょう》の響きあり。沙羅双樹《さらそうじゅ》の花の色、盛者必衰《しょうじゃひっすい》の理《ことわり》をあらはす。おごれる人も久しからず、ただ春の夜の夢のごとし。猛き者もつひには滅びぬ、ひとへに風の前の塵《ちり》に同じ」と平家物語の冒頭を吟じる。

平家も源氏も「盛者必衰の理」には抗《あらが》えず歴史の表舞台から姿を消す。「敦盛」の舞いが好きだったといわれる織田信長を含め盛者の栄耀栄華は短い。平家は約二十年、頼朝は七年、信長はゼロ年。その信長は反旗を翻した相手が明智光秀だと知って、「ぜひに及ばず」と自らの命運を知った。

ジュリアス・シーザーは「ブルータス、お前もか？　ぜひもないぞ、シーザー」と自らに言い聞かす。まさに失意と諦念のつぶやき。ともに腹心に裏切られ怒髪天を衝く心《しん》中《ちゅう》だった。「三日天下」といわれる明智光秀は、本能寺の変で信長を葬り去った十一日後に討ち取られている。ブルータスも大同小異だ。アントニーがシーザー追悼の演説をする。それを聞いた市民はブルータスに「反逆者」の烙印を押す。あげく、のちに三頭政治を司るアントニーらの軍勢に成敗されてしまう。「高潔無比のローマ人。その生涯はまことに高邁な人格」と後世に遺したかったブルータス。意に相違して、後世で有名になったのは「むしろ犬になり、あの月に向かって吠えたい」という台詞だった。この言葉が無駄な骨折りをするとか、徒労するの成句になってしまうとは皮相にすぎる。「二《ふ》た昔栄華の夢は舟で覚め」という川柳がある。ふた昔は二十年。平家の栄華は壇ノ浦の舟で泡となって消えてしまった。平清盛が太政大臣になった一一六七年から二十年足らずのち、一一八五年に壇ノ浦の戦いが起きる。源氏の世も三代二十七年で幕を引く。「天下布武」の旗を掲げた織田信長は天下統一寸前にこぎつけたその年の六月、明智光秀に討たれてしまう。五十歳に満たない。まさに「人間五十年」は一夜の夢か邯鄲《かんたん》の夢だった。

（※16）平将門の乱。千年以上も前の天慶《てんぎょう》年間に将門に対抗した源経基が対峙したのが、麻布の地だった。経基は清和源氏の祖だ。そのおよそ百年後の長元年間には平忠恒の乱で源頼信が麻生《お》う山に陣取った。源頼信は征夷大将軍となり「鬼丸の御剣」を賜ったという故事来歴がある。

第9章　脚注

（※17）ムーンショットは、アメリカの第三十五代大統領だったジョン・F・ケネディが「月に人類を着陸させ、地球に帰還させる目標」を示したことが語源である。ところが、ケネディは一九六三年（昭和三十八年）、ダラスで暗殺されてしまう。人類史上初の遠大なアポロ計画は暗殺の六年後に実現する。在任二年十か月。不幸な死後、月面着陸の偉業は残った。胖の暦を物差しにすると、幼稚園児のころに計画された目標が小学校六年生のときに達成されたことになる。月よりもっとかなたで、ケネディは「小さな一歩だが、人類にとっては大きな一歩」を残した船長たちの姿をどう眺めていたのだろうか。

（※18）与謝野晶子は「松たてる安宅の砂丘その中に清きは文治三年の関」と詠った。ここの関は箱根などとは違い、頼朝が義経を捕らえるためだけに拵えた。山伏の姿に身をやつした義経弁慶らは、焼け落ちた奈良東大寺の再建のための勧進、つまり浄財集めと言って通ろうとする。しかし関守の富樫は疑念を抱く。詮議は厳しい。「証拠となる巻物を読んでみろ」。機転を利かせた弁慶が何も書かれていない勧進帳を朗々と読む。荷物運びの姿をした義経を金剛杖で叩く、心のなかで泣きながら。正体を見破っていた富樫は弁慶の忠義に心打たれ、情けをかけて関を通す。

第12章　脚注

（※19）浅野内匠頭が江戸城内で吉良上野介に刃傷沙汰《にんじょうざた》を起こしたのは元禄十四年（一七〇一

年)。都からの御勅使御饗応掛《おちょくしごきょうおうがかり》、つまり接待役に任命されたのが播州赤穂の浅野内匠頭と伊予宇和島の伊達家(仙台藩・伊達の分家)だった。清和源氏足利氏の支族で名門の吉良は接待の儀式や作法、しきたりを指南する役である。勅使が増上寺に参詣するとき、本来は畳替えをすべきところ、吉良は浅野に教えなかったことが事件の引き金になった。

寛永寺と増上寺、泉岳寺、さらに徳川家、伊達家、赤穂浪士の浅野家が微妙に関係している。胖は「浅岡の局が毒殺を恐れてご飯を炊いた井戸と赤穂浪士が首を洗った井戸も地下でつながっていたのかもしれないね」とデリカシーがない。美智子は「江戸の町のまんなかで暗殺とか仇討とか、ましてや首を洗うなんて、天下泰平の世の中とは言えないわよ」と眉をひそめながら「浅野内匠頭も桜にちなんだ辞世の句を遺しているのね。西行みたいに」と気を取り直す。切腹を前に「風さそう はなよりもなお われはまた春の名残りを いかにとやせん」と詠んだ。風に誘われて散ってゆく桜の花も名残惜しいが、それよりもなお儚く散ってゆく私は春の名残惜しさをいったいどうしたらいいのだろうか、と。母は内匠頭の妻瑤泉院《ようぜんいん》の墓標を見ながらこうつぶやく。「夫が亡くなって、瑤泉院は赤穂の塩田から上がった運上銀を大石内蔵助に託して浪士の生活を扶《たす》けたり、浪士たちの遺児の赦免に力を尽くしたりしたの。いかにとやせん、という夫の答えを出した女《ひと》かもしれないわね」。このころ家族で観ている民放の「大忠臣蔵」で瑤泉院が持参金を手渡す場面が放映されている。

萱野三平重實《かやのさんぺいしげざね》の墓標に美智子はたたずむ。「お軽と勘平のモデルだわ。たしか討ち入りの前に心中したはず。義士は主君の仇を討って本懐を果たしたとしても、四十七人の親や兄弟、妻や子どもたちは違う。その陰で犠牲になったり泣かされたりした女たちはたくさんいた」。お軽もまたその一人だった。歌舞伎の仮名手本忠臣蔵では、相思相愛の二人が密会中に主君の刃傷沙汰が起きてしまう。蚊帳《かや》の外にいてしまったことを恥じて駆け落ちし山中に潜む二人。お軽は祇園の一力茶屋に遊女として五十両で身売りさせられる。かたや勘平は義父殺しの汚名を着せられ切腹する。ところが勘平が鉄砲で撃ち殺したのは義父を殺めた真犯人だと分かる。だがもう遅い。「勘平殿は三十になるやならずに死ぬるのはさぞ口惜しかろう」と悲嘆にくれるお軽。「鎌倉から落ちてゆくふたりが桜と菜の花が咲き乱れる山中でみせるむつまじい姿が目に浮かぶ」と共感とともに儚さに感じいる美智子。潔白が証明された勘平は晴れて討ち入りの連判状に加えられ、泉岳寺の義士の墓に加わることができた。「大忠臣蔵」では浅野内匠頭の命日に二人は心中する筋立てになる。

(※20) 立志が手に取った本はまず、山本周五郎の「樅ノ木は残った」。題名の由来は舞台となった船岡城址公園に一本だけ残った樅ノ木。先祖が伊達藩の足軽だったという父は、幼いころ近くを流れる白石川に桜を見にいった。この公園で「一本の樅ノ木が天に屹立《きつりつ》していた」と往時を懐かしむ。物語はこれまで伊達兵部《だてひょうぶ》（宗勝）の一味として藩の政治を壟断《ろうだん》したとされていた原田甲斐《はらだかい》を善玉として描く。伊達家の改易《かいえき》を企む大老と闘うという設定だ。筆者は「いま雪を衣《き》て凛《りん》と力づよく、昏《く》れかかる光の中に独り、静かに、しんと立っていた」と描いた。厳しい寒さを耐え忍んできた船岡の樅は故郷を遠く離れ、たった一本、良源院に移ってきた。けなげに、ひとりで艱難辛苦《かんなんしんく》に立ち向かう。この騒動では幾多の藩士が犠牲となり、原田甲斐は成敗された。あらゆる試練を乗り越えて、樅ノ木は残った。伊達藩のお家も残った。そして伊達家の末裔も残り続けることになる。

（※21）広辞苑は「めいぼくせんだいはぎ【伽羅先代萩】」を「伽羅は伊達綱宗が伽羅《きゃら》の下駄で吉原に通ったという巷説《こうせつ》により、先代萩は仙台名産の萩に因《ちな》む」と書く。歌舞伎は一七七七年初演で、「仙台の伊達騒動を鎌倉の世界に脚色し、遊女高尾の吊《つる》し切り、奸臣のお家横領の計画、乳人《めのと》政岡の忠義に仕組む」と補足している。

（※22）山岡荘八は「一族の増田貞隆の妻政岡が、歌舞伎の先代萩の烈婦政岡の原型である」と書く。伊達政宗が江戸から常陸《ひたち》の浜街道、磐城の手前で、「原田甲斐を呼べ」と命じるシーンがある。宿敵だった相馬義胤《そうまよしたね》に書状を持たせる場面だ。その言い分がふるっている。「甲斐、その方はムッツリとした面構えで格好じゃ。堂々と大手門へ参ってこの手紙を届けてこい。返事があるまで澄ましてそこに立っているのだ」。よく言えば生真面目で沈着冷静、悪く言えば鈍重な甲斐の人柄を髣髴《ほうふつ》とさせる。

第13章　脚注

（※23）徳川家十三代将軍家定の御台所《みだいどころ》となった天璋院篤姫《てんしょういんあつひめ》は意見が対立する両者の意見を聞いてから、自らの考えを語った。実家の薩摩島津家と嫁ぎ先の幕府徳川家が戦火を交えようとも、嫁ぎ先の名誉を死守することが「女の真《まこと》の道」と決意する。幕末の騒乱から明治維新まで、まさに戦火を交えんとする実家と婚家。そのはざまに立って苦悩するのは、天皇家から十四代家茂に嫁ぐ皇女和宮《こうじょかずのみや》も同じだった。嫁ぎ先の舅《しゅうと》や姑《しゅうとめ》との間合いに始終腐心《ふしん》し、夫の無理解に悩んでいた美智子は、幕府最後の御息所となる二人の生きざまに何を感じていたのだろうか。身につまされる思いだったのかもしれない。篤姫と和宮という二人の「女の戦い」は徳川家と江戸の町を救う。彼女たちが使者を通して西郷隆盛を参謀とする官軍に嘆願書を出す。「徳川」という家を残すだけでなく、西郷隆盛と幕末の三舟《さんしゅう》と称された勝海舟、山岡鉄舟、高橋泥舟との「江戸城無血開城」によって江戸の街も残す。それは内助の功のおかげでもあった。

第14章　脚注

（※24）明治維新のあけぼのを告げ、新政府の基本方針となったのが「五箇条の御誓文」だ。司馬遼太郎は「竜馬がゆく」で、広く会議を興し万機公論に決すべしなどは、竜馬の新しい国家構想である「船中八策」から出ている、と書く。天皇をいただいた民主政体（デモクラシー）でゆくことを船中八策の基調とした竜馬を高く評価している。

第16章　脚注

（※25）川端康成の『雪国』には、高田が上京するたびに共感する表現がある。冒頭の文章とは逆にトンネルを新潟から越えていったときの描写だ。「長いトンネルを通り抜けてみると、冬の午後の薄光りはその地中の闇へ吸い取られてしまったかのように、また古ぼけた汽車は明るい殻をトンネルに脱ぎ落として来たかのように、もう峰と峰との重なりの間から暮色の立ちはじめる山峡を下って行くのだった。こちら側にはまだ雪がなかった」。

（※26）高田喜信が手にした資料は「出雲風土記」。天平五年（七三三年）に編纂されたというから一二〇〇年も前の話だ。島根県と新潟県は古地図で見ても遠い。話はどこへ向かうのか？ 固唾《かたず》を飲む三人を前に、意外な物語を紡ぎだす。出雲風土記に「高志国《こしのくに》」がたびたび出てくる。八世紀以降は「越の国」と呼ばれ、彼らが生きている二十世紀の行政区分でいうと北は山形県庄内地方の一部から新潟、富山、石川、福井県にまたがる日本海側の一帯を指す。上杉謙信が活躍していた時代は越後・越中・能登・加賀・越前国にまで及ぶ。十六世紀、毘沙門天の化身は「尻垂坂《しりたれさか》（富山市）の戦い」で加賀と越中の一向一揆連合軍を打ち破った。時計の針を謙信よりさらに八百年以上前に巻き戻さなければならない。出身校の越後大学史学部や郷土史家の研究を集大成した「越の国伝承」と銘ずる小冊子は、出雲風土記の「国引き神話」から書き起こす。出雲の国に、高志の国など四つの国の土地を引っ張ってきたという神話だ。動かない土地を引っ張ってくるのは、さすがに無理がありますねという素朴な疑問に、高田先生は「土地というよりも、人材や産物、高度な技術を移入したのだろう。その分、高志の国は先進的だったと考えていい」と胸を張る。

（※27）「出雲大社の御祭神は誰じゃ?」と喜信が問えば、「須佐之男《すさのを》の子の大国主命《おおくにぬしのみこと》です。天照《あまてらす》大神《おおみかみ》に国譲りをしました」と草壁が答える。伊集院は「大和朝廷が北陸地方に支配権を確立したことを示すようですね。あるいは、天孫系の高天原神話と出雲神話を合併させたのかな？」とつぶやく。「たしかに古事記では天孫系の天照大神と出雲系の須佐之男を伊邪那岐神《いざなぎのみこと》の子として家系的に統合させておるのぅ。その大国主が高志国の沼河比売《ぬなかはひめ》に求婚するときに妻問い歌を交わすんじゃ。『天語歌《あまがたりうた》』というてな。高志国、北陸、さっきも言ったが、新潟には美人が多い」と再び鴛鴦に視線をやり相好を崩す。国を引っ張ってきたり、譲ったり、国や神話が合併するかと思えば、妻問い物語まで……じつに忙しい。

第20章　脚注

（※28）シベリア抑留は、日ソ中立条約を破棄した旧ソ連が一九四五年八月九日、突如として旧満州（中国東北部）などへ侵攻したことに端を発する。戦後、旧満州や朝鮮半島などで日本兵が拘束されシベリアやモンゴルなどの強制労働収容所に送られた。極寒の地シベリア抑留で、日本兵ら約五十七万人以上が過酷な労役を課された。戦後、一九四七年の臨時国勢調査で最も少なかった鳥取県の人口五十九万人に肉迫する人数だ。約五万八千人が飢えや寒さなどで命を落とす。五万人というのは市制施行の要件を満たす基準と同じ数字だ。一つの県人口が抑留され、一つの市民すべてが犠牲になったと思うと空恐ろしい。

(※29)孔子は、中国周王朝の基礎を固めたすぐれた政治家であり武人、哲学者でもあった周公の道理を敬い実践していた。若いころには夢のなかにまで周公が出てきた。ところが最近はさっぱり周公の夢を見ない。気力の衰えは甚だしいものだ。「周は二代に監《かんが》みて郁《いく》郁乎《いくこ》として文なるかな。吾は周に従わん」。夏、殷の二つの王朝の伝統を手本にしながら、神政を排し、道理や礼を重んじた周の文明、文化を最高の鑑《かがみ》としてきた孔子は晩年、耄碌《もうろく》したのかと嘆いた。

第21章 脚注

(※30)ハムレットの父が亡霊となって出てくる場面を、高田は反芻していた——星は焔《ほのお》の尾を引き、血の露を降らせ、日の光は力を失い、月もこの世の終わりかとばかり病み蝕《むしば》まれるような異変が頻発した。この星も箒星だったのかもしれない。シーザー暗殺の前にはローマにも凶兆の数々があった。シーザーの妻キャルパーニアは、王侯たちの死をこそ天も焔《ひ》を放って告げ知らせるのですと言う。シーザーを弑《しい》したブルータスも、あの流星群、大変な明るさだと驚く。火の雨を降らすという暴風雨《あらし》や、天上で起こった内乱、神々が破滅《ほろび》の天罰を下すような天変地異の禍々《まがまが》しい凶兆・異象の場面が、これでもかというほど顔を出す。

（※31）伊集院隼人は幼児から書写した金言が忘れられない。「すべて仕事をする場合には、天に奉仕する心を持つことが必要だ。天はこの世でなすべき任務を一人一人に与えている。これすなわち天命である。人に見せようとしてする仕事は、人間の小ささを示す。ときには偽善ですらある」という主旨だ。幼いころ言志四録を書き写しているとき、「窮理」の二文字に魅せられる。窮理（理を窮める）の二字は「易経」説卦伝《せっかでん》にもとづいている。その説卦伝は「道徳に調和して順応し、義（物事の正しさ）の筋道を立て、物事の道理をどこまでも尋ね究め、人間の本性をすっかり知り尽くして、天命を知る境地に到達する」と解く。隼人は「宇宙を貫く理、法則を追求すれば、宇宙の理を解明できる」と思い立つ。将来の先端技術開発者の萌芽だ。天命を知る歳になってもその原点は変わっていない。

（※32）「五十にして天命を知る」は孔子・論語為政編。幕末に開国論を唱え続けた佐久間象山《さくましょうざん》は「二十代には一国、つまり松代藩《まつしろはん》のこと、三十代は天下、すなわち日本とは何ぞや、四十以降は全世界というものを考える」という言葉を残した。

（※33）冊子は「孔子は、学問に志してから七十歳に至るまで、十年ごとに自分で進歩したことを感じていた。こつこつと自分で努力して、老いが身に迫っていることも分からないほどだった」「すべて孔子の教えを学ぶ者は、孔子が道を学んだ気持ちを、自分の道を学ぶ気持ちとするのがいい」と流麗《りゅうれい》な筆書きだった。十五歳で学問に志した孔子は、三十にして立ち、四十にして惑わず、五十にして天命を知った。六十にして耳順《したが》う、七十にして心の欲する所に従えども、矩《のり》を踰《こ》えず、と言っている。高田は同期二人に「五十を迎えた俺たちはいまだ、天命の何たるかを知るまでには思い至っていない。孔子も佐藤一斎も西郷も、死ぬまで学び続けろと言っているようだね」。草壁は「天、何をか言うや。四時《しじ》行われ、百物《ひゃくぶつ》生ず。天、何をか言うや」と論語の一節を持ち出す。天は何も言わないが、四季の運行は滞りなく行われ万物は生長する、天は何も言わない。

（※34）「南洲手抄言志録」最後の文言は「身体には老少、老いることと若いことがあるが、理には老少がない」といっている。伊集院家自家薬籠中《じかやくろうちゅう》の語録には先祖の誰かがこう綴っている。「幕府が南洲に禍《わざわひ》せんと欲す。藩侯がこれを憂慮し、南洲を大島に流す。身体髪膚《しんたいはっぷ》ますます剛健。気力ますます横溢《おういつ》。読書是より大に進むと云ふ」。島での暮らしは、「理」に老少がないどころか、身体・気力ともにさらに充実し勉学に勤《いそ》しんだのだ、と子や孫に語り継ぐ。西郷の読書三昧《ざんまい》のなかに「言志四録」が入っていることは想像に難くない。

第22章　脚注

（※35）「青《あお》の洞門《どうもん》」。江戸時代、享保《きょうほう》二十年（一七三五年）に耶馬渓を訪れた禅海和尚《ぜんかいおしょう》は、洞門=隧道《ずいどう》=トンネルを岩壁に掘り抜いた。鑿《のみ》と鎚《つち》だけを使い三十年を費やして。菊池寛はその和尚をモデルに、江戸時代の仇討ちの物語と絡めて上梓《じょうし》した。仇となった主人公の市九郎は僧となる。贖罪《しょくざい》のため「一年に十に近い人の命を奪う難所を見た時、彼は、自分の身命を捨ててこの難所を除こうと云う思付が旺然として起こった」と一念発起する。父の仇討ちを悲願とする実之助が市九郎を耶馬渓まで追い詰める。実之助は、か弱い人間の二本の腕だけで、これほどの偉業が成し遂げられる光景を目の当たりにして、驚異と感激の心とで感無量になった。彼は老僧の手を執《と》り、其処《そこ》に凡《すべ》てを忘れて、感激の涙に咽《むせ》び合う。二十余年の精神を継続させた誠念をもってすれば、大自然の盤石をさえも、貫通し得る人間力の偉大さ、成し遂げたこの大偉業の前には「恩讐などの感情は、暁天《ぎょうてん》の星の光の如く微弱であり、無価値だ」と筆者は思いを込めた。

市九郎は豊前国に入り羅漢寺に詣でるつもりで山国川の渓谷を辿るさなか、馬子《まご》が転落死した事件を聞いて、洞門という「諸人救済の大業」を思い立つ。「耆闍崛山羅漢寺《ぎじゃくっせん》」は大化元年（六四五年）にインドの僧侶が修行したことが起源とされる。そそり立つ岩壁を刳《く》り貫いたような岩窟に何千もの石仏がたたずむ。

（※36）本能寺の変で織田信長を討つ直前、光秀は愛宕神社（京都市右京区）に参籠《さんろう》した。おみくじを引くと「凶」。さらに引いても「凶」。三度目に「大吉」を引き当てた。ところが結末は歴史が示す通りだ。信長の暗殺には成功するものの、豊臣秀吉に成敗され、光秀の天下は十一日でついえた。

（※37）宇佐神宮御由緒はこう説明する。この神宮は全国に四万社余りある八幡社の総本宮。神代には比売大神《ひめおおみかみ》が馬城の峠（大元山）に御降臨になった宇佐の地に、欽明天皇三十二年（五七一年）に応神天皇の御神霊が初めて八幡大神として現れ、宇佐の各地を御巡幸ののち、神亀二年（七二五年）に亀山の一之御殿に御鎮座になった。天平五年（七三三年）比売大神を二之御殿にお迎えし、のち弘仁十四年（八二三年）神託により神功皇后が三之御殿に御鎮祭された、と。

古書にはこうある。神代《かみよ》の時代に比売大神が宇佐に降臨したいわば、地元の神さまだ。応神天皇のご神霊である八幡大神は六世紀、その母である神功皇后《じんぐうこうごう》をお祀りしたのは八世紀。その差は数百年に及ぶ。御由緒の最後に先ほどの疑問の回答が記されていた。和気清麻呂公が皇統護持にかかわる神託を授かった故事などから、伊勢の神宮に次ぐ宗廟《そうびょう》、わが朝の太祖として勅祭社に列せられている、と。

（※38）その番組はこんな内容だった。「鬼道《きどう》に仕え能《よ》く衆を惑わす」。魏志倭人伝にこう形容された邪馬台国女王卑弥呼（?——二四八年）。「鬼道」とは中国初期の道教ではないか。鏡を魔除《まよ》け、信仰の対象に使う点が似通っている。北九州は銅鏡の出土が多い。中国会稽《かいけい》あたりから直接北九州に至る海のルートでもたらされたと推定できる。吉野ヶ里遺跡《よしのがりいせき》から出土した銅剣や勾玉《まがたま》、絹織物は中国江南地方に多い。

（※39）吉野ヶ里は中国の影響があったという説がある。「遺跡の弥生後期（紀元三世紀）の集落形成には、南北の方位を意識していた。北の方角を優位とする中国の都市構造などの影響を受けた可能性が高い。集落の北寄りに身分の高い人が集まる。中国の都洛陽《らくよう》などで、都市の北側に宮殿を置いた「北＝上位、南＝下位」とよく似ているという。

（※40）中国の後漢末、蜀の劉備に仕えた関羽は、魏・呉の連合軍に敗退する。二一九年、樊城《はんじょう》の戦いだ。ところが、その翌年に魏の曹操が病死するなど、関羽にかかわった人々が相次いで倒れる。義理や信義に厚い武将の霊力か。尊崇してやまない人々の畏敬の念が燎《りょう》原《げん》の火のように全国を覆う。そして関羽は民衆の神になった。

第23章　脚注

（※41）平安時代後期の真言宗の僧俊寛は、権勢を誇っていた平家打倒を京都の鹿ヶ谷《ししがだに》で密謀したとして、藤原成経・平康頼とともに鬼界ヶ島（喜界島）へ配流された。この島は薩摩国に属する。といっても鹿児島から三百八十キロも南に浮かぶ孤島だ。吉川英治の「新・平家物語」は「鬼界ヶ島は人稀なり、色黒うして牛のごとし、高き山ありて、永劫《とこしえ》に火燃ゆ。硫黄といふ物、充ち満てり」とその風土を紹介している。都では「鬼のある所にて、今生《こんじょう》よりの冥途なり」と謡われ、俊寛は「あれこそ、鬼よ。――鬼界ヶ島の」と決めつけられた。ある日、成経と康頼は千本の卒塔婆《そとば》を作り海に流す。やがて一本の卒塔婆が安芸国厳島《あきのくにいつくしま》に流れ着く。卒都婆に書かれた文字をあわれと感じ康頼と成経は恩赦となり、都に戻る。いわゆる「康頼の卒都婆流し」の伝説だ。

菊池寛の『俊寛』はこう描く――「最初は獣か何かの一群のようにあさましいと思っていたが、その裡《うち》に何とも知れない熱い涙が、自分の頬を伝っているのに気付いた」。島の娘と結婚し子をなした俊寛は、この島を終《つい》の棲家《すみか》にと思い定める。可愛がっていた有王《ありおう》が迎えに来たにもかかわらず妻子を選ぶ。有王の船が去っていく。俊寛は歴史的に最も悲惨な人物番付の上位に顔を出す。都や平家に恨みつらみを言って暮らすのではなく、夫となり父となった。怨霊でも鬼でもない。

（※42）道教と銅鏡、それに奈良時代の僧侶弓削《ゆげ》道鏡も宇佐八幡に紐《ひも》づく。神護景雲《じんごけいうん》三年（七六九年）、「道鏡を皇位に就かしめば天下太平ならん」と豊前国宇佐八幡の神託が出た。聖武天皇《しょうむてんのう》の娘称徳天皇《しょうとくてんのう》が、宇佐八幡の神託の力を借り、道鏡を皇位に就かせようとしたのではないかといわれている。病に臥《ふ》せっていたとき、手厚く親身に看病してくれた道鏡に対する信頼は、「ただならぬ仲」とやっかむ声がしきりだったとか。称徳天皇は神託が真実だという証しを立てるため、和気清麻呂《わけのきよまろ》を宇佐に遣《つか》わす。ところが「我が国家は開闢《かいびゃく》より以来、君臣定まりぬ。臣を以て君となすことは未だ之れ有らざるなり。天《あま》つ日嗣《ひつぎ》は必ず皇緒を立てよ」という神託。皇位は天皇家の者が継がなければならない。思惑とは正反対の神のお告げである。怒り心頭。和気清麻呂の名を「別部穢麻呂《わけべのきたなまろ》」と変え、大隅、今の鹿児島県東部に流してしまう。

「道鏡を皇位に就けよ」という最初の神託を伝えたのは九州一帯を統括する朝廷の出先機関である大宰府だ。その長官は道鏡の弟だというから眉《まゆ》に唾《つば》せねばならない。「無道の人（=道鏡）はすみやかに排除せよ」とお告げを伝えたのは、清麻呂が穢麻呂ではなかったことの証しなのか。宇佐神宮は「和気清麻呂公は弓削《ゆげ》道鏡の事件に際して、この大尾山において八幡大神の御神教を授かった」と記す。

（※43）嫪毐は二千年以上前の春秋戦国時代の評判芳しからざる人物である。秦の始皇帝の母・趙姫（太后）は呂不韋《りょふい》と不倫していた。この関係を清算しようと身代わりに後宮に押し込んだのが嫪毐。やがて、密通が露見し処刑される。

（※44）「きれいは穢《きたな》い、穢いはきれい」と言って登場する魔女三人は、マクベスに「いずれは王となられるお方!」と指嗾《しそう》する。同僚のバンクォーには「あなたの子孫が王になる」とのご託宣。これを聞いた主人公は同僚を暗殺してしまう。マクベスは亡き王の息子らとの復讐戦に敗れる、という筋立てだ。

（※45）毛利元就は安芸国の国人。長門・周防の大内、出雲の尼子を次々に滅ぼし永禄九年（一五六六年）、中国地方十か国の大大名にのし上がる。毛利隆元・吉川元春・小早川隆景の三兄弟に伝えた「三子教訓状」で兄弟の結束の大事さを諄々《じゅんじゅん》と説く。毛利の名を末代まで絶やすな、二・三男も毛利の二文字を忘れるな、三人に隔たりがあれば必ず滅亡する。隆元は二・三男が無理を言っても我慢せよ、二・三男は長男に従うこと、と。毛利隆元が死んで息子の輝元が継いでもお家騒動にならなかった。吉川が山陰、小早川が山陽を受け持つ。「三本の矢」は盤石だった。元就の「毛利の名を末代まで絶えることなく残せ」という訓《おし》えは、関ヶ原の敗戦をどうにか乗り越え明治維新まで三百年生き続ける。

（※46）光源氏は朧月夜《おぼろづきよ》との密会が露見し、遠流に処せられるならその前にと自ら須磨の里へ向かった。「友千鳥諸声《もろごえ》に鳴く暁《あかつき》はひとり寝覚《ねざめ》の床《とこ》も頼もし」。中秋の名月を眺めながら宮中の宴《うたげ》を懐かしみ「千鳥が眠れない私と一緒に鳴く声が身に染みて、ひとり寝覚めるのも心強い」と詠む。石碑には、「見渡せば眺むれば見れば須磨の秋」（松尾芭蕉）、「読みさして月が出るなり須磨の春」（正岡子規）。春秋を問わず、江戸時代や明治時代の詩人の歌心をくすぐり、平安時代の貴族のロマンスを育む舞台となってきた。

（※47）のぞみは正月になると親戚一同で百人一首に興じた。忘れがたい字句が浮かぶ。

源融「みちのくのしのぶもぢずり誰ゆゑに　乱れそめにしわれならなくに」

在原業平「ちはやぶる神代も聞かず　竜田川からくれなゐに水くゝるとは」

（※48）千年近く前。明石に住まう光源氏はその風光明媚《ふうこうめいび》な光景に、「月と太陽とを二つながら手に入れた」。そして、すかさず明石の君をも己《おの》が籠《かご》の鳥として手に入れてしまう。八月十三夜、十三絃《げん》の琴が鳴る。源氏が明石の君を訪れ「むつごとを語りあはせむ人もがな　憂き世の夢もなかば覚《さ》むやと」睦言《むつごと》を交わしあう人がいれば、こんなに辛い世も、夢のように半ば醒めてくれる、と言い寄る。娘は「明けぬ夜にやがてまどへる心にはいづれを夢とわきて語らむ」と婉曲《えんきょく》に断る。空けない無明《むみょう》の長夜と同じように惑う心には、どこまでが夢か、どこから現《うつつ》か分けられない、語りあうことなどできません、とばかりに。

光源氏と明石の君の顚末を、与謝野晶子は「源氏が躊躇《ちゅうちょ》したのはほんの一瞬間のことで、結局は行く所まで行ってしまった」と直截《ちょくせつ》に訳す。明石の君はのちに、源氏の一人娘明石の中宮を産む。かつて、祖父の明石の入道は娘の明石の君が将来は国母となる運命を約束されているという夢を見た。「一家相伝」の正夢となって、源氏は紫の上の養女として娘を引き取り教育を施す。明石の中宮は養母の愛に育まれ美しく育つ。

第24章　脚注

（※49）プルターク英雄伝は「あぶない綱を渡りかけていた。心緒は麻のごとく乱れ、彼の考えが一生を通じて最も動揺した」とシーザーの心象を描写する。「一切の打算を放擲《ほうてき》し、前途を天運にまかせ、危険な大胆な企てにあえてする者がつねに口にする諺《ことわざ》を仮《か》して、『骰《さい》子は投げられた』と叫びつつ河を渡った」

（※50）平敦盛を討ち取ったのは源氏方の熊谷直実《くまがいなおざね》だった。源平盛衰記によると「今は目にも見よや。日本第一の剛の者ぞ。我と思はん人々は、楯の面《おもて》へかけ出でよ」と呼ばわった古《ふる》強者《つわもの》だ。敦盛の首を掻《か》いたあと、直実は世の無常を感じてついに出家してしまう。この人の往生は予告通りにならなかった。「来年二月八日にきっと往生する」と立て札を立てた。ところが当日「半年先の九月十四日まで延期する」と宣言する。こんどは予告通り、師事する法然から賜った「阿弥陀如来未来来迎《あみだにょらいみらいらいごう》」の図を掲げ、念仏を唱えるうちに、ふっと息絶える。臨終の瞬間、口の中から光が放たれ、紫の雲がたなびいたといわれる。「一の谷の軍《いくさ》破れ　討たれし平家の　公達あわれ」。敦盛の「青葉の笛」に由来する怨念が紫の雲に化身したのだろうか。

（※51）「木曾路《きそじ》はすべて山の中である」。有名な書き出しだ。主人公の青山半蔵は藤村の父島崎正樹がモデルだ。木曽路馬籠宿《まごめじゅく》の本陣・問屋・庄屋を兼ねる家に生まれ、本居宣長《もとおりのりなが》や平《ひら》田《た》篤胤《あつたね》らの国学に傾倒してゆく。「一切は神の心であろうでござる」。篤胤の遺著『静の岩屋』に記された先師の言葉をかみしめる。王政復古は草叢《くさむら》の中から起こってきたはずだった。幾多の挫折と蹉跌《さてつ》。思わず「御一新がこんなことでいいのか」と独《ひと》り言《ごつ》つ。「此意竟蕭条（このこころついにしょうじょう）」――立志は過去二度は読み飛ばしていた杜甫《とほ》の詩が今回は身に染みる。これは唐の詩人が失意のなか首都長安から東方に旅立つときの詩で、己の意気込みが結局は裏切られたという、まさに半蔵の思念と相似形をなす。「空の奥の空、天の奥の天」――半蔵は友人である北村透谷《きたむらとうこく》の随筆『一夕観』を思い描き夜空を仰ぐ。梅田雲浜《うめだうんぴん》や橋本佐内《はしもとさない》、藤田東湖《ふじたとうこ》、吉田松陰《よしだしょういん》、渡辺崋山《わたなべかざん》・高野長英《たかのちょうえい》……彼ら先達を諸天に懸かる星々になぞらえる。「五十余年の生涯をかけても、何一つ本当に掴《つか》むことも出来ない」とは半蔵の述懐だ。

慶応四年（一八六八年）一月に京都を発った東山道鎮撫総督府軍《とうさんどうちんぶそうとくふぐん》は、一か月後、木曽路に至る。岩倉具視《いわくらともみ》の第二子、第三子をトップに大垣から加わった参謀の板垣退助《いたがきたいすけ》も通った。官軍はなんなく碓氷峠《うすいとうげ》を越え、板橋宿へと向かっていく。

（※52）「慶喜と江戸の街を守る」。この一点をめがけて有栖川宮熾仁親王と和宮の思いが寄り添っていくかのようだ。これも時世が大きく転回する歴史の皮肉な側面かもしれない。「私、一命は惜しみ申さず」。皇女和宮は江戸へ向かう新政府の総大将、かつて婚約者だった熾仁親王方へ嘆願書をしたためる。江戸へ向かう道すがら、熾仁親王は徳川慶喜の助命嘆願を受け入れようと決意していたフシがある。

勝・西郷の会見だけでなく、天璋院篤姫《てんしょういんあつひめ》と皇女和宮という二代にわたる将軍の伴侶《はんりょ》がこの時代に大きな役割を果たす。維新の回天も、江戸の街と徳川の家を惨劇から救うことも、たくさんの草莽の人々や内助の功があってこそだった。篤姫は家定と同じ寛永寺に、和宮は芝増上寺の家茂の隣に眠っている。大山一家はその八年後に寛永寺や増上寺を訪れ現認することになる。和宮が家茂の死に悲嘆してつくった歌と「空蝉の御袈裟」にまつわる悲話とともに。

（※53）島崎藤村の『夜明け前』のフレーズ「わたしはおてんとうさまも見ずに死ぬ」という半

蔵の独白が立志の胸に余韻を残す。新しい日本を求める彼の心は無残に打ち砕かれ「まことの維新の成就する日を望むことも出来ないような不幸な薄暗さ」が不気味に身を包む。半蔵が抱いた夢は、おてんとうさまの昇る前、つまり夜明け前に潰えてしまう。明治十九年（一八八六年）十一月、夜明けを見ることなく発狂して帰らぬ人となった。北海道の命名者もアイヌの人たちもいまだに夜明けを見ていない。「維《こ》れ新《あらた》なり」は詩《し》経《きょう》・大雅《たいが》の文王《ぶんおう》の項にある。松浦武四郎は「これあらたなり」を実感しないまま、御一新後すぐに官職を辞した。

第27章　脚注

（※54）平安後期の前九年の役（一〇五一〜一〇六二年）。源義家が畿内から東征し、奥州を支配していた安倍一族を滅ぼす。安倍氏の棟梁《とうりょう》で、奥六郡を支配する俘囚《ふしゅう》長だったのが安倍貞任だ。

第28章　脚注

（※55）志賀直哉の『暗夜行路《あんやこうろ》』の主人公時任謙作《ときとうけんさく》は、たとえ最初の蝋燭《ろうそく》が燃え尽きたとしても第二、第三の蝋燭に受け継がれ「その火は常燈明《じょうとうみょう》のように続いて行く」と信じる。あたかも比叡山延暦寺《ひえいざんえんりゃくじ》に最澄《さいちょう》が灯してから千二百年耀き続ける「不滅の法灯」のように。司馬遼太郎が『竜馬がゆく』で描いた、役小角《えんのおづぬ》が灯した三上ヶ岳《さんじょうがたけ》の不滅の燈明も同じだ。作中、坂本竜馬は「たれかが灯を消さずに点《とも》しつづけてゆく、そういう仕事をするのが、不滅の人間ということになる」と語る。暗夜行路の主人公もまた「人類の運命が地球の運命に殉死《じゅんし》するものとはかぎらない。人類だけはその与えられた運命に反抗しようとしている」と文筆の仕事に意欲を燃やす。

第30章　脚注

（※56）関ヶ原の緒戦は西軍が優勢だった。ところが小早川の寝返りによって戦局は一変。天下分け目の一戦は六時間ほどで決着した。東軍率いる徳川家康は桃配山から下りて二キロほどの「床几場」に最後の陣を敷く。大山父子は、家康の陣跡の碑から決戦の地を経て十分ほどで笹尾山に登った。決戦場の碑と陣旗が見下ろせる。手が届くほどの意外な近さだ。ベンチに座って弁当を広げながら戦国武将が覇を競った田園風景を眺めている。

（※57）時間と空間とスケールを度外視すると、はるか西に「二つの関ヶ原」が見えてくる。一つは二千数百年前に今のアフガニスタン北部に栄えたアイ・ハヌム。ギリシアのアレクサンドロスが東征しアジアに向かう東西の要衝にあり、南を向けばインドへの玄関口に位置している。東西と南北、そしてヨーロッパとペルシャやアジアの文明が融合してヘレニズム文化を育む。もう一つは千年以上前のバグダッド。アラビアンナイトでアラジンが中国人、シンドバッドがインド洋に冒険に出たペルシャ人とされるように国際色豊かな平和の都だった。「円城都市」の四つの門から西へ行くとヨーロッパ、東は唐、南はアラビア海から海路でインドへ。交易の大動脈だった。二十一世紀に入ると、文明の融合や国際交流とは真逆な世界に変貌する。アフガニスタンは戦乱に明け暮れ、イラクも戦争に巻き込まれていく。

（※58）壬申の乱は、天智系から弟の天武系に移って奈良時代に向かう分岐点となった。南北朝の争いも、足利幕府が成立する室町時代への時代の節目だった。笹尾山を下りると「不破関関庁跡と兜掛石《かぶとかけいし》」の旧跡がある。六七二年に起きた壬申の乱で、のちに天武天皇となる大海人皇子《おおあまのおうじ》が天智天皇の皇子である大友皇子《おおとものみこ》を下し、このあたりに関所の建物を作った。案内板によると兜掛石は大海人皇子が兜を掛けた石で、沓掛石《くつかけ》もある。それから六百数年後の一三三八年の南北朝時代。南朝方の北畠勢と北朝方の足利勢が雌雄を決したのが青野原《あおのがはら》の戦いである。いったん足利勢を撃退した北畠顕家《きたばたけあきいえ》もここで蒙った痛手が響いて足利勢に討たれてしまう。

（※59）赤鬼と呼ばれた井伊直政が率いる部隊は「井伊の赤備え」と勇名をとどろかす。関ヶ原では直政による発砲を合図に戦端が切られる。このとき傷を負い一六〇二年に死去。徳川幕府が開かれた一六〇三年に彦根城の築城が始まった。大老となった十五代彦根藩主・井伊直弼《なおすけ》が桜田門外の変で暗殺されるのは、二百五十数年後の幕末。明治維新にかけて、時代の分水嶺に入っていく。

（※60）頼朝・義経の従兄弟にあたる木曽義仲は、琵琶湖西岸の「義仲寺《ぎちゅうじ》」（大津市）に眠っている。いったんは都に凱旋し束の間の天下を取った朝日（旭）将軍も、従兄弟と袂《たもと》を分かつ。義経軍が不破関に進軍したと聞き、雌雄を決する覚悟を固める。だが、宇治川や瀬田での戦いに惨敗し、琵琶湖畔に落ちのびていく。湖岸伝いに粟津の松原に急ぐ途次、あえなく討たれる。愛妾だった巴御前が義仲の墓所近くに草庵を結び、日々供養したのがこの寺の縁起という。

この寺にもう一人、永の眠りについているのが江戸時代の俳聖松尾芭蕉だ。芭蕉の義仲への想いを伝える、門人・島崎又玄《ゆうげん》の「木曾殿と背中あはせの寒さかな」の句碑が立つ。「義仲の寝覚めの山か月悲し」生前、義仲を敬慕してきた芭蕉はこんな句も越前に残した。そして遺言通り人生の終着駅へと旅立つ。江戸の深川を起点とした「おくのほそ道」の旅。平泉で義経や藤原三代の「兵《つわもの》」に鎮魂句を残し、日本海から琵琶湖畔に帰り着く。義経の逃避行は逆に、琵琶湖の湖北から北国街道、越前、越後、出羽の羽黒山を経て平泉で終焉《しゅうえん》を迎える。「旅に病て夢は枯野をかけめぐる」。芭蕉の辞世の句碑に囲まれて、木曾殿と背中合わせに墓が並ぶ。

（※61）平安時代中期に二人の武人が「叡山の約」を結ぶ。関東で覇を唱える平将門《たいらのまさかど》と、瀬戸内海で海賊の首領となった藤原純友《ふじわらのすみとも》である。西の純友と東の将門が呼応して都に攻めのぼり「思い出の叡山で手を握ろう」という盟約だった。司馬遷の「史記」が伝える、楚の項羽《こうう》と漢の劉邦《りゅうほう》が会見した「鴻門《こうもん》の会」のように、この山に両雄が並び立つことはなかった。

（※62）白雉《はくち》元年（六五〇年）、比叡から南に百数十キロ下った山上ヶ岳（奈良県吉野郡）。この山の頂に修験道の祖である役小角《えんのおづぬ》がたたずむ。四囲の山々があたかも一輪の巨大な蓮の華《はな》にみえた。小角はかつて霊峰富士の麓でみた睡蓮の花を連想した。司馬遼太郎は「小角が結跏趺坐《けっかふざ》している三上ヶ岳（山上ヶ岳）の絶巓《ぜってん》は蓮華の芯であり、北は大和、東は伊勢、南は熊野の海原にまでつづくまわりの雲上の峰々は、まるでその芯をとりまく花びらのようにみえた」と描く。

第31章　脚注

（※63）ふくろうの神様が、あえて貧しい子どもに弓で撃たれてやる。その子の親の老夫婦が供え物を、あの世の死んだふくろうの家に送り届けてやろうと話し合っている。死んだはずのふくろうは夜、飛びながら宝物を降らせた。老夫婦には宝がいっぱいになった夢をみさせる。目を覚ますとほんとうに宝の山。老夫婦は宝物やお酒を供えて、ふくろうをあの世に送ってくれた。

（※64）「幸福になるためには、幸福の可能性を信じなければならない」とピエールが、親友で失意のなかにいるアンドレイを鼓舞《こぶ》する。「生きているあいだは、生きて、幸福にならなければならない」。アンドレイの覚悟が残響《ざんきょう》のように俊英の起き抜けの脳裏をかけめぐる。

第32章　脚注

（※65）トーマス・マンの『魔の山』は、ハンス・カストルプ青年がスイスの高原ダボスにあるサナトリウム（結核などの長期療養所）を舞台としたドイツの古典文学だ。主人公が第一次世界大戦、高田たちが生まれる十年前の一九一四年に参戦する場面で終わっている。

〈著者紹介〉
大村 泰（おおむら ゆたか）
1957年、東京生まれ。慶応高校野球部出身。1980年慶応大学経済学部卒業、日本経済新聞社入社。記者時代は主に企業取材、特にM&Aに興味を持つ。失敗談には事欠かない。編集局次長、子会社の社長・会長などを経て2023年退職。第二の人生行路は、本の執筆に加え、実践女子大学、山口大学、龍谷大学で講座を担当。3人の息子の育児に貢献しなかった贖罪から、3人の孫の世話を焼く機会を虎視眈々と狙う毎日。

JASRAC 出 2306542-301

三代《さんだい》の過客《かきゃく》

2023年11月15日　第1刷発行

著　者　　大村 泰
発行人　　久保田貴幸

発行元　　株式会社 幻冬舎メディアコンサルティング
〒151-0051　東京都渋谷区千駄ヶ谷4-9-7
電話　03-5411-6440（編集）

発売元　　株式会社 幻冬舎
〒151-0051　東京都渋谷区千駄ヶ谷4-9-7
電話　03-5411-6222（営業）

印刷・製本　中央精版印刷株式会社
装　丁　　弓田和則

検印廃止

Printed in Japan
ISBN 978-4-344-94571-5 C0093
幻冬舎メディアコンサルティングＨＰ
https://www.gentosha-mc.com/